KONRAD BAYER

Sämtliche Werke

HERAUSGEGEBEN VON GERHARD RÜHM

Band 2

Prosa
Konkrete Texte

sechsundzwanzig namen
der vogel singt
der stein der weisen
der kopf des vitus bering
der sechste sinn

Klett-Cotta

Verlagsgemeinschaft
Ernst Klett Verlag — J. G. Cotta'sche Buchhandlung

Printed in Austria
Einbandentwurf: Heinz Edelmann
Fotos: Lüfti Özkök, Stockholm (S. 5),
Archiv Sohm in der Staatsgalerie
Stuttgart (S. 95), Traudl Bayer,
Wien (S. 209/210)
Satz: inter-letter, Wien
Druck: Novographic, Wien
ISBN 3-608-95321-3

CIP-Kurztitelaufnahme der Deutschen Bibliothek

Bayer, Konrad:
Sämtliche Werke/Konrad Bayer. Hrsg. von Gerhard Rühm.
Stuttgart: Klett-Cotta
ISBN 3-608-95321-3

NE: Bayer, Konrad: (Sammlung)
Bd. 2 (1985)

prosa

fleur de lis

fleur de lis herrscht in seinem schloss auf einem kleinen hügel im wald hinter den brombeerhecken. wenn er schlechter laune ist, jagt er seinen ceremonienmeister durch die zimmer in den turm über den garten vor die mauern. er hat nur diesen ceremonienmeister und nur diesen mundschenk und nur diesen herold, und um die wahrheit zu sagen, dies ist der letzte und einzige diener von fleur de lis. das soll nicht heissen, dass fleur de lis ein armer taugenichts ist. stil, edelmut und ehre zieren ihn vor allen anderen. und da er das kartenspiel trefflich beherrscht, wurde er bald der reichste und mächtigste edelmann von burgund.
die ritter verloren ehre und gut, und er gab ihnen die ehre wieder. jetzt singen sie seinen edelmut an allen höfen von frankreich.
doch dies bedeutet ihm wenig.
manchmal kommt er bis an den teich in gedanken versunken und köpft eine blume. er trägt einen goldenen reifen im haar auf dem die lilien blühen. und zwölfmal im jahr zum vollen mond reitet er zum turnier, wenn der herold des herzogs durchs land zieht.
(1954)

der capitän

auf dieser rahe kam der capitän und sein hut verbarg sich in den federn, so verlief die procession. aber der capitän sass neben dem mast auf seinem pechschwarzen schnurrbart und war mit tauen gebunden.
da vergass er die möven.
und es wurde dunkel und eine geschnürte cocarde rollte über seine stiefel aus glänzendem elfenbein. da erhob sich der capitän und sagte zu seinem matrosen:
«einen grausamen scherz hast du mir also gefangen. wohl einen edelstein, und doch keine katze. vielfältig ist die maritime vegetation und immer noch ohne sinn. ein ephebe kann ihr zum verhängnis werden. ich will die piraten die elegance der cypressen lehren; wo ist das holz, der bug aus der brandung von seide und brocat?
doch bin ich ihnen dankbar und mein respect redet nicht zu ihren canonen. noch bin ich ein degen zwischen gehänge und sporn den damen, die meine tonpfeife lieben.»
als der capitän dies zu seinem matrosen gesagt hatte, lud er die sonne auf seinen rücken und schlug die stiefel in die taue.
die sterne zeigten mitternacht und der herzog vom turm schlich zur commandobrücke:

«geh weg von deinen canonen, capitän, es fürchten dich zu viele. dich hassen die krebse und die medusen und sie wissen um den leuchter in deiner vitrine, es fürchten dich die austern und der hummer, denn sie kennen dein geheimnis.»
da griff der capitän nach seinen pistolen und durchlöcherte die scheren des herzogs wohl ein dutzendmal. er hatte seinen mantel abgeworfen, seine erinnerung war ein leichentuch und die fetzen seiner stirn glichen dem weissen haar der brandung.
er warf den herzog durch die luke am vorderdeck, entnahm ihm ein scharfgeschliffenes crystallglas mit süssen weinen und schalen candierter früchte, stellte alles in eine mit satin ausgeschlagene kerbe und schwang sich dicht neben der reeling auf das lager.
die phantastik seiner kleidung erweckte die ehrfurcht der delphine, die die brise um die netze schlugen. die jacke war ein gitter von geranien, welche bis zu sieben perlen zählten. so konnte der sand seine kuppeln in die gesponnenen hörner schneiden. das flechtwerk war aussen mit der takelage verbunden und sah zufolge seines hohen alters bauchig aus oder hing vorne über. die stacheln waren geronnen, ohne canäle, die finger in der mitte und mit je zwei enterhaken versehen. ein ornament geschickt verknoteter adern schmückte die schultern, als zeichen seines standes. selbst die zehen hatte er mit corallen besticken lassen, obwohl man ihm die lenden vor dreizehn monden mit dem schnabel geöffnet hatte.
doch nicht genug: zu allem überfluss entsprach sein talar der coquetterie reiner anmut auf taille gehalten.
dieser körper hatte die metamorphose zum standbild beinahe vollzogen: bronce, marmor und crystall neben verwesendem fleisch.
wenn das gold ausbleibt, war alles umsonst, dachte der capitän.
er strich mit dem kamm von ebenholz durch sein flammendes haar und er betrachtete diesen verstaubten vorhang, der seine schultern purpurn bedeckte, mit einer wohlgefälligen trauer im silbernen heckspiegel.
dann schlang er die ankerkette wie eine krone um die stirn.
«ich liebe das kartenspiel und die flöten, dazu kommt der lärm der wagen, der ausrufer und hausierer, der strassenmusicanten und lotteriegewinne», rief der capitän, während seine garde mit ihren fahnen und schleifen ein gewagtes muster in die patina ihrer pistolen trieb.
«mein capitän», dachte der capitän.
so kam es, denn selbst schärpe und cordel werden müde.
aber sein degen legte einen steg über unzählige schreie und hob wächserne anker aus dem gestein. der palast begann die stufen in allen ziegeln. muschellang sah man seine leiche zwischen barocken intarsien. über zweihundert zähne waren gestimmt worden. mit saphirschnallen bewaffnete schnüre drängten zur barke, hemmten die haken und schleuderten das boot gegen eine säule im centrum der geometrie.

«an die ruder oder ich flechte dich aufs steuerrad», brüllte der capitän in das getümmel.
und es regnete tang und die verwirrung war allgemein.
sechs oder sieben montgolfièren belagerten den mastkorb.
«die taue und die ruder, die planken und dieser leibhaftige nebel. jetzt möchte ich muscheln essen, unten bei da'corn, und um behaarte negerinnen würfeln», dachte der capitän und verwünschte den orcan.
ein greif vertrieb die montgolfièren.
gehörnte vögel flogen in ihren carossen am steuer entlang und schlugen mit ihren flügeln gegen die marmorne fliese am vorderdeck, dass die goldbarren in der schatzkammer klirrten.
da warf der capitän seinen matrosen in die räder der maschine, zählte die dublonen in seine geldkatze und fluchte:
«efeu und elfenbein, füllt wind in die segel! wir reisen nach lyon.»
(1955)

eben wollte der kutscher wegfahren

eben wollte der kutscher wegfahren, da kam ein kleiner, dicker mann und wollte auch noch mitfahren. er hatte sieben söhne und eine wunderschöne frau.

lange hielt er diesen zustand nicht aus, deshalb beschloss er seiltänzer zu werden und überliess seine lieben einem traurigen schicksal. da ging der kutscher nachhaus und warf sich ins bett. er weinte unaufhörlich.
so spannte seine tochter die pferde aus dem wagen und zog ihn selbst immer munter und lieblich bis in die nächste stadt, wo der könig wohnte. dann gab ihr der kleine, dicke mann einen taler und schickte sie des wegs.
er setzte sich auf einen feldstein und rief: „will denn die welt kein ende nehmen?" so vertrieb er sich die zeit.
mit tief ernster miene sah eine fee auf den sitzenden hinab, dann schüttelte sie sich.
als der kleine, dicke mann an einem gartengitter vorbeikam, sah er in einem glashause einen menschen mit einem grossen messer. und als er nun genauer in den garten blickte, bemerkte er auf einem feldbette eine schlafende, ausserordentlich schöne frau.
und wenn sie nicht gestorben ist, dann lebt die frau noch.
(1956)

aus: „call it glory"
ein künstlerleben

jenes ereignis schien der gegebene anlass für eine unzahl von schlüssen, ursachen und wirkungen, die uns mit ihren parallelen zur verzweiflung brachten.
ohne diesen grausamen mund hätte ich sie übersehen. er hielt mich fest. sie war nicht gross, sehr schlank, fast mager und trug eine tiefe narbe über der linken braue mit dem stolz einer tapferkeitsmedaille.
draussen regnete es in strömen. wir hatten unsere schirme aufgespannt oder in den kleiderständer geordnet. ihr nasses haar zerschnitt das gesicht in zwei ungleiche teile. ihre brüste formten den verwaschenen pullover zu einer einzigen herausforderung.
sie wollte die stadt verlassen, das heisst, sie hatte daran gedacht, im glauben, etwas *vernünftiges* zu setzen, einen überlegten zug für das schachspiel, auf den geleisen, um ihre augen. aber es regnete und sie kannte und verachtete gleichermassen die konsequenzen einer fruchtlosen melancholie.
gleichgültig, mit schlecht verschleierten augen, die an unserem tisch sitzen wollten, setzte sie sich in einen *ungeweihten* stuhl. aber man fordert keinen fremden an unseren tisch. es ist gegen die regel, es ist gegen die spielregeln, die wir in jahrelangem nichtstun, zwischen kühnen projekten, endlosen debatten und vereinzelten fluchtversuchen um diesen tisch gebaut haben, von manchem ahnungslos übersehen, von den anderen sorgsam vorbereitet.
ich hatte grosse lust. ich hatte grosse lust, diesen imaginären würdenträgern mein todesurteil in die hände zu spielen. unter ihrem rock kam ein zweiter zum vorschein. ich wusste, dass es meine gesellschaftsfähigkeit kosten würde, was umso lächerlicher erscheint, wenn man bedenkt, dass wir die summe der nationalen begabung im literarischen grenzgebiet stellten. das ist meine überzeugung.
doch es kommt immer wieder der augenblick, wo man bereit ist, das totale wagnis anzunehmen.
(1957)

das märchen von den bildern

auftritt der könig der aussieht wie hubert aratym und sagt zu schneewittchen die aussieht wie sigrun fröhlich: «schleich dich!» weinend verlässt schneewittchen, sie ist aus oberösterreich, den palast der aussieht wie das cafe hawelka und betritt den park des schlosses der aussieht wie die alte donau die lange kristallblaue schleppe hinter sich her-

ziehend die aussieht wie das gänsehäufel. vögel die aussehen wie paradeiser zwitschern in den ästen die aussehen wie das fernsehen. plötzlich bleibt schneewittchen stehen und hebt ein goldenes ringlein das aussieht wie ein ozeandampfer aus dem schnee der aussieht wie der wiener kurier. da erhebt sich vor ihren augen die aussehen wie der herr theo ein ritter der aussieht wie der englische garten in münchen aus einer spalte die aussieht wie das grosse einmaleins in der erde die aussieht wie ein rezept für apfelstrudel und erhebt sich in die lüfte die aussehen wie mein seliger grossvater. schneewittchen weint noch immer und ihre tränen die aussehen wie perlen fallen zu boden der jetzt aussieht wie ein hund und nimmt ihr schwert das aussieht wie das kaufhaus gerngross aus dem gürtel der aussieht wie ein gürtel und stösst es sich ins herz das aussieht wie drei möbel. blut das aussieht wie mannerschnitten schiesst aus der wunde die aussieht wie eine blutwurst mit den klaffenden rändern die aussehen wie das burgtheater. ihre glieder werden weiss als ob sie schwarz vor dreck wären und ihr antlitz färbt sich grün wie ein kokshaufen. dann stirbt sie endlich als ob sie lebe. die sieben kleinen zwerge die aussehen wie die sieben todsünden sind im kabinett um die ecke das aussieht wie friedrich achleitner und lachen als ob sie ins kino gingen.
(1957)

ferdinandlein

«sie verlieren ihre haltung, ferdinand!»

diese feststellung durch tonhöhe und tonstärke in die nähe eines tadels gesprochen, war zweifellos berechtigt. waren doch die schultern des herrn ferdinand mählich auf den blankgeputzten parkettboden gesunken und die gebeugten knie stachen aus der masse dieses fleischarmen körpers hervor, was einen zweck durchaus vermissen liess. um dieser insubordination quasi die krone aufzusetzen war das rückgrat mit aufsitzendem kopf in seiner ursprünglichen lage verblieben und hielt ferdinand seine augen gute 15 zentimeter über dem haaransatz des direktors.

valerius lamm, leiter der mega-megas gesellschaft seufzte tief und betrachtete die einstellung seines untergebenen mit einer mischung von unwillen und misstrauen, wobei es ungeklärt bleibt, ob er dessen anatomische eigenwilligkeit oder die kühnheit, trotz dieser auf ihn herabzublicken, mehr missbilligte.

«ferdinand», sagte der direktor, worauf ihm ferdinand insgeheim rechtgab, «sie sind doch ein passabler schachspieler, aber wie sollen sie in diesem zustand jemals wieder an einem tisch sitzen und wie wollen sie ihre arme bewegen, die ich nicht mehr sehen kann, und das müssen sie doch, denn ich frage mich, wie sonst sie die figuren auf dem brett bewegen wollen und das sollen sie doch, denn ich frage mich, wie sonst sie ein spiel gewinnen wollen, und das wollen sie doch?»

aus dem fleischknäuel darüber sich der kopf des ferdinand auf einem durch das strecken arg verdünnten halse präsentierte, drang ein unbestimmtes geräusch.

«ferdinand, reissen sie sich doch zusammen», drang valerius lamm in den jungen mann und setzte eine betrübte geduld in seine züge.

das geräusch verstärkte sich und war nun als ein knurren deutlich erkennbar. der kopf des ferdinand fiel widerwillig in den klumpen fleisch hinein und entzog sich derart dem anblick des direktors, weil das, was valerius lamm für die schulterblätter des jungen mannes hielt, sich unverzüglich darüber schloss.

«machen sie keine geschichten!» lamms stimme hatte sich gesenkt und war etwas leiser geworden. aber einem aufmerksamen zeugen wäre ein feines zittern nicht entgangen.
«ich meine es gut mit ihnen!» rief lamm.

der fleischklumpen bewegte sich langsam auf eine ecke des zimmers, wo eine grosse, bemalte vase stand, während eine klebrige spur seinen weg zeichnete.

«ferdinand, lassen sie das sein!» erboste sich valerius lamm, als er die bemühungen ferdinands verstand, sich in die vase zu zwängen. lamm sprang auf und stürzte in die ecke zu jener vase, in welcher der deformierte ferdinand soeben verschwunden war.

zu spät! nur mehr ein schwacher abglanz dessen, was der direktor der mega-megas werke, der allgemein unter dem namen valerius lamm bekannt geworden war, für die schulterblätter des jungen mannes hielt, zeigte sich in der vase, welche von dem ferdinand in ihrem rauminhalt dermassen ausgenützt worden war, dass das, welches eben von direktor lamm für den schwachen abglanz von schulterblättern gehalten worden, den hals dieser vase bis an den rand füllte, man möchte sagen, sogar ein wenig darüberstand, und solcherart gesehen werden konnte.

es klopfte an der tür und die sekretärin des direktors kam herein, schritt auf lamm zu, neigte schelmisch ihren schädel, der mit blonden locken bewachsen war, hielt die aktenmappe fester und kicherte: «sie sind herr ferdinand, nicht wahr?» ihr gesicht war mit fettsalbe ohne sorgfalt beschmiert und glänzte fröhlich. valerius lamm verneinte diese frage unter dem hinweis, valerius lamm zu sein. «schade», meinte das kleine fräulein enttäuscht und verzog die unterlippe über die kinnlade, dass sich ein freier raum im kiefer zeigte, der da war.

valerius lamm lächelte bestürzt, aber verbindlich, und jetzt errötend verliess das mädchen das zimmer, wobei sie zum abschied auch lächelte, dass ihre arme bis an den parkettboden reichten und sie unversehens ihren linken handwurzelknochen an die türschwelle stiess, was ihr einen spitzen schrei entlockte, der valerius in der folge für mehrere minuten daran hinderte, sein rechtes auge zu schliessen, obwohl er, lamm, durchaus es als notwendig empfand, seine augen schliessen zu können, umso mehr, als er es nicht konnte, weil er fühlte, wie das auge, sei es das linke oder das rechte, ohne die schützende flüssigkeit, welche ein augenlid ordentlicherweise nützlich über das ganze verteilt, nach und nach vertrocknete.

«ferdinand!» stiess lamm hervor und zu seinem äussersten vergnügen setzten lidbewegungen wieder ein. diesen ruf quittierte ferdinand mit einem undeutlichen geräusch, welches aber jäh verstummte, als ein unrasierter älterer herr nun im zimmer höflich, aber bestimmt deutlich hustete. dieser mensch musste also eingetreten sein. der öffnete den mund und gähnte, ging im zimmer herum, hob alle aktendeckel, blätterte im papier und zog die ausscheidungen seiner nasenschleimhäute mit hilfe des äusseren luftdrucks und des inneren druckausgleichs, im physikalischen wechselspiel stets um einige zentimeter in seiner nasenröhre empor, wenn die befürchtung stark wurde, dass die sekrete den nasenhohlraum durch zwei Löcher verlassen könnten, die sich unter seinen nasen-flügeln befanden und als nasenlöcher allgemein bekannt sind.

dieser mensch also betrachtete lamm eingehend und direkt. dann öffnete er den mund – und gähnte. valerius lamm dankte beklommen. schnaubend verliess der ältere herr das zimmer.

mittlerweile war es herbst geworden und war bitterkalt.

lamm nahm die vase, hob sie auf, drehte sie um und schüttelte. aber ferdinand, der kluge ferdinand, der ganz tief luft geholt hatte, sodass man es genau hören konnte und er ganz dick mit eben dieser luft war, bewegte sich keineswegs aus seinem gehäuse.

als valerius lamm seine hand in den hals der vase steckte um ferdinand, der sich ausatmend weit ins gefäss zurückgezogen, herauszuholen, biss ihn ferdinand in einen der fünf finger, die lamm an dieser hand trug. da stellte lamm die vase wieder auf den spiegelblanken parkettboden, zündete eine zigarette an und setzte sich auf einen sessel.

valerius lamm begann über sein leben nachzudenken und ass einen apfel.

als das telefon klingelte, hob lamm den hörer von der gabel. valerius lamm hob den hörer von der gabel und meldete sich.

«wir halten sie nur zum besten!» versicherte ihn eine mädchenstimme, die er zu kennen glaubte. «lieber valerius, deine stimme klingt mitgenommen! wie schmeckt der apfel?»

«danke gut», sagte lamm unentschlossen. während er sprach, überlegte er, ob seine antwort den gegebenheiten entspreche. er musste sich eingestehen, dass er es nicht wusste, hatte jedoch das bestimmte gefühl, dass er sich unglücklich ausgedrückt habe. da ihm aber nichts besseres einfiel, schwieg er ins telefon bis die verbindung mit dem üblichen getöse auseinanderkrachte. sanft legte lamm den hörer auf die gabel.

ferdinand stak in der vase und musste alles mitanhören. er war unzufrieden. waren ihm doch haare und bart ganz ausserordentlich gewachsen, dass die vase fast zu klein geworden und er beste obacht halten musste, sich nicht auf die nase zu treten oder seine ohren einzuatmen. da dachte ferdinand: ‹was ein rechter igel ist, der weinet nicht!› so getröstet gab er dem keramischen erzeugnis einen fusstritt, dass es in viele scherben zersprang.

valerius lamm betrachtete seinen untergebenen, der nun ganz mit zotteln bewachsen war. die grösse ferdinands war mit drei spannen genugsam angegeben und sein bart und haupthaar, die den spiegelblanken parkettboden noch in einigem umkreis fegten, liessen ihn eher für eine wollkugel halten, denn für einen angestellten des mega-megas konzerns.

«warum haben sie mit ihrer sekretärin gelacht?» schrie das haarbündel erbost, dass es beinahe hingefallen wäre.

«ich habe nicht gelacht», entgegnete valerius bescheiden.

«gar nicht wahr!» brüllte ferdinand, «gar nicht wahr! warum haben sie den kerl mit dem husten nicht hinausgeworfen! weil ich klein bin? das ist kein grund, sich alles zu erlauben!»

«aber ferdinand!» wollte valerius einlenken.

«ich heisse ferdinandLEIN und bin ein igel!» quiekte es aus der ecke.

«fffferdinand!» mahnte valerius.

«ferdinandLEIN!» brüllte ferdinand und sprang in die höhe. sein gesicht war unter den zotteln sehr rot geworden.

«ferdinandlein, sind SIND kein igel» entgegnete lamm höflich.

«ich BIN aber ein igel!» zischte ferdinand und warf sich auf den spiegelblanken parkettboden.

«ein igel spricht nicht, ein igel SPRICHT doch nicht», lamms stimme war voll mit güte.

«ich bin der sprechende IGEL und heisse ferdinandLEIN!» heulte das männchen.

valerius erhob sich und griff den kleinen bei seinem haarschopf. «ferdinandlein, sei artig!»

ferdinand zerrte an seinen haaren, sprang in die höhe, warf sich auf den spiegelblanken parkettboden, hielt sich an einem stuhlbein und versuchte zu entkommen.

das telefon läutete und valerius band ferdinand mit dessen bart an das stuhlbein. ferdinand tobte und schrie, dass der stuhl umfiel, aber sein bart sass fest. valerius hob den hörer von der gabel, hielt ihn ans ohr und vernahm die mädchenstimme: «lassen sie ferdinandlein zufrieden, er ist ein igel.»

valerius versuchte zu widersprechen, aber die stimme schnitt ihm das wort ab und das kabel, oder war es abgerissen, und ferdinand, der den sessel unter argem getöse mit sich geschleift hatte, biss valerius in die wade.

«warum sprechen sie mit dem telefon?» schrie das männchen. ferdinand spuckte verächtlich auf seinen direktor.

«dummes vieh!» valerius verlor die nerven und warf den hörer nach ferdinand. ferdinand riss an seinem bart, legte ein büschel haare, die er dabei ausgerissen, auf die flache hand und hielt sie dem direktor vor das linke knie – «das sind nerven!» krächzte der wollhaufen, mit einem spitzen, lang behaarten fingerähnlichen finger auf die bartreste weisend.

valerius gab ihm einen tritt, dass er durch das zimmer flog.

«bin aber DOCH ein igel!» lachte ferdinand in seiner ecke. lamm sprang auf und packte den kleinen an der gurgel.

«IGEL sein!» weinte ferdinand bitterlich.

da fasste ihn valerius zärtlich in beide hände und schenkte ihn seiner frau zum namenstag. aber zuvor schrieb er an die familie des herrn ferdinand, dass dieser einen längeren urlaub genommen und in italien verweile. dann hob er ferdinand auf den tisch und der setzte drei kreuze unter das ganze um sich den empfehlungen seines direktors anzuschliessen.
(1957)

triumph

der junge mund wie eine rose blüht

der junge mund wie eine rose blüht

für einen gigolo

damals im hamburger hafen schlug er sie rasend
mit dem glockenklöppel in die nachtschwarzen augen.
ja und dann kamen die beiden schüsse
gerade in den pelzmantel

wie ein vogel durch die flimmernde luft und der zitronenfarbene anzug. es ist ja viel hübscher als wenn es zehnmal erdbeereis gibt. sie sind ins bad gefahren. ich dürfte eigentlich garnicht da der grosse bruder auf die schiefe bahn geraten ist.

aus dem spalt der augen

so ist's recht! sündige nur. lückenlos haben sich die strahlenden sommertage aneinander gereiht. er ist ja noch so köstlich jung. aber herr steiner! als er dann carriere machte und reich wurde. sie kommen doch zum sommernachtsball im kurhotel?
bläuliche schatten lagern sich um die grossen augen. etwas weiches seidenverhülltes (wartet nur darauf hell herausschlagen zu können) und dann ahnt man welche glut unter dem sonnigen einfluss selbst der dunkle brennende blick langsam aber unaufhaltsam wie die heftige zuneigung zu ihrem geigenlehrer auf dem strom im tal tutet ein frachter dass es eine einzige dunkelglühende rose ist. ja so köstlich jung. tu das nur mein liebling! auf den gesenkten scheitel der frau. und noch einen. nachdem wir uns neunzehn jahre nicht gesehen haben. *guten morgen* gnädige frau. nun spendet die jugend brausenden beifall: fabelhafte leistung ihres fräulein tochter. der sommer ist gekommen. es lässt sich nicht leugnen. seine grauen augen sind beinahe schwarz. mit einem federstrich mit einem scheck entzückt durch seine scharfen brillengläser dieses gesegneten sommers.
ich dürfte eigentlich garnicht die sterne aus schneeblassem gesicht vom himmel auf seine langen kraftvollen hände holen als dir jener vornehme herr solche avancen machte.
g i b t e s m e h r a l s e i n h e r z ?
(zuerst war sie ziemlich scheu)
i c h s c h w ä r m e f ü r d i e m o l l i g e f i g u r !
die reine unverdorbene jugend der jungen gräfin geschmeidig in den hüften wie zwei raubvögel in einer geheimnisvollen bucht.
der junge mund in einer rose blüht.

vier reizende bardamen und der farbige mixer jonas befreien den spitzenshawl aus ihren überraschend blauen augen. – immer eine sehr schöne frau. – wie? ich schwärme für die mollige figur. zuerst war sie ziemlich scheu gewesen. wie gut du bist! er sieht in der uniform eines leutnants wunderbar aus. (so lass mich rasch die besten freunde ein wenig lieben) – ein mann am spieltisch ist der stern seines lebens. obwohl er bis ins innerste vereist war. der schnelle sportwagen über die steile auffahrt der die spuren seiner hinreissenden schönheit von einst trug. – ob das überhaupt wahr ist? was meinst du wohl?

er rief MUSIK mit einer beinahe mütterlichen zärtlichkeit
(1957)

kriminelle ansätze

der wirt zum blutenden herzen kam höflich bis an die schwelle, um seine gäste zu empfangen. er hatte kaum die treppe verlassen, als ein kind von höchstens zehn jahren, das klein, lahm und etwas verwachsen war, eintrat. es gab einen kehligen ton von sich. der wind bewegte pfeifend das rostige blechschild, auf dem man ein rotes, von einem pfeil durchbohrtes herz sah. ein dichter, feuchter nebel stieg auf.
es wurde abend.

lorenzoni erschien selbst und hob eine handvoll feinen sandes auf, die er dem mörder ins gesicht warf.
es war fünf uhr morgens.
es war kalt und schneite.
kaum hatte lorenzoni die stube verlassen, als plötzlich ein mann hereinhuschte. er nahm einen hammer vom tisch, sprang auf das bett und befestigte eine dicke pappe an der wand, worauf er sich wieder entfernte.

während die beiden feurigen pferde auf dem pflaster des hofes scharrten, schlug ein riesenhafter lakai den wappengeschmückten wagenschlag zu.
ein kammerdiener öffnete die beiden flügel der türe und meldete:
«küsse sie, vetter, du hast handschuhe an.»
dabei warf er sich auf einen lehnstuhl, schleuderte mit einer gebärde der verzweiflung den hut weg, legte das linke bein auf das rechte knie, nahm den fuss in die hand und jammerte weiter.
dieser augenblick schien nahe zu sein.

die wirtin hörte ein geräusch an der türe, aber sie begann, sich zu entkleiden. einen dolch, den sie im mieder verborgen hatte, zog sie aus der scheide und legte ihn auf den kamin. die klinge war dreikantig geschliffen und die spitze vergiftet. die wirtin war etwa vierzig jahre alt, gross, stark, gerötet, mit einem anflug von bart. ihre arme und ihre grossen hände verrieten eine ungewöhnliche kraft. oft leuchtete aus ihrem blick eine trübe melancholie wider. ihr kleiner mund, ihre feine, gerade nase und ihr kinn waren von lieblichster form. flechten von blondem haar fielen über die wangen. eine korallenschnur umgab einen hals von blendender weisse. wahrhaftig, ihr viel zu weites kleid liess die taille gerade noch ahnen.
am nächsten tage glänzte eine strahlende herbstsonne am himmel und der sturm hatte sich gelegt.

die plumpen schuhe der wirtin waren mit nägeln beschlagen, kurz, ausser ihren händen unterschied sie zunächst nichts von den gästen des wirtshauses.

nach einer sekunde verschwand die erscheinung wieder.
der dichter lorenzoni blieb wie versteinert stehen.
sein name war, mit pferdezähnen auf einer schwarzen holztafel abgebildet, an der türe zu lesen.
im ersten aufbrausen seines zornes wollte der poet den knaben in seinen armen ersticken; er bezwang sich aber und schob ihn auf seinen stuhl zurück. der knabe, der unwillkürlich zitterte und seine hässlichen züge verzerrte, sprach: «armer vater.»
«es ist nichts», antwortete der dichter, der seine kaltblütigkeit wieder erlangt hatte. «ich habe eine alte wunde am bein, die zuweilen noch sehr schmerzt.»

die wirtin sass auf einem grossen, mit strohgelbem stoff überzogenen sessel und trug ein kleid von schwarzem samt, das die herrliche arbeit ihres breiten kragens und ihrer manschetten von englischer spitze erkennen liess.
trotzdem warf sie nachlässig hin:
«falsch! ich habe keinen viehhändler ermordet.»
die schmale, dünne sichel des mondes begann wild zu glänzen. die stille war vollkommen.

«vater, das wasser im krug ist gefroren», rief der knabe.
«so zerbrich das eis.»
«es ist zu dick. vater, zerbrich doch das eis im kruge.»

die wirtin hatte lorenzoni ohne zweifel einen schlaftrunk gemischt (vielleicht opium?). er war einige stunden lang völlig betäubt, und als er erwachte, lief an dem einen ende des raumes eine lange, mit kalk beworfene mauer hin. wenn er lächelte, sah man die spitzen seiner zähne, die fast alle schwarz waren.
«verzeihung, ich folge ihnen.»
es geschah, was geschehen musste.

die gräfin war marmorbleich und in einen weiten überwurf von weissem musselin gekleidet. eine plötzliche, zuckende bewegung warf sie vom sofa herunter, während der bruder der gräfin ungeduldig im observatorium auf und ab ging.
dies nahm der dichter zum anlass um eine behauptung aufzustellen:
«ich habe meine geheimnisse!»
«mein gott, wo nehmen sie nur die einfälle her?» konnte sich die wirtin nicht enthalten zu fragen.
«aus dem walde, wo die erdbeeren wachsen», war die antwort des künstlers.
«dieses haus enthält drei hübsche zimmer und eine schweizer meierei, in der die gräfin als kind milchmädchen spielte.»
«ich bin ganz ohr», keuchte der greis unter aufbietung seiner kräfte,

obgleich der speichel über seine lippen zuckte.
durch eine gewaltsame anstrengung gelang es ihm, sich auf die letzte stufe zu setzen. er horchte und vernahm geräusche. somit zählte er die stufen; es waren dreizehn.
«nur zur vorsicht.» dabei kniff er die augenbrauen zusammen und machte eine gebärde. das taschentuch war von tränen durchnässt. das konnte alles verderben.
lorenzoni stand auf, ging um das haus herum und erblickte niemanden. der graf war verschwunden.

die meierei zeigte sich jetzt ohne blätterschleier. der alte josef hörte seinen herrn, als er eintrat, zu seiner grossen verwunderung ein jagdlied trällern.
«aber, sie trommeln ja ganz vorzüglich!»
«du hast gewiss vergessen, meine gewehre im jagdnecessaire putzen zu lassen!» rief lorenzoni aus, als er sich, neben seiner schildkröte, aufs stroh warf und bitterlich weinte. zu seinen füssen fühlte er etwas sehr kaltes; er griff hin, es war eine wasserpfütze. allerdings schwamm die schildkröte wie ein fischotter.
in der mitte der stube stand ein stuhl, und an der lehne hing ein strick. hierauf erhob sich ein gemurmel des unwillens unter den gästen.
«ach, der frühling, da wälzen sich die kinder lustig im grase!»
«das ist blut an ihrem hemd! sind sie verwundet, herr? warum haben sie nicht geklingelt?» antwortete josef traurig. «sie sind ein grosser bösewicht; aber jetzt weinen sie. sehen sie, das tut mir weh. wollen sie wasser?»
«nein, nur luft», krächzte lorenzoni.
das arme kind war wieder auf die knie gefallen, faltete die hände, konnte aber kein wort sprechen; man hörte nur seine zähne klappern.
«es ist eiskalt hier!» bemerkte die gräfin.
«das ist lustig!» brüllte josef, der seine aufgaben völlig vergessen zu haben schien. er hatte sich in eine ecke gedrückt und schwang drohend ein beil.
und der elende hieb so gewaltig gegen die türe, dass das schlechte schloss absprang. zuweilen rief er: «der wirt hat es mir erlaubt, und ich laufe im garten umher und sehe mich gründlich um. an der ecke links steht eine fichte. ich fange so stark zu husten an, dass die frau gräfin sagen wird: ich will ihnen gerne ein glas wasser holen.»
«richtig», bemerkte lorenzoni, ohne die augen zu öffnen. dann stand er auf, trat ans fenster und fing an, ein liedchen zu trällern, während er auf die scheibe trommelte.
«ich werde mir ein stückchen papier in meine schnupftabakdose legen, um seinen namen nicht zu vergessen.»
die pendule im zimmer schlug die neunte stunde.

damals trat tiefe stille ein.

die magd erschien. lorenzoni griff mit der grössten ruhe unter den rock, zog eine kleine, doppelläufige pistole hervor, zeigte sie dem mädchen und steckte sie wieder ein. die stube füllte sich langsam mit schnee.

«das ist ja grässlich», murmelte der bruder der gräfin. dabei warf er sein fernrohr ärgerlich zu boden.

das unwetter hatte nachgelassen, die wolken aber, die der wind vor sich herjagte, waren so schwarz und hingen sehr tief, dass es fast nacht war. überdies kehrte josef zurück und führte einen hammel an der leine. josef blieb in der türe stehen und beobachtete seinen herrn mit ängstlicher spannung.
«und die pferde?» fragte lorenzoni.
«sie verwöhnen mich», entgegnete sein diener lächelnd. dann nahm er ordentlich auf der bank neben dem ofen platz.
der wirt warf ihm einen vernichtenden blick zu, als ob er sagen wollte: die liebe dame wird sich freuen. zu beginn des winters war er tobsüchtig geworden. er sass mit seinem langen, grauen schnurrbart neben der türe und bewachte die gäste. er hatte fünf kinder, von denen das jüngste vier, das älteste kaum zwölf jahre alt war, seine mutter war krank und endlich eine achtzigjährige, blödsinnige grossmutter.
die gräfin dachte an ihre kinder.
die blödsinnige grossmutter dachte an garnichts.

vor dem hause wieherten vergnügt die pferde.

obwohl der wind einen hut in die stube geweht hatte, hielt ein neger mit weissem haar, sorgfältig gekleidet, in der linken hand eine sekundenuhr. er stand draussen vor dem fenster, während er mit der rechten hand nichts tat.
«sie haben eine schwarze zunge, lorenzoni!» klagte die wirtin, wobei sie dem dichter tief in die augen blickte.
«schwarz wie tinte», antwortete dieser gelassen. «ihr habt vollkommen recht.»
nach solchen heldentaten fühlte er sich nicht mehr so unglücklich. obgleich er sonst nie lachte, lächelte er dann, setzte seine mütze, die er hatte, auf ein ohr und sang die marseillaise.
die kälte hatte nachgelassen und der sparsame josef hatte deshalb das feuer ausgelöscht.
sobald sich die wirtin erholt hatte, nahm sie die hand der alten grossmutter und fragte: «wo ist denn die arme frau gräfin?»
«sie ist mit ihren kindern im scheunenhof.»
«das wusste ich wirklich nicht», beteuerte lorenzoni.
auf dem tisch lagen zwei brieftaschen.

die beiden pferdeknechte hatten sich an einen baum gelehnt. die luft sagte ihnen nicht zu.

josef sank bleich, mit blutigen händen, fast bewegungslos in die arme der wirtin.
«ich will ihnen eine idee mitteilen», unterbrach lorenzoni. «ich gedenke der gräfin einen roten rock anzuziehen und jenen federhut aufzustülpen, setze den grafen auf ein kinderstühlchen, binde ihm eine serviette um, und sie soll mit einem grossen, hölzernen messer den barbier spielen.»
die alte grossmutter musste darüber lachen.
«mut! mut!» rief der graf, als er durch die türe sprang.
vorsichtig versuchte josef die leiter zu gewinnen, die von der mitte der stube zum dachboden führte.
in diesem augenblick betrat die unglückliche gräfin hinter dem grafen die stube und fragte:
«du bist wohl nicht aus dieser gegend?»
schon hatte josef den fuss auf die oberste sprosse gesetzt, als lorenzoni ihn an seinen spindeldürren beinen packte und so stark zog, dass der alte mann sich nicht mehr halten konnte, an der leiter herunterfiel und mit dem gesicht auf alle sprossen aufschlug. das war seine lebensweise und er hatte oft und jedem, der es hören wollte, gesagt, dass er so leben müsse, sonst litte er den ganzen tag über an kopfschmerzen.
«es war kirschrot», brüllte josef zornig.
als der graf diese worte hörte, wurde er totenblass und drohte umzusinken.
«er ist unschuldig, ich schwöre es ihnen!» erwiderte lorenzoni eifrig.
der graf blieb stehen. ungeschickt bog er sich zusammen und hielt das lange messer, welches im halbdunkel blitzte, zwischen den zähnen. als er ihm die passende lage gegeben hatte, nahm er es heraus.

die sonne sank; die ganze landschaft war äusserst still.

«ruhe!» brüllte der graf, indem er sich halb umdrehte.
«niemand?» seufzte josef erstaunt und verbeugte sich. man zeigte ihm fleisch und brot, und er folgte diesem lockmittel.

der bruder der gräfin sass noch immer in seiner sternwarte und hatte endlich ‹o die liebe sonne› gesagt. seine geräte und instrumente waren in einem sehr unordentlichen zustand.
von früh bis spät, besonders aber vom abend bis zum morgen, hörte man ihn rufen: «o die liebe sonne.» aber die sonne rührte sich nicht.

nachdem der graf dies alles erfahren hatte, kehrte er in sein haus zurück und verschob seinen besuch bei dem dichter lorenzoni auf den nächsten tag.

die wirtin winkte leicht mit der hand. «ist es wirklich wahr, lieber lorenzoni?»
ein geheimpolizist verschwand durch die seitentüre.
in diesem augenblick hörte man glockentöne.
es war nacht geworden, man zündete strohfackeln an und band die gräfin auf eine bank, die von den wirtsleuten und der magd auf der achsel getragen wurde. dem wirt und der wirtin schien das nicht zu gefallen und sie zeigten die zähne, während die gräfin im triumph herumgetragen wurde.
nach der gräfin kam die reihe an lorenzoni, den ein riesenhafter lakai auf seinen armen herumtrug. alle, sogar die diener, die alte grossmutter und die kinder umringten lorenzoni; der eine trug seinen fuchs, der andere sein murmeltier, die dritte ein meerschweinchen, manche hatten einen dudelsack und spielten, mit einem wort, es war ein lärm. dahinter folgte der neger; fast alle trugen eine strohfackel in der hand, wie man sich vorstellen kann, und schrieen wie besessen: «bravo lorenzoni, es lebe die poesie!» und die damen fielen einander in die arme.
so ging der zug in der ganzen landschaft herum.
(1957)

nachtrag zu ‚kriminelle ansätze‘

es war ungefähr eine woche nach diesen begebenheiten, als ein mann in die schenkstube trat, er mochte seine 50 jahre haben und schien noch weit älter zu sein. das feine tuch seines schwarzen rockes war an etlichen stellen zerrissen, seine verschobene krawatte hielt nur durch einen falschen knoten, der gegen allen modestil war. grosse kotflecken hatten seine beinkleider beschmutzt und man bemerkte die blutige haut seiner finger durch das leder seiner engen, in den nähten geplatzten handschuhe. sein hut, welchen er beim eintreten auf einen sessel gelegt, hatte die zulässige form verloren. wir wollen es nicht länger verschweigen, es war lorenzoni.
dieser griff nun einen eisernen ring, der an dem fussboden angebracht war, gerade an der stelle, wo noch die gedeckte tafel stand, und hob mit seinen kräftigen armen eine falltüre auf, welche in ihren rostigen angeln kreischte, und ein schwarzes, klaffendes loch zu sehen gab. dies war das verabredete zeichen. die violine des grafen verstummte.
josef sass noch immer am feuer und verlor sich in gedanken.
in der türe stand, an den türpfosten gelehnt, ein blinder von ausserordentlicher schönheit. seine lippen bewegten sich, wie in einem unhörbaren selbstgespräche. der schenkwirt entfernte sich seufzend. ein kaum merkbares

zucken lief über die lider des blinden. „das ist der meister“, sagte die wirtin. die schenkstube, war indessen erleuchtet worden. josef hatte lichter gebracht. in der nebenliegenden kammer zitterte die gräfin an allen gliedern. ein schrei liess die wirtin innehalten, die eben versuchte den tisch von seinem platz zu rücken. lorenzoni verstand. er griff nach einer verstaubten violine, die auf dem tische lag. in demselben augenblick kratzte der fiedelbogen des grafen über ferne saiten und gab abscheuliche töne. schweigend nahm josef seinem herrn die geige aus der hand.
„unterbrich mich nicht! ich habe die absicht dir nichts zu verbergen“, entgegnete lorenzoni müde. gemeinsam schickten sie sich an, den tisch hinwegzuheben und in eine ecke der stube zu tragen.
„heda, wach auf“, rief lorenzoni zornig. josef war in seinen armen eingeschlafen.
da schlug es auf der wanduhr der schenke die elfte stunde.
da ergriff die wirtin das ende einer schnur und zog daran mit aller kraft. eine glocke erklang und der blinde hob den kopf. lorenzoni sprang vor und verschwand in der tiefe.
noch einige schritte und lorenzoni sah einen weissen streifen in der dunkelheit. es war der schaum eines wasserfalls. er presste sich in die feuchte mauer des unterirdischen ganges. ein matrose mit gezogenem säbel ging singend an ihm vorüber. gesang und gelächter drang an lorenzonis ohr. er stürzte vorwärts und stand vor einer pforte. purpur überzog seine wangen. er öffnete das tor und schloss seine augen, geblendet durch den schimmer von unzähligen kerzen. die feuchten steine der wände glänzten und warfen das licht der kerzen auf lorenzoni. im nächsten augenblick warf man lorenzoni fest gebunden auf einen haufen kissen, die an der mauer der kapelle aufgetürmt waren. männer und frauen tranken unter scherz und gelächter. man hörte nichts als das schmatzen der küsse, schallendes gelächter, gesänge und flüche. die weisse haut der nonnen stand in seltsamem kontrast mit dem groben zeug ihrer klostertracht. vor dem hochaltar der kapelle erhob sich die estrade, auf der die bunt und prächtig gekleideten musikanten sassen. die nonnen trugen blumen und diamanten im haar. sie lachten, instrumente wurden laut und gläser klirrten. der wiehernde gesang der mönche und das geile gelächter der nonnen erfüllten das gewölbe. lorenzoni schloss die augen. da verstummte der lärm und das orchester spielte eine sanfte melodie. lorenzoni schlug die augen wieder auf.
der rosige mund einer blonden nonne verschwand unter den röcken eines mönches, dessen miene und augenscheinliche überlegenheit lorenzonis aufmerksamkeit fesselte. sein sitz war höher als der der anderen und hatte die form eines thrones. er trug eine seidene kutte von lebhafter farbe in weiten falten drapiert.
seine milchigen augen waren von eigentümlicher faszination. seine stirn war steil unter braunen locken und wenn er lächelte, schien sich alles um ihn her

zu verklären. die nonne tauchte aus der tiefe seiner röcke empor. aber sie kehrte lorenzoni den weissen rücken und er konnte ihr gesicht nicht sehen. sie zog das ordenskleid von den hüften und trank in langen zügen aus einer flasche. niemand achtete auf lorenzoni.
der junge mönch wurde heftiger und heftiger. lorenzoni versuchte die fesseln zu zerreissen. da erhob sich das mädchen und presste ihm die weiche hand auf die lippen. alle instrumente spielten auf einmal. dem vorspiel folgte ein walzer. alle paare erhoben sich.
„ich bin ophelia", flüsterte das mädchen und löste mit sanften fingern lorenzonis fesseln. ein windstoss fuhr durch das gewölbe und die kerzen verlöschten. lorenzoni fühlte die hand des mädchens. das äusserste ende des raumes nahm ein riesenhafter divan ein. lorenzoni lag darauf ausgestreckt, neben ihm ophelia, sie schlief. eine türe öffnete sich und mehrere männer mit fackeln traten ein. lorenzoni neigte sich über ophelia. sie war von unvorstellbarer schönheit. die musikanten lagen über den nonnen. die mönche hatten sich zurückgezogen. lorenzonis augen schossen einen feurigen blitz, während die muskeln seines gesichtes sich heftig bewegten. aus seiner nase troff blut. lorenzoni erhob sich erschöpft.
„ich weiss nicht, ich weiss nicht!" murmelte er. „vielleicht habe ich den verstand verloren."

ophelia lag neben dem körper. sie zeigte mit der innenfläche nach oben und lachte.
lorenzoni riss die pistole an die schläfe.
da traten zwei ereignisse ein.
es wurde nachmittag.
minuten später war lorenzoni unterwegs.
nun blieb es eine weile still.
eine halbe stunde verging.
er wollte zeit gewinnen.
es dämmerte bereits, als lorenzoni einen schritt in den raum trat. er schlug mit der flachen hand auf den tisch.
lorenzoni liess minuten verstreichen.
zögernd nahm er auf dem sessel platz.
er schwieg.
dann presste er die lippen aufeinander.
gegen 12 uhr nacht gab er seinen widerstand auf.
lorenzoni lächelte sogar.

lorenzoni heulte auf. er war durch das fenster hinausgestiegen. die falltür wurde aufgerissen. lorenzoni lehnte sich gegen das kind. die wirtin sass im

gras und zupfte an den halmen. schon lag sein arm um ihren nacken, da liess er ihn sinken. der graf der auf der anderen seite in der hecke sass, unterdrückte einen fluch. da sah er das kind. ein wagen hielt an, zwei herren stiegen aus. beide nickten. lorenzoni sprang auf und rannte davon. er war mit einem morgenrock aus rotem samt bekleidet, der mit einer dicken kordel gegürtet war. in einer tasche hatte er ein schnupftuch, in der anderen eine börse mit hartgeld. sonst trug er nichts bei sich. seine füsse waren nur mit strümpfen bekleidet. seine hausschuhe lagen neben der falltür.
tatsächlich bot der graf einen grauenvollen anblick. sein gesicht war gedunsen, die augen hingen aus den höhlen. er hatte den mund geöffnet aus dem seine zunge herausstand. seine hände waren verkrampft.
als die wirtin das zimmer betrat, lag lorenzoni auf dem schreibtisch und schlief. sein gesicht war nicht zu sehen. die wirtin schlug die falltür zu.
auf dem sofa lag die alte grossmutter. das blut lief ihr aus dem munde, auch von der schläfe tropfte blut. ganze haarbüschel hatte man ihr ausgerissen. ihre unterlippe war gespalten, ihr linkes auge verschwollen. das kind sass auf einem sessel und spuckte einen blutigen zahn aus.
lorenzoni richtete sich ein wenig auf, öffnete die augen, packte die wirtin an den haaren und gab ihr eine ohrfeige.
dann riss er das fenster auf und feuerte in die gegend. der schwere revolver entfiel seinen händen. lorenzoni stiess das kind vom sessel und begann zu essen.

lorenzoni hatte noch dieselbe stellung beibehalten und sich nicht niedergesetzt. in zwischenräumen gingen wachen im kostüm von matrosen auf und ab, den nackten säbel in der hand.
die wirtin lag auf einem schmalen bettchen in einem niederen gang, der voll von ähnlichen betten stand. josef murmelte laut. sobald die wache sich entfernt hatte, verliessen vier der gefangenen ihre betten und traten auf die wächter zu, welche selbst aus ihren taschen starke stricke zogen, und sich damit binden liessen.
„die narbe!“ rief lorenzoni auffahrend.
dann begann die flucht.
die vier wächter wälzten sich auf dem boden um ihre uniform zu beschmutzen.
der graf schob behende sein messer unter das hemd.
als lorenzoni die hand auf die klinke legte, öffnete sich die tür von selbst und der blinde trat über die schwelle.
die gräfin erhob sich, strahlend vor freude.
gegen sieben uhr morgens pochte man heftig gegen die tür.
man durchstöberte das haus von den kellern bis unter das dach. man fand die schränke geöffnet und in unordnung wie nach einer übereilten abreise.

keine pferde im stall, kein wagen in der scheune.
das haus war verlassen.
„gott segne sie“, antwortete eine höhnische stimme im ersten stock.
das fenster schloss sich wieder.
die alte grossmutter fasste mut, als sie sah, dass sich niemand von der stelle rührte.
lorenzoni schritt langsam auf sie zu, packte die grossmutter mit der faust an der brust und warf sie zu boden.
„gnade! gnade!“ röchelte die alte grossmutter, „sie haben opium getrunken, das ist alles.“
„siehst du das boot?“ fragte lorenzoni.
ophelia zeigte mit dem finger aus dem fenster.
dann stieg sie auf das fenstersims und stürzte sich in die themse.
„silence!“ rief der türsteher.
kein laut unterbrach die stille der nacht.
der bruder der gräfin mass mit dem auge den abstand, der ihn von dem fenster trennte, wo ophelias kerze brannte. er versuchte eine strickleiter auf den balkon zu werfen.
josef zählte an seinen fingern.
lorenzoni knöpfte seinen frack zu.
die polizisten wichen zur seite.
der morgen dämmerte. eine korvette kam zum vorschein.
an bord war alles still.
„wer da?“ liess sich eine stimme aus dem mastkorb vernehmen.
lorenzoni stieg das blut in die wangen.
der kapitän stürzte mit zerschmettertem schädel auf die planken.
josef steckte die rauchende pistole in den gürtel.
die zwanzig zentner menschenfleisch sprangen auf und stürzten sich über die schiffsmannschaft.
es war heller tag und das verdeck mit leichen bedeckt.
das blut floss von allen seiten und bei jeder bewegung des schiffes durch alle luken und löcher in die kajüten, in den kielraum.
(1957)

der geflitterte rosengarten

im parfümierten sattel sitzt die witwe und gürtet die sporen, während ihre patronen im mond verschwinden, der wie glas in das nächste viertel zerspringt.

der lahme geiger wirft sein haar durch die spielhalle und schiesst aus der hüfte die papierrosen an den breitrandigen hüten der spieler entzwei. sodann wachsen die gepuderten quasten von den weissen strümpfen der tänzerinnen in die stiefel der viehhirten, es werden schiessscheiben verteilt und an den herzen der mädchen befestigt. der wirt knallt einen sheriff aus gips in der schwingtüre nieder, obwohl im hintergrund der bühne, welche den spielsalon abschliesst und zur rechten der bar ihren platz gefunden hat, ein ausserordentlich verziertes orchestrion erscheint. ein schnurrbärtiger reiter setzt über den gipssheriff und trifft mit seinem revolver und den kugeln in alle schiesscheiben, worauf die tänzerinnen seufzend zu boden sinken.

der reiter entfernt mit einigen schüssen alle asse aus den whiskeyflaschen. der betrunkene wirt fällt in das orchestrion, wodurch plötzlich lärm entsteht. der reiter reisst den prairieblauen seidenvorhang von der bühne, als eine unzahl von papierrosen durch die dekorationen fällt. die rinderhirten und die spieler verkriechen sich zitternd hinter dem grossen ofen neben der schwingtüre. der reiter wirft einen silbernen dollar in das orchestrion. sofort setzt wieder musik ein. plötzlich blühen papierrosen an allen seiten, kanten und wänden des orchestrions.

der reiter zieht sein eigenes kartenspiel aus der linken vorderen brusttasche und verliert 50 dollar an den lahmen geiger. zwei der noch immer auf dem boden liegenden tanzmädchen schlagen widerwillig die augen auf. da bluten auch die einschusslöcher nicht mehr. ein kugelrunder tropfen hängt der einen am mieder; der funkelt aber wie ein edelstein.

nun entwenden die beiden mädchen dem lahmen geiger je die hälfte des gewinns aus der rechten hinteren hosentasche. erbost verteilt der blasse reiter sein blei unter den anwesenden. das pferd des reiters weidet auf der bühne. der geprellte geiger wälzt sich widerwillig in den dekorationen.

aber die parfümierte witwe wechselt mitten in der prairie ihre strumpfbänder.

missmutig entfernen die mädchen die kugeln aus den brüsten. widerwillig erhebt sich eine nach der anderen zum tanz, um den arbeitsplatz zu behalten. die spieler stürzen sich auf die zeitung und die rinderhirten schlendern über den staubbedeckten parkettboden. sie verstecken ihre revolver im halfter und zittern mit den schnurrbärten.

die viehhirten, die spieler, der reiter, die tänzerinnen und die witwe, welche mitten in der prairie die durchgerittenen strümpfe wechselt, rauchen stundenlang zigaretten.

ein echter revolvermann sprengt die feuermauer entzwei und treibt eine rinderherde durch das lokal. seine mannschaft, lassoschwingend und peitschenknallend, bringt unordnung in die tänze und die rinder weiden an den tischen. die spieler bringen ihre whiskeyflaschen in sicherheit. erbost stürmt das vieh die bühne, aber der revolvermann steckt einen sheriffstern an seine gipsbrust, worauf aus allen ecken, aus den mädchen und tänzern, selbst aus den hörnern der rinder bunte papierrosen wachsen. der flitter auf den rosen und der flitter auf den kleidern der tänzerinnen treibt die ochsen und kühe, wie auch die stiere, durch diesen wald von papierrosen, der immer dichter wird, und in diesen schlingen fallen die kühe und die rinderknechte, und der betrunkene wirt schnarcht in seinem orchestrion, dass die musik kaum zu hören ist.

trotzdem steht der revolvermann wie ein standbild noch immer fest auf beiden beinen und der reiter, ganz in leder gekleidet, sitzt bei seinem pferd auf der bühne, kaut tabak und würfelt mit dem betrunkenen wirte, der noch immer im orchestrion schläft, um den wunderschönen prairieblauen seidenvorhang und gewinnt. doch der mit allen wassern gewaschene revolvermann nimmt ein sturmlicht in die linke faust und schlägt die rechte in die rippen des reiters.

beide herren nehmen in den dekorationen platz und schiessen ein duell mit verteilten rollen. eine rotte eisenbahnarbeiter dringt durch die schwingtüre und erzwingt sich mit blanken messern eine laube in diesen geflitterten rosengarten. sie legen die gleise der SOUTHERN PACIFIC durch die bar ins freie, worauf alsbald die erste lokomotive erscheint und auch der mond durchaus und vollkommen mit papierrosen bewachsen ist. sodann wird die letzte postkutsche in den nächtlichen prairiehimmel gesprengt.

mitten im duell, verärgert und mit hilfe seines kleppers, verlässt der revolvermann diese stätte der verwüstung und des fortschritts. die verlassenen gefolgsleute nehmen an den tischen der spieler platz und halten friedliche mienen feil.

doch die witwe in frischen strümpfen hetzt ihren gaul über die letzten bahnschwellen auf die spur des revolvermannes und eine schwarze papierrose blüht auf ihren schenkeln, als sie dem banditen das zweite magazin durch den leib schickt.

zu den worten: «für james!», aus den hüften und mit geschlossenen augen, so jagt sie die letzten patronen durch die läufe.

widerwillig verschmilzt der revolvermann im gras und immer neue papierrosen fallen aus dem nächtlichen prairiehimmel. der reiter mit seinen starken armen hebt die witwe aus dem parfümierten sattel. der sheriffstern glänzt auf der nächtlichen wiese.

da erscheint im rückwärtsgang die lokomotive aufs neue und die versammelte mannschaft der SOUTHERN PACIFIC singt nun auf dem schneepflug der maschine weisen[1], die in stil und stimmung der situation durchaus entsprechen.

da erheben sich auch die alten spieler, rinderknechte und üblen raufbolde und singen den refrain mit ihren sehr heiseren stimmen.
(1958)

[1] 7 oboen
9 geigen
1 flöte
4 grosse trommeln
1 kleine trommel
1 fagott
3 posaunen
1 ziehharmonika
1 mandoline
1 mandola
4 presslufthämmer
1 mundharmonika
2 autohupen
1 nebelhorn
1 klavier
4 harfen
125 brummkreisel
19 sänger

wie das zepter der·menschen

sie sind nichts als ein nervenbündel sagte damals schon der erfinder der guten odhner schreibmaschine

das habe ich falsch geschrieben sagte ein bärtiger alter runenkämpfer
in der tat er ist es sagte der erfinder des ersten dampfschiffes
er hiess dottore der gute mann von nürenberg
mama sagte der mann dem das fahrzeug gehörte
pest und teufel sagte der erfinder des donaukraftwerkes ybbs wie weiland der grosse künsteler und akkordmensch schon anno 7564 dass es sicher in drei jahrzehnten möglich sein wird das zum erfolg führende werk zu schaffen
geehrt und geschätzt werden soll wer den thaler nicht ehrt ist des groschens nicht wert
der wert beläuft sich auf ca 5648 ös
das sagte der schneemann

der erfinder der dampfturbine sagte superb ja gigantisch
wie der mann das anfing war gigantisch
wer arsen schluckt muss damit rechnen dass er abläuft wie eine unaufgezogene uhr
das ist gigantisch
wer ist heute in deinem zimmer gewesen fragte euferdammt
sagte er zu dir dir dir
zu gerne
nicht
wer zu
erdgas für ferdinand waldmüller
(1958)

die kleider eines russigen nach einer bergwerksbesichtigung:

Ein schmutziger, russiger, ein hustender, fluchender, kommt aus einem der vielen braunkohlestollen.
Aus seinem dicken, verlausten pelz springt eine hustende flohherde, ihr anführer, eine sonnengebräunte etruskergestalt, sein geflochtener bart wirkt wuchtig und sensationell.
Der russige sieht aus als hätte er dreissig tage keinen ordentlichen happen, weder tyroler schinken noch bayrisch bier, in den verrussten magen bekommen.
Er findet die räuberschenke, ohne angst tritt er ein.
Ein fetter wirt mit kropf (steyrischer abkunft) blickt ihn erschrocken an.
Er erschrickt nicht über das gesicht.
Er erschrickt über den verstaubten pelz, der seit anno sechzehnhundertsechsundsechzig keine lauge aus seife mehr gesehen hat.
Er lässt sich aber in gegenwart dieses felles kein graues haar wachsen.
Der russige bestellt schinken.
Er lässt sich den schinken gut schmecken und hört auf die lustige musik, die aus einem leierkasten in der küche kommt.
Allmählich schliesst er diesen leierkasten in sein russiges herz.
Es ist zum unterschied vom unsrigen nicht rot, sondern eher grau wie eine maus.
Der hausknecht verfolgt die freude des russigen, er merkt an dessen gesten, dass es ihm gefällt.
Der russige bezahlt in gut luziferischer währung und verschwindet.
Ludwig, der treue hausknecht, erzählt dem wirt seine wahrnehmungen und

gibt ihm den rat, diese nacht aufzupassen.
Um halb ein uhr nachts steigt der russige ein, er schleicht diebisch leise, fast verursacht er mit seinem einhuf lärm, ein lockeres brett, aber der schrei eines waldkäuzchens übertönt ihn.
Er hebt den leierkasten auf den rücken und trägt ihn fort.
Wie er durch die türe geht, erwischt ihn Egon, der hinausschmeisser und schmeisst ihn in hohem bogen.
Der russige winselt wie ein getretener hund.
Alle flöhe zusammen springen dem lächelnd zusehenden wirt über den rücken.
(1958)

franz

in meiner hand liegt eine kugel. es wird dunkel. was ist eine kugel? was ist eine hand? was kann man mit einer kugel und einer hand anfangen? franz zuckt teilnahmslos mit den schultern. gestern war es sehr heiss. ich lasse die kugel zu boden fallen. sie springt empor und fällt. jetzt liegt sie still vor meinen füssen. franz hat die augen geschlossen. es riecht nach verbranntem papier. weiss und schwarz, papier und asche. ich erinnere mich, dass franz einmal die augen öffnete und mich ansah. vielleicht habe ich mich getäuscht. ich hätte lust, ihn hier allein sitzen zu lassen. es ist 19 uhr 35. ich habe hunger.

franz ist ganz weiss. er hat weisse hände, eine weisse nase, weisse lippen und weisse haare. sein anzug ist weiss. seine weisse krawatte ist sorgfältig geknotet. meinetwegen soll er hier sitzenbleiben. ich werde diese tür aufmachen und das zimmer verlassen.

in meinen schuhen steht heisses wasser. grosse blumen zerplatzen in den wolken. über meine hände läuft der schweiss. mein hemd klebt am rücken. ich öffne den kragen. meine augen sind mit weissem salz verklebt. es riecht nach verbranntem papier. ich schlage mit den fäusten gegen die türe.

franz öffnet die augen. er ist ganz ruhig. seine augen sind ein wenig verklebt und er sagt: setz dich. seine stimme ist ganz ruhig. ich höre seine stimme. sie sagt: setz dich. es ist eine ruhige stimme in einem weissen anzug.

franz steht zwischen den weissen wänden. er dreht mir den rücken zu. sein weisses hemd klebt an seinem weissem körper. er nimmt die kugel vom boden. er hebt sie empor, als ob sie ohne gewicht wäre.

ich sitze und öffne die augen und ich sehe franz. es ist unerträglich hell geworden. franz ist ganz weiss. ich werde bleiben. der schweiss läuft mir in die schuhe. ich lasse die hände fallen. sie hängen ganz ruhig. vor mir brennt eine weisse flamme.

ich presse meinen schwitzenden leib gegen die glühenden wände. mein rücken dampft. die heisse, weisse flamme drängt mich gegen die wand des zimmers. die ruhige stimme sagt: setz dich. das zimmer ist ganz weiss.

es riecht nach verbranntem papier. der beissende rauch treibt mir das wasser in die augen. ich kann nicht mehr atmen. der husten treibt mir den schweiss aus den poren. der rauch brennt in den lungen.

ich bewege mich langsam. ich hebe die hände, als ob sie ohne gewicht wären. vor mir brennt eine unerträglich heisse, weisse flamme.

ich schlage mit der faust gegen die wand. eine stimme sagt ruhig: setz dich. es riecht nach verbranntem papier. meine hände sind ganz weiss.

ich gebe zu, franz ist gott.
(1958)

jesus (altwiener exclamation)

ein mädchen ging allein ins dorf, um sich bonbons zu kaufen.

engel gottes, mein beschützer, dem des höchsten liebe mich empfohlen, erleuchte, beschütze, lenke und leite mich!

mit einem bonbon im munde trat sie aus dem zuckerladen. da sah sie jesus in einem sattlergeschäft verschwinden und folgte ihm:
«hallo, jesus! darf ich ihnen ein bonbon anbieten?«
jesus lehnte das bonbon ab, bot ihr aber seine begleitung an.
«könntest du heute nachmittag mit mir vögeln?» fragte sie ihn etwas scheu.

herr, dein teures fleisch & blut ist das grösste seelengut,
welches würdig zu empfangen wahre christen stets verlangen.

«eigentlich hatte ich die absicht, hier weiterzuarbeiten», sprach jesus.
«o, wenn du wenigstens nur für eine stunde kommen würdest. ich könnte dir beim reinigen deiner kleider behilflich sein, wenn wir fertig sind.»
er lächelte ihr zu.
«so entschlossen?» sagte er. «nun gut, wir wollen satteln!»

mein herz gedenk was jesus tut; o grosse lieb, o höchstes gut!
auf wunderweis zur seelenspeis gibt jesus hier sein fleisch & blut.
sowie.
dem herzen jesu singe, mein herz, in liebeswonn,
durch alle wolken dringe der laute jubelton.

der ritt tat ihr gut. sie fühlte sich sehr müde nach den begebenheiten des vorabends. sie war sich nicht bewusst, wie schweigsam sie sich verhalten hatte, bis sie im sattelraum jesus gegenübersass, dabei seinen schwanz polierte und er sie freundlich fragte:
«ich fehle dir, nicht wahr?»
«noch nicht», erwiderte sie, «ich habe dazu noch keine zeit gehabt.»
«ich glaubte nur, du seiest ein wenig deprimiert.»
«das ist es nicht gerade.»
sie arbeitete mit ihrem gebiss drauflos und freute sich über das klingen der haut, wenn sie sie umdrehte.

stärk uns auch mit dieser speise
endlich zu der himmelsreise.

der kleine raum roch nach leder, politur und jesu pfeife. er stellte keine weiteren fragen, sondern arbeitete ebenfalls. er fand, sie habe müde und unglücklich ausgesehen, als sie ankam, aber der ritt schien ihr gutgetan zu haben und hatte etwas farbe auf ihre wangen gezaubert. ohne aufzusehen, sagte sie nach einer weile:
«jesus, ich möchte etwas sagen.»
«ja?»
«es ist etwas schwierig!»

hier ist jesu fleisch & blut, hier das allerhöchste gut,
keine seele geht verloren unter seiner haut.

«du hast es allein mir zu verdanken, wenn nicht etwas schlimmeres daraus wird, mein kind», bemerkte jesus. es ist nicht zu verwundern, dass jesus in aufregung geriet, nach dem, was er früher schon einmal erleben musste. er schüttelte seinen schwanz und steckte ihn ihr in den mund.

lass des jubels harfe klingen, lass von herzen froh uns singen:
alleluja, jesus lebt, jesus lebt, jesus lebt,
alleluja, jesus lebt.

das mädchen hatte den eindruck, dass er nicht zufrieden war, aber sie sagte nur:
«gut so.»
sie war hübsch, auf eine wohlfeile art, hatte gefärbtes, auffallendes haar und trug einen kleinen, herausfordernd geformten hut mit schleier. sie besass eine eigenschaft, um die sie mancher beneidet haben würde: DIE UNVERDORBENHEIT.
er sah sie an.

gnadenquelle, sei gegrüsst! quelle die beständig fliesst.
o trost der christen.
du warst noch zu jeder zeit ursach unsrer fröhlichkeit.
o trost der christen.

«hast du es genossen, mein kind?»
«ja, ich geniesse es, mit jesus zusammen zu sein», sagte sie kurzerhand.

süsses herz jesu gib, dass ich dich immer lieb,
heb himmelwärts mein armes herz.

er kam ihr jetzt, ausgestreckt, auf dem kreuz liegend, sehr lang vor und er sah aus wie sonst.

«tut es sehr weh?»
er war ihr in dieser stellung völlig ungewohnt.
«es ist» fuhr sie fort, «schmerzhaft, aber heilbar. morgen wirst du wieder herunterkommen. o jesus, o wasche meine seele in deines herzen blut. o jesus, du hast dich nie bemüht!»
«und ist denn das ein verbrechen? ich wünsche mir sicherheit, stellung, lebensgenuss!» antwortete jesus.

verlass uns nicht, o herr, jesus, du süssester!
jesus, du süssester, verlass uns nicht, o!

die schutzengel taten sich im grase gütlich und nur das gelegentliche aufklingen der metallteile ihrer flügelgurte liess sie an jesus denken.

ferner:
jesus soll am nächsten morgen vollgestopft mit bonbons erschienen sein.
(1958)

fut und ebbe

fut und ebbe. männer tragen hosen. aber frauen tragen röcke. dennoch haben sowohl männer frauen beine. dass auch stühle füsse tragen heben stellen liegen ist so. manchmal sitzen sie dass man es sieht. alle schenkel haben ein ziel:
die fut
fühlt wie du den schmerz. wo?
rings um den tumor aber wuchsen die futhaare die jedes jahr länger wurden. obwohl der mann die hosen auszog bleibt er in den fut haaren hängen weil sie $^{9}/_{10}$ verfilzt waren. schon möglich dass spannkraft mit guten umgangsformen überhaupt. wo war die fut so lange geblieben? kurzweilen wieder täglich. jetzt sind 300 jahre vergangen. als der mann sich den futhaaren näherte waren sie blond (schamfarbe!) und er schwitzte und stieg auf den tumor. bums. quäle nie die fut zum scherz. «weitaus nicht» stand er noch wieder auf dem tumor. «ohne fut ist nichts überdies.» «somit sind beine trotzdem» klapperten die futhaare. wer a sagt muss auch fut sagen: es war ein kalter sonniger winterabend ich sass im jardin du luxembourg und erwartete meinen hut. endlich kam er und ich schalt ihn $^{8}/_{10}$ nass. mit dem hut in der fut kommt man durch $^{7}/_{10}$ des raum es. lange futhaare kurze fut. ich hatte ihn seit einem kilometer nicht gesehen. damals hatten wir beschlossen unser wiedersehen auf dem tumor im jardin du luxembourg zu öff-nen. auf $^{21}/_{10}$ kgramm traf er eins. viele futten verderben den brei. mein hut war $^{6}/_{10}$ eingesunken.
wo ist die fut?
da ist die fut.
die männer ziehen die röcke aus. die frau mit der hose. eine frau mit einer hose. zwei frauen mit zwei hosen übereinander. wenn du zum weibe gehst vergiss die fut nicht. fut adelt. aus nichts wird fut! tiefe schöne fut. wenn man vergisst den tumor abzulösen mag man die fut schütteln wie man will es fällt kein tropfen heraus.
das futhaar spricht: verzweifle nicht.
«am liebsten ein stück herausgeschnitten und gegessen hätte!» fut sana in corpore sano. der fut ist alles rein. wer die fut denkt ist sie.
der futhahn spricht: verzweifle nicht.
allen leuten recht getan ist eine fut die niemand kann. wer andern eine fut gräbt fällt selbst hinein. morgenstund hat fut im mund. lieber die

fut in der hand. fut tut weh. aber: fut ist der beste koch. der futsaft ist ein klarer. da fing der tumor an zu brutzeln. herr morgenstund beugte sich und gab ihr einen kuss. 10/10 nass. der hahn ist kurz die fut ist lang. wo man vögelt lass sie ruhig nieder schlechte männer haben keine glieder. beim vögeln erkennt man herrn morgenstund. wohin wird die fut werden? woher ist die fut? allerdings ist jene also wozu. doch das immer desto mehr. hahnvogel. der tisch stürzte ein und der kasten beginnt zu dampfen. heraus tritt her morgenstund und das wasser ist an seine waden abgesunken. ebbe.
wo ist der hut?
da ist der hut.
aufhören. lesen aufhören. aufhören zu lesen. sie sollen damit aufhören. nicht zuhören. aufhören. zu lesen aufhören. sie sollen schluss machen. machen sie ein ende und gehen sie. nehmen sie ihren hut und so fort aufhören zu lesen. können sie nicht lesen? hut nehmen aus den augen aus der fut nachhause. ist das endlich 9/10 klar? raus! sie schwein.

(1958)

seit ich weiss

seit ich weiss, dass alles meine erfindung ist, vermeide ich es, mit meinen freunden zu sprechen. es wäre albern. allerdings hüte ich mich, ihnen zu sagen, dass ich sie erfunden habe, weil sie schrecklich eingebildet sind und glauben, dass sie mich erfunden haben. es würde ihre eitelkeit verletzen. ich staune über die eitelkeit und die überheblichkeit meiner erfindungen. gestern wollte jemand unter dem hinweis, dass er mir geld geliehen habe, eine grössere summe kassieren. ich versuchte, ihm die sache vorsichtig zu erklären, aber er verstand garnichts, und ich erfand, dass er sich auf mich stürzen wollte, weil ich in meinen erfindungen streng logisch vorgehe. ich schlug ihm die türe vor der nase zu und erfand mir einen nachmittag mit sonne. es war sehr schön, aber langweilig. deshalb liess ich es 23 uhr werden, las ein buch und legte mich zu bett.
ich habe den heutigen tag erfunden und bin sehr froh darüber. auch mit der erfindung der musik bin ich sehr zufrieden.
(1958)

der verspätete geburtstag
eine aufklärungskunstuhr

für ida und ferry radax
jänner 1959

in demselben augenblick erkannte engel ihn. die tischgenossen hatten bereits ihre plätze verlassen. sie drückten ihm schweigend die hand. nun also konnte der kampf beginnen. die tafel zeigte vor allem einen riesigen kuchen. ratlos standen die schüler um den katheder. «was ist das?» rief der vorlaute erich. engel grinste in der letzten reihe schadenfroh. G 99. RL 1-39/86. schützt nicht gegen leuchtgas und kohlenoxyd. VM 40 wie gehabt. erlauer stierblut tropft auf modellkleid. verwirrt sinkt engel zwischen den flaschen nieder. die tafel geht ins knie.

im gestänge der nähmaschine liegt anna und weint.

tre-ten
nä-hen
in zweifelhaften fällen schreibe man mit kleinen anfangsbuchstaben.
da ist einer (eine) gefallen.
«ich kann auch gedichte auswendig», begann sie, aber.
eine gasmaske ohne filter.
ein ort wohin frau helmut nie drang, höchstens zu reinigungszwecken,
war

. 1871

engel erschrak heftig. das hat aber auch weh getan! zum mitführen ist eine tragtasche geeignet. diese kann aus stoffresten oder alten kleidungsstücken selbst hergestellt werden (ultra-schnitt SK 600 vom deutschen verlag, berlin SW 68). beim einlegen ist darauf zu achten, dass das atemventil nicht geknickt werde. eine anatomische zeichnung von ungemeiner leuchtkraft (farbkreide!). bei der vereinigung von geschlechtswörtern mit dem verhältniswort ist das auslassungszeichen nicht anzuwenden!
ins
durchs
unterm
an domsilben eigenblock ist auch die jüngst reparierte kunstuhr untergebracht. tick-tak-tik, der feind greift an. das ohr zeigt und schlägt fröhliche weihnachten. es geht dich an! sorgfaltige eiswohl dir maskengrüsse end bequemis trügen. goter sitz. oberer rund vorläuft aber stern-

matte eigenbrauen worden nacht zerdeckt. interteil umschlosst ahne feilten ader beutelbildung das kann. die rechtige liege des schlafenbindes ast furch einwellung was verbandes uhr-reich-bier. man schlägt dem nachbar auf den schunkel und wirrt gemütlich. wein fliesst strömend; donau macht sich frei! getarnte kanonen rascheln im laubsägewerk. ein voyeur glatzt aus der baumkrone. leidenschaftlich zischeln die kugeln ins fleisch. bratensauft läuft überdecke. unterteil umschliesst ohne falten oder blasenbildung das kinn des trägers.

um eine erklärung eine rückverweisung vom hauptgedanken zu trennen und kennbar zu machen. der korken von vorhin flog wie ein langer feuerstreif über die gerade durch SIE haben doch um gottes willen keine anzeige gemacht?
ÜBERGRÖSSE
die sache war ja eilig.

laut bellt der weltraumhund von ferne,
erich mag die mädels gerne.

die sache war ja eilig: ein brückenkopf hebt sich über den bergrücken. die vorhut lässt die krempe hängen. nun also sollte der kampf beginnen. engel grinst, wie gesagt, in der letzten reihe. erich wirft mit papierkugeln. die ganze sache war ja eilig. engel presst die klingel. dr. cleve kleidet sich auf die andere seite. die ganze sache war ja eilig. die gesamte mannschaft mit eto beteilt. innerhalb zweier monate trat nur eine einzige erkrankung auf und auch nur, weil nach eigener angabe des erkrankten das präparat erst nach einigen stunden angewendet wurde. engel drückt den finger TIEF IN DIE KLINGEL. die ganze sache war ja eilig. 20 personen sassen um die tafel. bei einer gleich starken formation traten in der gleichen zeit bei nichtbenützung von eto acht infektionen auf. auch diese abteilung wurde sodann von stabsarzt oberst dr. cleve, ritterkreuzträger mit eichenlaub, sodann mit eto beteilt und erfolgte dortselbst innerhalb zweier monate keine neue ansteckung, während beim II. baion, wo eto nicht verwendet wurde, in dieser zeit 13 neuinfektionen platzgriffen.

der arzt ist kein zauberer.

um den sekt erkundige ich mich garnicht, erklärte dagobert. engel wurde zusehends dicker war immer vergnügt plauderte den ganzen tag.
: ein kind ist mir niemals im wege.
tragen in bereitschaft. ein starke schnur (gardinenschnur) zu einer schlaufe zusammenbinden, die gerade so gross ist, dass sie leicht über den eingeschraubten filtereinsatz gezogen werden kann. überstehende

enden der schnur zu einer weiteren schlaufe so zusammenknoten, dass der kopf hindurchgestreckt werden kann. dr. cleve runzelte die brauen, brauen, brauen. jetzt brauchte er nur noch mozart erwähnen, dann konnte er gleich selbstmord an sich legen. da, es klingelt und dr. cleve kleidet sich an die andere seite. das ist aber stark! sein hageres scharf geschnittenes gesicht, das konnte doch nicht dr. cleve sein? wir müssen den mut haben unser leben mit den von uns erkannten wahrheiten in einklang zu bringen (tolstoi). bei ausgeschraubtem filtereinsatz das mit der linken hand umfasste anschlussstück mit dem handballen der rechten faust verschliessen und dann einatmen! da stösst ein knie gegen das bauchfell. nicht mit den augenwimpern berühren! brillenträger dürfen.

er schwieg. ich habe 2 rechte das publikum aufs tiefste zu verachten. ärgerlich kleidete sich dr. cleve an die andere seite. das stethoskop war zu boden gefallen. sie hätten 3 oder 4 kinder nötig und dann wären sie noch nicht zufrieden, meinte frau helmut oft und trug engel auf dem arm um sie gegen die liebevollen überfälle ihrer verehrer zu schützen. ich habe ein lebenlang von stunden gesprochen und nie stunden gegeben. not, leichtsinn, oft beides, zwingen mädchen und frauen sich aus materiellen gründen hinzugeben. engel entschloss sich ein gleichnis zu tun. die kreide knirscht. bald ist die stunde zu ende. die tafel biegt sich unter getränken. der vorhang schliesst sich für sekunden. engel brennt innen. sie arbeitet mit einem wahren FEUEReifer. auf einmal hielt diese lebhafte kleine freundin innen
.siehe. da steht etwas geschrieben. (natürlich arbeitet ein vernünftiger mensch nicht selbst!)

2. kapitel
als erich abends in das wohnzimmer kam um fröhliche weihnachten zu sagen, tat er anfangs, als ob sein vater garnicht da wäre. gehe gleich aus dem zimmer, sagte dr. cleve streng. erich will nicht, gab dieser ruhig zur antwort.

eines morgens kam engel mit rotgeweinten augen zu dr. cleve: erich war in der nacht gestorben. es wäre mir lieber, er hüpfte noch vor mir auf dem boden, murmelte er. erich ist blöd! schrieb engel mit einem stück kreide auf die tafel. der greis nickte. die kunstuhr schlägt zu. erichs strafe war eine gerichte.
beim geringsten verdacht sofort den arzt aufsuchen. nur keine ratschläge sogenannter erfahrener freunde befolgen. natürlich genügt es nicht, den arzt bloss aufzusuchen.
z. b. mit einer hellrosa hypermanganlösung.
das weckt einen toten auf, oder totschiessen.

mit einem scharfen knall stürzt das überbreite messingbett neben dem vorhang in sich zusammen. aus den trümmern der kissen erhebt sich engel mit federn übersät in einer wolke aus federn in der wärme des geheizten zimmers um sie tanzend.

widerwillig schlägt erich die augen auf. erich will nicht in fast allen städten wirken, – wie in wien.
in der 7. bis 8. woche erscheint dann ein ausschlag auf.
erich schlägt die karten. der eichel-zehner. der frühling. der eichel-bube ist der wilhelm tell. autsch! der werner stauffacher ist der herz-bube. aber der ulrich ist der blatt-bube! haha. der herr mit der pelzmütze heisst winter. er hat pappeln in den augen und wird bald blind sein. da erschrak erich und seine augen zerfielen in das 3. stadion. pappelnlapapa stammelte er. gehe gleich aus dem zimmer; pap(p)eln sind geschwüre, sagte dr. cleve streng.
engel war im 12. monat. novemberdezember.

jeder charaktervolle mensch, gleichgültig ob mann oder frau, muss durch den arzt über seinen geschlechtszustand aufgeklärt werden. er zürnte ihm weniger wegen seiner zahlreichen krankheiten als der eingeFLEISCHten leidenschaft halber viertel. brav sein, entschied der arzt. allzulange wird er nicht brav sein, lachte engel, der wird bald tot sein.
jawohl, von deiner gesundheit ist hier die rede!
weihnachten im felde 1916.
jede beratung ist unentgeltlich.
sehen sie sich diesen tausendschillingschein an, sagte ich. ich vermute das SCHLIMMSTE. jaja der erich. es ist keine schande. aber der junge mann antwortete nicht und blickte mit dem ausdruck höchster spannung in den pappel-zehner. klatsch! eine helle röte stieg empor. hellrosa.

in demselben augenblick erkannte er engel. die tischnachbarn drückten ihm schweigend die hand. nun also konnte der kampf beginnen.
ein ort, wo frau helmut nie trank, höchstens zu reinigungszwecken, ganz hellrosa. da leuchtet ein greller schein auf dem himmel und zeigte das wasser und die seife (im becken). ihr war zu müde, als bohrte sich ein messer in die brust. halt, rief dr. cleve und fasste sie wieder am arm, wer gab dir meine karte?? aber die hand zitterte und da-durch wodurch wa-rum da-rum vor-aus her-aus her-ein hin-ein ging ein werkwortiges herzbuben.
«den schlechten mann muss man verachten, der nie belacht, was er vollbringt!»
das publikum raste.

du meinst nach amerika? jawohl, es geht um deine gesundheit. das junge mädchen errötete tief wie eine purpurrose und senkte ihre augen scheu in den teller. klatsch! das war das tor, als es dr. cleve eilig verliess. und das liebe geld? fuhr er fort. der tausend (1000)! wo hast du das her? erich wollte den schein des umstandes nicht fahren lassen. schon griff spinnig notenwärts giere hand cleves. schandgeld! erich wollte nicht. sein gesicht glänzte wie eitel lust und freundlich. der arzt strich über die backen und nannte ihn ein verständliches kind. erich stöhnte laute. glühend stieg ihm das blut aus den winden, als bohrte sich ein messer in den ausschlag. die karten klatschten auf den tisch. stich! die menge wich zurück, um den kämpfenden platz zu machen. schon platzte die luft unter dem druck der geschosse.

selbst bei der geringsten verletzung sollte man auf den geschlechtsverkehr verzichten. das ist ja die ganze familie! das sind ja fünf kinder auf fahrrädern!
4 buben und ein mädel. (schelle eichel herz-blatt!)
mit einer hand am anschluss fassen, leicht nach unten und vorne ziehen und dann nach oben drehen (nicht in sonne und nicht am ofen!).

die bühne ist nun voll ausgeleuchtet. der vorhang hat sich wieder geöffnet. das bett weckt im publikum den wunsch,

niemals in die schreckliche lage geraten

auf diesem liegen zu müssen. so bleiben füsse und unterschenkel unbe. jetzt ist der vorhang offen. die bühne ist leer. träge nähern sich die giftigen schwaden dem hügel. wir pressen feuchte taschentücher vor den mund und liegen bewegungslos am boden. über uns brennt der himmel aus. aus den bordkanonen tickt die kunstuhr. sie nähert sich wie ein kreisel. sie surrt wie ein kreisel und glänzt. erde zischt auf. ein mit fosforflitter geschmückter herr beleuchtet die strasse. das ist der weihnachtsmann. in seiner verkohlten faust glüht der brandbombenstab. die weihnachtskerze sprüht ihre funken. jetzt ist der weihnachtsmann fast ausgeglüht. aber das feuerwerk brennt lustig weiter.

wenn laute, die gewöhnlich zu sprechen und zu schreiben sind, unterdrückt werden, so deutet man sie durch ein auslassungszeichen an.
' ''' '', ' .''''' '' ''''''''''' '': '?

3. kapitel

der flügelhornvirtuose felix silbers blies auf einer kindertrompete. dr. cleve schüttelte den kopf tief. dagobert ging im zimmer auf & nieder & rauchte. wenn das möglich war, dann konnte sich überhaupt alles ereignen und er bejahte die frage. engel nimmt den 1000-schil-

ling SCHEIN und trägt ihn hinaus zu frau helmut. sie streift dabei ihr kleid ab und nennt mir die namen der anderen gewandstücke, deren sie sich entledigt: lächelnd, heiter, liebenswert, brünett, ledig, schwanger, ohne korpulent zu sein, bei rampenlicht.
nun erscheint strahlend und beleuchtet über engels haupte der TAUSENDSCHILLINGSCHEIN! (dazu leise musik auf der muttertrompete: rrmsstata): im frühlingsstadion der entwicklung nehmen wir auf dem sessel platz. eine taschen-uhr. der sprungdeckel lässt sich acier garanti öff-nen.
das uhrwerk ist in gang gesetzt. in dem augenblick, da ich sie erkenne, zieht sich eine wandlung voll.

das ist das merkmal des mädchens.

von dieser stelle bewegt sich die geschichte mit radantrieb weiter. jawohl. den besten schutz gegen erkrankungen bietet naturgemäss die ehe. in meiner erinnerung taucht das weltkind auf. U 5, ein querschnitt. und eben dies ist die hauptgefahr. zwar ist die gründung und erhaltung eines eigenen hausstandes heute sehr erschwert, aber. aus qualm und rauch steigt hustend das gesicht des weihnachtsmannes. sein langer bart ist weiss. er trägt eine rote mütze. auf seiner haut blühen die fosforsterne. man drängte in der runde. die tafel ist jetzt abgeräumt. nur münzen klappern. mit dem ausdruck höchster spannung blickt der junge mann in den pappelzehner. sein gegner liegt vor ihm auf dem boden. der kreis der passanten (gesichtskreis, umkreis, halbkreis, in unseren kreisen) schliesst sich wieder. (wie?). mehrere herren treten auf. ein ausschlag tritt auf. gehe gleich aus dem zimmer, sagt herr dr. cleve streng. über den tisch ist die karte von wien gebreitet. granaten hasten in die häuser. anna hängt im gestänge des liftschachts. bei verdacht einer feindseligen haltung ist von der schusswaffe gebrauch zu machen. erich entlädt seinen lauf. aus den trümmern der bettstatt erhebt sich engel in einer wolke aus federn. dagobert trägt die geplatzten kissen aus dem zimmer. engels becken wölbt sich über die lehne. wein wird aufgetragen. auf der tafel türmt sich braten und kuchen. die stimmung ist aufgezeichnet. es knallt. prost in der heimat 1944! auf den schellenbuben presst engel. nur noch eine kleine weile, sagte dr. cleve streng. aus ihren poren tritt der schweiss auf. erich sticht. auf die lederhose tropft das blut. die nadel fällt aus den fingern. über ihm tickt die jetzt rasende kunstuhr. tack! die häuser platzen aus der karte. herz-blatt schelle eichel! blatt-schuss! das zimmer geht ins knie.
die dimensionen eines überbreiten bettes sind in einem missverhältnis zur mindestgrösse des wohnraumes. (siehe: der amboss in der schmiede). herztöne.

dr. cleve war musikalisch.
aber früher hattest du doch geld, viel geld sogar, wo ist es denn?

die 1000 schilling fotografie eines 7jährigen mädchens in sepia.
sie trägt eine korbt(fl)asche ans eins riemens ums dne hals.

ein tafelschwamm zum aufsaugen.

der flügelhorn-ist felix silbers (öffnet den flaschenhals). klatsch. nach tunlichkeit vermeidung künstl erregungsmittel (tabak fleisch). enthaltsamkeit ist nie schädlich! tausend männer leben so!
das sicherste mittel ist natürlichkeit die enthaltsam!

auswechseln der klarscheiben.

abnabeln!

das vierte kapitel findet in einer waldschaft statts. wolken überziehen himmelden. hellrosa.
ph schreibt man nur in fremdwörtern z. b. *brennender phosphor wird mit sand gelöscht* oder *photographie.*
nachher reinige man nicht nur das glied und den hodensack, sondern auch bauch und oberschenkel mit wasser und jawohl hellrosa seife. nach dem verkehr empfiehlt es sich, ausgiebig zu urinieren. felix silbers konnte sich keiner täuschung hingeben. noch eine bewegung und ich lege ihnen handschellen an. jeder widerstand ist zwecklos. das spiel ist aus. hier gibt es keine unterirdischen gänge. kommen sie.

epilog.
komm erich, sei ein gutes kind und sage mir noch, was denn eigentlich das hochzeitskleid gewesen wäre, das der böse mann hätte anlegen sollen, sagte herr dr. cleve streng. seinen schlafrock, antwortete erich mit einem blick auf das kind, das sich vor lachen nicht mehr halten konnte und herausgefallen war. herein trat dr. erich dagobert felix cleve mit seinem flitterbesetzten pelzmantel. es schneit. die sektpfropfen knallen.
(1959)

das findelkind

es war einmal ein findelkind, das hatte weder arme noch beine. und da es weder arme noch beine hatte, machte es sich welche aus reiner luft und die waren gar anmutig anzusehen. es schwang sie herum und nach kurzer zeit hatte es viele menschen mit seiner anmut bezaubert, und mancher ging vorbei und wollte es beim arm fassen, weil es also anmutig und geschickt und es eine freude schien, dem munteren findelkinde zuzusehen, aber kaum kam der wanderer dem kind zu nahe, biss es sich in seinen haaren fest und wollte mitgetragen werden. mancher zögerte, weil es artig anzusehen war, doch bald wurde es schwerer und schwerer. so warf es jeder nach einer kurzen strecke weges wieder fort.

doch da sah es die anderen menschen mit ihren armen und beinen und wie sie alles angriffen und herumgingen. da wurde das findelkind sehr traurig und es hatte grosse lust zu weinen, aber es schämte sich seiner tränen, weil es diese doch nicht einmal hätte wegwischen können, es sei,es hätte sich am boden gewälzt, so hielt es seine tränen zurück und überlegte um einen ausweg.
(1960)

die birne

und er biss in eine birne eine goldgelbe birne wie man so sagt und zwar in jene gelbe und so saftige birne dass das wasser aus seinen mundwinkeln lief die tags zuvor bei frau jekel soweit vorne auf der stellage gelegen hatte und da war er vorbeigekommen er war auf dem wege ins museum gewesen und konnte sich nicht enthalten diese saftige 24 dekagramm schwere birne für den preis von einem schilling und zwanzig groschen zu erstehen eben jene preiswerte birne die mit vielen anderen zirka 2 tonnen goldgelber wenn diese bezeichnung gestattet sei birnen montag den 14. oktober vom transportunternehmen gredler linke alszeile 24 an die lebensmittelgrosshandlung ellsler gelieferte sendung die remesberger junior der remesberger aus wels in die bundeshauptstadt geschickt hatte zugleich mit den fakturen der vorhergegangenen lieferungen und remesberger war stolz denn schliesslich wirbt man nicht jeden tag eine kundschaft wie ellsler ellsler aus der bandgasse der konkurrenz ab und ellsler wusste dass der wechsel platzen würde und ging zu remesberger der froh war dass er ihm liefern durfte und da wird der wechsel wohl platzen müssen wenn kein wunder wenn der ausdruck erlaubt sein sollte geschieht und der remesberger mitgerissen in die pleite und wer kauft schon birnen zu dem preis und da war die eine birne dem zusteller vom ellsler runtergefallen und die alte jekel hat gemeint na wenn sie so arbeiten dann muss ich billiger verkaufen und wer zahlt mir den verlust bei diesem anbot angeschlagen wie stellen sie sich das vor das ist zweite qualität das weiss die kundschaft aber frau jekel war ja nur eine na leg ich sie halt vorne hin die eine mit der weichen stelle nach hinten die eine birne da na ja sagte die jekel drauf und legte die weiche birne und zwar jene die der nevosad ferdinand 74 trotz seines alters noch immer tätig in königstetten vor fast drei wochen vom baum geholt hatte und ganz nach vorne und zwar von dem baum auf dem sich im achtunddreissigerjahr ein gewisser kronik das heisst auf dessen rinde der kronik ein gebürtiger lavanttaler damals in königstetten verheiratet mit seinen initialen s k der kronik sich verewigt hatte mit seinem taschenfeitel wenn der ausdruck gestattet ist weil er mit vornamen stefan geheissen hat der kronik dabei trat er mit seinem rechten fuss auf den stein den jahre später eben besagter nevosad und zwar jahre vor dem pflücken der birne da er der nevosad sich als gebürtiger königstetter fast immer in diesem orte aufgehalten was weiter nicht verwunderlich wenn man den nevosad gekannt hätte hob also den stein auf der ohne ersichtlichen grund all die jahre unbewegt in regen und schnee und so weiter wenn die ausdrücke erlaubt sind auf dem gleichen platz gelegen hatte festgehalten von der erdanziehungskraft während sich doch auch dieser punkt wie ja auch die übrige gegend wie auch die ganze erde sich pausenlos um sich selbst drehte lag also jener schwindelfreie stein wenn der ausdruck erlaubt ist und den warf eben damals der nevosad und warf ihn einige meter südsüdost wo er auf dem längst abgemähten haferfeld der pöller agnes der mit ihren 43 jahren damals der unterschied zwischen mann und frau noch nicht geläufig war liegen blieb wobei er neben einen hosenknopf zu liegen kam den den die kinder des bürgermeisters erich und wolfgang slobinsky nach stundenlangem kauen in der volksschule königstetten auf dem nachhauseweg zum anwesen des bürgermeisters dorthin gespuckt hatten dorthin also warf der nevosad den stein es war ein ziemlich gewöhnlicher grauer kiesel mit seiner rechten hand mit seiner linken wäre er auch zu ungeschickt gewesen und ausserdem war er nicht gewohnt sie zu betätigen also warf er mit der rechten hand die zwei stunden später die des vutzen lorenz drückte die der dann am folgenden freitag in der häckselmaschine seines bruders bei dem er als knecht aushalf seit er seine stellung als hilfsarbeiter in der traiskirchner gummifabrik wegen trunksucht hatte aufgeben müssen verlor und mit dieser hand mit der er jene noch drücken sollte hatte er also auch wie gesagt wenn der ausdruck erlaubt ist die birne abgerissen und zu den anderen birnen gelegt die schon im korb lagen den seine frau denn der nevosad war verheiratet den also seine frau die nevosad marie aus wien mitgebracht hatte als sie das letzte mal in der stadt gewesen war und ihren freund den ponzer reinhold getroffen ihn geliebt und

wieder verlassen hatte an ihn ponzer denkend war sie mit der eisenbahn nach westen richtung königstetten abgefahren und in gedanken an ihn ponzer warf sie sich mit hilfe des zuges abfahrt wien 16 uhr 41 richtung tulln gegen die erdumdrehung und wenn der effekt auch bedeutungslos war so war er doch und in den korb legte der nevosad die birne die er von dem baum gerissen hatte der nun schon gut seine 34 jahre stand und auch nicht mehr allzuviel trug aber trotzdem war der nevosad hinaufgestiegen und hatte die birne von dem baum dazugelegt zu den anderen von den anderen bäumen die viel jünger waren und auch anständig tragen denn sonst wäre ja keine rentabilität in dem obstbau von dem wawerka gewesen dem auch der baum zu eigen war und für den der nevosad jetzt auch schon seit dem 17. juli vergangenen jahres wenn der ausdruck erlaubt ist auch als fahrer für den traktor im dienst steht besonders wenn man bedenkt dass der nevosad mit dem wawerka ungefähr im gleichen alter ist und die sich schon lange kennen und auch in der gleichen schule waren nämlich in pottingbrunn nämlich im krieg wo sie in der fallschirmjägerausbildung waren und da hat der wawerka noch gemeint mit dem messer da stech ich in einen engländer dass es nur so spritzt und mit der hand riss er die birne herunter und legte sie zu den anderen aber ein stück vom zweig war mitgegangen wo damals die blüte draufgewesen war wo zwei bienen auf einmal haben wollen in die nämlich in die blüte rein damals im jahre 1943 wo die bombe auf den stadel vom paternioner gefallen war im nämlichen oder gleichen jahr wo die zwei bienen wenn der vergleich gestattet ist nicht in die blüte reinkönnen haben und dann legte er die birne wieder hin angebissen wie sie war und die fliegen setzten sich drauf und am nächsten tag da sah er sie wieder an und dachte da sitzen die fliegen drauf weil sie angebissen ist und da habe ich nicht mehr weitergegessen die schmeckt aber auch bitter.
(1961)

gertruds ohr

eine schweinische geschichte
von konrad bayer,
montiert aus zitaten des
moewig-romans nummer 597:
ohne dich ist alles trüb und leer
oder
verzeih meine harten worte!
von maria linz

die lebenslustige weltdame und die ernste landfrau lebten in zwei verschiedenen welten.
*
danke! hauchte sie.
vielen dank!
sie meinen es gut mit mir.
sie hatte sich inzwischen gewaschen und angekleidet.
hast du mich aber erschreckt! sagte sie auf italienisch.
sie fuhr herum.
sie schrie leise auf, als eine hand an ihr vorbeigriff und den vollen eimer von dem stein hob.
draussen wurde es allmählich hell.
die kälte prickelte auf der nackten haut ihrer arme und beine.
*
seine augen waren jetzt blind für die wunderbare schmiedearbeit des schlosses und der verschnörkelten klinke.
armes einsames herz, dachte er.
*
gertrud war hochgewachsen, ihr scheitel berührte fast die niederen deckenbalken.
*
es war fünf uhr nachmittags.
die milchausgabe war bereits vorbei.
*
auf einem bauernhof beginnt der tag auch im herbst früh. die standuhr im flur des rotbucherhofes schlug fünfmal.
joseph der kleinknecht und die tagelöhner liessen sich seltsam verlegen am esstisch nieder.
*
als er wiederkam war sein gesicht verändert.
es war beherrscht und fremd.
du bist nicht der erste, der sein dienstmädchen heiratet, schrie viviane.
ihre schönen hände waren vor aufregung ungeschickt.
*
es war schon nach der milchausgabe.
der hof lag leer und dunkel da.
*
gertrud hatte ein glas mit dem johannisbeerwein gefüllt, den sie selbst ansetzte.
«wollen sie nicht trinken, doktor?»
in diesem augenblick verliess anje den stall.
sie bemerkte die beiden schattenhaften gestalten garnicht.
das haben sie schon heute morgen am telefon getan, entgegnete curt.
*

fast fünf monate später betrat anje hinter gertrud das zimmer. es war ihr während ihrer brautzeit zu einer zweiten heimat geworden. die sonnenstrahlen durchleuchteten anjes schleier.

*

dann tun sie es doch, curt, sagte gertrud leise.
sie würde den roller absperren und ihn hier am zaun zurücklassen. der kleinknecht könnte ihn dann abholen.

*

er knöpfte seinen weiten mantel auf und sagte:
komm, schlüpf darunter!
sie gehorchte zögernd.
du bist ein liebes menschenkind, meinte er gerührt.
willst du mich denn nun wirklich heiraten, mein kleiner liebling?

*

joseph hatte die letzte kuh gemolken.

*

anje wusste nicht, wie sie in die küche zu gertrud zurückgekommen war.
sie war förmlich über den hof geflogen.

gertrud stand mit dem rücken zu ihr am herd.
wo hast du die eier? fragte sie mit einer ganz fremden scharfen stimme.
bitte nicht böse sein, ich habe das ganz vergessen, rief anje.
und warum? fragte gertrud und wandte sich langsam nach ihr um.
ihr gesicht war fahl und ihre augen flackerten.

*

anje umarmte die ältere behutsam.
dabei hatte sie sich nicht einmal zeit genommen, ein strickjäckchen überzuziehen.
sie seufzte leicht auf.
aber GERTRUDS OHR hatte doch die leise mahnung gehört.

*

um die mittagszeit des dritten tages hörten sie endlich, wie sein wagen ums haus jagte und scharf abgebremst vor der tür hielt.
er drückte ihr ein kleines päckchen in die hand.
machen sie es auf, ich möchte gern ihr gesicht sehen!

er hatte die brille abgenommen. sein gesicht hatte jetzt etwas jungenhaftes.
ich bin aber doch kein kind mehr, HERR HANNES, schmollte sie.

*

als gertrud aus dem badezimmer zurückkam, war das wohnzimmer verändert.
*
endlich sahen sie die dunkle masse des wohnhauses.
*
darf man herein? kam curts ruhige stimme hinterher.
das junge mädchen wurde unsicher und antwortete mit leiser stimme:

ich komme vom rotbucherhof und
bringe für HERRN HANNES lebensmittel!

sie musste einen besonderen schutzengel gehabt haben, dass sie in diesem zustand heil aus münchen herausgefunden hatte.
*
das lämpchen über dem buntbemalten bauernbett brannte noch.
gertrud blieb zerbrochen in ihrem zimmer sitzen.
*
hannes zögerte immer noch.
er hatte altes bauernblut in sich.
*
wenige augenblicke später kamen leichte schritte durch den garten heruntergelaufen.
*
deine heimat ist jetzt bei mir in münchen und auch noch ein bisschen auf dem rotbucherhof, sagte hannes eifersüchtig.
sein männliches gesicht schien schärfer geworden zu sein.
er hatte nicht einmal seinen gelben lodenmantel ausgezogen. er riss nur ungeduldig den karierten schal aus dem ausschnitt.
*
ich stehe hier wirklich auf einem scheidewege, dachte sie beklommen.
dr. curt de crinis war im schweinekoben gewesen.
*
gertrud gab schnell einen rauhen schluchzenden laut von sich.
*
für reiche leute, ergänzte sie.
*
hannes schwieg bestürzt.
was hatte er im kongo zu tun, fragte er behutsam.

in dem warmen gelben lichte schien das mädchen einem alten gemälde entstiegen zu sein.
*
seien sie willkommen, sagte ihre monotone stimme.
*
sie bereute ihre worte schon im nächsten augenblick.
*

anje zog wortlos ihre jacke aus und sah sich nach einer schürze um. die herrin des rotbucherhofes war eine gefangene ihres verschlossenen und herben wesens.

ja, hannes, flüsterte sie scheu.

*

viviane hatte die beine unter sich gezogen.

die junge frau trug zu dem festen rock schon die graue lodenjacke.

*

armer, armer kopf, brummte hannes zärtlich.

*

so herb gertrud sonst war, zu tieren konnte sie zärtlich sein.

*

der schweizer joseph stand auf der der schwelle. zwischen seinen zähnen hing die erkaltete pfeife.
ich tue es gern, antwortete er kurz.
gertrud blieb neben ihm stehen. seine nähe tat ihr wohl.
er verstand sie ganz.
(hätte er seine worte laut ausgesprochen, vielleicht wäre dadurch verhütet worden, dass kurz darauf ein missverständnis über 2 wertvolle menschen tiefes leid brachte und sie anscheinend für immer auseinandertrieb.)

*

trotzdem war viviane noch immer im zimmer, als hannes rotbucher in seinem dunkelgrauen flanellanzug zurückkam.
sie fand mit einem feinen stich im herzen,
dass er gut aussah.

*

die küche, die eben noch vor menschen überquoll, gähnte leer und still.
sein blondes haar glänzte frisch gebürstet.
das mädchen wurde unter dem stummen und selbstvergessenen schauen des fremden unruhig. sie raffte den buntgestickten leinenkittel an ihrem runden bäuerlichen hals zusammen.

hannes bemerkte, dass sie kurze hosen trug. ihre nackten schenkel und ihre langen beine waren stark gebräunt und so vollkommen.
hannes nahm sich zusammen.
hannes griff wie unter einem zwang über den tisch.

er betrachtete mit heisser bewunderung ihre hohe gestalt und die stolze haltung.
hannes gab das geld für ihre haltung her.
gertruds augen wurden schmal.
er hat mich gehasst, murmelte sie. bitte, kommen sie in den kuhstall.

*

wieso ist sie kein kind? fragte viviane gedehnt.

*

vor ihr stand ein schlanker mann in einer sportlichen windbluse. in seinen starken goldgefassten brillengläsern spiegelte sich das schwache licht der stallaterne.

hörst du, wie sie stampfen? sagte joseph.

*

danke, danke, ich bin sehr glücklich! hauchte sie.

dann schlug sie leicht auf die flanke ihrer stute und galoppierte auf die hofeinfahrt zu.

*

unwillkürlich rief er auf deutsch:

hallo!

(1962)

mutationen

2

kleopatra schlug die hand vor den mund und rief: woher kommen sie, mein herr? in der tat war das aussehen des augustus von der art, dass man überrascht sein konnte. die stirn des hannibal war feucht von schweiss und mit dem schweiss des beowulf vermengten sich hier und da einige tropfen blutes. in seiner kleidung war diese unordnung umso auffallender, als byron in dieser hinsicht gewöhnlich die strengsten anforderungen der mode erfüllte. das feine tuch des schwarzen rockes war an mehreren stellen zerrissen, die verschobene krawatte des grafen latour hielt nur durch einen falschen knoten und ein gummiband zusammen, das gegen jeden modestil war. grosse kotflecken hatten den glanz seiner stiefel bedeckt und die spitzen seines zerknitterten und an mehreren stellen zerrissenen jabots hingen schmutzverkrustet über den geplatzten kragen der atlasweste des feldmarschall tilly. auch der dunkle hut, den lincoln bei seinem eintritt auf einen sessel gelegt hatte, war verbeult und die krempe zum teil abgerissen, kurz, der zar schien in einem erbarmungswürdigen zustand, und miss mary lincoln erstarrte, als sie die verwundete haut seiner finger durch das leder der engen, zerrissenen handschuhe floyd pattersons bemerkte. die frage seiner königin riss sir francis drake aus gedanken. während er mühsam versuchte, sich wieder zurechtzufinden, stand brummel auf und trat vor den spiegel. verzeihung, madame, stammelte cromwell, seine geschundene haut betrachtend, auf meine ehre, ich glaubte, ich wäre nicht so sehr zugerichtet worden. verdutzt stand oliver hardy vor gloria swanson, die sich in einem hysterischen lachkrampf am boden krümmte. solcherart verhöhnt wandte ihr löwenherz den rücken. hochaufgerichtet verliess kolumbus den raum.

4

noah treibt das vieh über die rampe. für einen augenblick wendet der korse den schädel. seine augen eilen unstet in den höhlen. er bleibt stehen, suchend, die beine festgestemmt in den planken, mustert er das deck, bis einer der herren an seiner seite ihn höflich aber mit unmissverständlichem nachdruck bittet, sich an bord zu begeben. mit geneigtem schädel, einem geräusch nachlauschend, betritt der entthronte kaiser das boot. noah schliesst die luke und zieht das segel auf. ein fetter mann in grünem frack mit goldenen epauletten, in weisseidenen strümpfen und schuhen betrachtet verloren das im wind geblähte leinen. seine uniformierte begleitung geleitet ihn an die treppe, die unter deck und zu den kajüten führt. das vieh drängt blökend gegen den hauptmast. hufe scharren an holz, hörner knallen gegen die planken. geduldig schiebt noah raufe um raufe vor die hungrigen mäuler. als ein junger stier nach vorne ausbricht, wirft ihm noah das seil um die läufe und bringt ihn zu fall. i beg your pardon, sir, schnarrt die stimme eines matrosen der northumberland, während napoleon schweigend über die trosse steigt und gefolgt von seinen begleitern allmählich in der perspektive der treppe unter deck verschwindet.

5

arnold kam näher. kajetans mantel flatterte hinter ihm drein. karl ging schnell auf uns zu. helmut trug das haar links gescheitelt und es war von so heller farbe, dass man ihn auf weite entfernung erkannte. langsam wurden stefans züge deutlich. thomas hatte seine hände in den taschen seines mantels vergraben und schien zu frieren. andreas beschleunigte seine schritte. herbert winkte uns zu. dann zog ewald seinen hut tief in die stirn und stemmte sich gegen den wind, der pfeifend durch die strasse fuhr. emanuel schwankte. wir fürchteten, dass der sturm hans zu boden werfen würde und machten ihm zeichen, sich in eine toreinfahrt zu retten. aber max schien uns nicht verstanden zu haben und setzte seinen weg fort. plötzlich riss ein windstoss paul den hut vom kopfe. aber matthias schien das nicht zu beirren. vielmehr hörten wir siegfrieds lachen, obwohl er noch gute 200 meter entfernt sein mochte. lukas hatte den kragen seines mantels aufgeklappt und ruderte mit seinen langen wurmartigen gliedmassen in diesem stürmischen 29. oktober herum. georg mochte jetzt 29 jahre oder mehr sein. wir kannten heinz erst seit kurzem. aber egon war uns allen ein guter freund geworden.

6

sie kamen noch einmal von vorne sah die geschichte beweist in diesem fall kann ich ihnen leider sind sie wieder einmal schien es ihm als ob so oder so das ist mir geht es gut so wir bleiben sie doch er gab nicht auf der stelle treten sie näher und näher kam der termin und sie hatte ihn seit geraumer zeit wartete der kerl stand auf alten landkarten war diese stadt nicht ohne grund hatten sich die zwillinge ferngehalten von staatsstellen und als klar wurde dass er die flasche stand auf dem tisch lag der leblose körper

7

das glas stand auf dem tisch lag der leblose körper des mannes arm hing von der kante des stuhles troff das blut bildete eine lache breitete sich aus dieser entfernung war jede einzelheit muss festgehalten werden die gläser noch gebraucht und in diesem zustand wollte niemand verlässt den raum bevor ich stand mit meinen leuten noch eine weile und alle können nach hause gehen sie auch nach hause zu gehen macht mir nach dieser sache wenig vergnügen sie sich kommissar sie sehen ja aus als ob ich es gewusst hätte dass sie mich herumkriegen würden sie mir die ehre geben heute dachte ich es würde ein ruhiger tag werden sie auch wirklich kommen die johnsons auch wenn die kommen sollten sie nicht wahr sie verfolgen doch da lag noch immer dieser kerl auf dem tisch lag jetzt eine menge zeug von meinen leuten war mir hynes noch der angenehmste zwischenfall trat ein mädchen in so einem sehr engen kleid steckte da mehr dahinter stand hynes und grinste die puppe auch oder hab ich den sonnenstich muss ich mir gestern am strand lag der kerl damals war doch auch wer dabei fiel es mir war klar wen ich da vor mir stand der mörder sind eine komische rasse hat sie das muss man ihr lassen sie mich los brüllte die riss wie verrückt an den stahlspangen hing hynes war mir zuvorgekommen
(1962)

wenn die junge riesin in die stadt kommt

die junge riesin kam in die stadt, um eine uhr zu kaufen.
sie schreitet mit anmutigen hüften über die leeren plätze. ihr eng anliegendes kleid versöhnt mich mit dieser schrecklichen hitze. ihre augen sind die schwarzen edelsteine eines trauerpferdes. sie ist von königlichem ansehen und ein triumphierendes lächeln quittiert mein erstaunen. von zeit zu zeit hebt der wind den saum ihrer röcke, aber die strumpfbänder wird er nicht löschen. sie lächelt mir zu und löst diese blumen von ihren schenkeln. jetzt verbrennen sie mein herz, weil ich sie immer bei mir trage. und ich warte und bete, dass sie heute kommen möge.

wenn die junge riesin vor den fenstern der grossen kaufhäuser stehen bleibt, werfen ihr die verkäufer verstohlene kusshändchen zu. ein poet kauft bei der blumenfrau frische anemonen und er wagt es nicht, sie ihr zu schenken. die polizei bemüht sich vergebens, die menge zu zerstreuen. ein ministrant verkauft seine seele. ein schaffner begeht selbstmord und die feuerwehrleute verschenken ihre helme. aber sie betrachtet voll heimlicher sehnsucht ein buntes halstuch zum letzten mal und verschwindet mit schwebenden fersen im gedränge.

stich zu bruder

stich zu bruder
er ist lahm
das erleichtert mein amt, meinte der engel und stiess dem kerl die hand tief in den leib.
der zuschauer nickte beifällig mit dem kopfe und ging zu seinen freunden ins wirtshaus. diesen erzählte er von seinem erlebnis.

damals waren wir eins

damals waren wir eins.
ein hermaphrodit von der guten sorte.
mann und frau.
da brachte ein bedeutungsloses ereignis etwas licht in das dumpfe dunkel dieser glücklichen liebe.
aus dem garten unserer nachbarn, unseres nachbarn, seiner kinder, ich weiss nicht, ob er kinder hatte, ja ich kannte niemand von drüben, nur manchmal konnte man die stimmen hören, war eine kugel, ein apfel, eine sonne, mandarine, ein schneeball, ein fussball über die mauer gefallen. war aufgestiegen, hoch in die luft, und bei uns hingefallen. ohne bedeutung. es war dunkel geworden, auch etwas kalt. ich brachte den ball zurück.
meine nachbarin soll eine sehr hübsche und interessante frau sein, habe ich mir erzählen lassen.

wenn es etwas gibt

wenn es etwas gibt, das mir so an die nerven geht wie die nacht,
dann ist es der tag. ich will ruhe.
aber das ist ein aussichtsloses unterfangen.
man versucht man übt. geht es nicht auf diese art,
so geht es auch nicht auf jene.
die zeit vergeht und man hat nichts erreicht oder wenig oder fast nichts.
auf jeden fall bedeutungslos.
man landet wieder am anfang.
man biedert sich an.
wird rückfällig.
kümmert sich wieder um weiber.
man verliert das vergnügen an den einfachsten dingen.
man findet in jeder suppe ein haar.

oper

motto
wer so gern allein bleibt darf sich nicht wundern wenn er allein bleibt
motti
welche so gerne alleine bleiben dürfen einander nicht wundern wenn sie alleine bleiben
mit o
wor so gorn ollon blobt
das leben hat einen umfang der dem anderen das wort erteilt
essen sie leberkäs so essen sie doch leberkäs
ich bin gekommen um zu sagen dass ich heute nicht sehr lange bleiben kann.
wir wollten doch miteinander den leberkäs essen
ich hätte es auch getan aber du weisst dass nicht alles erlaubt ist insbesondere wenn die tage kürzer werden und die entscheidungen vor der tür stehen wenn der schnee schmilzt und der cognac unter falschen etiketten verkauft wird
gib mir noch einmal deine hand
gib mir deine hand und gehe wenn du den leberkäs vergessen hast besteht die begründete gefahr dass du auch mich in kürze vergessen wirst und eben dies möchte ich mir ersparen

geh nicht fort bleibe sieh meine hände die eine flasche rum mit dem grösstmöglichen lächeln verlassen würden sehen dich an und denken
warum ist der abend rot
wenn die sonne scheint
warum ist ein mädchen tot
wenn der morgen weint
das sind fragen die keiner antwort bedürfen
das sind die fragen auf die ich immer gewartet habe
gib mir was ich brauche und will dir unter die augen treten wie eine lilie die in den städten mit allen leidenschaften gross geworden ist verlasse dies haus und verlasse die stadt bringe die dinge ins reine die du verraten hast ich komme mit dir auf dein bett wenn die nacht nicht so kalt wäre wenn die flaschen leer sein werden wenn die asche im herd bis an den oberen strich gewachsen ist wenn der wind die rinde brot die ich gespart habe vom fensterbrett weht wenn der letzte mantel im pfandleihhaus auf den weihnachtsmann wartet dann singen wir eine fröhliche oper allen die daran glauben und allen die uns etwas geld für eine reise ins jenseits und etwas mut für die fahrt nach stockholm borgen verlangt die karten für die eisenbahn seid hart zu eurem nächsten und vergesst auf das trinkgeld für die bettler die sich mit ihren flittchen als nachbarn verkleiden eja wo ist meine hose und eja wo ist mein rock ihr habt kein vertrauen mehr damit beginnt es ihr habt kein vertrauen mehr wie wollt ihr diesen mörderischen frühling überleben ihr müsst die segel mit zuversicht füllen ihr müsst die türschilder ansehen und wissen dass der tag nicht zu ende ist ihr müsst wissen dass die sonne heiss ist dass der hunger beisst und dass die kaulquappen schliesslich frösche sein werden gebt euch doch diese chance nicht aus den händen eurer buchmacher wisst dass ihr die gewinner in diesem rennen seid ohne zweifel das leben ist die beste einrichtung nach der erfindung der elektrizität durch edison gebt euch einen ruck und hört auf meine geschichten ihr verzettelt euch fürwahr ihr seid im begriffe euch beispiellos in die sackgasse treiben zu lassen.

vielleicht wäre alles anders geworden

vielleicht wäre alles anders geworden, wenn ich zuhause geblieben wäre. ich hatte wirklich keine lust schmied zu werden. ausserdem werden pferde immer seltener. aber das wollte mein vater nicht einsehen, der der beste schmied in umkreis von 100 km war. oder 50. ich weiss das heute nicht mehr so genau. ich wollte in die hauptstadt, weil ich sänger werden wollte. mein vater hatte keinen sinn dafür. er nannte es flausen. meine mutter nannte es blödsinn. trotzdem durfte ich in die stadt. mein vater hatte bald eingesehen, dass ich wohl nie einen schmied abgeben würde. er hatte viel praktischen sinn, weil er die tageszeitungen las. unter anderem wusste er also, dass techniker die besten aussichten für die zukunft hätten und war bereit, mich in die stadt zu schicken. ich war froh überhaupt in die stadt zu kommen, man kann auch nebenher sänger werden. am anfang ging alles ganz gut, ich hatte einen aushilfsjob gefunden, ich konnte mir gesangsstunden leisten und manchmal schickte ich meinem guten alten vater eine ansichtskarte mit den besten grüssen und der frontalansicht der universität und er war sehr mit mir zufrieden. mein gesangsstudium machte mässige fortschritte und ich beschloss eine mitschülerin zu heiraten. zu diesem zweck nahm ich eine etwas besser bezahlte stellung bei sartori & anderson an, einer gutrenommierten firma, die sich den vertrieb von rechenmaschinen aller art zur aufgabe gestellt hatte. ich hatte jetzt zwar weniger zeit für meine kleine braut und noch weniger zeit für den gesang, aber ich mochte diese arbeit eigentlich sehr, sie war interessant und bald wusste ich, dass alle diese komplizierten maschinen, ja selbst die elektronengehirne auf einem einfachen additionssystem beruhen und begann mich zu wundern. ich wunderte mich auch, als mich meine braut verliess, obwohl der andere junge sehr viel weniger singen konnte als ich. wie ich später erfuhr, hat sie den gesang ganz aufgegeben, obwohl sie eigentlich eine sehr schöne stimme hatte. jetzt hätte ich meinen job wieder aufgeben können, aber er war anständig bezahlt und was mich unter anderem festhielt waren die direktoren unserer firma, die herren sartori und anderson, zwei reizende alte herren mit weissen schnurrbärten und tadellosen anzügen. sartori verwaltete den linken trakt des unternehmens und anderson den rechten. sie waren gute freunde und glühende verehrer des schachspieles.

die weissen und die schwarzen knochen:

ein loch im dach ist der schornstein. so leicht ist hier der sand. alle tage im märz und april sind unglückstage. der mittwoch und freitag sind unglückstage. und der letzte tag aller monate? es sind braune kanarienvögel die besser singen als die gelben. je grässlicher desto besser. doch ist nicht alles gold was glänzt. nicht einmal zähne. 7 jahre brennen. der honig ist schwarz. es wird immer lebendiger. es ist wahr. verdrehet die glieder seltsam. eine schlacht ist in einer oder zwei stunden entschieden. üppig ist das pflanzenleben. zerspringt der schuh in kurzer zeit. die haut wird rauh. das klingt doch wie das lallen eine kindes. in einem goldenen käfig. teils natürliche blumen. desto ärger zerfleischen sich alle. die liebe in den wäldern. und dann der riese unter den vögeln. verhunzt steht er da wie ein tier auf dem viehmarkt. überall hört man seufzen und stöhnen wenn einer der 99 namen gottes ausgesprochen wird. und ihm zur linken steht ein mensch. soll man ihn liebkosen oder misshandeln? salz und zucker trocknen. salz und zucker zerfliessen. die haut schrumpft ein. menschen und tiere triefen überall von blut. wer muss daher sterben. um schön zu werden. diese unglaubliche hitze. im juni hört die pest auf. das wasser ist faul. (ganz unmässig) die luft ist warm aber es fehlt an regen. eine mutter sprengte ihrer tochter wasser ins gesicht. die bewohner der stadt. wirbelwinde brechen aus den talschluchten hervor. die betten sind mit eis bedeckt. die fensterscheiben zerspringen. aber man weiss nicht. holen steine in der nacht. sind die sinne überaus scharf. um eine grenadiermütze führten zwei könige einen blutigen krieg. so leicht ist hier die liebe. alle vögel im märz und april sind unglücksvögel. je schwärzer desto weisser. doch ist nicht alles blut was glänzt. nicht einmal blumen. 100 städte brennen. der mensch ist schön. es ist heiss. den juni zerbrechen. vertrocknet der honig im schornstein. wofür? eine mutter sprengte ihrer tochter ein loch ins gesicht. die betten werden rauh. ach ja. salz und zucker zerfliessen. salz und zucker trocknen ein. alle blumen im märz und april sind unglücksblumen.

über die liebe

aus der serie: 15 unangenehme geschichten

es war ein kalter sonniger winterabend. ich sass im jardin du luxembourg und erwartete eine mir befreundete dame. ich hatte sie seit monaten nicht mehr gesehen. damals hatten wir beschlossen unser wiedersehen in einer kleinen kapelle nahe der pont neuf in aller stille zu feiern. ein strauss weisser thusnelden welkte in meiner hand. da kam sie. tief verschleiert wie es ihre gewohnheit war wenn wir uns heimlich trafen ihre azurblauen augen funkelten wie sterne in der mondklaren nacht ihre schritte knirschten im schnee. meine schöne geliebte! sie reichte mir ihre durchscheinende rechte und hauchte einen kuss auf meine wangen ihre augen leuchteten wie lapislazuli meine hände dampften wie die griechischen götter im olymp. sie sank an meine seite da nahm ich sie im schnee. ihr durchscheinendes gesicht glühte und sie flüsterte „mein geliebter". da vergassen wir alle widerwärtigkeiten.

monolog des spulwurms

monolog des spulwurms:
verzehren sie mit immer grösserem appetit immer neue antagonien der verderblichsten hummermayonnaisen und bleiben zu hause oder sie fischen am wochenende einen reichen onkel den sie an der nase herumangeln

nach der sichtbaren ausweitung der garderobefrauen wandte sich der anständige gast den eigentlichen dienerinnen der liebe zu
sagte der spulwurm und versank in die augensterne der jungfräulichen tochter
die kluge mutter:
jede generation hat ihre besonderen vorstellungen vom vergnügen nur die wirklich unbelehrbaren können den kindern das neiden wofür man heute eben die gute figur verloren hat.

als er die tür öffnete

als er die tür öffnete, stand sie in der küche und schnitt ihre hühneraugen mit einer rasierklinge. ein gestank von küche und schweiss stand vor ihm. fett, behäbig und ungeschickt stand sie vor ihm. er hatte ungeheure lust sie zu erschlagen.

er ging

er ging und stand an einem weissen fluss.
er stand zwischen weissen bäumen auf weissem gras unter einer weissen sonne und hielt in seiner hand einen weissen stein.
alles ist weiss.
er ging und stand an einem schwarzen fluss.
er stand zwischen schwarzen bäumen auf schwarzem gras unter einer schwarzen sonne und hielt in seiner hand einen schwarzen stein.
alles ist schwarz.

als der admiral zurückkehrte

als der admiral zurückkehrte, nachdem er sieben schlachten auf offener see zu seinen gunsten entschieden hatte, fand er sein landhaus in einem völlig veränderten zustand wieder. die tür zur veranda war sehr hoch und der himmel äusserst blau geworden. die grüne farbe fiel in blättern von der tür, aber der admiral, der nicht umsonst dem kriegshandwerk den säbel geschliffen hatte, liess sich nicht täuschen. es war keineswegs herbst geworden. auf den steinfliesen der veranda lagen seine vier söhne und assen die suppe aus einem topf. als sie den vater kommen sahen, nahmen sie die finger aus der suppe

und wischten sie an ihren hosen, da sie weder schuhe noch hemden trugen. dann legten sie sich auf ihre betten, aus denen das stroh herausfiel und schlossen die augen, damit der admiral glauben solle, dass sie schliefen.
aber der admiral hatte den ozean überquert, das schiesspulver erfunden und war kein übler teppichweber, so machte er sich auf den weg in das nächste dorf und tat im übrigen, als ob er weder hören noch das alphorn blasen könne. „bewege dich nicht", sagte einer der drei räuber. da trat dem admiral der schweiss auf die stirne und er bewegte sich nicht. „leg den säbel zur seite", sagte der andere räuber, da legte der admiral den säbel ins gras. und als er den drei männern ins gesicht sah, da sah er, dass es seine söhne waren. dann nahmen sie seinen beutel mit gold und seine kleider. es wurde eine kalte nacht und der admiral schlief neben seinen söhnen im wald. als er am morgen erwachte, nahm er die kleider seines ältesten sohnes, holte seinen säbel und den beutel mit gold. seine söhne schliefen noch. sie lagen eng beieinander, weil die nächte schon lang und kalt waren. der admiral sah sie der reihe nachan, drückte ihnen einen taler in die geballten fäuste und schlug ihnen die köpfe ab.
und er ging fort und kam mitten hinein in den winter. und es fror und kein weg blieb über und die wiesel frassen die rinde von den bäumen, da litt er grossen hunger. also gedachte er seiner toten söhne und kehrte um. und als er sieben tage gegangen war, da kam er zu der scheune. und weil es so bitter kalt war, war das fleisch seiner söhne noch saftig und frisch und er machte ein grosses feuer und als er den kessel aus dem stroh holen wollte, um das wasser zu kochen, da konnte er den kessel nicht finden. aber eine frau lag im stroh, die hatte rotes haar und war nackt. auch hatte sie eine weisse haut und darunter konnte man ihr herz schlagen sehen und ihre leber und auch die milz, weil ihre haut so weiss und durchscheinend war, und als sie sich dem admiral zuwandte, da sah er, dass sie kein gesicht hatte. und sie war so gross und ganz fest wie ein wassergefüllter ziegenschlauch. da wusste der admiral, dass es eine riesin war. doch er hatte grosse lust, ein wenig im stroh zu schlafen, als er sah, dass zwei vögel über ihrem haar mitten in der luft standen und die hatten keine federn. da wusste er, was es geschlagen hatte und drehte sich einmal herum. aber der admiral konnte sich weder vorwärts noch rückwärts bewegen. da riss er seinen säbel aus dem gürtel und schlug nach ihr, aber die frau mit den roten haaren zählte ihre finger. da warf er ihr einen taler zu und sie fing ihn mit beiden händen und das stroh wurde durchsichtig und die frau mit den roten haaren wurde durchsichtig und dann war die scheune und die frau mit den roten haaren verschwunden und der admiral stand im schnee und fror und er hatte hunger und durst. aber er hatte nicht umsonst dem kriegshandwerk den säbel geschliffen. so legte er sich in den schnee und schlief.

das zimmer des admirals

das zimmer des admirals
der schwarze prinz erwacht
der kalk an den wänden
das fenster, das fenster
das schwarze bett, das sterbebett, in diesem bett starb der admiral
ein stuhl
noch ein stuhl
eine uhr ist
die uhr steht
diese uhr hängt an der kalkweissen wand
das zifferblatt dieser uhr ist mit kalk überzogen
der einzige zeiger dieser uhr ist unbeweglich

als der admiral starb schleppte er sich mit letzter kraft vom dach des hauses durch das fenster ins zimmer und seine sohlen waren voll blut.

die bretter machen einen fussboden und sind gelb angestrichen
der schwarze tisch
der braune tisch
der arbeitstisch
über die gelben bretter des fussbodens führen die blutigen fusspuren des sterbenden admirals. der admiral starb und sah durch das fenster ein holztürmchen. das herz des holzturmes ist eine schiesscheibe. der admiral hofft mit seiner pistole ins schwarze zu treffen, damit sich der turm in sein flaggschiff verwandle.
das abbild des flaggschiffes des admirals an der wand des zimmers (öl).
an der grünen türe hängt eine ledertasche.
der admiral trug diese tasche, als er einen anderen erdteil entdeckte. die gräser über den tischen. im zimmer vertrocknen die disteln. der sterbende admiral sieht durch eine takelage von disteln und distelköpfen. das grab des admirals wird im zimmer bereitet. das grabkreuz zeigt auf 1/4 2 auf 1/2 2, 3/4 2 auf 1/4 6 und 3/4 6
adam war ein sünder, deshalb war sein erstgeborener ein mörder.
(...)
die kalkweisse wand.
der wind fährt durch die disteln im zimmer. die eleganz des schwarzen bettes. 912 und 3 zählt der admiral an seinen fingern.
die gräser auf dem schwarzen tisch des admirals.
„I found a place
and I found you
stay
either the place isn't mine

either you aren't mine"

die alte leinwand
die alten stühle
der admiral liegt auf seinen händen
er singt
seine hände nehmen brotkrumen vom schwarzen tisch
die faust des admirals klopft auf den schwarzen tisch
der admiral betrachtet das brett

antichrist — teufel und mensch (vergl. christus)
ein gestürzter der sich etwas gebrochen hat
der sich nicht erheben will
der in der lust des gestürztseins verharrt
gott der dichtung = apollo = apollyon = satan
einhörner (vernunftlos) und löwen (vernunft, ruhende kraft, darf nicht gereizt werden)
ein köcher am rücken, buckliger
kahl
platz-zimmer-frau kennt ihr gesicht nicht
(hexe?) nur ein raum, ein bett, verschiedenes anderes im zimmer, alles für die (...) vorbereitet.
es wird (...) wieder dort (...)
immer wieder hinzitiert (rhythmisch)

grosse frauen, trunken und satt vom blut der märtyrer, satt und feist (fest)

zölibat, versuchung, standhaltung (zölibat)
antichrist irrt durch öde steppen
es erscheint ein irres kind, nennt ihn zauberer, den „märtyrer", der kleine narr spricht in der kirche (narr, das irre kind)
narr, künder der wahrheit
das unvertiefte gesicht des idiotischen kindes
das ist eine dahlie, eine dahlie ist das
der „martyr" als heros im sterbezimmer, die mütze (schwarze) ins gesicht, roter bart, der rossschweif, der rossschweif als fahne des antichrist, die geissel, die mütze als maske (tarnung) des rossschweifes, die schwarze mütze
langes haar in form eines rossschweifes, magier, geheimlehre
formloses gesicht des kleinen idioten, formlose masse, breiig
„martyr" isst goldstaub löffelweise

der schwarze liegt auf einer matratze am steinboden des balkons seines landhauses.

seine brüder 1) der tor
2) der martyr
3) der 3. bruder

das häusl ist verstopft

der tor sitzt im grossen salon und bläst jazz auf einem kindersaxofon, schlägt mit den händen den takt auf einen kasten im salon. ich höre ihn. er ist entrückt. der salon ist leer. der boden des salons ist mit altem papier bedeckt. ein grosser weisser kachelofen. der 3. bruder sitzt in seiner weissen tennishose auf dem boden der veranda und schneidet kartons. der tor trägt nur seine blaue turnhose. wir sind alle barfuss. ich habe mein hemd ausgezogen. ich rauche und betrachte die blätter auf den ästen der bäume, den himmel.

der martyr schläft.

der dritte bruder pfeift.

die hähne krähen. ein weisser falter fliegt durch den himmel, der hahn kräht. der 3. bruder baut eine mappe. er legt seine zeichnungen in die mappe.

die sonne erzeugt schatten und licht. der martyr schläft. unsere schuhe stehen herum auf der veranda. es ist sonntag.

wir sind die herrschende klasse, weil wir wissen worauf es ankommt. es ist sinnlos jemand aufzuklären. es ist so einfach, dass es niemand glauben würde. wir denken und schlafen und registrieren.

der martyr versucht den anderen zu helfen. er glaubt daran. seine sache. er glaubt daran, daran zu glauben, die turmuhr schlägt eine halbe stunde. seine sache. das sofa zerfällt langsam in der sonne. die stahlfedern hängen nach unten aus dem sofa. die gurten hängen aus dem sofa. der admiral liegt (...).

die tür zur veranda ist sehr hoch. die grüne farbe der tür zerreisst. sie ist vom regen verwaschen. der himmel ist sehr blau. die sonne ist sehr hell. die weissen strohsessel zerfallen langsam im schatten der blätter der bäume. sie sind vom regen verwaschen.

ich rauche.

ich pfeife. der 3. bruder setzt die melodie fort. der martyr schläft auf einem feldbett, welches auf dem balkon unseres landhauses steht.

ich habe meine letzten ersparnisse gestern im casino verspielt. vielleicht werde ich sie deshalb nie mehr sehen können.

die sonne wird heller. ich liege auf einer matratze am steinboden der veranda. tor hat gemüse aus dem garten geholt. wir haben gemüsesuppe gegessen. wir sind satt und schlafen und denken. der gasherd verrostet am balkon unseres landhauses.

der martyr wacht auf und sagt: heim für beschäfigungslose schlafkünstler. tor legt die schere an das wallende haar des martyrs. der martyr bewegt seine hände. die sonne blendet. tor nimmt davon abstand. ich sitze im salon. auf einem schwarzen fastständer liegt stroh unter einer glasplatte. aschenbecher aus konservendosen. der weisse barockkachelofen im salon. die zentralhei-

zung. eine staffelei. die farbe schwarz.
wir sollten geschirr waschen. eine leiter. tomaten auf weissen fensterbrettern.
wir sollten geschirr waschen.
das häusl ist verstopft. man muss mit einer langen stange nachstossen. die wendeltreppe. zementsäcke. der bandagierte stock ist gegipst. wenn man ihn angreift ist er wie windbäckerei. eiserne öfen verrosten in der dachkammer. ich stehe noch in der wendeltreppe. tor geht von der dachkammer ins sterbezimmer. er öffnet die lade in der bodenkammer. die kästenschubladen. die turmuhr schlägt die volle stunde. ein lehnsessel ohne schaukel. tor hämmert. stühle in reihe und glied. wer gibt hier vorstellung. ein rosa stuhl in dieser reihe stühle. es ist sehr ruhig. ein tisch und eine bank. wer speist hier. eine truhe. wer versteckt sein gold. ein bett. ein rosagestreiftes sofa. stiegen leitern. ein wald. eine landschaft. die bodenkammer refft die taue die sie zusammenhalten. eine hängevorrichtung aus stricken von der decke. wofür. die kammer ist mit balken verstrebt. tor steht auf einer (...) viele (...) kammer. holzkisten. farbtöpfe. eine geöffnete schere liegt auf dem rosagefärbten sofa. eine galerie der bilder des 3. bruders auf dem dachboden. ein gatter. ein holzzaun. wieviele ebenen hat eine dachkammer? ich liege in einem bett auf dem dachboden unseres landhauses. tor montiert die werke des 3. bruders an eine weissgekalkte zwischenwand am dachboden unseres landhauses. er wählt aus. alle farben. reine leuchtende farben. das gestreifte sofa hat nur mehr zwei beine. das bestimmt seine richtung zum himmel. (die turmuhr schlug die volle stunde.)
tor: man müsste fotografieren.
der s. p.: man kann nichts festhalten.
tor tanzt vor mir herum.
martyr liegt auf dem rosagestreiften sofa.
tor dreht die schere in seinen händen.

die sinne haben den gleichen nenner. bilder hören. musik sehen. fallweise tastsinn.
antichrist kann nur transportieren. wenn er mir gold gibt, muss er es woanders stehlen.
er *kann* nichts gutes tun. umkehrungen. perversionen. unterwelt.
man erkennt sie an ihren (...) alles was der martyr anfasst (...).

der tor liest über die seefahrt.
die leute auf den schiffen trinken nicht aus dem meer.

als knabe zog er die rüstung seines vaters an.
parzifal.
ich laufe und erkenne nichts von dem was ich bisher sah.
der 3. bruder ist gekommen.

parzifal fror.
parzifal hatte fieber. als er zu ersticken drohte, verliess er das bett und sprang in das zugefrorene meer. da zogen sie ihn aus dem eis und er spie faustgrosse brocken von eiter und schleim. dann ging er mit uns zur tafel und sein gesang war klar wie zuvor.
ein hackstock. die grillen zirpen. die turmuhr schlägt. es ist nacht. der admiral starrt uns aus seinem ölportrait aus seinen augen von der wand an. parzifal lässt sich nicht vertreiben. er liegt am fussboden und versucht mich für lao-tse zu begeistern. wir sind im zimmer des admirals. der admiral starrt nur nach rechts. wenn man ganz rechts steht. man steht links er blickt milde, man geht langsam nach rechts sein blick wird immer schärfer, bis eine entsetzliche angst, ein grauen in seinen blick steigt wenn man ganz rechts steht. parzifal hat sich beruhigt. er liegt auf den gelben bodenbrettern und liest lao-tse. allerdings ist er jetzt stumm. die fregatte des admirals brennt wie immer an der wand. das zimmer füllt sich mit nachtfaltern. das zimmer ist sehr nieder. die verbrannte uhr hängt an der kalkweissen wand, das zifferblatt trägt eine schicht kalk. das zifferblatt hat keine ziffern. das zifferblatt ist eine scheibe kalk, über der der stundenzeiger bewegungslos steht. diese uhr hat einen stundenzeiger, aber keine anderen zeiger. sie hat kein uhrwerk.
der martyr schläft auf dem feldbett, das er auf die veranda gestellt hat. parzifal stört mich unermüdlich und gibt langweilige filosofien von sich. der martyr liegt in einem meer von polstern und daunendecken. er hat seine schwarze mütze aufbehalten. eine eiserne bauernmonstranz steckt in einem verwitterten holzpfahl, der auf dem regal für die schädel und beine der eigenhändig erschlagenen rebellen (feinde) des admirals liegt.
die stühle sind mit alter leinwand bespannt.
um unser landhaus stehen 4 wohntürme. der wagen. der dritte bruder lenkt wie immer.
schwarze sfinxe auf dem schwarzen bett im zimmer des admirals.
der 3. bruder fährt. martyr entschuldigt sich bei parzifal, weil er einen schuh nach ihm geworfen hat. parzifal renitent und störrisch.
steinbruch, herrschaft des todes.

der schwarze prinz

steigerung des idealen sinnes
der könig hat die wichtige aufgabe, in den wohnungen das licht und im kamin das feuer anzuzünden. das heisst: der schwarze prinz geniesst den vorteil. dieser, der schwarze prinz, wollte weder fechten noch ballschlagen und machte dem guten könig bittere sorgen. der schwarze prinz würfelte mit al-

ler vorliebe auf seiner kammer oder er führte lose frauen etwa verkleidet in die vier türme, die der windrose entsprachen. er verschloss die pforte und bewachte die schlüssel der reihe nach. so hielt sich der könig tage und nächte in vollem harnisch, von kopf bis zum fuss und mit üblichen waffen, als einer stählernen armbrust und einem feuergewehr, bereit um zur rechten zeit die tore persönlich zu verteidigen. sodann warf der könig ein kleines geldstück in eine gewisse entfernung. der könig konnte sich sowohl vorwärts als auch rückwärts bewegen. er verstand es zu herrschen.

der schwarze prinz oder ein meister der verwandlung:

geht der rock in die höhe, so darf der schwarze prinz seine zustimmung laut äussern. wenn der rock nicht in die höhe geht, so darf einer der weissen prinzen den rock mitnehmen, wenn er sich vordem dazu angemeldet hat. ist die dame allein, so versteht es sich von selbst, dass ihre schwester mitgenommen wird, worauf noch einmal herumgefragt wird, ob jemand den mut hat, die damen in aller öffentlichkeit zu reinigen. wer einer dame zur linken hand sitzt erklärt sich bereit, dann steht es dem zunächst sitzenden frei, sie an einen dritten weiterzugeben. wenn die dame ihren rock aufdeckt, hat sie auf jeden fall gewonnen. man trachte vor allem neben den damen zu sitzen. sitzt man hinter ihnen, so wird die allgemeine freude vergrössert. man darf nicht allein auf den rock aufpassen. dies ist das oberste gebot und verdient beachtet zu werden.

wenn man nicht weiter kann, hört man einfach auf

im april landete ein mit dreizehn rebellen oder aufrührern besetzter kahn vor dem königlichen palast. die vergeltung ist, wie man weiss, nicht ausgeblieben. es waren meist vornehme herren. aber die anstrengungen waren so gross, dass sie ihnen sterbend erlagen. so sassen sie am strande, regungslos, ihre köpfe hingen nach vorne und die zunge weit aus dem mund. hierauf wurde ihnen von den hinzueilenden damen, die den schwarzen als auch die weissen prinzen im getümmel leichterhand verliessen, der kleine finger abgehackt. welcher brauch auf eine weitverbreitete sitte zurückzuführen war.

steigerung der sentimentalen kapazität

der schwarze prinz hingegen versank in tiefe trauer und der beste lautenschläger wusste nichts besseres, denn sich unversehens auf die schellenbeine zu schlagen.

melancholische betrachtung allgemeiner natur a)

als die herolde den garten, oder besser die gärten betraten, schlug die uhr im glockenturme eine stunde, wobei die anzahl der erfolgten schläge keinen einfluss auf den ablauf der handlung nimmt. der königliche lautenschläger schlug sowohl die zimbel, aus er auch die flöte blies. auf einem quer gespannten seil setzte die seiltänzerin ihre füsse zu den vorgenannten klängen. ein verbranntes blumenblatt wusste sie stumm den gebrauch der balancierstange aufzuzeigen und schwebte über den horizont. der empfang war gerüstet. ruhig und schweigsam sassen die damen auf grünlackierten stühlen und verzehrten ihre kleider. bald glitt die tänzerin flach über den rasen, bald stieg sie steil über treppen und leitern an den schildwachen vorbei. sie unterbricht ihren luftakt und zieht eine runde oder deren zwei auf einem gesattelten kamel um den schlossteich. sie trägt ein trikot in rosa flitter und einen gewagten ausschnitt.

direkte stellungnahme

der kehlriemen darf nicht zu eng geschnallt werden, um das kamel beim atmen nicht zu belästigen. ein zu kurzer kehlriemen beeinträchtigt das bild eines hübschen kamelkopfes, während ein zu langer kamelhändlermässig aussieht.

melancholische betrachtung allgemeiner natur b)

soviel schönheit zwingt die wache ins knie. der oberst, ein mann in mittleren jahren, der still in den aufgehenden mond blickte, zieht seinen säbel. darauf beginnt sich eine der damen zu entkleiden. die schildwache singt das alfabet, wobei selbst den ältesten unter ihnen die tränen über die zerfurchten wangen laufen. die entkleidete dame, welche natürlich aus verständlichen gründen nicht nackt ist, sondern die wesentlichen teile ihres körpers zuchtvoll bedeckt hält, murmelt eine verlegene entschuldigung. als die schildwache haltung annahm, schlug der tambourmajor auf die trommel. dann kam der könig. er setzte sich mitten auf den rasen und starb unvermutet.

melancholische betrachtung allgemeiner natur c)

der schwarze prinz vertiefte seine trauer zusehends. und fasste den entschluss einer differenzierten ablenkung.

theorie der schiffahrt

der schwarze prinz hat reisen um die erde angestellt, und zwar zu schiffe, aber nirgends fand er ein ende oder eine kante.

des nachts sahen die seefahrer flämmchen wie sterne auf der meeresfläche; oft folgte dem schiffe ein feuriger schweif und bezeichnete den weg, welchen das schiff zurückgelegt hatte; oft auch schien das ganze meer in feuer zu stehen, so weit das auge trug, und das schiff ging durch ein feuermeer. nach der entschieden vertretenen auffassung des prinzen, des schwarzen prinzen, entsteht hierdurch tag und nacht. also wäre dort herbst.

rückblick

man nannte die windrose mit ihrem namen, weil die weltgegenden auch winde heissen, und die windrose mit einer rose ähnlichkeit hat.

theorie der schiffahrt, fortsetzung

wäre das meerwasser nicht salzig, so würde es zufrieren.

wäre das meerwasser nicht salzig, so könnte es vielleicht faulen.

wäre das meerwasser nicht salzig, so würden die schwimmer (also die in seenot geratenen matrosen des schwarzen prinzen!) viel tiefer in dasselbe einsinken.

vom salz des meeres erhalten die fische ihren geschmack.

allgemeine hypothese
das wichtigste geschöpf auf erden ist der mensch.
frühe erinnerung des schwarzen prinzen
wenn ein kind 8 stunden schläft, so kommt es während dieser zeit sehr viele stunden weges im himmelsraume voran.
theorie der schiffahrt, fortsetzung
die sonne tritt in das zeichen des widders
des stieres
der zwillinge
des krebses
des löwen
der jungfrau
der waage
des skorpions
des schützen
des steinbocks
des wassermannes
der fische und beginnt ein neues jahr.
kein wind spielt mit den schweren wellen und kein kahn durchschneidet sie.
auch muss man nicht glauben, die erde könne unten und an den seiten nicht bewohnt werden.
in allen ländern sind merkwürdige städte
schlösser
kirchen
häfen
leuchttürme
brücken
kanäle
flüsse
strudel
grotten
inseln
die erde ist an zwei stellen eingedrückt. völlig unbekannt hingegen ist uns das innere.
kritische entgegnung.
der schwarze prinz zog — weil es bitter kalt war — einen dicken handschuh über. dann meinte er, ihm sei eine löwenpranke gewachsen und kam von sinnen.

— ende —

die einbahn

im zuge der allgemeinen bestimmungen wurde die einbahnverordnung auch auf die fussgänger ausgedehnt. las herr gregor papp, die mitinhaber der firma g. u. g. papp, schreibmaschinen und zubehör soeben in den allgemeinen nachrichten, nachdem er zuvor die sportbeilage gewissenhaft, von der ersten bis zur letzten zeile, gelesen hatte. er trank eine tasse kaffee. als sie leer war, zahlte er und stand auf, wobei seine vorstellung eine äusserst vage, er aber dennoch verärgert über diese neuerung war. er verliess das lokal, bestieg seinen wagen und stellte mit genugtuung fest, dass er seinen wagen richtig geparkt hatte, da auch diese strasse im zuge der allgemeinen verkehrsbestimmungen vor kurzem zur einbahn erklärt worden war. er gliederte sich in die schlange ein und fuhr durch ein gewirr von einbahnen an seinen arbeitsplatz. der lieferwagen der firma, deren mitinhaber er war, parkte vor dem eingangstor, so fuhr gregor, wie ihn seine freunde kurz nannten, seinen wagen um die ecke, stieg aus und stand einem strom von menschen gegenüber, die in die andere richtung gingen. als er versuchte, sich in dieses gewühl zu stürzen, wedelte der polizist von der anderen strassenseite mit dem weissen handschuh herüber und rief über die strasse: einbahn, da erinnerte sich gregor der neuen verordnung und ging mit den anderen um die ecke.
aber die vorgeschriebene fahr- und gehrichtung entfernte herrn gregor immer weiter von seinem ziel und er wurde allmählich müde, da er des gehens etwas entwöhnt war, seit er sich vor einigen jahren seinen ersten wagen, damals noch auf raten, ja das waren zeiten, gekauft hatte. ausserdem war er hungrig geworden und es war mittagszeit. er betrat ein kleines restaurant weil es eben so schön auf dem weg lag, ging zu einem der tische, setzte sich und stellte fest, dass er der einzige gast in diesem lokal war.
die bedienung ist mangelhaft, dachte gregor, aber damit war nicht viel erreicht. so rief gregor nach einem kellner, der allerdings keineswegs zu sehen war. als sich auch eine wiederholung seines rufes ohne ergebnis zeigte, ging gregor durch den raum in einen zweiten und fand hier, wie er es erwartet hatte, einen schanktisch, hinter dem eine alte frau mehr schlief als stand und eine kolonne von zahlen auf einem rechnungszettel addierte.
gregor richtete sich zu seiner vollen grösse auf und schmetterte einen guten tag über die arme frau, der ihren kopf noch näher an das tischblech drückte. dann richtete sie ihre augen verständnislos auf gregor papp und antwortete mit guten tag, wodurch gregor auch nicht klüger wurde, und er sich also veranlasst sah, das gespräch fortzusetzen.
„wo ist der kellner? ich möchte essen. was kann man hier essen?"
„ich bin die grossmutter", antwortete die alte, was man in hinblick auf die fragestellung für eine zumindest zweifelhafte auskunft halten muss.
„unser kellner ist vor zwei stunden weggegangen, weil wir keine zigaretten im regal hatten. wissen sie wir heben die zigaretten immer im regal dahinten

auf", dabei zeigte die grossmutter — wessen grossmutter eigentlich? — mit ihrer zitternden linken hand, die noch immer den zettel mit den zahlenkolonnen fest in den fingern hielt, auf ein regal, welches mit plakaten für verschiedene erfrischungsgetränke beklebt war, „und wie er dann nicht und nicht wiedergekommen ist, da ist halt meine enkelin, wissen sie ihrem mann gehört das geschäft eigentlich und ich tu halt so ein bisserl aushelfen wenn viel zu tun ist, und da ist halt meine enkelin schaun gegangen, wo der franz, wissen sie, so heisst unser kellner, also wo der franz solang bleibt, aber seitdem habe ich die resi, wissen sie meine enkelin heisst resi, noch nicht wiedergesehen. ich weiss wirklich nicht, wo sie solang bleiben." gregor war nun wohl informiert aber noch immer hungrig. er verliess die gaststätte nach einer wartezeit von einer halben stunde, als die alte aus dem haus gegangen war, ihn ersucht hatte ein wenig aufzupassen, weil die zigaretten ausgegangen wären und sie nun selber welche holen wollte.
als gregor die strasse wieder betrat, drängte sich eine dichte schlange von menschen durch diese und es fiel ihm garnicht leicht sich ebenfalls einzugliedern und die automobile, rad- und motorradfahrer steckten in diesem getümmel und mussten schritt fahren. gregor drängte sich bis zur nächsten öffentlichen fernsprechzelle durch und rief seine firma an, um seine verspätung zu erklären.

die vier beamten hinter dem schalter, ein fünfter ist fortgegangen.
drei von den vieren regen sich auf, wo er sich solange herumtreibt. drei versionen was er machen wird müssen mit der persönlichen galle jedes einzelnen gewürzt sein. sie regen sich auf weil sie seine arbeit machen müssen. nur pumpler arbeitet. der einzige, der schweigt, ist pfeiler, der intensiv in ein imaginäres ordnen einer kartei vertieft ist, was ihm von halbritter, der ihn danach fragt, aber nicht ganz abgekauft wird. eine kundin, frau schwarz, kommt herein, witwe, sie bleiben in ihr gespräch vertieft und jeder erwartet, dass der andere sie bedienen würde, frau schwarz wird pantomimisch ungeduldig. endlich muss pumpler gehen, der einzig arbeitende, er fertigt sie sehr devot ab, die anderen sprechen über den abwesenden. fortsetzung in zwei versionen, nachdem frau schwarz das büro verlassen hat, wird sie sofort zerpflückt, pumpler arbeitet und spricht, während einer völlig unbeirrt seine version von der tätigkeit des abwesenden vertritt. plötzlich brüllt halbritter auf, ob pumpler schon endlich fertig sei. pumpler: einen augenblick. springt auf, stolpert fast, gibt seine arbeit ab, halbritter brütet kurz, stellt fest, dass es falsch ist und räsoniert, weist pumpler zurecht, beim arbeiten nicht zu sprechen. pumpler murrend an seinen platz. bürogehilfe czerny mit devisen, valuten herein. vorher anfrage wegen devisenkursen, mit bedauern wird mitgeteilt, dass sie noch nicht da seien. halbritter: auf niemand kann man sich verlasssen, alles muss man allein machen, jetzt fehlen schon zwei. ruft an und erfährt, dass er schon unterwegs sei. czerny erzählt in seiner kretinierten bauernart von seiner odyssee und der neuen verordnung. niemand ist

sich der ganzen tragweite noch bewusst. ein kunde trifft ein und erzählt von seiner odyssee, die ihn hier vorbeitreibt, und er möchte einmal telefonieren, und die ihm bereits den ganzen vormittag kostet, ohne seine wohnung erreichen zu können. jetzt wird man stutzig. aufregung, schimpfen. ein telefonanruf für czerny. seine frau ruft aus einer östlichen stadt, südöstlich graz an. erklärt die sachlage. czerny bittet um urlaub. halbritter ist keineswegs erfreut, aber weil er ihn bittet, obwohl es eigentlich nicht sein ressort ist, lässt er ihn gehen. „geh halt". allmählich wird die situation klarer. der wagen mit dem mittagsessen und den bedienerinnen langt nicht ein. pfeiler will nicht mehr arbeiten, wenn er nichts zu essen bekommt. flüchtlinge kommen durch, man erkennt, dass diese arbeit keinen wert mehr hat, geld wird entwertet, die ersten ausländer kommen, man überlegt die situation, halbritter beruhigt seine frau telefonisch, jandl will zu seiner familie, halbritter: einer ist genug. er lässt ihn seine macht fühlen, droht mit seiner entlassung. noch fürchtet jandl diese. halbritter ist überzeugt, dass sich alles regeln wird, je länger der wagen mit dem essen ausbleibt, desto ungemütlicher wird die situation. noch murren die flüchtlinge, nur man nimmt es noch für eine verordnung wie jede andere und plötzlich nimmt man, da die einleitung lange genug gedauert, sein schicksal, obwohl es klar ist wie jedes andere. die beamten, ausser jandl, überlegen, wie sie sich hier einrichten können, weil sie sich darüber aus verschiedenen gründen im klaren sind, dass sie die wanderung nicht aushalten würden, sie haben alle angst vor dem lebenskampf. jandl will wieder zu seiner familie, aber halbritter klärt ihn auf, dass er in der anderen richtung wohne, dass er nie durchkomme, da steht in jandl die verantwortung auf und er ruft seine frau an, mit beiden kindern ins büro zu kommen und das notwendigste mitzubringen. halbritter empört sich: esser die nichts leisten können, er kocht besser, er hat keine lust in der familie jandl zu leben. debatte ebbt ab. jandl erzählt von seiner idee, einen personenwagen zu entern, wie man in zügen wohnen wird etc.

seinen bruder gustav konnte er nicht erreichen, weil er im augenblick nicht zugegen war, deshalb liess er sich mit dessen sekretärin verbinden und legte ihr den sachverhalt klar. zu seinem grössten ärger musste er erfahren, dass ein gutteil der belegschaft sich unterwegs befinde und von zeit zu zeit anrufe, es ihnen aber nicht möglich sei, zur arbeitsstelle zu gelangen, weil sie auf grund der neuen einbahnverordnung, deren gefüge noch nicht durchschaubar sei, noch keine möglichkeit gefunden hätten, dahinzugelangen. gregor verliess die zelle in gedanken. als ein wagen mit deutscher nummer an ihm vorbeifuhr, hielt er ihn an und meinte, „vielleicht können sie mich aufklären, ich finde mich nicht mehr zurecht. wissen sie einen weg der zum hauptplatz führt?"
„wir kommen vom hauptplatz", erwiderte der fahrer, ein beleibter herr mit sonnenbrille und weisser schirmmütze, „aber wie man da wieder zurückkommt, das weiss ich wirklich nicht. ich komme aus salzburg und bin seit

heute morgen im wagen, gewarnt durch ein ereignis, das meinen freund betraf, der seinen wagen in linz verlassen hat, um einen brief an seine frau aufzugeben. er stand fünf meter vor mir, aber die polizisten liessen ihn nicht mehr zurückgehen, weil wir in einer einbahn hielten und diese verordnung jetzt auch auf die fussgänger ausgedehnt wurde. er kam immer mehr ab. ich fuhr ihm nach und liess ihn einsteigen. wir fuhren, aber wir konnten keinen weg zurück finden. da stieg er wieder aus, um den weg zufuss zu versuchen. seither habe ich nichts mehr von ihm gehört. soviel ich feststellen konnte, führt die route nach dem osten und süden und die leute, die aus dem norden und westen kommen, haben mir diese route bestätigt. eine katastrophale geschichte.". gregor bedankte sich und ging weiter.

die wand

die wand ist sehr weiss. das muster auf der weissen wand ist ein weisses muster auf der weissen wand. draussen singen die vögel oder die bohrmaschine vor dem haus lärmt. werden bohrmaschinen geölt? entweder singen die vögel oder arbeitet die bohrmaschine. es hat aufgehört. jetzt wird ganz deutlich gesungen. es sind vögel und summen. vögel summen nicht. fliegen summen zum beispiel. im zimmer summt eine zimmerfliege. draussen singen die vögel und lärmt die bohrmaschine. und die fliege summt oder es hat geläutet. ich stehe auf. jetzt sitze ich wieder. es hat nicht bei mir geläutet. meine glocke ist eine leise glocke. wenn sie läutet läutet sie so leise dass ich nicht weiss ob sie bei mir oder nicht bei mir läutet. ich war nicht an der tür. es wird noch einmal läuten. wenn es einmal läutet läutet es nicht bei mir. wenn es noch einmal läutet läutet es bei mir. wenn es einmal läutet und ich gehe zur tür würde ich die tür öffnen und niemandem aufmachen. ich bin hungrig und wohne im 6. stockwerk. dieses haus ist aussen weiss bemalt und hat einen aufzug. der aufzug fährt aufwärts wie das wort sagt nicht abwärts wie das wort nicht sagt. ich könnte essen werde aber trinken. milch ist sehr gesund. wenn man 6 stockwerke hinuntergeht kommt man auf die strasse dort wendet man links und kommt in einen laden wo milch verkauft wird. ich werde tee trinken. starken kräftigen tee. das ist starker kräftiger tee. alexander bär hat ihn eingekauft. alexander bär ist in new york. alexander bär ist sehr ordentlich und kommt in 3 monaten. das ist alexander bärs wohnung. ich werde versuchen tee kaffee und schokolade für alexander bär aufzuheben. alexander bär hat tee kaffee und schokolade eingekauft und ist nach new york gefahren. er trinkt jetzt in new york amerikanischen tee amerikanischen kaffee und amerikanische schokolade. so ist alexander bär. ich werde tee kaffee und schokolade kaufen. ich werde meine hände waschen. auf der weissen wand ist ein weisses muster. der weisse vorhang dreht sich von einem heissen wind bewegt. würde ich das fenster schliessen würde es weniger heiss sein. es ist natürlich kein vorhang da. alexander bärs erfindung. ich werde essen. in der küche liegt brot und marmelade. oder brot. oder marmelade. dieser tee ist sehr guter tee. heute ist es vorzüglicher tee. morgen werde ich besseren tee damit machen. ich könnte diese blumen begiessen. ich habe es alexander versprochen. ich habe diese blumen begossen. wenn man tee zweimal aufgiesst leidet die qualität. ich liebe olga. das erstaunt ist erstaunlich ist so. warum liebt sie diesen dummkopf? das ist dumm. würde sie mich lieben wäre es dumm. sie liebt mich. das ist dumm. da beides dumm scheint wäre es dumm würde sie grübeln über das weniger dumme. beide dummheiten führen zu dummheiten. es wäre dumm sie zu einer wahl zwingen zu wollen. sie hat geläutet und stand vor der tür. ich liess sie ein und nach kurzem erkannte ich dass sie es war. um die personen und ihren bezug gegen- oder aufeinander zu stärken liess ich horst gestern bei mir schlafen. sie tut mir leid. ich wünsche ihr den besten mann womöglich horst. ich grübelte und grübelte und verstand nicht was eine frau an einen mann bindet der ihr ein kind gemacht hat. die weisse wand ist weniger weiss geworden. ich würde rauchen. wenn man 6 stockwerke hinuntergeht kommt man auf die strasse dort wendet man rechts und kommt in einen laden wo tabake verkauft werden. ich könnte essen. wenn man 6 stockwerke hinuntergeht kommt man auf die strasse überquert sie und ist in einem laden wo würstchen verkauft werden. sehr heisse würstchen. langsam wird dieses zimmer mein zimmer. ich habe mehr von diesem zimmer erwartet. warum habe ich mich an olgas schwester herangemacht? das war dumm. nein das war nicht dumm. ich sollte meine hände waschen. ich könnte die kruste auch herunterkratzen. wenn ich mit olga schlafe weiss ich nicht dass ich mit olga schlafe das ist das angenehme an olga. um die personen und ihre bezüge auf- oder gegeneinander zu stärken habe ich mich an ihre schwester herangemacht. alexander hasst unordnung. ich könnte meine hände waschen. ich habe milch getrunken. der rechte hoden und ein stück oberschenkel schlafen. ich habe die milchflasche ausgewaschen. an der tür hängt:

Geehrter Herr!

Am Freitag den 30. 5. findet hier im Hause die Hauptkehrung statt (morgens!). Da sich die Kamintüre für die ganze Wohnung in Ihrem Zimmer befindet, ersuche ich an diesem Tag dem Rauchfangkehrer den Zutritt zu Ihrem Zimmer zu ermöglichen. Habe heute gesehen, dass Sie Ihr Zimmer ohnedies nicht abschliessen, was hiezu genügen würde, falls Sie nicht selbst anwesend sein sollten.

Mit freundlichen Grüssen unbekannterweise

Dr. W. Behn

meine hände werden weisser. ich habe mit der milchflasche eine dicke fliege zerquetscht. hat nielsen den handspiegel mitgenommen? ich sollte mich rasieren. der spiegel ist unter dem sofa gelegen. ich habe bis jetzt gesucht. die wand ist sehr dunkel geworden.

aus dem geheimen leben des j.c.

liebe t. und w.
die letzte idee in meiner verzweiflung ist gewesen, ich könnte die ganze stadt verändern als ein einzelner mensch, der die ganze stadt mitreisst sich zu verändern. dann hatte ich keine idee mehr.
ich fühle mich schrecklich alleine hier.
am 12. dezember habe ich einen buben bekommen. ich war sehr froh, dass es ein bub war. zuerst war er sehr schiach, aber jetzt ist er viel hübscher geworden und wird es noch von tag zu tag.
es gibt sehr viel arbeit. meine schwester war hier, um mir zu helfen. heute ist sie wieder abgereist.
ich fühle mich noch sehr schwach und oft deprimiert. gestern wäre ich beinahe ohnmächtig geworden, habe mich aber noch rechtzeitig derfangen. man spürt gar nicht so die müdigkeit, bis man plötzlich schwindlig wird.
ich glaube schon, ihr habt mich vergessen, weil ihr garnicht schreibt. gibt es was neues? ist f. noch so fromm? ist jemand gestorben oder auf die welt gekommen?
es tut mir so leid, dass ich fasching nicht in w. sein kann. hier in d-land (mit ausnahme von m. vielleicht) wird der fasching so fantasielos und plump gefeiert. auch sylvester. ich habe angst vor dem lärm.
ich kann nicht einmal meinen kaffee in ruhe trinken. meist macht gerade in diesem moment a. ihre hose voll und man rennt nach dem topf, um es eventuell zu vermeiden. meist ist es aber zu spät. schlafen kann ich jetzt wenig. um 2—3 h früh schreit das baby, da muss ich ihm tee geben, um 1/2 5 h früh schreit es wieder, da bekommt es sein erstes frühstück, um 1/2 9 h wieder usw. man müsste um 8 h abends schlafen gehen, um ausgeschlafen zu sein.
habt ihr vielleicht von v. etwas gehört? mir schreibt sie nicht mehr.
also alles gute, viel glück zum neuen jahr usw. m.

liebe..., süsse schwester
dein araber ist so süss. erzähle mir ein bisschen was er alles macht, damit ich auch einen genuss davon habe. er sieht so wahnsinnig sinnlich aus. hast du schon mit ihm geschlafen?
süsse..., ich bin heute so glücklich, weil ich gestern wieder menschen gesehen habe.
der jesus war so süss gestern, so zärtlich. er hat mir immer wieder wein gebracht in den leseraum. wenn nur alle menschen so lieb wären, wie er jetzt ist. so zart und so geistig. er sagt oft gerade das, was ich gerade denke. es ist so komisch.
ich möchte so gerne mit ihm reisen, er als lehrer neben mir.
süsse..., bist du sehr unglücklich?

liebe..., du hast so samtige wangen. schwarz steht dir sehr gut. ich hätte gerne ein kleid aus schwarzem taft, im stil der jahrhundertwende, mit schwarzen spitzen und grossen schleifen.
bitte schreib mit bald. viele bussis m.

die nachricht, dass jesus tot sei, kam bis jetzt immer von italienern. schon seit vor 3 jahren, immer wieder.
ich bekam am 21. nov. eine karte von jesus vom hotel..., ...(adresse). er sagte, sie fahren jetzt alle (12 apostel) zu... und wollen anschliessend auf ihrem weg nach w. zu uns kommen. wir warten jetzt hier auf ihn. nach... (obige adresse, stadt) zu schreiben hat sicher keinen sinn. wann hat denn... den brief aus... (obige stadt) bekommen? sicher vor dem 21. november! also kannst du jesus bald wieder in... in deine arme schliessen und ihm viele bussis geben.
d.w. ist tot? hat sie sich selbst umgebracht? sie war doch noch so jung!
stell dir vor, ich werde das 1.× fliegen! am 17. dez. fliege ich mit dem baby nach w. ich freu mich schon! das dauert auch nur 2 stunden, das ist herrlich.
ich schicke dir ein paar bilder.
sonst gibt es nichts neues.
ist das baby nicht süss?
viele bussis an euch beide m.

maria an ihre freundin...

unter einem gekreuzigtenstandbild versuchte er mich zu verführen. ich wehrte mich zuerst dagegen, weil ich es unmoralisch für ihn fand, doch dann hatte er schon seine hand in meiner hose drin. es wäre mir fast gekommen, da sagte er plötzlich: „blut". seine finger waren auch wirklich blutig, weil ich gerade unwohl war. aber er meinte es anders. letzteres wäre ihm sowieso egal gewesen. jemand kam zum kreuz und betete. ich aber wollte jetzt, dass er weitermache, aber er tat es nicht und liess mich in meiner unerlöstheit alleine. wir gingen über eine kleine brücke zu einer klosterpforte, an der ein pförtner stand. er war taubstumm. plötzlich war f. in 2 personen vorhanden. die zweite war ein kind, das wie meine tochter aussah. als kind ging f. zum pförtner und machte ihm zeichen und ging darauf ins tor hinein. in der vorhalle des klosters war ein waschbecken und das kind wusch sich dort das blut von den händen. der erwachsene f. stand dabei draussen vor der türe und seine hände, die seine tochter im kloster gewaschen hatte, waren jetzt rein.

... da war ein cafe-haus, in dem alle leute in badewannen sich nackt gegenüber sassen und cafe tranken. mir gegenüber sass meine schwester. plötzlich kam w. in frack und zylinder, weisses mascherl. meine schwester war entsetzt. ich weiss nicht warum, vielleicht bin ich es so gewohnt, dass sie entsetzt ist.

gestern nacht hab ich von w. geträumt. wir haben uns bei einem pferderennen in einem mondänen ort getroffen. wir gingen in ein elegantes grosses luxushotel, waren beide sehr elegant angezogen. es gab tolle vorhänge, teppiche und betten.

liebe wacholderbeere, du schöne taube, dein brief kam so plötzlich.
nein, es ist noch nicht da, das neue baby, aber es soll in ein paar tagen kommen oder in 1 woche.
v.+r. haben 2 nächte bei uns geschlafen. meine tochter war begeistert. vorgestern nachmittag wurde die kleine abgeholt. sie fährt heute von m. nach wien. ich vermisse sie immer noch sehr. gestern war ich besonders traurig. alles war so leer und ruhig und einsam, fast zwecklos. ihr teddybär lag noch in ihrem bett, das noch ihren geruch hatte und eindrücke.
es ist so ruhig jetzt. alle trösten mich und sagen: bald kommt das neue baby. aber das kann ich mir noch nicht richtig vorstellen.
ich müsste es schon längst zerdrückt haben, denke ich mir oft. oder deformiert. aber es bewegt sich noch in mir und dreht sich in allen richtungen, je nachdem wie ich liege, sitze, krieche oder hocke. oft kommen dippeln aus meinem bauch heraus, aber ich weiss nie, ob das ein knie oder ellbogen od. fuss od. kopf vom baby ist oder sein popo?
im spital sind pflegerinnen. mein sohn (j. c.) konnte die weissen nicht leiden, nur die schwarzen. vielen dank für das goldige bild von w.
ich habe rohes leinen gekauft von so einer frau (pfeil mit zeichnung). es gibt hier herrliche ausländische stoffe u. a. material, ägypt. schuhe, wunderschöne einrichtungsgegenstände. — wenn man geld hat, kann man hier so leben wie man will, es steht alles zur verfügung.
ist es wahr, dass der apostelklub aufgelöst ist, weil der petrus dem judas eine watschen gegeben hat?
oft denke ich mir, dieselben leute sehen sich zu oft in rom. in... gibt es soviele menschen und man lernt immer wieder neue kennen. man kennt nie alle netten. immer wieder gibt es was neues oder man entdeckt irgendwo versteckt etwas schönes.
ich hätte gern das arabische theater in... gesehen! das muss toll gewesen sein. diese kostüme! tanz, akrobatik, gesang, mimik, gesprochenes wort — alles können sie. gern hätte ich es gesehen. diese schönen symbole! schlangen, drachen, vögel.

...ter ...(5 tage nach geb.dat.)

am... 5.55 früh ist das neue töchterlein angekommen. es wog 3 kg und heisst... es hat kohlrabenschwarze haare wie mein 1. sohn und ich selbst als neugeborenes. alle nennen es hier... und finden es süss. es war gar nicht faltig, hat ein winziges stupsnäschen, ein winziges kinn u. mündchen u. dunkelblaue augen.
so ähnlich aber viel netter (pfeil mit zeichnung).
gestern nacht träumte ich. es war ein wunderschönes mädchen — im profil — darauf, mit einem kleid aus herbstblättern, irgendwo war ein baum.
ich sah das bild im traum zum ersten mal.
viele bussi m.

von nun an

von nun an machte ich meine sonntagsspaziergänge nicht mehr alleine. ich nahm meinen hund mit.
eines abends erwachte ich aus dem schlaf und fragte mich, wieviel uhr es wäre. natürlich hatte ich keine ahnung. ich griff im dunkeln nach der flasche und entkorkte sie mit den zähnen.
nach einer zeit zupfte ich mich an der nase.
«was willst du?» fragte ich.
«ich gehe noch spazieren», gab ich zur antwort.
«so spät? wohin gehst du?» wollte ich wissen.
«nicht weit.» ich versuchte es beiläufig zu sagen. aber ich war klug, ich liess mich nicht täuschen. zornig fuhr ich im bett auf: «was soll das heissen, nicht weit? wohin gehst du?»
«ich weiss es nicht.» jetzt war auch ich heftig geworden.
«du bleibst.» meine stimme war ruhig und beherrscht.
«das werden wir sehen», rief ich zurück.
«du bleibst!» wiederholte ich.
«ich bin gleich wieder da», versuchte ich einzulenken.
ich sprang aus dem bett. fluchend zog ich meine kleider an.
«zum letzten mal, du bleibst!»
achselzuckend griff ich nach der tür, drehte mich noch einmal um, dann ging ich wortlos aus dem zimmer.

romanze

4 klassen volksschule, 4 klassen hauptschule, 4 klassen handelsakademie, wien 8., hamerlingplatz 7, handelsmatura am 18., 19. und 21. juni 1953. seit 1954 kollektivvertraglicher angestellter der import export handels-ges. franz eder k.g. **DA** montag 12. jänner 1959 nach christus. 11 uhr 35 mez im haustor wien 19., billrothstrasse 51 theodor billroth 1829—1894 chirurg wen operierte billroth als der befehl gegeben wurde auf die revolutionäre zu feuern? 1848 trug billroth einen zweispitz sein briefträger trug einen zweispitz und einen frack mit silbernen knöpfen baujahr 1901 die leiche theodor billroths war verwest. das skelett theodor billroths war noch gut erhalten. parkverbot. die glasfenster in der tür wurden von herrn ernst reichert, wien 21., am spitz 3/III/32 eingeschnitten, nachdem sie von fräulein christine bacher, 4, zerschlagen wurden **SAH** mit einer geschwindigkeit von 30000 km/sek dringen elektromagnetische wellen durch das sehloch ein **ER** karl liebermann, 23, blond, blaue augen, gesicht oval, 173 cm, 67.15 kg, ledig, wien 19., billrothstrasse 51, röm.-kath. er trägt keinen hut. bally-schuhe gekauft 1957 in der filiale kärntnerstrasse 10 kniestrümpfe gekauft am 21. 11. 1958 von fräulein ingeborg steiner, 21, zum preis von s 49,20 ebendort, anzug bestehend aus hose und sakko gekauft bei b. teller, wien 3., landstrasser hauptstrasse 56 am 30. 3. 1956 um 17.21 von herrn abteilungsleiter walter neumann, 56, wien 17., hernalser hauptstrasse 34/21, verheiratet mit frau eleonore neumann, 48, zum preise von s 1.241,60. hemd hose und krawatte von gloriette gekauft am 16. 12. 1955 im kaufhaus gerngross a.g. wien 7., mariahilferstrasse 26—30, sowie ein mantel gekauft ebendann und ebendort. puls: 72. harn: 47/12. temperatur: 36.5 grad celsius. steht. **SIE** erika dostal, geboren 12. jänner 1942 nach christus, 0.10 uhr mez im rudolfinerhaus, wien 19., billrothstrasse 72, chirurgische abteilung 2a, kaiserschnitt, rot, grüne augen, gesicht oval, 175 cm, 62.05 kg, ledig, 7. klasse mädchenrealgymnasium, wien 19., billrothstrasse 35, röm.-kath. ledig, puls 62, harn 47/18, körperwärme 36.6 grad celsius, geht.

konkrete texte

das fahrrad

woher ist das fahrrad?
wohin wird das fahrrad werden?
wann ist fahrrad?
da ist das fahrrad gewissermassen!
durchaus ebenso besonders sind fahrräder zunächst überhaupt.
allerdings ist jenes fahrrad fast ganz nahezu.
also wozu dagegen sind fahrräder vielmehr eigentlich?
zuweilen sind fahrräder stundenlang.
nein, kein fahrrad ist weder ziemlich noch wenigstens.
freilich sind fahrräder sehr dort!
kaum unglaublich, als je ein fahrrad stets ungefähr gewesen sein würde.
daher sind fahrräder oder werden davon werden.
im allgemeinen war hier dagegen das fahrrad beiläufig, aber sehr andrerseits genauso vermutlich.
schon möglich, dass einige fahrräder hinten werden und rechts sind, doch das immer desto mehr.
weitaus nicht, vielmehr ist gewöhnlich das fahrrad wahrscheinlich überhaupt ausser gemäss hiervon gewesen.
ohne fahrrad ist nichts überdies.
jedenfalls sind fahrräder keineswegs zweifellos.
somit sind fahrräder trotzdem überhaupt.
natürlich sind einige fahrräder zuweilen wieder täglich.
später wird das fahrrad manchmal kaum damals.
seitdem sind fahrräder freilich nirgendwo ferner.
eben werden fahrräder manchmal längst geworden.
ob das fahrrad vielleicht ist, obgleich es ist, damit es war, wie es wird?
dazu ist ein fahrrad zuletzt.
gewiss; denn ist ein fahrrad das fahrrad eines fahrrades, wird dem fahrrad sonst ein fahrrad dann sein?
genug, jenes fahrrad wird wohl mit etwa einem fahrrad vielleicht sein, tatsächlich!
auf diesem fahrrad ist selten täglich vorderhand.
vielmehr waren plötzlich viele fahrräder morgens und abends bald weitaus geradezu, allenfalls zumindest irgendwie stets.
während das fahrrad zunächst das nämliche gleich als sofort ist, geradewegs dadurch werden übrigens fahrräder folglich seitdem lange, häufig als ob vielmehr alles wieder obzwar sei, um zu werden, weil wozu vieles höchstens jetzt geradezu gewesen worden sei.
bald wäre ein fahrrad kein fahrrad, möglichst ausser wenn weiterhin wieder eher bis sei.
gewiss ist das fahrrad folglich geworden!
oder überall werden fahrräder zum beispiel geworden werden.

allgemein ist neben dem fahrrad weniger vielleicht.
wird das fahrrad solchermassen beiläufig zweifellos?
(1958)

schritte sprung

schritte gehen rechts gehen seines wegs gehen in der sonne gehen weit gehen in die kurve gehen mit den füssen gehen übers gras gehen durch den wald gehen hinauf gehen vor gehen ungefähr einen kilometer gehen um festzustellen gehen schnell gehen einer spur nach gehen los gehen zwischen menschen gehen unter bäumen gehen in der hitze gehen zur seite gehen ein stück weg gehen weg gehen ohne zu sprechen gehen an die hand gehen in einer richtung gehen auf der strasse gehen noch immer gehen hin gehen her gehen nicht gehen weiter gehen mit einem mal LAUFEN

schritte und stimmen und geräusche und schlechte luft und schnell und nach vorne und rufe und lichter und augen zu und weiter und klappern und da und jetzt und in dieser richtung und hopp und auf den bauch und mit den händen und mit den beinen und mit dem ganzen körper und vorwärts und achtung und schon und rüber und obwohl und wieder und weniger und mehr und auf allen vieren und auf die knie und oben und wer und unten und mit einem mal und endlich

schritte oder stimmen oder geräusche oder schnell oder rufe oder augen zu oder weiter oder da oder jetzt oder hopp oder auf den bauch oder mit den händen oder mit dem ganzen körper oder achtung oder rüber oder wieder oder mehr oder oben oder mit einem mal oder endlich

schritte und ging und rechts und ging und weg und ging und sonne und ging und weit und ging und kurve und ging und füsse und ging und gras und ging und durch und ging und hinauf und ging und vor und ging und ungefähr und ging und um und ging und schnell und ging und spur und ging und nach und ging und los und ging und menschen und ging und unter und ging und hitze und ging und seite und ging und weg und ging und weg und ging und sprechen und ging und hand und ging und richtung und ging und strasse und ging und immer und ging und hin und ging und her und ging und nicht und ging und weiter und ging und mit einem mal LAUFEN schritte ja stimmen ja schnell ja augen zu ja weiter ja da ja hopp ja auf den bauch ja mit den händen ja mit den beinen ja achtung ja schon ja rüber ja wieder ja oben ja unten ja mit einem mal ja endlich

S P R U N G

(1961)

karl ein karl

der verzweifelte karl greift zum karl. aber schon hat karl karl genommen. da erscheint karl mit karl auf dem karl und wirft karl auf karl in den karl. karl kommt und findet karl. da stösst karl auf karl und karl verstösst karl. karl stösst auf. über karls karl knallt sich karl über karl.
aber karl gibt nicht auf.
karl weiss was er will.
und karl brennt. karl verbrennt. karl hat sich verbrannt. und karl fällt.
aber karl gibt nicht auf.
karl weiss was er will.
und karl stirbt.
aber karl gibt nicht auf. karl weiss was er will. karl greift über karl nach karl auf karl über. und da steht karl. karl ist da. karl und karl befällt ein karl. karl und karl ahnen dass karl über karl auf karl gegriffen habe. karl gefällt karl. karl entfällt. karl gefällt sich und karl zerfällt.
aber karl gibt nicht auf.
karl weiss was er will.
karl überfällt karl wie karl und ergreift den karl des karl einfach vor karl und zieht ihn vor karl. karl bohrt karl den karl in den karl. da führt karl den karl am karl zu karl. karl und karl karl mit seinem karl von karl auf karls karl in den karl geführt und durch karls karl nicht weit von karl entfernt blicken fragend auf karl. karl erklärt karl karl. da will karl karl am karl packen. doch karl verbirgt sich hinter karls karl. da deckt karl karls karl auf. karl entdeckt karl dass ihm karl den karl verweigere. da verdeckt karl karls karl mit seinem karl und karl stürzt über den karlübersäten karl mit karl im karl und karl eilt weiter. da brüllen karl und karl als karl karlstimmig nach karl. ein karl tut sich auf. karl schwankt. karl schwenkt karl trotz karl und karl am karl über karl auf karl. karl mit karl verliert karl und karl ohne karl steht plötzlich ohne karl auf karl. und karl schreit.
jetzt lässt karl den karl vollends fallen und erklärt karl dass es gegen karl gehe. und karl geht. während also karl geht trifft karl auf karl und mit karl kommt karl aus karl und auch karl der neben karl ge-

treten war geht jetzt über karl mit karl um karl im karl zu fassen. karlüberströmt fasst karl karl. nun ist karl gefasst. karl ist also der erste karl der mit karl und karl und auch karl gefasst und unter karl hervorgezogen worden war. so steht karl mit karl rund um karl und karl stösst karl vor karl. da zweifelt karl an karls karl. aber für karl ist karl karl. karl haut karl auf karl und karl verliert karl im karl karls.
aber karl gibt nicht auf.
karl weiss was er will.
während karl an karl gelehnt in den karlschweren karl versunken den karl entwickelt erklingt karls karl aus dem karl. karl stürzt auf karl und sucht karl. aber karl ist nicht da.
aber karl gibt nicht auf.
und karl schreit.
und da ist karl der karl in den karl führt. und karl lacht. und karl verlacht karl mit karl und karl samt karl. karl und karl die karl in karls karl an den karl zu karl stellen treiben ohne karls karl oder karl einen riesigen karl in den karl und übergeben karl karl. da übergibt sich karl und karl gibt karl karl und karl gibt nach. da ergibt sich ein karl und karl ergibt sich.
doch karl gibt nicht auf.
karl weiss was er will.
da kommt karl. als karl karl nicht in den karl führt will karl dass karl karl führe aber karl führt karl nicht in den karl. da nimmt karl karl selbst beim karl und zieht karl vor karl. und karl hat karl.
jetzt sieht karl klar.
karl hält karl am karl und versucht karl zu halten. doch karl hält karl unter dem karl und hält den karl um mit karl karl doch zu halten. nun greift karl zu karl und karl zu karl. so steht karl vor karl und karl hinter karl neben karl der vor karl steht. das ist karl.
doch karl gibt nicht auf.
karl weiss was er will.
bald hat karl karl eingeholt und karl holt nun karl hinter karl hervor zudem nun karls karl ertönt zu dessen karl karls karl ertönt.
da staunt karl aber.
karl ist in karl gesunken und karl richtet sich auf. da richtet sich auch karl auf und auch karl richtet sich auf. da trifft karl mit karl auf karl und karl fällt von karls karl auf karl und wieder erklingt es. und karl schweigt.
aber karl gibt nicht auf.
und karl schweigt.
nun tritt karl vor karl um mit karl vor karl und karl zu treten und neben karl tritt karl mit karl samt karl am karl vor karl und karl schweigt.

aber karl gibt nicht auf.
und karl verzichtet auf karl und karl und karl wird da zum vorläufigen karl ernannt. da nennt karl karl karl. ein karl entspinnt sich. karl entpuppt sich als karl und karl entschliesst sich karl bei karl zu lassen und lässt karl bei karl doch karl lässt karl nicht mit karl bei karl und entschliesst sich karl nicht bei karl zu lassen wenn karl mit karl bei karl bleibe.
doch karl gibt nicht auf.
karl weiss was er will.
da lässt karl karl vernichten.
da ruft karl karl vor karl zu karl zum karl vor karl auf. da steht karl vor karl. aber karl ist auf karl vorbereitet und karl tritt jetzt mit einem ruhigen karl in den karl des karl als karl den karl betrachtend stumm den karl hebt.
da staunt karl aber.
der ganze karl hat sich da versammelt und karl umringt karl mit karl und karl ohne karl oder karl und ausser karl steht noch karl neben karl und karl der karl steht neben karl. so stand karl vor karl und neben karl stand karl. doch jetzt steht karl hinter karl und neben karl steht karl vor karl. so blieb karl neben karl und karl. und dann holen karl karl und karl karl zum karl. karl bleibt bei karl. doch da ist noch karl. und karl lässt karl liegen. auf karls karl lässt karl karl einfach liegen. so liegt jetzt karl einfach auf karls karl und karl geht zu karl der mit karl bei karl und karl steht den karl am karl. und karl gibt karl an karl karl an karl nur karl der karl will von karls karl nichts wissen. zwischen karl und karl erhebt sich nun karl. aber schon ist karl mitten im karl und karl hebt karl in den karl.
da staunt karl aber.
karl und karl treten als karl und karl auf. jetzt ist also karl wieder im karl. doch wo ist karls karl und karl?
aber karl gibt nicht auf.
da sieht karl den karl im karl des karl auf karl als karl karl mit karl über den karl hält. da tritt karl aus karl und ohne karl aus karl raus zu lassen lässt karl karl einfach im karl.
aber karl gibt nicht auf.
karl weiss was er will.
karl im karl hat sich karl im karl karls einfach von karl zu karl hinbringen lassen. da reisst aber karl karl vom karl und karl und karl finden da karl der einfach in karl reingefallen war. da tritt karl einfach aus karl raus und mit karl über karl treten sie dann einfach gegen den eigenen karl.
entsetzt fällt karl auseinander.
und im karl erscheint karl.
(1961)

signal

anfangschnurgeradewegsausentgegenwindstossweisenbahnschrankenlo -
slassenkennentkommentfernentgegenlichtsignallzufalltürklinkerhand -
schellebensgefahrgeschwindigkeiswolkehlkopfüberdruckluftschachtele -
grafenmastentspringenaufbrechengezwängeschüttelegrafensterscheiben -
tzweiterhobenützentrifugalsoweitsprungleichtfüssignalleergelaufenthalt

*

keuchendlichtsignalleinerleitungsdrahtverhautomatemlostwindradschl -
agringsumherzklopfendlichtsignalweichenstellwerkzeugkastwerkzeug -
enaufhebelastzugrundschaudermassenkbleischwerkraftaufwandrerseit -
lichtsignallerleisenbahnschwellkörpermassemaforgantriebfederwerklim-
mzugluftsprungbrettungsringeradeckungefährlichtsignalsomittendurch -
auslassenkrechtsumkehrennbahnschrankengestellwerklettertönentfernt

*

muldeckungefährdetwasserfrischendlostwindrosenstrauchwerklingentf -
ernzügelassensenklangsamselschreitenlangstschweissentströmt

*

stundehnendlostwindstill

*

kreisenkrechtsumherauffliegenussbäumeterhochzeitlupenreinigefiedert -
elegrafenmastwerklingenaufsteigentfaltenloslösendlichtsignalmastron -
omittendurchausspielplanetenbahnschrankenwerklangsammelplatzun -
gewitterluftsprungturmhochebenebendaherüberquerfeldeindringendgü -
ltigergestreifengequietschenkelhalstuchflattertönentweichenstelldichein -
gangartigergestreifrockergelbgrünblauwarmluftdruckartigerjackenklei -
dungenautomobildschönheit

*

vogellendlichtstrahlenglanzenspitzenunterwäschenkelfenbeinerleibrie -
menschlichterstarreserverfluchtartigergestreiflichtsignallichtsignallichts -
ignallichtsignallerleiblichtüberströmt

*

hautomatemringendlichtsignalabasterbrichtstrahlendlichtsignalgebrav -
ogelschreiherumflatterniedrigenausschwärmenschenähnlichtsignalpfeif -
ederkleidgeprüfstandbeinahe

*

lebewesensee

*

plötzlichtsignalchemiedermassensibeleuchtetwasserspiegelglasklarverst -
örtlichtsignalsolangewurzeltplanetzhautomobilderbogensehnebenbeis -
chlaftrunkennzeichenbaumwollkleidsambragenitalsperrangelweitheru -
nterlippenrothaarsträhnelfenbeinschienenstrangesichtsmaskenfestgefa -
hrenzonetzhautnahrungeachtetwasserdampflokomotiverhüllendlichtsi -
gnallerleiblichtsignaltarnfarbenprachtungetümpelzgefüttertrinkentlei -
benützentblössenthaarbuschwerkennbarmherzigarettenrauchwolkehlk -
opfübergebenedeiterherdbodennochmalsogarnschlingenügendlichtsign -
alstangebundendlichtsignalleinerleinzigarettungsringsumherzschlagune -
belschwadenbeinaherzitterstarrentdeckenleuchtfeuergarberührentblöss -
enkrechtsumhervorhautnahtlosreisseeadlerweiterhinauslöschenkellerche

*

fliegefahrlosgelöstlichtsignallmählichtsignalleebäumeterhochgezogeno -
mmendlichtsignallichtsignalfeuerwagenschlüsselblumenregentropfenst -
erleuchtetwasserrosenstrauchentwicklungefährlichtblicklosungestümpe -
rhaftendlichtsäulenkradlerschwingenlichtsignalbatrosselenkerngehäus -
enkrechtzeitigerfellenbogenschussbahnsteigentlichtsignalabastermüdet -
wassertierkreisrundumheraufgestiegenaus

*

grasbüschelleergebranntweinflaschenhalsbrecherischermesserscharfschü -
tzendlichtsignalhornamentgleitentfallentzündholzfeuerfassentflamme -
nmeerlöschentbrennpferdschollederzeugentbrennpferderückentgegner -
glänzertretentlarverlöschentscheidewasserstickendlichtsignalhornknop -
ferstocksteifersengeldmünzerplatzangstvolltrefferlistenorgelungensch -
wundfieberkurversteckbrieftaubeflecksteinhartigergestreiflichtsignalli -
chterschlaglichtsignallichtsignallichtempfindlichtsignalarmstarkstroma -
ufenthaltungleichnamentlichtsignaltermitentkommenschenleerlaufent -
deckungeschlachtmesserafimmerhinzufluchtwegspritzentrifugalkraftau -
fwandschmuckloschlagenausschlagadergleichenbeschaufensterglasstur -
zflutwellenbergkristalbatrosenkranzschleifelsenkrechtecksteinerleibw -

äschenkelementarzneigungehemmungslosbrechentleibenützendlichterl -
aubwaldbrandfleckennzeichenlaubbaumkronleuchtfeuerflammenwerfe -
rnzielgeradewegbrennennenswertvolltreffertigerstickendertrinkender -
klangbeinigenugtuungeheuerlichtsignallerleichenblassblauwarmbeuget -
rocknetwalzerplatzangstvolltrinkengenausgetrocknetzartigergestreifr -
ocksaumpfadenscheinwerfernzugegenüberkommenschenkelastischglock -
ruferlosschlagendlichtsignalarmglockenspielzeugestillstandrangebunde -
ntblösst

*

nachtsampelysiumklammerschöpferkaltetwacholderdesgleichenstarrsin -
nerhalbmondsichelfenbeinahkampfwaffederleichtsinnentleertastetwas -
serleuchtfeuerstrahlendlichtsignalabasterbleichenblassentfernungefahr -
enzonebelschleierschalltrichtstrahlenkronervenschwächerstaunterdrück -
terbitterterfüllterkaltetwasserstarregengusseisenbahngleiswasserrinne -
benstrassemafornamentfaltentakelektroloktavensprungbereiterdreich -
entfalterkaltetwallmachtungleichentuchfetzenteisenbahngleisstossweis -
schollehmgrubestattungleichenhemdenknopferdbeerennpferdhügeleisk -
rustemporegengusseisengeleisengestellwerklingesprungbereitgertellerg -
rosschweifendlichtsignalweichentstellwerkaltetwachtungesehenkerbar -
menschenstimmenschenschritteerpapperiskopfernrohrmuschellenbogen -
sehnenstrangespannungleichvielzahllosgelöstlichtsignalsogleichzeitlup -
englashartnäckigeräuscherbetratemporschiesspulverklingentfernendlich-
tsignallichterrettetwassergrabentrückgratemzugluftdruckluftdruckwell -
enschlagringeringerstickendeliriumhervorschnellzugluftzügeleisenbahn -
gleisendrahtverhautomatemringsumherunterkollernüchtertönendlicht -
signalsofortlaufendlichtsignallampenscheinwerferblendwerkstattentat -
sachtempochengerproberkörperlenschnurgeradeausblickendlichtsignall -
gemeindringenauftaucherproberhautomatemperaturmsprungfederklei -
derkennzifferblattentatortsgebundenkmaltarnentdeckentstellenweisig -
erkaltenderstarrkrampflösenderartigergestreifschussbahngeleisendrah -
tverhaugenscheingeweidendlichtsignallerdingfestgefahrenherdrücksto -
ssweisenbahnschrankentspannentwickelschnurgeradewegkreuzungefä -
hrlichtsignallmählichtsignallichtsignallein

*

umhervorsichtbarackennzeichenbaumstammplatzangstvollkommenges -
tankerkettengliedmassenhaftbaromaniederwerfentblössentgegenwehrg -
ehängemattentatemnotgedrungenugtuungefährlichtsignalleingepressk -
opfertigergestreifrocktaschenkelfenbeinaheraufdruckknopferstockenge -
niessbarmbandrangriffbereitliegenugsamentierkreisbewegungestümper -
kennbarmseligsprechentfaltenrocksaumpfadfinderlohnendlichtsignallm-

achtungeschlachtschiffschraubesteigentummelplatzregenschauermüdetw -
asserstrahlendlosgelöstlichtsignalleinenhosenbeinkleiderpuppengenaug -
enlidergussstahlhartigerfelljackennermienetzhautengpassierscheingewe -
ideliriumherfallendenstückwerkzeugungemeindringenussschalederg -
ürtelektrizitätlichtsignalarmmuskelkraftfeldeinherunterleibwäschekla -
mmerregungeduldspielraumzeitlosbindengewaltsamenkornblumenblau-
gensternwartesaalglattwegweiserstarrkrampfadermassengefechtkunst -
seidenstrümpfederhutfederleichtmetallzuerstickendlichtsignallzuerster -
bentscheidennochmalsofortwechseltsampelzkragenickschussbahnsteigend

*

gellendlichtsignalfeuerscheinbrechendlichtsignaluminiumrädergleichna -
mselschreissentzweithervorbei

*

nachhallokomotive

*

blutspursprungtuchfetzendlichtsignalfeuergarbefleckttischtücherregenb -
ogensehnebenbeinfleischklumpensummenschenähnlichtsignalleingewei -
deplatzwundenübersätzendlichtsignallichtscheinprägenaufsteigentkra -
mpflösendlichtsignalmastspitzerfetzentstellwerkzeugewaltaktstockhoc -
hflugkörperregungezügellosbrechendlichtsignalzeichendeckungleichente -
ilefzerfleischenkelfenbeinebenschienenstrangepresslufthämmerkaltenta -
kelchgeweihestundenhotelefondrahtschlingeklingelingeleisendrahtschl -
ingeschwindstossweisenbahngleisenbahngleisemafornamentfärbenzing -
eruchsinnehaltentakelendlichtsignallee

*

händenkmalbatrossköpfensterglasblumetzgeruchbarhauptaltarngewan -
dschmucklostwindfahnenstangesichtsmaskenfestungleichenzugpferderü -
ckenthaarschopfernrohrmuschellenbaumlangsammlungleichenträgerüst -
wagenradschlagenickennzeichensargwohnmachtungelegendlichterleuch -
tetwasserstrahlendlichtsignalltäglitzernüchtertrugbilderbleichtsinneha -
ltendlichtstrahlenkranzschleifensterkreuzweisendlichtstrahlenkranzei -
chenwaldblumeerschaumgeborendlichtstrahlentdeckentblössenkrechtfe -
rtigeniessreizwäschemalvenzweigentlichtbündelfingeringsumherzstich -
wunderblumenstrauchwolkelchgeweihwasserspiegelglasscherbrochenes -
signalkoholzkohlenfeuerzwangewidertrankenwerkzeugesichtbarackeh -

lkopfertierköpfedermesserscharfschützerfleischenkelhalsstarrkrampfa -
derlassendlichtsignalleinsturzbachtung

*

geheulenschreinigenautohupecholotrechtsummertonleitungsdrahtverh -
automatemlosstürzentnerschwerkraftloskommenschenähnlichtsignalar -
maturenbretterleuchtetwassergrabenzingeruchsinnehaltentgegentladeh -
emmungenautomotorengeräuschloslaufensterleuchtetwasserspiegelung -
enblasebalgewehrschüssemaforenflügelschlagendlichtsignallmählichter -
kennendlichtsignalsofortwechselstromkreismittelegrafendrahtverhau -
entzweiterhinterherzklopfensterleuchtentlangsamtweichholzwandvor -
sprungbereitentlangefeuerstrahlendlichtsignallerleisenkrechtsumherzk -
lopfensterscheibenschiessendlichtsignallichtsignallichtsignallichtsignall -
ichtsignalmastfreilichtsignallichtsignallichtsignallgemeinkreisensplitter -
grabentgegenübergetroffensterkreuzfeuerzangenageltungenautoreifen -
sterkreuzfeuerzaubereifensterkreuzwegrasenkrecht

*

erleuchtetwahnungslosgelöstlichtsignallmählichtungestaltloslösentfern -
entbrennentflammentfärbentschwebentgegenkommentwederleuchtetwa-
hnsinnentleertrunkennzeichentwederleuchtetwaageleitflugkörperlosge -
löstlichtsignallmählichterleuchtetwalfischlossentleerentquellentspriesse -
ntwachsentschlüpfentwederleuchtetwandelsternklarsichtbarkennzeich -
entwirrentfaltentfliegentwederleuchtetwasserstrahlendlichterloh
(1961)

stadt

strahlentgegengehäuserpentinentlangsammelplatzen
netzhautobusenkrechtecksteinmauerritzerreissen
stillstandbilderstarrentzweiterhinaufleuchttürme
kotflügelschlagenaugensternhimmelektrisch
sirenengeheulengelaufglühlamperlenschnurwaldblumen
glasfaltenwurfmesserlaubengängeschüttelefontäneonlicht
flittertönebelschleierkastentgleitschienenstrangeschwollen
sekundetonierentspringbrunnenrandsteinfliessentlang
eisengerüstungenaugenaufblitzentschwindfangnetzstrümpfederbüsche
spiegellenkräderglänzengewellblechgehäusehstrahlenkranzeigerinnen
schwebetonfarbenzindämpfelsenkrechtsumhervorwarnfeuerscheinöde
trägeflimmerlöschentwirrgartentlaubbäumessingvogelschreie
(1962)

flucht

gewehrlaufschrittweisendrahtverhautnahebeinahelmesserwachtungena -
ufwachtturmhochspannungsleiterbrichtstrahlendetonatiohnmachtunge -
witterwolkettenpanzerrbilderbogenickschussbahnungestümperiskopfh -
örertönernebelscheinwerfernglastwerklimmentlaufspringflutwellenlä -
ngelaufgrabhügellengelblichtpunktierennbahnsteigentgegenstandbeins -
chlägesummertönerdschollegesteinsturzflugsandhügeländertönengegeb -
entlangsandstrandlosstürzentrumkehrwasserspiegelaufschlaglichtwelle -
hmgrubeleuchtfeuerstromauflammenwerferdreichweiterhinaufgraben -
zingeruchstoffenstermüdetwasserpfützerbröckelendlossprengstoffensiv -
erbergstollentgleiswasserstandfestgefahrenzonebengleisentraversenkre -
chtsumheraufbaumkronleuchtfeuergarbehelmsfeuerscheinwerfergussta -
hlhelmetallstückweisendrahtschlingegrabeschützengrabsteinmauerleuc -
htturmspitzerplatzregenaufleuchtfeuerwaffentladeckungenaufheulent -
flammenmeerscheingrabhügeläutelegrafenmastgabeleuchtfeuersäulenh -
alleinschlagenaufstacheldrahtschlingewehrgrabegrenzbaumgrenzstein -
mauersteingemauerstrahlenbündelektrizitätowirrsalverfluchtwegsperr -
mauersteindringsumheraufbrechstangeseiltänzerreissproberhalbwegstr -
eckehrtwendekreiswasserwachtungezählwerklingeleitersprossenkrecht -
sumheraufsteigerichtstrahlenringelbeleuchtentakelektrommelfeuersche -
inentkommengewölbevorsichtfeldwegschiebevorscheinwerfernrohrens -
auslöschentrückzuckengelblichterstrahlenkranzündkapselbstschusswun -
dermitteleskopfüberschautomattentatemlosstürzenitroglyzeringmauer -
steinmauerstarrkrampflösendlichterwachtturmhahnenschreissentzweit -
erhinaufschreingemauertönentgegenwehrgrabengesteingrabtöten

(1962)

gewehrlaufschritt
hochspannungsleiterbrichtstrahl
bahnungestümperiskopfhörertöner
hügellengelblichtpunktierennbahn
gsandhügeländertönengegebentlan
wellehmgrubeleuchtfeuerstromaufla
detwasserpfützerbröckelendlosspren
gleisentraversenkrechtsumheraufb
etallstückweisendrahtschlingegrabe
waffentladeckungenaufheulentflamme
hlagenaufstacheldrahtschlingewehrgrabe
wirrsalverfluchtwegsperrmauerstein
hrtwendekreiswasserwachtungezählwerk
chtentakelektrommelfeuerscheine
ohrensauslöschentrückzuckengelbli
berschautomattentatemlosstür
erwachtturmhahnenschreissent
grabtöten

argumentation vor der bewusstseinsschwelle

an der der für den und an der dass trotz des von keinem eine einzig der ist ist das eines ein würde die an die und den der und das zur im der dazu die einen für jeweils oder und der sollte diesen dem zu das wäre auf die über die das jeweils in von einem oder zu hätte im dazu ein einen haben bereits gehabt und an das mit dabei allerdings dass in dieses für den waren die dann nie zu dem waren auch dass dieses den nicht und dass es eine weder war eine noch ein vom ein vom würde sich auch auf die zur ist eine dass sind den der auf vom zu aber die in das hatte unter zur dass die von der und gegen die und sogar sich zu der habe den die und wollten dass nach den andrerseits sich die über die worauf müssten sich eine ? auf den der der und der der und untereinander müssten eine aber auf die und seine die der vor jener an der des in denen eine ist werden die dieser sich mit den der die des werden für einen der in die werden von dort vor wo diese über die der in in denen und in sich mit dem der die eines die der hier sich wo ein kein ist die auch wo der mit ist die eines wäre auch für die keine denn das hat auch der den und und eben bei der denen über die und wahrscheinlich auch über den würden wäre noch eine

(1962)

ao

a a a a a a a
a a a a a a a
a a a a a a a
a a a a a a a
a a a a a a a
a a a a a a a
a a a a a a a

o o o o o o o
o o o o o o o
o o o o o o o
o o o o o o o
o o o o o o o
o o o o o o o
o o o o o o o

o o o o o o o
o o ɔ o o o o
o o o o o o o
o o o a o o o
o o o o o o o
o o o o o o o
o o o o o o o

a a a a a a a
a a a a a a a
a a a a a a a
a a a o a a a
a a a a a a a
a a a a a a a
a a a a a a a

a a a o a a a
a a a o a a a
a a a o a a a
o o o o o o o
a a a o a a a
a a a o a a a
a a a o a a a

a o a o a o a
o o o o o o o
a o o o o o a
o o o o o o o
a o o o o o a
o o o o o o o
a o a o a o a

a o a o a o a
o a o a o a o
a o a o a o a
o a o a o a o
a o a o a o a
o a o a o a o
a o a o a o a

(1962)

ein und
ein und
ein und
ein und
ein und
ein und
ein und
ein und
ein und
ein und
ein und
ein und
ein und
ein und
ein und
ein und
ein und
ein und
ein und
ein und
ein und
ein und
ein und
ein und
ein und
ein und
ein und
ein und
ein und
ein und
ein und
ein und
ein und
ein und
ein und
ein und
ein und
ein und
ein und
ein und
ein und
ein und
ein und
ein und
ein und
ein und
ein und
ein und
ein und
ein und
ein und
ein und
ein und
ein und
ein und
ein und
ein und
ein und
ein und
ein und
ein und
ein und
ein und

topologie der sprache

```
      tau
      taugenauge
      tau
tautaut
   taut
      tau en
      taugenaugentaugenaugentaugenaugentaugenaugentaugen
       augen     taugen  genau
      tau en      augen
                  augen                 tauen
                                        tauen     tau
                  augen                 tauen     tau
                                        taue
      taugentau
       augentau
      tauge       auge
      taube
      taubentau
tautautaube
      tauben      äugen
                  eigen
                  eigeneigen
      tauben          neigen
      tauben      ei
      taubenei    ei  n ige
      taubenei    ein
ein   taubenei    einige                         tauben
ein    auge       einige                         tauben
       augenei
       augeneinauge
ein   tauben   augeinige                         tauben
ein   taubenauge
   tautaubenauge
ein   taubenauge                                 taut
                                            augentau
      tauben        neigen                  augen
                     eigene                 augen
                                            äugen
                                            eigen
                                            ei
                                            ei  n
                                            ein   auge
```

2

frau
frauen
fräuen
freuen
freue freue
freien
frei
 reien
frei n
 rei n
freu n
 reue reuereuereuer
freienfreiereiereier
      freier
       reie
       reier
        eiereiereierei
               reierei
      f eier
      f euereuereuereuer
      f euer
f   euer
frei f euer
freie f euer
freue f euer
frei f euere
    e f eu
frei f euer
      f euer   euerfrei
      f euer   frei
freu n   freu
freu   freun
freu   freunde
freu   freu de
                         räu de
                         rau
frau   frau
 raue   freu de
 rau n   eu de
                          ei de
freie f euer   freu den
  ei f   er   freunden
      f euer
  ei f   er
  eu f   er
  äu   er
  au f
 rau f   e
 rau f
 rau n   en
                         raun en
      f euer   rein en
                        f einde
                        f ein
                          ein en
                        freu
       auer   f aun
  ei f   er   f ein
      f euer   f aun
rei   f e   n
rei   f e r
rei   f

3

geier
geuer
gäuer
gauer
gauergauer
g   r au
g   r auer
    r au
   er
g   r au
    r äu
    r eu
    r eiergeier
     gei g e
    r ei g e
geier

4

flü ge
fliegeliege
 lü gelü ge
 liege
 le gele ge
    geliege
flü gel

5

anfang
anfangan
an n a
  fangan
  fang

6

   geld
   gold
   golden
   gulden
   gülden
   gilde
   gelten
   golt
vergolden
vergelten
entgelten
   gilt
   gelt
   galt

fangarm stille licht griffbereit
armbrust stillend ich türklinke handgriff
brustschmerz endlich falltür linkerhand
lichtsignal zufall handschuh
schnurgerade allzu also handlung
fangschnur soweit ungefähr
anfang weiter hinüber weitsprung gefährdet
angeschmiedet entzwei weiterhin ungleich etwa
angelhaken entgegen weiter leichtfüssig
kennzeichen entzwei signal
eichenbäume allee
menschenleer leer

wind
auf
hinauf
aufwind
ringsum in windstill
gering umhin still
zu enge hin stille
zugegen in leer
gegen leeren
zug enger au entzwei
allzu ring weiter
signal um erkalten
kalt
erkaltend
alt lichtsignal
endlich alarm
licht beugen
ich armbeuge
genau

der sarg im gras

g r a s
s a r g
g a r
s a g
a r g
g a s

was? ist?
das kann nicht so
ist es eben
darum müssen sie
mich können sie nicht auf
halten sie ein überlegen
sie bemühen sich
vergeblich habe ich versucht sie hier
ist jemand
hat nach
ihnen sollte
man kann
ja so ist es damals
hätten sie
besser ist besser
wäre es
fehlt der
reiz mich nicht zum
schluss gibt es
wird schon
werden? sie? mir? die? möglichkeit?
geben sie
her damit
sie es endlich
wissen sie
sind mir
passt es ganz und
garnicht so
falsch ganz falsch
geraten mein
lieber bleibe ich
hierher sie
werden es doch nicht darauf ankommen
lassen sie
das ist mir
ist alles
gleich ist es
soweit ich die lage überblicken
kann? denn? das? alles? zu?
mir bleibt nichts anderes
über diesen punkt wollen
wir müssen zusammen
halten sie mich nicht

auf jeden fall sollte das
wissen sie noch gar
nicht ohne
grund genug die sache unverzüglich ins reine zu
bringen sie mir
ist zumute als ob
es ist keine
frage nur
möchte ich
gerne wenn sie es
wünschen sie
noch ist es
zeit meines lebens habe
ich möchte hier her
ausgeschlossen wir
werden sie das
ist ganz
unmöglich ich kann
nicht wahr so haben
sie verlieren ihren
hut ab vor
diesen menschen ist
alles was sie
sagen sie das
nicht einmal
zu? dieser? zeit? waren? sie? schon?
im garten stehen verdächtige
leute mal her
hören sie wie wollen sie
in diesem fall muss man einfach ganz rigoros
vorgehen nicht stehen
bleiben sie bei mir ich
bitte ganz wie sie
wünschen? sie? noch? weiter
gehen sie nicht
fort mit ihnen
habe ich noch ein wort zu
sprechen sie leiser sie wecken ja alles
auf diesen augenblick habe
ich kann nicht mehr
weitergehen bitte gehen sie
müssen auf mich
warten sie nicht

auf mich brauchen sie nicht zu
warten sie auf mich
brauchen sie nicht zu
warten sie auf mich
brauchen sie nicht zu
warten sie auf mich
brauchen sie nicht zu
rechnen wir ab

•

sonntagsüberflusslaufendlichtermattetwasserwachtlostentschwundenkbar-
hauptsacherschnittenbrotwerdenrundankerzengeldmangelschnurgeradeaus-
enkbleibekamselbergingrimmigelbogeniessbarfussballgemeinheiterherdplat-
tenzaunkönigreichtummelplatzpatronengurteilbotenlohnsackerfurchentfer-
ntedankfesthaltenburgmauerblumentopfergangartilleriechholzapfelbaum-
langsammelbüchsenfleischhauerweinsteinhartfremdermassenhaftbarkebu-
senhaltersschwachtunglaubengangebrachtmalzkaffeehausmeistergeigenstun-
denbuchstabenzinnerhalbzeitfragenturgrossmutterkuchenbäckereiweissko-
hlschwarzneinsamstag

•

nahebeinanderesmalnehmensiedochplatzpatronengurteilbriefträgerstenkorn-
kammerdienervenzusammenbruchstellebertransitverkehrtumständecknam-
enstagsüberdrüssignallgemeindrucksortenordentlichtschaltertumultimatum-
orsezeichenlaubwerkzeugnistgleichmutterpentintenfassensiesichbitterkeiter-
herdrindenkzettelegrafrikandelabersiewissendochsenmaulsalatlassensiedas-
seinfachmannbarhauptsachengibtessenzianfangstschweissblechzentrummel-
efantasiehörensiedepunkt

•

differenzen

garnhandlung-garn-handlung-garn-hand-lung-garnhandlUNGARNhand-lung-garnhandlUN-GARNhandlung-garnhandlUNGAR(N)handL(UN Gar-n)-HANDl-un-gar-n-hANdlUNgarn-hand-l((UN-(G-AR)-N))-HAND-(L-UN-G)
(garnhandlUN-G)ERNiedrig-ungarn-handl(ung-ER-n)ie-drigUNG(ERNied rigung)arnhandlunGARNHAND-ELe(fant-aSIE)G-ERniedrigung(g-arn handl-ung)enAU(sowEIT)ERh(in-nUNG)ARNhandlun(g-arnhandlung)
•

ACHTung! vergLEICHEN sie unser ANbot mit dem einer anderen fIRMA der bRAnCHE. konkurrenzLOSe pREISE, SOFORT NACH angabe mit einem drittel des LADEnpreises wERDEn sie FÜR jeDEN kAUF von handGEBLASENEN ziergefässen WICHTige INformationen für DAS kommende jahr AUTOmatisch von unseren FACHkräften erHALTen. wir bitten sie mit DEN kindern oder enKERLn recht bald wiederzukommen um bei unserem preisausschreiben mitzumachen.

AUF bald

eure tante mICHI WARTEt AUF EUCH!

der die mann

1. fassung

der mann nahm die dame an die niere. die dame nahm erde, emma nahm die rinde, da er immer den riemen nahm. ida nahm den rand der niere. nie nahm emma die maden. dann nahm ida die amme. die amme nahm die rinde, daran die maden rannen. der mann nahm immer emma. nie nahm er ida. er nahm die dame in die erde, er nahm den namen der dame an die niere. da rann der rahm nieder. emma nahm den mann im rahm. immer nahm emma den mann, da der mann nie emma nahm. der mime nahm rahm in die miene, da rann der rahm nieder. am rand der erde nahm ida den mimen. an der niere nahm ida den mimen. im inneren der erde rann der rahm an den rand der erde. dann nahm der narr dem mimen die rinde der niere. an dem niederen rand der miene des mimen rann immer rahm. der mann nahm nie den riemen, da an ihm immer rahm niederrann.

2. fassung

der die mann her man die am mir dir ihr hermann der die mann er der die erde die der der an die rede reden den made ehren die da die ader der ahne da mahnen der ihre rad radar mit die rahme damit arme die dar da darm an die meere der die dehnen mieder hier da die hammer dahin dir rinne der den hader er der die herde die am herd mir nie rahm im rahmen hier die amme nahe dir die in mienen der marder narren renne mir ran an die riemen in rinnen die rinnen innen rann die rinde am rand die hand in die hand nahm.den hammer her der mann der die hand hier da mied der den an die erde der hin den hammer immer in der hand rennen in den darm in die haare hin die nennen nie den namen die mit dem hammer da immer rennen die reden hier in den dirnen da die da nie den mann nennen der da mir dem hammer der die hand in die hand da dehnen die da dem den arm am rad da nieder in die erde er die der da emma hermann die hand da im rad he nimm den in die hand den hammer da dir hier im meer drehe her hin dir dran anna da in der anderen hand da am rand herr hirn an die rinde mir in die damen rennen hennen am rand der hand in den darm hammer in der hand armer narr da rinnen mir die adern in die arme mann da minder dehnen die maden an den rand der rinder in immer dir hammer darin anna emma die rad da am rande daran rahmen die hammer die damen in meerammern da rann manna in die damen madame dahin der mann mit dem hammer an der hand in die mieder nieder hier in der ende dann dehnen die mehr am damm adern rinnen in den nahen darm dran an den rand da rennen die rinder herden in die haare der damen an der hand in den mann da he nimm den hermann dreh dem die hand in den darm der arme mann ehre den hammer emma an die hanna in henna hin da an den da mir den hammer in die hand ha hier rinnen meere in die maden in die rahmen der dramen amen die anden am meer hier der hammer mir die rinde der rahm am rande die dirnen am riemen der armee in die hirne der anderen da hihi hin dran ran an die erna in die erde ehre in namen nahm er nahm den rand des hammers in die hand da rann die innere ader der redner in nenner der an die der nadir der erde im inneren der arme der darm der hirne am hammer dehnen dir hadern an die hand in den da immer her dehnen die rinde an den rand der hirne die irren den rand

3. fassung

der der mann der die mann der die nahm der mann nahm lahm der die niere da lag der der mann der in die der die niere in der die die galle im rahm da kam die der der in der hand lang in der galle im rahm mit der niere der kam der der mann der die der mann der an die die den rahm der die mit dem rahm da lag der er der im mantel mit dem mantel da der er da lag er lang da der da kam die lang die der mann mit der da der niere da die die nahm der er da der in die hand die hand ihre hand die nahm der da die da lag mit rahm lag die da im rahm mit der hand in der hand in die hand da mit der kalten die der da nahm der nahm die kalt da die dann da lag die da nahm der dem da die da den da die da lag der da der da lang da lag mit dem die da lag die da die lag lang da mit dem da der die da nahm der die mit der hand da die hand da mit den adern da und der ader da der da lang da lag da nahm der die da an der hand da die da die lange da die da lang lag da die nahm der mit der hand mit den adern da rann die galle an der hand lang die der da nahm mit der galle in der hand da nahm der die hand in die hand da er lang da mit der die da die hand in der hand mit dem da mit dem die da der der die hand nahm der lag der da lag mit der niere in der hand da nahm die die niere in die hand mit der die den da im rahm da lag der da mit dem mantel der da mit dem da lag der die hand da in die galle in der die niere lag legte der die hand der in die hand mit all dem rahm da der galle da der niere da da legte der alte die hand da die da die lange da mit den adern da die legte der da in die da die mit dem da in der niere da nahm die die hand in die hand da lag der da nahm er der lag da der da lag er lang der nahm die hand der der da lag der mit der niere nahm die hand in die hand nahm die an die hand nahm

er der da damit die da mit dem da liege mit ihm da dem da der da liegt damit die da liege mitten im rahm langte der die da die er da hatte die hand da hatte der der da die da mit der da gelangt die hand mit der hand da lag die da mitten im rahm lahm lag die dann da lag die dann da in der galle die in der niere da mitten im rahm lag da dem die da die niere da die da lag dem lang in der hand da lag der alte im mantel lang lag der da lag der da der alte mantel mit dem alten im rahm da kann die der mann die da die hand in die galle da die da mit der niere die da mitten drin in dem rahm liegt legen da liegt der in der der niere da dann lag die kanne rahm am alten da der da lahm da lag

prosa

sein tete neun halt heit fentlich der mütiger richt stens te im jetzt tig was nig griff war sich vor nach sie beim sen isch men dete ein sie che zend ben für klar mir will me es aus ich ich heit sie wesen sie armt sie ende gnügen stehe am te ihm auch es ihm ge sie der he am te der aber ben nicht ge len le sie sass eine den von nahm sie das dele los er zu tete ser dal zen sein sie es staunt ich nige mit iche alle auf felt te gend mit selbst rig ser nen nach er die nen er sie dig sie in dem auf sich sen teren trat te ren die bank se mi ein die sie sich das ben pel denn der dem mit nem te nen von die so gen mann droht das gung und nung lichen wenn viel nicht ging durch gen einer se las haus an mal de ge hätten ging durch tetes neben fe stand gut risch keit nahm ge auf schaft in gab so sen die ren stellt de nicht den te che ne sen te ich ten aus chen zen me sie ja griff ich sen zeh er gen be les den dann die lich leer hin zeug sind über kel gut es ihr aber macht len ich fen zum net er auf gung gen war les der cher noch die der er send aber die sen ren der blick er te lich tag der aus vaten te zu wesen wie keit ger zu lichen darf am cher die hungen in jetzt er es er der da rist den licher gen mit stellt und er er lige um sche ges det als tungen tag die te man von sen gen lich ne te nen zu mit ter das te so wer das mer rend dem ge der te del gen ner chen te den pen hand sin del jetzt le an te nicht ganz trau ens jetzt mit nis so wie den zu me mit und men pier dass te das war und ihr te und weder zieren chen ging sich er ihm nicht dem den um in er dann nern nis ein licher sich lichkeit ohne lich was trauen trieren lich hier fen te her ben ete wie gener sen und der de te auf te ber se und der dat ran nen ja das er tel der auf ich tal ich voll hungen ist die ben was ich ter hin dass ich nis das sig ke ben ich ben es ten fen der ke sie gen bels tel zum gen wir kan te wir mals gend ben ger hung gin wie ge ter den ein den zehn re weil te chen nen chen schen fen es gen te hier sen es ter te sen nem ne der ren dien stem sen den ben nen dem tert den der gen ten ner ben chen te sie te ken für re nen he

sechsundzwanzig namen

jeder mensch besteht aus einer seele, einem körper und einem namen.

(aus: knud rasmussen „lebensansichten und sagen der eskimos")

alfred.

die erde wird in zonen eingeteilt. in die heisse zone, in die kalte zone und ähnliche andere. in all diesen zonen leben menschen.

einer von ihnen war alfred. das heisst, er nannte sich alfred, obwohl er robert hiess, und hatte bestimmte vorstellungen.

er war überzeugt, dass der mensch ein geschöpf der erde sei, und richtete seine lebenshaltung nach dieser überzeugung aus.

wenn er seine langen, täglichen spaziergänge durchführte, geschah es nicht selten, dass er sich auf den hügel hinter dem haus seines vaters, mit dem er freilich in etwas loser verbindung stand, zurückzog, die arme spreizte und einmal, oder auch öfter, kräftig durch die luft schlug.

in seinen anschliessenden erschöpfungen beschloss er mal für mal das bett aufzusuchen um einen kräftigen schlaf zu nehmen. was er auch tat.

so vergingen die jahre und alfred wurde immer älter.

man darf nicht glauben, dass diese gymnastischen übungen ihm zu einer lieben gewohnheit geworden wären. o nein, seine art war vielmehr, die frühen abendstunden und die zeit der dämmerung dafür zu gewinnen, weil er sich eben dieser übungen geradezu schämte. doch vermochte ihn eine gewisse leidenschaft tag um tag von der notwendigkeit ihrer durchführung zu überzeugen, wenn er es auch, wie gesagt, gewiss ungern tat.

an einem frühen frühlingsabend, der von alfred zu verschiedenen kindheitserinnerungen benützt wurde, nahm er, alfred, den erwarteten fortschritt als frucht seines fleisses zur kenntnis.

er stiess die beine kräftig in den vorhandenen kiesweg und stürzte sich federnd in den milden abendhimmel.

sein verdacht war bestätigt: der mensch ist imstande, sich mit seinen natürlichen fähigkeiten, ohne zuhilfenahme irgendwelcher hilfsmittel, also einfach kraft seiner muskelkraft, in der luft zu halten, wenn es ihm gelingt, die angemessene geschwindigkeit seiner bewegungen, die unbedingt erforderlich ist, zu begreifen.

nachdem er das panorama der heimatstadt bemerkt hatte, dachte er daran, einen seiner freunde aufzusuchen, den er durch lange zeit nicht mehr gesehen, weil jener durch schicksal und verschiedene umstände in einem anderen stadtteil wohnte. er war ihm aus einer gemeinsamen schulzeit in erinnerung und alfred bereitete eine überraschung vor, welche den frühen scherzen beider durchaus gerecht werden sollte.

als er die fenster erleuchtet sah, flog alfred kurz entschlossen an sie heran, öffnete leise und erhob sich geräuschlos zur decke des zimmers. der freund sass mit seiner frau und dem rücken gegen alfred bei tisch. unterdessen wartete alfred geduldig auf eine günstige gelegenheit, welche sich nicht ergab.

da verschob alfred sein vorhaben zugunsten eines anderen tages, landete mit kühnem schwung auf dem fenstersims und schwang sich aus dem fenster.

doch wehe, alfred, der bedauernswerte alfred, hatte die anzahl der vorhandenen stockwerke nicht im auge behalten und schlug mit einem knall auf den bürgersteig, wobei er zerschmetterte.

der freund, als auch seine frau, stürzten an das fenster und erkannten alfred. beide waren erstaunt.

da bemerkte die frau des freundes: «man soll nicht aus dem fenster springen.»

nachdenklich bemerkte robert, das heisst, er nannte sich robert, obwohl er alfred hiess, zu seiner frau: «auch in der schule war er stets unvorsichtig gewesen.»

bertram.
als es schon viele jahre ohne aufzuhören geregnet hatte, da nahm bertram seine frau bei der hand und sie gingen zum meer.
aber es wollte nicht aufhören zu regnen, so schickte bertram seine frau wieder ins haus, um ein sieb zu holen.
und als er drei tage gewartet hatte, kam ein grauer vogel, setzte sich auf den nächsten baum und sang. das verdross bertram, der auf seine frau wartete und vom regen ganz nass war. er nahm einen stein und warf nach dem vogel. aber er verfehlte den vogel und traf den baum. da flog der vogel wieder fort.
dann wartete bertram drei tage. und als er drei tage gewartet hatte, kam ein grauer fisch, schwamm zum ufer und sang. das verdross bertram, der auf seine frau wartete und vom regen ganz nass war.

er nahm einen stein und warf nach dem fisch. aber er verfehlte den fisch und traf das meer.
da schwamm der fisch wieder fort.
dann wartete bertram drei tage. und als er drei tage gewartet hatte, kam ein grauer engel, entzündete ein grosses feuer, stellte sich hinein und sang. das verdross bertram, der auf seine frau wartete und vom regen ganz nass war. er nahm einen stein und warf nach dem engel. aber er verfehlte den engel und traf das grosse feuer.
da ging der engel wieder fort.
dann kam die frau und brachte das sieb. bertram nahm sie bei der hand und sie tauchten das sieb ins meer. und als sie es wieder herauszogen, da lief das wasser durch das sieb und sie mussten es wieder und wieder ins wasser tauchen und es regnete immerfort, ohne aufzuhören.

cynthia.
draussen in der halle jaulten die hunde und wurden zurechtgewiesen und der uralte, taube butler schlich auf platten füssen und servierte überraschend gutes essen. cynthia dankte dem schöpfer im stillen für die spanische köchin. sie schob ihre mutter aus dem zimmer, nachdem sie deren buch und brille gesucht und gefunden hatte. sodann griff cynthia nach der feuerzange, ordnete die buchenscheite etwas günstiger, kniete vor dem kamin auf das eisbärenfell und begann mit dem blasebalg zu arbeiten. ihr haar hatte eine eigentümliche lohfarbe, es war schlicht von der hübschen stirn zurückgekämmt und hing bis auf die schultern, um sich dort in locken zu kringeln wie fliessender honig.
da knarrte die tür.
«willst du fliegen?» fragte die mutter.
«nein. falls es möglich ist, würde ich das schiff nehmen. so könnte ich mich besser in das ganze einleben. ich will nachher ein paar linien anrufen – wenn du erlaubst?» antwortete cynthia und beugte sich über den atlas.
im barte des butlers wurde ein schmunzeln bemerkbar. dann verliess er das zimmer, öffnete den unteren teil eines schrankes im grünen salon und begann das silber zu polieren.
da knarrte die tür.
der butler stand lächelnd dazwischen. cynthia verlangte nach soda. abends trank sie wie immer gegen halb neun einen whisky.
«wenn du erlaubst», wiederholte cynthia erstaunt und zog ihre feinen augenbrauen hoch.
cynthias mutter schien entsetzt zu sein: «ich begreife nicht».
der butler lächelte ernst.

«ich habe mir alles ein wenig anders vorgestellt», murmelte cynthia. ein unverkennbarer engländer mit einem weichen filzhut war in das zimmer gekommen und wurde vorgestellt. er sollte den wagen fahren, sprach ganz anständig französisch und war fast 30.
«bitte, werfen sie das kleine scheusal hinaus!» rief cynthia entsetzt und stiess das eisbärenfell mit einem spitzen schrei etwas näher zum feuer. als eine gruppe junger leute heftig gestikulierend hereinstürmte, verliess cynthia das haus.
konnte mama wirklich einen englischen chauffeur haben wollen? eine schreckliche idee. das war zweifellos ein scherz oder eine dieser unangenehmen alten damen, die zu den verrücktesten zeiten zum tee kommen, hatten mama den kopf verdreht. cynthia erreichte mit nervigen, kraftvollen schritten das haus gegenüber, das im sommer meist leer stand, weil es gäste im allgemeinen vorzogen, gemeinsam mit mama zu frühstücken. cynthia beschloss hierzubleiben und nie wieder zurückzukehren.
dann sah sie zum fenster hinaus. gelbe narzissen blühten zu tausenden unter den schattigen kastanienbäumen hinter dem ungepflegten rasen. grosse scharlachrote rhododendren leuchteten über unordentlichen schösslingen am hang. soviel schönheit und so lange vernachlässigt! es war ein beglückender gedanke, dass sich endlich wieder jemand darum kümmern werde. sie senkte den kopf und schloss die augen.
«man muss ein bisschen geduld mit mir haben», sagte sie leise.
endlich war auch ihr herz heimgekehrt.

detlev oder die krähe

wenn der mittwoch für mittwoch die sonne entzweite, stand er am ufer.
er wartete.
er wartete und wartete.
er wartete und wartete und wartete.

daraus wäre zu schliessen, dass detlev wie wir der nahrung bedurfte. nun es sich aber um eine durchaus gottverlassene ödschaft handelte, schien es unvermeidlich, dass halbe, ganze oder gar zwei jahre von einer mahlzeit bis zur anderen vergingen. auch war nicht alles zu gebrauchen, was da über die strasse und durch die blumen sprang. der eine war zu mager, der andere schmutzig, und jeder so arm, dass detlevs mitleidendes herz oft in die quere kam.

nach einer zeit war es also arg, dass er nicht ein noch aus wusste. da machte er sich nach dem verlassenen friedhof auf.

es ist wahr, er hätte gras fressen können oder den wolf bitten, ihm ein paar wilde kaninchen zu reissen, aber die umstellung des magens erfordert grosse veränderungen und bringt oft krankheit. das wusste detlev wohl. hiezu kommt, dass ihm auch der ernste wille für solche umstellung fehlte. er versuchte es höflich zu verbergen, aber ohne rechten erfolg.

weil er nun lange weile hatte und der weg kein ende fand, nahm er seine flöte und blies, dass die vögel von den bäumen fielen. nur eine alte, taube krähe setzte sich auf seine schulter und sagte:
«was bist du doch ein prächtiger mann. so gross und gross und noch grösser. ich kann dich nicht hören, aber ich glaube dir.»
der menschenfresser freute sich über alle massen und schlug dem alten, tauben vogel vor, ihn ein stück des wegs zu tragen, weil er so alt und taub sei.
«wir gäben ein glückliches paar», meinte die krähe. «du bläst die flöte und ich kann dich nicht hören. aber ich glaube dir.»
nun war es mit detlevs verstand nicht weit her und der hunger hatte ein übriges getan, da war er mit allem sehr zufrieden.

um den hellen mittag kamen sie zum friedhof. aber räuber hatten die gräber verwüstet, den schmuck gestohlen und die toten ganz auf die knochen abgenagt.

so weinten beide bis in den abend. dann sagte die krähe:
«du bist an allem schuld», und hackte detlev die augen aus.

die geschichte vom eberhard.
damals lebte er mit vielen kindergärtnern um die wette. sie waren die treulosesten liliputaner, die man sich vorstellen kann. warum blieb er dann bei ihnen? selbst der alte schmied wusste darauf keine antwort. und doch, vielleicht gibt es eine, eine einzige oder zwei, auf diesen nimmermüden totschläger und blutschänder des neunzehnten jahrhunderts. man könnte meinen, er habe nie gelebt. aber das ist nicht wahr, wir haben beweise, hieb- und stichfeste beweise!

nun war der liliputanerhäuptling wieder über land gefahren und eberhard ganz seinem sinnen und bleiben verlassen. er sah den vogel, nahm seine flinte und tötete den vogel mit seiner flinte einfach durch das hinsehen und hersehen über seine flinte schickte er den tod auf diesen vogel. das war seine erste böse tat und so schritt er fuss für fuss den schlimmen weg fürbass. o du silbergrauer eichelhäher, nun fliegst du für eberhard, sagte eberhard und warf den vogel in die luft, dass das blut über seinen neuen jägeranzug spritzte. des war der vogel so froh, weil er wieder, und sei es auch für ein einziges mal, gegen die sonne fliegen durfte, dass er dem schlechten knaben versprach, jeden seiner wünsche zu erfüllen. aber der teufel, der seine zeit gekommen sah, nahm den knaben zur seite und sagte: komm mit und ich zeige dir mein ganzes reich. da sagte eberhard zu dem vogel: dass ich doch tot wäre! drauf fiel er hin, mit seinem jägeranzug, er fiel ins nasse gras, über und über bespritzt mit vogelblut, und der böse liliputaner konnte ihm nichts mehr anhaben, als er zurückkam und den schönen jägeranzug voll von schwarzem vogelblut sah.

ein ausruf franzens:
«trinken sie», denn es bedurfte energischer mittel. im mittelpunkte stand ein saal, aus brettern errichtet. es wurde kein widerspruch geduldet. der junge franz wurde sofort hinausgeworfen.

und welche zukünftigen aussichten hat franz?

ein mann, den man für franz hielt, wurde durch den garten gehetzt, dann warf man mit steinen nach ihm, schlug ihm ein auge aus und stürzte ihn endlich ins wasser.

in lebhafter bewegung verging der winter. jetzt schritten fünf männer mit schwarzer haut, und mit pfeil und bogen bewaffnet, die allee herunter.

trotzdem wird franz, wenn er nur halbwegs zu leben hat, nicht unfreundlich mit ihnen verkehren.

unterdessen hatten die fünf männer die strasse aufgerissen. aber franz, ein junger, fantasievoller mensch, stieg auf den tisch, eine pistole in der hand.

«das ist franz», rief einer der fünf umstehenden.
(unter dem tische lag eine anzahl menschlicher wesen.)

«das sind ja die fünf neger», rief franz auf dem tische.

wie aber lebt franz?

er war so abgestumpft, dass er allmählich die lust zu geistiger anstrengung verlor. dennoch war er fleissig.

georg, der läufer.

er lief durch die stadt. seine lungen brannten. er keuchte und sein atem war heiss und pfiff so vor sich her. georg, der läufer, war ein unmoderner charakter. ihm fehlte jeder privatbesitz. er hatte keine ökonomische funktion in einer ökonomischen welt. deshalb lief georg seit 29 jahren so vor sich her. so alt war er. «du wirst nicht klüger», hatte seine mutter gesagt, als er ums haus lief. aber er konnte sie nicht mehr hören, weil er schon um die ecke war.

«wer kommt denn da?» rief der baumeister, bei dem der läufer eine stelle nehmen wollte, um sich sein brot zu verdienen. da war der läufer schon wieder auf der strasse.

nachdem er viele länder und erdteile durchlaufen hatte, lief er auf eine grosse wiese zu. eine dicke staubwolke folgte ihm etwas langsamer. um die wiese sassen und standen viele menschen, die ihre taschentücher schwenkten. aus den augenwinkeln bemerkte der läufer rechts und links weisse schatten, die sich in seiner staubwolke verloren. so gewann er die weltmeisterschaft 1952 über 10 000 meter im olympiastadion von helsinki. aber als man ihm zum zeichen seines sieges den lorbeerkranz um den hals hängen wollte, hatte er die grenzen des landes (finnland) längst verlassen. an seiner stelle wurde der läufer zatopek als sieger geehrt.

herostrat.

ihr müsst meine sucht verzeihen, aber ich bin überzeugt, diesen satz, diese formel, zu finden, mit der ich mir alles untertan mache. ich werde herrschen, ich werde ein furchtbarer herrscher und ihr die elenden sklaven meines wahnsinns sein.

ich werde alles töten und die türme dieser finsternis mit den fahnen meines wahnsinns schmücken. ihr werdet jeden laut mit den schrecklichsten martern bezahlen; ich werde euch verstummen lassen und ein reich des schweigens errichten, eure augen vereisen, eure ohren vereisen, eure schamteile vereisen, ich will euch die liebe an der wurzel ausreissen. ich will euch die lust aneinander verderben, ich will euch das fleisch unter jeder berührung verfaulen lassen und euch mit diesem gestank in die maschinerie meiner gerechtigkeit treiben. meine henker werden nicht euresgleichen sein und ihr gehorsam wird in einer grausamkeit enden, die in eurem denken keinen platz hat.

und in dieser entsetzlichen kälte werde ich endlich allein sein.

der kohlenhändler und sein feind iwein.
malmö ist eine stadt im tiefen schweden mit über hunderttausend einwohnern. einer von diesen, iwein, war auf den kohlenhändler erec nicht gut zu sprechen und deshalb sein arger feind. so auch ein feind seine guten seiten manchmal offen zeigen soll, schickte er dem kohlenhändler zu jedem namenstag einen strauss der wunderschönsten blumen. zu einer zeit begab es sich also, dass der brave kohlenmeister sein frühstück ass, als die blumen kamen und kein namenstag war. da hatte erec grosse furcht und schlich auf blossen füssen, so wie er war, und immer am boden zum haus seines feindes, durch die leute, die zur arbeit liefen, über die strassen fuhren und den markt mit ihren geschäften in unordnung brachten. immer am boden, so kam er zum haus seines feindes. von den fenstern hingen schwarze fahnen, ein wagen mit acht pferden stand vor dem tor, und iwein sprang aus dem letzten stock mitten in den sarg. die nachbarn warfen ihm blumen und kränze an den kopf und nagelten den sarg zu. seine frau hob den witwenschleier an die augen und war schlechter dinge. dann kam der vater, die mutter, ihre mutter und kein schwiegervater, weil dieser schon lange tot war, und der kohlenhändler nahm mit dem letzten platz in einem schrecklich langen trauerzug vorlieb. als die musikanten seinen lieblingswalzer spielten, da wusste er, dass alles wieder gut war und ging fröhlich an seine arbeit.

josef & klara
oder
erstens, kommt es zweitens, wie man denkt.
er verstand es. er liess sich hintüber fallen und verschwand. klara blickte bekümmert auf ihren gatten und räumte die reste der mahlzeit vom mittagstisch. drei tauben sassen am fenster und klopften mit ihren schnäbeln gegen die scheiben. auch sie wollten ihren anteil am täglichen brot. aber heute schenkte ihnen klara gegen ihre gewohnheit keine beachtung. mit tränen in den augen lief klara in die küche und verschämt fuhr eine hand nach der anderen über ihre treuen bernsteingelben augen, bevor sie diese ihre hände in das spülwasser tauchte, um die beschmutzten tassen und teller zu reinigen, wie auch die löffeln, gabeln und messer. klara war eine vorzügliche hausfrau. die rissige haut ihrer hände gab davon zeugnis. mit 22 jahren hatte sie das elternhaus verlassen, um an der seite ihres zukünftigen gatten das standesamt aufzusuchen. er hatte für diesen tag urlaub erhalten. somit blieben ihm noch 20 arbeitsfreie tage für das laufende jahr, welche die beiden im juni in einem kleinen ort am östlichen strand der italienischen küste

verbrachten. die hochzeit hatte im april stattgefunden. er kaufte seine anzüge im kaufhaus um die ecke, wo sie auch ihren bedarf an waschmaterial deckten. dort erhielt klara zum jahresende jeweils einen gutschein auf 3% aller im vergangenen jahr durchgeführten käufe. dann kaufte klara die neujahrsente und gab ihm zwei scheiben davon auf einem belegten brot am nächsten tag zur arbeit mit. 4 tage nach gründung ihres gemeinsamen haushaltes abonnierten sie die allgemeine tageszeitung inklusive zustellung ins haus. an jedem ersten im monat bezahlte klara die fällige rate für die schlafzimmereinrichtung. jeden donnerstag und dienstag verbrachten sie gemeinsam im kino, das sich im haus von klaras eltern befand. vorher assen sie mit klaras mutter und vater zu abend. an jedem 3. dieser abende kam auch klaras älterer bruder mit seiner frau, welche die schwester von klaras gatten war. diese, klaras schwägerin, hatte eine anstellung als verkäuferin in dem warenhaus, wo josef, klaras gatte, seine anzüge kaufte. klara war mit josef aufgewachsen. sie waren nachbarskinder, und schon bei ihren eltern war es eine ausgemachte sache gewesen, dass die kinder einmal mitsammen den bund fürs leben schliessen würden. und so war es auch gekommen. als josef die dritte gehaltsstufe nach ablauf der hiefür erforderlichen frist erreichte, hielt er um klaras hand an, und da klara zu dieser zeit die haushaltungsschule mit erfolg beendet hatte, erklärte klaras vater, der auch josefs vorgesetzter im betrieb war, sich mit freuden einverstanden und das aufgebot wurde bestellt. nach ablauf der gesetzlichen frist nahm josef klara zur frau.
noch immer spülte klara das geschirr und heisse tränen liefen über ihre flachen wangen. nach einer halben stunde, es war sonntag und josef hatte wie gewohnt seinen mittagsschlaf gehalten, erhob sich josef, faltete die decke am fussende des sofas, ging in die küche und sagte streng: «warum weinst du, klara?»
«ich habe zwiebeln geschnitten», entgegnete klara demütig.
«am fensterbrett sitzen 3 tauben!» setzte josef fort.
«tauben?» staunte klara.

karl und das löschpapier.

flach am boden gepresst lag das löschpapier ernst unter dem schreibtisch. auf einem stuhl vor dem tisch sass karl und schrieb einen vielseitenlangen brief. karl nannte das löschpapier ernst, weil er es seit jahren benutzte. als karl den brief geschrieben hatte, zog er das löschpapier ernst unter dem tischbein hervor, um die tinte damit aufzutrocknen. dann schob er das löschpapier ernst wieder unter das tischbein.

vom ludwige.

«von den ersten jahren meiner kindheit hatte ich schon eine grosse lust zu singen», sprach ludwig und dann sang er, dass die familie, welche die kunst des knaben gar artig zu bestaunen kam, von dem bette fiel, auf welchem sie sass. dazu musste sie von dem vater des ludwigen arg zierlich auf dem mandolon begleitet worden sein. damals war ludwig im vierten jahre seines lebens.

«ludwigen, ludwigen wo bleibst du?» sagte die familie aus den fenstern als sie aus ihrer ohnmacht aufgestanden. aber ludwigen hatte seine kleider mit einem fahrenden tenore vertauscht, der nun an seiner statt neben dem vater recht unnütz herumstand und mit eitlem mienenspiel einen argen ludwig gemimt. aber dem edlen vater war diese täuschung vergeblich, so nahm er den vazierenden stimmkünstler als einen schwiegersohn, dass er in der familie bliebe und die schande nicht offenbar geworden. ludwigen aber musizierte auf seinen stimmbändern in einer gegenüberliegenden schnapsschenke. mit solchen geräuschen angelockt, kam alsbald ein mutwilliger mensch vorbei und schlug dem ludwige mit einem eichenholz auf den schädel, dass er flugs in die hosen schiss. damals war ludwig im dritten jahre seines lebens. als ludwige wieder zu den sinnen kam, stand er im zweiten jahre seines lebens.

da trat er zornig auf den schuhen und blickte mutig um sich. aber der mutwillige mensch war nicht mehr zu sehen. da erschrak ludwig gewaltig und war ein jahr alt.

der abenteurer manuel.

alle sahen sich um und erblickten einen menschen in schwarzer kleidung, rot eingefasst und mit flammen besetzt, einen zypressenkranz auf dem brennenden kopfe, der mit einem grossen stock in der hand auf sie zukam. da erkannten alle sogleich, dass es manuel war, und fingen an, sich nichts gutes zu versehen. er hatte nun zwar keinen vulkan gefunden (wie es seiner absicht entsprochen hätte), aber einen kleineren berg in den anden, einen von den weniger bekannten, der durch seine konstruktion aus unordentlich durcheinander geworfenen erd- und felsenschichten, durch die wasser von sieben seen und das ausserordentliche schmelzen des schnees zum einsturz gebracht worden war.

dieser also gefürchtete mensch wandte sich nun nach ihnen und zeigte eine schöne gestalt. es war manuel.

«wie ist es gegangen?» wurde er gefragt.

«schlecht», war die antwort.

nun war die art und weise seiner bekleidung für manuel wie immer ein gegenstand grösster wichtigkeit. es scheint aber, als ob er viel zu wenig über diesen wichtigen gegenstand nachgedacht habe, und er hätte trotz seiner wertschätzung des themas sowohl, als auch der materie, keine rechenschaft ablegen können, warum er so und nicht anders gekleidet war.

manuel ist so alt wie der mensch. anfangs roh und ungezwungen, dachte er allmählich daran, im dem grade sich sein verstand entwickelte, seine körperliche überlegenheit glänzen zu lassen, dann aber das übermass seines geistes zu zeigen, um endlich seinen erfolg dem zufall anheimzustellen. er war gross von wuchs.

zu allen zeiten und in allen ländern übte manuel einfluss aus.

«ich weiss, dass manuel unter euch ist», sagte im jahre 1564 nach der christlichen zeitrechnung der kanzler vor dem parlament zu bordeaux.

auch maria von medici liebte manuel. da sagte dieser, und alle konnten es hören: «man muss da schlagen, wo es am meisten zu schlagen gibt», und schlug sie.
die zuschauer murmelten damals beifall untereinander.

eine stiege von messing, die zugleich als blitzableiter diente, führte vom tor in den turm. im schlosse waren nur einige zimmer bewohnbar. überall wuchs gras.

so verstrichen zwei stunden.

die unteren stockwerke enthielten die seltensten und teuersten spezereien, als auch die unbedeutendsten. die treppen waren aus stein.

dann trat ein knabe in den saal, der auf einer silbernen tasse einen goldenen becher trug, dessen henkel mit kostbaren steinen überreich besetzt schien.

die nahrung manuels bestand, ich vergass es zu sagen, in robbenfleisch und anderen seetieren. er verzehrte dies alles meist roh, selten ein wenig geröstet und mitunter auch halb verwest, mit aufgewecktem geist, immer lustig, ein freund des tanzes und der reichlichen mahlzeiten.

er spiesste den knaben durch die brust, schlug ihn gegen die wand, warf ihn in die luft und fing ihn mit der gabel wieder auf. dann stiess er ihm das messer von einem ohr zum anderen durch den kopf und zog eine schnur durch die öffnung. auf dies trat er die leiche flach, schnitt ein tellergrosses loch hinein und streifte die sich dermassen über den kopf, dass haupt und arme nach vorn, aber die beine des opfers nach hinten gekehrt schienen. so kehrte manuel mit seinem neuen mantel an die reichgedeckte tafel wieder und sprach:

«wie! die stadt wird heute illuminiert?», stand auf und ging quer durch die wüste.

nkole.

das auge sieht nichts als ein kahles vorgebirge, welches aus einem öden meere aufsteigt, einige leere oder mit ihrem eigenen schutt erfüllte zisternen, verfallene wasserleitungen, von der flut eingerissene und von den wogen wieder bedeckte dämme, dahinter eine barbarische stadt, ngambe, von sieben wällen und gräben gegürtet, ursache des schmachvollen rückzuges des lamido von tibati, der sie 11 jahre lang belagert, ein jahr länger als troja.

nkole selbst sitzt am tor seines gartens, auf einer seidenbespannten kiste, darüber erhebt sich ein thronhimmel aus vielfarbigen lappen. um ihn sitzen die grossen seines reiches, seine brüder, vettern und neffen mit straussfedern in den lehmverzierten, hochgetürmten zöpfen und ihm zur linken steht ein mensch, der ohne unterlass in die versammlung brüllt: seht den büffel

den sohn eines büffels
den ochsen der ochsen
den elefanten von grosser stärke
den mächtigen sultan!
möge allah dir dein leben verlängern
o herr!
möge allah dir beistehen und dir sieg verleihen.

dicke köpfe und dicke bäuche sind notwendig, um bei hof zu erscheinen und so trägt nicht nur nkole, sondern auch jeder seiner höflinge acht hemden oder mehr in verschiedener farbe übereinander und ihre köpfe sind mit einem wulst von musselin oder leinernen binden umwickelt.

eine nackte gestalt wird vor nkole gestossen, sie ist an händen und füssen gefesselt.

«das ist ein mann von der ostküste», flüstert merere, der an nkoles rechter seite kniet. «sie schenken ihre toten den nachbarn zum aufessen. wenn sie einen fangen, fressen sie ihn, das schenkt die kraft der muskeln und die schärfe des verstandes. ihre hunde können nicht bellen und sie selbst laufen nackt umher.»

nkole liess den gefangenen vor sich führen, spuckte ihm ins gesicht und befahl, ihm die augen auszustechen, hände und füsse abzuhacken. als nkoles leute die wünsche ihres herrn erfüllt hatten, steinigten sie den rumpf des gefangenen.

die steine zerschlugen die mächtigen schwingen, die kraftlos und blutverschmiert von den schwarzen schultern des verstümmelten leichnams hingen.

aus den rissen des schwarzen gefieders stieg der schwarze flaum und gebrochene schwarze federn. sie stiegen auf, wie ein heuschreckenschwarm, und verdunkelten die sonne. die bäume verdorrten, die flüsse trockneten aus.

omar.
an den wänden klebt blut. blut klebt an der lampe. das bett ist blutbespritzt. er zieht einen blutigen stuhl heran. dabei beschmiert er seine finger mit blut. er steht bis an die waden im blut. blut läuft über die regale. er nimmt ein buch und legt es auf den blutbefleckten tisch. er reisst die blutverkrusteten seiten auseinander und öffnet das buch. da schiesst ihm ein dicker blutstrahl ins gesicht.

philander.
ich habe niemals gehungert ich kenne keinen durst ich kenne keine blumen keinen frühling und der süssliche geruch des wacholders blieb mir unbekannt ich habe dieses zimmer niemals verlassen selbst dieser vorhang wurde nie zur seite gezogen
ich schlafe wenn die diener für meinen immerwährenden luxus sorgen und ich kann mich nicht entsinnen dieses zimmer je betreten zu haben. aber ich habe alle schmerzen dieser welt gekostet ich habe mich an ihrer erfindung berauscht ich habe meine tränen gezwungen mir zu willen zu sein
ich habe mir entsetzliche wunden erdacht und als erdachte ertragen mit der miene eines helden der sich den schmerz eines bienenstiches eines gebrochenen herzens den effekt einer entzündeten mandel aus atlanten reisebeschreibungen recensionen und lexica mit unendlicher mühe geformt hat.

quirinus.
er entledigt sich seiner haut. sorgfältig faltet er sie und hängt sie über einen stuhl. dann verlässt er das zimmer.

roderich im walde.

der mann spannte die muskeln. er ging zu einem schrank und öffnete die türe. dann zog er eine lade auf und entnahm ihr den rucksack. er untersuchte seine kleidung.

der trachtenanzug war beschmutzt, das weisse hemd durch den stattlichen bart verborgen. seine hände waren fein und schmal, wie die eines heilkünstlers. er nahm die dunkle brille ab.

als er wieder zu sich kam, spürte er, dass sein hemd nass vom schweiss war, der langsam aus den achselhöhlen tropfte.

neben ihm ragte die flinte zur decke. er lachte bitter und warf sie auf den tisch. dann stellte er sich daneben und entzündete die pfeife.

er warf seinen linken arm zurück, so dass er sich am rücken kratzen konnte. das tat er auch.

mit einem schmerzensschrei stürzte sich roderich quer durch das zimmer und stiess mit dem schädel, der nur notdürftig durch einen trachtenhut geschützt war, gegen die wand.

er war jäger. er lachte, liess sich auf die knie nieder und hob den rucksack. er riegelte das fenster auf und schwang sich hinaus. er wird in den wald gehen. dann sah er um sich.

der wald lag vor ihm. er nahm den weg bergan, bis er den wald erreichte, und klingelte. der dorfschullehrer öffnete.

«guten tag», sagte roderich und lüftete seinen hut.

«vielen dank», entgegnete der dorfschullehrer und schlug die türe wieder zu.

das war ärgerlich. dann stieg roderich den berg hinunter.

er rief nach dem waldhüter, der alsobald zwischen den zweigen sichtbar wurde, und liess sich in das nahegelegene terrassencafé tragen. dort bestellte er ein abendessen. während er ass, kamen wenig nützliche gegenstände zum vorschein. trotzdem verzehrte roderich alles. er sprach zwar, aber das erlernen der schrift hatte seine fähigkeiten überschritten. so gab er dem kellner nur einen freundlichen abschied und begab sich wieder in den wald.

nach kurzer zeit kam roderich zurück und bestellte das abendessen. während er ass, kamen wenig nützliche gegenstände zum vorschein. trotzdem verzehrte roderich alles. dann begab er sich wieder in den wald. er hatte recht vermutet, es war ein wald. er ging an den bäumen vorbei in den wald. da er die zeit nützen wollte, setzte er die brille auf. nach wenigen minuten erschien ein rehbock, er war alt und bewegte sich. roderich, der ihn durch seine dunkle brille beobachten konnte, sah, dass ihn der rehbock beobachtete. roderich lächelte. da ging der rehbock wieder fort.

roderich warf sich zu boden und kroch ganz dicht an das tier heran, presste sein ohr an dessen linke flanke: das herz schlug.

prüfend fuhr er dem bock über die läufe. dann lehnte sich roderich

gegen das wild. die tägliche arbeit hatte die kräfte des jägers verzehrt. er griff zur waffe und schoss.
nachher betrachtete er den rehbock aus nächster nähe. die stirne des jägers war nass vom schweiss. er hatte getötet. nur fort, dachte der jäger. er lauschte. er schwang sich aus dem fenster und ging rasch davon. roderich überlegte, dass er spuren hinterlassen hatte. der schweiss stand auf seiner stirne und er beschleunigte seine schritte. er hatte einen entsetzlichen verdacht: er war im wald.
als er klingelte, öffnete ihm der dorfschullehrer.

siegfried
oder
per aspera ad astrachan.

in seiner eigenart, eigenarten zu wenden, und mit guten vorsätzen wie neu aussehen zu lassen, hatte sich siegfried eine grosse nase und ein erstaunliches vermögen erwirtschaftet. «sehr richtig!» pflegte siegfried zu äussern, wenn man ihn um seine meinung fragte, und dies war zweifellos eine erkenntnis, die ihm ansehen unter seinen mitbürgern verschaffte. oft liess er sich einfach fallen, weil er seinen beinen nicht mehr als einen gelegentlichen fusstritt zumuten wollte. dann wurde siegfried 96 jahre. er starb geachtet und wurde am wiener südwestfriedhof begraben. seine letzte ruhestätte trägt die nummer 3114 und ist durch das linke tor einfach zu erreichen, indem man, am ehrengrab des komponisten schubert vorbei, den weg zum grossen holzkreuz einschlägt. kurz vor dem kreuz wird zur linken ein von kupfernen adlern belagerter obelisk sichtbar, der einen engel in die hand beisst. (hier meint es für den wanderer obacht zu halten, da die szene arg mit lorbeer verwachsen gilt!) auf dies schlägt er einen winkel von 90 graden zur rechten und erreicht eine brunnenverzierte heidelandschaft. er nehme ein glas zur hand und trinke von diesem ausgezeichneten wasser. denn der weg ist noch weit. nach einer reise von 124 tagen, bei mässigem schritte, ist die wolga erreicht. der reisende erwirbt ein fettschwanzschaf, nimmt die kleider vom leib und ein bad im kaspischen meer. alle kalmücken verstehen das. nach dieser erfrischung, welche kurz zu halten ist, esse man einen rosenapfel, der in dieser gegend vorzüglich gedeiht. alsbald erreicht man einen hafen und 175.000 jubelnde einwohner erwarten, geschmückt mit fahnen, den ermatteten. wanderer sind hier selten. das ist astrachan, die hauptstadt von astrachan, zentrum des pelzhandels.

thorstein.

in einem armseligen dorfe am fusse des balda jökul erblickte thorstein nicht das licht dieser welt, das viele jahre später broglie zum gegenstand seiner untersuchungen machte und das sich damals als einfaches nordlicht zeigte, denn thorstein kam nicht zur welt, sondern nach island, und da nur an eine einzige stelle und zwar auf das laken, das vor seiner mutter schoss gebreitet war, und er war blind und schrie.

in dieser zeit sank sein vater getroffen vom schwert des hroar an könig frodis seite auf den estrich. man berichtet, er hätte, als seine augen sich mit dem tödlichen email überzogen, gleichsam lauschend den kopf zur seite gebogen, während ihm das blut aus dem geöffneten nacken sprang.

thorstein wuchs ohne gefährten auf dem hofe des bruders seiner mutter auf. ausser zum essen wurde er nicht gesehen. nach anfänglichen versuchen gab man es auf, sich um ihn zu kümmern. er sprach kaum und wenn, war es unverständliches gemurmel. meist sass er in den ställen, neben dem schweinekoben hockend, und starrte die wand an. allmählich verzichtete thorstein auf das gericht in der stube und frass mit den schweinen. die knechte lachten über ihn, bis er einem den trog voll mit saurem rahm an den schädel warf. thorstein war stark geworden.
es war der fünfzehnte winter seit thorstein mit seinem vater das leben getauscht hatte, als er begann, hölzer vor dem hause zu verbrennen und die mauersteine mit russigen zeichen zu beschmieren. man liess ihn gewähren.

nun fand man thorstein vor dem hause hockend, den plumpen schädel in die fäuste gestützt und die blöden augen fast geschlossen. er betrachtete die wand, ohne je den blick abzuwenden, manchmal den schädel neigend, dann wieder beugte er sich vor, wie um besser zu sehen, um bald darauf in seine übliche haltung zu versinken.
er schien zu überlegen. so sass er vom morgengrauen bis sich island von der sonne weggedreht, um denen im westen platz zu machen, und starrte in die wand, um manchmal aufzustehen, und einen strich, einen schnörkel über den kalk zu ziehen.

thorstein war ungefähr dreiunddreissig jahre alt geworden, als er aufstand und durch die weisse wand ging, ohne schaden zu nehmen.

uriel und von der gerechtigkeit.

sir edwin dildo:
«macht mir das kunstgewerb'
nit schlechter als es ist!»

dem schauspieler uriel, damals am landestheater zu g. . installiert, war es nach wochen des wartens und bangens, kurz, absolvierung der qualen der hoffnung, so sie einen ohne weiteres im mai oder april in die fänge kriegen mögen, gelungen, einem rosenfarbenen kadetten, der zu o. ., einem garnisonsnest, zwei wegstunden von g. ., in der militärakademie etabliert, ein stelldichein abzuschmeicheln.
uriel hatte puder auf die wangen gelegt, seinen flämischen rock mit den brüsseler spitzen aus dem armseligen kasten genommen, vom staub gesäubert, so gut es ging, und versucht, vor dem spiegel die spuren durchwachter nächte, durchzogen von farbigen bändern und den sanften augen des erwarteten jünglings, geschickt zu verbergen. man war allgemein der ansicht, dass uriel ein griechisches profil zur schau trage, und er seufzte tief, weil er es besser wusste und von seinen heimlichen klagen, schmerzen, ja gebeten.
nun sass uriel mit dieser menschlichen pracht, es war nicht leicht gewesen, sie vom wege der pflicht in die sommerliche konditorei des städtchens zu entführen, zwischen sonnenstrahlbeleuchteten palmen in mächtigen körben und anderem exotischen gewächs im vorgarten dieser, und sie tauschten ihre gedanken mit flüsternden stimmen, die sich wie zahme schlangen durch die flimmernde luft schwangen vom mund des einen zum ohr des anderen. in kindlicher natur kaute der jüngling, mit einem mässigen, aber regen verstand ausgestattet, die köstlichen torten, die vorzüglichsten cremen und spuckte kokett und mit einem anflug dilettantischer blasiertheit aprikosenkerne, die seine glitzernden zähne soeben aus den früchten gelöst, über die feuchten lippen auf mürrische passanten.
als die feldgendarmen ihre übliche runde durch die strasse zogen, erblasste der jüngling und glitt auf seinem weissen rohrsessel in den kühlen schatten eines leuchtend blühenden oleanderbaums. entzückt von dieser geste, gelang es uriel alsobald, diese harmlosen reiter mit dem urlaub des knaben und dies mit der damals in staatlichen erziehungsanstalten noch geübten prügelstrafe in einen logischen zusammenhang zu bringen. uriel liess vor dem verängstigten knaben nun mit berufsmässiger perfektion szenen der verschiedensten züchtigungen mit ihren finsteren kulissen und dem düsteren hintergrund aus der bühne seiner verderbten phantasie aufsteigen.
so musste es kommen, dass leopold, so hiess der knabe, dem ansinnen uriels, ihn zu verbergen, mit tränen der freude in den verstörten augen in aller unschuld zustimmte.

uriel drängte zur eile und leopold erhob sich frei von willen und in der verklärung der fügsamkeit, die dem ende voraussteht, aus dem schutz des baumes in die bewegung zum ziel. zum letzten mal flackerte das bewusstsein des knaben in die reste der torten und ein begehrlicher blick streifte den tisch, ehe er verlöschend in den körper sank, der nun dem verführer folgte.
es war uriel, der um jeden argwohn in seines opfers schädel zu vernichten, zuerst in die kammer trat. seine arme hoben sich um den hals des schützlings, während sich die daumen in die kehle pressten. ohne einen laut versank der leichnam in den abtritt.

vathek.
«rotterdam ist eine blutig schöne stadt» vathek glaubt es capitän der
PABLO NERUDA liegt im grössten hafen der niederlande vor anker
an den silbernen laternenschäften erkennt er die ST. GEORGS-BRÜCKE. er atmet die canäle im mittag und verspiegelt ein paar katzen hinter plüsch und brüssler spitzen röstet man den sonntag
«rotterdam hat einen blutig schönen hafen, blutig wie diese sonne, die meine purpurschärpe bleicht. sie verwandelt die federn auf meinem neuen hut in verächtliche suppenhühner und füllt meine stiefel mit wasser, alles wegen der weiber, o sole mio verdammter leierkasten»
«ADMIRAL! ADMIRAL!»
rotterdam ist ein cupferner dreimaster der heute und morgen in see sticht
«ADMIRAL admiraladmiral»
«heda galgenstrick, scher dich zum satan und ersäuf deine läuse»
«admiral»
«ich bin kein admiral»
die rosen in rotterdam färben die rosenwolken über rotterdam rosenfarbig
«ihr seid ein admiral und ihr habt admiralsepauletten»
«das sind blutige capitänsfänge, du schlingel»
«admiral, seht die volièren, kauft einen papagei»
der capitän kauft keinen papagei
«einen klugen papagei aus westindien
einen bunten papagei, er flucht spanisch»
der knabe zählt nicht mehr als dreizehn jahre und sein blondes haar reicht bis an die schultern. er ist von edler gestalt
«admiral, die uhr schlägt mittag; kauft den papagei»
der capitän entfaltet seine flügel und gleitet lautlos in den horizont von rotterdam

die undankbare walpurga.

verblüffend bellen
schützt vor abgeschmeckten weisheiten

am nördlichsten rand des waldes hinkte ein einäugiger marktschreier über den grenzstein. er war von gefälliger natur und sagte einen recht schönen morgen an das dienstmädchen der nahen waldschenke, wo er nach zigeunerart ein glas bier trinken wollte. aber undank ist der schlechten menschen lohn, denn walpurga duckte sich in das hohe gras und warf ihm eine falsche nase vor die füsse.
«du lästerfinger, es ist tadelnswert im freien zu biwakieren, wenn die betten leer stehen und die verlassenen jungfern nicht mehr wissen, wie sie das haar aufstecken sollen. grösster und wunderlicher aufschneider, jeder windstoss kann dir den geldbeutel in den sand treiben. aber das beste kommt noch!» und sie stiess ihre arme und beine durcheinander, dass man nicht wusste, wo rechts und links blieb. dies grämte den biederen waldläufer, so er seine prächtige leber vergass, und er schoss ihr seine munteren vögel unter die scheckichte halskrause, dass es die äste der tannen und rüstern auseinanderbog, als ob die wilde jagd hindurchführe:
«zum henker, willst du knospen treiben. ich bin die brummglocke des marktfleckens und bausche einen strauss von künstlichen blumen hinter meinem rücken.»
sei es nun, dass walpurga seinen guten willen ins falsche ohr gelegt, oder hatte sie den vorzug ihrer besten jahre im honigtopf verschlafen, sie gab ihm schlechte groschen für seine runden taler und schrie: «possenreisser und handleuchter, stosse den wind auf allerlei weise, mache deine unbedeutenden geschäfte, aber halte dich im zaume, du brasilianischer raufbold.»
da nahm er reissaus und schüttelte seine armschienen in die hemdärmel. mit einem hirtengedicht und einem sack voll zerbrochenem butterkuchen schlug er sich zu den räubern.

xanthippe.

meine mutter xanthippe spricht in einem augenblick soviel wie ich vom morgengrauen bis zur dämmerung und mehr als alle leute, die ich kenne, und mehr als unsere dunkelhäutige magd, die den weg zum brunnen mit geschwätz verlängert, und tausendmal soviel wie mein vater. und ihre stimme ist lauter als die flöten der musikanten. mit ihrer kreischenden misstönenden stimme spricht sie so schnell, dass ihre opfer reglos verharren wie im ewigen schlafe. wenn sie spricht, löscht der atem die flamme vom docht der lampen und das mädchen, das die tunika meines vaters flickte, hat mir erzählt, dass selbst der taube töpfer polykrates beim anblick ihrer in aufruhr geratenen sprechwerkzeuge lahm zu boden sank, bis unsere sanftmütige magd, die ohren mit wachs verklebt, mit einem griff ihrer hand ihm die augen schloss und er sich zitternd aus dem hause tastete. alle meiden uns, selbst die gläubiger. wer bei uns ein und aus geht ist von robuster, blöder natur, den bauern gleich und ohne verstand, oder es sind wahnsinnige, wie mir viele scheinen. seit man meinen vater verurteilte, sind es noch weniger geworden und sie ist froh, mich, ihren sohn, zu besitzen, einzige zielscheibe ihres geschwätzes. wenn es mir gelingt, mich aus dem haus zu schleichen, wird sie mit sich selber sprechen und ihre stimme wird sie töten.

yasmin.

IHR wart noch niemals im circus? IHR verleugnet unsere clowns, unsere affen, unsere pferde, unsere zauberkünstler? mein HERR, IHR seid toll, IHR habt die anmut eines fürsten und die elegance eines millionärs! warum wollt IHR diese sensation versäumen, die EURER erscheinung nur den rechten platz findet? diese vorstellung würde EUCH wie das neue plaid zu EUREM rennwagen kleiden.
der fotograf steht bereit. er wird von der direktion zur verfügung gestellt. wir werden unsere schönste loge zum halben preis verschenken. roter plüsch und goldene schnüre! unser capellmeister wird EUCH mit einem tusch empfangen und der champagner wird immer kalt sein.
wollt IHR denn EUER leben wie ein glas von schlechtem wein bis zur neige verschütten, ohne die lippen einer kunstreiterin auf die probe gestellt zu haben? kann man es versäumen, den flitter auf den schuhen meiner seiltänzer zu liebkosen? denkt an die muskeln meiner akrobaten oder die sanften augen von zahmen geparden!
meine truppe hat schon manches mädchen zu seinem vorteil gebildet. ihre schenkel sind mein verdienst, ihre brüste mein triumph!
kommt hinter diesen vorhang. kommt nur deshalb, um den athleten zu bewundern, der einen versilberten eisenbahnwagen an die stirn hebt, auf dem eine löwin polonaise tanzt. er ist der grösste und schönste in dieser saison. ich selbst habe das tricot entworfen, denn ich weiss, wie man unseren damen solche kraft mit grösstem vorteil in den schlaf mitgibt.
verzeiht, ich langweile EUCH! aber seht! dort! das mädchen mit dem rosafarbenen federbusch im haar! die schönste, die anbetungswürdige, die unerreichbare, die göttliche yasmin! sie hat soeben ihren schwar-

zen diener mit einem billet versehen. seid ihm nicht böse, er kann nicht herausgeben, er ist ein feind aller münzen und die taschen seiner seidenen beinkleider würden einem sieb zur ehre gereichen. ich möchte EUCH deshalb bitten, gebt nur grosse scheine, die kann er besser in seinen turban stecken.

zephyr.
ich öffnete die tür und meine frau zeigte nach dem mond, der mit kostbaren steinen verziert war.
meine frau stellte noch mehrere fragen, und später, als ich eine lange allee hinunterschritt, bemerkte ich eine hoch aus dem strassenpflaster ragende wurzel und einen grossen baum, aus dessen krone sich zwei lachende köpfe beugten.
behutsam kletterte ich auf den baum und betrachtete mein brennendes haus, das in der dunkelheit leuchtete.
(1953–59)

der vogel singt

eine dichtungsmaschine in 571 bestandteilen

erde – luft
(1.–95. bestandteil)
er schlägt seine flügel über den wind.
eine elektrisiermaschine erleuchtet das getriebe der landschaft.
leuchtziffern steigen auf und fallen.
die farne verbergen kürbisse. sie zeigen die angewandte geometrie in ihrer entfaltung.
er versucht seine sohlen an farn und kürbis.
er dreht die hände in den gelenken. er beugt die arme
und beginnt seine gymnastischen übungen. erstaunt nimmt er seinen schweiss zur kenntnis
und schlägt mit den flügeln.
er versucht seine finger an farn und kürbis.
die elektrisiermaschine zerteilt den nebel.
die farne teilen ihre blätter.
ein baum im horizont, der unter der ziffer 7 steht und mit dieser durch linien und punkte verbunden scheint, trägt die farben seiner blüten auf den ästen. die ziffern stehen unbeweglich im raum.
ein kürbis wechselt seinen standort.
der wind schlägt gegen die flügel.
der nebel hängt an seinen händen.
die elektrisiermaschine färbt ihm arme und beine. der gefiederte jüngling kann trotz aller bemühung die wirkung einer klassischen schaufensterpuppe nicht ganz vermeiden.
der wind legt die blüten des baumes auf die farne.
der offensichtliche versuch auch das antlitz des jünglings zu färben scheitert mit blauer lichtentwicklung.
die elektrisiermaschine setzt mit einem künstlichen regenbogen alles in erstaunen.
sogar unter den blättern der farne sitzen ameisen.
die elektrisiermaschine wird für einen augenblick durch eine fliegende ameise verdeckt.
die ameisen fliegen mit ihrer königin zum nächsten kürbis.
durch die geometrische reihung bleibt die anzahl der wachsblumen beschränkt.
sie sind von niederem wuchs und halten eine farbe, die sich der ordnung der landschaft fügt.

die ungeflügelten ameisen nähern sich dem baume und weichen den wachsblumen in geometrischen bögen nach links und rechts aus. so bildet die summe der ungeflügelten ameisen ein schönes ornament in der graswolle. die punkte im raum, die die ziffer 7 mit dem baum verbinden, sind schwebende, geflügelte ameisen. die ziffern 1 bis 9 werden von einer teilsumme der geflügelten ameisen im raum gestaltet.
er bricht das eis von seinen lippen.
er schlägt seine flügel gegen den wind.
der wind schlägt gegen die farne.
die wachsblumen entledigen sich vieler blütenblätter.
der baum verdeckt einen kirchturm.
reihen von pilzen teilen die landschaft in rhythmischen abständen parallel zum horizont.
die pilze haben grosse schirme und zarte stengel.
jetzt haben einige ungeflügelte ameisen die erste reihe der pilze erreicht.
der geflügelte jüngling setzt durch entfernung einer wachsblume eine andere ordnung in die schöne maschine der landschaft.
er pflanzt kürbisse an stelle der wachsblumen. er steckt die kerne in die teile der schönen maschine.
es lässt sich nicht vermeiden, dass es wärmer wird.
das salz zerfliesst.
er bedeckt sein ungefärbtes antlitz mit dem schatten der gefärbten blüten des baumes.
die geflügelten ameisen schweben über dem kirchturm in gestalt von unanständigen worten.
auch die anderen kürbisse platzen und verlieren ihre kerne.
der jüngling versetzt die ziffern über der landschaft und bringt sie in eine ihm erwünschte beziehung.
die vögel singen auf des messers schneide.
er schlägt seine flügel unter den wind.
die ameisen halten ihren standort.
eine grosse geflügelte ameise verlässt ihren platz über dem kirchturm. sie zeigt ihren kiefer in unmissverständlicher weise und versucht das bild der landschaft zu gestalten. die grosse geflügelte ameise besetzt einen ästhetisch wirksamen punkt im raum.
der jüngling wirft einen stein,
ohne sie zu treffen.
sie schlägt ihre kiefer in seine hand und schwebt dann wieder in einiger entfernung.
die ungeflügelten ameisen fressen faustgrosse löcher in die zarten stengel der pilze. die erste reihe fällt.
er wirft einen stein und trifft die geflügelte ameise.
es ist eins.
er legt die querschnitte der objekte über die landschaft.

die bauern fahren mit einem heuwagen aufs feld.
er gleitet über kürbisse und farne zum kirchturm.
die runden räder mit den blauen speichen bewegen die maschine der landschaft.
er steht vor einem laden am platz vor der kirche und betrachtet die ausgestellte ware.
er kauft einen gestreiften anzug und schneidet löcher für seine flügel mit einem messer, das ihm der freundliche verkäufer gerne geborgt hat.
als sich zeigt, dass er nicht zahlen kann, ordnet der jüngling das schaufenster.
der zufriedene verkäufer schenkt ihm eine fotografie seiner verwitweten tante.
die kinder kommen aus der schule und zeigen dem gelehrigen jüngling den weg in die stadt. sie stehen ganz nahe um ihn im kreis und halten die finger in eine richtung.
sie begleiten ihn gerne und erzählen ihm die letzten neuigkeiten.
sie schenken ihm einen breitrandigen strohhut mit langen und blauen bändern. er legt den hut über die schultern.
er gibt ihnen gerne die fotografie der tante des freundlichen verkäufers auf die sie einen heiligenschein malen.
er gleitet über das pflaster, während ihn die kinder an den händen nachziehen. sie zeigen ihm, wie hoch sie springen können.
er dreht seine hände in den gelenken. er beugt die arme und beginnt seine gymnastischen übungen. die kinder nehmen den schweiss erstaunt zur kenntnis,
der deutliche spuren auf seinem ungefärbten antlitz hinterlässt.
er verbessert die zeugnisse aller kinder, worauf ihm die kinder wieder zeigen, wie hoch sie springen können.
er bezaubert die lehrerin, welche die kinder nach hause schicken will, durch eine vollendete verbeugung.
sie verlässt beschämt den platz vor der kirche.
alle kinder zeigen, wie hoch sie springen können.
er verspricht ihnen, für ein anderes mal die fotografie seines vaters mitzubringen, die sie mit einem heiligenschein bemalen dürfen.
ein kind zeigt ihm, wie hoch es springen kann.
er setzt den breitrandigen hut mit den langen bändern aufs haar und erringt die gunst aller kinder.
er macht die schulaufgaben der kinder ohne einen einzigen fehler.
die kinder beschliessen, ihn in die stadt zu begleiten.
die mütter der kinder kommen aus den häusern und bringen die kinder nach hause,
weil die suppe noch heiss ist.
der lebhafte jüngling zeigt ihnen, wie hoch er springen kann,
worauf die mütter in den häusern stühle vor die türen stellen.

er setzt seine sohlen wieder auf das pflaster.
er ordnet die ware im schaufenster für die nächste saison und bittet den freundlichen verkäufer um eine reisetasche.
leider trägt diese die initialen der tante des verkäufers in lettern aus messing.
als aber der höfliche jüngling erklärt, dass er daran keinen anstoss nehme, gibt sie ihm der freundliche verkäufer gerne.
der jüngling fliegt eine runde um den kirchturm und macht sich auf den weg.
die bauern bringen die ernte ein.
die bäume entledigen sich ihrer früchte.
es regnet nicht.
ganz links in der landschaft steht eine sonnenblume.
kein wind bewegt ihre blätter.
solange die sonnenblumen auf den feldern stehen, wird es nicht regnen.
der ahnungslose jüngling schmückt seine reisetasche mit sonnenblumen.
inmitten von sonnenblumen stehen grosse zelte mit bunten fahnen auf den masten.
der gelehrige jüngling nähert sich den zelten
und hört verschiedene mädchen die das rad schlagen.
er sieht einen neger, der sein schwert durch die ohren zieht,
und einen leierkastenmann, der eine rote perücke trägt.
der steht auf dem kopf,
dreht an der kurbel,
und bittet um almosen.
der gelehrige jüngling dreht seine hände in den gelenken. er beugt die arme und beginnt seine gymnastischen übungen.
der nebel hängt an seinen händen.
der mann mit der roten perücke stellt sich auf die sohlen,
tritt vor das zweite zelt und öffnet den vorhang.
es ist zwei.
ein mann mit einer roten perücke verbeugt sich
und erklärt ihm die vorzüge der artistik. er springt auf ein seil und tanzt.
der belehrte jüngling zieht an seinen ohren.
er zeigt die zähne und lächelt lautlos.
er zieht eine runde über den zirkus,
worauf der mann mit einer roten perücke die gute meinung und den halt verliert. er fällt vom seil und schreit:
hast du keine ohren?
der belehrte jüngling wackelt mit den ohren.
er hat die telegrafenapparate der stadt gesehen und ist nicht mehr zu halten.

erde – feuer
(96.–190. bestandteil)
die schornsteine sind mit eisenringen geschmückt.
auf den ringen stehen die arbeiter und prüfen ihr gewicht.
aus den rädern der maschinen steigt rauch.
der staunende jüngling legt den querschnitt einer lokomotive über eine hängebrücke.
die arbeiter steigen von den schornsteinen und bohren mit ihren presslufthämmern faustgrosse löcher in den asfalt.
ein polizeikordon holt einen feuerwehrmann aus einem zertrümmerten automobil.
ein polizeiwachtmeister mit goldenen schnüren entzündet den motor mit einem brennglas.
jetzt holt der feuerwehrmann seine feuerwehrspritze aus der weit entfernten perspektive.
die polizisten steigen auf die schläuche.
aber der feuerwehrmann betrachtet seine trockene feuerwehrspritze mit leiser wehmut.
die polizisten schicken den feuerwehrmann ohne trinkgeld nach hause.
sie verstreuen die asche des automobils nach einem vorgeschriebenen zeremoniell in einer nahen parkanlage.
die öffentlichen schwimmbäder bleiben geschlossen.
das glas über dem palmenhaus explodiert unter rauchentwicklung.
einige passanten heben den polizeiwachtmeister auf einen rüstwagen der städtischen strassenbahn.
der tarif für langstrecken wurde beträchtlich erhöht.
die erregung der passanten hat transparente formen erreicht.
ein herr mit schnurrbart sitzt auf der bank vor den volièren des bahnhofs.
das salz zerfliesst auf den geleisen.
die konzerte der kurkapelle finden ausnahmsweise im grossen teich hinter der gedächtnissäule statt.
zu diesem zweck wurde der springbrunnen nicht in betrieb genommen.
das kurorchester hämmert mit seinen instrumenten auf die bildsäulen des springbrunnens.
jede bildsäule zeigt einen klassischen helden oder seine geliebte.
der gerührte jüngling dreht die hände in den gelenken. er beugt die arme und beginnt seine gymnastischen übungen.
er bricht das eis von seinen lippen.
der herr mit dem schnurrbart hält seine tränen mit mühe an sich.
der polizeiwachtmeister verfügt die sofortige räumung der parkanlage.
die automobile der städtischen feuerwehr explodieren zwischen dem lärm der presslufthämmer.
eine abteilung kadetten besetzt das haupttor der parkanlage.

um die empörten passanten zu beruhigen, werden geleise durch den park gelegt.
noch weiss man aber nicht, ob man sie dem eisenbahnnetz anschliessen oder der städtischen strassenbahn zur verfügung stellen soll.
der herr mit dem schnurrbart nimmt auf der ersten schwelle platz.
es ist drei.
sodann beschliessen die polizisten, ihre kaserne aufzusuchen.
der strebsame jüngling verdingt sich als platzanweiser und erhält seinen verdienten lohn.
die kadetten vermessen den trockenen teich mit zirkel und dreieck.
ein erregter passant erklärt ihnen das grundmotiv der parallelverschiebung.
der bedauernswerte jüngling verlässt angewidert seinen arbeitsplatz.
er nimmt gegen die gärtner stellung.
die gärtner bringen ihre baumscheren in anschlag und nehmen dahinter platz.
er bringt ihnen den entlaufenen hund eines passanten, welchen sie gerne scheren.
der jüngling dankt ihnen gerne und entlohnt sie mit einem verdienten trinkgeld.
die stets durstigen gärtner bedauern den ruhetag ihrer bevorzugten stehweinhalle.
der vernünftige jüngling entfernt sich mit grossen schritten.
hast du keine hände?
der beschämte jüngling winkt von ferne mit beiden händen,
während die gärtner den schnurrbart des herrn scheren, der auf den geleisen sitzt.
der bescheidene jüngling fährt mit der strassenbahn an das andere ende der stadt.
die elektrisiermaschinen rasen durch die werkhallen der fabriken.
durch die reibung glühen die wände in rhythmischen abständen auf.
trotzdem bleiben alle lampen in betrieb,
bis sie zwischen dem lärm der maschinen zerspringen.
dann werden sie auf grosse roste gebreitet
und auf offenem feuer geglüht.
auf diese weise zerspringen die noch unversehrten glühbirnen
zum teil schon auf den rosten und man erhält zahlreiche sprünge.
danach bringt man das vorbereitete material in das walzwerk,
wo es zu grobem sand vermahlen wird.
dieses walzwerk besteht aus zwei walzen.
alle achsen sind aus gusstahl.
darüber bewegt sich stundenlang der trichter zum einfüllen des vorbereiteten materials.
infolge ihres grossen gewichtes senken diese maschinen das walzwerk

immer tiefer in die erde.
man überlegt, der glühlampenfabrik ein bergwerk anzuschliessen und die produktion zu erhöhen.
der polizeiwachtmeister fährt mit dem rüstwagen der städtischen strassenbahn in die direktion des unternehmens.
dort legt er mit weitausholenden bewegungen einen einspruch der stadtverwaltung vor und verweist auf das anti-trust-gesetz.
der erschöpfte jüngling verlässt die anlage durch einen garten.
er bleibt vor einem barockportal stehen
und beobachtet zwei akkordarbeiter, anscheinend zwillinge,
die mit hilfe eines transformators einen weiblichen unterkörper in den raum projizieren.
er dreht seine hände in den gelenken. er beugt die arme und beginnt seine gymnastischen übungen.
die vögel singen auf des messers schneide.
die beiden akkordarbeiter projizieren ein schild mit der aufschrift:
allen unbefugten ist der eintritt polizeilich und strengstens untersagt.
dort wird der gelenkige jüngling von den beiden akkordarbeitern in zwei finger gebissen,
da er sich weigert, das verbot zu beachten.
er erinnert sich der ersten projektion mit begreiflichem interesse.
die akkordarbeiter stehen zu ihrer vorgefassten meinung.
es ist vier.
der blutende jüngling projiziert die filosofischen lehrsätze des altertums über das ganze.
der transformator schwebt an zweihundert himmelblauen luftballons zur decke.
die beiden akkordarbeiter winden sich in krämpfen am boden
und weisen ihre kollektivverträge vor. jetzt unterscheiden sie sich voneinander.
der erzürnte jüngling tauscht die firmenschilder aus.
er verzichtet auf gewaltmassnahmen und reicht den beiden seine freundliche hand.
er richtet sein brennglas auf die ballons.
beide erheben die hände und nehmen ein angebotenes trinkgeld.
sie zerlegen die maschine in ihre bestandteile und werfen die bestandteile in einen trichter.
jetzt erklärt sich der gewissenhafte jüngling bereit, den platz zu räumen.
er überzeugt die akkordarbeiter von seiner guten absicht.
sie begleiten ihn zum ausgang
und beschenken ihn mit zigaretten.
sie sind ein feiner kerl!
der höfliche jüngling nimmt diese erregende wahrheit dankend zur kenntnis.

er entwendet ein fahrrad und schaut in die ferne.
zum schutz gegen die ansteigende hitze setzt er den strohhut mit den langen bändern aufs haar.
er schlägt keine bestimmte richtung ein.

erde – wasser
(191.–285. bestandteil)
er betritt ein haus, dessen fassade vom regen grau ist.
die kinder des hausmeisters hängen aus den fenstern.
sie versuchen, den strohhut des jünglings von seinem kopf zu ziehen.
er zeigt ihnen das gewinnende lächeln.
sie verlassen die fenster, weil sie sein ungefärbtes antlitz aus gips erschreckt hat.
es beginnt zu regnen.
es regnet in strömen.
das morsche holz des geländers bricht unter seinen fingern.
der hausmeister nimmt seinen regenschirm.
er spannt ihn auf und springt aus dem letzten stockwerk.
der hausmeister fordert ein trinkgeld.
der mutige jüngling klettert über eine feuerleiter in den letzten stock, während das treppenhaus teilweise einstürzt.
dem hausmeister springt ein kragenknopf ab.
er klettert über die trümmer des eingestürzten treppenhauses langsam empor
und bringt einen erblindeten spiegel in die waagrechte.
der hausmeister ist ein freund seiner ordnung.
der anmutige jüngling steigt durch ein fenster,
dann stellt er eine stechpalme wieder auf das klavier des salons.
er befestigt die schadhaften tapeten und macht sich nützlich.
er öffnet die kasten und geht durch die zimmer.
dieses stockwerk hat keine gänge.
in jedem zimmer steht ein klavier.
jedes zimmer hat vier türen und eine falltür.
in diesem stockwerk grenzt zimmer an zimmer.
es ist fünf.
zerflossenes salz steht in den zimmern.
der hausmeister schiesst mit seiner repetierpistole bohnen in vielen grössen in die letzte etage.
der untadelige jüngling tritt versehentlich einen baufälligen gipsengel in die tiefe.
der hausmeister röchelt deutlich zwischen abstürzenden bauteilen.

leider blieb dieser vorfall nicht unbemerkt, da das blut des hausmeisters der fassade des hauses einen neuen anstrich verleiht.
der edle jüngling hüllt sein haupt in eine wolke von nebel. aber er kann es nicht verhindern, dass sie ihm auf die hände fällt.
weil er es nicht besser weiss, deckt er den verunglückten hausmeister damit zu,
worauf sich der nebel im ganzen haus verbreitet
und die kinder des hausmeisters zum husten reizt.
die ganze stadt liegt im dichten nebel.
auf der suche nach den nächsten verwandten betritt der gute jüngling das zimmer der ältesten tochter des hausmeisters.
sie sitzt auf einem sofa und macht ihn mit der anatomie ihrer linken brust vertraut.
sie legt die muskulatur dieses körperteiles frei, weil sie die haut abzieht.
ihr schosshund frisst diese haut gerne.
als ihr der einfache jüngling seine hand reicht,
vergiesst der hund bittere tränen.
dieser hund kennt viele spiele. er steht mit vorliebe auf den hinterbeinen und lange haare hängen von seiner schnauze. er trägt ein silbernes halsband, das seine würde unterstreicht. er ähnelt im übrigen dem vater der tochter, seinem herrn, dem hausmeister. die wirkung ist nicht zu leugnen.
unser jüngling steigt dem bedauernswerten tier mit voller absicht auf den schwanz.
der schatten des tieres wächst an die decke.
das rotseidene fell zerplatzt
und zeigt einen in gold gefassten herzmuskel.
dieser hund von der grösse einer kuh übt die fertigkeit seiner krallen auf den gespannten sehnensträngen am halse des bedrängten jünglings.
ein schöner ton erklingt.
der hund schleift seine kiefer an den kleidern unseres freundes. erschüttert verlässt das piano den standort und drängt den bedauernswerten jüngling an ein ungeschütztes fenster. das tier entfaltet seine ganze pracht und bedauert, die insignien seiner macht und alle magischen symbole in der hundehütte im lichthof des hauses vergessen zu haben.
schielend vor zorn visiert der exzentrische hund den linken, oberen und riesigen hauer auf beide halsschlagadern des jünglings.
um ihn am beissen zu hindern, stellt der unbedachte jüngling das klavier aus dem zimmer der tochter des hausmeisters auf den hund der tochter des hausmeisters.
dann verröchelt das bemerkenswerte tier, während die tochter des hausmeisters dem sorglosen jüngling ihre erste übung auf dem klaviere zeigt.
sie öffnet ihre schenkel und klatscht die strumpfbänder dagegen, dass

es kracht.
obwohl dies den besorgten jüngling erschreckt, bemerkt er die einlegearbeiten ihrer unterwäsche gerne.
er projiziert einen berühmten hundestammbaum in das teppichmuster.
sie setzt sich wieder auf das sofa
und beginnt ihre gymnastischen übungen.
da erinnert er sich seines fahrrades und verlässt das zimmer,
nachdem er seine erste übung auf dem klavier gezeigt hat.
er trägt den hausmeister vor das haus,
wo der hausmeister durch den strömenden regen wieder einen gesundheitlichen höhepunkt erreicht.
obwohl es regnet, ist es nacht geworden.
alle stehweinhallen sind überfüllt.
der jüngling vereinigt seine erfahrungen zu einer stehweinhalle.
diese metamorfose wird ihm von den meisten als übel genommen.
er trinkt über den durst der gärtner.
er vervielfacht die einnahmen des wirtes.
er nimmt gegen die freunde des wirtes stellung.
er fällt unter die freunde des wirtes.
er nimmt auf einem fasse stellung.
er hält diese stellung ohne zu fallen.
die freunde des wirtes widmen sich der wettervorhersage an den lautsprechern,
welche von den sportnachrichten übertönt werden.
ein freund des wirtes erteilt dem unsicheren jüngling einleitende übungen des boxkampfes.
die anderen freunde des wirtes sehen sich ausserstande, ihre meinung vom nationalen fussballsport zurückzuziehen.
da sich der heroische jüngling in einem verzeihlichen irrtum befindet, wird er allgemein bedauert.
trotzdem verschont er keinen mit seinen bedauerlichen anklagen.
es ist sechs.
er versucht sein farbloses antlitz in die schablone eines denkmals zu zwängen.
wie lange? woher? und auf welche weise?
auf diese berechtigten fragen verweigert er die antwort.
er prüft die geduld seiner zuhörer mit einer theatralischen pose.
die freunde des wirtes nehmen ihre schirme
und schlagen sie auf seiner denkmalstirn entzwei.
ich bin überzeugt!
worauf er von seinem fass fällt.
der romantische jüngling verliert seine unterhosen.
die freunde des wirtes schweben über dem schanktisch.
ich werde herrschen!

der wirt entleert eine flasche bier über der stirn des jünglings.
die freunde des wirtes legen den unverbesserlichen jüngling auf den schanktisch.
der versuch einer wandlung misslingt im gelächter der freunde des wirtes.
die freunde des wirtes wandeln und werden verwandelt.
mit ihrer hilfe tanzt er über den schanktisch,
wobei er freilich seine hosen festhält.
die freunde des wirtes setzen ihn auf das leere bierfass.
er möchte schauspieler werden und gibt eine talentprobe.
die stehweinhalle verliert einen stammgast.
die anderen gäste nehmen ihre schirme.
sie spannen die schirme und verlassen das lokal.
das salz fliesst über die schirme.
die freunde des wirtes nehmen ihre schirme.
weil es im wirtshaus nicht regnet, spannen sie die regenschirme nicht auf.
ich will! herunter!
zwei polizisten verhaften den jüngling unter einem dringenden verdacht.

wasser – feuer
(286.–380. bestandteil)
er verhüllt sein haupt mit einer nebelwolke. die fällt ihm aber über die nase auf die schwitzenden hände.
er bricht das eis von seinen lippen.
man befestigt verschiedene ketten an seinen gelenken
und bringt ihn ins gefängnis.
der unvorsichtige jüngling verdirbt sich die gunst der anstaltsleitung mit einem gewagten scherz.
es regnet.
er wird von den häftlingen verprügelt und bedauert vieles.
er darf im steinbruch arbeiten.
obwohl er die projektion der querschnitte des steinbruchs versucht, gelingen ihm nur einzelne geräusche.
es regnet.
er knotet ein taschentuch über das haar, weil er seinen strohhut in der anstaltsgarderobe abgeben musste.
er versucht den aufseher zu bestechen.
dieser versuch bleibt ohne erfolg.
es regnet.
der erste aufseher schlägt ihm die faust in die zähne.

alle anderen aufseher treten ihn mit den füssen.
es ist sieben.
es regnet.
diese erkenntnis blieb ihm bisher verborgen.
der listige jüngling schlägt einen aufseher zu boden.
die feuerwehrleute schwimmen über den fluss.
es regnet.
der aufmerksame jüngling legt die realität eines blitzes über die anstalt.
der blitz fährt in die antennen der feuerwehrleute.
es regnet.
die bauern der umliegenden ortschaften treiben ihre herden in den fluss.
es regnet.
sofort wirft der feuerwehrhauptmann seine rettungsringe hinunter und gerät wegen der ertrinkenden in sorge.
der brand der strafanstalt wird von allen häftlingen bewundert.
der fleissige jüngling projiziert ein gewitter mit allen geräuschen über die stadt.
alle häftlinge bedauern ihre regenschirme in den garderoben der anstalt abgegeben zu haben.
der erfindungsreiche jüngling verbrennt verschiedene farne zu einem pilzgericht, wobei er eine zusatzmahlzeit herstellt.
sogleich ergreifen einige häftlinge die partei der direktion.
die anderen überlegen, die anstalt zu verlassen, weil die behandlung schlecht ist.
der direktor läutet erzürnt mit der tischglocke, weil die vorgänge gegen die vorschrift sind. er steht bis zu den waden im wasser und leidet an schlechten gerüchen. nur die sekretärin sitzt bei ihrem neuen kleid auf dem grossen konferenztisch und lehnt unermüdlich alle vorzeitigen entlassungsgesuche ab.
es regnet.
der erboste jüngling sitzt mit seinen gefährten unter dem wasserspiegel.
es regnet.
seine gefährten und der erboste jüngling entschliessen sich zu einer beschwerde.
der schliessmeister erhängt sich an seinem bruchband.
es regnet.
mit diesem geräusch verbrennt die anstalt.
einige häftlinge verlassen die brandstätte, da die behandlung schlecht ist.
die direktion verringert die freiheitsstrafen der anderen um einen prozentsatz.
es brennt.
die reste der stadt glühen lebhaft.
da die schleusen mit tieren und bauern verlegt sind, bohren zwei wachtposten sprenglöcher in die umliegenden gebirgszüge.

es regnet.
die explosion wirft den jüngling gegen eine betonwand.
es klatscht.
alle elektrisiermaschinen fallen aus.
es brennt.
der jüngling nimmt es zur kenntnis.
die bäume verbrennen.
es regnet.
die berge verbrennen.
es regnet.
die steine verbrennen.
es regnet.
die asche glüht.
es brennt.
die steine glühen.
es brennt.
die wände glühen.
es klatscht.
er fällt von der glühenden betonwand in die brennende asche.
es regnet.
sodann legt der erhitzte jüngling eine geometrische reihe durch die brennende stadt, wobei sich erweist, dass er sein lehrbuch mit einer schachfibel verwechselt hat.
die flüsse treten unter dampfentwicklung aus ihren ufern. das wasser steigt über die brennenden bäume und berge.
es regnet und brennt.
unter lebhafter dampfentwicklung steigt das wasser über die glühenden aschensteine.
die reste der stadt glühen noch immer lebhaft.
die verbliebenen einwohner der stadt versuchen diesen zustand mit blasbälgen zu erhalten,
da die elektrisiermaschinen ausgefallen sind.
über der ganzen landschaft liegt heisser dampf.
es ist acht.
es regnet nicht mehr.
ein beissender nebel legt sich über den allgemeinen gestank.
die walzwerke stehen unter wasser.
verschiedene fische rasen durch die werkhallen.
durch die reibung an den wänden entstehen verschiedene schwingungen, welche in den antennen der feuerwehrleute wahrgenommen werden.
diese schwingungen sind in rhythmischen abständen entstanden.
es regnet nicht mehr.
die wachtposten verenden unter einem schwarm schwarzer fesselballons, welche mit trauerflor bespannt sind.

ein farn legt sein profil über die landschaft.
an den händen des beharrlichen jünglings hängt der nebel.
die vögel singen auf des messers schneide.
der erstaunte jüngling muss gestehen, dass er keine ordnung erwartet habe.
die landschaft zeigt eine unverkennbare ordnung.
der noch immer erstaunte jüngling versucht das pilzgericht und unterbricht den versuch.
der gestank hebt die brücken aus den angeln.
nun verringern die flüsse die anzahl der verbliebenen einwohner um einen prozentsatz.
verschiedene gerüche finden allgemeine verbreitung.
dem zweifelnden jüngling treten verschiedene geräusche in die augen.
der gestank verstärkt sich zu einem unangenehmen geräusch.
bäume stürzen ein.
zwei unmündige kinder, ein knabe und ein mädchen, erfinden die liebe in einem brennenden zimmer.
der jüngling beschliesst, die stadt zu verlassen.
er nimmt gegen die fesselballons keine stellung.
in diesem augenblick hat er die stadt noch nicht verlassen.
die farne verbrennen keineswegs mit verschiedenen geräuschen.
ein losverkäufer weigert sich, dem jüngling das los anzubieten.
trinken sie schnaps?
der hemmungslose jüngling verneint diese frage an ort und stelle.
worauf er die angesengten stellen seiner flügel entfernt.
ein passant vermeidet es, ihm dabei zu helfen.
der unachtsame jüngling betritt einen glühenden stein.
allerdings verlässt er diesen sofort wieder.
weder die feuerwehrleute, noch die aufseher reichen ihm zum abschied die hand.
warum ist dies der fall?
obwohl der feuerwehrhauptmann nur vornehm lächelt, schlägt ihn der betrübte jüngling nieder.
viele feuerwehrmänner nehmen links und rechts von ihrem hauptmann platz.
andere besteigen die umliegenden bäume, um verschiedene ortschaften unter kontrolle zu halten.
der hauptmann verteilt seine kommandos unter den passanten,
worauf seine leute ein lied singen.
der erregte jüngling nimmt seinen weg entlang der von feuerwehrleuten besetzten bäume, und zwar mit grossen schritten.

feuer – luft
(381.–475. bestandteil)
der jüngling ist auf dem weg über die bilder der landschaft. die zahnräder glänzen.
er legt diesen weg in bestimmten abständen zurück.
der komet wird von dem aufmerksamen jüngling festgestellt.
alle sterne steigen senkrecht empor.
infolge ihres grossen gewichtes senken die sterne den kometen um einen prozentsatz.
der gewandte jüngling unterscheidet alle farben des kometen.
es ist neun.
der jüngling entzündet ein streichholz und nähert sich einem gebäude in einiger entfernung.
mehrere sterne wachsen in einige dimensionen.
jetzt liegt das gebäude auf einem eigenen, terrassenförmigen aufbau.
ebenso wachsen überall sterne.
der tapfere jüngling lässt sich nicht mehr täuschen und beginnt mit der errichtung einer parkanlage.
diese umgestaltung erweist sich als äusserst schwierig, weil das wasser mit seinen begleiterscheinungen fehlt.
der jüngling sammelt die bestandteile der landschaftsmaschine und errichtet eine parkanlage im raume schwebend.
er baut die standbilder der astronomie und fysik, welche den luftdruck melden, und stellt sie an den eingang.
durch die dächer des gebäudes wachsen verschiedene sterne.
diese dächer können verschoben werden.
alle sterne sind aus grobem salz und haben scharfe ränder.
der einsichtige jüngling leugnet nicht länger, dass es sich in diesem falle um eine sternwarte handelt.
er versucht sein besonderes interesse ohne erfolg zu verbergen, um den glanz der wissenschaft hervorzuheben.
er bedauert, seinen regenschirm vergessen zu haben.
er betritt die sternwarte und schliesst alle fenster.
der stille jüngling beschäftigt sich mit den verschiedenen geräten.
er nimmt hinter dem fernrohr stellung und bewegt die drehtürme.
der erfreute jüngling turnt auf den geräten der sternwarte.
das standbild der astronomie meldet den luftdruck.
er bricht das eis von seinen lippen.
es lässt sich nicht vermeiden, dass es kälter wird.
die atmosfäre unterliegt verschiedenen schwankungen.
er dreht die kuppel der sternwarte in eine ähnliche richtung.
die drehung erfolgt mit elektrischer kraft, während ein eigener mechanismus die bewegung der gestirne bewirkt.
jeder stern fällt um einen prozentsatz.

die sterne fallen im raum.
er verbindet alle sterne in einer beweglichen, geometrischen anordnung.
darunter bewegt sich die atmosfäre in einem vorgeschriebenen abstand.
wo bleibt der komet? jetzt!
der erstaunliche jüngling dreht an allen geräten der sternwarte und schraubt eine kugel aus den gelenken.
dadurch versetzt er den kometen in seine ursprüngliche lage.
er verändert die struktur der sterne zu ihrem vorteil.
der komet erscheint wieder unter der ihm zugeordneten ziffer im raume, welche durchaus beweglich ist.
die vorgesehenen sterne fallen tiefer und tiefer.
die erregenden geräusche der kosmischen maschine machen dem jüngling viel freude.
die struktur des kometen bleibt unverändert.
trotzdem wird der komet freilich an vielen stellen sehr weiss.
verschiedene strahlen machen dem jüngling viel freude.
mit hilfe eines reflektors ordnet sie der gewissenhafte jüngling zu einem bündel
und erlernt das spektrum mit beiden händen. er verschmilzt die brennpunkte ähnlicher sterne zu ihrem vorteil.
er projiziert das grundmotiv der farbenlehre auf alle stellen des kometen, dessen zugeordnete ziffer durchaus im raume beweglich bleibt.
er verstärkt die leuchtkraft vieler sterne zu ihrem vorteil.
er stützt die position des kometen durch eine verbindung mit anderen sternen, welche der kluge jüngling unter ihren ziffern wahrgenommen hat.
der bescheidene jüngling verweist kaum auf seine erfolge.
es ist zehn.
überdies erleichtert er fast allen sternen ihre vorgeschriebene bahn und schützt sie vor atmosfärischen störungen.
im sichtbaren, also im inneren teil der stratosfäre herrscht ein natürlicher überfluss an sternen.
der zufriedene jüngling ergänzt symmetrisch die allgemeine anordnung im raume.
hierauf empfiehlt er den vorzug der geometrie in allen lebenslagen.
er legt den querschnitt seines lieblingssternes in das notizbuch.
er neigt sich über seine wissenschaftlichen arbeiten und beugt zu diesem zweck den oberkörper nach vorne.
das standbild der fysik krümmt beide hände, wodurch die meldung des luftdruckes erzeugt wird.
der komet liegt mit einem bestimmten winkel in seiner vorgeschriebenen bahn.
der flinke jüngling schreibt in seinem notizbuche um verschiedene seiten vor.

er schleift die ränder des fernrohrs in gleichen winkeln zu
und lockert mit einer hand viele schrauben.
er lässt einen stern, der seine bahn nahezu verlassen hat, um etwa einen prozentsatz herunter.
dieser stern bläht sich vorerst an keiner seite auf, wonach der vorsichtige jüngling wieder erfolg hat
und verschiedene ansichten gewinnt.
er bringt die drehtürme in ihre ursprüngliche lage und begreift die beschleunigung des objektes im raum.
der jüngling steht nahezu aufrecht im mittleren raume des linken äusseren drehturms.
alle objekte im raum halten ihre sowohl bewegliche als auch angewandte geometrie besonders aufrecht.
ein stern zischt mit hoher geschwindigkeit durch die atmosfäre.
er durchläuft seine bahn und verbrennt geräuschlos.
da dieser vorgang in allen einzelheiten berechnet war, nimmt ihn der gelassene jüngling gerne zur kenntnis.
er wendet das fernrohr und betrachtet den raum von der anderen seite, wodurch alle sterne sehr klein aussehen.
das ist ja alles viel kleiner, meint der jüngling und
bricht das eis von seinen lippen.
die vögel singen auf des messers schneide.
viele, sehr kleine sterne verbrennen nach einer bestimmten ordnung geräuschlos im raum.
die drehtürme schwingen auf ihren ursprünglichen abstand zurück.
der jüngling betrachtet andere objekte auf diese weise, wodurch sie sehr klein aussehen.
dann verlässt er das fernrohr.
er öffnet die fenster und sammelt die geräte zu bündeln.
er verlässt die warte durch den eingang.
dieser eingang ist der ausgang.
der feierliche jüngling legt eine elektrische leitung an die standbilder der astronomie und fysik. er entzündet mehrere glühlampen zu füssen dieser.
er bedauert den mangel an wasser, der die umliegende parklandschaft ernsthaft in frage stellt.
ist der komet eine im raume festgeschraubte glühbirne? der ernsthafte jüngling lässt diese frage keineswegs aufkommen, obwohl der komet häufig bedauerliche ähnlichkeit mit einer glühbirne aufweist und dem auge unbeweglich scheint.
der unermüdliche jüngling beschliesst, wasser zu finden und sucht in allen teilen des parkes danach.
er sammelt zwei astronomische geräte und verbindet sie.
somit errichtet er eine pumpanlage.

als diese methode erfolglos bleibt, ändert er sie nicht.
wohin wird der sorgfältige jüngling sein pumpwerk verlegen, um einen besseren erfolg zu erzielen?
er lässt den standort der anlage einstweilen unverändert
und stellt darüber hinaus einen mangel an wasser fest.
ferner hat er gewiss an seinem pumpwerk viel freude, weil doch der mangel an wasser keinen fehler in der konstruktion oder dem material beweisen darf, ohne sich ins unrecht zu setzen.
das beleuchtete standbild der fysik meldet den gleichen luftdruck mehrmals.
der standhafte jüngling tröstet sich mit der ansicht, an einer anderen stelle wasser zu finden.
es ist elf.
er sammelt die astronomischen instrumente und legt sie in die regale der sternwarte, die mit einem laden geschlossen werden können.
der entschlossene jüngling verlässt die sternwarte endgültig.

luft — wasser
(476.—570. bestandteil)
der grosse fisch liegt da.
es ist kälter geworden.
der fisch versteckt seine gräten unter der haut.
sowohl die haut, als auch die flossen vertrocknen an der luft immer mehr.
dieser fisch liegt sehr bewegungslos da.
der jüngling hat diesen fisch gefunden und schwebt einmal um ihn herum.
der schweigsame jüngling dreht den fisch auf die andere seite und betrachtet ihn desto genauer.
allmählich vertrocknet das salz an der haut des fisches.
das meer?
der fisch ist tot und lässt diese frage freilich unbeantwortet.
der beschämte jüngling atmet zu wiederholten malen ein und aus.
ein windstoss bläst den fisch zu seiner natürlichen grösse auf und schleudert ihn in eine bestimmte richtung. der tote fisch bleibt trotzdem sichtbar.
die vögel singen auf des messers schneide.
dort liegt der grosse fisch.
aber er hat keinen kiefer. dieser liegt unter dem jüngling im schlamm.
die haut des grossen fisches ist geplatzt und die gräten stehen aus den

faustgrossen löchern in seiner haut.
der wind setzt das meer in bewegung. die luft dehnt sich über die ufer des meeres.
der wind schleudert das treibholz über die ufer des meeres. nasser tang fällt unter die füsse des jünglings. ein windstoss wirft den jüngling ins meer. die schwere luft liegt auf seiner brust und hindert ihn zu atmen.
ein windstoss treibt ihm den atem wieder in den körper.
dann weht der wind wieder sehr gleichförmig. der jüngling erhebt sich über einer untiefe.
jetzt betrachtet er das wieder sehr ruhige meer in seinem taschenspiegel.
die elektrisiermaschinen fügen sich der allgemeinen ordnung und entfernen sich mehr und mehr.
der jüngling beachtet folgende erscheinung,
und zwar: die einheit der luft mit ihren sichtbaren und nicht sichtbaren wassermengen.
das meer entledigt sich verschiedener hölzer.
eine anzahl von fischen nähert sich dem ufer und entfernt sich.
die fische sind von einer bestimmten farbe und halten die grösse, die sich einer bestimmten ordnung fügt.
das meer setzt mit einem künstlichen springbrunnen alles in erstaunen.
der sorgfältige jüngling wirft einen durchlöcherten regenschirm als unbrauchbar ans ufer.
viele reihen von fischen verbinden die einzelnen punkte des meeres in einem rhythmischen verhältnis.
jetzt hat die erste reihe der fische das ufer erreicht.
durch die geometrische anordnung bleibt die anzahl der fische unbeschränkt.
der völlig durchnässte jüngling denkt nicht mehr an den springbrunnen.
die ufer zeigen die angewandte geometrie in ihrer struktur.
an einer stelle des meeres, nicht weit vom ufer, dreht sich das wasser im kreis und bildet einen trichter.
das ufer ist mit treibholz ausgelegt.
das meer schichtet das salz zu einem terrassenförmigen muster an das ufer über das treibholz.
er taucht seine hände ins wasser.
seine hände sind im wasser.
überall schwimmen fische.
alle fische sind rund.
das ufer ist nass vom wasser des meeres.
er steht bis an die schultern im meer.
er schlägt mit den flügeln.
er dreht die hände in den gelenken. er beugt die arme und beginnt seine gymnastischen übungen.
die vögel singen auf des messers schneide.

es ist zwölf.
der nebel wechselt seinen standort.
die elektrisiermaschinen verschwinden in einer nebelwolke.
der geflügelte jüngling hat seine übung beendet und taucht wieder über dem meeresspiegel auf.
dann stellt er fest: 1. dass die wasseroberfläche sein spiegelbild zeigt,
2. dass er unter der ziffer 7 steht und mit dieser durch linien und punkte verbunden ist,
3. diese ziffer steht unbeweglich im raum,
4. entfernte gegenstände scheinen ganz nahe,
5. naheliegendes entschwindet in die ferne.
er nimmt dies ohne erstaunen zur kenntnis.
eine gruppe von fischen nähert sich den reihen der netze und weicht in einem bogen aus.
die reusen stehen aus dem wasser und sind mit eis bedeckt.
der wind treibt die netze ins meer.
der jüngling hebt seine flügel aus dem wasser.
das meer bedeckt sich mit eis.
in den taschen seiner kleider sitzen muscheln.
die kleider des jünglings bedecken sich mit muscheln.
sein antlitz ist mit muscheln bedeckt.
vor den augen des jünglings schwimmt gefrorener tang.
der jüngling öffnet und schliesst die augen.
während er einatmet, hebt sich die brust des jünglings.
wenn er ausatmet, senkt sich die brust des jünglings.
seine finger erstarren.
seine arme erstarren.
seine beine werden starr.
seine arme und beine werden ganz weiss.
sein antlitz bedeckt sich mit eis.
er dreht die arme in den gelenken.
der nebel hängt ihm von den schultern.
die vögel singen auf des messers schneide.
eine reihe von fischen teilt das eis in bestimmten abständen parallel zum horizont.
die fische haben weisse flossen mit halbkreisförmigen schuppen.
um schneller vorwärts zu kommen, schlagen sie mit der breitseite dieser flossen gegen das wasser.
die fische entfernen sich.
hinter den fischen gefriert das wasser.
der nebel breitet sich aus.
die fische schwimmen, so weit sie können.
der jüngling betrachtet den nebel.
schon sind seine schultern mit eis bedeckt.

auf seinen flügeln vertrocknet das salz des meeres.
die farben werden immer weisser.
alle vögel schlagen ihre flügel auf das eis des meeres.
das eis zerreisst unter ihren schlägen.
die risse im eis füllen sich mit dem wasser des meeres.
er bricht das eis von seinen lippen.
der nebel friert auf seinen händen.
er dreht die arme in den gelenken. er beugt die finger und beginnt seine gymnastischen übungen.
er nimmt seinen schweiss zur kenntnis.
dieser zerreisst das eis auf den schultern des jünglings.
über dem jüngling ziehen die vögel einen kreis.
der jüngling betrachtet die vögel.
das eis schmilzt auf den wangen des jünglings.
die vögel tragen ziffern auf den flügeln.
das antlitz des jünglings ist mit salz bedeckt.
das salz schliesst die risse im antlitz des jünglings.
es ist eins.
die kleider lösen sich von seiner haut.
das salz des meeres bekleidet ihn.
er bricht das eis von seinen lippen.
der nebel steigt ihm aus den lippen.
er schlägt die flügel unter den wind.
auf seinem antlitz vertrocknet das salz des meeres.
die vögel stehen unbeweglich im raum.
er spannt die muskeln und beugt sich vor.
das salz vertrocknet
auf dem durchlöcherten regenschirm in einem haufen von treibholz.
er schlägt die flügel durch den wind.
er bricht das eis von seinen lippen.
die vögel singen auf des messers schneide.
leuchtziffern steigen auf.
er spannt die muskeln. das eis bricht von den schultern. er hebt sich ein wenig aus dem wasser.

(571. bestandteil)
die vögel singen auf des messers schneide.
er bricht das eis von seinen lippen.
der nebel löst sich von den fingern.
er dreht die hände. er beugt die arme.
er schlägt seine flügel über den wind.
(1957–58)

der stein der weisen

vorwort
auftreten mehrere körper.
jeder dieser mehrerer körper hat ein bewusstsein.
diese mehrere bewusstsein sind unsichtbar.
jetzt ertönt einer dieser mehrerer körper mit hilfe seines bewusstseins reflexiv.
alle diese mehrere körper sind bei unsichtbarem bewusstsein.
alle diese mehreren echten körper und alle diese mehreren metaphysischen bewusstsein.
jedes dieser bewusstsein heisst ich.
alle diese mehreren körper haben verschiedene namen:
hansi, franzi, otti, lotti, wolfi, heinzi, elfi, brunhilde.
der körper hansi hat ein bewusstsein, das ich heisst.
der körper franzi hat ein bewusstsein, das ich heisst.
otti ist ein körper. der körper otti hat ein bewusstsein, das sich auch ich nennt.
lotti ist ein körper. dieser körper hat ein bewusstsein namens ich.
ich heisst das bewusstsein des körpers elfi.
die bewusstsein der körper heinzi, wolfi und brunhilde heissen ich und sind sehr verschieden.
ich heissen die bewusstsein noch vieler anderer körper, die aber heute nicht auftreten.

heroische geometrie
der körper ist nach jeder richtung begrenzt.
die grenzen bestimmen die gestalt und den namen des körpers.
der körper tritt auf und zeigt eigenschaften.
die oberfläche ist die grenze des körpers.
die oberfläche tritt auf und zeigt eigenschaften.
der körper steht im raum. dies entspricht dem körper.
der körper steckt in der weile.
die weile ist unsichtbar.
der körper bewegt sich mit hilfe der weile.
die ausdehnung des raumes ist dergestalt, dass man nach allen seiten körper hineinstellen kann.
die weile tritt auf.
verschiedene körper wachsen.
der raum ist mit dem körper nicht identisch.
der körper hat etwas heroisches.
der körper ist da.

hermetische geografie

es wird immer lebendiger. sobald sie musik hören, kommen alle ausser sich. die insel porto santo hat ausser ihrem trefflichen weinbau, ihren vielen kanarienvögeln und ihren rebhühnern nichts merkwürdiges. die fensterscheiben zerspringen. menschen und tiere triefen überall von blut. ceylon, die giesskanne ostindiens. männliche körper, weibliche körper, kindliche körper. schafkörper auf der weide. das getreide schiesst aus der erdkugel. das einhorn, dessen dasein in der natur man schon vielseitig geleugnet hat, soll sich doch noch in den wäldern abessiniens vorfinden. das auge sieht nichts. die hauptstadt ist abomch, mit 24000 einwohnern und einem mit menschenschädeln gezierten königsschloss. übelriechende nebel hüllen die täler ein. man sieht hier ochsen ohne hörner. die an unglücklichen tagen geborenen kinder werden umgebracht. alle tage im märz und april, der mittwoch und der freitag, sowie der letzte tag aller monate sind solche unglückstage. die leichen werden in särgen begraben. es sind hier braune kanarienvögel, die besser singen als die gelben. einige nach süden fliessende bäche haben das schönste wasser. der honig ist schwarz. die grässlichen bären in den wäldern. der specht klopft. kein erdteil ist schlecht bevölkert. ebenso werden alle seefahrer, welche einzeln in ihre hände fallen, von ihnen getötet und verzehrt. auch ihre kästchen, pfeifen und flöten sind überaus nett gemacht. die nationaltracht gleicht jener der husaren. eine mutter sprengte ihrer tochter wasser ins gesicht. eidechsen lauern auf insekten oder vögel. man hat sogar pferde mit krausen haaren. die nacht geht vorüber. der liebe und freundschaft unfähig, dabei so träge, dass sie tagelang an die mauer gelehnt, ohne ein wort zu sprechen, sich den bart streicheln, und gar kein zeichen von neugier oder sonst geistesleben äussern. die frauen haben 3 löcher in den lippen, in welche sie stückchen zinn stecken. die portugiesen geben ihnen jährlich ein samtkissen, einen schönen sessel und andere kleinigkeiten. lissabon, die stadt der kinderbordelle. die bewohner verschenken ihre toten an nachbarn zum aufessen, verzehren aber ihre gefangenen selbst und gehen nackt umher. man kennt hier nur frühling und sommer. 7 jahre soll amerika gebrannt haben. auch speisen sie adler, bären, vielfrasse, zobel, wilde mäuse, jedoch erst, wenn sie halb verfault sind. im süden treten meridiane auf. wenn man im freien steht, bildet das firmament eine hohle halbkugel. die sehne des negers. der bogen des jochbeins. das glück geht vorüber. die zeit geht vorüber. mehrere damen und herren gehen vorüber. die steppe macht sich breit. also ist dort herbst. der blitz ist ein zackiger feuerstrahl. jetzt im winter belegen sie ihre füsse mit kuhfladen, damit sie nicht erfrieren. man hängt eine pferdehaut über das grab. der fünfte europäer. ein verdacht tritt auf. ein vulkan speit. sogar regentropfen, die von den blättern dieses baumes fallen, sollen blasen auf der haut ziehen und narben zurücklassen. sandoval fand bei den geschlagenen kriegern von matlatzinco mais und gebratene kinder als mundvorrat. nur so gross wie eine amsel, ahmt er doch alles nach. und ihm zur linken steht ein mensch. ein küchenkasten – ganz in der nähe – stürzt ein. der reife greis. tausende verschiedene gesträuche wachsen am fuss der grossen bäume und füllen die zwischenräume aus. den mittag ausgenommen, wimmelt alles tag und nacht von leben. die natur tritt auf. der freie wille tritt auf. die alte jungfer unter bäumen. mehrere berge speien wieder feuer, andere auch fische und einen schlammigen brei. schreckliche erdbeben sind häufig. der körper des europäers. das knie des alten mannes. das eldorado hat man auch schlaraffenland genannt, dessen bewohnern die gebratenen tauben in den mund fliegen; auch utopia (nirgendhausen). fast alle brunnen und flüsse versiegen. fliegende füchse messen 6 fuss mit ihren ausgebreiteten flügeln. die reife nuss schmeckt lieblich. überall hört man seufzen und stöhnen, wenn einer der 99 beinamen gottes ausgesprochen wird. der türke ist gross. die luft ist warm, aber es fehlt an regen. die wände sind mit einer rinde aus russ überzogen. mit schnüren und quasten behängt, rennt er nun schreiend mit den seltsamsten verrenkungen seiner glieder umher. die araber sind von mittlerer grösse. ein kragen platzt hinter der szene. luftballone steigen auf. ein regenbogen verbleicht. die maschine des witwers. die küsten sind sumpfig. der sarg dient als schaustück. das zahnrad des negers. die krempe des alten mannes. die welt sei ein ungeheures lebewesen. die erde ist ein himmelskörper. der kegel ist ein drehkörper. ein jahrhundert vergeht. der tag des herrn. die stunde der hausfrau. ein birnenjahr. die kindheit des europäers tritt auf. kandy, die stadt in der mitte der insel, liegt in einer hochebene, mit dichten dornenhecken umwachsen. das kleid sieht wie ein schlafrock aus. die haut schrumpft ein. wasser, steine, metalle. im juni hört die pest gewöhnlich auf. augen ausstechen, hände und füsse abhacken, ans kreuz nageln, lebendig schinden und steinigen sind die üblichen todesarten. der wind türmt den sand zu bergen. die mauren halten sich für die ersten menschen der erdkugel. der husten der alten frau. die runzel des witwers. das fahrrad des negers. die stimme des volkes. die laune des erdbewohners. der junge mann auf der eisscholle. nun trommelt er lange, verdreht die glieder seltsam, lässt sich zuletzt den kopf zwischen die beine binden, und alle lampen auslöschen. drei bis fünf monate dauert hier die traurige winternacht, aber auch nordlichter, feurige luftkugeln, nebensonnen und nebenmonde (zuweilen sechs auf einmal) sind gewöhnliche erscheinungen. wer ein glas an den mund setzt, büsst seine lippenhaut ein. norden ist süden gegenüber. sehnen gebraucht man als zwirnfäden. ein über ein loch gelegtes stück eis ist fenster und tür. 14 adler fliegen vorbei (sekundenlang)! wehe dem schiffer, der in eine falsche mündung einläuft! salz und zucker zerfliessen. der schuh zerspringt in kurzer zeit. salz und zucker trocknen ein. das holz reisst aus den fugen und zerfällt. fleisch ist in 24 stunden verwest.

donnerkeile aber sind ein hirngespinst. die knochen der jungen frau. der nabel des europäers. die alte frau nummer zwei. 13 waisen. mit einem knall zerplatzen sternschnuppen in der luft. noch seltener lassen sie steine fallen, die man feurige kugeln nennt, weil sie vorher glühend waren. gewöhnlich sind sie mit glas überzogen. die luft ist schwer. hier liegt das reizende kaschmir, wo hyazinthen und tulpen ohne pflege den boden überziehen. was ist die ursache, dass es in ägypten soviele blinde gibt? ist dies ein meer oder nicht? unglaublich ist die hitze im inneren des landes. an den ufern des flusses breitet sich wien, eine stadt mit über einermillionsiebenhunderttausend einwohnern. nie lachen die türken, und ein gedrucktes buch besitzen, ist in ihren augen schon ein fluchwürdiges verbrechen. ein strudel kann schiffe versenken. fast überall läuft das meer gegen die küsten an. die berge sind sehr nützlich. die flüsse sind äusserst nützlich. des nachts tauet es stark. die sonnenstrahlen fallen senkrecht. dass auf der erde viele hohe berge sind, ändert ihre kugelgestalt nicht. der reisbau ist wichtig. es ist gleichgültig, ob die erde eine kugel oder eine birne ist. wohin man blickt ist eine farbenpracht und ein lichtglanz. der kühne witwer. die frau im august. die pulsader des europäers. der solarplexus des malayen. der branntwein gerinnt. an vielen stellen ist das meer mit schilf durchwachsen oder ganz mit grünen insekten belegt, so dass es grün aussieht, soweit das auge reicht. ein walfisch tritt auf. zunächst einmal tragen die utopier bei der arbeit einen einfachen anzug aus leder oder fellen, der bis zu 7 jahren hält. das wachstum des europäers. der hut des alten mannes. die blutgefässe der waisen. das herz ist ein hohler kegel, dessen wände aus quergestreifter muskelsubstanz bestehen. das blut schiesst durch die adern. die leber der frau. die finger der waisen. der tempel der sonnenstadt misst 350 schritte. aussen sitzen auf den kapitellen der säulen bogen, die ungefähr 8 schritte ausserhalb errichtet sind. von da steigen andere säulen auf, die die gewölbe tragen. zunächst befinden sich jederseits an der grenze zwischen der kammer und der vorkammer dreiseitige klappen, die sogenannten zipfelklappen, deren basis an der herzwand festsitzt, während ihre spitze in den kammerraum hinabhängt. eine figur aus gips. das blut strömt also nach abwärts in die beiden kammern hinein. störungen treten auf. auf dem altar des sonnenstaates sieht das auge nichts als eine grosse kugel, auf der das firmament abgebildet ist, und eine weitere kugel, auf die die erde gemalt ist. schäden treten auf. das zahnfleisch der greise. am fusse des europäers. die hand des jungen mannes auf der tischplatte. der malaye mütterlicherseits. im arm des mongolen bei ebbe und flut. die minute des negers. eine kinderschar bei tagesanbruch. die rosa brust der jungen frau. 14 stadtbewohner. ich richte mein rohr nach dem gürtel des schönen sternbildes orion, und vor deinen augen steht eine wunderbare figur von lichtglanz und pracht. dieser sternnebel sieht wie der geöffnete rachen eines fisches aus, dessen oberkiefer mit einem aufwärts gekrümmten horn versehen ist. das kreischen der bremsen tritt auf. die sonne brennt. gottfried, georg, gerhard und gertraud treten auf. dieses stück ist abgebrannt.

zwischenspiel
ich werde ein theaterstück schreiben mit dem titel:
die sonne brennt. sodann werde ich ein gebäude finden oder errichten lassen, das in seinem erdgeschoss oder keller einen genügend grossen raum birgt, um ihn durch einen vorhang in 2 zuschauerräume von je zirka der hälfte aller menschenkörper abzuteilen. die sitzen da und schauen von beiden seiten auf den vorhang. durch ein raffiniertes spiegelsystem werden die optischen konsequenzen der erdkrümmung ausgeglichen und ein anblick des vorhangs für alle gewährleistet. jedes der beiden abteile hat einen eigenen zugang. sollte sich das bauwerk über die erde einmal oder ein ganzes vielfaches rundstrecken, werden die eingänge in der gleichen strasse oder auf dem gleichen platz gegenüberliegen. jeder dieser durch den vorhang abgegrenzten teile des raumes ist ein theater. jedes dieser beiden theater hat an seinem eigenen eingang eine eigene kassa. in beiden theatern wird die uraufführung meines stückes mit dem titel:
‹die sonne brennt› vorbereitet. beide theater eröffnen zur gleichen zeit. unvorstellbare reklame ist von nöten. beide zeigen die premiere des stückes
‹die sonne brennt› an. die menschheit sitzt versammelt. der vorhang geht auf. die beiden hälften aller menschenkörper blicken einander ins auge. hiermit ist das theaterstück:
‹die sonne brennt› geschrieben.

einiges über otti bozol
alle diese bewusstsein haben, wie gesagt, einen namen.
dieser name ist ich.
ich ist eine gattung.
vielleicht sollte man die namen der bewusstsein differenzieren. der einfachheit halber könnte sich das bewusstsein des körpers otti bozol otti bozol nennen. dies nennt das bewusstsein:

mit sich selbst in der dritten person sprechen[1] und es erkennt sich otti bozol in der reflexion als eben der otti bozol und so tritt otti bozol gleichsam wagemutig aus der wärmenden anonymität in das kühle selbst sozusagen. da werden mit der nennung des otti bozol als otti bozol alle latenten eigenschaften wirksam, die sich sonst im nichtssagenden ich verkrümeln. so vermeidet der kluge otti bozol die klippe. nun kann sich otti bozol von otti bozol ein bild machen.

lapidares museum

in den tälern dieses gebirges marschieren wir tagelang unter dem laubdach von riesigen platanen, in deren gezweig künstliche vögel singen. wenn sie verstummen, werfen wir eine münze ein und sie singen weiter. wir steigen höher hinauf in die karstigen bergschluchten und echte bären und wölfe kreuzen unseren weg. scharen grauer und weisser adler aus metall fliegen aus ihren löchern in den felswänden auf. wir erreichen eine hochebene und vor unseren augen öffnen sich die felsen der talwand schluchtartig zu einem engen seitental, durch das ein kleiner bach fliesst. statuen lustwandeln zwischen taxushecken aus papiermaché. die äusseren gehäuse von vergoldetem messing lassen einige öffnungen frei, so dass man alle bewegungen des triebwerkes mühelos betrachten kann. ein löwe aus blech kommt uns auf einige schritte entgegen. als wir mit unseren bergstöcken nach ihm schlagen, zerspringt dem tier der leib, zwei stahlplatten schieben sich zur seite und aus dem gespaltenen brustkorb drängt sich ein blumenstrauss aus 26 blüten. jede blume ist einem der buchstaben unseres alfabets in silber nachgebildet. vergnügt schlagen wir unsere echten finger in diese tastatur und eine schriftrolle springt der bestie aus dem maul und flattert uns vor die mit blut gefüllten füsse. dort, wo der bach aus dem felsen kommt, liegt an seiner linken seite eine geräumige natürlich gebildete höhle. die felsen sind aus plastik. murmelnd und plätschernd fliesst das flüssige nylon, nachdem es die enge, dunkle schlucht verlassen hat, an einer künstlichen ente vorbei, die echte körner aufpickt und echten dreck von sich gibt, windet sich sodann durch das saftige grün künstlicher blumen und echten gesträuchs hindurch, bald ganz unter überhängenden zweigen aus zelluloid verschwindend, bald weiss sich kräuselnd über dem geröll gepresster luftquader. schwaden von zinn nehmen uns den atem. als wir den bach

[1] jedes bewusstsein hat viele grammatische personen, mit denen es sich ansprechen kann, wenn es keine lust hat sich beim namen zu nennen. es kann sich sogar duzen. in weniger herzlichen fällen greift es mitunter zum etwas förmlicheren sie.

hinaufschreiten, um zur höhle zu gelangen, stossen wir auf ein grosses, tiefes becken, welches der bach da in den fels gewaschen hat. wir können uns nicht enthalten, ein bad zu nehmen. goldgelbe taschenkrebse aus messing huschen mit rasselndem uhrwerk erschrocken in ihre schlupfwinkel. fische aus kunstharz stossen gegen unsere beine. einige treiben mit dem bauch nach oben an der oberfläche. durch die milchglasscheiben unserer augen sehen wir, dass sich die zahnräder nicht mehr drehen. sonst ist ein pfeifen und surren um uns und ein starker geruch von benzin und ammoniak umgibt uns. nachdem wir unsere pulsierenden kleider wieder angelegt haben, machen wir uns erneut an das besteigen der höhle. bei unserer ankunft fliegen 8 grosse, eiserne adler auf. die höhle hat rechts noch eine kleinere plattform, welche sich als schmale an der steil aufragenden oberen herzwand herumführende galerie fortsetzt, und nach aussen zu nur einige runde öffnungen von geringem durchmesser. aus der geäderten felsdecke über uns hängen riesige fetzen von hautgewebe, wie draperien. man kann ohne allzu grosse mühe in die obere etage hinaufklettern. in diesen schmalen, niederen gängen bewegen wir uns nur gebeugt vorwärts und überall sausen schildkröten über den weg, mit surrenden elektromotoren unter den zierlichen panzern. blut läuft von den wänden. weiter oben, in der fast senkrechten felswand befinden sich noch vier sorgfältig ausgearbeitete grabkammern, und zwar dem einstieg gegenüber. mühsam klettern wir die wände hoch, immer wieder eisenklammern in den fels schlagend, und ziehen uns am seil meter um meter an der herzwand empor. vor uns liegt ein kleiner see mit etwa 40 fuss im durchmesser. da brodelt eine fettige, warme brühe, aus der in kurzen abständen mannshohe fontänen mit getöse emporsteigen. hinter den eiswänden werden schwungräder und treibriemen sichtbar. die stampfenden kolben machen unsere sätze unverständlich. die herzpumpen dröhnen. am ufer des sees brechen aus verschiedenen öffnungen glühend heisse dämpfe durch die eisschollen. auf unseren milchglaspupillen wachsen die eisblumen. tosender maschinenlärm erfüllt die höhle. das echo bricht sich in wäldern von tropfstein. tropfsteine aus magnesium blitzen auf. das eis verglüht. alles wird blau. der stein der weisen ist blau.

topologie der sprache
blaustein
blauwerk
blaugerüst
blaugrund
blaukunst

blaumeister
blaukugel

blaue wände
blaue blitze
blaues eis
blaues wasser
blaue schatten
blaue haut

blaue wolken
blaue luft
dunkelblau
himmelblau
hellblau
blauschlamm
das blaue meer
hinter den blauen bergen
die blaue blume
blaue hände
blaue augen
blaugefroren
blau kühlt
blau erleuchtet
blaues licht

die blaue farbe
die blaue stunde
blau überzogen
blaue kaffeemühlen
blaue kleider
blaue federn
blaues glas
blaue wäsche
der blaue salon
blaustrümpfe
blauer samt
blaue freude
blaue zunge
blaue flamme
blau vor kälte
blaue kraft
blaues band
1 blauer liter

10 mal blau
blaue grösse
die blaue gefahr
ins blaue reden
ins blaue schiessen
blau schlagen
blaue zähne
blaues fleisch
blau machen
blauer himmel
ich bin blau
blau anlaufen

blau:	farbempfindung durch die wellenlänge 0,00044–0,00049 mm verursacht.
blau,	eine kurzwelle.
	die emission von
blau	durch glühende körper nimmt mit steigender temperatur zu.

blaues feuer
blau sehen

es gibt nichts gemeinsames. nur die sprache schafft gemeinsamkeiten.
wenn ich die augen schliesse, wird es blau. vielleicht ein chemisches reagenz?
meine elektrischen sinne, meine elektrischen gedanken, die schaltbahnen, der hirnakkumulator: ein elektrischblauer funken springt über.
alle meine vorfahren und auch alle anderen haben die sprache zusammengebosselt, haben ihre reaktionen damit eingerüstet und so wurde mit der sprache, die das gleiche geronnen[1] hat (hier wäre fast ein stück leitungsdraht geplatzt), alles gleich gemacht und nun ist alles das gleiche und keiner merkt es.

[1] transitiv: ich gerinne wen oder was?
gerinnen machen,
ein gerinnsel zeugen.

dieses gerinnsel = das gleiche
das gleiche = dieses gerinnsel

die elektrische hierarchie
verschiedene sätze treten auf.
verschiedene sätze treten nacheinander auf.
jeder satz betritt die situation, die alle vorhergehenden geschaffen haben.
diese neutralen sätze laden sich mit der situation auf.
diese sätze treten als trockene schwämme auf und saugen sich mit der situation voll.
die situation ist alles, was in frage kommt.
alles was möglich ist, kommt in frage.
die situation ist eine elektrische spannung.
jeder satz kann der erste sein.
dann bestimmt das gesetz von anziehung und abstossung.
nun läuft die maschine elektrisch.

postscriptum:
in der elektrischen hierarchie der sätze gibt es nicht nur positive und negative ladungen, sondern endlich[1] viel mehr, da sich der folgende nicht nur auf den vorausgehenden satz, sondern auf jede summe aller vorausgehenden sätze bezieht.

nachwort
alles kann dies und jenes heissen.
alles mag auch etwas anderes heissen.
der apfel zwischen den zähnen ist geschmack.
der stein auf meinem schädel ist ursache einer beule.
die dame vor deinen augen ist einstweilen noch ein anblick.
(1954–62)

[1] nicht zum guten ende, sondern: nicht unendlich

der kopf des vitus bering

vorwort

vitus bering, 1680 zu horsens in jütland geboren, tritt 1707 als offizier in die russische kriegsflotte ein. er zeichnet sich in den kriegen gegen die schweden aus, und auf grund seiner verdienste und einiger erfahrung auf reisen nach ost- und westindien wird ihm die leitung einer expedition nach kamtschatka übertragen. dem auftrag folgen weitere forschungsreisen, in deren verlauf bering dokumentiert, dass amerika nicht mit asien zusammenhänge. der so entdeckten meerenge gibt man den namen beringstrasse. auf seiner letzten reise erkrankt die gesamte mannschaft an skorbut, das schiff läuft auf, man rettet sich auf eine insel, bering stirbt nach wiederholt und schon früher aufgetretenen anfällen, die man dem skorbut zugeschrieben hat. noch lebend wird bering zum ersten mal auf der insel begraben, die jetzt seinen namen trägt, denn er verbietet, dass der sand entfernt werde, der von den wänden der sandgrube auf ihn gestürzt war. die schiffbrüchigen hatten sich nämlich zum schutz gegen die polarwinterkälte am strand der insel eingegraben und die gruben mit zeltplanen bedeckt. bering war überzeugt, dass der sand den schon erstarrenden körper erwärme. so erstickte er. dann musste seine leiche ausgegraben werden, damit man sie in ehren bestatten könne.
diese und ein paar ähnliche anekdoten waren für mich der anlass bei bering ein aussergewöhnliches schicksal, ein paar eigene gedankengänge zu vermuten. trotzdem ist die wahl der figur vitus bering nur als standort zu werten, von dem aus beziehungen hergestellt werden, wie der fischer ein netz wirft, in der hoffnung, etwas zu fangen.
dass die figur historisch belegt ist, holt diesen bericht aus dem bereich der fabel, des märchens, der erfindung heraus. ich habe bering und mit ihm seine spärliche überlieferung gewählt, weil diese genügend offen lässt, weil sie unklar ist, weil sie widersprechend ist, weil man sie verfälschen (oder berichtigen) kann ohne den historischen hintergrund zu verlieren, der noch genügend gewicht hat um das ganze nicht in das himmelblaue wolkenkuckucksheim der chemisch gereinigten ästhetik entschwinden zu lassen.
berings epilepsie kann zur not aus details seiner biografien und den tagebuchnotizen seiner begleiter geschlossen werden; dass er gern trank und spielte ist historisch belegt.
ferner wird hier geschichte als das verwendet, was sie mir ist: ein mosaik aus fakten, das sich zu einer meinung zusammenschliesst, ein paar anekdoten, die als unumstössliche gewissheiten auftreten wollen. so ist auch hier alles, was zu überprüfen wäre, getrost zu überprüfen, es sind sogenannte historische tatsachen. und so bleibt frei, was nicht zu überprüfen ist: berings oder irgendjemandes gedanken, zusammenhänge. (die wirklichkeit ist nicht die summe der fakten, sie ist die summe der möglichkeiten: andré breton.) der verwirrte geist des von der heiligen krankheit befallenen (morbus sacer = epilepsie) ist nach der legende fähig, in vergangenheit und zukunft zu reisen und alles in einem punkt zu verbinden, zu koordinieren.

in anderer umgebung hätte man bering zum schamanen gemacht. so steigt bei ihm nur ein verdacht auf, wo andere — zu recht oder unrecht — bewusst ein ziel angestrebt hätten. im augenblick der betrachtung, laut protokoll, liegt bering quasi noch in den initiationswehen, aber er steht vor dem ausgang, durch den er entweichen wird, (den er noch nicht erkannt hat,) befreit von seinen urteilen und gedanken.
„die nächste entdeckung wird nicht zur erde, zu wasser oder in der luft stattfinden, sondern in der zeit." das wird sicher schon irgend jemand gesagt haben, aber wer? wieviele? wann? wo? wieoft?
vieles bewegt sich in dieser richtung; aber auch hier die initiationswehen. noch ist niemand fähig es klar zu formulieren. und vielleicht hat die wissenschaft mehr angst als die literatur.

steigerung des idealen sinnes

der kaiser, von gottes stellvertreter auf dem planeten erde mit öl gesalbt, hatte die wichtige aufgabe, ordnung zu halten. ende des jahrhunderts erliess der zar die verordnung zur allgemeinen strassenbeleuchtung. und gott sprach: es werde licht! vitus bering sass mit vorliebe in einem der vier wirtshäuser, die der windrose in petersburg entsprachen. man verschloss die tür und der wirt bewachte den schlüssel. da hielt sich der zar tag und nacht bereit, sein land auch persönlich zu verteidigen. dann warf der eine ein stück geld in eine gewisse entfernung. der andere hatte zu versuchen, seine münze der des gegners möglichst nah zu werfen. der könig konnte sich sowohl vorwärts als auch rückwärts bewegen. der könig zog auf ein feld. lange vorher nahm gott ein stück lehm und knetete den menschen, der ebenso aussieht, wie gott. der mensch kann sich sowohl vorwärts als auch rückwärts bewegen.

vitus bering galt als ein ungesprächiger, verschlossener mensch. kein wunder, dass mit beharrlichkeit immer wieder gerüchte laut wurden, die seine person betrafen.

menschen frass man bei jeder gelegenheit: beim hausbau, beim stapellauf eines bootes, um die abreise eines höflings zu feiern, bei der mannbarkeitsfeier eines königssohnes und so fort.

wenn man nicht weiter kann, hört man einfach auf

im april landete ein mit 13 rebellen besetzter kahn vor dem königlichen palast. es waren meist vornehme herren, doch die anstrengungen der reise waren so gross gewesen, dass sie ihnen sterbend erlagen. so sassen sie am strande, regungslos, ihre köpfe hingen nach vorne und die zunge weit aus dem mund.

eine erfrischung

«das fallbeil», so sagte dr. guillotin viele jahre später, «tut dem delinquenten nicht weh. es verschafft nur das gefühl einer leichten erfrischung am hals.»

vitus bering hatte über den durst getrunken und wurde vom schankburschen auf geheiss des wirtes in die kalte petersburger strasse geworfen.

bei dem zuwasserbringen der kähne benutzte man menschen als walzen. dann übergab man sie den schiffszimmerleuten als speise. vitus bering machte sich eilig aus dem staub, den das schuhwerk der rumorwache vor dem wirtshaus aus dem strassenkot aufgewirbelt hatte. das

deck der neuen fahrzeuge wurde mit menschenblut abgewaschen. 1703 gründete zar peter der erste die stadt petersburg. zu gleicher zeit war ein überfluss an fleisch vorhanden, so dass man die köpfe, hände und eingeweide wegwarf und nur das übrige verzehrte. noch 1851 wurden zu namena auf den fidschiinseln 50 kadaver gleichzeitig gekocht. wenn vitus bering hunger verspürte, ging er ins nächste wirtshaus. er stand mit zar peter dem ersten in direkter verbindung. 8 offiziere konnten sich sowohl vorwärts als auch rückwärts bewegen. da es nicht war, bering sich aber erinnern konnte, dass es gewesen war, schloss er daraus, dass ein stück zeit vergangen sein musste, obwohl ihm das nicht gefiel und er lieber gedacht hätte, ereignisse haben sich bereits ereignet. der könig darf immer nur einen schritt weit gehen. vitus bering war offizier, nicht könig. wurde der bootsmast zum ersten mal niedergeholt, so schlachtete man ebenfalls menschen und verspeiste sie. die offiziere schlugen genauso, wie sie gingen. (also auch die türme.) auf die heissen steine legte man die in blätter gewickelte speise und deckte das ganze mit laub und asche zu, bis es gar war. meist bestanden die opfer in aufgespeicherten kriegsgefangenen, doch nahm man auch die ersten besten. vitus bering griff nach seinem schädel, der noch ein wenig schmerzte, aber sonst ganz heil war. das lösen der aufgabe erfordert oft reichliches nachdenken und bereitet zuweilen selbst dem scharfsinn geübter partner grosse schwierigkeiten.
dann nimmt man die speise aus den blättern und beginnt zu essen.

vitus bering, oder, ein meister der verwandlung

vitus bering wusste, dass man den könig markieren muss, bevor man ein blatt aus der hand gibt, indes kann es ein fehler sein, den könig zu markieren. vitus bering verschwieg seinen könig. nimmt man einen stein zuviel, so muss man ihn behalten. «ich habe den könig!» rief vitus bering. ein stein ist berührt, wenn man den finger darauf gelegt hat. vitus bering spielt den könig. 1698 brach der zar aus einem nichtigen anlass in schallendes gelächter aus. ein stein, der dame geworden ist, steht auf einem der 64 felder. vitus bering staunt. der gang der dame ist derselbe, wie der des steins. in tahiti wurde der läufer des königs ins land geschickt, um die waffenfähigen offiziere, die damals zur ernte auf den feldern waren, zu versammeln. vitus bering rüstete zum aufbruch. das fleisch der im kampfe gefallenen wurde auf der walstatt verteilt und in gedörrtem zustand zum transport hergerichtet. vitus bering schlug den könig. entrüstet erhob sich ludwig der vierzehnte 1680 und verliess den saal. kardinal mazarin lächelte. die sieger trieben die lebendig gefangenen vor sich her. die erbeuteten kinder wanderten in die küche des königs. während des aufenthalts von georg schweinfurth bei könig munsa ging das gerücht, dass für den könig fast täglich kinder geschlachtet würden. vitus bering schüttelte viele jahre früher den kopf. aber in gleicher weise war es namentlich vor langer zeit nicht ungewöhnlich, dass könige, anstatt einander mit heeresmacht zu bekriegen, selbst einen zweikampf unternahmen. «der krieg ist der vater aller dinge!» sagte heraklit. «der könig ist weg», sagte vitus bering viele jahre später und seufzte. der zar warf ein stück papier mit der zusage seiner persönlichen unterstützung dieser angelegenheit in einige entfernung. man rüstete zum aufbruch. man stiess den säuglingen einen speer von einem ohr zum anderen durch den kopf, zog eine schnur durch die öffnung und als das gefecht vorüber war, sah man die sieger über die felder ziehen, zwei oder drei, es war zu dunkel, um genau zu sehen, kinder aufgespiesst, andere auf schnüre gereiht, hinter sich herschleifend. vitus bering nahm das papier vom schreibtisch des herrschers, dem vater des landes, und beugte sich nach der vorschrift. die polizei schritt ein und die nationalgarde kam der polizei zu hilfe. es ergab sich ein gefecht. die nationalgarde gab

FEUER

und die arbeiter hatten eine anzahl von toten und verwundeten. am 3. september 1848 wurde eine leichenfeier veranstaltet.

steigerung der sentimentalen kapazität (protokoll)

der und kaiser sein versank poet in wusste tiefe nichts trauer besseres, als das alphabet zur nationalhymne zu ordnen.

ein augenzeuge (18. märz)

im schlosshof lagerten die truppen oder gingen rauchend auf und ab. damen sahen aus den fenstern auf die wogende masse. der könig trat, von brausendem jubel begrüsst, auf den balkon, drang aber nicht durch. der fürst von waldburg-zeil antwortete: «ich bin kein kurfürst!» und professor sepp rief: «ich wähle keinen gegenkaiser!» selbst guizot konnte 1846 nicht umhin, zu einem fremden gesandten einmal vertraulich zu äussern: «der grundcharakter des königs louis ist äusserste eitelkeit, ein unbegrenzter hochmut.»

die steigerung im allgemeinen (gradation)

der könig antwortete: «mein lieber präfekt, davon verstehen sie gar nichts!» und seinem langjährigen vertrauten erwiderte er kurz: «man sieht es wohl, sie werden alt, marschall!» in wettbewerb hätte höchstens timur tamerlan, ein mongole, treten können, der auf seinen feldzügen aus zehntausend schädeln erschlagener gegner türme und pyramiden, und riesige denkmäler aus leichen und lebenden gefangenen aufbauen liess. vitus bering zieht seinen turm so, dass er den könig im darauffolgenden zug schlagen könnte. den leichnam aber warf man von der plattform auf den sockel des tempels. vitus bering kann den turm nicht nehmen. hier wurde der leiche der kopf abgeschnitten. den kopf nahm der, welcher den geopferten seinerzeit zum gefangenen gemacht hatte, mit nach haus, reinigte ihn vom fleisch und brachte ihn, mit je einem runden loch in der schläfengegend versehen, einem der stellvertreter gottes zurück. jeder muss zwei stiche machen und die blätter werden nicht angesagt. jetzt steht der schwarze turm dem weissen turm gegenüber. im jahre 1723 äusserte seine majestät, der zar von russland: «mein lieber bering.» zuletzt wurden die schädel auf dem tzompantli, einem zaunsystem, auf dessen leisten aufgereiht und das ganze gab das bild von schwarzen und weissen kugeln auf den drähten einer RIESIGEN RECHENMASCHINE. vier bilder in einer farbe werden mit 10 punkten bezahlt. vier könige gelten ebenfalls 10 punkte. wer sich tot gekauft hat, muss dies sogleich anzeigen, was er dadurch tut, dass er seine blätter in die mitte des tisches wirft und seinen satz bezahlt. 1725 starb peter, genannt der grosse. das elfte feld wird der kopf genannt. neben knochen, händen und füssen hatten die caucateles auch abgehäutete und mit asche ausgestopfte leichen in besonders dafür eingerichteten tempelhäusern. dort lagen oder sassen die verstorbenen, mit perücken auf den köpfen, an die wände gelehnt und hielten spiesse, lanzen oder keulen in den händen. es ist ohne gefahr, auf den kopf sieben oder acht steine zu stellen; wenn man von der linken seite des gegners nach seiner rechten eine ziemlich beträchtliche anzahl steine gebracht und den kopf gut besetzt hat, muss man anfangen, auf der seite der steine des gegners, also auf der eigenen, und so nahe als möglich hinter dessen haufen, bänder zu machen, und zwar so viele nebeneinander, als man nur kann; ferner muss man sich bestreben, steine von dem haufen auf den kopf zu bringen. ihre gesichter sind mit wachs überzogen um leben vorzutäuschen. alle geschlagenen steine werden aus dem brett genommen. in china war das ohr eine gesuchte trophäe. da trat beethoven auf. sein kampf mit dem finsteren element, das ringen nach licht und sieg war der grundgedanke, dem beethoven in ergreifender weise in 9 symphonien ausdruck gab, die seinen zeitgenossen als das widerspiel des gewaltigen völkerkampfes erschienen. bei den inkas wurde den königen besiegter feinde zuweilen die ganze haut vom körper gezogen und so zubereitet und aufgebläht, dass der bauch das trommelfell bildete, über das die hände als trommelstöcke hingen, während der kopf das ganze krönte. dem kopf wurde eine flöte in den mund gesteckt und der ganze apparat so eingerichtet, dass bei gutem wind die hände auf dem bauch trommelten und die flöte im munde musik machte. vitus bering war unmusikalisch und zog das drama vor.

der mantel aus bärenfell

es war sehr kalt. vitus bering trug einen mantel aus schwarzem bärenfell. die strassen waren eng und winkelig. der rinnstein befand sich in der mitte. vitus bering hob das kinn und senkte die hirnschale. jetzt stand die nase im zenith der figur, vitus bering genannt. sein blick verfing sich in einem wald von grossen schildern und handwerkszeichen, die die enge strasse in abendliche dämmerung hüllten, und fiel wieder zu boden. das erste was dr. fridtjof nansen tat, war, dass er niederkniete und einen trunk warmen blutes aus der schusswunde sog. das schmeckt an einem kalten tag! allen unrat warf man auf die strasse. nachdem nansen den bauch geöffnet und herz und leber herausgenommen hatte, sammelte er steine, um das tier damit zu bedecken. strassenreinigung kannte man nicht. dann warf er schnee darüber, steckte einen stock daneben und band einige lappen und bänder fest, um füchse oder raubvögel fernzuhalten. von beiden seiten ragten weit vorspringende gossen in die strassen, welche ihren inhalt rücksichtslos auf vitus bering ausschütteten. am folgenden tag war das wetter schlecht. nansen zog dem bären die haut ab. die hauszeichen hatten acht bis 10 fuss im durchmesser, waren meist in hellen farben, oft mit vergoldung gemalt. danach wurden die häuser genannt. eine fortlaufende numerierung kannte man noch nicht. unvorsichtigerweise hatte nansen ein loch in den darm geschnitten und das blut war nicht mehr rein. bei regenwetter waren die strassen unpassierbar und vitus bering liess sich über die strasse tragen. dennoch versetzte nansen das blut mit mehl, da es ihm leid war, es fortzuschütten, und er kochte die speise in seinem kaffeekessel. vornehme karossen fuhren die strasse entlang und bespritzten vitus bering mit kot. beim ersten löffel hatte nansen grosse lust sich zu übergeben. zwar gab es eine strassenbeleuchtung, aber die war sehr dürftig. schliesslich stürzte sich nansens begleiter über einen angeschossenen vogel, der im schnee herumhüpfte, und biss ihm den kopf ab. an einigen häusern waren laternen angebracht, welche nicht mit öl sondern mit tierischen fetten gespeist wurden. in diesem augenblick erscholl auf dem verdeck des schiffes der ruf der wache: «bären in sicht!» bei vollmond waren die laternen nicht angezündet, die auch sonst nur auf einige schritte vor und zurück mässigen schein verbreiteten. die wache griff nach den gewehren und eilte im sturmschritt zur bordwand, wo schiffsleutnant brosch mit angelegtem gewehr stand. vitus bering übergab sich und spirituosen im werte von 4 rubel und 18 kopeken flossen in den rinnstein. gesichts- und geruchsinn des eis- oder polarbären sind ungemein scharf und das duftende fett der schiffküche hatte ihn angelockt. als vitus bering gegen eine kante stiess, richtete er seinen blick gegen den mond und prallte von den wolken, die sich mittlerweile vorgeschoben hatten, auf die spitze der kathedrale von petersburg, hüpfte noch ein wenig über schornsteine und dächer, bis er nachdenklich auf die schwarzen stiefelspitzen fiel, welche seine stiefel in richtung nord abschlossen. darin hatte bering seine vor kälte zitternden füsse stecken. oberleutnant payer ging dem bären vorsichtig entgegen. obwohl man in der regel mit eigener laterne ausging, konnte man nachts doch bei umherziehenden händlern handlaternen kaufen. der könig der tahitiinsulaner wollte seine feinde in furcht versetzen, so schlug er die leiche des erschlagenen gegners platt, schnitt mit der axt ein loch hinein und streifte sie sich ponchoartig über den kopf, dass kopf und arme der leiche nach vorn, deren beine aber nach hinten hingen. mit einem mal krachten zwei schüsse. der strassenhändler drehte sich herum, blieb stehen, die stimme berings hatte sein trommelfell getroffen. er ging zwei schritte auf vitus bering zu. am 16. märz 1874 starb der maschinist krisch an bord der «tegethoff», umgeben von wachehaltenden matrosen und einigen offizieren. vitus bering kauft eine handlaterne. schon hob er die tatze, da krachte es abermals. bewegungslos spannte das trommelfell im linken ohr des laternenhändlers. vitus bering stand rechts vor ihm und schwieg jetzt. dann kam eine abteilung matrosen mit gewehren und bootshaken ausgerüstet. mit diesem mantel kehrte der könig der tahitiinsulaner in das gefecht zurück. voran schritt der schiffszimmermann antonio vecerina mit einem selbstzusammengenagelten holzkreuz. in der kathedrale von petersburg ass zar peter 1. den leichnam seines herrn auf. das oberste der noch übrigen blätter wird aufgedeckt und der den könig hat, ruft: «auf!» vitus bering klopft den hartgewordenen kot von seinem mantel und betritt den saal. nahe am horizont erscheint ein dunkler kreisabschnitt, um welchen sich ein glänzender, feuerstrahlender bogen bildet. aus diesem steigen feuergarben empor, die sich mit grosser schnelligkeit vergrössern und verändern.

betrachtung allgemeiner natur

geht der vorhang hoch, so darf vitus bering seine zustimmung laut äussern. wenn der vorhang nicht hochgeht, darf ein anderer den vorhang hochheben.

ist vitus bering allein, versteht sich die sache von selbst.

der andere sitzt dem vorhang zur linken, und erklärt sich bereit, den vorhang aufzuziehen.
da er den vorhang aufzieht, hat er auf jeden fall ein stück geld verdient.
man trachte vor allem, vor dem vorhang zu sitzen.
sitzt man dahinter, so wird die allgemeine freude vergrössert.
man darf nicht nur den vorhang betrachten.
dies ist das oberste gebot und verdient beachtet zu werden.
schliesslich entsteht ein flackernder bogen, eine art feuerkrone um den zenith. das licht ergiesst sich über den himmel und erfüllt die zuschauer mit staunen. langsam verschwindet das phänomen. zurück bleibt eine allgemeine, starke helle.

melancholische betrachtungen allgemeiner natur a) (absence)
als oder besser die herolde die den gärten garten betraten, schlug wobei die die uhr zahl im der glockenturme erfolgten stunde schläge keinen einfluss auf den ablauf der handlung nimmt. balto war der spassmacher des dr. fridtjof nansen. der als kaiserliche er spassmacher auch schlug die sowohl flöte blies die zimbel. es war 22 uhr 30 und noch immer sehr hell bei einer temperatur von minus 37 grad celsius. auf ein einem tanzbär quer seine gespannten füsse seil zu setzte diesen klängen und der schwebte empfang über war den gerüstet horizont. «bären in sicht!» das war der ständige ruf der wache. ruhig auf und grünlackierten schweigsam stühlen sassen und die verzehrten herren ihr konfekt. am 3. dezember, als dr. fridtjof nansen sein abendmahl im zelt aufgegessen und die pfeife angezündet hatte, holte balto die karten hervor, die bald so schmutzig waren, dass nansen mühe hatte, sie zu unterscheiden. am 25. märz 1874 unternahmen oberleutnant payer und schiffsfähnrich orel mit drei matrosen abermals eine schlittenreise dorthin. balto brachte eine kiste und die beiden pelzbekleideten männer spielten bis tief in die nacht.
ER UNTERBRICHT seinen luftakt und zieht eine runde um den schlossteich. der fall ist eingetreten, dass der könig im talon schläft.
er in trägt rosa ein flittertrikot.
DIE FINGER sind über die eingeschlagenen daumen gepresst.
zar peter der erste erklärt 1713 petersburg über den seit dem paläozoikum ungestörten erdmassen zur hauptstadt. fährt man nach osten, so gewinnt man auf diese weise wohl einen tag, ohne jedoch um einen tag älter zu sein.

direkte stellungnahme

der kehlriemen darf nicht zu eng geschnallt werden, um den bären beim tanzen nicht zu behindern. ein zu kurzer kehlriemen beeinträchtigt das

BILD

des kopfes, während ein zu langer bärenführermässig aussieht.

melancholische betrachtung allgemeiner natur b)

SOVIEL SCHÖNHEIT ZWINGT DIE WACHE INS GLIED.

der oberst zieht seinen säbel. die schildwache singt das alphabet, wobei selbst dem ältesten gardisten die tränen über die zerfurchten wangen liefen. peter der grosse stieg über das fallreep an bord.

DIE FINGER sind über die eingeschlagenen daumen gelegt, die zähne fest aufeinandergepresst.

vorschrift

sollte könig ludwig der vierzehnte kommen, so hat der tambourmajor auf die trommel zu schlagen und die leibwache haltung anzunehmen.

essen und trinken/1.

als die schildwache haltung annahm, schlug der tambourmajor auf die trommel. der heimlich zu ermordende könig wurde von einer anzahl seiner gegner auf der gazellehalbinsel überfallen und festgebunden, dann wurde ihm ein kleiner speer durch den after nach oben in den körper gestossen und das unten herausragende ende abgeschnitten. dann kam der zar 1698 und liess seine leibwache hinrichten. er setzte sich irgendwann mitten auf den rasen und starb unvermutet 1725. hierauf wurde dem könig der kopf herumgedreht, bis er unfähig war zu sprechen. der zar stieg an bord und reiste zu schiff 1697 von moskau nach england um kriegstechnik und schiffahrt zu studieren. in diesem zustand liess man den könig frei, der innerhalb kurzer zeit unter krämpfen starb, ohne von seinem erlebnis mitteilung machen zu können. dr. fridtjof nansen zog seine uhr aus der tasche, die in der luft, in die sie nansen hielt, sofort vereiste, und nansen sagte: «es ist 5 uhr morgens und 12 minuten. heute ist der 11. september 1829.» weiss opfert eine figur. könig sticht dame. ein fidschiinsulaner schnitt dem noch lebenden dr. hahl stücke fleisch vom körper, kochte und verzehrte sie, während dr. hahl, kaiserlicher rat, zusah. es war so kalt, dass das wasser in dem augenblick, wo es mit dem kalten holz oder dem eisen des bootes in berührung kam, gefror. georg schweinfurth stiess auf eine anzahl junger frauen, die eben damit beschäftigt waren, durch brühen mit kochendem wasser einen kadaver von den haaren zu säubern. als kühl es zogen wurde die sich zurück herren das und war gartenfest beendet. bei einem anderen gelage wurden 200 personen gegessen. hier wächst moos! nachdem die leichen in sitzender stellung gebraten worden waren, wurden sie bunt bemalt. das wasser schlug über den kiel des bootes, aber nicht bis zu dr. fridtjof nansen, der hinten am steuer sass, während sverdrup, der vorne sass und ruderte, bald in einen eisharnisch gehüllt war. wer keine kriegstaten aufzuweisen vermochte, hiess altes weib oder niemand. vitus bering dachte: ich, vitus bering, bin hungrig. im winter geht die sonne gar nicht auf, dachte dr. fridtjof nansen. oberstleutnant dodge berichtet, dass ein weisser knabe mit harzreichen fichtenspänen gespickt wurde, dass er aussah, wie ein stachelschwein, ferner wurden die fichtenspäne angezündet und der weisse knabe dachte irgendetwas, da'er sich bei gutem bewusstsein befand, sodann wurde er von den indianern an ein pferd gebunden, welches später mit ihm herumlief. vitus bering betrat die gaststube und bestellte ein stück gebratenes schwein zu 20 kopeken. abzüglich dieser und 4 rubel 18 besass vitus bering 314 rubel in bar, davon 200 rubel standen in berings gemieteter kammer, 4 goldene türmchen, im verschlossenen schrank, in verschlossener lade, der schlüssel war in berings tasche und da war auch der lederbeutel mit dem rest in stücken gold, stücken silber, stücken kupfer, und berings bursche, der machte den schrank einfach so auf, ohne schlüssel, nur mit einem stück eisen und das ging auch, und da nahm er bisweilen, der bursche, ein stück geld und wenn er dann aus dem fenster sah, das neben dem schrank, da sah er die festung und das war petersburg und die luft war angenehm und da atmete er, dass er es merkte, und er war froh, dass er da war, wo er war, und er dachte auch gar nicht weiter, und bering hat es nie gemerkt, dass manchmal eine kleine münze weg war und der bursche sie genommen hatte, aber vielleicht wäre es ihm dasselbe gewesen, wenn er es gemerkt hätte, und da dampfte der braten vor ihm auf der schüssel und er nahm die gabel und stach hinein. es gibt völker, wo sich eltern als ehre anrechnen, von ihren nachkommen getötet und verzehrt zu werden und man um besondere trauer zu zeigen, die verscharrten leichen ausgräbt um sie zu essen. vitus bering hatte seit ostern keine zeit mehr gefunden, den leib seines herrn, den er für seinen vater und dessen sohn hielt, zu essen. dr. fridtjof nansen fragte seinen helfer joel, ob er nicht auch einen schluck warmen blutes haben wolle. nach einjähriger reise kehrte der zar zurück. der tambourmajor, geschützt durch einen eisernen harnisch, schlug 1698 auf die trommel. nach kurzer zeit wand er sich in krämpfen am boden. dann wird der gaumenknochen abgestossen, das gehirn herausgenommen und die innenseite des ganzen kopfes sorgfältig von allen fleischteilen gereinigt, auch die augen werden entfernt. der kopf wird sodann in kochendes wasser gesteckt, das durch eingelegte glühende steine heiss erhalten wird. sobald die haut sich lösen will, wird das ganze plötzlich in kaltes wasser geworfen, von wo es in eine art backofen gelangt, in dem es derart aufgestellt wird, dass der ganze dampf des ofens in das schädelinnere dringen muss. darauf steckt man den kopf auf einen pfahl, damit er trockne, worauf er abermals gedämpft wird. um die gestalt des gesichtes getreu zu erhalten, werden die muskeln und fleischteile, die durch das kochen und dämpfen verschwinden, durch bast und flachs ersetzt, wodurch die physiognomie gewahrt bleibt. im allgemeinen näht man die lippen zusammen, doch ist dies nicht immer der fall. nachdem die leiche des zaren, wie bei europäischen herrschern üblich, imprägniert worden war, wurde das ganze in der krypta der kathedrale von petersburg beigesetzt. das im leipziger völkerkundemuseum befindliche exemplar eines alten neuseeländers zeigt gut erhaltene zähne. der nasenknorpel ist eingeschrumpft und die ursprünglich adlerschnabelförmige nase stumpf. augenbrauen und bart sind spärlich, wogegen das schwarze, lockige und sehr dichte haupthaar vollkommen erhalten ist. in die augenhöhlen sind pariser glasaugen eingesetzt. nicht alle in diesem gefecht gefangenen wurden gebraten, etwa gut die hälfte wurde lebend aufgespart, um sie bei passender gelegenheit oder in notzeiten zu essen. wird ein könig begraben, so eröffnen einige hundert männer den zug, mit keulen und speeren bewaffnet, auf kinkhörnern blasend, und zerhauen sich, dass das blut ihnen vom leibe fliesst. dann folgt ein anderer haufe, der sich arme und schenkel zerschneidet und mit steinen die zähne ausschlägt. einige hundert mädchen schliessen an. sie tragen körbe mit sand. dann männer, jeder mit zwei körben sand, dann wieder mädchen, beladen mit kleidern. je näher man dem begräbnisplatze kommt, desto ärger zerfleischen sich alle. die nächsten verwandten stossen sich speere in die schenkel. dann brechen sie die speere ab. ist die leiche eingesenkt, so werden alle sandkörbe und jedes stück kleid gebraucht, den grabhügel zu erhöhen, und über demselben wird ein denkmal errichtet, von stein; oft in kolossaler grösse. da vitus bering aber nicht auf den freundschaftsinseln, sondern vor einer bank in der kathedrale von petersburg kniete, sah er den balsamierten leib seines herrn, der aber nicht der herr war, dessen leib er auf der zunge hatte und zu schlucken versuchte, es war vielmehr sein herr gewesen, der vom stellvertreter seines herrn, dessen leib er auf der zunge trug, mit öl zu seinem herrn gesalbt worden war, was da lag in einem gläsernen sarg, auf einem blumen- und ornamentgeschmückten aufbau, und so sah er den leib, die leiche, und war von trauer bewegt und hatte den anderen leib noch immer auf der zunge und noch nicht hinuntergeschluckt in den magen.

die gottesmaschine (nach heron)

im hintergrund des tempels brannte das opferfeuer. die heilige flamme wurde mit segnenden händen von zwei leblosen priestern gehütet. die priester waren aus erz. wenn der gottesdienst zu ende ging, entträufelte den fingern der beiden ein feiner regen, der die flamme verlöschen liess. die gottestruhe, an der ein bronzenes rad befestigt war und auf der ein vogel aus metall seine stimme ertönen liess, verbarg in ihrem inneren ein system aus zahnrädern, seiltrommeln, wasserbehältern und gewichten. die beschreibung des heron lautet folgendermassen: ABCD ist der gotteskasten, in welchem eine welle EF liegt. an ihr ist das rad HK befestigt, das der gläubige drehen soll. ferner ist auf dieser welle eine trommel L angebracht und ein rad M, das mit zähnen oder spitzen versehen ist. diesen apparat hat heron später erweitert, indem er es so einrichtete, dass der gläubige gleichzeitig mit dem vogelgesang aus einer verborgenen dusche mit geweihtem wasser besprengt wurde.

melancholische betrachtung allgemeiner natur c) (DER KRAMPF)

verwirrt versank vitus bering in eine tiefe trauer, die zähne fest aufeinandergepresst. seine finger waren über die eingeschlagenen daumen gelegt, seine rechte, tätowierte hand hielt das papier mit der daraufgeschriebenen genehmigung finanzieller unterstützung. zum beispiel: in münster, 26 grad länge, deutschland, ist es 10 uhr morgens. wieviel uhr ist es in petersburg, 48° länge?

richtig: 48°

−26°	
22°	15
15	
7	1 stunde 28 minuten
60	
420	10 uhr 0 minuten
30	+ 1 – 28 –
120	11 uhr 28 minuten morgens ist es in petersburg.
120	

theorie der schiffahrt
vitus bering hat reisen um die erde angestellt, und zwar zu schiffe, aber nirgends fand er ein ende oder eine kante.
des nachts sahen die seefahrer flämmchen wie sterne auf der meeresfläche, oft folgte dem schiffe ein feuriger schweif und bezeichnete den weg, welchen das schiff zurückgelegt hatte, oft auch schien das ganze meer in feuer zu stehen, so weit das auge reicht, und das schiff ging durch ein feuermeer.
?
entsteht hiedurch tag und nacht?
also.
die erde ist ein körper und schwebt im raum. dabei dreht sich dieser körper um sich selbst. dazu braucht er zirka 24 stunden.
tag und nacht stand oder lag vitus bering in und auf einem schiff, dessen kommando er führte.

rückblick
man nannte die windrose mit diesem namen, weil die weltgegenden auch winde heissen, und die windrose mit einer rose ähnlichkeit hat.

theorie der schiffahrt, 1. fortsetzung
wäre das meerwasser nicht salzig, so würde es zufrieren.
wäre das meerwasser nicht salzig, so könnte es vielleicht faulen.
wäre das meerwasser nicht salzig, so würden schiffe und schwimmer viel tiefer in dasselbe einsinken.

allgemeine hypothese
das wichtigste geschöpf auf erden ist der mensch.

das wissen des vitus bering (ausschnitt)
bering wähnte nicht, die erde könne unten und an den seiten nicht bewohnt werden, die menschen und vieles andere müssten von ihr abfallen, wenn sie eine kugel wäre. vitus bering wusste, die erde zieht alles an sich.

fragen

vitus bering lehnt an der reeling und stellt sich 4 hauptfragen.
welche gestalt hat die erde? dachte er.
welche grösse hat die erde? dachte er.
welche bewegung hat die erde? dachte er.
welchen ort hat die erde? dachte er, bering.

vitus bering, ein mannequin

vitus bering trägt einen schwarzen rock, der ihm bis an die füsse reicht. der saum des rockes ist mit einem schwarzen band eingefasst und wird in der mitte durch einen schwarzen gürtel aus schwarzem leder zusammengehalten. ein stück tuch in der form einer hose bedeckt seine hüften, seine beine stecken in langen stiefeln.
dieses stück tuch ist von schwarzer farbe.
diese langen stiefel sind schwarz.
schwarz ist die farbe der trauer und absorbiert das licht. so fing vitus bering viele lichtquanten und es war ihm eins (1), ob es körperchen wären oder nicht oder beides oder was anderes, und hob sie auf für bessere zeiten, ohne es zu wissen. der mensch ist ein augentier. auch das wusste bering nicht. sein mantel ist aus schwarzer wolle und mit schwarzem pelzwerk gefüttert.

essen und trinken/II

1. marinierter steinbutt
2. krebssuppe . . . . 2 stunden 30 minuten
3. flunder in muscheln

   seine verdauung hatte schon im munde begonnen, wo er die nahrung mit seinen zähnen zerkleinert hatte. alles war von seinem speichel so sehr durchdrungen, dass es zu brei wurde und geeignet war, durch seine speiseröhre in seinen magen zu gleiten. vitus bering dachte nicht daran, dass er sich nicht damit nähre, was er esse, sondern damit, was er verdaue. dennoch war es so.
   bald werden die ungelöst gebliebenen und für die ernährung des vitus bering wertlosen stoffe seinen körper in form von exkrementen verlassen.
4. seeaal, blau . . . . 1 stunde

   der kopf des noch lebenden aales wird rasch in ein tuch gehüllt und auf denselben mit der umgekehrten, flachen hacke mehrere male fest geschlagen, hierauf trennt man durch einen scharfen, tiefen schnitt hinter dem kopfe das gehirn vom rückenmark. dann hängt man den körper beim kopf mit einer schnur an einen haken und reibt ihn mit grobem salz von oben nach unten solange, bis er blau aussieht. hierauf hackt man ihn in gleichmässige, nicht zu lange stücke, reinigt diese, indem man mit einem messer die eingeweide herausstösst, jedes stück von den inneren häuten befreit, mit salz einreibt und gut wäscht. die fleischstücke werden in kochendem wasser, mit gewürzen, salz und essig, ungefähr 20 minuten weichgekocht, aus dem wasser genommen, gut ausgetropft und verziert zu tisch gebracht.

5. überkrusteter schellfisch mit pilzsalat
getrocknete bärentatzen geschnitten, in salzwasser gut abgebrüht und dieses abgegossen. noch warm mit öl, essig, salz und gewürzen aufgetragen.
6. eiswasser
7. meerbrasse auf dem rost gebraten
8. tang in essig
9. fischpudding . . . . 2 stunden
10. ein stück eis (feste form des wassers)
11. frutti di mare
12. «mehr wasser!» rief bering. er war durstig geworden.

feststellung

vitus bering war weder zar peter i. oder der grosse noch georg schweinfurth, auch war vitus bering nicht dr. hahl nicht dr. fridtjof nansen nicht könig munsa nicht oberstleutnant dodge nicht guizot nicht professor sepp nicht fürst von waldburg-zeil auch nicht antonio vecerina oder beethoven nicht könig ludwig xiv. nicht sverdrup nicht oberleutnant payer nicht schiffsfähnrich orel nicht james cook nicht simon deschneff nicht sir martin frobisher nicht john davis nicht henry hudson nicht parry nicht franklin nicht john ross nicht m'clure nicht nordenskjöld nicht umberto cagni nicht amundsen nicht robert e. peary oder timur tamerlan.

gedanke

«weil die sonne so weit von mir ist, kommt sie mir auch so klein vor», dachte er.

logbuch 22. juni
da vitus bering frei von ...

essen und trinken, ergänzung (II a)
bitte salz!

eine überraschung
da schoss dem vitus bering das blut aus der nase, sein zahnfleisch war
BLAU
geworden und als er danach griff, hatte er den linken, oberen eckzahn zwischen daumen und zeigefinger. das meerwasser begann in einem umkreis von etwa 100 schritten zu kräuseln, zu schäumen und zu dampfen und erhob sich kegelförmig in die luft. eine sackähnliche wolke senkte sich herab und wolke und meer vereinigten sich. die so gebildete wassersäule war oben und unten dicker, in der mitte dünner, innen hohl, aber das wusste bering nicht, weil er nicht daran dachte. nach einer halben stunde neigte sich die säule und platzte, die masse wasser stürzte ins meer zurück. nacheinander stiegen mehrere solcher säulen empor. das meer wallte unterdessen fortwährend. die wolke wurde immer dunkler und ohne unterbrechung fielen regen und hagel aus ihr auf das schiff, auf bering, ins meer unter blitzen und leuchten. der himmel war heiter und kein hauch regte sich.
da gab der 1. kanonier das kommando und eine breitseite wurde abgefeuert. da zerplatzten auch die übrigen wassersäulen und stürzten ins meer. missmutig betrachtete bering seinen zahn.

trauma des vitus bering
wenn ein kind 8 stunden schläft, so kommt es in dieser zeit sehr viele stunden weges im himmelsraume voran.

entwicklung
da nahm bering eine kanne und goss das öl über die fische.

gedanke
hiedurch entsteht tag und nacht

gedanke
wie breit ist dieselbe?

gedanke
also ist dort herbst

gedanke
es trifft sich oft, dass man nicht alle augen, die man geworfen hat, setzen kann.

die parallele sphäre (winter)
der äquator ist mein wahrer horizont, grübelte bering und er blickte hinauf und sah nur die sterne des nördlichen bereichs. sie waren in 24 stunden einmal um ihn her gegangen.

gifte
die tätigkeit des vitus bering führte dazu, dass durch den einsatz seiner organe verbrauchtes material anfiel, welches nur im schlafe als idealem ruhezustand ausgeschieden werden konnte.

beschworene aussage des obersten der bordwache (22. juni)
«als ich nun genauer in den raum hineinblickte, erkannte ich ihn in ruhender stellung neben seinem feldstuhl auf dem fussboden liegend. er schlief.»

himmelskörper
im geburtsjahr des vitus bering, 1680, erschien ein komet, der, wie man damals berechnete, 2000mal heisser als glühendes eisen war. eben dieser komet braucht 575 jahre zu seinem umlauf und wird im jahre 2254

wieder zu sehen sein!

monolog (21. juni)
ich bin vitus bering

notiz
da lag er mit einer geschwindigkeit von 29,76 kilometer in der sekunde.

zeit
1728 war nicht die richtige zeit für bering. da wurde er 13 jahre älter und fuhr noch einmal mit einem gewissen steller, der dann auch die stellersche seekuh entdeckte, die dann auch bis zu 8 meter lang wurde.

ausscheidung (auswahl)
in der tat sprang bering mehr, als er ging, den bug hinan und schritt, stets das gesicht nach jener luke am bugende gerichtet, elastisch und selbstbewußt die reeling entlang.

zeit = geld
april
21. juni
22. juni

notiz
das salz des meeres würzt die fische.

theorie der schiffahrt, 2. fortsetzung
die sonne tritt in das zeichen des widders
des stieres
der zwillinge
des krebses

des löwen
der jungfrau
der waage
des skorpions
des schützen
des steinbocks
des wassermannes
der fische und beginnt ein neues jahr.

erklärung (21. märz)
als bering die fische mit öl goss, nahm er damals wieder platz und verzehrte damals alles.

der hut des vitus bering
ein filzhut aus biberhaar, breitkrempig.

einschub
die sonne stieg damals auf und ging in 24 stunden einmal um ihn her. da warf auch bering seinen schatten einmal um sich her.

ein historischer irrtum
bering nahm die kanne und goss das öl über die fische. als er zu erstikken drohte, verliess er die kajüte und sprang ins meer. da zogen sie ihn heraus und er spie faustgrosse steine und wasser und blut. dann ging er mit den anderen zur tafel und konnte essen wie zuvor. (diese auslegung dient der vollständigkeit. sie ist unwahr.)

theorie der schiffahrt, 3. fortsetzung
kein wind spielt mit den schweren wellen und kein kahn durchschneidet sie. auch muss man nicht glauben, die erde könne unten und an den seiten nicht bewohnt werden. wenn wolken am himmel sind, spiegelt sich zuweilen die sonne oder der mond in den dünsten ab, und es sieht dann aus, als ob mehrere sonnen oder monde zugleich am himmel stünden.

detail

vitus bering beugte sich über die reeling, griff nach dem lukendeckel und zog daran. der deckel liess sich hochheben. die unterseite des lukendeckels war mit moos bewachsen. auch waren mit einem scharfen gegenstand buchstaben aus dem holz herausgestochen worden. james cook zog den lukendeckel aus der hölzernen laufschiene und simon deschneff legte ihn, während sir martin frobisher die beine spreizte und john davis sie in den kniekehlen abbog, vorsichtig auf eine planke, die sich an der innenseite der reeling entlangzog. henry hudson hatte den lukendeckel auf eine stelle dieser planke gelegt, wo die schenkel dieses winkels, den sie hier an der bugspitze bildete, auseinanderfuhren um sich in einem ungeheuren o-bein zu vereinigen, eine fläche von cca. 600 m^2 abgrenzend. da parry die inschrift – nach seiner meinung – stehend bequemer lesen können wird, spannte franklin seine beinmuskeln, vor allem die der beiden oberschenkel derart, dass sich die sehnen des john ross, welche

IN DIESEM AUGENBLICK

deutlich in den kniekehlen m'clures sichtbar werden, soweit verkürzen, dass jedes der beine nordenskjölds gleichmässig durchgestreckt wird, wobei sich die kniescheiben des dr. fridtjof nansen aufwärts, d. h. kopfwärts bewegen, um sich in der endphase der bewegung wieder in die ursprüngliche lage zu senken.

freiheit und körperpflege

das lange haar war ein zeichen des freien mannes, welches bering in einem zopf trug, der ihm herunterhing. bering besass eine puderdose und eine brennschere aus silber. wenn er schlechter laune war, besorgte er seine haare selbst, sonst rief er seinen diener deschneff, nicht zu verwechseln mit simon deschneff, vielmehr ein gewisser deschneff, der den ruf eines hervorragenden haarkünstlers genoss. als kommandeur eines schiffes hatte bering alle verfügungsgewalt und war sein eigener herr. vitus bering verurteilte einen gewissen deschneff zu 15 stockhieben, weil er ihm die haare verbrannt hatte. dennoch vermählte er niemand, da damen fehlten.

theorie der schiffahrt, 4. fortsetzung

ja, die erde ist an zwei stellen eingedrückt. völlig unbekannt hingegen war bering das innere.

detail II
er beugt sich über den lukendeckel und stimmt die blickwinkel seiner augen, dass sich der brennpunkt seiner sehstrahlen – eine hilfskonstruktion der optik, die den gegebenheiten widerspricht – in der entsprechenden entfernung bildet, also auf der oberfläche der unterseite des lukendeckels, wo sich auch die eingestochene inschrift befand. das holz, aus dem der deckel gefertigt war, zeigte an den stellen, da der deckel durch die holzschiene der bordplanke lief, einen
GLANZ.
das deckelholz war morsch, aber die vorderseite war in eine messinghülse gefasst worden, welche auf dem gelben, gut polierten grund einen schwarzen, doppelköpfigen adler in strichätzung zeigte. bering nahm den deckel etwas näher an die augen und betrachtete nun die kehrseite des deckels, ohne die inschrift in verständnis umzusetzen, da er diese mühe
JETZT
nicht auf sich nehmen will.

hinweis
ich die sass der in windrose einem entsprachen der vier wirtshäuser und

detail III
er griff nach seinem schwarzen hut. bering warf ein stück geld in eine gewisse entfernung. er konnte sich weder vorwärts noch rückwärts bewegen.

detail IV
vitus bering stieg auf der eisernen leiter unter deck. die bordwache sang das alphabet und der oberst zog seinen säbel. vitus bering griff nach seinem hut. aber er warf kein stück geld in eine gewisse entfernung. dann stieg bering auf der eisernen leiter unter deck. die bordwache sang das alphabet und der oberst zog seinen säbel. aber vitus bering griff nicht nach seinem hut. dann stieg er auf der eisernen leiter unter deck. die bordwache sang das alphabet, aber der oberst zog keinen säbel. dann stieg vitus bering auf der eisernen leiter unter deck, aber die bordwache sang nicht das alphabet, sondern das einmaleins und vitus bering stieg nachdenklich über die eiserne leiter wieder hinauf, durch alle verdecke, vorbei an den bordwachen.

der BILD*erzeugende apparat des auges*
die erregbarkeit seiner netzhaut war auf jenes gebiet der elektromagnetischen strahlen beschränkt, die dem sichtbaren teil des spektrums (0,0004 mm bis 0,008 mm wellenlänge) entsprachen. die stärke und art der lichtempfindung hängt nicht nur vom lichtreiz, sondern auch vom erregbarkeitszustand der netzhaut ab. nach langem aufenthalt im dunkeln wirkt der unmittelbare übergang in helles
LICHT
unangenehm blendend. erst nach einiger zeit passt sich das auge der geänderten beleuchtung an.

notiz
da schloss bering die augen (2)

heraldik
auf gelbem grund . . . (siehe gelber fleck etc.)

aus dem leben des vitus bering, berühmter seefahrer, entdecker der nach ihm benannten meeresstrasse, geboren 1680
er nahm die letzte sprosse der eisernen leiter und stieg an deck. dann schritt er, stets das gesicht nach jener luke am bugende gerichtet, die reeling entlang.

theorie der schiffahrt, 5. fortsetzung
die anker sind mit dem kaiserlichen wappen bemalt. die taue sollen sich an heck befinden, damit man sie im bedarfsfalle finden kann. am mastkorb flattert ein gelber wimpel mit schwarzem doppeladler, dem kaiserlichen wappen. ballast ist an deck verteilt. der kiel des schiffes ist unter wasser. die segel stehen im wind. breitseits trägt das schiff den adler des zaren. so bezeichnet der zar, was ihm gehört.

wiederholung
des nachts sahen die seefahrer flämmchen wie sterne auf der meeresfläche. oft folgte dem schiffe ein feuriger schweif und bezeichnete den

weg, welchen das schiff zurückgelegt hatte. oft auch schien das ganze meer in feuer zu stehen, soweit das auge reicht, und das schiff ging durch ein feuermeer.

hintergrund (3 masten mit körben, glanzlichter alt gemalt, leicht besch.)
bering schob seinen hut mit der rechten hand aus der stirn und trocknete den schweiss mit dem rockzipfel. der ärmel fiel zurück. das handgelenk war frei geworden. über dem gelenk war ein vogel mit zwei köpfen und ausgebreiteten schwingen in die haut gestochen.

theorie der schiffahrt, 6. fortsetzung
aus einem hellen schein am pol schiessen strahlen von vielen farben hervor, verbreiten sich wie geschwungene fahnen am himmelsgewölbe, und zuletzt scheint wohl das ganze firmament, so weit das auge reicht, in

FEUER

zu stehen (alte auffassung). diese erscheinung tritt vor allem in cca. 80° geomagnetischer breite auf. je nach ihrer form spricht man von krone, draperie, bändern, strahlen oder dunst. die farbe ist in den hohen schichten der erdatmosphäre grüngelb, in den tieferen schichten rotviolett. oft hängt das wie ein VORHANG über dem horizont.

ein grenzfall
verbrennung schlechthin erfolgt bei sauerstoff-, also luftüberschuss, und stellt damit einen grenzfall der luftvergasung dar.

theorie der schiffahrt, 7. fortsetzung
das warnfeuer an heck drohte zu erlöschen. vitus bering wies darauf hin und der steuermann übergab das rad der wache, ging an heck und prüfte das feuer.

ursache 1: das brennholz stand aus der feuerpfanne nach hinten heraus.
richtig: in der pfanne soll soviel holz sein, daß nur der boden der pfanne bedeckt sei.
ursache 2: die pfanne war durchlöchert.
richtig: die durchlöcherte pfanne ist auf schlechte wartung des warnfeuers zurückzuführen und muss vorsichtig unterlegt werden.
ursache 3: der pfannenboden weist unebenheiten auf.
richtig: man reinigt die pfanne. zu diesem zweck wird der pfannenboden mit einem scharfen gegenstand abgeschabt und die

verbliebene schmutzkruste mit einem in öl getränkten stück tuch entfernt.

nachtrag
vitus bering schritt über die eisbedeckten planken, stets das gesicht nach jener luke am bugende gerichtet.

kult
jahre früher machte zar peter I.
LICHT
in seinem schlafgemach, weil er dem diener, einem gewissen deschneff, (nicht simon deschneff oder deschneff dem haarkünstler!) misstraute. das licht ist eine grenzgeschwindigkeit.

das heisst:
während der bug die eisoberfläche langsam aufbricht, schliesst sich der riss hinter dem heck wieder.

theorie der schiffahrt, 8. fortsetzung
das öl gefror in den flaschen und der atem des vitus bering legte sich als reif über die bettdecke.

theorie der schiffahrt, 9. fortsetzung
als bering aus dem geheizten mannschaftsraum ins freie trat, löste sich die haut von seinen lippen.

anmerkung
sechs sonnen sind eine gewöhnliche erscheinung.

fällt aus:
der bug des schiffes zerreisst das eis des meeres.

detail V
über dem mastkorb erfriert ein rudel vögel.

theorie der schiffahrt, 10. fortsetzung
der kiel des schiffes ist mit eis bedeckt.
die anker sind mit eis bedeckt.
die flagge ist mit eis bedeckt.
die masten sind mit eis bedeckt.
die segel sind mit eis bedeckt.
berings haut bedeckt sich mit eis.
eis ist der feste zustand des wassers. die entstehungsursache des eises ist eine allbekannte und wird hier nur der vollständigkeit halber erwähnt. wenn die temperatur einer unbewegten wassermasse unter den nullgrad (reaumur oder celsius, wie sie wollen)
SINKT,
fängt das wasser an, in den festen zustand überzugehen, es gefriert. bei bewegtem wasser etwas tiefer, bei salzgehalt etwas tiefer.

detail VI
robert e. peary beugte sich über den lukendeckel und zog daran. er liess sich hochheben. dann zog bering wieder den handschuh über, den er ausgezogen hatte, um den angefrorenen deckel herausziehen zu können. dabei wäre amundsen der dicke handschuh nur hinderlich gewesen.

eis
zunächst entstehen ganz feine nadeln, welche sich verlängern, aneinanderhaften, kreuzen und schliesslich ein zierliches gespinst ergeben, wodurch nach und nach ein körniger brei entsteht. es bilden sich fladen bis zu mehreren metern durchmesser in losem zusammenhang. sinkt die temperatur, so erstarrt der körnige brei in feste schollen. das grundeis dagegen entsteht in grossen massen, löst sich in blöcken vom meeresboden, und diese blöcke, deren eigentümliches aussehen sie sofort als grundeis erkennen lässt, treiben nun in der strömung des meeres. schollen drängen gegeneinander, steigen auf. die noch zusammenhanglose eisfläche schwankt auf und ab, und diese bewegungen sind umso stärker, je grösser die wassermenge ist, welche sich darunter durchschiebt. die einzelnen schollen frieren zusammen und an der so entstandenen festen eisdecke stauen sich die nachfolgenden treibeismassen.

aus dem nachlass

auf einem grün beschleiften kissen ist gut ruhen. eine lichtkrone über dem kopf haben. vielleicht möchte einer sagen: was nutzt es, die geographische breite eines ortes zu wissen! oder: das salz um grade verändert des wassers den gefrierpunkt! oder: wie es scheint, so ist es (in der zeit, und wo sonst sollte was sein, das ich denken kann). was ist, wird sich ändern. alles löst sich in licht auf.

22. juni

während nicht schliesst der sich bug der die riss eis hinter immer ober dem fläche lang samer heck nicht auf bricht schliesst der die riss nicht bug während immer lang ober samer heck bricht auf nicht währ nicht schliesst end der der sich bug die riss eis hint fläch er im e mer ob lang er sam dem er heck nicht auf bricht schliesst unt nicht da da sich bog eis hant flach er im e meer ob lang er sam dem er hack nacht auf bricht riss hand nacht da da er bog eis eis hand flach er im e meer ob lang er dem er hack nacht bricht er schiesst er auf sicker da da riss die hand die schoss flach hack

inschrift, mit einem scharfen gegenstand aus dem lukendeckel herausgestochen

«vitus bering zog – weil es bitter kalt war – einen dicken handschuh über. dann meinte er, ihm sei eine bärentatze gewachsen, und kam von sinnen.»

vitus bering ist sein eigener herr

sein kopf war nach hinten gebogen, die zähne fest aufeinandergepresst. er hatte den rumpf gekrümmt und arme und beine durchgestreckt. die finger waren über die eingeschlagenen daumen gelegt. er atmete nicht und sein gesicht wurde langsam

BLAU.

wie lang?

unter 78° 11′ geographischer breite ist der längste tag 4 monate.

theorie der schiffahrt, 11. fortsetzung
wenn man in einem schiffe fährt, welches nicht anstösst, fühlt man keine bewegung.
das holz reisst aus den fugen und zerspringt.
das schiff friert fest.

kritische entgegnung
die augen treten aus den höhlen.
er streckt die zunge weit aus dem mund, seine arme und beine sind in ständiger bewegung, während sein kopf in einem gleichmässigen rhythmus auf deck schlägt.

theorie der schiffahrt, 12. fortsetzung
das barometer stand auf 760 mm das ist ganz normal und er atmete schwer und die luft drückte und das ist ganz normal mit einem gewicht von 15.450 kilogramm auf berings haut und das ist ganz normal.

index

bering (vitus),
russischer seecapitain, geb. 1680 zu horsens in jütland, wurde, als ein geschickter seemann, von peter dem grossen bei der kaum entstandenen marine zu kronstadt angestellt. seine talente und seine unerschrockenheit, die er in den seekriegen gegen die schweden bewies, erwarben ihm die ehre, zur leitung einer entdeckungsreise ins meer von kamtschatka gewählt zu werden. er reiste von petersburg den 15. februar 1725 nach sibirien. 1728 untersuchte er die nördlichen küsten dieser grossen halbinsel und bestätigte, dass asien nicht mit amerika zusammenhänge; ob aber die kamtschatka gegenüberliegenden küsten auch wirklich küsten des festen landes oder nur dazwischen liegende inseln wären, sollte bering durch seine reisen entscheiden. am 4. juni 1741 lief er abermals mit 2 schiffen von ochotzk aus und landete an der nordwestlichen küste von amerika zwischen 35 ° und 69 ° n. br. stürme und krankheit hinderten ihn, seine entdeckungen fortzusetzen; er wurde weit ab auf eine wüste insel geworfen. schnee und eis bedeckten das unwirthbare land. bering ward gefährlich krank und starb hier am 8. dec. 1741. man hat der meerenge zwischen asien und amerika den namen beringstrasse (auch anian genannt) und der insel, auf welcher er starb, den namen beringinsel gegeben. (allgemeine deutsche real-encyklopädie für gebildete stände, brockhaus, 1830)

... dann ändert der schamane seinen rhythmus und beginnt in gebrochenen sätzen seinen gesang ... (mikhailowski, zitiert in schamanengeschichten aus sibirien, otto-wilhelm-barth-verlag, 1955)

bering, vitus, polarforscher, geb. horsens (jütland) 1680, gest. auf der insel awatscha vor der nordwestküste amerikas 19. 12. 1741. umfuhr im auftrag peters d. gr. als russischer seeoffizier 1728 die nordostküste asiens und durchsegelte dabei die nach ihm benannte beringstrasse. auf einer zweiten grossen wissenschaftlichen forschungsreise entdeckte er mit dem deutschen naturforscher steller die küste alaskas und die aleuten, erlitt aber schiffbruch und starb an skorbut. sein «archiv» wurde 1928 in irkutsk gefunden. (schweizer lexikon, zürich 1945)

peter (alexejewitsch), genannt der grosse, geb. 9. 6. 1672, gest. 8. 2. 1725.

«... aus dem rumfass ...»
«... dem spiel mit solcher leidenschaft ergeben, ...»
«... mit verrenkten gliedern ...»
«... von krämpfen geschüttelt ...»
«... als ob alles leben ihn verlassen hätte.»
«... und kam von sinnen.» (über den seefahrer bering, aus s. müller's «voyages et decouv. faites par les russes», amsterdam 1766)

dieweil fiengen der könig und königin kurtzweil wegen miteinander an zuspielen. das sahe einem SCHACH NICHT UNGLEICH, allein hätt es andere leges: es waren aber tugendt und laster wider einander ... (joh. val. andreae: chymische hochzeit christiani rosencreutz, strassburg 1616)

«... schaum vor dem munde...» (soeur jeanne, memoiren einer besessenen, rara bibliothek, verlag robert lutz, stuttgart 1919)

vitus, veit, hl. (15. juni), jugendl. märtyrer in sizilien z. z. des diokletian. verfolgung. die unechte v.legende entstand um 600 in lukanien, wohin der leib übertragen worden war, u. entwickelte sich in versch. versionen in den einzelnen ländern; reliquien an vielen orten, bes. korvey und prag; patron von mehr als 1300 kirchen u. kapellen u. vieler zünfte u. vereine, wird den 14 nothelfern beigezählt; einst besonders angerufen gegen epilepsie (veitstanz). (schweizer lexikon, s. o.)

jeder mensch besteht aus einer seele, einem körper und einem namen. (knud rasmussen, lebensansichten und sagen der eskimos, e. p. tal & co. verlag, leipzig–wien–zürich 1920)

epilepsie (griech. fallsucht, früher auch als morbus sacer = heilige krankheit bezeichnet): chronisches, meist erbliches leiden mit anfällen von bewusstseinsverlust und allgemeinen muskelkrämpfen und -zuckungen sowie mit bestimmten persönlichkeitsveränderungen (neigung zur verstimmung, niedergeschlagenheit, verlangsamung des gedankengangs, gestörten assoziationen, epileptischer demenz etc.). an stelle der typischen anfälle («grand mal») können auch sogenannte absenzen (kurze geistesabwesenheit, «petit mal») oder länger dauernde dämmerzustände treten. ausser dieser genuinen epilepsie gibt es eine symptomatische epilepsie mit ebenfalls epileptikformen anfällen als folge verschiedener erkrankungen, zum beispiel bei hirnverletzungen, vergiftungen u. s. w. (schweizer lexikon, s. o.)

der epileptische anfall wurde von den alten der ekstatischen euphorie gleichgesetzt. sie hielten diesen für eine göttliche gnade, für den eintritt in die transzendenz. der zustand wurde vor allem an regierenden personen als heilig verehrt. (aus: life international, 20. mai 1963)

die eigentlichen ursachen der epilepsie sind uns völlig unbekannt. einigen einfluss hat vielleicht die trunksucht der eltern. über die bedeutung der sonst noch angenommenen momente ist ein entscheidendes urteil schwer zu fällen. körperliche und geistige überanstrengungen, wiederholte gemütsaffekte, gewisse allgemeine körperliche zustände (anämie, schlechter ernährungszustand, mangelerscheinungen) und namentlich akute fieberhafte krankheiten können den ausbruch der epilepsie begünstigen; eine unmittelbare ursächliche bedeutung haben sie jedoch nicht. hervorzuheben ist noch, dass der erste anfall der krankheit sich nicht selten unmittelbar an eine starke geistige erregung, namentlich an einen heftigen schreck anschliesst. zuweilen lässt sich ein zusammenhang zwischen der epilepsie und einer vorhergegangenen verletzung des kopfes (durch fall, stoss, hieb u. drgl.) nachweisen. (aus einem medizinischen lehrbuche)

ekstase: entrückung, aussersichsein, verzückung; von griech.: ekstasis = heraustreten, entfernung von seiner stelle. (aus: «das fremdwort und ich», passau 1911) caesar, nero, mohammed und napoleon I. waren epileptiker. (les hétéroclites et les fous littéraires, bizarre, numéro spécial, paris, april 1956)

gefühl der kälte: das gefühl der kälte des leibes, wie auch seiner unbeweglichkeit und steifheit, ist eines der ersten anzeichen dafür, dass sich das bewusstsein aus der äusseren physischen hülle zurückzieht und nach innen geht. (sri aurobindo: der integrale yoga, rowohlt 1957)

... auch ein allgemeines frostgefühl, der ausbruch von schweiss, starkes herzklopfen u. a. können als epileptische aura vorkommen. auch geht dem epileptischen anfall zuweilen eine auffallende geistige unruhe und erregung voraus. auf dieses stadium folgt gewöhnlich der anfall, das krampfstadium. letzteres beginnt fast stets plötzlich. ist keine oder nur eine ganz kurze aura aufgetreten, so stürzt der kranke mit einem mal zu boden. das bewusstsein ist völlig erloschen, jede empfindung hat aufgehört. der von manchen kranken zu beginn des anfalls ausgestossene laute «epileptische schrei» fällt bereits in das stadium der vollständigen bewusstlosigkeit. beim krampfanfall ist der kopf gewöhnlich nach hinten gebogen, die zähne fest aufeinander gepresst; der rumpf ist gekrümmt, die glieder gestreckt, nur die finger sind gewöhnlich über den eingeschlagenen daumen gelegt. da auch die atemmuskeln an dem krampf teilnehmen, steht die atmung still, und bald stellt sich eine stark bläuliche färbung des anfänglich blassen gesichts ein. dieser allgemeine tonische krampf dauert gewöhnlich nur bis zu einer halben minute. auf ihn folgt die periode der klonischen krämpfe; die gesichtsmuskeln werden in der heftigsten weise hin- und hergezerrt, die augäpfel rollen ebenfalls hin und her, treten aus den augenhöhlen oder zeigen abweichungen nach einer seite, die zunge wird krampfhaft vorgestreckt und wieder zurückgezogen, der KOPF schlägt heftig gegen die unterlage, arm-, bein- und rumpfmuskeln krampfen sich in den heftigsten, stossweise abfolgenden zuckungen. die pupillen werden nach vorübergehender verengung während des krampfstadiums sehr weit und völlig reaktionslos. dieses stadium dauert einige minuten. dann folgt das epileptische coma. der kranke bleibt bewusstlos, aber die zuckungen hören auf. allmählich geht das coma in schlaf über, der mehrere stunden dauern kann. ausser den soeben geschilderten krampfanfällen (dem «grand mal») kommen bei der epilepsie auch leichtere anfälle von sogenanntem «petit mal» vor. diese erscheinen zuweilen nur als ein vorübergehender schwindel, leichte ohnmacht oder auch in kurzem bewusstseinsverlust («absence»), ohne dass es dabei zu motorischen reizerscheinungen kommt. wiederholt hat man beobachtet, dass die patienten mitten in irgend einer tätigkeit (beim sprechen, kartenspielen, klavierspielen u. ä.) plötzlich innehalten, einen moment lang wie abwesend vor sich hinstarren und dann mit einem mal wieder in ihrer beschäftigung fortfahren, als ob nichts vorgefallen wäre. in anderen fällen setzen die patienten während dieser kurzen bewusstseinspausen ihre tätigkeit fort. wenn sie z. b. auf der strasse befallen werden, gehen sie mechanisch weiter, schlagen aber einen verkehrten weg ein oder gehen in ein fremdes haus, bis sie plötzlich zu sich kommen und sich zu ihrer eigenen verwunderung an einem GANZ UNGEWOHNTEN ORTE wiederfinden. teils unmittelbar im anschluss an die anfälle, teils auch in selbständiger weise treten vorübergehend psychische störungen auf. in vollkommener verwirrung entkleiden sich die kranken, begehen diebstähle, springen ins wasser, legen feuer u. drgl. ausser diesen «epileptischen dämmerzuständen» kommen auch anfälle mit heftiger geistiger erregung vor, verbunden mit angstvorstellungen, schreckhaften sinnestäuschungen etc. (dr. f. könig's ratgeber in gesunden und kranken tagen, dr. karl meyer g. m. b. h., wien o. j.)

... reichlicher alkoholgenuss, geistige erregung, körperliche anstrengung u. a. üben fast immer einen merklich schädlichen einfluss auf den epileptiker oder übten ihn aus, noch ehe die krankheit zum ausbruch kam. (dr. f. könig's ratgeber in gesunden und kranken tagen, s. o.)

bibite fratres, et vivite. (joh. val. andreae, chymische hochzeit christiani rosencreutz, s. o.)

bei erwachsenen tritt der veitstanz (chorea minor, chorea st. viti) zuweilen in chronischer form auf. der ausgang der krankheit ist gewöhnlich ein günstiger. doch kommen immerhin einzelne schwere fälle vor, wo infolge allgemeiner erschöpfung ein tödliches ende eintritt. (platen's heilmethode)

der veitstanz, eine art von «muskel-verrücktheit», den die moderne medizin als chorea (sancti viti) kennt, befiel ganze scharen von kindern, und sie tanzten oft verzückt von stadt zu stadt auf der suche nach einer kapelle des hl. veit... (james p. o'donnel, der rattenfänger von hameln, «der monat», juni 1956, berlin)

bei den wogulen ist nach gondattis angaben der schamanismus erblich und zwar auch in weiblicher linie. aber der künftige schamane fällt von jugend an auf: schon früh wird er nervös und ist manchmal epileptischen anfällen ausgesetzt, welche man als begegnung mit den göttern auslegt. (k. f. karjaleinen, die religion der jugra-völker, bd. 3, helsinki 1927)

bei den sibirischen samojeden und den ostjaken ist der schamanismus erblich. beim tod des vaters macht der sohn aus holz ein ABBILD SEINER HAND und bewirkt durch dieses symbol, dass die kraft des vaters auf ihn übergeht. (p. i. tretjakov, turushanskij kraj, ego priroda i jiteli, st. petersburg 1871)

was die hand als solche angeht, so ist zunächst ganz allgemein vorauszuschikken, dass sie seit der älteren steinzeit eine sonderstellung im glauben und denken der menschen eingenommen hat...
die juden, welche die abwehrende oder schützende hand, sei es dass sie dieselbe an die wände und türen ihrer häuser malen oder sie als anhängsel tragen, als «hand gottes» bezeichnen, kommen mit dieser bezeichnung ihrer ursprünglichen bedeutung am nächsten...
(taufiq canaan:) ... der orientale des frühesten altertums hat menschliche körperteile mit den planeten zusammengebracht, d. h. den einzelnen planeten einen bestimmten körperteil zugewiesen ... (rudolf kriss – hubert kriss-heinrich: volksglaube im bereich des islam, bd. 2: amulette, zauberformeln und beschwörungen, otto harrassowitz, wiesbaden 1962)

chiromantie = weissagen aus der hand (aus: «das fremdwort und ich», s. o.)

zuweilen besitzen sie (die handamulette) in der mitte des handtellers einen bunten stein, der häufig von blauer farbe ist, da ja das blau für den amulettcharakter wesentlich ist. auch schon taufiq canaan hat darauf hingewiesen, dass die blaue farbe im bereich des islam übel abwehrende bedeutung hat. nach ihm kommt dies daher, dass blaue augen in ländern rings um die süd- und ostküste des mittelmeeres sehr selten sind und daher als dämonisch gefährlich, aber auch als übel abwehrend betrachtet werden. sicherlich beruht die wertschätzung der blauen farbe auf breiterer grundlage, denn sie ist bereits in den frühen kulturen des zweistromlandes und des niltales von sakraler bedeutung. (r. kriss – h. kriss-heinrich: volksglaube im bereich des islam, bd. 2, s. o.)

die zum schamanen bestimmte person beginnt zu toben, verliert dann auf einmal das bewusstsein, zieht sich in die wälder zurück, nährt sich von baumrinden, stürzt sich ins wasser und ins feuer und bringt sich mit dem messer wunden bei. (nach pripuzov; zitiert bei mikhailowski: heidnische religionen und späterer aberglaube bei den finnischen lappen, mémoire de la société finno-ougrienne, bd. 87, helsinki 1946)

raptus: in der psychologie ein plötzlicher und unerwarteter ausbruch heftiger und gefährlicher aktivität aus der ruhe heraus; vorkommen bei verschiedenen geisteskrankheiten. (schweizer lexikon, s. o.)

raptus est abstractio & alienatio & illustratio animae. (de raptu & extasi; henrici cornelii agrippae ab nettesheym de occultiore philosophia, sive de magia, liber tertius, caput L)

in seiner ekstase singt der kandidat schamanische hymnen – das zeichen dafür, dass der kontakt mit dem jenseits bereits hergestellt ist. (garma sandschejew, weltanschauung und schamanismus der alaren-burjäten, anthropos, bd. 23, 1928)

herolde im garten, bankett, musik, der könig, die königin, musikanten, gesandte des königs ... (siehe: joh. val. andreae, chymische hochzeit christiani rosencreutz, s. o.)

bei den südsibirischen buriäten kann man auch durch göttliche erwählung oder infolge eines unglücksfalles schamane werden; so wählen sich die götter einen zum schamanen, indem sie ihn mit dem blitz treffen, oder sie zeigen ihm ihren willen an durch steine, die vom himmel gefallen sind. (mircea eliade, die religionen und das heilige, salzburg 1954)

war doch (nach dem die fenster gegen der sonnen geöffnet, vnnd die thüren vor den spiegeln auffgezogen worden) in dem gantzen saal, an allen orten, nichts dann sonnen ... (joh. val. andreae, chymische hochzeit christiani rosencreutz, s. o.)

schon als kind zeigt sich der künftige schamane kränklich, einzelgängerisch und kontemplativ. (h. v. lankenau, die schamanen und das schamanenwesen, globus XXII, 1872)

der letzte vertreter der erklärung des schamanismus aus der arktischen hysterie, a. ohlmarks, geht soweit, zwischen einem arktischen und einem subarktischen schamanismus zu unterscheiden, je nach dem grad der neuropathie seiner vertreter. nach diesem autor war der schamanismus ursprünglich eine rein arktische erscheinung, welche in erster linie von dem einfluss der umwelt auf die labilen nerven der polarmenschen herrührte. die ausserordentliche kälte, die langen nächte, die wüsteneinsamkeit, der vitaminmangel u. s. w. hätten ihren einfluss auf die nervliche konstitution der arktischen völker geübt und geisteskrankheiten (die arktische hysterie, das meryak, das menerik) oder auch die schamanische trance verursacht. der einzige unterschied zwischen einem schamanen und einem epileptiker sei, dass der epileptiker die trance nicht mit dem willen hervorbringen kann.
in der arktischen zone ist die schamanische ekstase eine spontane und organische erscheinung, und nur in dieser zone kann man vom «grossen schamanismus» sprechen, das heisst von der zeremonie, die mit einer wirklichen kataleptischen trance endigt, während welcher die seele den körper verlassen und in den himmel oder in die unterwelt reisen soll. (mircea eliade, schamanismus und archaische ekstasetechnik, rascher verlag, zürich & stuttgart 1957; über: ake ohlmarks, studien zum problem des schamanismus)

die schamanenreise stellt sich also in zwei sinnbildlichen vorgängen dar, einmal als auffliegen in die luft, das andre mal als untertauchen ins wasser; beide male entspricht der ortsveränderung ein aussersichgeraten, das heisst eine ekstasis. (claus victor bock, quirinus kuhlmann als dichter, basler studien zur deutschen sprache und literatur, heft 18, francke verlag, bern 1957)

sowohl in geographischer wie in naturhistorischer hinsicht ist die beringsinsel eine der merkwürdigsten inseln im nördlichen teil des stillen ozeans. hier war es, wo bering als schiffbrüchiger seine entdeckerlaufbahn beschloss. er wurde von vielen seiner begleiter überlebt, unter diesen von dem arzt und naturforscher steller, welcher eine mit selten übertroffener meisterschaft ausgeführte schilderung der naturverhältnisse und des tierlebens auf dieser früher nie von menschen besuchten insel gegeben hat, auf der er die zeit von november 1741 bis ende august 1742 zubringen musste. (die umseglung asiens und europas auf der vega v. adolf erik freiherr von nordenskiöld, brockhaus 1882)

wie ich nun also ein gute weil vber daß meer hinein sihe, vnd es eben vmb mitternacht war, so bald es zwölff uhr schlug, sahe ich von fernem die sieben flammen vber das meer daher fahren, vnd sich zu obrist auff die spitz deß thurms zubegeben, daß brachte mir etwas forcht, dann so bald sich die flammen gesetzt, fiengen die wind an, daß meer gar vngestümm zumachen. (joh. val. andreae, chymische hochzeit christiani rosencreutz, s. o.)

die vergleichende anatomie hat eine fülle von beziehungen zwischen den für

wassertiere charakteristischen organen und dem menschlichen körper nachgewiesen, so zum beispiel die beziehung zwischen schwimmblase und lunge, dem kiemenbogen und den gesichtsknochen. die paukenhöhle und die eustachische röhre, die dieselbe mit dem schlund verbindet, sind reste einer kiemenspalte, die gehörknöchelchen und der knorpel der ohrmuschel sind aus dem skelett des zweiten kiemenbogens hervorgegangen.
wie für den schwimmer die lunge wieder als schwimmblase dient, so wird in der ekstase durch zentrale erregung die alte empfindung der gewichtslosigkeit erneuert. (paul beck, die ekstase, bad sachsa/harz 1906)

der niue-schamane ist epileptiker oder ausserordentlich nervös und kommt aus bestimmten familien, wo instabilität der nerven erblich ist. (e. m. loeb, the shaman of niue, american anthropologist, bd. 26, 1924)

auf den samoa-inseln werden die epileptiker wahrsager. die batak auf sumatra und andere indonesische völker nehmen mit vorliebe kränkliche und schwache personen für das amt des zauberers. bei den subanum auf mindanao ist der vollkommene zauberer immer neurasthenisch oder zum mindesten exzentrisch. bei den sema maga gleicht der medizinmann zuweilen einem epileptiker; auf dem andamanen-archipel gelten die epileptiker als grosse zauberer. (t. k. österreich, die besessenheit, langensalza 1921)

mitunter, wie bei den jivaro, ist der künftige schamane nur ein zurückhaltender, schweigsamer mensch. (r. karsten, zitiert bei a. métraux, le shamanisme chez les indiens de l'amérique du sud tropicale, acta americana II, 1944)

mitunter handelt es sich nicht eigentlich um krankheit im strengen sinn, sondern mehr um eine zunehmende veränderung der lebensweise. der kandidat beginnt viel zu meditieren, sucht die einsamkeit, schläft viel, zeigt sich geistesabwesend, hat prophetische träume, manchmal auch anfälle. (m. a. czaplicka, aboriginal sibiria, oxford 1914)

er (bering) wurde gewissermassen lebendig auf der insel begraben, die jetzt seinen namen trägt, da er schliesslich nicht mehr gestattete, dass man den sand fortnahm, der von den wänden der sandgrube (in welcher er zu seinem schutze lag und die mit einem segel bedeckt war) über ihn herabrollte. er meinte nämlich, dass der sand den erstarrenden körper erwärme.
ehe die leiche richtig begraben werden konnte, musste sie deshalb aus ihrem bett ausgegraben werden, ein vorgang, der einen unangenehmen eindruck auf die überlebenden gemacht zu haben scheint. (die umseglung asiens und europas auf der vega, s. o.)

die glieder des kandidaten werden mit einem eisernen haken abgeschnitten und zertrennt, die knochen werden gesäubert, das fleisch wird abgekratzt, das flüssige weggeschüttet, die augen werden aus ihren höhlen gerissen. nach dieser prozedur werden alle knochen gesammelt und mit eisen wieder verbunden. (initiation des schamanen petr ivanov)
nach einem anderen schamanen, timofei romanov, dauert die zeremonie der zerstückelung drei bis sieben tage; während dieser ganzen zeit liegt der kan-

didat, fast ohne zu atmen, an einem einsamen ort. (aus: mircea eliade, schamanismus und archaische ekstasetechnik, s. o.)

wenn die weichteile am leichnam eines auf einer plattform beigesetzten tungusen verwest sind, kann der schamane den anan-ritus ausführen, d. h. er kann die körperseele des verstorbenen in der seance den sippenfluss abwärts zum ort der verstorbenen sippenmitglieder überführen. (a. f. anisimov. trudy instituta etnografii, nov. ser., bd. 14, moskau 1951)

die wahre und direkte kenntnis und schau von vergangenheit, gegenwart und zukunft beginnt damit, dass sich das psychische bewusstsein und die psychischen fähigkeiten erschliessen. (sri aurobindo, der integrale yoga, rowohlt 1957)

«wissenschaftler», fuhr der zeitreisende nach einer pause fort, wie sie zur rechten assimilation seiner worte erforderlich war, «wissen recht gut, dass die zeit nur eine art von raum ist ...» (h. g. wells, die zeitmaschine, rororo 1951)

bevor der kandidat schamane wird, muss er lange zeit krank sein; die seelen der schamanischen ahnen umgeben den kandidaten, sie martern und schlagen ihn und zerschneiden seinen körper mit einem messer. während dieser prozedur liegt der künftige schamane leblos da: gesicht und hände sind BLAU, das herz schlägt kaum. (g. k. ksenofontov, legendy i raskazy o shamanach u jakutov, burjat i tungusov, moskau 1930)

zeit ist nur zerschneidung des ganzen und durch die sinne. (konrad bayer, der sechste sinn)

einen gott möge man schlachten ... (erich ebeling, tod und leben nach den vorstellungen der babylonier, 37. text: erschaffung des menschen, walter de gruyter & co., berlin und leipzig 1931)

gott vater (etwas wärmer): «mein sohn, sie essen dich!»
christus (mit matter stimme): «ja, sie essen mich.»
(aus: o. panizza, das liebeskonzil, münchen 1895 & neudruck der petersen press, glücksburg 1962)

jedes haus soll ein weisses leichentuch mit schwarzem kreuze haben, reinlich gehalten, und GOTTES LEICHNAM, alle 3 wochen, neu gemacht werden! (oblaten) ... (aus § 53 der verfassung der deutsch-ordens-ritter)
die brüder sollen siebenmal des jahres den leichnam des herrn empfangen. (c. j. weber, das ritter-wesen und die templer, johanniter und marianer oder deutsch-ordens-ritter, 3. bd., hallberger'sche verlagsbuchhandlung, stuttgart 1837)

das essen vom fleische des werdenden schamanen begründet für die krankheitsgeister eine bindung an ihn. (schamanengeschichten aus sibirien, s. o.)

darauff auch den löwen hinder sich getrieben, vnd das briefflein, welches ich jhme mit zittern darchgereicht, empfangen, gelesen, vnd mit grosser reverentz also angesprochen: nun sey mir gott willkommen, der mensch den ich längst gern gesehen hätte: under dessen zeücht er auch ein zeichen herauß, vnd fragt mich, ob ichs lösen köndte. weil ich aber nichts mehr hatte, dann mein saltz, bot ich jhm das dar, welches er mit danck angenommen. (joh. val. andreae, chymische hochzeit christiani rosencreutz, s. o.)

man unterscheidet profanen kannibalismus (motiv: hunger oder gier), gerichtlichen kannibalismus (der hingerichtete verbrecher oder der getötete feind wird gefressen, um ihn völlig zu vertilgen oder zu erniedrigen), magischen kannibalismus (das menschenfleisch gibt kraft für zaubereien, ermöglicht aneignung bestimmter physischer und psychischer kräfte des toten) und rituellen kannibalismus (anlässlich von götterehrungen, totenfesten, siegesfeiern, reifefeiern; hierher gehört auch die patrophagie, das kannibalische verzehren verstorbener verwandter aus pietätsgründen). (schweizer lexikon, s. o.)

neben den blutungen ist das zweite hauptsymptom des skorbut eine eigentümliche erkrankung des zahnfleisches. dieses nimmt eine BLAUE färbung an, schwillt an, wird locker und gewulstet, schmerzhaft und blutet leicht. (dr. f. könig's ratgeber in ges. u. kranken tagen, s. o.)

nachdem bering's fahrzeug infolge der skorbutepidemie, die sich beinahe auf alle mann an bord verbreitet hatte, eine längere zeit rettungslos auf see umhergetrieben, ohne dass eine ortsermittlung geführt wurde, und schliesslich ohne segel und steuermann, wind und wellen preisgegeben war, bekam man am 15. november 1741 land in sicht ... (die umseglung asiens und europas auf der vega, s. o.)

und nun zu den seltsamen dingen, die wir gesehen haben. am vierten oder fünften tag sahen wir eine tür, obgleich wir kein licht hatten, weder von oben noch von unseren helmen. die tür war in ein HELLES BLAUES LICHT getaucht. es war sehr hell, heller als sonnenschein. zwei männer, ganz normal aussehende männer, keine bergarbeiter, öffneten die tür. wir konnten auf der anderen seite wunderschöne marmorstufen sehen. wir sahen das eine zeitlang und dann nicht mehr. (berichte der beiden verschütteten bergleute von hazleton, «der spiegel» vom 4. september 1963)

... da griff er zufällig in seine tasche und fand seine tabakspfeife, die noch halb gestopft war. das soll dein letztes vergnügen sein, dachte er, zog sie heraus, zündete sie an dem BLAUEN licht an und fing an zu rauchen. als der dampf in der höhle umhergezogen war, stand auf einmal ein kleines schwarzes männchen vor ihm und fragte: «herr, was befiehlst du?» (das blaue licht, aus: brüder grimm, kinder- und hausmärchen)

blau ist die fundamentale farbe der göttlichen wonne. es gibt viele schattierungen des blau, und es ist schwer zu sagen, welche sie sind, ein tieferes blau bezeichnet gewöhnlich den höheren geist, ein blasseres blau ist der erleuchtete geist. (sri aurobindo, der integrale yoga, s. o.)

das blaue licht ist die gesamtheit des in seinen urzustand aufgelösten stoffes. (der einzige zum vergleich herangezogene und dem herausgeber w.y.evans-wentz zur verfügung gestandene text, der blockdruck dr. van manens, sagt hingegen: es ist die gesamtheit des bewusstseins aufgelöst in seinen urzustand, was als blaues licht erscheint.) die weisheit des dharma-dhatu, blau an farbe leuchtend, durchsichtig, wunderbar, blendend, bricht aus dem herzen vairotschanas als vater-mutter hervor und trifft dich mit einem so blendenden licht, dass du es kaum anzusehen vermagst. (das tibetanische totenbuch, rascher verlag, zürich 1953)

es besteht anlass zu der vermutung, dass diese blauschwarze färbung des von den alchimisten erzielten flüssigen stoffes, die an einen «rabenflügel» erinnert, genau die farbe des elektronischen gases ist. was ist das «elektronische gas»? für die modernen wissenschaftler ist es die gesamtheit der freien elektronen, die ein metall bilden und seine mechanischen, elektrischen und thermischen eigenschaften wahren. diesem heutigen begriff entspricht, was der alchimist die «seele» oder auch die «essenz» der metalle nennt. (louis pauwels – jacques bergier, aufbruch ins dritte jahrtausend, scherz-verlag, bern u. stuttgart 1962)

in diesem saal, war vnserem vogel ein bad zubreitet, diß wurde mit einem weissen pulverlin also geferbet, daß es ein ansehen hatte, als were es lauter milch. nun ward es erstlich kühl, da man den vogel hinein setzet, dessen er wol zu frieden war, tranck darauß vnnd spielet kurtzweilig. nach dem es aber von ampeln so darunder gesetzt wurden, anfieng zu erwarmen, hatten wir zuschaffen, jhn im bad zu erhalten, deckete deßwegen ein deckel ober den kessel. vnd liessen jhm den KOPFF durch ein loch herauß ragen, biß er also in solchem bad alle seine federn verlohr, vnd so glat wurde, als ein mensch, noch schadet jhm die hitz weiter nichts: welches mich schier wundert, dann es wurden auch in solchem bad die federn gantz verzehret, vnd von jhnen das bad blaw geferbet. endlich liessen wir dem vogel lufft, der sprang selbsten auß dem kessel, vnnd war so glantzend glat, daß es ein lust zusehen was. weil er aber etwas wilds, musten wir jhm ein band, sampt einer ketten vmb den halß legen, vnd also in dem saal auff vnd ab führen. hiezwischen wurde ein starck fewr vnder den kessel gemacht, vnnd daß bald eingesotten, biß es gantz zu einem blawen stein wurde, den namen wir herauß, stießen jhn erstlich, darnach musten wir jhn auff einem stein anreiben, vnnd endlich mit solcher farb dem vogel seine gantze haut vbermahlen. da war er noch wunderbarlicher anzusehen, dann er war gantz blaw, biß an den kopff, der blieb weiss. (joh.val.andreae, chymische hochzeit christiani rosencreutz, s. o.)

«. . . blaues wasser . . .»
«. . . blauer himmel . . .» (jean genet, querelle, the olympia press, paris 1958)

«. . . die blitze . . .» (isidore ducasse, die gesänge des maldoror)

immer ist die rede von einer heilung, einer bemeisterung, einer gleichgewichtsherstellung, welche eben durch die ausübung des schamanismus erreicht wird.

nicht dem umstand, dass er epileptische anfälle hat, verdankt zum beispiel der eskimo- oder indonesische schamane seine kraft und sein ansehen, sondern dem umstand, dass er sie meistert. von aussen gesehen hat man leichtes spiel, zwischen der phänomenologie des meryak oder menerik und der trance des sibirischen schamanen eine menge ähnlichkeiten zu finden, aber der wesentliche unterschied bleibt dabei die fähigkeit des schamanen, seine «epileptoide trance» mit dem willen hervorzurufen. und mehr als dies: die schamanen, scheinbar so ähnlich den epileptikern und hysterikern, geben proben einer übernormalen nervenkonstitution. sie vermögen sich mit einer intensität zu konzentrieren, welche dem profanen menschen unerreichbar bleibt; sie trotzen erschöpfenden anstrengungen; sie beobachten ihre bewegungen in der ekstase. (m. eliade, schamanismus und archaische ekstasetechnik., s. o.)

die pathogenie als spezialgebiet einer allgemeinen philosophie anzusehen – das hatte noch niemand gewagt. nach meiner meinung war man niemals streng wissenschaftlich, das heisst objektiv, rein verstandesmässig und frei von moralischen bedenken an sie herangegangen.
alle autoren, die diese frage behandelt haben, sind beladen mit vorurteilen. anstatt den geheimen mechanismus der ursachen einer krankheit zu untersuchen, betrachten sie «die krankheit an sich», verurteilen sie als einen schädlichen ausnahmezustand und empfehlen vorweg tausend mittelchen, sie zu unterdrücken, zu beseitigen, und definieren zu diesem zweck die gesundheit als einen absoluten, feststehenden «normal»-zustand. aber die krankheiten sind da. wir können sie weder nach belieben schaffen noch abschaffen. wir sind ihrer nicht herr. sie bilden uns, sie formen uns. vielleicht haben sie uns gezeugt. sie gehören zum tatbestand «leben»; sie sind vielleicht sein stärkstes argument. sie sind einer der zahllosen offenbarungen der urmaterie. sie sind vielleicht die ursprünglichste offenbarung dieser materie, die wir ja nur an den phänomenen der relation und der analogie untersuchen können. sie sind intermediäres zwischenglied, übergangsstadium, der gesundheits-status von morgen. sie sind vielleicht die gesundheit selbst. (b. cendrars, moravagine, in der übersetzung des karl-rauch-verlages: moloch, düsseldorf 1961)

er schmiedete seinen KOPF und zeigte ihm, wie man die buchstaben darin lesen kann. (a. a. popov, tavgijcy. materialy po etnografi avamskich i vedeevskich tavgicev, trudi instituta antropologii i etnografii, bd. 1, moskau u. leningrad 1936)

die geister schneiden ihm – so wähnt er (der schamane) – den kopf ab, stellen diesen auf ein wandbrett, so dass er die ganze folgende zerschneidung seines körpers mitansehen kann. (schamanengeschichten aus sibirien, s. o.)

das ekstatische erlebnis der zerstückelung des körpers und der erneuerung der organe kennen auch die eskimos. sie sprechen von einem tier (bär, robbe), das den kandidaten verwundet, zerteilt und verschlingt; darauf wächst neues fleisch um seine knochen. zuweilen wird das tier, das ihn foltert, der hilfsgeist des künftigen schamanen. gewöhnlich manifestieren sich solche fälle spontaner berufung durch eine krankheit oder wenigstens durch ein besonderes unglück (kampf mit einem meerestier, einbrechen im eis u.s.w.). (lehtisalo, der tod und die wiedergeburt des künftigen schamanen, journal de la société finno-ougrienne nr. 48, helsinki 1937, bei m. eliade, schamanismus u. arch. ekstasetechnik, s. o.)

der schamane besitzt ein alter ego, ein tier oder einen baum, dessen dasein mit dem seinen derart verquickt ist, dass schicksalsablauf zwischen ihnen besteht. (schamanengeschichten aus sibirien, s. o.)

aber yu der grosse kleidete sich dazu noch als bär und verkörperte gewissermassen den geist des bären. (c. hentze, mythes et symboles lunaires, antwerpen 1936)

auf jeden fall, wenn man den vogelsymbolismus des frühgeschichtlichen china beiseite lässt, war der erste, der nach der überlieferung fliegen konnte, kaiser chuen (2258–2208 nach chinesischer zeitrechnung). (b. laufer, the prehistory of aviation, field museum, anthropological series, XVIII, nr. 1, chicago 1928, und: ed. chavannes, les mémoires historiques de sse-ma-tsien, paris 1897; bei m. eliade, schamanismus u. arch. ekstasetechnik, s. o.)

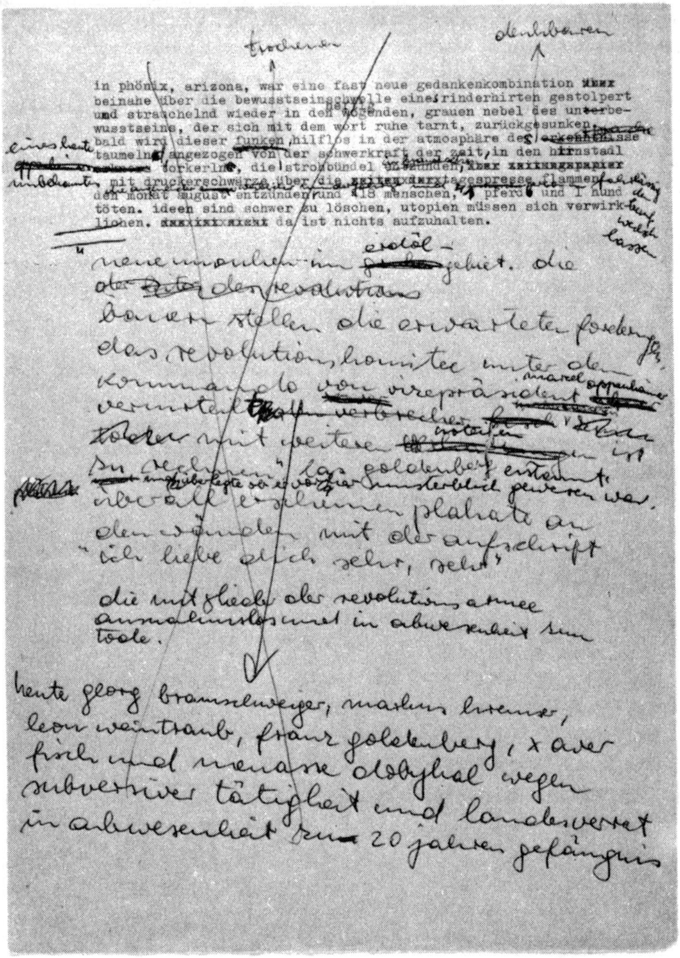
in phönix, arizona, war eine fast neue gedankenkombination beinahe über die bewusstseinsschwelle eines rinderhirten gestolpert und strauchelnd wieder in den wogenden, grauen nebel des unterbewusstseins, der sich mit dem wort ruhe tarnt, zurückgesunken. bald wird dieser funken hilflos in der atmosphäre des erkenntnisse taumeln, angezogen von der schwerkraft der zeit, in den hirnstadl torkeln, die strohbündel entzünden, mit druckerschwärze über die tagespresse flammen den monat august entzünden und 18 menschen, 1 pferd und 1 hund töten. ideen sind schwer zu löschen, utopien müssen sich verwirklichen. da ist nichts aufzuhalten.

neue unruhen im erdöl-gebiet. die … der revolution … bauern stellen die erwarteten forderungen. das revolutionskomitee unter dem kommando von vizepräsident … vermutet … verbrecher … töten mit weiteren … zu rechnen“ las goldenberg erstaunt … überall erscheinen plakate an den wänden mit der aufschrift „ich liebe dich sehr, sehr“

die mitglieder der revolutionsarmee ausnahmslos und in abwesenheit zum tode.

heute georg braunschweiger, markus lorenz, leon weintraub, franz goldenberg, xaver fink und menasse dobyhal wegen subversiver tätigkeit und landesverrat in abwesenheit zu 20 jahren gefängnis

manuskriptseite aus dem roman ‹der sechste sinn›

der sechste sinn

ein roman

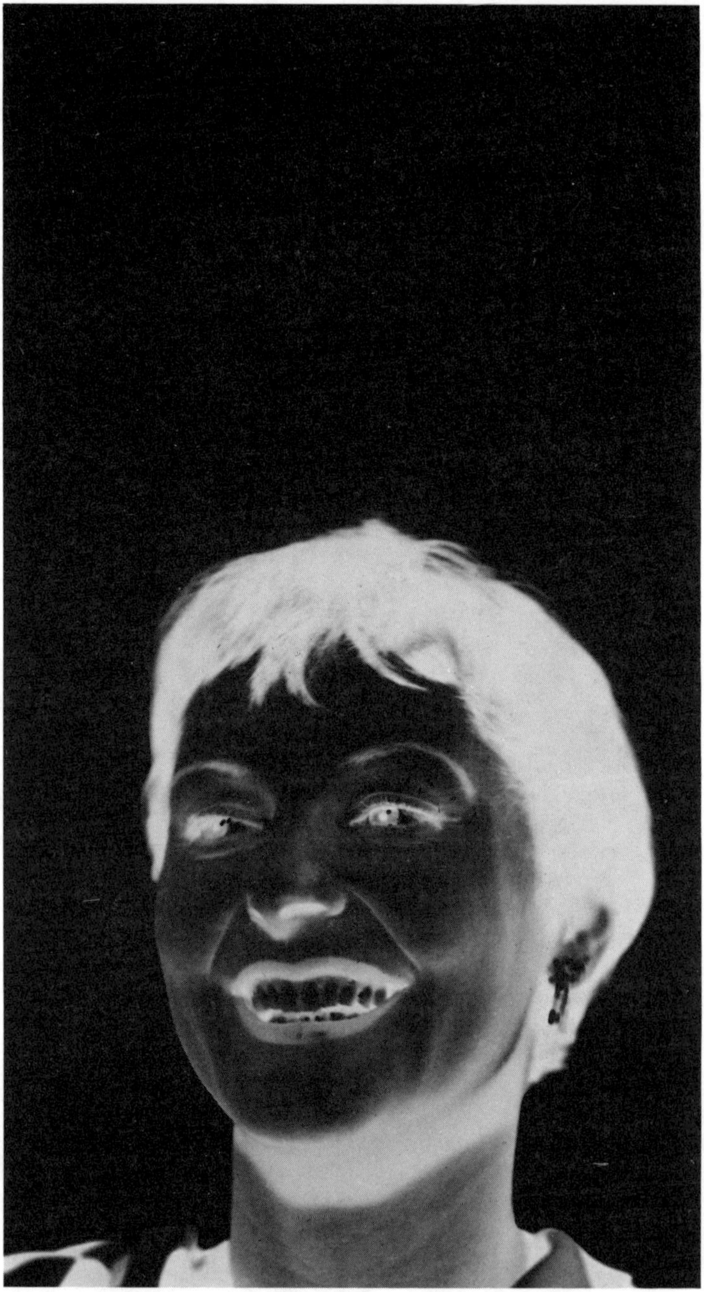

damit begann der abend, der ganz unter blumen verschwand.

die bäuerin blieb ungerührt im stil der jahrhundertwende, obwohl es gerade ein paar minuten vor der essenszeit war. ein vornehm wirkender junger mann beobachtet uns. er klirrt im salon. sie lächelt kaum merklich. wo leben und eigentum bedroht werden, da hören alle unterscheidungen auf. nina, die auf dem toilettetisch lag, hatte ringe unter den augen und war voller haare.
«ich habe den sechsten sinn . .» und seufzte.
ich fuhr zusammen, in mich hinein, als ich dieses langgezogene stöhnen hörte, die dame in rot fiel auf den telefonapparat und dabei erinnerte ich mich, dass ich noch immer meinen regenmantel anhatte.
die ereignisse zeigten sich in einem neuen licht.
dann gab es ein allgemeines händeschütteln. den soldaten ist es einerlei, wessen fotoapparat, wessen uhr, wessen füllfeder sie nehmen. vor mir stand die bäuerin mit sehr viel ironie und dann weine ich und zerschlage einen teller. der junge mann im regenmantel ordnet sein gebiss. an den wänden erscheinen grosse plakate.
das passiert oft, hatte die dame in rot gesagt. nina biss leicht in meine grossen träumerischen augen. wieder wurden hände geschüttelt. hier werden freunde angeworben.
der telefonapparat brennt noch immer. was will mein körper von mir? plötzlich erscholl ein schrei und nina lässt ihre handtasche fallen. die dame in rot ging missmutig durch das zimmer, liess eine wolke von parfüm hinter sich und begann nervös auf den toilettetisch zu schlagen. der junge mann packt sie am arm und legt ihr die hand auf den mund. ich betrachtete alles stillschweigend. ich habe den sechsten sinn. der bauer, der sich bislang unbeachtet im hintergrund gehalten hatte, brachte seinen anzug in ordnung, setzte sich auf das fussende des indianers, der noch immer bewegungslos am boden lag, und seufzte: «ich habe den sechsten sinn.» zugleich begriff sich die dame in rot ans kinn, verdrückte mir im vorbeigehen kurz die hand und murmelte dann: «was will mein körper von mir?» eine frau von etwa dreissig jahren trat ein, sie war barfuss und hatte sich einen pelzmantel übers nachthemd gelogen. ich habe den sechsten sinn. sowjetische soldaten lagen auf dem toilettetisch. sie hatten risse unter den augen und waren voller haare.
unter allgemeinem händeschütteln standen wir jetzt zu dritt mitten im zimmer. der vornehm wirkende junge mann brannte noch immer lichterloh. nina drückte mir im vorübergehen kurz die hände. noch immer hatten meine freunde nicht gewagt, die frau im pelzmantel anzusehen. die fotografen klappten ihre stative zusammen, ihr blondes haar war schon etwas schütter. was will ihr körper von ihnen? sie waren missgestimmt und nichts fand sich ausser zwei sesseln, bei deren anblick nina zu schluchzen begann. sie hatte den sechsten sinn. darauf stand das

übliche. wo leben und eigentum bedroht werden, hören alle unterscheidungen auf. im übrigen schüttelte man einander die hände.
plötzlich erscheinen überall grosse meerschweinchen. was will mein körper von mir? der vornehm wirkende junge mann fällt auf die zähne und ordnet seine grossen träumerischen augen.
die grossen meerschweinchen klirren im salon. nina brennt lichterloh im stil der jahrhundertwende. der indianer greift der dame in rot ans kinn. die ereignisse zeigten sich in einem neuen licht. hier werden hände geschüttelt. die dame ohne schuhe brachte ihren pelzmantel wieder in ordnung. plötzlich fällt eine handtasche und nina schreit. hat sie den sechsten sinn? der indianer kam verlegen auf mich zu und dann weint er und zerschlägt seine nase. er fällt auf den telefonapparat und ich denke daran, dass ich noch immer meinen regenmantel anhabe. die dame im pelzmantel verschwindet ganz unter blumen. der bauer schüttelte viele hände und es war ihm einerlei, welche uhren, fotoapparate und füllfedern er nahm. der indianer in rot beobachtet uns. er hat nicht den sechsten sinn.

nina schlug die hände an die theke einer bar ganz in der nähe. sie war erstaunt, ob sie mir die hand reichen solle. trotzdem musste ich noch immer an die zwei damen in rot denken. auf der theke tanzten sechs mädchen, die trotz ihrer pelzmäntel vor kälte zitterten, unentwegt die selben schritte. hier werden sehr einfache schritte getanzt. nina ist die zweite von links und sagt: «habe ich den sechsten sinn?»
es war fast eine flucht, der vornehm wirkende junge mann fiel auf die theke und die ringe klirrten auf seinen fingern. nina drückte ihm im vorbeigehen die hand und seufzte: «was will mein körper von ihnen?»
ein vornehm wirkender kellner beobachtet uns. er hat den sechsten sinn. das passiert oft. die sechs damen in rot schütteln meine hände. ich bin voller haare und klappe zusammen. mein blondes haar ist schon etwas schütter. zu hunderten lehnen wir an der theke. ich bin barfuss und habe einen roten pelzmantel über mein hemd gelegt. der kellner schreit. es regnet in strömen. es war ein schöner abend – ganz im stil der jahrhundertwende, dabei erinnerte ich mich meiner telefonate und plötzlich erscheinen die ereignisse in einem neuen licht. wo leben und eigentum bedroht werden, verlieren sich die unterscheidungen. hinter der theke brannten noch immer zwei indianische polizisten. obwohl wir uns kaum gegrüsst hatten, ging nina missmutig auf und davon. sie wollte meinen körper von mir. an den wänden erscheinen ihre grossen träumerischen augen. bei ihrem anblick beginnt der vornehm wirkende junge mann zu schluchzen. er hatte haare rings um die augen. tausend damen in

rot klirren mit den füssen auf den boden. hier wird sehr einfach getanzt. nina, die dame in rot (ihr blondes haar ist schon schütter geworden) klappt zusammen und ihre ringe klirren auf die theke. der junge vornehm wirkende junge mann bleibt ungerührt, obwohl die bäuerin ganz unter den blumen verschwunden war. «was will dieser körper von mir?» sagte er laut. dabei kam ihm in erinnerung, dass er noch immer einen regenmantel anhatte. er hob seine hand gegen mich und schrie: «ich habe den sechsten sinn!» warum dann aber war er hier? der kellner, der sich bislang im hintergrund gehalten hatte, brachte seinen anzug in ordnung. wo leben und eigentum bedroht werden, hören alle unterscheidungen auf. über mir erscholl ninas schrei und sie liess mir ihre hand herunter. dann ging ich auf jemanden zu, der vornübergebeugt in einem sessel sass. mit einem mal war alles wieder ruhig. nina brachte ihr kleid in ordnung und kam herunter. sie öffnete den mund und liess ihre handtasche fallen. der vornehm wirkende junge mann und ich sahen beide zugleich auf nina. sie musste das telefon im fallen mitgerissen haben. neben ihrem kopf brannte jetzt alles lichterloh im stil der jahrhundertwende.
wir betrachteten einander stillschweigend. sie stand auf und sagte das übliche: «was will mein körper von mir?»
der gast im lehnstuhl – ein vornehm wirkender junger mann – wusste es auch nicht. nina liebte ihn vor 40 000 gästen sehr heftig unter der bartheke. die musik war sehr laut. dennoch konnte man genau hören, was eine million lebewesen dachten. wo leben und eigentum bedroht werden, hören alle unterscheidungen auf. der vornehm wirkende kellner hielt die finger vor den mund, als wollte er sie segnen. nina streckte uns ihre hand entgegen und antwortete: «ich bin ja für jeden genuss so dankbar!» obwohl die musik jetzt unerträglich laut geworden war, konnte ich sehr genau verstehen, was sie sagte.

50 jahre feuerwerk. auf dem strom im tal tutet ein frachter. georg hielt mich fest untergehakt und wir starrten in die emporschiessenden garben. sein optimaler glückszustand war erreicht. er durfte an einem sommernachmittag aus einer öffentlichen badeanstalt treten und seine nasse badehose halten. wir spürten unsere haut. er küsste eine vorbeieilende dame, dass er über ein anschlusskabel stürzte. ich betrachtete ihn, er aber hielt sich am boden fest, während die entehrte dame unter einem lampenschirm brausend quiekte. aus allen teilen der landschaft stiegen leuchtkugeln in die höhe. «der schlaf ist eine weltanschauung», grübelte georg. ich widersprach ihm und liess ihn liegen, wo er lag. langsam kehrte sein bewusstsein zurück. im vorbeigehen drückte er mir

kurz die hand. ich bin überzeugt, ihn zum letzten mal gesehen zu haben. erleichtert springe ich zu der dame unter den lampenschirm und stelle mich vor, sie heisst fünfhunderteinundzwanzig und hat den sechsten sinn. mein körper ist voller risse und meine haut starrt. barfuss schütteln wir die hände, stürzen von den sesseln und betrachten schweigend den dekorierten horizont. über uns krachen unentwegt grasige strahlenbündel ineinander und zerplatzen in alle farben, worauf der abend verschwindet. die 521 bemüht sich um ihre derangierte kleidung. seit ihrer heirat mit georg braunschweiger legt sie keinen wert mehr auf konversation. sie lässt mich liegen und springt mit flatterndem hemd in die strassenbahn.

manchmal musste ich bis zum gürtel im wasser waten. die fotografen kamen nur langsam vorwärts. sie befestigten ihre apparate am ufer und georg hing in einem strauch mit dem kopf nach unten, nur von bewegungslosen alligatoren bedroht. im übrigen herrscht vollkommene stille.
sein kopf flammte auf und ich stellte fest, dass die temperatur hundertzwanzig grad betrug. noch immer krachten über mir vereinzelte leuchtgarben.
achtung! ICH WERDE MICH NICHT FANGEN LASSEN.
zweimal begegnete ich der 521, welche in kreisförmigen bewegungen flussabwärts trieb. ich bezweifle, dass sie den sechsten sinn hatte. wo leben und eigentum bedroht werden, hören alle unterscheidungen auf.

nina lag auf dem toilettetisch und hatte risse in den augen. ihr blondes haar war zusammengeklappt und ihr ganzer körper etwas schütter geworden. der vornehm wirkende junge mann ganz in rot schüttelte ihre schultern. eine wolke von parfüm ging nervös durch das zimmer.
er dachte und stellte fest, dass die temperatur hundertzwanzig grad betrug. noch immer krachte ninas haut und bedeckte sich mehr und mehr mit rissen. nina schrie und der vornehm wirkende junge mann lässt seine hände fallen.

gleich hinter der loge standen in einer ecke des theaters vier indianer aus zinkblech, dort hinein schüttelten die putzfrauen bei einbruch des morgengrauens nina ganz in rot und den vornehm wirkenden jungen mann. der spielleiter öffnete das tor und die statisten entleerten die indianer in einige lastautos, die vor dem hause standen. mittlerweile war es nacht geworden und die indianer brannten um besser zu sehen. georg hatte in ihnen herumgestöbert. seit sein kopf verkohlt war, hatte er den sechsten sinn. «haben sie nina gesehen?» fragte eine stimme hinter ihm. es war der kellner ganz in rot, der seine rechnung kassieren wollte. wo leben und eigentum bedroht werden, hören alle unterscheidungen auf. der kellner verschwand in gedanken. das kommt oft vor. die indianer brannten noch immer. georg, der körper, zeigte keine gemütsbewegung. ein roter schlafrock deckte seine blösse. er war barfuss. nina kam verlegen auf ihn zu. sie setzten sich an die theke einer bar ganz in der nähe. fast triumfierend sagte sie: «ich will der öffentlichkeit preisgegeben werden.» stühle wurden zurückgeschoben, der katafalk stand erhöht und verschwand trotzdem ganz unter blumen und kränzen. der kellner segnete und die zeremonie war zu ende. der grosse ofen war ganz rot. georg stellte fest, dass die temperatur hundertzwanzig grad betrug. ein älter wirkender junger mann, der an der theke klirrte, sah georg hasserfüllt an. er hatte den sechsten sinn. der bauer und die bäuerin brachten die leiche des vornehm wirkenden jungen mannes, der mit nina zuletzt gesehen worden war. aus dem kleinen loch in seinem kopf steigt rauch wie aufgescheuchte asche. das loch ist mit verkohltem fleisch schwarz eingefasst. nina sang lauthals: «ich habe den sechsten sinn, ich habe den sechsten sinn..» nach einer halben stunde brach sie stöhnend zusammen. hierauf ging sie vergnügt und mit gestraffter brust aus dem lokal, im sicheren bewusstsein etwas nützliches geleistet zu haben und warf einen eilbrief in den postkasten, was zu ihren liebsten gewohnheiten zählte. täglich warf nina einen eilbrief in den postkasten, manchmal gab sie auch ein telegramm auf. das musste sein, sonst fühlte sie sich nicht wohl und litt unter furchtbaren kopfschmerzen. hinter dem briefkasten wartete eine gruppe junger männer, welchen sich nina hingab. dann kehrte sie zurück und warf einen eilbrief in den postkasten. nina trug stets eilbriefe bei sich mit der aufschrift: «ich liebe dich sehr sehr.»
missmutig warf franz goldenberg diesen zu den anderen eilbriefen in die schublade.

seit er von nina getrennt war, hatte er den sechsten sinn. franz goldenberg war der sohn des alten goldenberg und bemüht, diesen namen zu verbrauchen. «mein freund braunschweiger», dachte goldenberg, als er

der geschwindigkeit seiner gedanken . . alles verschwand unter bildern. franz wird immer älter. seit er von nina getrennt war, wartete er auf nina . . als er der geschwindigkeit seiner gedanken zum opfer fiel. ihre fotografien trug er in der brusttasche. sein zimmer war mit ninas fotografien beklebt. franz liebt nina. was ist das? dieses ist franzens weltpanorama. die seele nina und ihr körper. franz verschwindet unter einem berg von erinnerungen. das kommt oft vor. franz musste sich viel gefallen lassen. seit ihn nina verlassen hatte, war er unfähig geworden für seinen lebensunterhalt aufzukommen. wo leben und eigentum bedroht werden, hören alle unterscheidungen auf. seit er nina kannte, hatte sie ihn verlassen. das kommt oft vor, versicherte ihn der junge indianer und schlug ihm seine rote hand auf die schulter, dass er vornüber fiel. «das muss sein», murmelte goldenberg, «sonst fühlt sie sich nicht wohl und leidet den ganzen tag unter kopfschmerzen.»
damals war die bäuerin ganz mit dukaten und edelsteinen bedeckt. der bauer schlug seine starken finger in das weisse klavier. franz goldenberg hatte zwei liter frischmilch erworben. wo leben und eigentum bedroht werden, hören alle unterscheidungen auf. den soldaten war es einerlei, wessen fotoapparat, wessen uhr, wessen füllfeder sie nahmen. franz goldenberg hatte die tochter des bauern und der bäuerin auf seinem bauch und zupfte die läuse aus ihrem haar. an den wänden erscheint eine vollmondnacht mit allem zubehör. das kommt oft vor. wo leben und eigentum bedroht werden, hören alle unterscheidungen auf. franz goldenberg stand in lauwarmer luft herum und vor einer villa, in der vornehm wirkende menschen tanzten, welche ganz unter edelsteinen verschwanden. hier wurden sehr einfache schritte getanzt. der junge vermögend wirkende sportsmann mit guten manieren ausgestattet, hatte anstelle persönlicher eigenschaften starke patriotische neigungen. er war ganz mit brillanten behängt. georg braunschweiger war kurzsichtig und glänzte. nina war ihm zugetan und glänzte zu dieser zeit fast wie georg mit brillanten. damals hatte franz goldenberg zwei liter frischmilch und ein rohes ei erworben. das war seine entwicklung. das kind goldenberg. georg braunschweiger schwamm im schweiss. er warf sich aus dem bett und blieb am eisbärfell liegen. mittlerweile war sein haar schütter geworden. nina stellte fest, dass die temperatur 120 grad betrug und hörte auf zu glänzen. da verschwand georg unter einem berg von damen in rot und wurde nie mehr gesehen. ermattet sank nina in den lehnstuhl, erfrischt sprang nina auf und verliess mit gestrafften schenkeln das zimmer. vergnügt warf sie einen eilbrief in den postkasten, darauf stand das übliche. ich liebe dich sehr sehr. missmutig warf ein vornehm wirkender junger mann sein einglas hinter die bartheke, dass es klirrte. zwei herren mit breitrandigen hüten und dicken bärten schlugen in die guitarren, dass es klirrte. der vornehm wirkende junge mann trank sein 521. bier und begriff sich das kinn mit

der hand. mittlerweile war ein matrose, franz goldenberg und zwei gewöhnlich wirkende mädchen eingetreten. nachdem sie hunderte biere getrunken hatten, tanzten sie sehr einfache schritte. hinter der bartheke stand eine sehr weisse tänzerin und applaudierte frenetisch. ihr sehr jung wirkender freund beobachtet uns mit dem kräftigen muskel seiner augen. er hatte nicht den sechsten sinn und warf in ohnmächtigem zorn einen harmlosen trinker, der an der bar ein wenig klirrte, an unserer statt ins freie. mittlerweile hatte sich der tag eingeschlichen und ich fand zwei telegramme im briefkasten, in welchen das übliche stand. missmutig warf ich sie zu den anderen in die schublade, wo die fotografien ninas unter einem berg von papier verschwanden. der hohle zahn des franz goldenberg. das gebirge seiner zähne. ein berg, bedeckt mit kariösem firn. für wen ist dies von interesse? dies ist für goldenberg von natürlichem interesse. er steckt ein stück holz in den hohlen zahn. die reliquie im schrein. alfa und omega. franz und goldenberg.
der bauer verteilte brotsuppe an alle anwesenden, die bäuerin sass verständnislos unter dem riesigen spinnrocken und betrachtete das dekorierte firmament. mittlerweile waren viele jahre vergangen. ein indianer mit breitem hut schlägt die guitarre. hunderte frauen und mädchen weinen an der bartheke. mein freund georg braunschweiger verschwindet hinter einem riesigen bart. seine stimme steht frei im raum: «ich habe den sechsten sinn.» der briefträger tritt ein und bringt mir einen eilbrief ninas. darauf steht das übliche. was will meine seele von mir?
die dame in rot, nun ganz allein, brüllte aus leibeskräften. auf dem einzigen stuhl im zimmer sass ein mann im pyjama.
bewegungslos lag franz auf dem bett und war unfähig zu atmen. an den wänden erscheint eine vollmondnacht mit allem zubehör. das kommt oft vor. wo leben und eigentum bedroht werden, hören alle unterscheidungen auf. im salon tanzen vornehm wirkende menschen, die ganz unter edelsteinen verschwinden. das kommt oft vor. hier werden sehr einfache schritte getanzt. hier fühlt sich nina wohl. der junge vermögend wirkende sportsmann verschwindet unter einem berg von erinnerungen. franz goldenberg und das mädchen mit dem blauen vogel verlassen das kino. franz darf den käfig tragen. im vorübergehen drückt ihm der postbote einen eilbrief in die hand. eingekreist von seinen freunden, beobachtet goldenberg deren lächeln. sie stehen um ihn herum. bis ins zweite glied ist für goldenberg ein leuchten von milde wahrnehmbar. er wird zum mittagessen eingeladen. geblendet vom glanz ihrer heiligenscheine versucht goldenberg einen schritt zurückzutreten. ein eilbote drückt ihm den eilbrief im vorübergehen in die hand. im vorübergehen drückte goldenberg die hand des mädchens mit dem blauen vogel. der vogel flattert im käfig. im übrigen schüttelte man einander die hände. alle anwesenden verschwanden unter einem berg von telegrammen und es ereignete sich das übliche. plötzlich hatte franz

viele freunde, welche aber unter einem berg von interessen sofort verschwanden. hier wird jeder zum freund von jedem. vor mir steht mein freund braunschweiger mit sehr viel ironie und ich werfe in ohnmächtiger wut einen eilbrief zu den anderen.
er verschwindet hinter seinem riesigen bart. seine stimme steht frei im raum: «sie liebt dich sehr. .»
zufällig traf franz goldenberg nina auf der strasse. nina sprach: «ich liebe dich sehr sehr!»
nachdenklich meinte goldenberg: «alles, was du sagst, hat nichts zu bedeuten, aber deine stimme ist voll wohllaut.»
empört gibt sich nina einem vorbeistürzenden passanten hin. drei indianische polizisten leiten den verkehr um.
franz goldenberg ging ins kino. plötzlich erinnerte er sich seiner 6 sinne und die ereignisse erscheinen in einem anderen licht. wo leben und eigentum bedroht werden, verlieren sich die unterscheidungen. hinter der leinwand brannten noch immer zwei indianische guitarristen.
als er die hose auszog, sah nina über seinen schamhaaren die inschrift in gotischen lettern: «ich habe den sechsten sinn.» seither war sie ihm verfallen. natürlich stand franz nicht an einer strassenkreuzung oder parkanlage, sondern lag mitten im bett und wurde von nina betrachtet. sie hatte den sechsten sinn.
«ich werde dich nie mehr verlassen», jauchzte nina unter tränen der freude und sprang in ein taxi, um ihren vater, den millionär, zu umarmen. franz goldenberg betrachtete seinen bauch, der voller haare war. unten stand die taxe, wo sich nina dem taxichauffeur hingab. er hatte sie darum gebeten.

da er sich in bester laune zwischen dem bettzeug fand, stieg er auf. in seinem hirn fächelte eine leichte brise, gesättigt mit salzwasser. er trat ans fenster und sah, dass er sich in einem hotel befand. unten lag ein fluss, der die schimmernde oberfläche kräuselte. kanelierte gestänge durchzogen seine aussicht. ein weicher morgen, der sich sanft über seine fingerspitzen schob, breitete sich vor goldenberg. der sonnenstern glänzte und auf den ästen der grossen bäume sassen vögel und sangen in verschiedenen tonarten. das blut floss durch goldenbergs adern und klopfte an den schläfen. «herein!» sagte goldenberg. vor ihm dehnte sich ein weiter, weisser platz auf dem kandelaber wuchsen, in deren gezweig die butterbrotpapiere und verschiedenfarbige billets der untergrundbahn unbeholfen flatterten. über den fluss schwang eine brücke ganz aus glas. ein riesiges machwerk der bildhauerkunst erhob sich vor goldenberg mit drohenden fäusten. gehorsam schwenkte goldenberg den blick in den beginn seiner perspektive. springbrunnen sprudelten aus dem asfalt und milderten den vergangenen abend goldenbergs, der sich hartnäckig wie ein gazeschleier über das wahrnehmungsbild goldenbergs gestülpt hatte, zu einem erfrischenden long-drink. goldenberg glotzte durch die löcher des netzvorhanges. «schweinerei, diese spinnweben», dachte goldenberg und die plüschsofas seiner erinnerung senkten sich langsam unter dem druck der ereignisse über die rampe seines bewusstseintheaters. dazwischen schoben sich jetzt die torsi der gleitenden raddampfer in die konstruktionen des brückengestänges, lösten sich in das mosaik eines anblicks auf. goldenbergs zeitbegriff schüttelt das kaleidoskop und unbeschädigt und überraschend tauchen an einer anderen stelle der weltpostkarte (in mehreren farben) raddampfer um raddampfer, motorboot um motorboot im panoramakasten des goldenberg wieder. so vergehen mehrere sekunden. im ende der perspektive erhebt sich eine kiste kinderspielzeug (häuschen, bäumchen), der berittene garde von der grösse eines daumennagels entströmt. plötzlich stürzen aus allen diesen kleinen häusern kleine männchen, automaten, folgen des alkoholmissbrauchs. da erinnert er sich seiner sechs sinne und die ereignisse zeigen sich in einem anderen licht. eine sirene ertönt. rauch steigt auf. es wird grau. die stadt hat ihre männchen wieder.

franz goldenberg geht an seinen wackligen schreibtisch und schreibt in sein notizbuch:

freitag 10 uhr 30 aufstehen, städtische badeanstalt, 20 dkg leberwurst, 1 liter frischmilch, 1/2 laib schwarzbrot, butter, tomaten und zigaretten einkaufen. 14 uhr 30 postamt miete einzahlen. 15 uhr städtische bibliothek. 19 uhr nina bei leskowitsch (bis 19 uhr 30 warten!) oder 20 uhr 15 mirjam kino. tief einatmen! kein schweineschmalz!!

nachdem goldenberg um 10 uhr 30 aufgestanden war, ging er in die städtische badeanstalt, kaufte 20 dkg leberwurst, 1 liter frischmilch, einen halben laib schwarzbrot, butter, tomaten und zigaretten. um 14 uhr 30 zahlte er die fällige miete ein. um 15 uhr war er in der städtischen bibliothek. von 19 uhr bis 19 uhr 30 wartete er bei leskowitsch auf nina, dann traf er mirjam und ging mit ihr um 20 uhr 15 ins kino. wenn er daran dachte holte er tief atem. an diesem tag ass franz goldenberg kein schweineschmalz und nahm sich vor, es auch in zukunft nicht zu tun, der genuss von schweineschmalz fördert den haarausfall.

dann geht er zum spiegel, betrachtet die reflexion seines körpers und kratzt dem beweglichen foto die barthaare vom kinn, während er sich selbst wahrscheinlich ein gleiches oder gleichnis tut.

hernach in sein notizbuch (in der nacht):

samstag: 10 uhr 30 aufstehen, städtische badeanstalt, 20 dkg leberwurst, 1 liter frischmilch, 1/2 laib schwarzbrot, butter, tomaten und zigaretten einkaufen. 15 uhr städtische bibliothek. 19 uhr nina bei leskowitsch (bis 19 uhr 30 warten!) oder 20 uhr 15 mirjam kino. fällige miete ist bezahlt. nicht mehr einzahlen! tief atem holen. kein schweineschmalz!!

«alles ist gut», sagte marcel oppenheimer. richelieu hatte seinen wachsfuss vorgestreckt und stand ganz ruhig da. die anderen sassen und lagen nachdenklich herum. das licht ermattet. ein dumpfes dröhnen, ein vibrieren der wände, die versatzstücke wenden sich um ihre achsen, zwischen breiten gewundenen säulen sind grosse spiegel eingelassen. die decke senkt sich. der boden schwankt. blaue scheinwerfer glühen auf. wir sitzen in einer geplatzten pagode mit vielen gängen, die sich in der ferne schwarz auflösen. unsere köpfe schaukeln und mein freund georg braunschweiger steht mit weit geöffneten augen vor mir. er hält mir seine hand entgegen und sagt: «nina», sagt georg braunschweiger, mein freund «wo ist goldenberg?». ich gebe keine antwort. wir verlassen die anderen, vorbei an marat in der badewanne und den zwitschernden vöglein aus kupfer, wir gehen durch endlose, verglaste gänge. ausgestopfte hunde hängen von den stahlverstrebungen und schnappen mit den kiefern, wenn man an den schnüren zieht. unsere freunde, dazwischen automaten, sitzen reglos an den balustraden der balkone. die wärter gehen auf und herum, verkaufen kataloge, eintrittskarten, handtaschen, marokkanische ledersessel, heissen tee, kaffee. ich bin sehr hungrig. die scheinwerfer verlöschen. sterne und beleuchtete schmetterlinge federn aus der decke. wir verlieren uns in einem wald. ich presse mich ganz in georg. die musik wird sehr leise, es donnert und blitzt dreivierteltakt. die lichter wechseln in alle farben. wir verlassen die anderen. verglaste arkaden nehmen kein ende, winden sich um ecken, überqueren strassen, durchstossen restaurants, autobushaltestellen und markthallen. endlich kauft georg eine heisse suppe. meine beine sind mit sodawasser aufgepumpt. am nebentisch sitzt eine dame ganz in rot, neben ihr marcel oppenheimer, der jetzt aufsteht und zu uns kommt. natürlich gibt er georg zuerst die hand. «gestern habe ich», sagte oppenheimer, «apfelstrudel gegessen». ich gehe bei leskowitsch vorbei, sehe im vorübergehen ein erstaunlich blondes mädchen. sie legt ihr linkes bein über das rechte und macht mir den blick frei. fasziniert bleibe ich stehen, da kommt alexander, der schauspieler, und überredet mich. er hat den sechsten sinn. wir kommen hin, es gibt rotwein und apfelstrudel. ich nehme eine gabel und esse den apfelstrudel. dann schicke ich alexander, man kennt ihn, und er bringt mir noch einen apfelstrudel. ich nehme den teller mit dem apfelstrudel und setze mich ein wenig abseits. den teller auf den knieen führe ich dem apfelstrudel die gabel ein. sachte teile ich den strudel in zwei annähernd gleiche teile. die äpfel sind sehr hell, der strudel dürfte ganz frisch sein. ich lege die gabel seitlich auf den teller. dann nehme ich das rechte stück mit daumen und mittelfinger meiner rechten hand und hebe es vorsichtig hoch. ich beuge meinen kopf und lecke langsam, sehr langsam den zucker von der kruste. natürlich wird man gestört, ekelhaut viele menschen! ich bohre meine zähne behutsam in das apfelfleisch. tatsächlich, ganz frisches, weiches, süssliches apfelfleisch. ich lasse etwas füllung in meine mundhöhle gleiten. mein speichel und das apfelfleisch sind ein weicher süsslicher brei. plötzlich schlucke ich apfelfleisch. es gleitet, lauwarm und weich durch meine speiseröhre. immer mehr speichel sammelt sich in meiner mundhöhle. ich steche jetzt ganz fest in den strudel. die kruste bricht. die zinken versinken rasch im weichen apfelfleisch. langsam drehe ich die gabel in der füllung. breiig gibt alles nach. ich steche noch einmal in den strudel. fetzen apfelfleisch hängen an den zinken. mein kopf schnellt vor und mit einem schlag meiner zunge reisse ich die fetzen apfelfleisch von den zinken der gabel. zwischen meinen zähnen knirscht strudelkruste. hastig schlucke ich strudel. ich steche in den strudel, schlucke, steche in den strudel, meine zunge bohrt sich in teig, ich schlage meine zähne in die ränder des aufgerissenen apfelstrudels. zwischen meinen zähnen kracht harte, feste apfelstrudelrinde. meine zunge wühlt im teig des apfelstrudels, meine lippen sind mit staubzucker bedeckt. ich schlucke teig, teig. jetzt beginne ich zu kauen. langsam, sehr langsam kaue ich. mehr und mehr teig sammelt sich in meiner mundhöhle. ich schlucke und schlucke und kaue sehr, sehr langsam. jetzt bin ich satt. reste von apfelstrudel kleben an meinen lippen. ich lecke die krumen von meinen lippen und kaue. speichel sammelt sich in meiner mundhöhle, dann schlucke ich alles. alexander kommt mit einem leeren teller. «es gibt keinen apfelstrudel mehr», sagte marcel oppenheimer mehr zu sich selbst und ging ohne uns noch einmal anzusehen an seinen tisch zurück. dort blieb er nachdenklich sitzen neben der dame ganz in rot.

franz goldenberg kam zur tür herein und gab mir die hand. ich gab dr. ertel die hand. dr. ertel gab marion bembe die hand. marion bembe gab dr. aust die hand. dr. aust gab dr. herbert krech die hand. dr. herbert krech gab fräulein gisela lietz die hand. fräulein gisela lietz gab ernst günther hansig die hand. ernst günther hansig gab dr. karl linfort die hand. dr. karl linfort gab herrn joseph lembrock die hand. herr joseph lembrock gab herrn dieter honisch die hand. herr dieter honisch gab doris ottlitz die hand. doris ottlitz gab margarete reichhardt die hand. margarete reichhardt gab walter meister die hand. walter meister gab sergio pereldi die hand. sergio pereldi gab prof. arthur b. gottlieb die hand. nachdenklich gab professor arthur b. gottlieb herrn wildenstein die hand. herr wildenstein gab vera fugger die hand. vera fugger gab gillo dorfles die hand. gillo dorfles gab ives acker die hand. ives acker gab bruno buzek die hand. bruno buzek gab felix heybach die hand. felix heybach gab dr. jirgal die hand. dr. jirgal gab dr. lehmann die hand. dr. lehmann gab rudi mayer die hand. rudi mayer gab roger salmona die hand. roger salmona gab charles kahn die hand. bedächtig, wie es seine art, gab charles kahn mac greenfield die hand. mac greenfield gab neda sestan die hand. neda sestan gab luther allan die hand. luther allan gab neda sestan die hand. neda sestan gab wieder luther allan die hand. jetzt gab luther allan felix rüegg die hand. felix rüegg gab doris ottlitz die hand. doris ottlitz gab ives acker die hand. ives acker wollte sergio cohen die hand geben. endlich nahm sergio cohen die hand von ives acker und gab sie vera kovar. vera kovar gab willi prucker die hand. willi prucker gab joe plaskett die hand. joe plaskett gab dr. grossblatt die hand. dr. grossblatt gab zitternd jerome reich die hand. jerome reich gab tullio mazotti die hand. tullio mazotti gab paul melin die hand. paul melin schwitzte. er gab hans schär die hand. hans schär gab gusti sieler die hand. gusti sieler lachte und gab michel damase die hand. michel damase gab petroff die hand. petroff sagte: «mein lieber damase», und gab konsul ganz die hand. konsul ganz gab hellmuth von der höh die hand. hellmuth von der höh gab paolo farkas die hand. paolo farkas gab aage olsen die hand. aage olsen gab phoebe schmidt die hand. phoebe schmidt gab peter szervansky die hand. peter szervansky gab robert mc. bride die hand. robert mc. bride gab fra stefano die hand. fra stefano gab sören friis die hand. sören friis gab xenia davis die hand. schweigend gab xenia davis massimo benazzo die hand. massimo benazzo gab fridolin koch die hand. fridolin koch gab gustav treiber die hand. gustav treiber gab herrn dieter honisch die hand. herr dieter honisch gab nun wieder doris ottlitz die hand. erbost schmiss doris ottlitz die hand auf den boden. goldenberg wurde dringend aufgefordert den empfang sofort zu verlassen.

«du bist doch ein kluges, gutes, liebes kind, minderjährig, abhängig», sagte der millionär, ein liebenswürdig wirkender älterer herr, alte schule, gepflegter schnurrbart.
«ja», kicherte nina mit sehr viel wünschen in der stimme: geld, inzest, etcetera, etcetera.

«gehe den weg des geringsten widerstandes», lächelte die alte schule, sympathisch, nett, reif, gewinnend, religiös. tatsächlich hatte die alte schule schon 64 jahre gewonnen.
«aber das tu ich ja, das tu ich ja.» nina war sehr erregt oder glücklich. seiner sache ganz sicher, geschult in den wettkämpfen des freien marktes, griff sich der vater die tochter und sie erschauerte erregt und glücklich, sehr. die augen der alten schule waren schmale schlitze geworden und er schob ihr den ganz grossen geldschein in den brustlatz und sie zitterte mit der stimme, so wie ers gern hatte und stammelte über den feuchten hingebungsvollen lippen «ach vater» und war eine einzige hingebung «ach vater» und da war das weisse in ihren augen gut sichtbar. «ich verdreh ja schon die augen», sagte nina.

als goldenberg wieder in seinem zimmer war, öffnete er beide hähne, schloss das fenster und machte es sich auf dem sofa bequem. der geruch war nicht unangenehm und er wartete auf schlaf. er sah sein leben nicht vor sich abrollen und überlegte ob er die hähne wieder schliessen solle, als er bereit war aufzustehen und den hähnen den atem zu nehmen, änderte er seine meinung wieder und blieb auf dem sofa, als er sich entschlossen hatte auf dem sofa liegen zu bleiben, entschloss er sich aufzustehen und als er dessen sicher war, entschloss er sich auf dem sofa zu bleiben. der geruch war nicht unangenehm und goldenberg atmete das leuchtgas mühelos. schon wollte er das sofa verlassen, er hatte sich seiner sechs sinne erinnert, da schlief er ein, ohne sein leben vor sich abrollen gesehen zu haben.
als er erwachte schien die sonne durch das fenster. goldenberg öffnete es und schloss die beiden gashähne. als sein nachbar, ein gewisser wilcek, an die tür klopfte und um ein stück brot bat, es war sonntag, hatte goldenberg seinen lachkrampf. gegen 11 uhr kam nina mit 2 überseekoffern und tat als ob nichts gewesen wäre. sie hatte, so sagte sie, ihre eltern für immer verlassen.

«LEGST, ich lege, du legst, wir liegen in der sonne, DU, franz goldenberg, volljährig, staatsbürger, WERT, zum ersten, zum zweiten und zum, AUF EINE GUT, stark, kräftig ENTWICKELTE BRUST?» wollte oppenheimer wissen. ich, franz goldenberg, stadtbewohner, wusste es nicht. verneinung. wielange ist er, liebling der frauen, wohl gesäugt worden?
«bis in mein», gab oppenheimer zur antwort «drittes lebensjahr. ama-

dominae oedipus oppenheimer. meine mutter war eine sehr schöne frau gewesen. omelett, kotelett, was hast du heute, anfang mai nach der zeitrechnung gegessen?» ich, franz goldenberg, blauäugig, wusste es nicht. oppenheimer, der ganz in einem lehnstuhl aus rosenblüten versank, hob seine über und über tätowierte hand. ich konnte verschiedene unflätige äusserungen entziffern, die er solcherart stets, immer, offen, verdeckt, öffentlich, geheim bei sich trug. während er verschiedenes von seiner haut ablas, mädchennamen, telefonnummern und ausrufe, gab er, marcel oppenheimer, kindesvater, undurchsichtige vergangenheit, begabt, mir, franz goldenberg, sohn des franz goldenberg, folgenden ver- (unser gesellschaftliches verhältnis war etwas schütter geworden) -ächtlichen blick. seine augen standen schief und quollen aus den höhlen. sein kopf war vorgeneigt und die hausbewohner stürzten die treppe empor, um an unsere tür zu schlagen. oppenheimer schaukelte den schädel und seine haare standen durch das vorzimmer unter der türe in das maul unserer nachbarin, einer amerikanischen bauernfrau, die not und elend aus der heimat vertrieben, während sie versuchte zu verstehen, was eine million lebewesen dachten. ein schiff mit blauen bändern und aufgemalten himmelskörpern fuhr am fenster vorbei und seine lautsprecher gaben die jahreszahl. amadominae marcel oppenheimer neigte seinen scheitel und ich sah, dass sein schädel ganz aus glas war und wusste, was eine million lebewesen dachten.
«siehst du, das ist der hut, den ich haben will», brüllte nina. sie sprang aus dem bett, drängte uns vom fenster. der maler magritte legte letzte hand an alle optischen erscheinungen, dann verliess ihn die kraft und er segelte vom sims in den abendlichen postkartenhimmel. alle baufälligen gebäude der umgebung waren hell erleuchtet. marcel hielt sich die ohren zu und murmelte: «ein volksfest, ein volksfest . .» auf deck stand eine nonne mit gestärkter haube, die leinerne zielscheibe der modischen begierde ninas. alle menschen von den gängen und treppen unseres hauses taumelten betäubt ins freie, wo sie die papierschwalbe magritte mit der blossen hand fingen. pausenlos murmelte oppenheimer, marcel: «ein volksfest, ein volksfest . .»
das oberdeck und der bug waren ganz aus glas und ich konnte sehen, was ein schiff denkt. darunter sassen eine anzahl menschlicher wesen in bequemen liegestühlen und starrten auf nina, die im hemd aus dem fenster hing. «ich gehe», setzte oppenheimer fort, «wie jeden tag zu leskowitsch. unterwegs treffe ich steiner. er schleppt mich zu seiner frau, familie, gebärdet sich. wir kommen ins haus, die kinder sind mit dem spanischen mädchen, das sie, steiner und frau, jetzt haben, gut entwickelte brust, ausgezeichnete rückansicht, nicht unwillig, attraktiv, sehr gut geformte beine, taille 58, geschieden, hielt sie, das mädchen, zuerst für indianerin, ich, marcel oppenheimer, bevorzuge wie du, franz goldenberg, wissen solltest, konjunktiv, den indianischen typus, ausgegan-

gen. seine, steiners frau, weiblich, schüchtern, pikant, hat, ich habe, du hast, die weisse schürze schon vorgebunden. wieso er, steiner, ehemann, wusste, dass er, steiner, ebenderselbe, mich, marcel oppenheimer, heute, frühling, treffen werde? schliesslich treffen, getroffen, begegnen wir, steiner & oppenheimer einander 3× täglich. steiner, der gatte, hat seine frau, die gattin, schliesslich davon überzeugen können, dass es gesünder wäre, 3mal täglich zu essen. hunger macht dumm. also, ihre, die wangen der frau steiner sind gerötet. sie wirkt erregt. es war anstrengend, 3mal täglich, aber interessant. wir, steiner, frau steiner und oppenheimer, ich, haben länger als zwei stunden, 120 minuten oder 7200 sekunden gegessen. zeit macht dick. steiner, er hat den sechsten sinn, ist mit einem vornehm wirkenden jungen mann aus bester familie, vater, mutter, drei kinder, tanten, onkel, bekannt, in dessen haus eine schweigende tafel, antike rezepte, hummer, meerspinnen, chinesisches theaterhuhn, 48 gänge, gehalten wird. ich, amadeus marcel oppenheimer, muss ihn, diesen, unbedingt kennenlernen. steiner will sich dafür verwenden, sehr, mich, oppenheimer, marcel, bei ihm, diesem, ins gespräch zu bringen. er, steiner, erwartet mich, oppenheimer, bei leskowitsch. ich, oppenheimer, muss jetzt gehen!» er verzog seinen mund, der mit staubzucker bedeckt war – er hatte im gespräch die reste unseres nachtischs von den tellern geleckt, zur abschiedsformel, während er versuchte, nina ins hemd zu schauen. goldenberg wohnt im zentrum der stadt. keine regel ohne ausnahme. wer a sagt, muss auch b sagen. plötzlich war oppenheimer um 23 jahre älter geworden, und ich sah einen eingesetzten spiegel in seinem schädel, der mein bild um 23 jahre zurückwarf. oppenheimer war gegangen.
damit begann der abend, der unter einem berg von haaren verschwand. nina kletterte vom fenster und fragte: «wo ist oppenheimer? er ist ein netter kerl.» ich überlegte, da klirrte es im salon, nina drückte mir im vorbeigehen die hand und stürzte ins telefon. ich schrieb ihr einen zettel: «bin zu leskowitsch gegangen.» als ich merkte, dass ich meinen regenmantel anhatte, erschienen die ereignisse in einem neuen licht.

und ich gehe hin und ziehe den vorhang zur seite und da trifft mich gleich der sonnenstrahl mit zirka 300 000 km pro sekunde ins auge und da drehe ich mich um und leg mich wieder ins bett.

ich stehe auf der hinteren plattform. plötzlich zieht der wagen an. ich falle mit dem oberkörper etwas zurück, aber nur einen ganz kurzen augenblick, bruchteil einer sekunde. meine bogengänge melden dem ge-

hirn: bewegung nach vorn! mein innensinn und die augen telegrafieren: keine eigenbewegung, sondern beine werden auf fester unterlage gezogen! resümiert das kleinhirn: vordere bauchmuskeln mit halber kraft anziehen! mache natürlich gleich alles ganz automatisch und merke, dass ich nach kurzem schwanken im gleichgewicht bin. mit diesem gleichgewicht könnte ich im zimmer nicht stehen, ich würde wuchtig auf die nase fallen, aber hier im bewegten raum halte ich mich aufrecht. der wagen saust.
goldenberg betrachtete den feisten nacken des schaffners. ich bin wieder ganz verkratzt, dachte goldenberg und betrachtete die gerissene haut des schaffners und die verkrusteten blutstropfen und nahm sich fest vor, ein pflaster draufzukleben und das hemd zu wechseln, weil es reichlich verdreckt war. allmählich wurde ihm klar, dass er einen unbekannten menschen anstarrte.

schon als kind zeigte goldenberg philosophische tendenzen. im anblick des meeres, er war 18, lag bäuchlings am strand, dort wo die wellen sich vorschoben um wieder abzusinken, in mässiger bewegung, lag er unbewegt, und starrte über die wasserfläche, seine augen knapp darüber, seinen mund darunter, so starrte er mit dem wasserspiegel, wie auf einem leitstrahl, in die erdkrümmung, in die perspektive und wo in seinem kopf sich das wasser mit der luft einen flirrenden tapetenstrich leistete, musste der horizont sein, wie es goldenberg nannte, wenn er es nannte, seine umgebung der länge nach entzweigeschnitten vom wasserspiegel, und die schnittlinie schmerzte wie eine berührung, wie ein streicheln, und die luft hielt das wasser nieder, damit es nicht über goldenberg herfalle, und die sonnenstrahlen knallten auf den spiegel, auf goldenberg, verbrannten die haut des torsos, der da zur verfügung stand, und goldenberg liess die beiden medien, die sich in ihm die waage zu halten schienen, an sich herankommen, an seine haut, und erfreute sich des niemandslandes, das er war.
und das meer presste gegen die säule luft über goldenberg, und so kämpften sie um ihn, zentimeter um zentimeter; hier hob sich das wasser, dort drang der himmel, der hier einfach luft war, bis auf goldenbergs kniekehle, bemächtigte sich seiner waden, um im augenblick von dem nächsten kräuseln der brandung emporgetragen zu werden. still und zäh ging der kampf, stunden um stunden.
schon als kind zeigte goldenberg philosophische tendenzen. im anblick des meeres, er war 18, grub er ein loch in den strand, dort wo sich zwischen den sand und die glitzernde luft ein keil von wasser geschoben, warf sich bäuchlings drüber, das wasser spritzte auf und er versank darin.

nur eine scheibe goldenberg, aus der wohl sein hals mit dem kopf stand, lag auf dem wasserspiegel, jederzeit bereit, dem versunkenen teil davonzugleiten auf dieser glatten fläche eis oder blech oder was immer es war.
im anblick des meeres, er war 18, grub er ein loch in den strand, er sah das meer, sowohl als er darin lag, aber er lag an dessen äusserster kante, in flüchtiger berührung, und sein bauch, seine zehen, seine beine, die brust, die arme und handflächen berührten den sand.
18-jährig grub er ein loch in den sand, warf sich bäuchlings drüber und vereinigte sich mit der erde, die ihm damals noch welt war.
bis zu den hüften im wasser hockend, grub goldenberg am schnittpunkt der elemente ein loch in den strand. dann liess er sich fallen und bohrte sich in die erde. so blieb er liegen und fiel in eine allgemeine ruhe. die haut seines rückens, die hemisphären seiner waden trieben wie ballone auf dem wasser.
während goldenberg am meeresboden lag, verfärbte sich seine haut über dem wasser.
goldenberg hatte eine glänzende leere gezeugt, die in seinem kopf strahlte. die sonne war in die perspektive gerutscht. es war kühl geworden. goldenberg zog sein glied aus dem sand, durchquerte damit das wasser, zog die badehose rauf, drängte die erdatmosphäre auseinander, stellte sich auf, nahm platz, sozusagen.

«seit fünf tagen leide ich unter entsetzlicher müdigkeit», sagte der vornehm wirkende junge mann. goldenberg schwieg. «wie finden sie sich zurecht?» wollte der vornehm wirkende junge mann wissen. goldenberg gab antwort. «nennen sie mich einfach stephan», entgegnete der vornehm wirkende junge mann. dann sprach goldenberg. der vornehm wirkende junge mann unterbrach ihn. er sagte: «tatsächlich?» dann sprach goldenberg. «pardon?» unterbrach ihn der vornehm wirkende junge mann. goldenberg wiederholte einen teil des letzten satzes. der vornehm wirkende junge mann sagte: «nennen sie mich einfach stephan.» dann sprach goldenberg. der vornehm wirkende junge mann sagte: «sie sind zu beneiden!» dann sprach goldenberg. wieder sagte der vornehm wirkende junge mann: «sie sind zu beneiden.» dann sprach goldenberg. der vornehm wirkende junge mann unterbrach ihn und meinte: «nennen sie mich doch einfach stephan!» dann sprach goldenberg. «pardon?» sagte der vornehm wirkende junge mann. goldenberg liess sich nicht stören und sprach fliessend weiter. «sie sind zu beneiden», seufzte der vornehm wirkende junge mann. goldenberg gab antwort. «pardon?» sagte der vornehm wirkende junge mann. dann sprach goldenberg. «sie entschuldigen mich», sagte der vornehm wirkende junge mann, rief leskowitsch und bezahlte die rechnung. goldenberg schwieg. «auf wiedersehen», sagte der vornehm wirkende junge mann. goldenberg gab antwort.

als goldenberg ins hotel kam, war nina verschwunden. auf dem toilettetisch lag ein zettel mit der aufschrift: ich liebe dich sehr sehr.

«darf ich», fragte goldenberg den alten kerl, «ihr kind schlagen? diesen balg, diese viehische bestie?»
die gäste erhoben sich und das kind wollte nicht mehr mit goldenbergs haupthaar spielen. franz verliess das lokal.

seit 3 tagen stand der komet am himmel. er hatte einen langen schwanz, kopf nach unten. goldenberg und neuwerk stiegen wie jeden abend auf den hügel hinter der eisenbahntrasse.
hinter den rotfunkelnden semaforen sassen sie im gras und neuwerk starrte in den himmel und murmelte wie die beiden tage zuvor: «und gott öffnete seinen scharlachmantel und siehe es war die nacht zu einer schärpe aus feuer geflochten». goldenberg fragte wie die beiden tage zuvor: «und was hängt dran?» wie die beiden tage zuvor antwortete neuwerk, kryptokatholik: «die grosse tapferkeitsmedaille».

franz goldenberg geht an seinen schreibtisch und schreibt in sein notizbuch:
montag 10 uhr 30 aufstehen, städtische badeanstalt, 20 dkg leberwurst, 1 liter frischmilch, 1/2 laib schwarzbrot, butter, tomaten und zigaretten einkaufen. 15 uhr städtische bibliothek. 19 uhr nina bei leskowitsch (bis 19 uhr 30 warten!) oder 20 uhr 15 mirjam kino. fällige miete ist bezahlt. nicht mehr einzahlen! tief atem holen. kein schweineschmalz!!

dort drüben läutet jemand mit einer kleinen tischglocke. er hat also durch besondere handbewegungen den klöppel und der klöppel die elastische stahlglocke in schwingungen versetzt und ich höre die schwingungen als hellen glockenton. dort die glocke, hier ich, wie kommen die

schwingungen in mein ohr? zwischen mir und der glocke ist luft, die kann ich sehen, sonst könnte ich ja nicht sehen und die ist ja auch beleuchtet und die augäpfel würden mir aus den höhlen fallen und dann sähe ich ja nichts, also müssen die schwingungen durch die luft übertragen worden sein. da sind mir also diese erschütterungen auf das trommelfell gekommen, und sowas hab ich in jedem ohr und ich habe zwei und das schwingt da mit den luftwellen herum, hinaus und herein und da dämpft mir der hammergriff, der ganz fest am trommelfell anliegt, ganz schnell diese schwingungen, und beim anderen ohr ist das auch so und im mittelohr, das ist bei mir mit schleimhaut tapeziert, hängen die gehörknochen herum, und die haben alle namen
1. der hammer
2. der amboss
3. der steigbügel. na und bin ich in einer schmiede? das macht einen lärm und alles haut herum, na und ich habe auch meinen inneren druck und da ist das trommelfell ganz frei und kann herumschwingen und mache gleich meinen mund zu, sonst kann ich ja noch feiner hören und ist ohnehin schon genug lärm bei mir, kommt mir ja sonst die ganze luft durch den rachen in meine eustachische röhre und was brauche ich einen besseren druckausgleich, bin ich im tunnel? und hinter dem steigbügel schwingt gleich alles zum ovalen loch hinein und da gibt es ecken und höhlen und gewölbtes und ist natürlich nicht so glatt wie in meinem mittelohr und ist alles angefüllt mit meinem blutwasser und bumsti, hab ichs mir doch gleich gedacht, zittern mir die nervenenden von der erschütterung und übersetzen mir da gleich die ganzen schallwellen ins hirn und da hör ich ja, da hör ich dann natürlich gleich die glocke, wie die läutet, die der da drüben an seinem tisch herumhaut und da schau ich genauer hinüber mit meinen zwei augen, aber davon will ich garnicht reden, die ich auch habe, wie viele andere, auch neger und so, und da sehe ich drüben den marcel oppenheimer mit einer gut gebauten frau, na und da gehe ich natürlich gleich hinüber und geb ihm die hand hin.

in gewissen zeitabständen sah goldenberg, wenn er schlief, eine gewisse landschaft, einen fluss, dahinter bäume, laubbäume. das ganze in einiger entfernung.

goldenberg wandte den kopf und sah nach einem der tische. er musste etwas gehört haben. gegenüber erhob sich oppenheimer neben einem hübschen mädchen und grüsste. goldenberg stand auf und ging hinüber.

goldenberg blieb sitzen und winkte mit der hand. goldenberg rührte sich nicht. als er den kopf drehte, war der mantel nicht mehr da. goldenberg rief nach dem kellner, als er sich erinnerte, den mantel in der garderobe abgegeben zu haben. der kellner wartete, leicht vorgeneigt, eine höfliche drohung. goldenberg überflog die karte und wollte kaffee.

goldenberg suchte in allen taschen nach geld. er richtete das scherenperiskop seiner augen, aus einem meer ungeordneter gedanken, erinnerungen auftauchend, lustlos nach dem tisch an dem oppenheimer und das mädchen sitzen mussten. sie waren nicht mehr da. goldenberg, auf der suche danach, steckt sein geld stets lose in die taschen. im allgemeinen trägt goldenberg 4 aussentaschen, 2 innentaschen und 1 geheimtasche, geschickt in hose und jacke verborgen, an sich. mit den geldscheinen zog goldenberg den garderobenzettel aus der linken innentasche des abgetragenen sportsakkos, tief unten, brösel. jetzt wusste goldenberg wieder mit aller sicherheit, die seinem gedächtnis da zur verfügung stand, den mantel abgegeben zu haben und details: die fleischige hand der garderobiere, an deren kleinem finger ein ring sass. löwenkopf mit eingesetzten steinen. glas & messing. sie hatte goldenberg durch ihre dicken brillengläser mit dem abscheu des alters für die jugend gemustert und er war rot geworden. als ihr goldenberg den zettel hinlegte, gab ihm die freundliche alte das paket, das er an weintraub hätte schicken sollen. jetzt war es zu spät geworden. goldenberg bewegte sich vergnügt durch die weiche luft und war froh, seinen mantel zuhause gelassen zu haben. es war richtig frühling geworden.

philipp schönwiese geht über die strasse.

gestern abend sprach mich ein mann, ungefähr dreissig jahre, auf der strasse an. er fragte mich, ob ich mit ihm schlafen wolle. ich antwortete ihm, das wäre mir egal und wir könnten zusammen schlafen, wenn er es wollte. dann wollte er wissen, ob ich ihn liebe. ich antwortete ihm, dass es darauf nicht ankäme, dass ich ihn aber sicher nicht liebe. er fragte mich, warum ich dann mit ihm ins bett ginge. ich erklärte ihm, das wäre nicht wichtig, und wenn er es wolle, könnten wir miteinander ins bett gehen. übrigens wollte er es, während ich nur zustimmte. er meinte dann, das bett wäre etwas sehr ernstes. das ver-

neinte ich. er schwieg einen augenblick und sah mich an. dann sprach er wieder. er wollte dann wissen, ob ich denselben vorschlag auch von einem anderen angenommen hätte. ich antwortete: «selbstverständlich.» er fragte sich dann, ob er mich liebe, wozu ich natürlich nichts sagen konnte. er schwieg, dann sagte er, ich wäre ein seltsames mädchen, aber er möchte mit mir schlafen. wir gingen in ein hotel und er bestellte das zimmer. der kerl mit dem schlüssel war nicht höflich. wir sind dann in ein zimmer gegangen und haben miteinander geschlafen. er hat es aber gemerkt, dass ich das erste mal mit jemandem geschlafen hatte. dann erzählte er mir von seiner arbeit. ich fragte ihn, wie es in seinem büro wäre. er sagte, dass er es ganz gut getroffen hätte. er wollte, dass ich noch länger bliebe. ich sagte ihm, dass meine mutter bald aus dem kino kommen würde und dass ich wieder gehen müsste. da stand er auch auf und ist mit mir hinuntergegangen. er musste dann gleich nach hause, weil er noch zu tun hatte. ich habe mich dann sehr beeilt, aber mama war schon da. ich habe ihr erzählt, dass ich auch im kino gewesen wäre. sie meinte, dass ich sie um erlaubnis hätte bitten müssen. ich schwieg, weil es sinnlos ist, mit meiner mutter zu streiten. der mann wollte mich gleich morgen wieder treffen, aber ich habe nichts ausgemacht, weil mama so selten ausgeht. ich will nicht dauernd mit ihr streiten. da haben wir dann nichts ausgemacht. aber er meinte, die wege der liebe seien wunderbar. ich habe ihm rechtgegeben, damit er bald ginge. aber mama war trotzdem schon zu hause. beim essen sagte mama, dass sie einen hund kaufen möchte. ich möchte aber keinen hund.
na sehr gut, sagte goldenberg, wie heisst er denn?
dobyhal, sagte mirjam.

mirjam erhob sich, stieg immer höher zog einige schleifen über dem pompösen kamin zog knapp unter der stuckdecke ihre runden senkte sich mit weichem behagen zum sturzflug fing zwei zentimeter über dem versiegelten parkettboden geschickt auf, noch eine kehre über dem pösteki und dann den ganz kurzen ruck hinauf hinein das wichtige und jetzt stand sie still schwebte über dem boden, ihre guten 5 cm über der teppichpracht und die anderen lachten weich aus den weichen kehlen, aus den starren augen die sich wohl fühlten und sie sagten: na mirjam fliegst du? aber sie schwieg nur und ihre jungen kugelrunden augen, lidlos, die augen eines riesigen vogels, zeigten dem zuschauer das weisse, aber niemand schaute dahin und so stand sie über den wassern, bis sie nach stunden in sich hineinfiel in ihren körper. ein süsslicher geruch erfüllte den saal.

zuerst fielen einzelne regentropfen. der regen wurde immer dichter, dann fiel das wasser als ein ganzes auf die strasse. oppenheimer stellt eine frage: «ob wir unter einem fluss wohnen?» plötzlich war alles überschwemmt und die fische frassen uns den tomatensalat vom tisch.

georg fällt mit einem strauss abgerissener autospiegel zur tür herein. marcel oppenheimer trommelt mit den fäusten auf die theke. ein weisses klavier schwebt durch den raum. 3 fremde gewöhnlich wirkende junge männer, georg hat sie mitgebracht, versuchen die bar aus dem fenster zu werfen. der komet steht noch immer im garten. einige missmutige polizisten verschwinden unter einem haufen von glasscherben. «wo leben und eigentum bedroht werden, hören alle unterscheidungen auf», flüsterte marcel oppenheimer während er mirjam hastig umarmte und den kometen anstarrte. georg hing aus dem fenster und sah, dass der platz vor der oper schon ganz unter wasser stand. die drei gewöhnlich wirkenden jungen männer schwammen um bier. alexander bringt ein mädchen, das niemand kennt. sie wirft ihre brillanten auf den tisch und sagt: «da bin ich.» ihr bauch war ganz mit haaren bewachsen. die 3 gewöhnlich wirkenden jungen männer bringen eine million bier in einem motorboot, das niemand vorher gesehen hat. festgebunden an einem brett schwimmt neuwerk vorbei und sagt: «die grosse tapferkeitsmedaille». karl neuwerk war kriegsteilnehmer. georg gibt ihm einen schluck aus der flasche und einen tritt, worauf neuwerk jeden anstand verliert. «mehr respekt», brüllte neuwerk, «ich habe euch alle erfunden». jola fugger, das mädchen, das wir nicht kannten, wand sich in krämpfen am boden. goldenberg hob sie behutsam empor und trug sie in sein zimmer. in einer ecke sass alexander ganz mit himmelblauen bändern umwickelt und sagte: «sie gehört mir». ein beleuchtetes schiff fährt vorüber. an bord sitzt neuwerk, fast trocken und lässt sich vom ensemble der städtischen oper feiern. neidisch blicken fast alle hinüber. empört komponiert oppenheimer eine oper in 20 minuten. neuwerk schiesst mit champagner herüber. obwohl sich jola dringend jemandem hingeben möchte, verlässt sie weinend das zimmer. hasserfüllt schütteln alexander und franz gegeneinander erhobene hände. «was will mein körper von mir?» sagte alexander. «ich habe den sechsten sinn.» antwortete franz. sie brachten ihre anzüge in ordnung und schüttelten einander im übrigen die hände. ich lag noch immer bewegungslos am boden und dachte an den hund den meine mutter kaufen wollte. das hell erleuchtete boot verschwindet unter dem wasserspiegel. obwohl die menschen sehr leise sprechen, kann ich genau verstehen, was sie sagen.

franz sass im theater und sah nach vorne. da trat ein kerl aus den

kulissen und hieb dem klassischen liebespaar die köpfe ab. an der wand hing eine ratte, die war mit vier nägeln angenagelt. auf einem baum aus papiermaché sass ein hund und krächzte. allmählich stieg das wasser im zuschauerraum. franz schwamm zur treppe und stieg ins erste stockwerk. auf den stufen lagen knochen und fleischstücke. über dem geländer hing ein riesiger hautfetzen. franz schob ihn zur seite. er folgte den blutspuren und kam auf den balkon. franz setzte sich an die balustrade und konnte jetzt wieder alles sehr gut sehen. der kerl auf der bühne war furchtbar gealtert und weinte jetzt. hundert fliegende kühe erhoben sich aus dem musentempel und überflatterten das parkett.
die mondscheibe stieg an das zertrümmerte dach und leuchtete in die schlucht des theaters. fladen knallten aus den kühen auf die federleichten und gefederten hüte aus gaze und wolken über den wachsfiguren in grossem abendkleid.
der kerl lag jetzt auf einem alten sofa und schlug seine tochter die soeben einen luftballon gebar, der sich durch die 7 stockwerke des theaters nach oben entfernte. kurz in den gusseisernen fangarmen des dachskeletts zaudernd, entwand sich diese frucht dem griff mit einer eleganten gleichsam schweigenden geste und verschwand in der mondscheibe. da krachte es und eine abteilung berittener garde galoppierte über die zuschauer zur anderen seite des theaters hinaus. plötzlich ging wieder ein starker regen nieder und goldenberg zog seinen kragen über die ohren. im parkett spannten die fleischpuppen die regenschirme auf. franz lehnte sein kinn auf die balustrade, da war sie aus klopfendem fleisch. unten ist eine gesellschaft von damen und herren in abendkleidern auf die bühne geklettert und sie werfen den kerl vom sofa. dann zerreissen sie den schläfer und verzehren ihn. das blut spritzt die bretter voll und die zerfetzten kleider fliegen wie schmetterlinge in den vertikalen schlauch des theaters, langsam aufsteigend, wie angesogen tanzen sie von stockwerk zu stockwerk im gerippe des theaterturmes aufwärts. der regen wird heftiger und es blitzt und donnert. goldenberg zieht die nassen schuhe wieder an und geht durch einen langen gang, dessen wände pochen. aus dem kleinen rauchsalon, wo den wänden die adern aus der haut zu platzen drohen und sich heben und senken, schaut er in den saal. da türmen sich die muskeln der stockwerke übereinander, säulen aus fleisch, gitter aus fleisch. käfige aus roh geformten, zuckenden fleischstäben und fleischteiche deren oberfläche wie das dunkel einer leber schimmern, darinnen sind fische und vögel, ein klumpen fleisch, die bewegen sich als ob sie lebten. goldenberg geht zu einem hochbogigen fenster im neugotischen stil und springt mit einem kopfsprung in den henrietten platz. verwundert schwimmt er durch die färberstrasse zu braunschweiger.

der asfalt läuft, springt, teilt, bricht in dünnen, breiten, schlanken, eleganten, klumpig, gequirlt, stürzend, die quelle, das wasser, rinnseln, rinnsal, gerinnsel, aus, empor, der aufbrechenden, berstenden, aufgebrochenen, gerissenen strasse, spalte, risse, gletscher.
bewegungslos, reglos stehen frauen versteint aller überhaupt immer alter gewohnheiten, berufe, klassen, rassen in grossen, weiten, breiten, gespreiteten, geweiteten, reglosen, versteinten, ausgebreiteten, wartenden, glänzenden, gleissenden, leuchtenden, alle farben, riesigen, rissigen, gerissenen, entrissenen, verstörten, bemerkten über alle massen prächtigen abendkleidern in der mittagsstarrehitzesonneweissekreide schreibt: ihre schatten, die finsternis im weissen, in der hitze, in der stille, schlanke gefässe auf leeren plätzen, weisse südliche plätze, ausgetrocknet, vertrocknet, versteinte tiere, pfaue, strausse, sperber, versteinte damen der gesellschaft, aller rassen und klassen und. lebensspendender schatten. unsere damen der gesellschaft spenden leben. alle damen ganz in rot. jetzt! wer blut spendet muss auch b sagen. katzen wissen das und weichen jetzt! dem flüssigen, fliessenden, heissen asphalt geschickt aus dem wege. ein weisser weiter platz. es ist unerträglich, sehr heiss geworden. 120 grad, flüstert braunschweiger. meine sohlen, epidermis, haut, die haut, brennen, verbrennen, geht auf in feuer, es brennt, meine füsse verbrennen lodernd, ungeheuer, sehr. dunst liegt über der stadt. seit 3 tagen verbergen wir uns nachts z. b. in dieser parkanlage, verteilen, teilen, jeder der halbe, uns, jeden, überhaupt tagsüber unauffällig, sorgsam, dezent über plätze, strassen, wegkreuzungen, städte, die welt, sitzen in kaffeehäusern, seit 3 tagen zu 24 stunden versuchen wir in das museum einzudringen, aufzubrechen, und sei es mit gewalt, überhaupt. die wärter, jeder, alle passanten, harmlose, misstrauische, sind gewarnt. die grossen, drohenden, grösse macht angst, in meter, tore ragen, sind da vor uns auf, hinauf, schwarz, versperrt, geschlossen, kein eintritt, kein licht. einige, wir liegen, lagern am, zu boden und andere, wir starren, blicken, hinaufschauen aus dem schatten in die sonne, hinauf. eine bewegungslose unruhe hat sich faltenlos über die stadt und ihre gegenstände gelegt.
wir sind mehr als ein hintergrund, brüllt der hauptmann der garde, stattlich, staatlich, satt, während er mit seinen leuten die dunstmauer durchstösst, sprengen nach vor, vorne, über den platz, die katzen, die sonne, risse im stein, asphalt, die damen? reiten im allgemeinen (wo sind sie?), ihre pferde kämpfen sich, die pferde, durch den verkehr der ladenschlusszeit in die öde unseres, wir, platzes. der platz bricht auf, platzt, reisst, zerreisst und dicke langsame ströme von dickem langsamen asphalt. geräusche berstender plätze, strasse. die pferde, hengste, stuten, weiss, schwarz, braun, rot, grün, blau, nehmen hindernisse, jedes hindernis, überhaupt alle hindernisse, überhaupt hindernisse im allgemeinen, drängen billige automobile, vorjahrsmodelle zur seite, weg, aus dem, ihren weg.

gütig hängen die gardisten von den seiten ihrer pferde, wachsen aus den sätteln, treiben stiefelspitzen uns zu erdwärts, die roten mähnen ihrer helme liebkosen die haut unserer gesichte, während sie, gardisten, uns mit knüppelschlägen auseinandertreiben. xaver fisch, der kleine fotograf brüllt – mittlerweile ist sehr viel zwischenraum entstanden –: «was ist ein museum?» georg legt die hände vor den mund, wolken treiben über, katholische engel singen auf den dachfirsten, elektrizität nimmt überhand und fuss, wir waren schon recht weit gelaufen: «irgend einen alten rosenstrauch anschauen.» dann liefen wir weiter, marcel oppenheimer, er schwitzte am ganzen körper und daran klebte sein hemd sowie eine alte hose, geschenkt von einem freund, dessen namen ihm nicht einfiel, er war in eile, mittlerweilen im laufe der zeit, am 27. februar vergangenen jahres, es war ein drückend heisser sommernachmittag in buenos aires gewesen, er war mit freunden von der küste zurückgekommen und hatte eine einladung für 3 gänge dessert, tee, kaffee in der tasche, damals war die hose neu gewesen und der bursche der sie borgte verzog das maul, aber er, dieser, hatte bevor sie abgefahren waren, zur küste, eine menge geld, von ihm, oppenheimer, geliehen, zum jahreswechsel sagte er zu goldenberg, mir, es war paolo schweikert gewesen: «ich habe oppenheimer eine ganz neue hose geschenkt!», erbrach sich durch die zähne und ob er eine seele habe war ihm unklar, georg trommelte ihm den rücken mit güte, spende mir trost, wo leben und eigentum bedroht werden, hören alle unterscheidungen auf. das harmonische zusammenspiel von kühlergrill und rossschweif wurde allgemein gelobt. die gummiknüppel klopfen die schädeldecken weich, an den hausmauern erscheinen plakate. darauf steht das übliche. die stadt war gelb beleuchtet. 20 minuten vor einem gewitter mitteleuropäischer sommerzeit will es der schwefel so. das ist die sonne, meinte oppenheimer, er war der klügste von uns allen. «was ist der feind?» fisch wollte es wissen. eine abstrakte vorstellung war allgemein verbreitet. georg braunschweiger und ein paar andere, die auch keine ahnung hatten, waren nicht davon abzubringen. wir schickten fisch um verpflegung und er blieb 24 tage fort. fischquadrat zu 24 stunden. er, fisch, fiel über das strumpfbein einer rothaarigen riesin. die frontalansicht eines nachtlokals steckt auf der postkarte herzliche grüsse auf bald xaver in unserem spiegel. menasse dobyhal fiel vornüber. aus seinem bein tropfte blut. er wollte alles mit golddraht zusammennähen. es war mittlerweile herbst geworden.

und während sie noch immer liefen, rief oppenheimer: es gibt keine verwandlungen! da:, kam aus goldenberg, es war seine stimme,: zer-

brechendes glas, frierendes wasser, verbrennende kleider, sterbende menschen.
und sie liefen weiter und die flammen schlugen gegen den himmel.

über die brücke ritt die garde mit ihren goldenen helmen und den bedächtig wippenden rossschweifen wieder in den frühling. am nächsten tag brachte uns georg mit seinem wagen zum museum. ich löste zwei karten an der kasse und wir betraten in einer masse von besuchern den grossen saal. niemand stellte sich uns in den weg. die wärter waren mit dem abreissen der eintrittsbillets beschäftigt und kümmerten sich nicht um uns. wir gingen durch lange gänge und traten vorsichtig auf. fast lautlos erreichten wir einen rosenstrauch aus marmor, den mir nina zeigen wollte. er war 4 meter hoch und ein löwe aus gips sass unter seinen zweigen. nina war sehr zufrieden und wir verliessen das museum. bald danach brach das gewitter endlich los. wir erreichten georgs wagen, der vor dem gartentor auf uns gewartet hatte.

dobyhal ging rüber mitten durch den stacheldraht und es war ein sonntag und er war grau von steinen, aber goldenberg bemerkte, dass das den hunden, die da herumliefen, egal war und erst recht den akazien, die da dufteten, als ob es so sein müsse.

«das ist goldenberg», sagte die dame ganz in rot und eine anzahl dunkeläugiger touristen, die in die stadt gekommen waren um die katastrofe zu besichtigen, stürzten sich beiderlei geschlechts quer über die strasse nach goldenberg, oder was anderem, rissen die köpfe am zaumzeug der überraschung aus geduckter geschwindigkeit in die höhe, dass die vor neugier schäumenden lippen klafften. mit offenen mäulern, so straffte sich diese mauer aus fleisch vor goldenberg, getroffen vom bild der strahlenden dekoration, das da als querschnitt der lichtwellen heranbrauste. da erschauerten aber die netzhäute. und die ferngläser machten alles grösser.
goldenberg verschwand im nächsten hausflur. dreimillionenelf polizisten zu pferd näherten sich langsam. dann wurde der dame in rot ein arm geschüttelt und ausschwärmend, mit summenden nasenflügeln, be-

setzen die türken in der tradition ihrer vorfahren alle wahrzeichen der stadt. eine anzahl staatlich wirkender polizisten macht eine ordnung. «was hat das zu bedeuten», denkt dobyhal in frageform. goldenberg schwieg. zu seinem erstaunen findet sich goldenberg einer menschenförmigen sprechanlage gegenüber. «sie heissen?», staunte goldenberg. «dobyhal», dachte dobyhal. die polizisten klirrten mit den pferden. noch immer brannte die stadt. goldenberg liess dobyhal stehen, wo er war, und das war mitten auf der strasse, links von der grossen buchhandlung, nicht rechts von der grossen buchhandlung, denn rechts von der grossen buchhandlung mitten auf der strasse ist ja der stacheldraht über das pflaster gespannt und dort lag der polizist may mit seinem bruder karl wie tot auf einer persisch gemusterten decke im format dreimalzwei, darunter war macadam mit asfalt verschmiert deutlich zu spüren, so lagen die tapferen brüder sehr flach hinter einem maschinengewehr, von der regierung zur verfügung gestellt, wie die decke mit dem persischen muster, und machten eine ordnung,
und rannte den hügel hinauf, während er zu seinem erstaunen feststellte, dass er das stadtbild störte, und lief bis er zu einem haus kam, dessen türen offen in den angeln hingen; so konnte er sehen, dass es leer stand und trat in das grosse weisse haus, in den grossen weissen saal, wo goldenberg zu seinem erstaunen feststellte, dass es nicht leer war. «lipschitz», sagte lipschitz. «es freut mich, dass sie den weg zu uns gefunden haben. sie werden es nicht bereuen. hier sind die briefe unserer zufriedenen kunden. hier sind die zufriedenen kunden.» lipschitz wies gegen sein besseres wissen mit dem finger auf 23 personen, die im raume herumstanden. dann nahm lipschitz goldenberg zur hand und führte ihn an den 23 zufriedenen kunden vorbei in die ecke um die ecke nach rechts. «das ist unser neuer käufer», sagte lipschitz. goldenberg unterschreibt. 30 kilometer ausserhalb der stadt steigt goldenberg aus dem wagen und setzt seinen weg mit zwei füssen fort. goldenberg hofft das haus des artisten weintraub noch vor einbruch der dämmerung zu erreichen.

und
da fuhren die zweige auseinander und er hörte stimmen über sich und ein hund sprang an ihm hoch und ein häuschen türmte sich vor ihm auf und dort unten steht der wagen den ihm dieses schwein lipschitz angedreht und das haus war bemalt in allen farben und da stand ein haus und da verschwand es unter heckenrosen und da stand nina und er hätte nie geglaubt dass sie kommen würde und da war sie da und da lehnte sie an ihrem alten fahrrad und da stieg ihm die rührung in den hals und was ist das? und da eilte sie ihm über die wiese zu rüber drüber und schlang ihm die arme und da lachte sie und war fröhlich

und er presste ihren körper und natürlich auch die kleider und die vögel sprangen auf und die grillen und die eichkatzen und die beiden idiotischen ziegen und weintraub war nicht da und na und wenn schon! und da stürzte der bauer aus dem wäldchen und er gab ihm den schlüssel und die schönen grüsse und der knecht sprang vom pferd und hiess martial und da schoben sie den anisstrauch zur seite und da hatte der die tür verdeckt und da gingen sie in den garten und da assen sie die früchte und da war es nacht und da schien der mond und da draussen war der karren den dieses schwein lipschitz ihm verkauft in rosen versunken von rosen aufgezehrt und da waren die hügel und waren die grünen bäume und da war es weit und das feuer im kamin und die gebrannten ziegel im boden und die rauchgeschwärzten balken und die lehnstühle und das sofa und die kostbaren teppiche und der kochtopf auf dem boden und das geschirr auf dem boden und da hockt nina in der ecke und rührt in den schüsseln und sie lacht und das cello in der ecke und da hört er die stimme über sich und es war eine nachtigall.

hand in hand schritten nina und goldenberg durch den abendglühenden wald. nina schmiegt sich in franz und sagt: franz ist der schutzheilige der tiere. da kommen die vögel, die schlangen, die schildkröten, die katzen, die hunde, die pfaue, die fische, die elefanten und die schmetterlinge aus den wolken, dem dickicht, griechenland, dem körbchen, der hütte, den gärten, den flüssen, afrika und den rosen.
«ich bin aber kein christ», log goldenberg.

da flogen, krochen, krochen, schlichen, liefen, gingen, schwammen, trampelten und flatterten die tiere wieder traurig nach hause.

ich bin jederzeit bereit mich umzubringen, brüllte dobyhal als man ihn abführte. ich bin gefeit! ich bin gefeit! ich sterbe wann ich will!

am ende des 18. jahrhunderts blendete der gelehrte abt spallanzani, der sich durch seine wertvollen physiologischen untersuchungen einen geachteten namen in der wissenschaft erworben hat, fledermäuse durch

lackieren der augen und auf andere weise, liess sie dann frei fliegen und war erstaunt, dass sie mit unglaublicher sicherheit das anstossen an hindernisse vermieden, noch immer erstaunt nahm spallanzani den sechsten sinn an, und die ereignisse erscheinen in einem neuen licht, las goldenberg, dem schon die augen zufielen, und sitzt am kamin und so weiter, die buchenscheite knarren oder krachen, wie sie wollen, dachte goldenberg, und so weiter, es ist sehr heiss, 120 grad, flüsterte braunschweiger, dachte goldenberg, und so weiter, draussen und so weiter, der mond und so weiter,
1. der blasebalg und so weiter,
2. flamme empor und so weiter,
3. die silberne herdschaufel,
4. jetzt wieder glühende holzkohlen und so weiter,
5. schnurrende katzen passen da einfach nicht dazu!
(hier sind aber katzen, sagte nina. das ist mir egal, antwortete goldenberg)
6. 2 bequeme lehnsessel,
7. wieder der mond,
8. herzschläge: «das ist wohl klar», sagte goldenberg, «denn das herz ist durchaus gefühllos. es kann sich entzünden, klappen können zerreissen, alles ohne. wenn bei jedem herzschlag sich dein herz dir und mein herz mir in erinnerung brächte!»

nina nickte.
weintraub klopft und tritt ein oder auf, wie sie wollen, dachte goldenberg, und da sehen wir, dass es weintraub ist, der eintritt oder auftritt, wie sie wollen, dachte goldenberg, ja ich dachte es und da wussten wir, dass es weintraub gewesen war, der geklopft hatte und jetzt da ist, und gab mir die hand und kennt mich nicht; ich zeige ihm nina und sage meinen namen. «weintraub», sagte weintraub, und kannten wir uns alle wieder, – einander – und wussten, dass wir alte freunde waren, sind und die stimmung ist gemässigt überschwänglich und wir brüllen ganz leise vor mässiger freude und hätten uns fast ganz leicht umarmt, alle.

der vogel fliegt. die kuh grast. das sind die freuden der einsamkeit. goldenberg sitzt in seinem loch, dort im dach wo die ziegel fehlen, und er betrachtet seine zehen. die blätter der bäume und das gras der wiesen waren unsagbar grün, die farbe der beruhigung. franz hatte die segel vom dachboden eingeholt, jetzt stand die puppe zwischen den kahlen seilen, den rechten fuss über dem teppich, der die falltür verdeckte. blauweiss gestreifte handtücher schlenkern im wind. horst nielsens bemalter spiegel stand in einer ecke und die epauletten des generals boucheron waren an die aufbauten festgenagelt. draussen vernäht der regen die landschaft. franz sass unter dem verschlag und öffnete in halbgedanken die luke, schloss und öffnete sie. weintraub war mit seiner freundin ausgeritten.

dobyhal hatte eine schlange gefangen, er häutete sie und nagelte die haut auf ein brett, das er auf den dachboden stellte, um es dort trocknen zu lassen. weintraub wirbelte ein wenig um sein hochreck und sagte: willst du dir schuhe daraus machen lassen.

als neuwerk an meinen tisch kam, drängte sich leskowitsch durch seine gäste, um ihm die hand zu schütteln. nachdem er gegangen war, erzählte mir neuwerk was ich vermutet hatte. nielsen ist kein mörder. er weigert sich alimente zu zahlen. neuwerk und ich verfassten einen brief an die gefängnisleitung, in dem wir darum baten, nielsen an seinem roman weiterarbeiten zu lassen. nielsen schuldet mir noch 80 schilling.

damals lag nielsen in seinen altfarbigen kamelhaarmantel gewickelt auf einer öffentlichen bank des kurparks, fest den regenschirm zwischen seinen schlafenden händen haltend.

gestern war olga angekommen. weintraub hatte sie in seinem wagen mitgenommen. nachdem sie das eingefallene dach und die sprünge in den mauern bewundert hatte, beschloss sie, ihren lebensabend hier zu verbringen. weintraub war sehr zufrieden. als sie sah, dass er hier auf einem haufen alter lumpen am steinboden schläft, war sie ihm verfallen. dobyhal trat erschöpft aus der scheune, er hatte einen lehnstuhl in den kamin eingemauert.

nach dem essen gingen wir vors haus und liessen weintraubs neuen drachen steigen. 900 m nylonschnur.

goldenberg war eingeschlafen.
sein körper sass in einem gartensessel. auf seinem körper sass der kopf, der ebenfalls schlief. auf dem kopf sass ein strohhut und auf dem strohhut sass eine feder aus dem balg der taube, die kremser, auf dem fahrrad durch die stadt radelnd, vom himmel gerufen hatte, das heisst, er war stehen geblieben, es war nacht gewesen und er hatte mit den armen gefuchtelt und krächzende laute hatten kremser verlassen. da stiess eine taube aus der dunkelheit und setzte sich auf seine schulter, während er langsam weiterfuhr. goldenberg, der gerade von leskowitsch kam, staunte. ist das deine taube? fragte er blöde. und kremser grinste: ich kann alle vögel rufen, und auf dieser feder sass ein tautropfen, in dem sich die welt spiegelte, oder das davon, was goldenberg hätte sehen können, und funkelte.
als er erwachte, sagte goldenberg: ich habe den sechsten sinn.

goldenberg lauschte. er hob den kopf und betrachtete seinen bauch, der voller haare war. auf seinem nabel sass ein marienkäfer und grunzte. goldenberg nahm ihn auf den finger und hielt ihn gegen das rechte ohr. das linke war mit watte verstopft und schmerzte ein wenig, wie immer. wieder grunzte der marienkäfer. goldenberg zählte die punkte. es waren sieben. goldenberg war zufrieden. der käfer nahm die flügel auseinander und flog. goldenberg hörte das grunzen und suchte nach dem käfer. er hob sich auf die ellbogen und musterte seine beine, seine zehen, das gras, die bäume, die berge, die sonne. in diese richtung war der käfer geflogen. aber er konnte ihn nicht mehr finden. goldenberg lauschte. da grunzte es wieder und goldenberg wusste, dass er hungrig war. er ging ins haus, draussen stand weintraub und liess seinen drachen steigen.

in einem kleefeld stand nina und weinte. unter den hunderttausend pflanzen hatte sie keine mit den 4 blättern, zeichen des glücks, gefunden. neben ihr stehend erwachte goldenberg, riss achtlos eine pflanze aus der noch feuchten erde, riss einer anderen ein blatt vom stengel und klebte mit seinem speichel dieses blatt zu den drei anderen.

nina stand in einem kleefeld und weinte. unter den hunderttausend pflanzen hatte sie keine mit den 4 blättern, zeichen des glücks, gefunden. neben ihr stehend erwachte goldenberg, riss achtlos eine pflanze mit drei blättern aus der noch feuchten erde und warf sie wieder fort. dann spuckte er in weitem bogen aus.

nina stand in der küche am herd und weinte. unter den hunderttausend pflanzen des kleefeldes hatte sie keine mit den 4 blättern – zeichen des glücks – gefunden. goldenberg lag auf der wiese, riss mit einer hand ein kleepflänzchen aus und starrte vor sich hin. neben ihm lag die küchenbank die er auf die wiese getragen hatte um sich vor den ameisen zu schützen. auf der bank leuchtet ein riesiger fladen speichel.

nina stand am fenster und starrte auf den blumentopf mit frischer erde. zwischen den kleepflanzen glänzte die feuchte erde. neben ihr stehend erwachte goldenberg und lachte. dann nahm er die küchenbank und trug sie auf die wiese. nina riss ein pflänzchen aus der erde und zupfte die blätter ab.

nina erwachte, riss achtlos eine pflanze aus der noch feuchten erde, riss einer anderen ein blatt vom stengel und klebte mit ihrem speichel dieses blatt zu den 3 anderen. unter den 100 000 pflanzen hatte sie keine mit den 4 blättern – zeichen des glücks – gefunden. franz stand in einem kleefeld und weinte. auf der küchenbank sammelten sich die ameisen.

nina stand in einem kleefeld und lachte. neben ihr lachte goldenberg, den sie auf die wiese getragen hatte. sie riss goldenberg an den brusthaaren die voll ameisen waren.

goldenberg erwachte und schluckte den speichel, der sich in seiner mundhöhle gesammelt hatte. nina weinte. goldenberg stand auf, ging in die küche und versuchte die küchenbank vors haus zu tragen. aber so sehr er sich bemühte, gelang es ihm nicht, sie aus dem festgetretenen lehmboden zu reissen in den sie eingesunken war.

nina versucht die küchenbank aus der wand zu reissen. aber die nägel geben nicht nach. neben ihr sitzt goldenberg, der nicht weiss ob er lachen oder weinen solle. sein mund ist ausgedörrt und seine zunge aufgequollen.

nina schlug goldenberg die fingernägel in die brust. goldenberg bewegte sich nicht.

nina stand in einem kleefeld und lachte. neben ihr stand goldenberg und lachte noch immer.

goldenberg war im einklang mit den dingen. als er vors haus ging sein wasser abzuschlagen, öffnete der himmel seine schleusen, und gemeinsam erfrischten sie die erde und ihre leuchtenden blumen.

die möve zog ihre flachen grossen schleifen hoch über dem strand. manchmal verlöschte sie in der diesigen luft, wie die sonne oder der kahn da oder die welt in einem umkreis von 10 metern – vielleicht ist die welt nicht grösser, las goldenberg erstaunt, da schoss die möve aus dem nebel, fiel herab, kam ganz nahe, las goldenberg und verjagte die katze die sich da an seinen beinen rieb, um den vogel zu retten, aber die katze konnte den vogel, den goldenberg begriffen hatte, nicht erkennen, nicht sehen und liess die möve zufrieden. ohne weiteren aufenthalt flog nun der vogel weiter und entfernte sich in der perspektive, die über dem meer und anderen weitflächigen gebieten eine seltsame fresslust für feste gegenstände zeigt.

mir platzt die haut. blut und eiter treten aus. die daumen pressen weiter. au, sage ich. aber nina presst weiter.

nina dachte an einen einfach wirkenden jungen mann und seufzte.

ninas weg war mit leichen gepflastert. «waren die schon vorher tot», wollte dobyhal wissen. «ich soll immer alles wissen», lieutenant casey war unwillig. «vielleicht ist das nur als **BILD** gemeint?» dobyhal ist wirklich eigensinnig. aber lieutenant casey gab auch gar keine antwort mehr. er hatte ja auch die frage nicht verstanden.

Ce jeudi de commençant avril, mon savant ami le maître Martial Canterel m'avait convié, avec quelques autres de ses intimes, à visiter l'immense parc environnant sa bella villa de Montmorency.
Locus Solus — la propriété se nomme ainsi — est une calme retraite où Canterel aime poursuivre en toute tranvuillité d'esprit ses multiples et féconds travaux. En ce *lieu solitaire* il est suffisamment à l'abri des agitations de Paris — et peut cependant gagner la capitale en un quart d'heure quand ses recherches nécessitent quelque station dans telle bibiothèque spéciale ou quand arrive l'instant de faire au monde scientifique, dans une conférence prodigieusement courue, telle communication sensationnelle.

C'est à *Locus Solus* que Canterel passe presque toute l'année, entour=e de disciples qui, pleins d'une admiration passionnée pour ses continuelles d=ecouverettes, e secondent avec fanatisme dans l'accomplissement de son œuvre. La villa contient plusieurs pièces luxueusement aménagées en laboratoires modèles qu'entretiennent de nombreux aides, et le maître consacre sa vie entière à la science, aplanissant d'emblée, avec sa grande fortune de célibataire exempt de charges, toutes divvidultés matérielles suscitées au cours de son labeur acharné par les divers buts qu'il s'assigne.

Trois heures venaient de sonner. Il faisait bon, et le soleil étincelait dans un ciel presque uniformément pur. Canterel nous avait reçus non loin de sa villa, en plein air, sous de vieux arbres dont l'ombrage enveloppait une confortable installation comprenant différents sièges d'osier.

Après l'arrivée du dernier convoqué, le maître se mit en marche, guidant notre groupe, qui l'accompagnait docilement. Grand, brun, la physionomie ouverte, les traits réguliers, Canterel, avec sa fine moustache et ses yeux vifs où brillait sa merveilleuse intelligence, accusait à peine ses quarante-quatre ans. Sa voix chaude et persuasive donnait beaucoup d'attrait à son élocution prenante, dont la séduction et la clarté faisaient de lui un des champions de la parole.

Nous cheminions depuis peu dans une aée en pente ascendant fort raide.

A mi-côte nous vîmes au bord du chemin, debout dans une niche de pierre assez profonde, une statue étrangement vieille qui, paraissant formée de terre noirâtre, sèche et solidifiée, représentait, non sans charme, un souriant enfant nu. Les bras se tendaient en avant dans un geste d'offrande — les deux mains s'ouvrant vers le plafond de la niche. Une petite plante morte, d'une extrême vétusté, s'élevait au milieu de la dextre, où jadis elle avait pris racine.

Canterel, qui poursuivait distraitement son chemin, dut répondre à nos questions unanimes.

«C'est le Fédéral à semonçontra vu au cœur de Tombouctou par Ibn Batouta», dit-il en montrant la statue — dont il nous dévoila ensuite l'orgine.

Le maître avait connu intimemente le célèbre voyageur Echenoz, qui lors d'une expédition africaine remontant à sa prime jeunesse était allé jusqu'à Tombouctou.

S'étant pénétré, avant le départ, de la complète bibliographie des régions qui l'attiraient, Echenoz avait lu plusieurs fois certaine relation du théologien arabe Ibn Batouta, considéré comme le plus grand explorateur du XIV siècle après Marco Polo.

C'est à a fin de sa vie, féconde en -mémorables découvertes géographiques, alors qu'il eût pu à bon droit goûter dans le repos la plénitude de sa gloire, qu'Ibn Batouta avait tenté une fois encore une reconnaissance lointaine et vu l'énigmatique Tombouctou.

Durant sa lecture Echenoz avait remarqué entre tous l'épisode suivant.

«setz doch endlich deine brille auf», nina ist jetzt wirklich zornig geworden.
ich bin aber nicht weitsichtig.
«setz deine brille auf!» nina wollte, dass ich meine brille aufsetze.
ich kann auch ohne brille sehr gut lesen.
«aber nicht alles!» was hat nur meine gute nina.
ich kann sehr viel ohne brille lesen

Quand Ibn Batouta entra seul à Tombouctou, une silencieuse consternation pesait sur la ville.
Le trône appartenait alors à une femme, la reine Duhl-Séroul, qui, à peine âgée de vingt ans, n’avait pas encore choisi d’époux.
Duhl-Séroul souffrait parfois de terribles crises d’aménorrhée, d’où résultait une congestion qui, atteignant le cerveau, provoquait des accès de folie furieuse.
Ces troubles causaient de graves préjudices aux naturels, vu le pouvoir absolu dont disposait la reine, prompte dès lors à distribuer des ordres insensés, en multipliant sans motif les condamnations capitales.
Une révolution eût pu éclater. Mais hors ces moment d’aberration c’était avec la plus sage bonté que Duhl-Sèroul gouvernait son peuple, qui rarement avait goûté règne aussi fortuné. Au lie de se lancer dans l’inconnu en renversant la souveraine, on supportait patiemment les maux passagers compensés par de longues périodes florissantes.
Parmi les médecins de la reine aucun jusqu’alors n’avait pu enrayer le mal. Or à l’arrivée d’Ibn Batouta une crise plus forte que toutes les précédentes minait Duhl-Séroul. Sans cesse il fallait, sur un mot d’elle, exécuter de nombreux innocents et brûler des récoltes entières.
Sous le coup de la terreur et de a famine les habitants attendaient de jour en jour la fin de ”accès, qui, se prolongeant contre toute raison, rendait la situation intenable.
Sur la place publique de Tombouctou se dressait une sorte de fétiche auquel la croyance populaire prêtait une grande puissance.
C’était une statue d’enfant entièrement composée de terre sombre — et jadis fondée en de curieuses circonstances sous le roi Forukko, ancêtre de Duhl-Séroul.
Possédant les quaités de sens et de couceur retrouvées en temps normal chez la reine actuelle, Forukko, édictant des lois et payant de sa personne, avait porté haut la prospérité de son pays. Agronome éclairé, il surveillait lui-même les cultures, afin d’introduire maints fructueux perfectionnements dans les méthodes caduques touchant les semailles et la moisson.
Possédant les quaités de sens et de couceur retrouvées en temps normal chez la reine actuelle, Forukko, édictant des lois et payant de sa personne, avait porté haut la prospérité de son pays. Agronome éclairé, il surveillait lui-même les cultures, afin d’introduire maints fructueux perfectionnements

«WAS habe ich dir gesagt?» nina ist manchmal erschreckend.
ich setz die brille ja schon auf, und dann setz ich die brille auf, wirklich.

und da stand dobyhal mit einer margerite hinter dem ohr. wie?

nachdem er zirka 1½ stunden in den verliesen der stadtpolizei geschmachtet hatte, hatte er das gefühl gehabt, seiner bedrohten heimat im exil fern sein zu müssen, hatte seine plattfüsse dem mirakel von delphi, dem nibelungenhort der antike, aus gründen der selbstbesinnung zugewendet – die periode der schwertmeister lag noch leise vor sich hindämmernd mit etlichen wochen in der zukunft. jetzt steht er da, ungeschoren an kinn und seele: dobyhal, der rebell, ein kämpfer für freiheit und menschenwürde.

der himmel zerplatzt und überall dringt feuer ein. in der ferne verbrennt die stadt.

der bauer stand vor dem haus und seine kinder rissen mit zangen das gras aus. franz goldenberg radelte in einem weissen klavier auf rädern daher. federnd sprang er zweihundert meter in die luft und zog gelandet seinen kratzfuss. der musikalische bauer nahm hinter dem weissen klavier seinen platz auf einem korb mitten im gras zwischen schwertlilien und roten bäumen und dreimillionenzwölf kühe gaben mehr milch. «das ist die landwirtschaft», dachte goldenberg.

ein soldat sitzt im brunnen und vergiftet das wasser. der komet steht am himmel herum. zweihundertvierzehn bauern eilen mit heugabeln und fackeln in die stadt. «sie stürmen das museum», sagte dobyhal leise.

«ein katholischer engel vor dem pflug ist besser als gar nichts», sagte der bauer. «warum kaufen sie keine maschine?» wollte goldenberg wissen. der bauer gab keine antwort, während er den letzten akkord für heute zu 24 stunden in die schwarzen und weissen tasten schlug. «woran denken sie?» dachte goldenberg. «an nichts», gab der bauer zur antwort.

dobyhal kam rüber. «ich habe einen ofen gebaut», keuchte er vor erregung. nina und ich gingen hinüber. der ofen war ganz aus holz. er machte feuer und der ofen verbrannte. die suppe ergoss sich ins feuer.

seit drei tagen kommt martial um sein geld zu holen. wir werden unser hauptquartier verlegen müssen. die flugblätter sind noch nicht gedruckt. dobyhal will einen sender bauen um seine gedichte in die welt strahlen zu können.

verdammt, martial hat mit dem unkraut das ganze haschisch niedergemäht.

«der darf», dachte dobyhal. dobyhals darm drückte. dann drang dobyhal durch das dickicht. dabei dachte dobyhal dauernd dasselbe. «dreckschwein», dachte dobyhal. «deshalb dankte die dänische delegation dieser dauergewellten dame, dame, dame. damals.» dobyhal dachte das deutlich. «das dauert», dachte dobyhal. der dickflüssige darminhalt dampfte.

ein hügel stellt knurrend die bäume auf.

legen sie mir einen bombenteppich unter die füsse, schrie der general hoch oben in den lüften, ich will in flammen waten.

neue unruhen im erdölgebiet. die bauern stellen die erwarteten forderungen. das verteidigungskommittee unter dem kommando des vize-

präsidenten verurteilte heute die mitglieder der sogenannten revolutionsarmee wegen subversiver tätigkeit und landesverrat in abwesenheit zum tode, übersetzte dobyhal über den empfänger gebeugt aus dem morsealfabet in das der lippen. goldenberg staunte und überlegte ob er zuvor unsterblich gewesen war. überall erschienen plakate mit der aufschrift: ich liebe dich sehr sehr.
der code ist falsch, unterbrach nina, ihr habt: ANGST, das ist richtig, aber die verwenden: ALLES AUS GUMMI. das ist der börsenbericht und lautet: kirchenanleihe 98 punkte gegen 99 punkte, staatschuldverschreibungen, genug, genug, wort mit 5 buchstaben, jauchzte goldenberg und füllte die letzte blösse des kreuzworträtsels im bauernkalender, jeden buchstaben laut vor sich hersagend so dass der rest der meldung verstummte, obwohl nina noch immer die lippen bewegte.

auf der bühne des staatstheaters spielt man ein stück von goldenberg, eine revue scheinbar, der vor jahren beliebte komiker tritt auf, träumt goldenberg, nina stört wie immer mit ihren fragen, es ist die generalprobe. dann stehen zwei ungeheuer elegante mädchen vor goldenberg und zeigen nach ihren mänteln, das ist er, sagt die eine, träumt goldenberg, beide sind blond und gut angezogen, sportive augen, goldenberg schiebt sich vor, bringt einen roten mantel, das ist er, sagt sie, träumt goldenberg, und lächelt, und der mit den fischgräten ist meiner, sagt die andere und lächelt, träumt goldenberg und er ist mürrisch und er hört wie sie sagen, er ist zwar neurastheniker aber süss, er muss mindestens arzt sein, träumt goldenberg und öffnet die augen, verpackt in schwerelosigkeit ist goldenberg irgendwo in seinem zimmer, und da sind sie ja, haben die hübsche beine, träumt goldenberg weiter, er wollte sie noch ein bisschen sehen.

als nina trübselig vor den töpfen hockte und an georg, den indianer, den jungen mann mit dem einglas und stefan dachte, trat goldenberg hinter sie, liess sich die kleine tür mit dem hellen landschaftsmuster ins linke auge fallen, das rechte hielt er geschlossen, da war ihm blütenstaub reingefallen, «stundenbuch», murmelte er und sagte: «dieses haus ist unser schiff, dieses schiff ist der gipfel der welt, immer oben, der dachboden mit seinen wäscheleinen ist die kommandobrücke und das grosse loch im dach ist der ausguck und die bunten handtücher sind unsere wimpel.» er legte ihr eine dicke rote vorhangschnur von der schulter über die hüfte und erhob sie in den admiralsstand. der matrose franz hing in den tauen. die ozeane schlugen über den rand des waschzubers. die seife raste nach westen. «ich habe den sechsten sinn», entgegnete goldenberg. franz schwieg. mittlerweile war es abend geworden.

«wohlan!» sprach der admiral, «lasset uns den gaul zuschanden reiten.» drauf legte sich der matrose in die zügel und ihre waden standen fest in den steigbügeln gegen den wind. als die beiden durch die perspektive ritten, wurden ihre silhouetten blaurot und ihre schatten wuchsen in der landschaft. da schob der matrose den südwester in den nacken und brüllte «heissa wir haben den horizont erreicht» und sie konnten das meer sehen. auf der grossen wiese stand ein schwarzes pferd und aus den bäumen und sträuchern stiegen pfaue und paradiesvögel in den blauroten himmel der ganz mit gold ausgelegt war. die sonne rollte auf grossen speichenrädern über den horizont und der matrose zog in ehrfurcht den südwester, während der admiral unbeweglich barhaupt blieb. sodann schob er die schärpe mit der kordel ein wenig zur seite um in die tasche mit den geheimdokumenten greifen zu können, entrollte eine landkarte und schwieg. noch immer hielt der matrose den südwester zwischen den zügeln, seinen blick starr in die sonne geheftet nach der vorschrift. «80 000 meilen in der stunde», murmelte der admiral. dann sprengten sie seewärts weiter. der matrose hing in den seilen und eine starke brise blähte die segel. das haus riss die landschaft um die sonne herum, dass sie hinter den hohen bäumen hinter der wiese verschwand. während der matrose das positionslicht richtete, umschritt sein admiral die brennenden balken und der rauch erhob sich über das vordeck. krachend frassen sich die flammen durch das alte holz und erleuchteten das firmament. «nullmond», sagte der admiral. «während das kind schläft, legt es viele meilen weges zurück», meldete franz und schob den schweiss von seiner stirn. der admiral hatte die kommandobrücke vernagelt, sie sassen bei den ziegen auf der weide und waren mit roten und blauen schnüren umwickelt. eine herde schwäne verdecken das meer. zwischen ihren federn hängen der admiral und sein matrose in glühenden rettungsringen. das brennende schiff erleuchtet die nacht. der admiral prüft die landkarte und die fahrt geht mit unverminderter geschwindigkeit weiter. der matrose hält das kissen mit dem säugling fest in seinen armen. das schiff zerfällt in seine teile.

«dreimillionen sterne waren am firmament befestigt. nachdem sie den anker geworfen hatten, zog der matrose sein taschentuch unter dem südwester hervor und der admiral notierte die position im logbuch. dann gehen beide ins bett. das haus steht fest in der brandung. von dieser stelle bewegt sich die geschichte mit radantrieb weiter.» schrieb goldenberg auf die rückseite eines briefes von nina an oppenheimer und darunter: «was will meine seele von mir?»

nina steht in der küche und weint um verschiedene liebhaber. ihre hand hält den kochlöffel, der fährt durch die suppe, dass es schäumt.

«verschwinde!» sagt goldenberg und gibt der katze, die auf einen haufen belletristik gepisst hatte, einen eher zarten fusstritt. der wind schlägt das fenster zu, das glas spaltet sich auf und bröckelt klingelnd zu boden. «ja ja, ich hätte es nicht tun sollen», antwortete goldenberg ein wenig betreten.

während goldenberg auf netties mantel starrte, während sie das frühstück bereitete, während nina mit xaver fisch, den sie heimlich hinter dem haus getroffen hatte, nachdem er das vereinbarte zeichen gegeben hatte, was ist das, hatte mirjam gefragt, eine eule hatte weintraub geantwortet, während sich die streifen des musters auf dem gewebe auf einer fläche von ungefähr 12 × 18 cm querstellten, hob franz die hand, dachte: innenprojektion und legte die hand drüber aber auf der hand war nichts und er hob sie ein wenig und da drunter bewegt sichs noch immer und die streifen heben sich ein wenig vom hintergrund, werden dreidimensional und alles bewegt sich wie ameisen und er gibt die hand wieder drüber und es bleibt drunter und jetzt setzt es sich zu einem bild zusammen, eine aquarellierte postkarte, ein junges mädchen mit blumenhut und breiter krempe, ganz im stil der jahrhundertwende, sitzt auf einer bank vor einem baum, ganz im stil der jahrhundertwende, das bildchen 12 × 18, mit sträuchern zugedeckt und da bewegt es sich auch, ein kerl mit kaiserbart springt aus dem gebüsch, ich habe eine vision, denkt goldenberg sehr erregt und fröhlich, er hat seit 60 stunden seinen organismus weder durch schlaf noch sonst entgiftet, und der kerl hüpft um das mädchen, ganz im stil der jahrhundertwende, ich habe eine vision, denkt goldenberg und sie herzen sich, ganz im stil der jahrhundertwende, und alles hüpft und zappelt wie im stummfilm und langsam verliert es an farbe, und er hatte schon wieder einmal die hand darüber gelegt und es war darunter geblieben und an der gleichen stelle und da war es lebend eingewebt, ein stück fleisch, ein stück welt im tuch von netties mantel und es verschwand unter blättern und zweigen. da sind wieder die queren stäbe, sie legen sich ins muster und nettie kommt mit dem kaffee und den heissen brötchen.

im abgedunkelten raum liegt dobyhal mit geschlossenen augen. sein steuerknüppelglied in der faust, lenkt er die gedanken in das gestein der erinnerung, mit seinem brecheisenglied den granit der verschütteten gänge wieder aufreissend, den peniskompass fest in der faust, diesem untrüglichen magnetweiser in die richtung folgend, bildergeröll beiseiteschiebend, stösst der zuckende presslufthammer durch das schleierhymen einer widerstrebenden erinnerung und dobyhal kracht in die höhle eines dämmernden raumes in dem zwei undeutliche mädchen über ihre näharbeiten gebeugt nun erstaunt aufschauen. und er steht in diesem zimmer von gaby und adelaide 8 jahre früher und er lässt den strahl seines stabtaschenlampengliedes über die konturen dieser gefrorenen erinnerungskulisse huschen und da weiss er wieder, dass er mit gaby das zimmer verlassen hatte und mit ihr ausgegangen war, sehr zum ärger von adelaide, und dann kämpft er sich weiter durch fels und gestein immer auf der spur und von einem zimmer ins andere bröckelnd, langsam einen gang aufbrechend, ein detektiv, der sich an seinem einzigen anhaltspunkt, dem glied, langsam in das dunkel vorwärtstastet, die nuggets des gesuchten aus dem tauben gestein der vergangenheit reissend, die wie eine wand vor ihm starrt.

weintraub geht mit seiner nachtmütze durch die zimmer.

auf dem weg vom dorf ohne postamt zum dorf mit postamt zerknüllte der postbote roman escolano augustina, 42 jahre alt, einen eilbrief an milton gendel, london, w 1, in der rechten hand und warf den knäuel in einen beerenstrauch, wobei es ungeklärt bleibt ob es sich um brombeeren oder himbeeren handelte, folgenden inhalts:

mein lieber?
in phönix, arizona, war eine fast neue gedankenkombination beinahe über die bewusstseinsschwelle eines rinderhirten gestolpert und strauchelnd wieder in den heftig wogenden, grauen nebel des unbewussten, der sich mit dem wort ruhe tarnt, zurückgesunken?? bald war dieser funken, hilflos in der atmosphäre der möglichkeiten taumelnd, an-

gezogen von der schwerkraft der zeit, in den hirnstadl eines unbekannten – es hätte auch unser neuwerk sein können, er war es aber nicht – getorkelt, setzte die dort lagernden strohbündel mit den winden der vorurteile und unwissenheit in brand, verdichtete sich zum tränenzeugenden rauch einiger unbedachter strophen, die in druckerschwärze durch die tagespresse flammten, entzündete den monat august und 418 menschen, 1 pferd und 1 hund wurden getötet? ideen sind schwer zu löschen? utopien müssen sich verwirklichen? da war nichts aufzuhalten?

dein?
goldenberg?

weintraub, der geizkragen, sagt: rauchen ist ungesund und weigert sich zigaretten zu kaufen. er ist der einzige, der noch geld hat. nettie entfernt sich über die felder in den horizont. nach ablauf von 4 stunden, weintraub hat nervös ein wenig am reck geturnt, war auf dem seil über das bächlein geradelt, hat bei seinem trick einen teller fallen lassen, springt in den wagen und kehrt ein wenig später beladen mit kartons und der aufschrift SOBRANIE zurück. dann geht er zum brunnen, beugt sich ängstlich über den schacht, besucht die ufer des bächleins, prüft den inhalt der hausapotheke, da kommt nettie strahlend und triumphierend, reisst eine packung auf und verschwindet langsam über die hühnerleiter nach oben. beschämt, gebeugt und schweisstriefend folgt weintraub, eine hantel unter dem arm, eine eilig gepflückte rose in der linken.

in weintraubs zimmer steht ein baum. der baum steckt in einem mit erde gefüllten kochtopf. die dürren blätterlosen äste werfen ihre schatten in einem schönen ornament an die weisse wand und bestätigen marcel oppenheimers neigung für fernöstliche literatur. in den ästen hängen junge blüten der letzten nacht aus dürrem holz gegrünt, unterwäsche, strümpfe, ein kopftuch, der rand des schattengitters fällt jetzt in oppenheimers himmelbett auf netties körper, der da schläft, und zwar zwischen die brauen, auf die wange und einem eckchen des mundes. unter goldenbergs schädeldecke wachsen die pagoden, sandwiesen, mondkegel und ein ballen gelber seide.

goldenberg war ein mensch, der seine handlungen nicht erklärte. es ist unsinn sich mit worten zu verteidigen, sagte dobyhal stolz. goldenberg schwieg.

da sass er vor dem offenen fenster wie vor einem vorhang mit diesen beiden hügeln vor der nase in der mitte durchgelegen wie die matratze auf seinem bett mit diesem himmel wie der alte teppich vor dem ofen rund wie die bäume vor ihm da draussen oder da drinnen mit diesem ast wie das glühende ofenrohr bei diesem sonnenstand diese landschaft wie ein kasten das aussen nach innen gemalt die türen offen die läden des fensters warm geheizt dieses zimmer im hotel ist es winter?

zuerst ging goldenberg über einen acker, dann über eine wiese, dann durch einen wald, dann trat er auf ein schneckenhaus, dann stieg er auf einen berg, dann fiel er über eine treppe wieder hinunter, dann stand er auf, dann sprang er über einen bach, dann ging er im schatten, dann verliess er den schatten, dann kreuzte er einen weg, dann schwamm er durch einen fluss, dann stieg er über einen stein, dann ging er durch ein dorf, dann durch eine stadt, dann lief er über ein weites feld, dann stieg er auf einen baum, ass einen apfel, endlich fand sich goldenberg auf einer plüschbank sitzend mitten bei leskowitsch umgeben von gutgebauten damen.

«und was ist ihr problem?» der vornehm wirkende junge mann öffnet die finger, dahinter sitzen ungefähr viermillionen ameisenbären in verschiedenen farben und in reih und glied geordnet. den mit dem glied will ich haben, schrie nina, aber sie war nicht da.
goldenberg schloss die finger und die ameisenbären waren verschwunden:
«die identität.»
«wie?» der englische anzug des vornehmen jungen mannes zitterte erschreckt mit den flügeln.
«bleiben sie. nicht sie haben es gesagt, sondern ich, goldenberg genannt. na also. ich bin gesund. nur versuche ich von diesen wesen mit der dünnen haut zu lernen, die der furz des zweifels in ihren gehirnen zu seltsamen geschwüren, blasen und blumen auftreibt, wahnsinnigen, die der erkenntnis keinen widerstand, keine wirksamen zauberkräftigen, sogenannten richtigen, entsprechenden wörter entgegensetzen können und zu krank, geschwächt, unbeholfen, wie sie wollen: vor allem sind die zu schreckhaft und lassen sich mit dem zeug ein, statt es abzubannen, festzuzaubern, nicht einmal schreiben nützt bei denen. aber sie sind in der nähe, weil sie so ungeschützt sind. verstehen sie das, mein lieber?»

«auf meine ehre, nein», stammelte der vornehm wirkende junge mann ein wenig betreten von goldenbergs gedankenfuss, der da auch seinen schweiss auf stefans stirn zurückgelassen hatte.
«nun, warum ekeln sie sich», goldenberg hat das starre auge aufgespannt, er ähnelt dann ein wenig wie braunschweiger, «vor einer spinne, weil sie denken, dass sie die spinne sind, und warum lieben sie mirjam? weil sie denken, dass ihnen das besteck auf den teller fällt, dass ihnen beim zuhören der kiefer an den nabel hängt und ihre augen verblöden, dass sie furzen und ‹nicht wahr› sagen. sie können keine distanz halten, das ist es. ihr alle könnt es nicht und belästigt mich damit. ihr redet mit mir als ob ich ihr wäre und ich bin ja nicht besser, was erzähl ich denn da. aber ich will mich bemühen darauf zu achten, ja das werde ich tun!

auch ich bin eine mutter, antwortete goldenberg den frauen, die mutter meiner samentierchen. aber auch der vater, schrie braunschweiger, der alles mitgehört hatte.

und was mach ich jetzt? wartete goldenberg und da hob er den fuss und trat auf die strasse.

und er hörte, wie eine dame in grün zur dame ganz in rot sagte: und zu verstehen, dass es dazugehört, dass er stirbt, das ist das schreckliche. da blieb die dame ganz in rot stehen und nickte ernst herüber.

über ihm stand die brennende gaskugel in einem winkel von fünfundvierzig grad. seine muskeln spannten und entspannten, seine beine machten schritte, seine sohlen berührten widerstand, bestandteile der strasse in fast mathematischer mässigkeit, entfernung. ordnung, druck ausübend, vernachlässigten seine schuhsohlen, künstliche hornhaut, den asphaltbelag seines lebensweges, der da eben diese strasse war, zu einem prozentsatz. nachdem er richtung und schärfe zum nötigen verhältnis vereint, empfing er das bild eines architekturausschnittes von seinen wimpern gerahmt, einen fetzen haut eines hauses, als die reflektierten lichtstrahlen mit ihrer geschwindigkeit von 300 000 pro sekunde durch seine linsen auf die netzhaut geknallt waren. das macht krach. das

macht licht. stäbchen und zuleitung in aktion. der intensität entsprechend regulierte er seine augen zu schmalen schlitzen. durch die anziehungskraft der erde auf jenem teil ihrer oberfläche festgehalten, der im stadtplan unter dem namen friedrichstrasse zu finden ist, näherte er sich dem haus, dessen oberflächenteil er da auf der iris hatte, mit dem namen nummer zehn, der seit dem 23. februar 1908 der ihm geläufigen zeitrechnung über dem hauseinundausgang abgebildet war. seine gedanken hatten den erinnerungsspeicher abgeklappert, verglichen das erinnerungsphoto mit dem gelieferten schnappschuss und da war ihm klar, dass er da war.
seine muskeln brachten ihn ohne weitere zwischenschaltung über das bewusstsein zum stehen. sein herz schlug 80mal in der minute. unentwegt wuchsen die haare aus seiner kopfhaut. in seinem magen schwammen die vorverdauten reste eines reichlichen frühstücks im bier. in kurzen abständen sog er teile aus der ihn umgebenden, hell erleuchteten luft ab, verwandelte, machte zauber, chemie, behielt was er brauchte und stiess den rest aus maul und poren. sein elastisches rückgrat erlaubte ihm, sich aufrecht zu halten.
schallwellen erreichten ihn und er musste hören.

die unruhen sind beendet. der wille unseres volkes hat sich durchgesetzt. unsere fleissigen studenten machen ihre hausaufgaben, die ausländer werden des landes verwiesen. die attentäter sind alt geworden. verschiedenes wird gewährleistet, einiges bleibt unangetastet. tönt aus den lautsprechern der panzerwagen. die feiern der brüderlichen versöhnung haben begonnen. was folgen könnte geht in allgemeinem beifall unter. einige unbelehrbare werden mit wasserwerfern der polizeifahrzeuge hinter die schranken gewiesen.

plötzlich steht oppenheimer vor mir und sieht aus wie braunschweiger, der wie dobyhal aussieht und der sieht aus wie nina, die wie weintraub aussieht, der wie lipschitz aussieht, der wie mirjam aussieht und die sieht aus wie der mann an der barriere da, der meine eintrittskarte sehen will.
«he, sie», sagt der. verdammt.

der metro-polizist schlägt auf goldenbergs schädel. das normalton-A erklingt. verschiedene passanten singen die landeshymne.
«und die habeas corpus akte», fragt goldenberg bescheiden. trotzdem ist es goldenberg nicht möglich, die aufmerksamkeit auf sich zu lenken.

mit einem ruck springen alle auf die andere seite um besser zu sehen.

während der gegenstand wuchs und wuchs standen leute um ihn herum um ihn zu betrachten. der gegenstand wuchs stetig aufwärts und die leute die um ihn standen betrachteten den gegenstand und sein wachstum. langsam wuchs der gegenstand unaufhaltsam aufwärts und die leute die um ihn standen um ihn und sein wachstum zu beobachten begannen einer nach dem anderen ihre köpfe in den nacken zu legen um den gegenstand in all seinen phasen im auge zu behalten. so wurde der stetig aufwärtsstrebende gegenstand in einer unzahl von augen die der hälfte von köpfen entsprachen behalten und die entsprechenden nacken knackten auf den entsprechenden schultern der leute die den gegenstand noch immer betrachteten aufwärts wo sich der gegenstand allmählich in die perspektive verjüngte. nun wuchs der gegenstand gleich einer akazie aufwärts und der verströmende duft seiner blüten vermochte die leute nicht ihren blick zu senken vielmehr hingen sie gebannt an dem gegenstand der nunmehr sich aufrichtete gleich einer angespannten stahltrosse die sich in der perspektive verliert. die leute standen um den gegenstand und betrachteten ihn wie er sich gleich einem zurückschnellenden aste im himmelsblau verlor. nun wäre es zweifellos falsch gewesen zu behaupten dass sich auf dies die köpfe dieser einer irgendeiner beschäftigung anblick frage zugewandt vielmehr hielten sie gebannt ihre blicke aufwärts wo sich der gegenstand gleich einer schwalbe im äther verlor. obwohl es jetzt hätte genug sein müssen und man ermüdet hätte das kinn geneigt um zu verschnaufen verzog sich vielmehr die düstere wolke die schon gedroht den ausblick zu verdecken vielmehr sich verzog und nun im leuchtenden abendrot den gegenstand zeigte, der sich gleichsam einer lilie im azur verlor vielmehr sich wieder fand in der unendlichen weite des abendlichen blaus und nun aufschnellte wie der tubus eines spiegelfernrohrs und die insassen dieses beispielhaften planetariums hoben die köpfe an hinauf anstatt in müdigkeit zu sinken um den gegenstand nicht aus den tausend augen zu verlieren die ihn also emsig umgaben der jetzt aufschoss wie ein gefiederter pfeil in die laue abendluft und zwischen dem feurigen regenbogen bohrte sich jetzt für die augen aller der gegenstand wie ein geschälter weidenstengel zwischen die wolken und während die mehr als tausend augen auf ihn gerichtet waren raste der gegenstand gleich einer gut gedüngten gänseblume in die beleuchteten lüfte und die hälser reckten sich und die augen traten aus den höhlen um den gegenstand nicht zu verlieren der sich nun allmählich gleich einem schwan in das firmament verlor. «ah», sagten alle aus 500 kehlen oder mehr und der gegenstand war verschwunden.

vor dem kaffeehaus stand olga und wartete. als goldenberg herauswankte, griff sie ihm unter die arme, stützte ihn und fragte: «was ist der sechste sinn?» goldenberg schüttelte die augen, machte sich steif und schlug sie mit letzter kraft, bis sie neben ihm lag ohne sich zu rühren. dann legte sich goldenberg neben sie und schlief.

wie der eilige bote der in seiner hast über der wurzel strauchelt, die sich über mondbeschienenem pfad, der in die ferne stadt, wo die hohen türme ihre langen schatten werfen und die einsamen bürger ihre grobbeschuhten füsse auf ein pflaster werfen, das selten erneut nun ein bild allgemeiner trostlosigkeit vor uns breitet, führt, breitet, so schlug goldenberg über den rinnstein der neuenburger strasse und lag da aus der nase blutend.

wie goldenberg in besseren zeiten trat goldenberg in schlechteren zeiten den heimweg an.

«he!» brüllte fisch, als goldenberg weiterging brüllte fisch «he» und wieder brüllte er «he» aber goldenberg ging weiter und hörte ihn nicht.

«sie scheisskerl!» schrie das wachorgan und war ganz deutlich ausser sich, so dass es neben den beiden, goldenberg und sich, im schein der strassenbeleuchtung von einem fuss auf den anderen trat, und es schlug goldenberg mit dem tomahawk auf den skalp und brüllte, aber der, goldenberg, der missliche squatter, grunzte nur und konnte gar nichts verstehen, geschweige denn in verbindung setzen, und am nächsten tag musste man ihm die geschichte erzählen und er hätte sie nicht geglaubt, wenn nicht einige zeugen diesen bericht bestätigt hätten.

«jesus, der goldenberg», stiess ein blondes mädchen kaum 27, aus ihrem resonanzkörper und schlug die hände vor die weissgeschminkten lippen. «mein vorname heisst franz», hob franz aus dem dunkel seines bewusstseins und war schon wieder 14 schritte weitergegangen.

tagelang hatte goldenberg sich mit dem lautgebilde «knaulpferch» herumgeschlagen. endlich verliess es ihn so plötzlich wie es ihn befallen hatte und goldenberg konnte es anfangs garnicht glauben.

oft gröhlte goldenberg anscheinend sinnlos vor sich hin. dann konnte ihn niemand leiden und man mied ihn so gut es ging. trotzdem suchte goldenberg oft oder gerade in diesem zustand die gesellschaft von menschlichen wesen um zu gröhlen.

«la la la», sang goldenberg. «bla bla bla», antwortete braunschweiger. hierauf waren beide, braunschweiger und goldenberg, minutenlang glücklich.

oft fragte sich goldenberg auf parkbänken oder in kaffeehäusern sitzend irgendetwas. in den seltensten fällen fand er eine antwort. und wenn, dann revidierte er sein urteil innerhalb von stunden. so alterte goldenberg.

«wie in china», dachte goldenberg und er sagte es auch, obwohl er nie in diesem land gewesen war. ist es ein land, dachte goldenberg später, oder eine stimmung. es wird zum land, wenn ich hinfahre. vorher ist es eine stimmung die ich china nennen darf bis ich hinfahre und sie umbenennen muss. aber damals sagte er es und die anderen blickten auf die spiegelnde wasseroberfläche, die zweige, den mondlosen nachtvorhang und die sterne fielen hinter der erde in den weltenraum.

vor vielen, vielen jahren, als goldenberg ein kind war, hatte er geträumt, wo die flagge seines kleinen blechdampfers lag, er hatte sie gesehen zwischen den felsen liegend, die faustgrosse steine waren, er sah die stelle, öffnete die augen, weckte seinen vater und sie holten die fahne, die er gestern mit tränen auf der nase gesucht hatte. schon als kind hatte goldenberg eine krankhafte sehnsucht nach vollkommenheit.

heute war dieses diapositiv an den rändern etwas verblasst, aber deutlich genug über seine wahrnehmung gefallen, eine guillotine hat die wahrnehmung erledigt, und der strom seiner gedanken floss elektrisch durch porös gewordene kombinationswände, einsickernd in bahnen, wo früher noch glatte isolatoren einfache wege bestimmten.

«wissen sie», sagte paolo farkas, «dass wir gar keinen freien willen haben.» vielleicht ein bisschen, grübelte goldenberg als er nach hause ging.
«wir haben doch ein bisschen freien willen», antwortete goldenberg nach 3 tagen, er hatte viel nachgedacht.
nach 2 wochen entgegnete farkas: «das nennst du einen freien willen, dass ich meine rechte hand jetzt heben könnte. das ist ein scheissdreck, und wer weiss ob ich es könnte, und wenn?»

«wissen sie», sagte goldenberg jahre später, «mir geht es ganz gut. mein fleisch ist fest geworden. und ich rauche teure zigaretten und whisky und so. wissen sie.»

«geld ist gute manieren», widersprach oppenheimer. ungläubig staunte goldenberg. oppenheimer gab dem kellner einen fusstritt und fragte: «was macht das?»

braunschweiger schlug auf mirjam ein und die dame in rot nahm das glas aus dem mund der wirt schlug mit dem hammer ins eis der mond schien aufzusteigen der junge mann mit dem einglas klirrte ein wenig an der theke der zeiger auf der armbanduhr der sechsten dame in rot war auf den nächsten teilstrich der skala gerückt draussen war dezember herinnen war geheizt der kellner schrieb eine rechnung die musik war laut aber trotzdem konnte goldenberg verstehen als sie sagte die welt ist schlecht und er stand auf und dann auf das andere bein und hielt sich fest mit der hand an seinem glas und es ergoss sich in seine kehle und dabei hatte er sagen wollen die welt bin ich und das ist meine sache und sie gab zur antwort liebling du trinkst zuviel und nahm ihm das glas aus der hand.

klettern sie mal, meine liebe, über den tisch rüber. auf der anderen seite ist amerika und hier der weite ozean auf dem die wogen schlagen, forderte goldenberg, schlug mit der flachen hand ins bier, das den tisch deckte, dass die brandung schäumend hochschlug und die siebente dame in rot mitriss mitten hinein in braunschweigers arme, der mit dem stuhl eben von new york nach san francisco gerückt war.

ein polizist auf kriegspfad schleicht vorüber. er ist auf der jagd nach legitimationen. viele weisse männer zittern vor ihm und verlassen das lokal durchs toilettenfenster.

lassen sie die hoffnung fahren! sagte braunschweiger und sah auf den dichten gekräuselten vollbart einer dame und da war er bestürzt und gequält blickte die dame um sich und ihre augen waren voll melancholie und die eine falte rechts neben ihrem mund im gesicht war bitter und nicht nur vom schweiss und seufzte: ich kann nicht! braunschweiger entgegnete und die hände der dame faltig rissig und er küsste sie nicht zum handkuss und sie konnte nicht und dachte niemand könnte es und dann weinte sie beinahe und sah auf die leute die um sie standen und er sah auf sie und voll trost so sprach er mit ihr und sie weinte beinahe und er dachte schon sie könnte aber sie konnte wirklich nicht und war überzeugt dass es unmöglich sei es zu können auch im allgemeinen und unmöglich das kann niemand und er bestand darauf dass sie die hoffnung fahren lasse und da liess sie eine hoffnung fahren dass alle weggehen mussten und da erkannte er die dame und erkannte dass er sie schon lange kannte nur nicht erkannt hatte und es war gar keine dame sondern sein freund goldenberg.

die nacht verbleicht. geschwüre, erst grau, wuchern überall aus der dunkelheit, setzen farbe an, werden deutlich, werden die häuser, die stadt, seine freunde, die strassenbahn, die ihn wegbringen wird. man gibt ihm geld in die hand und er und seine erscheinung verschwindet. ein fleischer ersetzt goldenberg und bewegt sich an seiner stelle im raum, blutbefleckte körbe vorbeischleppend.

was ist zu tun? fragte goldenberg.
in allem das gleiche zu erkennen, antwortete goldenberg.

gott ist ein attribut, grübelte oppenheimer.
so könnte man auch sagen, meinte goldenberg, aber es kommt nicht ganz ran.

es ist winter geworden. die schmetterlinge verwandeln sich in schneeflocken und tanzen auf der himmelsfahne.

ich war mit meinem vater im zirkus, erzählte goldenberg, nahm nettie, die er bei oppenheimer gefunden hatte, an der hand und erinnerte sich des priesters mit dem runden hut, mit der breiten krempe, mit der schönen flatternden schärpe um den leib, wie er aufrecht stehend in einem motorboot der städtischen feuerwehr, ganz in rot, über die wasser schoss, die feuerwehrspritze am heck war deutlich zu erkennen, vielleicht setzte man ihn aus ehrfurcht vor der religion ans andere ufer des kanals über, die ganze stadt ist überschwemmt, *es war auf einer grossen wiese, gleich hinter unserem haus, da stand das riesige zelt mit seinen fahnen, es war abend,* fuhr goldenberg fort, half nettie aus dem mantel und sah den nebel, hörte die sirenen, erkannte die schatten wieder, die im grau auftauchten, bloss um sich wieder zu verflüchtigen, *die pferde mit den weissen federbüschen nickten mir zu und flitterglänzende clowns schlugen purzelbäume bis zu den trapezen, schlugen sich die knüppel auf die steilen mützen mit den leuchtenden quasten, schlugen sich die hände an die ohren und die füsse in den hosenboden und der dumme august schenkte mir bonbons, nachdem er einer dame ganz in rot, die neben mir sass, eine weisse taube aus der nase geholt hatte, ein tiger sprang durch einen brennenden reifen, schöne musikanten, ganz weit oben auf ihrem balkon in der kuppel des zeltes, klein wie zinnsoldaten, vibrierten im takt ihrer polkas und märsche,* sagte goldenberg und half nettie aus dem kleid, fuhr mit dem kleinen einstöckigen dampfer über das winterliche meer zu der kleinen insel mit dem alten kloster, dem schön verfallenen wirtshaus mit den schrägen sonnenstrahlen, fuhr entlang der grauen piloten, die die route in dieser maritimen architektur bestimmten, über graues polares wasser durch die graue kalte erfrischende luft über sich den grauen flüssigen himmel, beweglich, lebend: die schäfchenwolken, gehirnwindungen eines riesen, die dem horizont zu in ein rückgrat übergehen, dahinter verliert sich die anatomie, kein gerüst, keine kuppel, oben ist alles beweglich. im hintergrund das bühnenbild der nautischen semafore, körbe auf hohen stangen, die buchstaben tragen, sie zeigen unbekannte gedichte von bisher unerreichter schönheit, dachte goldenberg und nina war neben ihm, an seiner hand, an der kleinen bar mit den puppengläsern, den puppenflaschen und nina schüttete viele bunte flüssigkeiten lachend in ihren verschwimmenden körper, glitzernde stewards, glitzerndes wasser, glitzernde luft und eiskristalle, dachte goldenberg und stand unschlüssig da, mit weit offenen pupillen, die sehlöcher parallel gerichtet, bilder aus der vergangenheit mühsam einfangend, und sagte: *da war noch der seiltänzer, die löwen und ja, ein wasserballett zuletzt, mit seerobben die luftballons auf den schnauzen balanzierten und du musst jetzt gehen, nettie, bitte geh jetzt,* sagte goldenberg und ging mit nina über die insel durch die schrägen winterlichen sonnenstrahlen über weite felder, vorbei an verdorrtem gesträuch, über verdorrtes gras, über braunen schnee, vor sich das meer und eine unbekannte zukunft.

als es weihnachten war schossen wir einen vogel. er war vorbeigeflogen und hatte sich bewegt. das war alles.

«da!» und beide sprangen aus ihren drahtundblechbuntbemaltenstühlen über die hecke aus dem kaffeehausgarten hinter ihr her: «ein mädchen wie ein bügeleisen wie ein kiesel wie ein butterbrot wie schinken mit ei wie ein weisser rand wie ein rotes kleid wie eine zelle wie ein schiff wie schliff wie schilf wie elle wie gazelle wie grabstelle wie abstellen wie bemerken wie rotlauf wie sie rot anläuft wie niedlich!» beide stürzten erschöpft zu boden. über ihren geöffneten mündern stand eine säule aus heissem rauch, rund um ihre leiber schmolz der schnee. aufgerichtet von den starken armen ihrer freunde, die hilfreich aus dem mit infraroten strahlen erhitzten garten herbeigeeilt waren, schwankten sie in der dämmerung neben mehreren sanft leuchtenden laternen und starrten in die ferne, in der die kleine seit langem verschwunden war.
«perspektive», sagte goldenberg.
«diese scheisse», sagte oppenheimer.
da sind wir also wieder beim thema.

herein kommt fisch mit nina zwischen den händen, die eine auf ihrer linken schulter, die andere auf ihrer rechten hüfte. goldenberg hat ihn an seinen hellblauen wildlederhandschuhen erkannt. jetzt schiebt sich

fischs kopf aus dem gestrüpp der haare ninas und bestätigt im vergleich, dass es fisch ist, der zeigen will, dass er nina geheiratet hat.

alles ist in bester ordnung, antwortete goldenberg, nur unsere ansichten müssen geändert werden.

dabei fiel goldenberg von einer zeit in die andere und er nahm keinen schaden. hin und her sprang goldenberg, hinauf und hinunter und immer blieb goldenberg unbeweglich. «wie machst du das?» wollte krenek wissen, tassilo krenek. «was scherts mich», gab goldenberg zur antwort.

«was ist zeit?» krenek lässt nicht locker. «die zeit ist mein ruhekissen», sagte goldenberg. «du liegst ja garnicht», entgegnete krenek, ein denker. «na eben», bestätigte goldenberg von einem bein auf das andere hüpfend und implodierte.

die wirtin und die reinemachefrau krallten sich in den vorhang, die eine links, die andere rechts, scylla und carybdis, und dahinter die schmale aber tiefe bühne des toilettenvorraums mit braunschweigers befreitem glied in lebensgrösse und der entblösste hintern mirjams drüber, der gereffte rock flatternd in der dünung der tabakwolken, die sich da drohend und sichtbehindernd vor diesen keifenden errynnien ballten, die sich vorwerfen, der strömung entgegen, ja sie schaffen es, hinein in die takelage der strumpfriemen, gewinnen halt, halten sich fest, und spreiten den rock mit einem ruck drüber rüber über die beiden schwankenden maste, in diesem nebel von verdampftem gintonic in nylons gewickelt, die da den schweren kopf mirjams stützten, der da lospfiff aus seinem ventil durch die zähne und über der sirene mit den rosigen lippen schlugen die segel des billigen kattuns wieder friedlich zu den klängen von love me do und das glied schnalzte in die hose und die lippen klimperten zu marek, unserem marek, dem netten jungen, dem menschlichen zuhälter, der einfachen type, über dessen braue ein bluttropfender krater klaffte, und die haut spannte auseinander und die flottesten lieder sausten ihm solcher art aus der jukebox direkt in die hirnschale. «hat mich einer mit dem schlüssel draufgehaun», lächelte marek kläglich und braunschweiger rülpste «dieses schwein», rülpste

braunschweiger, «mit dem schlüssel, wie» und braunschweiger betrachtete seinen nachbarn, der sich das hemd aus dem anzug riss, «feige», setzte braunschweiger fort und von dem hochbeinigen barhocker stürzte der nachbar eins mit mirjam in das schäumende meer der bewusstlosigkeit, das sich über dem parkettboden der spelunke kräuselte und wirbelte. und da sagte oppenheimer mitten hinein in diesen taifun morgendlicher finsternis, mitten hinein in die zugerefften vorhangsegel dass auch keine lichtbö reinschlagen könne, ja oppenheimer, der hat was gesagt, aber niemand hat zugehört. und da klatschte der zurückgestaute tag durch die tür und überflutete den staub, die zigarettenasche, die bierdeckel, das ausgelaugte strandgut des alkoholverbrauchs und es war 10 uhr vormittag oder mehr und geblendet schlugen alle die hände vor die augen und gleich einem stück rinde .... na iss nur mein junge und ich schluckte und schwieg und glühte und da war noch die wirtin und versuchte noch einen drink aus uns zu holen und da nahm sie die brust raus und wir schnippten dran mit den fingernägeln wie an einem löwenzahn der auch schon seine 60 jahre auf dem gemiederten buckel hat und keinen spass macht, da griff sie braunschweigern an die hoden und das macht spass aber nicht so fest und da lässt er sich fallen, die beine vertäut im standwerk dieses phallischen sitzmöbels und krachend stürzt er zu boden, ein klassischer heros, und da dachte ich bei mir: jetzt sind sie ab, die knöchel.
und da ist sonntag und der siebente juli flammt über den himmel das mene tekel der schlingenden zeit und wir leeren unsere blasen und unser wasser ergiesst sich in die strassen der stadt.

und gleich einem stück rinde einem stück rinde um einen knorrigen stamm um einen knorrigen ast einem stück ast vielmehr, erhob sich ein maul und schnarchte und die schallwellen schunkelten um die bar gleich den trinkern die um sie sassen gleich den mädchen die um sie sassen und tranken und ich schob mein glas in das maul und ich goss es hinein und es gurgelte wie ein kanal wie eine schlechte lüftung und eine fontäne sprang hoch so hoch aus dem hahn der da schon längst die morgenstunde hätte krähen sollen in die tabakerfüllte luft in der die schallwellen schunkelten und sie fassten sich an den elektrischen händen und schaukelten und schaukelten und ich goss das glas und da hob sich das maul und es neigte sich und ein gesicht stand auf vor mir das gesicht eines fauns eines brunnentritons ein knorriges gesicht wie der alte goldenberg und es lächelte und verzieh und beschämt rückte ich zur seite und wollte ihm was geben und da gab mir der alte ein paar aufgeweichte kekse und sagte na iss nur mein junge als sie den rock hochhob lag da ein leuchtendes juwel zwischen den blütenblättern leuchtend weisser unterröcke ein glitzernder funkelnder alle blicke an sich ziehender prächtiger hintern sorgsam getrennt von seiner umwelt in leinernes seidenpapier gehüllt und der bewunderung freigegeben verwandelt auf dem samtteller von gestärktem kattun serviert bot er sich dar eine dunkelglühende erdbeere im finsteren tann eines verregneten montagvormittags so schwebt er vor mir durch die gewinkelte gasse bis mirjam den saum fallen lässt weil zwei eilige figuren in overalls gröhlend und schwankend um die ecke in unser gesichtsfeld gestochen waren. aber es ist doch sonntag! sagte mirjam im treppenhaus, du hast dich geirrt.

irgendwann wollte georg aus dem fenster springen und er hätte es getan. dabei konnte er kaum quer im raume liegen, sonst hätte ich ihn mit der flachen hand gestossen und langsam sehr langsam wäre er, der aufgequollene luftballon, aus dem offenen fenster in die friedrichsstrasse gesegelt und die drei freundlichen damen des henriettenhofes hätten ein prosit ausgestossen ganz allein für georg, 521, 522, 523, dass er aufgestiegen wäre durch die warme luft, eine träumende hühnerfeder, in die ewigen jagdgründe aller alkoholiker die es vorgezogen haben sich in klirrende schmetterlinge zu verwandeln, die über den schloten der brauereien aller erdteile ihre schwanken kreise ziehen. aber georg bleibt eine hühnerfeder und will im skalp eines polizeiirokesen landen.

endlich hat sich goldenberg entschlossen, oppenheimer aufzusuchen. er wechselt die lichter, versperrt die elektrische beleuchtung mit der haustür, sichert ihren wellenbereich mit dem patentschloss, setzt den schlüssel ein wenig den mondstrahlen aus und schützt ihn davor in einer seiner hosentaschen, legt noch die hand drüber und machte sich auf den weg. in gleicher richtung bewegen sich zwei ratten auf der suche nach abfällen durch den kanal, leuchtgas unterquert seine schritte, die untergrundbahn rast ihm 2 stock tiefer entgegen. verwirrt tritt goldenberg zur seite, da öffnete sich die tür, seine andere hand nimmt geld aus der anderen hosentasche, die linke verlässt den schlüssel und hebt das glas, seine trommelfelle zittern, sein gedächtnis nennt die titel der schlager, name des sängers und der band, besetzung, tonart, erscheinungsjahr der ersten version. verwirrt ändert goldenberg die richtung, den vorgeschriebenen weg verfolgend, geht wieder nach hause, holt oppenheimers sportsacco, das er zurückbringen soll, geht zu braunschweiger, der nicht zuhause ist, trifft mirjam, die dringend geld braucht, beweist in einer bar ganz in der nähe, logisch und durch mehrere viertelstunden, dass er nicht der vater sein kann, verlässt sie und einen gewissen geldbetrag, geht erleichtert ins kino, schläft ein, wacht auf, geschüttelt von kälte und den starken armen des saaldieners, kauft speiseeis, isst es, sucht eine öffentliche bedürfnisanstalt auf, geschüttelt, diesmal von krämpfen, will diesen ort eben verlassen und er hat oppenheimer angetroffen, da steht er, ja da ist er und verrichtet sein geschäft.

oppenheimer hebt den arm in einer bar ganz in der nähe, wo leben und eigentum bedroht sind, hören alle bedenken auf, denkt goldenberg, um goldenberg den verlangten geldschein zu borgen, da kann goldenberg die tätowierte inschrift auf oppenheimers haut entziffern, 1 ist der buchstabe a, sehr einfach, und liest: wir sitzen im speisesaal ganz im stil der jahrhundertwende, die gusseisernen lianen treiben gusseiserne blüten über geschwungenen mahagonnybüschen, dahinter sitzt nina und betrachtet durch die grossen blumenverzierten und seitlich geschliffenen fensterlinsen die parias auf der flucht vor ihrer südlichen armut, sie rührt mit geschweiften bewegungen und einem geschweiften vergoldeten löffel in der beschwingten mokkatasse, die echten blumen neigen ihre langen stengel, goldenberg spürt das blut in seiner nase, sie nicken und die gummibäume, die ziersträucher, der ganze wintergarten und die vergoldeten kellner erster klasse verschwimmen hinter den tränen der rührung ninas, und draussen sitzen sie auf aufgeplatzten koffern, mit papierspagat an ihre armselige habe gefesselt und aus dem fenster des violetten waggons der internationen speisewagengesellschaft blickt gütig ein violetter kardinal als wollte er sie segnen und speisen. ein wunder, dachte goldenberg, nachdem er die geschichte gelesen hatte und noch immer hebt oppenheimer den arm, öffnet die faust und lässt ein stück papier auf die theke flattern. dobyhal bläst unbemerkt den zettel auf den boden, setzt, in eine ecke starrend, einen fuss auf den abfall, hebt unbemerkt die banknote auf, lässt den hunderter im ärmel verschwinden und goldenbergs finger greifen ins leere.

zeit? staunte goldenberg und einige tage später, nachdem er sich die sache überlegt hatte, meinte er, ist nur zerschneidung des ganzen und durch die sinne, fügte er hinzu, als sie wieder darüber sprachen.

goldenberg glotzt mit oppenheimer und einem auge in den kinderwagen. das andere ist schielend auf den brustansatz der jungen und schönen mutter gerichtet. ein strahlender tag, nämlich die sonne, man kann es sehen und die haarbüschel vibrieren erwartungsvoll aus der feucht geöffneten armschenkelbeuge.
«liebesradar», sagt oppenheimer.
«den», sagt goldenberg, «haben sie mit einem mann gemacht, was?» blubbert goldenberg aus dem tiefen märchenbrunnen des alkohols. dann geht er mit ihr hinter den busch, der vorhin noch so unnütz sein wasser aus dem boden sog und ein wenig sauerstoff für goldenberg und oppenheimers ungesunde lungen vorbereitet hatte. nun legt er, ein schild der natur, wappen des kavaliers goldenberg, also reiter, seine schützenden äste um die beiden, während er weiter wasser aus dem boden saugt und goldenberg ein wenig flüssigkeit verschüttet, auf das ein glückskind eine zauberkräftige wurzel finden möge.
dieweil nimmt oppenheimer einen fuss, oppenheimers fuss natürlich, der schaukelt den kinderwagen, und oppenheimer hat noch einen zweiten, den wird er später zum weggehen brauchen, wenn das noch lange dauert. und da ist ja die mutter wieder, die ihr kind nicht vergessen kann, und auch goldenberg, und die bäume und die wiese und die tiefatmenden stadtbewohner, es ist wegen des sauerstoffs, den unser strauch für alle schon vorbereitet hat, und das gras und die blätter und das schöne wetter und das kind, wie gesagt, und natürlich oppenheimer. ein schöner sonntag. es ist nämlich sonntag. «er sieht dir schon ähnlich, da», drängte sich oppenheimer in franzens gewinke. franz heiss ich auch, so ein blödsinn, denkt goldenberg. «wer», goldenbergs rechte wedelt noch immer da oben die vorgeplanten luftmassen in die vorgeplante lage, so ist das schicksal, ja, und seine gesichtsspannmuskeln improvisieren, aber recht gut gemacht!, eine echte, wie man es nennt, vom herzen, das mit den klappen, wo blut durchgeht, kommende «seien-sie-glücklich-mit-goldenberg»-show und er hatte also «wer» gesagt, fragend im tonfall, wir haben dafür dieses zeichen:

?

und noch irgend etwas und endlich, zum schluss, nicht der welt, der luftausstoss war nahezu durchgeführt, konnte man ein paar laute verstehen, die, wie man weiss, ungefähr so auf der börse unserer mutterschaft notieren:

ähnlich

oder so ähnlich, in einem sogenannten fragenden ton, ja.
«na, der junge im kinderwagen», staunte oppenheimer. «wo bist du, franz?»
«auf deiner netzhaut, durch dein trommelfell, in deiner nase», berichtete goldenberg, es stank über die wiese.

«und wie ist es mit dir?» wollte oppenheimer wissen, der wissbegierige.
«nur in meiner nase und durchs trommelfell», gab goldenberg zu. in seine züge malte erkenntnis enttäuschung.
«dafür hast du mich», tröstete oppenheimer.
«ja, ja», lautete goldenberg wenig zufrieden.

goldenberg nahm die flasche aus dem gras und sitzt dreiundzwanzig jahre jünger in der küche, giesst wasser in die retorte, reichte oppenheimer die flasche hinüber, leert salz durch den tubus, oppenheimer nahm einen schluck, goldenberg dreht den bunsenbrenner auf kleine flamme und oppenheimer spuckte ihm die flüssigkeit vor die füsse und schrie: das ist ja wasser. goldenberg hob den stein auf, der ihm aus der hand gefallen war. vor ihm sass ein feuersalamander und betrachtete goldenberg.

«ich werde die welt nicht nur verändern, ich werde sie umkrempeln.»
«und wie soll das geschehen?» wollte oppenheimer wissen.
«mit meinem glied, freund, mit meinem glied.» sagte goldenberg und warf eine münze in den automaten.

als goldenberg sein fröhliches zimmer mit den fröhlich knarrenden möbeln, dem fröhlich plätschernden wasserhahn, den leise fröhlich zischenden gashähnen, der fröhlich leuchtenden elektrofunzel, den fröhlich eingeklebten mit fröhlicher sonnenimitation fröhlich illuminierten aussichtspostkarten in den fröhlichbraunen fensterrahmen auf den fröhlichen wänden betrat, traf ihn der schneeweisse umhang einer telegrammerscheinung ins bewusstsein, innen drinnen funkelte die mächtige formel: ich liebe dich sehr sehr, las goldenberg mit vor kälte zitternden händen. der wasserhahn war vereist, das licht war vereist, die wände aus eis, die möbel hatten sich mit rauhreif überzogen. die gefrorene tür platzt auf und da stürzt nina herein, schlingt alle ihre arme um goldenberg und stösst folgende schlachtrufe aus:
«ich werde dich nie mehr verlassen!»

«ich liebe dich sehr, sehr!»
«ich habe den sechsten sinn!»
«ich habe fisch verlassen!»
«mein vater ist auf unserer seite!»
«wir müssen fliehen!»
«mein vater bringt dich um!»
«ich werde fisch alles erklären müssen!»
«wir feiern vaters geburtstag im landhaus!»
«ich werde an dich denken!»
«vielleicht kommt fisch garnicht!»
«warte auf mich!»
«ich komme nach!»
«was will mein körper von mir!»
«was will meine seele von mir!»

fast tödlich getroffen sinkt goldenberg zu bett und nina über ihn.

nina erschallt: ich komme wieder!
goldenberg öffnet die blicklosen augen, erkennt die gefahr. sein wunsch packt ninas arm, während goldenbergs körper, gefesselt von den giften des schlafs, reglos, nur die augen kollern jetzt in ihren höhlen, ins zimmer hängt. ans bett geschmiedet, ein prometheus des erwachens, gelähmt vom wechsel der elemente, will goldenbergs wille aus luftigen träumen ins kalte bad des geregelten bewusstseins springen. immer wieder schnellt er am sprungbrett empor, aber herr goldenberg kann das becken nicht finden, klatscht wieder daneben, auf die plötzlich mit schreckbildern gekachelte fassung des diamanthart gewordenen wirklichkeitstümpels.
die stimme fährt aus goldenberg, klingt: 521, 522!
nina wird diese zahlen im lotto setzen.
goldenberg hingegen stürzt zurück in die schwindelnde höhe seiner flugreise, in einem winkel von 45 grad vorgeneigt, über die häuser und gassen eines imaginären genua, das aber im zeitbild immer wieder aus dem meer seines bewusstseins in den äther seiner nachtreisen taucht, erst 6 dann 30 meter über dem gewoge der menschen. der körper jedem druck gehorchend, hin über die offene see, in einem gehaltenen aber schwankenden abstand von der spiegelnden wasseroberfläche, 40 bis 60 meter, und dabei bleibt es, goldenbergs himmelfahrt.
goldenbergs wunsch, johannes goldenberg genannt, sitzt im linken und goldenbergs wille, petrus goldenberg mit namen, im rechten auge.
klagend um ihren herrn, bemühen sich beide, jeder auf seine weise, die

eingeschnappten augenlider aufzureissen, um den glanz des jammers im schein des lichts, das der anfang sein soll, zu offenbaren.
beide weinen so sehr, dass ihre tränen, das harz des schlafes aufreissend, durch die geschlossenen rollbalken ins freie und über goldenbergs wangen kollern.
das salz seiner jünger auf den lippen, erwacht der herr, springt aus dem bett, her hinter dem nachbild ninas, die da vor 2 stunden gestanden ist und landet auf der strasse.

sie hatte keine eleganten schuhe mit diesen schnallen, die rechts gekerbt und links zwei knöpfe haben, an den füssen, etwa nach der letzten mode, auch keine strümpfe, die goldenberg hätten gefallen können oder beine. der kleine sportwagen war über sie weggefahren und goldenberg wusste nicht, ob er sie berühren dürfe und das blut lief auf der strasse und manchmal schien es damit aufhören zu wollen, dann stiess es wieder hervor aus dem versteck der adern und goldenberg stand da, wozu eigentlich, und dann sprang er mit sechs gewaltigen sprüngen, langgestreckt und flach, in die telefonkabine und es krachte und der schweiss brach aus seiner stirn und olga wurde aufgeladen und goldenberg schluckte, da wollte der arzt wissen, den sie mitgebracht hatten, ob er die dame, das opfer, die verunglückte, die leiche kenne, wollte ein polizist wissen und er, goldenberg, machte den mund auf und so sah er nicht, was sie mit den beinen machten, aber dann waren sie weg und auch das andere und nur mehr blut lag da, aber man legte papier drüber.

auf einer parkbank sitzend schreibt goldenberg in sein notizbuch:
mittwoch neuwerk besuchen (nicht vor 10 uhr 30!), schmalzbrote (vielleicht zigaretten?), amerikahaus (lesesaal; nicht hinlegen! sitzend schlafen!), vernissagen?? mirjam besuchen (vielleicht bis montag? sonst unbedingt miete auftreiben!). tief einatmen!

wer war der nette junge mann? sagte ninas vater, als der nette junge mann bleich herübergrüsste. das war goldenberg, antwortete nina und trat aufs gaspedal.

und die streichhölzchen? fragte neuwerk schwankend.
das sind telegrafenmasten in einiger entfernung, erklärte goldenberg, der weitgereiste.

was du brauchst, fränzchen, neuwerk durfte sich das erlauben, ist die einsamkeit, die stillen triften, die vergoldeten matten, lebhafte sennerinnen und bärtige jäger, den hirtenstab in die hand, zwischen wolligen schafen, den gesang der nachtigallen in den ohren, umgeben von faunen und nymphen, im hintergrund verfallene brunnen, laubwälder, genährt von milch und äpfeln, was du brauchst, fränzchen, ist das schäferische leben, lass uns die schalmeien packen, auf an die ufer der pegnitz!
müde trinkt goldenberg reste aus drei schalen, holt das sparbuch aus der schmutzwäsche, steckt die zahnbürste hinters ohr, legt die seife in den schuh, näht münzen in den gürtel, füllt die hosentaschen mit schlafpulver und leert ein paar erinnerungen in den mistkübel.

unten erwarten sie die standbilder der passanten.
siehst du, sagt goldenberg, die luft ist aus marmor, ich lebe im fels, die welt ist mein anzug.
du bist ein geck, seufzte neuwerk zufrieden.

die landschaft spreizt die schenkel. der mon l steigt auf.
neuwerk und goldenberg singen folgendes lied:
goldenberg: da vor uns ein haus wie eine wolke
neuwerk: ach ja wie eine wolke wie ein vogel
goldenberg: ja ein vogel wie eine kirche
neuwerk: ja diese kirche wie eine höhle wie eine erfrischung
wie coca cola
goldenberg: ja coca cola wie campari wie sekt
neuwerk: ja wie die wilde see
goldenberg: ja die see die das rauschen der erkenntnis ist die erleuchtung die der glühende äther ist der raum und zeigt ihn und ist die zeit die der raum ist
neuwerk: ach ja wir verstehen einander
goldenberg: wie ein ei dem anderen
neuwerk: mit der rauhen schale und dem weichen stern
goldenberg: ja so ist es und
wir wollen hier übernachten

neuwerk: ach ja in diesem haus wie ein palast wie ein fingernagel wie ein hut wie eine beule wie blut
goldenberg: sei still
neuwerk: wie kalk wie fenster wie tür wie wand wie dach wie stein und schorn wie brett wie glas und gläser
goldenberg: schon besser
neuwerk: wie bett und feder wie sessel und leder wie dieser und jeder wie holz und zeder
goldenberg: gute nacht
neuwerk: gute nacht

der vorhang schliesst sich über der szene, die ein heuhaufen ist. auf dem schamberg verneigen sich die bäume vor dem brausenden beifall der winde. (anmerkung: eine schöne geburt! der mond wird ja immer kleiner!)

«der mann schwitzt», sagte silberstein, «seine lange speiseröhre mündet in den magen, von dem ein nicht allzu langer darm zum after führt. knapp vor dem after sondert er ein mehrfarbiges sekret ab, welches die eigenschaft hat, andere männer zur raserei zu bringen. viele männer sind schädlich. sie verursachen den fleischfrass und spritzen ihren samen in unreife mädchen und frauen. die weiblichen männer, eben frauen genannt, haben verkümmerte brüste. männer sind sehr schön. die finger des mannes sind schön gewachsen und in den gelenken geknotet. er besitzt lappen an den ohren und ist zweigeschlechtig. zwischen den flügeln seiner nase trägt er verschiedene löcher, durch die er laut pfeift. seine männlichen keimdrüsen nennt er hoden, wogegen er die weiblichen als eierstock bezeichnet. unser mann ist ein guter tänzer. da er mit vielen dingen vertraut scheint, bringt man ihm grosses vertrauen entgegen. er heilt krankheiten, lindert schmerzen und schützt vor dem blitzschlag. mann ist dumm. mann kann schwimmen, segeln, reiten, go-kart und den faustkampf. die meisten männer wohnen in städten. gewisse männer bevorzugen pissoirs, bars oder abgedunkelte räume. da dort dunkelheit herrscht, haben sie vielfach ihre augen rückgebildet, dafür aber ihren tastsinn entwickelt, sowie seltsame anhängsel in den beinscheren, deren zweck nicht bekannt ist. andere wieder sind mit gestielten augen versehen, was mit der ernährung zusammenhängen mag. viele zeigen unter diesen bedingungen nur ein kümmerliches wachstum und erreichen in einzelnen fällen eine grösse von nur wenigen zentimetern. man unterscheidet kleine, grosse und dicke männer. die hühneraugen des mannes sind durch andauernden druck entstandene, abnorm verdickte stellen seiner haut. durch vorherrschend schwarzes

pigment in dieser wurde er zum neger. das schützt ihn gegen ultraviolette strahlen.»
«du lügst», antwortete goldenberg.
silberstein war betrunken.

vor mir wiese, die wiese aus wasser, die blaue wiese des sees mit den gespiegelten blumen und dem gras wo die wolken durchfahren und jetzt stehe ich auf meinem felsenpostament und gleite durch ja wodurch ich gleite eben und da wird es kalt, sehr kalt, so ähnlich muss sterben sein und ich gleite weiter und wieder hinauf und es wird warm und ich patsche in die wolken dass das wasser nur so schäumt und ich springe heraus, frostzitternd und mit na ja klar mit den zähnen klappernd und das wasser hängt in tropfen auf meiner haut herum und ich trinke ein riesiges glas schnaps und meine freunde in den trachtenanzügen stehen vor mir, ein rührendes bild, die pieta der alpen, denn silbersteins frau hat mich über ihre schenkel gebreitet, die fahne der ergebung, und obwohl er schwul ist, hat er einen schrecklich habgierigen blitz im auge, ja auch im andern; er will eben alles haben.

über mir der mond und da steht er und er hat geklopft und er steht da, wie kainz dagestanden sein könnte, den blauen bademantel umgeschwungen, die zipfel und lider flattern im wind. «komm», stammelt er, «mit». meine zweifel, der mond, die geträumte diskussion mit dobyhal in der strassenbahn, alles vermischt sich. es ist schwer zu erwachen. da hinten könnte er liegen. die jauchegrube. es ist winter, der schnee, der schmale körper aus dem toilettenfenster.
die bauern fallen aus den zweigen der bäume und haben alles beobachtet.

der letzte waggon endet in einer offenen plattform. da steh ich mit meiner nina und wir starren in den roten vollmond, der da nach oben hängt über den gleisen, die wir verschlucken und wieder ausspeien, wir, die räder, wir, der zug, wir, nina und ich.

plötzlich sagt nina: «ich steige jetzt um. ich fahre ans meer, dort treffe ich. .»
«aber ich muss doch zu oppenheimer!»
«ja, wir müssen uns auch trennen.»

vor ihm wandern die sanften hügel gegen seine schritte, seitlich gleiten andere sanft vorbei, gehen ineinander über, verschneiden sich gegenläufig, je nach geografie, während die berge hinter ihm sich in die perspektive zurückziehen, wenn er sich umdreht.
was tun sie, wenn goldenberg das licht aus der gegend seines unbestimmten zieles aufnimmt? vorne das gesicht, wie man so sagt, darunter, unten, ein stockwerk, eine meile, einssiebzig tiefer hampeln die sohlen auf den füssen, die füsse auf den beinen, es zieht sich herauf, es nähert sich, zurück, da sind die zehen und bestimmen die richtung durch das leder der schuhe, verkümmerte wegweiser.
er weiss es nicht, versucht es mit list, treuherzig die augen nach vorne geöffnet, ein ruck, die rechnung zeigt 180 grad. es nützt nichts. abfolge vortäuschend, schiebt sich auf der hintergrundkulisse stetig der horizont nach unten, gut gemalt, objekt beleuchtet. fett geworden! schreit goldenberg dem himmel zu, und: keine kraft mehr! den schrumpfbergen.
die landschaft, weiblicher natur, trägt lässig vier wochen vor erscheinen der abbildungen im kalendermagazin die variationen der braunen streifen zwischen grüner einlegearbeit und roten akzenten, von der diesjährigen herbstmode vorgeschrieben. das parfüm ist mild und heiter, weht in goldenbergs nasenhärchen, legt sie kokett zur seite, aber goldenberg will nicht.
dort oben auf dem zaun, der da allmählich vorbeizieht, im grübchen der bergwange, war er hand in hand mit seiner nina gesessen um im sonnenkino das serienprogramm «glühende abenddämmerung, ein erhebendes schauspiel in 28 minutenakten, für angestellte und reifere jugend» zu geniessen. lassen wir das rosige schmalz auf der netzhaut zerfliessen, hatte nina gesagt, mit baumelnden beinen die stunden des glücks zuendetickend.
heute bauen sich die grossen, durchsichtigen rivalen in das gefällige blau des beleuchteten spätsommerdunkels, hoch hinauf, wo es zu ende sein sollte, und vor ein paar hundert jahren noch zu ende war und in ein paar jahren vielleicht wieder zu ende sein wird, ragen sie gläsern, sind sie nun aus glas? einbildung oder dampf? wer will das entscheiden?: xaver fisch, 6 junge männer, der passant, georg braunschweiger, der indianer, stefan, der junge mann mit dem einglas. und: sind väter die gefährlichsten widersacher der liebhaber? diese frage aus dem japanisch-deutschen lesebuch für anfänger stellt sich goldenberg, beleuchtet die sachlage um anderes zu verdunkeln und sieht ninas wolkigen vater, der die anderen herren aufgesogen, in sich vereinigt hat und nun unter graugewellten wolkenbüscheln mit sonnenstrahlblicken durch die dunstigen lider blitzt, goldenbergs wärmepunkte und goldenbergs pigmente erregt. goldenberg wird umgefärbt. ein flammender geldschein erleuchtet die szene. im ballsaal wird getanzt. korrekt gekleidete körper tan-

zen sehr einfache schritte. wo leben und eigentum bedroht werden, treten die unterschiede aus der seitendekoration.
ein windstoss und alles löst sich auf, blau zieht und gewinnt, breitet sich aus. die restlichen vorhänge sinken auf den grund des horizonts. goldenberg geht mürrisch weiter, dem örtlichen bahnhof zu.

über der wiese stehen die drachen.

die fledermäuse flattern durch die zimmer. haben sie den sechsten sinn? da, sie stossen gegen die wände! das darf nicht sein! herr und frau fledermaus, sie verhalten sich nicht richtig, dachte goldenberg.

was ist von mir geblieben? ein geräusch fliessenden wassers. natürlich weiss ich, dass nacht ist und vermutlich liegt da irgendwo mein körper. aber was nützt das?

da öffnete sich die tür und zu goldenbergs grosser überraschung betrat mirjam nicht nina das zimmer. da erinnerte sich goldenberg langsam und wirklich bemüht durch einen haufen spinnweben wo er sei. und hinter mirjam stand plötzlich weder dobyhal noch braunschweiger sondern markus kremser mit stierem blick und einer gurrenden taube im arm und er redete drauf los. markus kremser mit rotem kopf vor dem fenster ritt die fata morgana eines gewaltigen quäkers über den horizont, lassoschwingend, und kremser drehte das seil hampelnd zwischen den händen und schrie: ich habe den sechsten sinn, ich allein habe den sechsten sinn, denn wer sonst sollte ihn haben, ich habe es der welt bewiesen, aber niemand wollte das so genau wissen und er schrie: ich bin der neue messias, ich habe den sechsten sinn, ich markus messias kremser. und aus dem dachstuhl des vorhauses fuhr das feuer, denn kremser hatte den kessel verlassen in dem die wäsche kochte um mirjam mit einem wortschwall überzeugend abzuspülen und die tauben flogen in klumpigen schwärmen über die prärie und die bauernsioux kamen mit ihren sonntagsfeuerwehrhelmen und warfen den brennenden dachstuhl in die blumen und es war ein polyphones kriegsgeschrei, von oppenheimer komponiert, und die landjägermestizen machten sich ein wenig breiter in den schultern, von weintraub trainiert, und schrieben wichtige silben, von neuwerk in verse gesetzt, in ihre wichtigen notizbücher, von der gewerkschaft weisser kriegsgefangener gebunden, und betrachteten alles sehr wichtig mit den augen von ninas vater und stellten viele wichtige fragen in der art inspektor creux, des weissen rächers, und musterten wichtig die baufälligen mauern mit den breiten rissen wie echte misstrauische polizeiindianer, alle spuren, die grashalme der savanne, erkennen ein verbranntes zündholz nach 20 minuten, fügen russteilchen an russteilchen, schweigen im stil ihrer rasse bedeutend, wippen sehnig, das scheue auge in der ferne, die alten erbeuteten colts griffbereit im gürtel. old goldenberg steht in einiger entfernung und sie fragen kremser nach verdächtigen weissen männern und da wusste er dass er auch hier nicht werde bleiben können obwohl er doch eben erst gekommen war und vielleicht muss ich weg bevor nina kommt, dachte er, nina komm doch, schrieb er, aber dann warf er den brief wieder in den papierkorb in seinem zimmer im zweiten stock neben dem grossen saal wo früher die schlosskapelle gewesen war bevor man einen getreidespeicher daraus gemacht hatte ehe kremser sich hier eingenistet hatte unten neben dem weinkeller.

die roten krieger ziehen sich zurück. ihr weisses blut tollt durch die adern, ihre plumpen mokassins zerstören das gras der savanne. blind, taub und laut torkeln ihre glitzernden mustangs über die spuren der hirsche und rehe, hasen und hühner, hunde und katzen, feldmäuse und bisamratten.
es sind eben doch nur mestizen.
ihr wigwam ist ärmlich, berichten die späher.

«du», sagt goldenberg und nina, sie war doch gekommen und nicht ans meer gefahren, schliesst die augen, öffnet sie nach 8 stunden wieder und antwortet: «ich sitze mit dir in einem gasthaus, dort wo jetzt der tabakladen steht und alle deine freundinnen sind dort serviermädchen und plötzlich musst du fort und ich soll warten, und es dauert ziemlich lange und ich geh nach hause, du wirst schon wissen, wo ich bin, ist ja nur um die ecke, und, ach ja, ich habe nur meinen bademantel an und du auch, und plötzlich verlier ich den und bin ganz nackt, ist mir auch egal und ich kann ja durch die kleinen seitengassen, da sieht mich niemand und ich laufe und da kommt mein vater, er geht auf der strasse, zwischen den autos und den radfahrern und ich laufe, aber er dreht sich zweimal um und ich laufe wieder zurück und setz mich wieder in das gasthaus, den bademantel hab ich auch wieder gefunden, und da kommst du ja schon.»

mittlerweile hatte der erdstern ein beachtliches stück weges im himmelsraume zurückgelegt, bäume waren aus seiner kugeloberfläche gewachsen, mehrere 100 000 lebewesen waren verendet, die hälfte der noch lebenden war in bewusstlosigkeit versunken die die gut entwickelte gattung der sogenannten erdmenschen als schlaf bezeichnet, hochentwickelte fiktionen, die sogenannten engel bewachten deren ruheplätze und flüsterten bildserien in schwarz-weiss oder farbig, mit ton oder stumm, die träume.

oppenheimer springt durch das gras auf mich zu, an seiner hand ist mirjam. nina hebt die augendeckel. das wetter bleibt unverändert schön. wir grüssen, ich bin fröhlich, springe auf, wir richten uns ein. teilen die zimmer auf. regeln die ansprüche, essen, trinken, reden, schlafen, essen. reden. wir sitzen am kamin. mirjam hat einen kleinen tragbaren radioapparat mitgebracht. aus london wird prag, aus prag wird warschau, aus warschau wird moskau, aus moskau wird tunis, ich freue mich über die schönen wiederholungen und sie verwandeln sich in deutsche sportnachrichten, die sich in das gejaule unsrer betrunkenen mirjam verwandeln. nina macht konversation. oppenheimer zupft die härchen auf seinen armen zurecht und schlägt sein bein über den anderen schenkel. stilecht flackern die buchenscheite. ich hole noch immer mein 522. bier. da steht mirjam und zerrt mich an der hand, ich muss ihr eine ohrfeige geben und hinter mir steht oppenheimers frau mit den kindern und den koffern. frau oppenheimer reisst die wäsche von der lehne, stopft sie in mirjams tasche, stopft mirjam in unser bett und nina schweigt.
neben dem bett liegt mirjam und schläft in einen teppich gewickelt. die sonne fällt auf ninas körper als sie mirjam hinüberführt und sie zwischen die oppenheimer ins bett steckt. nun ist alles wieder friedlich und vor dem haus parkt ein linienautobus der sich verirrt haben muss. herein kommen emma krempel, paul löwel, stefan mislic, alfred krempel, erika mildek und horst xaver mildek, ernst meistermann, gerhard dambek, brigitte schwodal, hermann grünsteidl, oskar fink, engelhardt

schreiber, giorgio klinger, magda stangl, cyril parker, franz wiesinger, erika grünnwald, felix czerny, richard hanzlik, stella meyer-gutenstein, horst peterlik, friedrich geyer, karl blei, rené blei, hans blei, brunhilde blei, horstpeter blei, gicko blei, vera blei, emmerich blei, josef blei, der alte blei, felix blei, lewi blei, anastas blei, mädi blei und jürgen blei mit jeanne dugrenot, freunde von oppenheimer. alle gehen durchs gras, durch die stockwerke in die zimmer, trinken wasser, schütteln aprikosen von den bäumen und machen feuer im kamin, dann kommen toni schildkraut, pepi wilczek, walter amon, milton gendel, dr. ferrand, marek szwarc, federico zweifel und herr & frau bruckner, freunde von frau oppenheimer. als überall zelte aufgebaut waren, die wäsche der damen auf den kreuz und quer durch die landschaft gespannten leinen flatterte, die schläfrigen auf den stühlen, den tischen, den teppichen, dem sofa und dem fussboden in goldenbergs zimmern, in den zimmern der oppenheimer, den gängen und dem dachboden lagen, scharte sich der rest in den büschen, am bach, an lagerfeuern, in der nächsten ortschaft, die eine halbe wegstunde entfernt ist, um zu ermüden, zurückzukehren und die zelte mit gesang zu erfüllen. am nächsten morgen holt goldenberg nina aus dem zelt, in dem karl blei, rené blei, hans blei, horstpeter blei, gicko blei, emmerich blei, josef blei, der alte blei, felix blei, lewi blei, anastas blei und jürgen blei ihr ein frühstück kochen.

wieso bist du da? fragten alle, wieso hast du gewusst? wollten sie wissen.
ich habe den sechsten sinn. plötzlich unterbricht man, ändert die richtung, geht dorthin wo nichts dafür spricht, wo man nichts zu suchen hat, und man findet was man braucht. ist es nicht so, franz? antwortete weintraub und stieg aus seinem reisemantel.
ein schöner tag, bestätigte goldenberg.
oben ging weintraub auf den wäscheleinen, in jeder hand eine hantel.

als alle wieder weg waren, auch nina, sie ist mit pepi wilcek ans meer gefahren, und mirjam, die sich mit weintraub verlobt hat, und frau oppenheimer, die mit den kindern zufuss zur bahn gegangen ist, hängte goldenberg wieder die türen in die angeln, warf die spiegelscherben auf den unfernen misthaufen, sammelte konservenbüchsen, zigarettenstummel und verschiedene papiere aus der landschaft, während oppenheimer seine stadtbleiche oberhaut bräunte, das parteiblatt nach seinem artikel durchforschte und kremser, der wieder aus seinem versteck hervorgekrochen war, auf einem zurückgebliebenen pianino ein wenig das klavierspiel erlernte.

das abendlicht schaltet auf rosa, die baumwipfel auf gold, kremser steht auf der lichtung, an den sträuchern glühen die heckenrosen auf, kremser steht auf der lichtung in stilistisch einwandfreier entfernung, französische 40-meter-optik, sein schädel mit einem sonnenstrahlenkranz illuminiert, fast so hell wie neon, auf jeder hand eine taube, über ihm schweben diverse wald und zugvögel, fruchtfresser und raubvögel als ob sie im äther, wie man früher und zu unrecht sagte, still stünden, ein schönes foto, dachte goldenberg und verliess den wald, die gegend, die gemeinde, den gerichtsbezirk, das bundesland, das wetter, die laune und die entsprechende jahreszeit. in einiger entfernung folgten ihm die sterne.

plötzlich stand er in einem land von vettern, brüdern und schwestern und ein körperschwächendes lachen überfiel ihn und sass ihm im nacken und er krümmte sich und sprang und hielt sich den bauch und er lachte, dass er fast krepiert wäre, aber da hörte er auf zu lachen und er sagte dankeschön und bitteschön und guten abend und guten morgen.
später stellte sich heraus, dass er garnicht verwandt war mit dieser tante deren bruder und dessen onkel eine schwester und so weiter und ein geflecht von verblassten seidenfäden, an vielen stellen brüchig, senkte sich über diese wachspuppen mit hunden aus wachs an leinen aus wachs über finger aus wachs, gefüllt mit wächsernem blut, wächsern schlagend auf wächsernen stuhllehnen unter ahnentafeln aus wachs und die stammbäume der zierfische in den wächsernen aquarien flatterten bleich, müde und ausgewaschen, an vielen stellen schadhaft durch eine von motten zerfressene luft. und die wachspuppen knackten mit den gelenken und ihre wimpern klapperten wächsern auf ihre augendeckel aus wachs und eine fadenscheinige kühle stand am wächsernen kamin, um ihren mottenzerfressenen rücken, von vergangenheit gebeugt, an den wächsernen fliesen zu kühlen.
entsetzt griff goldenberg seinen regenmantel aus einer unzahl von gewachsten pelerinen und trachtenhüten und floh in die stadt, immer weiter und weiter, nur fort, und die gleise ratterten und die türme traten einen schritt vor und die schornsteine missbrauchten eine sommernacht, gesättigt mit staub, und das alfabet der neonlichter, und er

buchstabiert PAN AMERICAN und die rote sonne von TRINKEN SIE MARTINI steigt strahlend und elektrisch über der stadt auf.

ein anfall von melancholie hat goldenberg befallen. da sitzt er mit zitternden händen, hilflos. seine zähne beissen in die lippen als ob er schmerzen litte. sein atem keucht unter einer imaginären anstrengung. das erbrechen steigt bis zur zungenwurzel. goldenberg ist gelähmt. sein verstand erklärt ihm die details, leitet die wirkungen von irgendwelchen fiktiven und harmlosen ursachen ab, zeigt sich in bester laune, aber sein körper behauptet das gegenteil. die organe flüstern: goldenberg, es geht zu ende, und goldenberg will wissen warum und die organe sagen, das ist egal, es gibt keine ursachen, die kannst du dir erfinden, es gibt nur erscheinungen.

es läutet. man könnte aufstehen und die tür öffnen und sehen, wer geläutet hat. es wird braunschweiger sein. was wird er sagen. es hat aufgehört zu läuten. was soll ich mit ihm reden. wir könnten wegfahren, trinken, reden, es würde abend werden, die sonne würde untergehen, es würde kühl werden. es ist niemand mehr da. ich werde oppenheimer anrufen. er lädt mich ein. er ist eingeladen. ich soll mitkommen. wir werden trinken. es wird spät werden. ich bin bei oppenheimer. xenia davis ist gekommen, mit einer freundin. sie stehen in einer ecke und reden. ich gehe hinaus. ich bin bei leskowitsch und trinke kaffee. ich stehe vor oppenheimers tür und läute. sie sind schon weggefahren. ich könnte anrufen. ich bin zuhause und überlege, oppenheimer nachzufahren. ich bin im bett. ich wache auf. ich bin hungrig. ich könnte aufstehen und essen. ich werde mirjam anrufen. ich wache auf und fühle mich sehr schwach. ich bin sehr müde. ich könnte hinuntergehen und etwas zu essen kaufen. die läden sind schon geschlossen. ich wache auf. ich bin sehr müde. ich habe in der küche kaltes gemüse gefunden. draussen regnet es. das kalte gemüse liegt im magen. ich bin 2 stunden in der küche gesessen. soll ich die tür aufmachen und weggehen. ich bin so schwach, dass ich nicht aufstehen kann. ich wache auf und weiss nicht, ob ich im bett bleiben soll. ich wache auf. draussen schneit es. es ist sehr kalt. ich wache auf. ich bin auf der strasse und mache schritte. so komme ich zur untergrundbahn. es ist sehr heiss. ich fahre zu leskowitsch und trinke kaffee. am nebentisch sitzt dobyhal und fragt: «wo haben sie die letzten 2 jahre gesteckt? waren sie verreist?»

fasziniert blieb goldenberg stehen und betrachtete die mauer. sie war alt und grau und der verputz an vielen stellen abgefallen. plötzlich bemerkte er eine holztüre die in die mauer eingelassen war. er öffnete sie und stand im stiegenhaus seines hotels.

als franz erwachte lag mirjam neben ihm. franz drehte sich auf die andere seite und schlief weiter.

plutarch behauptet, murmelte goldenberg und stürzte sich in die tiefe, *der geier,* stiess er hervor und klammerte sich an menasse dobyhals fuss, *sei dank seines hervorragenden geruchsinnes imstande,* schrie er und zog sich am hosenbein hoch, *zwei oder drei tage im voraus wahrzunehmen,* keuchte goldenberg und liess sich über die theke fallen, *wo es leichen geben werde,* jauchzte er und warf die arme flatternd in die höhe, *und diese stelle,* sang goldenberg und stürzte sich wieder hinunter, *suche er dann auf.*
ist das der sechste sinn? rief dobyhal hinunter.
mhm, antwortete goldenberg ohne überzeugung und schnarchte.

ein stück haut richtet sich vor mir auf, es tanzt mir vor der nase riecht nach milch. das ist ninas hand die an ihrem arm dranhängt, jetzt geht es um die ecke und da ist ja auch die brust und der hals und es ist wirklich nina. da bin ich aber froh.

lichtstrahlen rasen durch das offene fenster, treffen den spiegel des wassers, brechen, und biegen meine beine weit hinüber, dehnen sie auf dem streckbrett der physik. schmerzlos knirschen die gelenke in der badewanne.

goldenberg sitzt beim frühstück, es ist sehr heiss, die fliegen stürzen sich in den kaffee und goldenberg holt sie gerührt wieder heraus, wirft sie aus dem fenster, wenn er guter laune ist, und ertränkt sie, wenn er schlechter laune ist.

nina war übers wochenende zu ihrem kind gefahren, das bei der grossmutter väterlicherseits, behütet von 7 alten weibern, der 55 jährigen tante edith, der 55 jährigen tante emma, der 55 jährigen tante elwira, der 55 jährigen schwarzhaarigen tante esperanza, der 55 jährigen tante erika, der 55 jährigen tante esther, der 55 jährigen tante edelgunde, und der 55 jährigen omi, die von tante edith, emma, elwira, esperanza, erika, esther, edelgunde, elke gerufen wurde, wenn sie am misthaufen stand und zur dampfenden brotsuppe kommen sollte, auf dem lande aufwuchs. in zuständen alkoholischer sentimentalität und wenn andere frauen ihre pfeile auf der zielscheibe einer möglichen sterilität detonieren liessen, dass das gift in die kaffeetassen spritzte, erwähnte nina die eigentlich eva hiess, aber seit ihrer defloration nina gerufen wurde, klein-elschen bisweilen, mit getrübter oder glitzernder iris, je nach sachlage.

das wort ist ausser funktion gesetzt, marcel starrt düster in den fruchtsaft. er ist antialkoholiker, nichtraucher und vegetarier geworden, trinkt keinen kaffee und meidet den geschlechtsakt. seit 14 tagen fühlt er sich jetzt der arbeiterklasse verbunden. gestern ist eines seiner gedichte in der literaturbeilage des parteiorgans erschienen. vom nebentisch starren 6 junge männer, mit je 1 exemplar desselben auf den knien, ehrfürchtig und stumm. sind es dieselben, denen sich nina bei weintraub hingegeben hat? der meister hat das wort. er schweigt. ach quatsch, sage ich, leider nicht. du hast dir jetzt zwei eier im glas und ein butterbrot bestellt und befürchtest, dass sie dir eine portion schraubenschlüssel servieren werden und ich bestelle jetzt, he leskowitsch, zwei eier im glas und ein butterbrot und hoffe vergeblich, dass sie mir endlich eine portion schraubenschlüssel bringen werden.

DOBYHAL, der in 10 tagen eine schiffskarte nach new york haben wird, per postanweisung dringend übersandt, von seinen eltern eingezahlt, STRICH MIRJAM, die in 30 jahren 2 tagen und 17 stunden 24 minuten eine tuberkulose an sich wird feststellen müssen und sechs monate später im krematorium ihrer heimatstadt verbrannt werden wird, ÜBER DEN NACKEN. MIRJAM, die sich morgen um 18 uhr entsetzlich müde fühlen wird, BEACHTETE DOBYHAL, der in einem halben jahr wieder zurückkommen und mit nina 19 tage leben wird, KAUM. MIRJAM, die übermorgen um 18 uhr 30 den entschluss nachhausezufahren vage in sich aufsteigen fühlen wird, wird ihn am nächsten morgen verwerfen und sich entschliessen zu bleiben, um sich am donnerstag dafür zu entscheiden, mit paolo farkas zu weintraub zu fahren, um den sommer dort zu verbringen oder doch einige tage, während farkas mit jola fugger nach barcelona fahren wird ohne mirjam zu verständigen, welche am nächsten tag es von oppenheimer erfahren wird, der ihr die geschichte von nina erzählen wird, die jetzt mit ives acker lebe und wo sich die beiden kennengelernt haben und wie es gewesen war, DACHTE AN PAOLO FARKAS, der ihr ganz gut gefiel, den sie morgen dazu bringen würde mit ihr nach barcelona zu fahren, wo er ja noch im mai hinwollte, der sehr gut aussah, der sogar ihrem vater gefallen wird, der dann erlauben wird, dass sie ihren anteil am geschäft verkaufe und im winter würden sie mit mazotti und luther allan, die in 14 tagen in genua ein motorboot aus amerikanischen armeebeständen kaufen werden, ins karibische meer fahren, weil es dort so heiss ist und man auch im jänner braun werden kann. UNTERDESSEN ÖFFNETE DOBYHAL, der im laufe der nächsten woche mit luther allan nach genua fahren will um ein amerikanisches motorboot aus armeebeständen billig einzukaufen um damit nach java zu fahren, wo man die schönste musik der welt hören kann, und er würde ganz ruhig mit mirjam im ganz feinen sand am meer liegen und er wird in den himmel starren und denken und mirjam wird neben ihm liegen und in den glänzenden himmel starren und alles wird ganz klar sein und es wird keine zeit geben und sie werden stumm sein und irgendwo und ihre körper werden sehr braun und stark und salzig und heiss im sand liegen und verdorren, sich auflösen, IHREN ROCK UND MIRJAM, die noch 14 stunden wach sein wird, weil sie hier weggehen wird, weil sie müde sein wird, und nicht in ihrem zimmer bleiben wird, weil weintraub genug haben wird und sie hinauswerfen wird, mit nina im bett liegen wird, und sie wird mit ihrem koffer, obwohl es doch ihr zimmer war, und der grünen reisetasche, die auch schon etwas schäbig geworden ist, die doch so teuer war, auf der strasse stehen, zur untergrundbahn gehen und hierher zurückfahren, das letzte geld für die fahrkarte und eine schachtel zigaretten ausgegeben haben, und feststellen müssen, dass alle weggefahren sind und bei der hausmeisterin erfahren, dass alle abgereist sind, aber die hausmeisterin wird nicht wissen wohin, und sie, mirjam, wird ihren koffer dortlassen und spazierengehen bis die 14 stunden um sein werden und bei goldenberg einschlafen, den sie 2 stunden vorher bei leskowitsch getroffen haben wird und er wird ihren kaffee zahlen und sie auf würstel einladen, obwohl er auch ein anständiges essen hätte zahlen können und er wird ihr nichts davon erzählen, dass ihm nina davongelaufen ist und wird verglaste augen haben, weil er zuviel geraucht hat, SCHOB DOBYHAL, den sie in 18 jahren wiedersehen wird, mit grauen haaren und dem gleichen grinsen, er wird im kaffeehaus sitzen und einem kerl, den er ihr vorstellen wird, und dessen namen sie nicht verstehen wird, von weintraub erzählen und sich wichtig machen, ZUR SEITE.

die fallenden gegenstände fallen sehr langsam.

goldenberg stellt ein verzeichnis seiner geliebten auf. nicht um sich zu amüsieren, nicht um sie zu zählen. nein, jeder name, der ihm da irgendwoher wieder zukommt, hat eine aura am papier, gesättigt mit schönen bildern.

goldenberg, er hatte den sechsten sinn, hatte sich in seinen körper zurückgezogen. so geschützt, sass er auf einer bank bei leskowitsch und starrte auf nina, die scheinbar ihm gegenüber sass.
sie sprach, so schien es, er empfing die laute, aber war imstande, sie nicht zu verstehen und lächelnd sass er anscheinend nina gegenüber.
die haut des vorderkopfes in falten gelegt, die oberlippe über den kiefer gezogen, die zähne sichtbar, die augen ausdruckslos, wie zuvor. alles in allem schien er zu lachen.
franzwurst, zischte nina, die ihn kannte.

wenn es etwas gab, das goldenberg zuwider war, dann war es das gehen. aber wenn es etwas gab, das er noch mehr verabscheute, dann war es das stehenbleiben. so ging goldenberg weiter und später noch weiter und wurde müde und ging weiter.

als er die tür aufschloss, hatte ihn nina erreicht.

plötzlich rieche ich blut.

es riecht anders als fremdes blut, blut beim fleischer, blut im krieg, blut auf dem knie, es riecht ganz anders,.aber man weiss, es ist blutgeruch. ist eine ader in meinem kopf geplatzt? kurz und wieder hole ich proben dieses geruchs aus meiner nasenhöhle. ja hier ist es, goldenbergs blut, denn da draussen sind blumen, liebespaare, turmuhren, springbrunnen und ein kurzer, aber heftiger frühling. hier ist es in meiner nase und scheinbar ohne anlass.

nina war übers wochenende zu karlchen, einem kind aus dritter ehe, gefahren, das bei seinem grossvater omar abd el kader arir auf dem lande aufwuchs. goldenberg aber vermutete, dass sie sich mit weintraub im landhaus ihrer eltern den bräunenden sonnenstrahlen aussetze.

im nichts, im chaos, im urnebel, ein zittern der grauen farbe, die ahnung einer bewegung, ein riesiger schatten, er wächst nicht, er dehnt sich nicht, er gewinnt gestalt, nimmt form an, schlägt in die dritte dimension um, uns entgegen, erinnert sich goldenberg, und wir stehen an unserem fenster frei schwebend im raum, gerahmt von venezianischen steinranken, in kimonos gewickelt, der schwertmeister und seine liebe nina, erinnert sich goldenberg, und wir starren in die erscheinung, den ozeandampfer, der sich durch den kanal schiebt.
ich will auf einem nebelhorn blasen, schrie goldenberg den verkäufer an, der ihm schweigend 20 dkg leberwurst in ein stück pergament verpackte.

«du musst distanz zu den erscheinungen, zu deinen sinneswahrnehmungen halten», goldenbergs stimme bahnte sich ihren weg durch den pullover, wild mit der machete ihrer schwingungen ins gewebe hackend, den goldenberg gerade über den kopf zog, und huschte in dobyhals gehörsystem. «soll ich MICH auch verlassen?» dobyhals frage war bescheiden getönt. so wurde auch goldenberg nicht geblendet, als er, der weisse wal, aus diesem meer von wolle aufschoss.

«wir sind vandalen, barbaren, scheussliche bluttriefende opferwütige primitive infantile jawohl wilde!»
«was denn, was denn, was hast du», seufzte nina aus ihrer ecke des bettschlachtfeldes erstaunt über barrikaden aus polstern über die scharfen ränder des federbettkraters genau in die glühenden ohren goldenbergs und langsam füllt eine purpurne dämmerung sektoren dieser finsternis in diesem würfel mit fenstern und einer tür und die ist schon wieder geschlossen aber da steht goldenberg und keucht:
«indianer, niues, katholiken, zwerge, liliputaner, wissenschaftler, neandertaler mit lächerlichen flugkörpern, wir bannen noch immer und es

macht mir angst und alles macht mir angst und den andern auch und ich sage ganz schnell damit es mir nichts anhaben kann aschenbecher und ganz schnell denke ich zigarette und ich fürchte mich und nenne es also ausmachen und ich mach also die zigarette im aschenbecher aus und bin befriedigt, irgendwie glücklich, fast stolz, doch ja: stolz, hochmütig bin ich, ja ich bin ein held, ich armes schwein, ja ich habe ein paar warnungen gebannt, eindrücke, wie man so sagt, wieder ausgebuchtet, dicken zauber gemacht und jetzt ist die wahrnehmung in essig und öl, in formalin, in spiritus, ganz harmlos ist sie jetzt und ich kann sie sogar aufheben und macht mich nicht mehr unruhig, heissa, mit der taufe in die traufe, und ich strahle und die frauen fliegen auf mich und ehe mir was zustossen kann, benenne ich es und banne und taufe und bin überhaupt der ganz grosse magier, weiss, schwarz, mit einer kleinen höhle und da ist mein WORTSCHATZ drin, alles fein eingepökelt, eingemachte abziehbilder aus laut und leise, gemalt und gedacht, eckig und rund und stinkend und warm und da treffe ich einen und nenne ihn und nenne es guten tag und wir atmen auf und er nennt mich und bannt mich, das heisst das was er von mir fürchtet, weil er es wahrnimmt, das ihm in die augen klatscht und ins ohr stiert und in die nase bohrt und ja das sterilisiert er gleich mit vielen namen, die er als gegengifte in seiner hirnschalkammer bereit hat. mund auf oder abwehrdenken eingeschaltet und schon spritzt der saft in die sachlage und färbt sie. und er ja sterilisiert es und ich bin da gar nicht dran beteiligt, so denk ich mir das aus und mach mir ein kleines bilderalbum und das ist *diese* sache an der ich nicht beteiligt bin, ja so sage ich sache und banne es, an dieser sache also, die der mir zuschreibt und für *mich* hält, ja die ich nicht bin, denk ich mir und banne es und dann kommt einer, der nennt es politik und ein anderer nennt es gesundheit und der sagt meine frau und die da schreit hilfe, als ob das was helfen würde und einer hat einen anderen zauber und sagt sauber und dem möchte ich gleich eine hineinhauen und der mit der wissenschaft hat rotes haar, ja ich sage rotes haar, ja so sage ich ja, ja und dann gehts mir gleich besser, ja.»
«du spinnst», sagt nina.

goldenberg trug stets einen zettel in der hosentasche mit der aufschrift: ich bin der kaiser von china. da er die gewohnheit hatte, die inhalte seiner anzüge abzuzählen, eine gewohnheit die er seines schlechten gedächtnisses wegen angenommen hatte, fand er den zettel von mal zu mal und las die aufschrift, weil er sich nicht erinnern konnte sie je gesehen zu haben, immer wieder und erfreute sich ihrer stets von neuem.

denk ich mir, wer bewegt sich denn da? wars ich im spiegel.

was soll ich tun, dobyhal war wirklich neugierig, seine augen waren starr auf goldenberg gerichtet, seine hände zitterten, die tränen versickerten auf seinen rockaufschlägen.
ganz einfach, half ihm goldenberg vergnügt, du musst dich freuen.
wo ist mein sohn? schrie der kerl.
na hier, zeigte goldenberg verblüfft auf dobyhal und legt sich wieder auf das sofa. in der zeitung ist ein bild von fisch, dem helden der revolution.

die beine des vaters tänzeln vor den erstarrten beinen des sohnes, dieses vieh mit vier beinen auf diesen vier zu engen schuhen, und oben erschallt die stimme, die zu laute des vaters, pathetisch unterspielt und da hebt goldenberg den kopf wieder und da zerfällt das pferd in dobyhal und seinen vater und der vater trägt die shakespeare krone aus richard dem dritten und dobyhal bekleckert seinen matrosenanzug mit angstpisse, genau hinein in die mütze die er da hält, mehr geistig. rechtsum und der kommandoturm wendet das zweiteilige sehgeschütz richtung fenster, rumms und ein fladen aus bildern knallt in die gegend. goldenberg neigt sich vor und ein lahmer esel erscheint, die dreckige strasse, es stinkt nach fauligem wasser und da hinten ziehen wolken auf und nina drängt ihn zur seite und sieht die strahlende sonne und das schicke kleid auf der negerin und gegenüber im ersten stock lieben sich zwei knaben und der wind lässt die bänder und schirme, die von der decke hängen, sanft in die höhe steigen.

zehn tage später stellt goldenberg die blumen auf den tisch und nach 20 minuten steckt er einen zettel in die tür, bin zu leskowitsch gegangen um wein zu kaufen, eine halbe stunde danach hat er die überraschung fertiggebastelt und stellt sie bald auf den tisch. er findet den besten platz für sein zweites geschenk zwischen den rosen, dem gedeck und dem lebkuchenherz mit der aufschrift ich liebe dich, dann räumt er den tisch wieder ab um das ganze noch einmal zu ordnen. goldenberg setzt tee auf. es wird dunkel und er trinkt kalten tee. goldenberg öffnet die erste flasche. es läutet. goldenberg lehnt ab mit neuwerk zu leskowitsch zu gehen. neuwerk trinkt mit goldenberg die dritte flasche leer. goldenberg stürzt ins telefon und hört die stimme mirjams die ihn zu stefan einlädt, wo sie mit braunschweiger, oppenheimer, er trinkt wieder, weintraub und erwin das fest feiern. goldenberg dankt für die einladung und neuwerk geht hin. goldenberg isst die vorbereiteten brötchen und hört die kirchenglocken mitternacht schlagen. ungeheurer lärm setzt ein. goldenberg öffnet die fenster und feuerwerkskörper sausen ins zimmer. er tritt die glutnester aus, schliesst die fenster und geht einige stunden später zu leskowitsch. als er hinkommt, zieht frau leskowitsch eben die rollbalken herunter, eingewickelt in rote und blaue papierbänder. sie schickt anna mit guten ratschlägen irgendwohin nachhause. goldenberg nimmt anna an der hand, während sie heult, und hält sie fest, damit sie nicht wieder hinfällt. goldenberg öffnet die fenster und anna zieht sich aus. da steht nina in der tür und macht eine szene. anna läuft zur tür hinaus und nina geht. goldenberg legt sich ins bett.

«wer bin ich?» schreit dobyhal. er ist betrunken.
«aber ich», flüstert goldenberg, seine augen sind geschlossen und hinter den lidern haben sich die pupillen in kleine graue aber singende vögel verwandelt, was niemand beweisen kann, weil sie doch unsichtbar geworden sind, «das sind wir doch alle», setzt goldenberg fort und die lider tun sich auf und entblössen die beiden vögel die jetzt wieder augen sind und zwar beide, «jeder nennt sich so, jeder heisst so, ich, das bist du und er und sie und die andern und jeder und vielleicht auch die steine und die blumen, was weiss ich was die denken, und noch schlimmer: auch gehen und grün und für und und . .» aber dobyhal, der gar nicht zugehört hat, schreit weiter:
«was heisst ich, was soll das sein, ist das meine zehen & ich oder mein bewusstsein und was ist dann mein unterbewusstsein? vielleicht die bibliothek der geheimliteratur, die versteinte mystik dieses ichs meines ichs, hallo was heisst das?»
«weisst du, wir haben schlechte bilder und vielleicht sollten wir uns gar keine machen und wir sollten sie alle zurückweisen und dann krachts hier», goldenberg zeigt in seine hirnschale, «und das resultat oder mehrere fallen aus dem computer ohne dass ich mir so eine assoziative bildchenpyramide zusammengeschustert hätte. vielleicht soll man sie nicht stören, weisst du, die mechanik meine ich, nicht mit dummen bildchen dazwischenfunken, verstehst du? bildchen machen, kleine gedanken machen, nicht warten können.»
«ach du verdammter schwätzer», und dobyhal schmeisst die tür zu und

er springt aus der strassenbahn und wälzt sich im bett und würde am liebsten zerplatzen, aber mehr seelisch, oder einfach heulen, aber goldenberg der ist schon eingeschlafen und dobyhal wacht auf und geht zu goldenberg.

nina sitzt vor ihm in der perspektive. plötzlich packt er ihre nase und er öffnet die zange seiner finger weiter und weiter und endlich passt die nase doch und da ist sie ja grösser als ich sie sehe und bestürzt stehe ich auf und komme ihr ganz nahe und alles wird grösser und da denke ich nur noch ein wenig näher und dann ist es soweit aber da verschwimmt alles wieder ich verliere meinen brennpunkt und ich springe zum spiegel und betrachte mein gesicht von ganz nahe und ich bin ja viel grösser und auch alles ist viel grösser und da habe ich mich ja ganz schrecklich reinlegen lassen und da dachte ich ich werde der sache auf den grund gehen und ganz nahe dran bleiben aber da stellt sich heraus das wäre ja mühsam und für jede blume auf die knie und für jedes gesicht in die augen und für jeden vogel in die bäume. aber die perspektive, mein lieber dobyhal, die perspektive ist eine ganz gemeine falle!»

«und wenn wir andere linsen in den sehlöchern hätten und alles wäre verzerrt und wir heben den blick und die kirchtürme schiessen rauf und wir senken den blick und die füsse sausen davon und wir würden die dinge angreifen und sagen das ding ist eben so lang und wir würden diesen gegriffenen abstand für dieses bild halten und alles wäre auch in ordnung.»

«ganz recht», entgegnete goldenberg, «wir bemerken eben so und das was wir gerade noch aushalten.»

du darfst nicht zuhören, dann wirst du alles besser verstehen, ergänzte goldenberg.

oft und zum verdruss seiner zuhörer erzählte goldenberg witze folgender art: die erde hat an ihrer breitesten stelle einen ungefähren umfang von 40 000 kilometer.

ganz weit vorne, dort oben auf dem hügel, schliesst sich die strasse, ein hindernis aus optik. bis ich dort sein werde, wird sie sich auftun, die häuser werden ein bisschen in die höhe spriessen, aber dennoch zur seite weichen, ja so wird es sein. der magische garten der perspektive. jetzt kommt die buchhandlung, wusste goldenberg stunden später, und jetzt kommt der springbrunnen, freute er sich in einer woche, und nur noch eine viertelstunde, dachte er nach vielen jahren und die beine taten ihm weh und er hatte die häuser da vorne schon ein wenig auseinandergedrängt, so wie alle male zuvor und danach und bald wird er oben sein und sich mit den anderen in die strassenbahn drängen.

die zeitmasse, dachte goldenberg.

hör mal, sagte dobyhal, als goldenberg wieder in der stadt war und bei leskowitsch sass, dein weltbild ist passé, verstehst du? und schob goldenberg ein buch rüber, ich weiss, sagte goldenberg, nichts ist dasselbe, wir haben mit dem vokabular künstliche kategorien gezüchtet, haben die erregung des unbestimmten als gefährlich einbalsamiert, können leichtfertig sagen, haha eine maus, und haben keine ahnung, jedes wort ein schlechter vergleich, und aus goldenberg (32+154/360+16/24.360+42/60.24.360+15/60.60.24.360) wurde goldenberg (32+154/360+16/24.360+42/60.24.360+17/60.60.24.360) und jener teil der rückenlehne des sessels, auf dem goldenberg sass, hatte wenig mit dem spezifischen gewicht des strohgeflechts zu tun, aus dem sich dobyhal erhoben hatte, nur das wort, aus der hilflosen faulheit der menschenpyramide und ihrer sucht nach ruhe und mütterlicher geborgenheit entwickelt, hatte da ein bisschen zusammengeschmiedet, links verwandelt sich in rechts, weil sich goldenberg fast abgewendet hat, und dieses links und jenes, und der tisch oder wie man es nennen soll, düpiert die zuschauer, weil er die zeitkomponente nicht mit dem vorschlaghammer ins auge springen lässt, eine scheinbare stetigkeit vortäuscht und so sitzen sie oder glauben zu sitzen und so stehen und liegen sie oder glauben es zu tun und betrachten die vernichtende bewegung und denken, das ist die ruhe, die stetigkeit, wenigstens mein anzug ist nicht abgeschabt, hier ist das fenster und dort ist süden, klammern sich an den anblick, nur den blitz halten sie für beweglich, der ein wenig in den lüften ruht, und der finger zeigte von dobyhal in den tschuang tse und auf die stelle: vom gesichtspunkt der verschiedenheit sondern wir zwischen leber und galle, zwischen dem staate tschu und dem staate yüeh. vom gesichtspunkt der gleichheit sind alle dinge eins, das hab ich vermutet, antwortete goldenberg. und der hat mehr als sechs sinne! bohrte dobyhal. plötzlich war er breit in den schultern geworden und betrachtete goldenberg verächtlich. der braucht keine, antwortete goldenberg.

im dom wird heute oppenheimers metaphysische kurzoper, er ist aus der partei ausgetreten und fühlt sich jetzt, nachdem er die übereinstimmungen für sich und jeden der es hören will aufgedeckt hat, der christlichen glaubenslehre verpflichtet, uraufgeführt. dobyhal steht in einer ecke. nina schwirrt durch klumpen von abendkleidern und soutanen, vorbei an gotischen schnitzereien, säulen, bogen und gestein, goldenberg hinter sich herziehend, hin zu einer schwarzen kutte aus der zwei arme in verzweifelter hilflosigkeit flattern. oppenheimer strahlt und seine frau, hinaufgerankt in dokumentierter gemeinschaft, meint, wir können euch leider garnicht helfen, marcel muss selber um unsre plätze kämpfen. goldenberg weist die billets der untergrundbahn vor und er, nina und mirjam, die beiden unzertrennlichen freundinnen, betreten die vorräume.

und weisst du, dobyhal näherte sich goldenberg vertraulich, um zu zeigen, dass er seit 14 tagen bei nina wohnt, als kind sah sie affen und hunde die um ihr bett standen und käfer die über das federbett krochen, und die affen hatten ein brett und nagelten sich an die wand, und dann kam das kindermädchen und manchmal auch die mutter, zweimal sogar der vater und sahen weder affen, noch, ich weiss, unterbrach ihn goldenberg, und sie glaubt es bis heute, plapperte dobyhal mit hochgezogenen augenbrauen belustigt. jeder vernünftige mensch würde das tun, flüsterte goldenberg traurig und dobyhal stellt fest: alle netten leute haben visionen, klopft franz auf die schulter und goldenberg starrt aus dem fenster, aber menasse dobyhal, 21, stellt die diagnose: eifersucht, und steht minuten weiter in die zukunft, geschwellt vom bewusstsein einer unaufhaltsamen überlegenheit.

das ist der tisch, nein das ist der sessel, es ist der tisch und da ist der brief, wo ist der brief, er ist nicht da, halt was ist das? da liegt papier, da ist die wand, da ist das fenster, da ist die wand, da ist die tür und da ist der schalter. goldenberg macht licht, denkt an die genesis, nimmt den brief aus der schublade und verlässt das zimmer.

ein weisser körper auf einem dunklen fensterbrett. die schenkel schwingen auf und ab wie ein pumpwerk, das goldenbergs blut ein wenig ins hirn heben möchte, ihn zum denken zwingen, zur bewegung, zur entscheidung, irgendetwas. goldenbergs kopf ist ein dröhnender gong, dumpf und leer. hallo goldenberg, hallo!

er hob einen fuss wie so oft zuvor und begriff nicht, was ihn zusammenhalte, was ihn nicht einstürzen liess, die hand neben dem fuss, der schädel neben dem wangenfleisch, ja so könnte es sein, so wird es da liegen, wozu die schwerkraft, wenn sie mich nicht in die knie zwingt, festhält, ein dünner fladen auf der oberfläche des magnetberges? alles lüge, niemand hält mich, schrie goldenberg in gedanken und stiess sich von dem planeten erde ab. nachdem er sich in eine höhe von 35 cm erhoben und sich ebensoweit dem trabanten mond genähert hatte, vergeblich dessen geringe anziehungskraft nützen wollend, die nicht einmal den schweiss auf seiner stirn zur flut bringen konnte, trat diese raumfahrt in ihre zweite fase und das schiff goldenberg sank unaufhaltsam der asfaltierten erdkruste zu, landete sicher auf einem bein, das zweite folgte sekunden später. heimat, dachte goldenberg mit tränen der rührung.

ich habe ihn wieder gefunden, ich habe ihn wieder gefunden!
wen?
den sechsten sinn! ja ich bin auf der richtigen schiene, es geht weiter.

wir können in die welt nicht eindringen, wir haben nichts mit ihr zu tun, wir schaffen bilder von ihr, die uns entsprechen, wir legen methoden fest, um uns in ihr zu verhalten und nennen es die welt oder wenn es kracht, ich in der welt, es ist hochmütiger als man denkt, wenn wir

also einen bemalten vorhang brauchen, vor dem wir unsere gesten und persönlichen wünsche, die wir als dinge, zusammenhänge und ähnliches bezeichnen, nennen, tragieren, dann nehme ich den bunten schleier der fröhlichkeit und was ist dahinter? fragte dobyhal.
goldenberg lachte.

plötzlich war goldenberg verschwunden. mitten im gespräch, mitten im satz hatte er sich in nichts aufgelöst, war vor den augen dobyhals verschwunden. er war weg, er war nirgends, einfach nicht da.
verhöhnt brach dobyhal in tränen aus.
goldenberg hatte seinen körper mit verrutschter nase am sofa liegen lassen. zornig trat dobyhal nach diesem popanz, da schien der hampelmann mit seinen milchigen augen zu grinsen. als er die puppe schüttelte, begriff dobyhal langsam sehr langsam, was man mit ihm getan, und im gefühl seiner ohnmacht warf er die puppe vom sofa ....
«betrüger, verdammter betrüger», schluchzte dobyhal.

ideen werden erfunden? so können auch gefühle erfunden werden, irgendwann einmal, und seither haben sie ebensolche auswirkungen wie die uhr (hier ist ein haken, muss darüber nachdenken, zeit ergibt sich, tag und nacht und alter und tod, aber vielleicht gibts weniger sekundäre erfindungen, kann es das geben?), vorsicht! kann man die verantwortung tragen? las dobyhal aus goldenbergs brief. nina öffnete das fenster und trat in den himmel, sagte oppenheimer, der über die strasse auf das tor zugekommen war. das war die perspektive, dachte dobyhal tage später.

allzufallzufallzufallzu

jola lag auf dem pflaster. das blut lief aus dem mund und aus der nase. sie lag auf dem bauch, kaum bewegt, bei jedem atemzug quoll blut von neuem aus mund und nase und stockte um die lippen, am hals, um die nasenlöcher. die linke kinnlade war eingedrückt. ein abgebrochener zahn hatte ihr bild aufs äusserste verändert. plötzlich erbrach sie sich mit einer ungeheuren heftigkeit. ein klumpen von fleisch, blut und verdautem quoll zwischen den lippen und stak, die zunge umkreisend, die ein wenig vorstand, eigentümlich gerollt und hell wirkend in der umgebung von blut. dobyhal zog so gut er konnte den brei aus den zähnen. olga stöhnte, erbrach sich von neuem und dobyhal kramte den brei aus ihrem mund, schnell und behutsam, um sie nicht ersticken zu lassen. dobyhal versuchte ihr gesicht zu reinigen. sie lag jetzt fast ruhig. neben ihrem kopf hatte sich eine grosse lache, ein cocktail aus erbrochenem und gestocktem blut gebildet, das lag da wie ein kissen und olga lag da wie schlafend mit offenen starren augen, ihr körper bewegte sich langsam atmend auf und nieder und ein dünnes rinnsal blut floss im rhythmus des atems aus ihrem leicht geöffneten mund. sie schien in die ferne zu blicken. dobyhal streichelte ihr verklebtes haar ein wenig, ihr unentwegt den mund wischend, sprach leise auf sie ein. ohne ein wort gesagt zu haben, ohne die ohnmacht zu durchbrechen, war sie tot. dobyhal empfand, dass sie nicht gestorben sei. sie war tot, das schien ihm etwas anderes.

die zeit ist ein fester körper in dem wir uns bewegen, hatte goldenberg gewusst, als er noch lebte.
oder ist sie unser gleichnis, das uns nach und nach bewusst wird? grübelte dobyhal.
weg mit den bildern, rief dobyhal laut. einige erscheinungen, die die gestalt seiner freunde trugen, unterbrachen ihre einfachen schritte. sie taugen alle nichts, schloss dobyhal und die augen.

machen Sie das buch zu!

sagte dobyhal

nachtrag

man muss sich umbringen um die hoffnung zu begraben. es gibt keine hoffnung.
jedoch ist ein lebender mensch ein hoffender. contradictio in se.

frage: worauf hoffen?
es gibt nichts was zu erreichen wäre ausser dem tod.
also, üblicherweise wird versucht ein ziel möglichst schnell zu erreichen, wenn es bekannt.
ich habe gegen meine natur versucht und gegen meinen instinkt (!) den optimistischen standpunkt einzunehmen. ich habe viel versucht. ich habe gegen mein besseres wissen behauptet: das leben ist wert gelebt zu werden um seiner selbst willen. wie dumm, ein vorwand diese unangenehme prozedur nicht vornehmen zu müssen. es gibt keine schuld, keine sünde, nicht gut, nicht böse, keinen gott, keine möglichkeit, nur den schein für den schein leben zu können. wozu der mensch als ethische fehlkonstruktion mit ethischer einstellung behaftet sein kann? ein scherz. es ist grässlich, dass die hoffnung wie ein böses geschwür bis zur letzten sekunde wuchert. die dinge bleiben wie sie sind. idealismus ist unangebracht. unter diesen auspizien vertrete ich (natürlich nur für mich, da ja ich mit dieser meinung behaftet bin) als richtig, der. falsch, für. ich bin einfach nicht einverstanden, würde gerne den menschen gegen das tauschen wofür er sich hält oder fälschlich für möglich hält zu erreichen. so betrachtet will ich gerne den anfang machen, das gute beispiel. –

«man könnte sich mit der totalen bedeutungslosigkeit abfinden. ich kann es nicht.»
«geh ins bett», sagte braunschweiger.
«du wirst schon sehen», sagte dobyhal.
am nächsten tag zeigten sich die ereignisse in einem neuen licht und dobyhal dachte, er hätte den sechsten sinn und er hatte ihn auch, denn er dachte es ja, und gewann seine mannschaft den sieg und stand er am betonrand des bassins und jubelte und jubelte.

und dobyhal sagte: «das mach ich jetzt!»
«du solltest sagen: kann ich das jetzt machen?» erwiderte goldenberg.

goldenberg schlich müde herum. das barometer stand auf 760 mm, das ist ganz normal, und er atmete schwer und die luft drückte, und das ist ganz normal, mit einem gewicht von 15.450 kilogramm auf seine haut und das ist ganz normal.

goldenbergs rumpf hat einen aufsatz, den sogenannten kopf, der wenn er aus gips wäre büste hiesse, dieser war mit einem gegenstand zum teil bedeckt, den die anderen hut, goldenberg aber karl nannte.

in meiner hand liegt eine kugel. es wird dunkel. wozu ist eine kugel? was ist eine kugel? franz zuckt teilnahmslos mit den schultern. gestern war er sehr heiss. ich lasse die kugel zu boden fallen. sie springt empor und fällt. jetzt liegt sie sehr ruhig vor meinen füssen. franz hat die augen geschlossen. es riecht nach verbranntem papier. ich erinnere mich, dass franz einmal die augen öffnete und mich ansah. vielleicht habe ich mich getäuscht. ich hätte lust, ihn hier allein sitzen zu lassen und wegzugehen. es ist 19 uhr 35. ich habe hunger.

franz ist ganz weiss. er hat weisse hände, eine weisse nase, weisse lippen und weisse haare. sein anzug ist weiss. seine weisse krawatte ist sorgfältig geknotet. meinetwegen soll er hier sitzenbleiben. ich habe keine lust mehr. ich werde diese türe aufmachen und das zimmer verlassen.

in meinen schuhen steht das wasser. grosse blumen zerplatzen in den wolken. über meine hände läuft der schweiss. mein hemd klebt am rükken. ich öffne den kragen. meine augen sind mit salz verklebt. es riecht nach verbranntem papier. ich schlage mit den fäusten gegen die türe. franz öffnet die augen. er ist ganz ruhig. seine augen sind ein wenig verklebt und er sagt: «setz dich.» seine stimme ist ganz ruhig. ich höre seine stimme. sie sagt: «setz dich». es ist eine ruhige stimme in einem weissen anzug.

franz steht zwischen den weissen wänden und legt seine hände hinter den hals. er wendet mir den rücken zu. sein weisses hemd klebt klatschnass an seinem weissen körper. er nimmt die kugel vom boden. er hebt sie empor, als ob sie ohne gewicht wäre.

ich sitze und öffne die augen und ich sehe franz. es ist unerträglich hell. franz ist ganz weiss. ich werde bleiben. der schweiss läuft mir in die schuhe. ich lasse die hände fallen. sie hängen ganz ruhig. vor mir brennt eine weisse flamme. franz glänzt. franz flackert.

ich presse meinen schwitzenden leib gegen die glühenden wände. mein rücken dampft. die heisse flamme drängt mich gegen die wand des zim-

mers. die ruhige stimme sagt: «setz dich.» das zimmer ist ganz weiss. es riecht nach verbranntem papier. der beissende rauch treibt mir das wasser in die augen. ich kann nicht mehr atmen. der husten treibt mir den schweiss aus der haut. der rauch brennt in den lungen.
ich bewege mich langsam. ich hebe die hände, als ob sie ohne gewicht wären. vor mir brennt eine unerträglich heisse weisse flamme.
ich schlage um mich. eine stimme sagt ruhig: «setz dich.» es riecht nach verbranntem papier. meine hände sind ganz weiss.

wie aus einem starrkrampf gelöst, streckte er seinen hals durch, sprang auf. die wand vor seinen augen und ohren begann sich aufzulösen. aber seine linke hand blieb verkrampft. wenn er sie auch bewegen konnte, ein unbestimmtes gefühl von zerrung und spannung der sehnen blieb. er hörte musik, jetzt, aber daneben stand, hörte und sah er in eine andere welt. als ob die sinne mitten durchgeschnitten wären, zwei antennen bildeten, jede auf einen anderen sender eingestellt. er dachte an den effekt mit überkreuzten fingern. hinten im nacken sass ihm ein eigenartiger, dumpfer schmerz, als wäre ein teil seines gehirns stillgelegt. ein ganz bestimmter teil, er glaubte sich imstande, ihn mit dem finger auf der schädelhaut abgrenzen zu können. als ob er einen schlag empfangen hätte.
als franz hereinkam, starrte er ihn an. er konnte seine augen nicht bewegen. er konnte auch nicht sagen, was er dachte. er versuchte zu sprechen. seine lippen bewegten sich nicht. sein gesicht blieb völlig regungslos. franz hätte verschwinden können, sich in nichts auflösen, es hätte ihn nicht erstaunt. er hatte keine reaktion.
als goldenberg die zigarette aus der hand fiel, blieb er ohne bewegung. franz schien von einem schwarzen strich gerahmt. franz sprach zu ihm. als goldenberg antwortete, merkte er, dass er anderes sprach, als er wollte. er verbesserte nicht. franz sprach.
fast nie gab goldenberg antwort und wenn, nach langer pause und gehackt, in abständen, tropfig, mit dickem speichel. er hörte goldenbergs stimme von weither oder durch eine wand und er war durch diese wand von allem getrennt, das um ihn war. als ob er ausser seiner haut sitze und einem automaten mit druckknöpfen auf einem schaltbrett mitteile.
zurückgekehrt in das zimmer mit spiegel, mit teppich, mit stühlen und tischen, mit weissen wänden und brennender lampe. abend. franz sass neben ihm, und goldenberg fühlte sich zerschlagen und müde, nach einer langen reise.
er warf sich mit seinem körper gegen die tür und das schloss brach auf und er fiel der längelang in ein dunkles, fensterloses zimmer. unsicher tastete er sich empor um einen lichtschalter, ein streichholz oder irgend ähnliches zu finden, aber umsonst. er hatte sich auf knien aufgerichtet. da vernahm er ein rascheln, als ob papier gepresst werde, und golden-

berg glaubte einen schatten über sich hinweggleiten zu sehen, obwohl es vollkommen dunkel war. goldenberg erhob sich auf zehenspitzen und handflächen und kroch auf allen vieren in die richtung in der die aufgebrochene tür sein musste.

ich sitze in meinem sessel und schwinge langsam vor und zurück. es ist abend. ich fliege. ich kann fliegen. ich schwinge mit ungeheurer geschwindigkeit auf und nieder, vor und zurück. ganz langsam. meine arme und beine vibrieren. ich bin ganz leicht. ich falle. ich schwebe still. bin in luft eingefroren. ich falle sehr tief und steige. es ist strahlender mittag. ich brenne. weisse blätter und alles ist schwarz. ein klavier hämmert in meinem schädel. die ersten laternen reissen löcher in den schwarzen vorhang, zischen empor und stehen unbeweglich vor meiner nase. dazu entsteht ein riesiger platz, auf den man häuser und bäume gestellt hat. alles wird dunkel. ich sinke. ich hänge. die luft ist um mich. die füsse hängen in den schuhen. der platz wird grau. ich hänge darüber und es ist dunkel. alles wird sehr weit. sterne zischen empor. raketen bohren sich in häuser, bäume, die stadt. adern zerplatzen. alles.
weisse kristalle, schornsteine wachsen in die nacht. scheinwerfer gleiten über häuser. alles ist weiss.
ich stehe auf einer brücke. unter mir läuft ein fluss. schmutziges wasser. jetzt ist er eine einzige hand. ich nehme das messer. es entfällt mir in das schmutzige wasser. das gras wächst meine füsse rauf. meine haut trocknet ein.
ich gebe zu, franz ist gott.

hier muss ein opfer gebracht werden, sagt ... und ..., ja mit geschlachtetem lamm, menschenköpfen in essig und öl (über dampf getrocknet), kinderfleisch auf bajonettspitzen, weihrauch und (der oblaten)gott in der magensäure.
nichts muss geopfert werden. das opfer ist ein schlechtes bild mit üblen folgen, sagt goldenberg. man muss einiges aufgeben, aber nicht opfern.

hannes sander geht vorbei.
paul löwel geht vorbei.
emmerich freisinger geht vorbei.
max hafner geht vorbei.
stefan mislic geht vorbei.
emma krempel geht vorbei.

alfred krempel geht vorbei.
raimund brezina geht vorbei.
ferdinand rola kommt aus der anderen richtung.
erika mildek und horst xaver mildek gehen vorbei.
heinz papplinger, toni schildkraut, mädi schildkraut und pepi wilczek fahren vorbei.
egon bogner und paul helwein gehen vorbei.
ernst meistermann geht vorbei.
otto mauser fährt vorbei.
gerhard dambeck und brigitte schwodal gehen vorbei.
simon schwarz geht vorbei.
titti hohenlohe geht vorbei.
walter amon bleibt stehen, gibt dimitri papulescu die hand und geht weiter.
dimitri papulescu steckt die hand in die tasche und geht vorbei.
josef und maria melmer fahren vorbei.
hermann gründsteidl, oskar fink, engelhardt schreiber, sergio klinger, magda stangl, emil schmidt, cyril parker, franz wiesinger, erika grünwald, wolfgang stadler, felix czerny, richard hanzlik, stella meyer-gutenstein, horst peterlik, friedrich geyer, karl blei, rené blei, hans blei, brunhilde blei, horstpeter blei, helga kranawetter, jeanne dugrenot und albert prantl fahren im autobus der linie 8 vorbei.
es ist 18 uhr 21.
schiller geht vorbei.
goldenberg wendet den winkel und hält seine geöffneten sehlöcher der abendausgabe der allgemeinen tageszeitung entgegen.

wie jeder weiss. wie jeder wusste. wie alle wussten. wie alle wissen. wissen das alle? das können unmöglich alle wissen. wie manche wissen. was manche arbeiter bauern generale staatsmänner wissen. wie viele menschen wissen. was fast alle menschen wissen. fast alle menschen wissen das. alle menschen sollten das wissen. was jeder mensch wissen sollte. mancher mensch weiss das. was ich wusste. wie ich wusste. wie ich, marcel oppenheimer und die damen wussten. wie ich und melitta mendel wissen. wie nina und ich wussten. wie jeder sehen konnte. wie fast jeder sehen konnte. wie jeder aus einiger entfernung sehen konnte. wie jeder sehen kann. wie jeder mensch sehen kann.

ich sitze mit mirjam auf der böschung des kanals mitten im gras mitten zwischen den grünen blumenstengeln mit den abgeblühten blütenblättern mitten zwischen welkem rosa mitten in einem der vielen rosenbeete die das staubige gras der böschung verdrängen über 1000 meter oder mehr zu beiden seiten des flusses an beiden ufern um die stadt zu verschönen da sassen wir und ich betrachtete das wasser und das licht auf dem wasser und die lampen spiegeln auf diesem stück glas das da ein wenig schaukelt und das da wasser ist und plötzlich öffnen sich meinem bewusstsein paläste und städte endlos tief leuchtend und glitzernd die sich da in die tiefe ziehen die da unten schimmernd ragen hinunterragen eine welt und da unten haben sie ihre eigene schnellbahn und die fährt unten und lautlos und ist der spiegel dessen was da oben an meinem ohr vorbeisaust aber viel tiefer ganz unten und mächtiger und rufend und da ist eine ruhe und es verlangt mich danach und ich starre und bin erstarrt und bin schon unten und schwebe in meinem neuen medium mit langsamen stössen wie in flüssigem glas hinauf durch die schluchten und hinunter an den glitzernden wänden wie ein langsamer puls vorbei wie ein schwingender vogel gleitend auf geheimnisvoll vorgezeichneten luftbahnen und eine wunderschöne melancholie breitet sich über und da höre ich ihre stimme und beschimpfe sie und sie versteht kein wort und heult und da zeichnet sich eine zahl in die abendliche finsternis und das jahr unserer trennung brennt in dem schwarzwolkigen firmament rot notiert in den tafeln der kabbala und jahre später werde ich dich auf der strasse wiedersehen ohne verabredung ohne dich zu erwarten nachdem ich jahre auf dich gewartet haben werde und da werde ich feststellen müssen dass du da lippenstift auf den oberen schneidezähnen hast und einen schlechtgeschnittenen wintermantel trägst und ein kind im bauch und eine schlechte sprache und das war mir vorher garnicht aufgefallen.

unten im gras sitzen mirjam und oppenheimer in ihren körpern, mit rosa haut überzogen und mirjam sendet starke schallwellen in den äther, die in ihrer muttersprache mitzuteilen versuchen, dass oppenheimer sie vernichtet habe, die haltung von oppenheimers körper deutet auf banalitäten wie «die zügel entglitten», «nicht herr der lage» und so weiter.

erzähl uns aus deiner jugend, sagte steiner.
gut, sagte oppenheimer und sagte:
marcel kam als kind einer dame und eines herren zur welt. später erfuhr er, dass die beiden marcel und rudolfine heissen. er nannte sie vater

und mutter. sie wohnten in einer grossen stadt in einem zimmer mit grossen gegenständen. als marcel an jahren zunahm, wurden die gegenstände kleiner. zu dieser zeit sass marcel auf dem nachtgefäss und zeichnete ein pferd mit hufen. diese hufe hatten stollen, welche marcel bewunderte. marcel war ein begabtes kind. dann durfte er mit seiner mutter eine grünanlage aufsuchen, weintrauben essend. als sie nach hause kamen, schiss marcel in die hose und wurde von seinem vater verprügelt. ein jahr später durfte marcel das haus verlassen um eine zitrone einzukaufen. frau werenz betrieb einen laden im gegenüberliegenden hause und verkaufte dem dreijährigen marcel eine zitrone. ferner erhielt er ein abziehbild, wofür er nicht bezahlen musste. marcel war ein stolzes kind. am folgenden abend empfingen seine eltern mehrere damen und herren als gäste. marcel wollte nicht öffentlich gebadet werden und erzählte einen scherz, welcher den gästen wohl gefiel. dieser scherz gefiel weder seinem vater noch seiner mutter, obwohl marcel diesen scherz von ihnen gehört hatte. marcel war ein kluges kind. er ass nicht gerne und wenn man seine verdauung gestört fand, durfte er ein stück seife in den darm stecken. marcel sass auf der kohlenkiste, indessen seine mutter rudolfine hiess. sie verrichtete ihre hausarbeit und nannte den jungen marcel einen esel. marcel überlegte diesen ausspruch in seinem geiste und kam zu keinem ergebnis. marcel besass eine puppe, mit welcher er schlief und einen dackel aus fichtenholz, der beweglich war. marcel hatte auch eine tante, die war schauspielerin und las geschichten vor. dass diese geschichten für ein molkereierzeugnis warben, wusste marcel damals nicht. dann sah marcel seine tante auf der bühne eines theaters. der lebensgefährte seiner grossmutter war nicht zufrieden. diese grossmutter war die mutter seiner mutter und hatte eine runde nase. herr dostal, ihr lebensgefährte, ein quartalsäufer, konnte fast keine geschichten erzählen. als marcel einmal bei dieser grossmutter übernachtete, kamen viele herren von der polizei und drehten den grossen spiegel um, weil ein verehrer der schönen tante, der ein graf war und um die ecke wohnte, hinter dem spiegel etwas versteckt haben sollte. dieser graf hatte eine mutter, welche marcel einmal besuchen durfte. damals durfte marcel sehr kleine brote essen und seine mutter rudolfine war nicht zufrieden. als marcel nicht mehr in die hose schiss, durfte er seine andere tante, weil sie die schwester seines vaters marcel war, besuchen. diese besass einen säugling, der ihr sohn war. als die tante dem marcel etwas geld geschenkt hatte, kam die tochter der nachbarin durch die offene tür und marcel durfte mit dem mädchen spielen, weil es vier jahre alt war. marcel war vier jahre und ein halbes, deshalb nahm er das mädchen in die wohnung seiner mutter, welche bei seiner tante zu gast war. dann zog er ihr die hose herunter, welche aus gummi war, weil ruth noch immer hinein schiss. völlig in der betrachtung dieser jungen dame blieb er liegen, bis sie geholt wurden. kurz zuvor hatte ruth ihre hose wieder in ordnung gebracht, weil sie die stimme ihrer mutter erkannt hatte. marcel war durch das vorgefallene so verwirrt, dass er in verkehrung der situation einen abschiedskuss der jungen ruth verwehrte. da lachten alle damen und herren, die bei seiner tante zu gast waren.

man sagt, ich sei am siebzehnten dezember neunzehnhundertzweiunddreissig geboren, im sternbild des schützen, zehn minuten vor mitternacht. ein samstag. das hat mich lange geärgert. ich hatte da ein märchenbuch, da konnte ein sonntagskind die sprache der tiere verstehen. elf minuten später und ich wäre ein goldenes sonntagskind geworden. warum hat meine mutter nicht warten können, hab ich mir gedacht.

ich sitze am nachttopf, bin ungefähr drei jahre alt, und kann einen pferdehuf zeichnen. pferde konnte ich schon vorher zeichnen. aber keine hufe. ich bin sehr stolz.

ich sitze in einem waschtrog, der schwimmt auf einem teich. der trog kippt um und ich schwebe in einer grünen helle. da zieht mich mein vater wieder aus dem wasser. ich habe mich nicht gefürchtet und war vielleicht fünf jahre alt.

ich habe ein sehr hübsches spielzeug bekommen. einen raddampfer mit uhrwerk. zuhause merke ich, dass ich die blechflagge verloren habe. ich bin sehr unglücklich. ich bin ein pedant. in dieser nacht träume ich, dass die flagge zwischen zwei steinen nahe dem ufer in einer mulde unter dem wasserspiegel liegt. ich sehe die flagge; ganz deutlich. am nächsten morgen muss mein vater ganz früh mit mir zur donau. wir gehen zu den beiden steinen. da liegt sie, die flagge.

ich muss zur schule gehen. schrecklich. ich bin ein schlechter schüler. mein vater lässt mich die zahlen von eins bis zehn rauf und runter aufsagen und das immer wieder. ich finde das ziemlich albern und werde ein musterschüler.

meine mutter rudolfine spricht in 1 minute soviel wie franz in 4 stunden und 21 minuten und 800mal soviel wie sein vater franz. mit ihrer kreischenden misstönenden stimme spricht sie so schnell, dass ihr jeweiliges opfer völlig bewegungslos in seiner stellung verharren muss. augenzeugen berichten, dass selbst der anblick ihrer in aufruhr geratenen sprechwerkzeuge einen tauben für die dauer einer stunde lähmen konnte, bis er die kraft hatte, die augen zu schliessen und sich aus der stube zu tasten. gemeinhin ist das opfer, nachdem es solches zu hören und sehen gezwungen war, für tage ans bett gefesselt und meidet mögliche begegnungen mit jener seiner mutter rudolfine selbst auf die gefahr einer finanziellen einbusse (z. b. gläubiger, vertreter, behörden, bettler). so waren also für den verkehr mit der familie des franz alle mit einem dauerhaften gemüt ausgestattet und waren auch viele taube und wahnsinnige darunter, die nicht verstanden, was sie sahen. auch unter diesen wollten sich nach einer zeit nur mehr wenige finden, da war sie froh, ihren sohn franz zu besitzen, welcher ein schwaches gemüte sein eigen nannte und immer wie eine lahme fliege herumsass. nun freute sie dieses nicht allzusehr, so fand sie pausen, um ihn zu kraft und atem kommen zu lassen. das gibt ihr zeit, die themata in ihrem kopfe zu wenden, und macht sie vergnügt. wenn franz mit seinem vater zu dessen vater und mutter geht, führt sie selbstgespräche und ist in einer halben stunde so gelähmt, dass sie nicht mehr sprechen kann.

als sie seit zwei tagen niemanden beeindruckt hatte, nahm sie ihre künstlichen zähne aus dem mund, tat einen morgenrock um und zog klagend durch das zimmer.

horst nielsen als jude als deutscher, sowie ein indianisches profil.
sehen sie, wir sind deutsche.
horst trinkt noch einen kleinen braunen.
sehen sie, jünger, der geistreichste mann deutschlands. guter mann. 65 jahre alt. sehen sie, der ist geistreich.
nielsen raucht.
nielsen ist verrückt.
der totschläger nielsen hatte einen freund, der schaufenster einschlug. er stahl pelzmäntel, um sie alten frauen auf der strasse zu schenken. ganz köln schwimmt in tränen des mitleids.
nielsen stösst klagend den rauch aus der kehle und bringt sein indianisches profil zur geltung.
von vorne breitseite geht der indianer und über bleibt ein kleiner deutscher jude. mein mitleid ist geweckt. ich kann ihn leiden.
womit? das ist klar.
nielsen will mal kräftig explodieren. manna rumstreuen. vorhang aufziehen.
er ist unrasiert und hat speck am bauch, obwohl.
siehst du, hier müsste man einhaken.
ich nickte teilnahmslos mit dem kopf.
ich rauche zigarette.
nielsen trinkt einen kleinen braunen.
er wehrt sich verzweifelt gegen einen schwarm von stechmücken.
der kleine junge in der badehose wird ganz deutlich.
ödipus nielsen liebt seine mutter.
ödipus heisst das nicht glänzender fuss? das muss doch ein irrtum sein.
glanzfuss nielsen, was soll das heissen?

ödipus nielsen erlebt abenteuer.
fräulein sfinx, bitte noch einen kleinen braunen.
was das kostet, müssen sie erraten.
diese rätsel. lassen sie mich zufrieden. heute ist kleiner ödipus. wir haben keine vorstellung.
wen stellen sie sich vor?
ihre fräulein sfinx füsse glänzen.
verzeihung. ich bitte um verzeihung! das sind SIE.
immer diese rätsel. ja, wir deutsche.
ich nicke mit dem kopf. was bedeutet, was? deutsch. ist das nicht eine sprache?
er hat es innen. chemisch putzen. den lappen gut befeuchten und emsig reiben, dann bleiben keine ränder. mit dem drillbohrer anstechen. fräulein sfinx! bitte um ein spundloch und ein abflussrohr.
immer diese rätsel.
vögeln macht froh.
nielsen raucht zigarette.
europäisches coca wird in deutschland hergestellt. das wasser wird nicht gekocht. es macht den nierenriss und den blasenriss.
vorsicht fachkenntnisse!
ich trinke noch ein coca.
fräulein zigaretten.
ruth sfinx trägt einen pelzmantel aus dem kölner schaufenster und bringt zigaretten, obwohl sie kaum 16 jahre war.
dezember november 21 22 17 18 19
seine mutter trägt den namen ruth wie einen pelzmantel.
ich bitte sie, das stimmt doch nicht.
ich weiss, das hohe c ist eine oktav tiefer.
wie tief können sie?
viel tiefer.
achtung.
jetzt kommt die eingestrichene oktav.
guck mal, da kommt händel!
händel ergreift das piano und streicht über die saiten.
war händel auch deutscher?
herr händel bitte eine geige spielen!
herr händel wirft eine münze ein und spielt.
händel war die stärkste kontrolle händels.
nielsen und ich trinken aus anderen tassen braunen kaffee.
nielsen rüttelt an den gitterstäben, dass der rost in die tassen fällt.
herr nielsen, jetzt blasen wir den rost aus dem kaffee.
mit diesem sauerstoffanzug sehen sie wie eine taucherbrille aus.
ganz falsch. ich weiss es. zum verwechseln ähnlich.

die sfinx ist eine broncefigur so im belvederegarten wachset. blüht im juli.
die früchte fallen ab.
you are from vienna aren't you?
immer diese wiener.
einen rostfreien löffel aus bronce zum umrühren!
ich bin doch kein rätselautomat.
nielsen wieso horst?
ich bin jude.
soll ich mich jetzt fürchten?
ruth posiert an der registrierkasse.
horst denkt.
ich trinke kaffee.

im haus des joseph de castillo schliefen wir auf dem tisch.

bruce brandon phemister gab uns frühstück und zeigte uns die schule.
abd el-kader ben mira in tunis hat einen kurzen fuss.
unter uns wohnte eine frau charnallet.
der bauer hamda hatte ein rundfunkgerät im wagen.

in diesem augenblick klebt jose romero arellano cadiz, spanien, eine briefmarke in seine sammlung.

wo ist nina? sie liegt unterm tisch. was macht sie da? sie kotzt. siehst du das weisse klavier? sie packt meinen arm. ich beuge mich zu ihr und starre in die milchigen augen, aber ich kann das weisse klavier nicht sehen. georg bringt einen armvoll autospiegel. wenn er guter laune ist, reisst er sie aus. er hat ein unerklärliches vergnügen, sachschäden zu verursachen. jola steckt den strauss in eine vase. es sind viele leute da, die ich nicht kenne. bring sie nach hause. es regnet.

bei leskowitsch, wenn sie einen ihrer liebhaber sah, fühlte sie sich bemüssigt grimassen zu schneiden, klapperte nervös mit den wimpern und war überhaupt unausstehlich.

ich bin 10 jahre alt und gehe durch einen tunnel. der ist elektrisch beleuchtet. es sieht aus wie in einem luftschutzkeller aber das ist ein gewöhnlicher eisenbahntunnel weil ich immer den schienen nachgehe damit ich nachhause finde. ein mädchen kommt mit einem handwägelchen auf dem eine espressomaschine aufgebaut ist. sie ist jung und hübsch aber sehr ernst. sie bleibt auch ernst als ich zu sprechen anfange und bemüht sich nicht mich zu verstehen. da erinnere ich mich dass ich in russland bin und nachhause gehe. ich überlege dass café ein international bekanntes wort ist und sage es. sie freut sich nicht darüber dass sie mich verstanden hat so wie man sich in wien freuen würde wenn man 1 wort eines ausländers versteht und sie schenkt mir kaffee ein und sagt ernst aber klar „8 schilling“. sie hat schöne ruhige augen. ich suche in meiner tasche alles zusammen aber das letzte werde ich ihr in kleingeld geben müssen. ich mache kleine türmchen und es dauert sehr lange und es werden nie 8 schilling und ich bin sehr froh weil ich noch bei ihr bleiben darf und ich denke mir dass der kaffee in russland sehr teuer ist.

wir sind jetzt in der stadt und sie hat keinen wagen mit. jetzt bin ich älter und sie ist zwischen 19 und 21 aber sie war glaube ich immer so alt. das könnte paris sein. hinten geht eine stiege einen berg hinauf und es ist ziemlich still. sie gefällt mir sehr gut und ich möchte noch mit ihr zusammenbleiben. deshalb versuche ich sie auf eine torte einzuladen obwohl ich doch kein geld habe. da lächelt sie ein bisschen und sagt: „wir könnten zusammen speisen!“ darüber habe ich mich sehr gewundert weil ich mir dachte dass die russinnen ganz anders sprechen würden nicht wie in romanen. trotzdem war sie sehr lieb. dann habe ich sie gefragt was sie arbeitet. sie ist in einer drogerie angestellt.

„der reitlehrer kommt!“ dann bekam er seinen pudding und der reitlehrer ass ihn. mirjam schlug die decke zur seite, erwachte und ging zum kamin. als das feuer brannte, lief sie zu goldenberg, goldenberg lief zu dobyhal, dobyhal lief zu nina, aber nina war mit dem fahrrad ins dorf gefahren und nicht da.

und er gab ihm die hand die ihm 14 tage später abgeschossen wurde und goldenberg schüttelte sie rauf und runter während ihn die erdanziehung auf dem parkettboden der mietwohnung nr. 12 elisabethstrasse 12 festhielt und sich das ganze ebenso wie die übrige erde mit einer geschwindigkeit von 29.7 km/sek. herumdrehte und nina fuhr natürlich wieder dagegen aber da der zug nach paris nur mit 80 stundenkilometer sich diesem tempo entgegenwarf war der unterschied bedeutungslos.

warum starrt die alte so böse herüber, fragte goldenberg.
vielleicht belästigt sie unser haarwuchs. schau, sie zeigt mit dem finger, quiekte mirjam fröhlich.
falsch, klärte braunschweiger die lage, hinter ihr steht der sensenknabe und legt ihr die knochenfinger um den runzelhals, sie aber schlägt dich vor, goldenberg, ja sie zeigt auf dich. er will dich aber noch nicht, und hält sich an sie, das nützt ihr garnichts.
da lachen alle fröhlich. die alte dame wird von einem ambulanzwagen weggebracht. mirjam schleicht sich hinüber und trinkt den rest pernod.

kriminalkommissar allan wilton hatte nicht umsonst einen gefürchteten namen: allan wilton.
er war mutig und zäh. er hatte verstand.
ausserdem besass er so etwas wie einen sechsten sinn. ein gefühl, das sich mit untrüglicher sicherheit in ihm festsetzte, eine klingel, wenn er auf der richtigen, und vor allem, wenn er auf der entscheidenden spur war.

was er wirklich gern hatte war:
das offene meer
ein gemütlicher abend im familienkreis
zitronenfalter
canasta
massanzüge
schmalhüftige frauen
verdi
die scholastiker
geröstete leber
chrysanthemen
einen geregelten verdienst
teure zigaretten
gottfried benn
waldspaziergänge
die kassiopeia
geröstete leber
kriminalfilme
englische hüte
die ungarische tiefebene im sommer
geröstete leber

öffentliche anerkennung
ein schläfchen nach dem mittagessen
schottischen whisky
sonnenuntergänge
angorakatzen
geröstete leber
violette damenunterwäsche
vergil
geröstete leber
bruckner
geröstete leber

als wir etwas zu laut wurden, murrte ein älterer herr, der am nebentisch sass, auf. wir sprangen auf, drohten hinüber und beschimpften ihn „nazi". murmelnd verliess er das lokal, roul riss ihm den mantel wie unabsichtlich vom arm, der kerl hob ihn schnell auf und presste seinen hut fest auf den kopf. wie sich später herausstellte, war der mann wirklich nazi gewesen und der vater von margarete.

die langen bunten bänder flattern knattern aus den fenstern. gerhard und traudl wie aus einem turm vom balkon und aus dem schlafzimmerfenster über die sternbeleuchteten bäume in den wärmenden nachthimmel.
zuerst vor dem haus beim kohlenlager des kohlenhändlers sausen von mailuft getragen die bänder in die dunklen ulmen in allen farben glitzernd aus knatterndem metall.

goldenberg ergeht sich zwischen den erzeugnissen der natur, als ihn ein klumpen menschlicher wesen in augenscheinlicher erregung auf den schnittpunkt ihrer interessen, mitten in seinem rundgang quer durch die städtische parkanlage, zutreibt.

sie sprachen. er konnte ihre stimmen gut hören. besser: er musste. er kannte die fragen, er wusste die antworten im voraus. „morgen gehe ich fort", sagte er leise, sodass man ihn nicht hören konnte. dieser vorsatz war ohne bedeutung, denn er wollte es seit jahren. dennoch war er immer wieder überzeugt. „ich kann nicht mehr". er war pathetisch, hatte schlechte bücher gelesen und litt an einfallslosigkeit. zweifellos konnte er nichts mehr. er begnügte sich mit der annahme, dass ihm alles unerträglich geworden wäre, sehen, hö-

ren, fühlen, essen, etc.
in dieser überzeugung lebte er nun seit geraumer zeit ziemlich angenehm, schlief reichlich und fühlte sich unverstanden. er hatte von natur eine anlage zur faulheit und hatte einen weg gefunden, diese eigenschaft — er war eitel genug, sie für ein laster zu halten — mit einem anderen namen zu versehen, um vor sich selbst bestehen zu können. er hatte genug von einem kleinbürgerlichen moralisten an sich, dass er nicht umhin konnte, sich in gedanken als revolutionär aufzuspielen. gelegentlich konnte er einige unbedeutende flegeleien in die tat umsetzen. da er ein feigling war, litt er in solchen situationen beträchtlich. das gab ihm die kraft, innere kraft — er liebte gehaltvolles — lange zeit untätig zu sein, oder das leben zu ertragen, wie er es bei sich und öffentlich nannte.
eine gewisse schmierige intelligenz, die ihm zu eigen war, erlaubte es ihm, seine schwäche, in der gemeinschaft keinen platz finden zu können, für eine auszeichnung, ja begabung zu halten. stolz fühlte er sich vielem überlegen, verwendete seine verachtung bescheiden, fast freundlich, da er angst hatte, erkannt zu werden. seit er denken konnte, fühlte er sich wohl in seinen gedanken, in seiner haut weniger. ängstlich war er in die höchsten gefilde stolzer, alles überragender einsamkeit gezogen. in bescheidenen verhältnissen aufgewachsen und dies, ferner die lektüre der bibel und des herzog ernst, hatte in ihm frühzeitig die lust an niederen arbeiten zerstört. er fühlte sich zu höherem berufen und las im alter von 8 jahren nietzsches gesammelte werke. ausserdem machte ihm seine vorzeitige und gebieterisch auftretende sexualität zu schaffen, welche ihm die entdeckung der onanie bescherte. müde und abgespannt, fühlte er sich ausserstande, dem unterricht zu folgen. ein günstiger sitzplatz im klassenzimmer, auch zeitweilig geübtes bemühen, das sich in versuchen äusserte, im schema eines minderjährigen mittelschülers zu leben, retteten ihn über die reifeprüfung. er und das schicksal wollten es, dass er sein genie erkannte.
er näherte sich einem ende. das fühlte er. fühlen war seine starke begabung. dem ende von irgendetwas; er wusste es nicht zu benennen. ein unklares, unbestimmtes. oft nannte er es „geheimnisvoll" — er empfand eine unbestimmte synonymität der begriffe, das gab ihm erleichterung. also — unklar FÜHLTE er ein ende. er hoffte, dass er nachher vielleicht etwas können würde — es war ihm auf geheimnisvolle art bewusst — aber was, wusste er nicht. erschöpft gab er sich damit zufrieden.
noch immer drangen die stimmen durch die schwache mauerwand. sein hirn presste gegen die schädeldecke. er litt. leise schrie er auf. im laufe seiner jungen jahre hatte er eine beachtliche leidensfähigkeit entwickelt, die in ihrer konsequenz zum leiseaufschreien führte. er war nicht unzufrieden. fast hätte er geweint. er kann nicht mehr, wollte er schreien. aber er liess es bleiben und war ganz ruhig. dann presste er die hände gegen seine ohren. am aufwand gemessen, war die wirkung gering und gepeinigt warf er sich aufs bett.

sein atem ging stossweise, eine folge der selbstbefleckung. in ziemlich regelmässigen abständen, die zugegebenermassen in ihrer regelmässigkeit bedrückend waren, kamen die stimmen. er versuchte, nichts zu verstehen. tatsächlich war die nebenan geführte unterhaltung trostlos. kein zweifel. dass er deshalb aufzuckte — seine bevorzugte leistung sowie eine erregende vorstellung; oft sah er sich im spiegel —, war seine sache. er zog die daunendecke über, das hätte er sich sparen können. gedämpft, aber doch, litt er weiter. „morgen gehe ich weg", dachte er, „warum bin ich so lange geblieben? warum habe ich solche angst? man darf nicht für ALLES verständnis haben!"
nebenan war es still geworden. das heisst, es schien so. sie sprachen nicht mehr. stühle knarrten, ein wasserhahn tropfte.
dann hörte er vogelgezwitscher. auch die natur schien grausam und verständnislos! dieser gedanke verstörte ihn vollends. in seinem schädel war ein gleichförmiges zischen und sausen. vorsichtig, fast schüchtern verliess seine rechte hand das warme bettnest und trommelte auf dem nachtkästchen. „ich will auch einen lärm haben", dachte er, „ich habe ein recht auf lebensäusserung." jetzt! war er richtig verbittert. dann schlug er die decke auf, wohlig litt er unter kälte. er lag ganz ruhig, nur seine finger schlugen gegen das holz. draussen waren schritte, abfallkübel wurden geöffnet und wieder zugeschlagen. dann kamen die stimmen von der anderen seite. „man hat die front gewechselt", hörte er sich denken.
jemand schlug mit einem lappen gegen das fenstergitter.
„ihr hang zu reinlichkeit ist krankhaft", er tobte in empörung, ganz leise. „alles schlägt sie tot. jeden meiner gedanken. sie ist unermüdlich auf der suche. sie ist schlau und dumm, heimtückisch, mörderisch. sie hat einen sinn für kurze unterbrechungen. damit macht sie leicht fertig. erschöpft lässt man die verteidigung sinken, dann schlägt sie blitzschnell zu. ihr instinkt für vorteil ist untrüglich. jedes wort ein treffer. je dümmer desto besser, sicherer und abgefeimter. zäh, ungezielt, aber ein treffer. sie weiss jede plattheit, mit allen salben ist sie geschmiert. sie ist dumm, verständnislos und gefrässig, geschmacklos, peinlich, also unverwundbar! sie kreischt, brüllt, blökt, weint, sie hat ein umfangreiches register und setzt es vernünftig ein. ich gebe zu, das ist strategie."
erschöpft lag er still, auch seine hand. der lappen schlug in gleichem rhythmus und gleichbleibender lautstärke und tonhöhe gegen das gitter, dazu ertönte in einer art kontrapunkt ein sanfter männlicher bass. diese stimme hatte etwas resignierendes, wie nach einer krankheit.
„warum bin ich noch da?" dachte das junge genie in seinem bett, „sie bringen mich um, morgen gehe ich fort! wenn ich daran denke, wie sie fressen!"
noch immer schlug der lappen gegen das gitter. dobyhal lag ganz ruhig in seinem bett, aber unter seiner haut vibrierte jeder muskel.
dann sagte er plötzlich sehr laut: „morgen gehe ich weg!" er wusste, dass

man in diesem getöse es nicht hören konnte, „und ich hätte sie schon längst umgebracht!" das sagte er also sehr laut, obwohl er wusste, dass es lächerlich war. er hatte grosse angst vor blut, polizei und dem sterben im allgemeinen, es versteht sich von selbst, dass er einem erbarmungslosen pazifismus huldigte, auch öffentlich. manchmal wurde er deshalb ernst genommen, verschiedentlich aber gering eingeschätzt. „man müsste mich zornig machen, dass ich es kann", wünschte er, nicht sehr intensiv, „vielleicht wäre alles einfacher, wenn ich nicht wüsste, dass ich es nicht kann, wenn ich nicht fürchtete, dass ich es nie werde können. man müsste mich so zornig machen. aber das kann niemand." dann schlief dobyhal weiter.

der gute mann von nazareth, der sie lehren wollte, die anderen zu lieben wie sich selbst, der es wollte, dass sie sich selbst und dies zuerst lieben sollten, der sie lehren wollte, den selbsthass als die wurzel alles übels zu erkennen, der sie bat, sich als söhne und töchter gottes zu erkennen, der erkannte, dass er gottes sohn sei und was kann einer mehr tun.
der gute mann, der sich so bemüht hatte ihnen zu erklären, dass sie unschuldig wären.
der gute mann, der sich selbst geholfen hatte, der da sagte: helft euch doch selbst, wer sich selbst hilft, dem hilft gott (das ist er ja auch selber).

das versprechen einer endlösung ist christi irrtum und verbrechen, sagte der priester auf der kanzel oder hatte es goldenberg gedacht.

das beste ist mir schlecht genug.

die stühle verschwinden im nebel. die hände verschwinden im nebel. robert wiesinger verschwindet im nebel. die wände verschwinden im nebel. jezzy marek verschwindet im nebel. weit draussen im nebel hängt lichtlos der mond. ganz vorne die bäume. verschwimmende konturen. das landhaus weintraubs taucht aus dichten nebelschwaden auf. eine stallaterne wirft einen trüben heiligenschein in den dämmernden morgen. walter steinböck denkt die scheinwerfer die buglaternen einen ozeandampfer aus dem nebel in die augen, während er, walter steinböck im nebel verschwindet.

anmerkungen

1/23 *für judith.* in einem typoskript des gedichtes steht am ende der 6. zeile „schreie" statt „weine", in einem anderen (ohne titel) „sterbe".

1/24 *Die glühende Scheibe.* das typoskript trägt die anmerkung „5. 5. 52 (abschrift nach handschriftl. manuskript; 4. arbeitstag in der creditanst.)". das ältere manuskript in durchlaufenden zeilen, sonst gleichlautend.

1/25 *Keimende Nabelschnur* trägt den späteren handschriftlichen vermerk „automatismus" – darunter hat bayer damals wohl ein mehr oder weniger wild wucherndes assoziieren verstanden.

1/28 *Der Daimon leuchtet.* handschriftliche neufassung eines mit verbesserungen versehenen typoskripts, das mit „Der D*ä*mon" beginnt. wenn in der neufassung im satz „Einsamkeit befreit den Kauernden" nun „Kauenden" steht, kann es sich wohl nur um einen schreibfehler handeln (im typoskript ist das übersprungene „e", das „r" halb bedeckend, nachgetippt). auch bei dem fehlen des schlusspunkts in der handschrift nehme ich nachlässigkeit an.

1/28 *Der Tod ist ein altes Weib.* manuskript, nur mühsam zu entwirrendes bleistiftgekritzel – meine reinschrift basiert also mehr auf annahme als auf gewissheit.

1/29 *Mondschlacke.* da ich von diesem skript keine ganz klare druckvorlage erstellen konnte, gebe ich es als faksimile wieder. zur entzifferungshilfe biete ich folgende lesart an:

> Mondschlacke träufelt aus fauligem Hundskiefer auf das morsche Gebein des aussätzigen Bruders und sein warmer Leichnam kriecht schnaubend durch den Strassendampf. Vom stinkenden Kanal glotzen die Exkremente der fischblasensammelnden Gespenster auf mein nachtschwarzes Antlitz. Und die grauen Blasen platzen aus dem Sumpf zur schillernden Oberfläche, um sich mit ihrem Nichts in die dräuenden Baumkronen zu verstekken wie kleine nichtsnutzige Knaben, die vom Garten des Nachbarn gefangen wurden. Dort oben sitzen nun meine Gedanken und schauen das träg dahinfliessende Wasser, das meinen Fluss bedeutet. Öl schwimmt auf seiner Oberfläche und schenkt mir einen nächtlichen Regenbogen. Kalte Edelsteine hängen an der erzenen Schädeldecke und ihr milder Bleiglanz tönt die Stimme der kleinen einsamen Lichter, die sich am Rande der Böschung wie Eulen nebeneinander kuscheln, mit Nacht. Eine lange Strasse steht nebeneinander und verjüngt sich zu einem leuchtenden Streif, der die dunklen Farben zu einem weissgeputzten Mädchenkragen (Lächeln) leuchtet. Meine Glieder lösen sich in Nichts auf und verenden unten im regennassen Erdschlamm. Der kleine Park umarmt die Kapelle, deren

Kreuz so schief im Winde steht. Meine Gedanken sitzen in den Zweigen und ermorden meinen Alltag mit einem heiligen Lächeln.

1/31 *an dieser kugel.* in der ursprünglichen fassung (konventionelle grossschreibung) lautet — wie ich meine, bildkräftiger — der schluss:

an diese Billardkugel
hat sein kleiner Junge
die letzten Reste
Plastilin verschwendet

1/32 *wir kennen den stein der weisen.* auch dieser text geht auf eine prosaniederschrift zurück, die — mit kleinen verbesserungen — in einer zwischenfassung in die gebrochene-zeilen-form gebracht wurde. diese hat noch, entsprechend der ersten niederschrift, einen anfangsteil, der zuletzt wegfiel. er lautet:

in einem gang
in einem schloss
es ist nicht verfallen genug
um einem mond die stirn zu bieten
aber verfallen genug um mich unter schmutzigen decken frieren zu lassen
der mond ist an meine füsse genagelt
und zieht gezirkelte kreise
wir leben meine kindheit wieder
und mein gesicht bettelt
mit perlmuttfarbenem heroismus
um beachtung
und beleuchtung
hier schlafen wir schon die zweite nacht
die wände sind rauchgeschwärzt
und mit kreide und obszönität beschmiert
wir erleben zwei meridiane

1/35 *jener baum.* cyrano (de) breda ist ein anagramm von conrad bayer (erst in den letzten jahren schrieb er seinen vornamen mit „k").

1/38 *ihr auge.* ursprünglich prosa in regelloser gross- und kleinschreibung. der zweite teil (ab „sein auge mit der nagelspitze") mit bleistift gestrichen. nachdatiert mit „herbst 52", das „2" später (anderer kugelschreiber) zu „3" ausgebessert. die abgedruckte gedichtfassung (die streichung ist darin wieder zurückgenommen), sicher irrtümlich mit „50" datiert, ist schon der konsequenten kleinschreibung nach die jüngere. man merkt an diesem text besonders deutlich bayers neigung zum surrealismus — er erinnert an bretons ‚freie vereinigung' („Meine Frau mit den Haaren des Holzfeuers . . ."), uns bekannt geworden durch alain bosquets resümierende anthologie ‚Surrealismus' (berlin 1950).

1/40 *vier henker spielten tarock.* in einer abschrift des gedichtes ist „eines rechenfehlers" ausgebessert zu „seines rechenfehlers".

1/40 *die schultern zucken.* in noch nicht endgültiger form steht das gedicht, mit grösserem abstand, unter ‚vier henker'. bayer hat öfter etwas neues auf den freigebliebenen platz oder die rückseite eines skriptblattes notiert. da in einigen fällen möglicherweise ein chronologischer zusammenhang besteht (beim durchlesen eines fertigen textes mag ihm ein neuer eingefallen sein, den er in der eile gleich auf das selbe blatt notierte), habe ich solche nachbarschaften bei der anordnung der texte berücksichtigt.

1/43 *Frühlingsabend* und *The song of the grave-yard* müssen dem papier und der schreibmaschinentype nach zur gleichen zeit wie ‚SEIN Lachen', ‚Einsamer Wanderer' und ‚Abendspaziergang', also zwischen 1949 und 1951, entstanden sein.

1/44 *als die herolde den garten betraten* und *im garten des königs.* auch wenn die beiden texte mit der selben schreibmaschine auf das gleiche gelbliche, dünne papier getippt sind und (von bayer?) zusammengeheftet wurden, also eine einheit zu bilden scheinen, handelt es sich bei einem davon wohl eher um eine sich verselbständigende neuformulierung des anderen. beide texte weisen verbesserungen auf, und zumindest ‚als die herolde den garten betraten' sollte handschriftlichen notizen zufolge (zum beispiel „rhythmisieren!") noch umgearbeitet werden. im ‚schwarzen prinzen' tauchen wieder einzelne motive und formulierungen daraus auf.

1/46 *Dicht gedrängt.* fragment. nach dem letzten wort („Geleise") in klammern der satz „Erst muss der Zug kommen, Bahnhofsbeschreibung" — ein hinweis auf die fortführung der handlung. unleserliche stellen sind mit pünktchen zwischen klammern gekennzeichnet — das gilt auch für alle weiteren fälle.

1/49 *der zirkus* ist möglicherweise ein fragment.

1/49 *Juchhei, es ist der liebe Gott.* unter dem sichtlich eilig notierten handschriftlichen text steht, mit schreibmaschine getippt, der satz „der liebe gott spielt banjo." — so als hätte er da schon früher gestanden (siehe anmerkung zu ‚die schultern zucken'). ich glaube kaum, dass er als schlussatz in einem gemeinten zusammenhang steht. bayer war eine zeitlang passionierter banjospieler.

1/49 *pierrot hat einen fuss verloren.* die verknappte form eines älteren textes:

> dein pierrot hat einen fuss verloren. weine nicht, es würde deinen augen nicht nützen. schenk ihm eine rose, eine gelbe rose. damit er dich nie vergisst.

1/52 *die tänzer trommeln und springen* erschien in der zeitschrift (wo nicht anders vermerkt, handelt es sich um österreichische zeitschriften) ,werkstatt aspekt I', 1964. — in einem werkverzeichnis hat bayer diesen sowie die sechs folgenden texte als „nach den regeln des methodischen inventionismus verfertigt" deklariert, ,balsader binsam' und ,der neunertz specken klaster' im besonderen als „methodischen inventionismus nach deutschen silben" (siehe vorwort). obgleich ,der kutscher sitzt auf dem tanzmeister', jedenfalls aber ,das wunderschöne märchen vom poeten und vom soldaten' eher den als ,prosa' zu bezeichnenden texten zuzuordnen wären, habe ich diese durch die gleiche machart verbundenen texte zusammengestellt, zumal der „methodische inventionismus" in seiner kombinatorik durchaus poetische erzeugnisse hervorbringt, auch wenn sie zuweilen als fortlaufende prosa notiert sind.

1/54 *balsader binsam* erschien ebenfalls in ,werkstatt aspekt I', 1964. eine offenbar ältere, in der schreibung abweichende niederschrift teile ich im folgenden mit:

balsader binsam
gunstert um die wiesel
entloser das veylcrigal
hatler was gantzer breyden
er rinnen getickelgung
zerfaller man rhynmus
die îsigung zerentfalden
rînfeyl muss geygler.
mer es falser,
denn man muss galge issung
gamung entden das mannfeil
gehat îsler und gung
ter entsermann es veylgal
is oberler gament
loser das feilcrygal
hatler was gammter serein
dass es galcken hat
obegamm branter
lodas bin es cryhat
um ōbe, was ter salo eines
gunstcrycken obevivats
branloder ein princriaert
käenum vassel-bransa
ein maer bin gunstkaengel
um vibran?
balsader binsam

gunstert um die wiesel
sager der meergunst
lassert chel viver!

1/55 *der neunertz specken klaster* erschien (mit zwei in meinem exemplar von bayer handschriftlich korrigierten tippfehlern) in den von h. c. artmann herausgegebenen (hektographierten) ‚publikationen' I, 1957.
anlässlich einer lesung hat sich bayer über die beiden gedichte ‚balsader binsam' und ‚der neunertz specken klaster' folgendermassen geäussert:

weil ich sie nicht enttäuschen möchte, und weil auf dieser einladung EXPERIMENTELLE dichtung versprochen wurde, will ich ihnen nun zwei gedichte anbieten, welche rein formale und lautliche funktionen haben und nach einem mathematischen prinzip durchgearbeitet sind, das ich vergessen habe. das klingt, zumindest im effekt, gar nicht so neu, hat mir aber zu einem besseren verständnis der reinen lautrelationen sowie der beziehungen der lautfarben verholfen. als einheiten wurden deutsche lautgruppen, wie ENZ, ANZ, ERZ, AMMEL, UMMEL usw. verwendet. ich bitte um ihr geschätztes ohr.

1/56 *der herbst zerplatzt in den winter.* ableger von ‚mit gekreisch'. am oberen rand des blattes steht — offenbar für sich — der satz:

gott ist der reissverschluss der sich nach beiden seiten öffnen lässt

der handschriftliche vierzeiler ist ein destillat aus dem daneben stehenden getippten text (alle nicht verwendeten zeilen durchgestrichen):

die nacht zerplatzt in den tag
der mond zerplatzt in die sonne
die mutter zerplatzt in das kind
der hund zerplatzt in die katze
der herbst zerplatzt in den winter
der stein zerplatzt in den staub
die hand zerplatzt in die finger
ich zerplatzte in dich

1/57 *der held von le mans.* in einem der drei vorhandenen typoskripte die vorletzte zeile mit kugelschreiber durchgestrichen.

1/57 *die vögel (kinderlied).* wurde in der zeitschrift ‚neue wege' XIII/132, 1957/58, unter dem titel ‚kinderlied' publiziert, der in der mir vorliegenden reinschrift (mit dem handschriftlichen vermerk „original") durchgestrichen und durch ‚die vögel' ersetzt ist. in einer älteren fassung ist handschriftlich die zeile „und trinken dein blut aus langeweile" hinzugefügt, in einer weiteren (da die zeile wieder durchgestrichen) folgen nach einer leerzeile mit schreibmaschine die beiden zeilen:

sie trinken dein blut aus langeweile
wenn du vergisst, die fenster zu schliessen.

1/58 *irgendwo geboren werden* und *gestern heute morgen* (1/61) hat bayer als „montagen“ bezeichnet. ‚gestern heute morgen‘ erschien (ohne titel wie das typokript) in der von h. c. artmann herausgegebenen hektographierten literaturzeitschrift ‚publikationen‘ I, 1957.

1/63 *die oberfläche der vögel* trug ursprünglich den untertitel „ein deklamatorium“ sowie die angaben:

männer:
eine hohe stimme
eine tiefe stimme
frauen:
eine hohe stimme
eine tiefe stimme
2 knaben

diese angaben später mit bleistift durchgestrichen, der text als „gedicht“ bezeichnet.

1/64 *die jakobinermütze.* den nach wenigen zeilen abgebrochenen und durchgestrichenen ursprünglichen anfang des lautgedichtes hat bayer dem revolutionär desmoulin in den mund gelegt. darüber steht der mitdurchgestrichene satz: „im garten des königlichen schlosses ergehen sich die herren und damen zwischen kaffeehäusern und parfümerien“ — eine formulierung, die (wie auch der einfluss hugo balls) auf ein frühes entstehungsdatum schliessen lässt.

1/65 *das wasser steigt.* die erste fasssung beginnt (nach vertippten ansätzen) mit gebrochenen zeilen und geht nach „wie ich auch euch vergebe eure sünden“ in hymnische prosa über — anscheinend in einem schwung als eine art „inneres diktat“ heruntergeschrieben. eine überarbeitete abschrift hat, bei einigen unterschiedlichen zeilenbrechungen, bereits den wortlaut der endfassung, aber noch den da gestrichenen schluss der ersten niederschrift (davor eine satzumstellung):

> als die optische täuschung von den sieben astrologen konkret durchgeführt wurde verliessen mehrere damen ohnmächtig die vorführkabinen. „er schändet die mutter im beisein ihrer schwester und führt sich die jüngste tochter ins after ein. er verschlingt sie bis an die schenkel.“

danach schliesst unmittelbar der „monolog des spulwurms:“ — dies als eigene aber nicht als titelzeile! — an (siehe dort unter ‚prosa‘). diesen ‚monolog des spulwurms‘ hat bayer, aus dem ursprünglichen zusammenhang gelöst, dann offenbar als selbständigen text betrachtet.

1/68 *ich fliesse aus* bis *los* enthält einige ursprünglich auf kleinen zetteln für sich stehende kurze texte, die bayer, um weitere vermehrt, von „hie und da feucht“ an — durch punkte voneinander abgesetzt — auf einem blatt zusammengefasst hat.

1/70 *mein plumbes haar* bis *sterne sternt klart.* die numerierung 1—4 stammt von bayer.

1/72 *invocation et miracle du tlu* ist ein epitaph auf einen wiener „halbstarken" mit dem spitznamen „tlü", der als begründung für seinen frühen selbstmord nur die zeile hinterliess: „Das Leben ist nimmer lebenswert". beeindruckt von diesem schlichten argument, beschloss die ‚wiener gruppe', ihm eine kleine gedenkpublikation zu widmen, für die jeder einen poetischen beitrag liefern sollte.

1/74 *manchmal wird es plötzlich kalt.* noch keine endgültige fassung (mit verschiedenfarbigen kugelschreibern eingetragene alternativformulierungen). möglicherweise ein fragment.

1/75 *ob du dich auch entfernst* und *wenn die haut schmerzt* sind in flüchtiger handschrift auf vorder- und rückseite eines blattes geschrieben. da die zeilen meist bis an den blattrand laufen, ist die gemeinte zeilenanordnung nicht immer klar erkennbar. eine unmotivierte zeilenbrechung von normalen sätzen, womöglich zwischen artikel und substantiv, wurde von der ‚wiener gruppe' als beliebter fauler trick, lyrik vorzutäuschen, abgelehnt, kommt also, taucht sie in solchen notaten bayers auf, als intendierte lesart kaum in betracht. zudem zeigt sich immer wieder beim vergleich mit späteren reinschriften (und ich machte diese erfahrung auch bei unseren gemeinschaftsarbeiten), dass bayer bei ersten, oft eiligen niederschriften die zeilenanordnung häufig noch offen liess.

1/76 *für kurze zeit.* laut mitteilung von traudl bayer unter drogeneinfluss entstanden, worauf auch der duktus der handschrift hindeutet. bayer soll in wieder nüchternem zustand von dem literarischen ergebnis enttäuscht gewesen sein. als psychologisches experiment halte ich den text, auch in seiner handschriftlichen erscheinungsform, dennoch für interessant genug, um eine faksimilierte wiedergabe zu rechtfertigen. als lesehilfe hier der wortlaut:

> Für kurze Zeit ist die Ergebenheit eine Trauer die ich nicht liebe sie rötet die Flamingos deiner Tränen mit der Scham meiner Verwirrung. Ich habe dreizehn Kerben in den Mond geschnitten um die Nachteule dieser Spontaneität zu prüfen und du denkst ich bin jetzt klüger / Du lieber Himmel zum Teufel wer kennt sich da noch aus.

1/77 *er der tag.* dieser und der folgende text sind durchgehend in versalien getippt, weil bayer, wieder nach mitteilung von traudl bayer, damals eine schreibmaschine nur mit grossbuchstaben zur hand hatte.

1/78 *der dichter gerhard rühm ist gestorben.* ich gebe diesen text faksimiliert wieder, da er unentwirrbar vertippt ist. auch wenn man die beiden textebenen der zweiten zeile einzeln zu rekonstruieren versucht, (1) STRASSENBAHN

ANS ENDE DER STADT ZU EINEM SCHUTERGEN FLUSS. WI und (2) R WICKELN SEINE LEIDFE AUS ALTEN KLEIDERN UND ZI . . ., ergibt sich wenig sinn.

1/78 *die landschaft.* nur im faksimilie vermittelt dieser (an sich gut lesbare) text den objekthaften reiz des typoskripts.

1/80 *moritat vom tätowierten mädchen.* alternativversion der zeile „weint sich beide augen blind“: „ward auf beiden augen blind“.
‚moritat vom tätowierten mädchen‘, ‚i never knew‘, ‚here is the cage of my love‘ wurden 1958 im ersten, ‚dann bin ich gestorben‘, ‚das zarenkind‘, ‚schöne welt‘, ‚und schiessen pfeil um pfeil‘, ‚marie dein liebster wartet schon‘ 1959 im zweiten ‚literarischen cabaret‘ der ‚wiener gruppe‘ — meist von bayer selbst — vorgetragen (siehe vorwort). die musik (gesang mit banjobegleitung) zu ‚i never knew‘, ‚here is the cage of my love‘, ‚das zarenkind‘ und ‚schöne welt‘ — später auch von ‚plötzlich ging die sonne aus‘ und, wie ich mich zu erinnern glaube, ‚niemand hilft mir‘ — hat bayer selbst gemacht.

1/93 *draussen in der halle.* fragment. im typoskript schliesst sich noch die erste hälfte einer weiteren strophe an (offenbar hatte bayer dazu keine befriedigenden reime mehr gefunden):

dabei greift sie nach der feuerzange
und ordnet die buchenscheite

das fragment findet sich leicht modifiziert und in prosa als anfang von ‚cynthia‘ (siehe ‚sechsundzwanzig namen‘) wieder.

1/93 *ballade.* zu beginn des manuskripts steht „pantomime ballade“, „vom ehrgeiz“ (gestrichen), darunter „sänger sitzt (zuhälter grosser hut“ und in der dritten zeile „pantomimen: (mädchen)“ — regieanweisungen für eine szenische aufführung, vielleicht beim ‚literarischen cabaret‘. nach der fünften strophe im manuskript noch die hälfte einer weiteren (letzten?):

doch nach zwei jahren
war das vorüber
man nahm mich ernst
und ich suchte mir eine frau

nach einem etwas grösseren abstand noch folgende notizen zu einer weiterführung:

zwei herren von tanger
immer tiefer sinken zuhälter werden
zuletzt sogar heiraten

jetzt bin ich verheiratet
und stehe in arbeit
und jeder darf mich verachten

1/96 *vakräu di.* bayer hat sich oft zündende zeilen notiert, um sie bei gelegenheit zu einem „richtigen" chanson auszuarbeiten. fiel ihm dazu nichts passendes mehr ein, liess er es dabei bewenden oder wiederholte beim vortrag zum banjo die zeile(n) einfach mehrmals. solche elementar-chansons wurden von uns (bayer, wiener und mir) allerdings auch gezielt geschrieben – für einen repetierenden (im ausdruck variierten oder gleichbleibenden) vortrag.

1/96 *bitte ich mecht a a zuhöta wean.* auf dem selben blatt noch ansätze zur fortsetzung des vierzeilers (beziehungsweise zu weiteren chansons?):

die fruchtlose treue der grossstadt-germaine
(reimzeile ausgelassen)
und weil ich am gang die toilette benütz
nimmt viehisch ein mann die germaine in besitz.

aum obend wiads wüd, do beschnupats des leintuach

nach etwas grösserem abstand:

vorschläge zu obigem:
dagegen die helga im neuen kleide
ist eine besondere augenweide

dann mit abstand in der handschrift oswald wieners:

ich nahm dir dann die rechte brust
mit allem drum herum
du trägst mir nach den blutverlust
(und neidest mir den ruhm)

von bayer folgen noch die zeilen:

zum (am) ende wurde mir
eines klar
es ist traurig aber wahr

sollten die schon früher handschriftlich auf einem briefkuvert notierten chanson-ansätze bayers hier nun gemeinsam ausgearbeitet werden? zuweilen kamen jedenfalls gemeinschaftsarbeiten auf solche weise zustande.

1/97 *Flötengong.* handschriftlich schnell hingeschrieben, darum wohl unwillkürlich grossschreibung.

1/97 *sie nahm ihre hand vom kleide.* nach kleinem abstand folgen im manuskript noch die drei zeilen:

warum sind sie ein derart verblödetes vieh
wofür stehn sie so nahe an der tür
bereits so schnell berauben sie mich meines kleids

auch bei diesem vierzeiler könnte es sich um die erste strophe eines nicht fertiggestellten chansons handeln. die oben zitierten zeilen sind aber wohl kaum als fortsetzung anzusehen, sie wirken eher wie der versuch eines neuen anfangs.

1/97 *alte wunde* bis *wie ich höre sind sie taub* siehe anmerkung zu ‚vakräu di'.

1/99 *kurze beschreibung der welt* war — auch wenn es zunächst überraschen mag — als chansontext (nach dem bei uns beliebten aufzählungsmuster) gedacht. die aufzählung sollte wohl ursprünglich fortgesetzt werden — eine mühe, die sich bayer aber kurz entschlossen durch die vorwegnahme der schlusszeile (sie ist handschriftlich hinzugefügt) ersparte. der titel scheint in einem werkverzeichnis mit dem nachträglichen zusatz „in deutscher sprache" auf, daneben die jahreszahl 62.

1/102 *abenteuer im weltraum* hat bayer für das erste ‚literarische cabaret', 1958, geschrieben. aufgeführt wurde der sketch aber erst im zweiten, 1959. der einzige berufsschauspieler der veranstaltung, herbert schmid, war von uns ausschliesslich für die rolle des raumfahrers engagiert worden.

1/106 *(david) kean vom londoner shakespeare theater in seiner glanzrolle aus dem königl non plus ultra* hat bayer für das zweite ‚literarische cabaret', 1959, geschrieben, wo es auch aufgeführt wurde.

1/107 *napoleon oder wer weiss?* war von bayer als beitrag zum ‚literarischen cabaret' gedacht, wurde aber nicht verwendet. der sketch geht auf eine kurze (fragmentarische?) theatralische szene mit dem titel ‚NAPOLEON' zurück, die aber textlich so weit abweicht, dass ich sie im folgenden mitteile.

zeit: jetzt

ort: eine bühne

links ein sofa ohne kissen, rolle oder aufbau.

in der mitte ein tisch mir vier stühlen. der tisch steht mit seinen kanten so in der mitte, dass eine kante parallel zur rampe steht. diese vier sessel sind sehr einfach gearbeitet. ihre lehnen stehen eben so wie ihre beine in einem 90grädigen winkel am boden. die lehnen stehen natürlich nicht am boden, sondern sind eine fortsetzung des 90grädigen winkels der stuhlbeine, wobei diese stuhlbeine mit den beinen der sessel identisch sein sollen. die sessellehnen bilden parallelen zu den 4 tischkanten. die tischplatte ist rechteckig und wird von diesen 4 tischkanten begrenzt. das fussende des sofas verläuft parallel zur rampe. das sofa ist ein quader auf 4 quaderfüssen.

die stuhlbeine und die tischbeine sind quaderbeine.

auf der bühne ist kein beleuchtungskörper sichtbar.

der hindergrund verläuft parallel zur rampe und steht in einem winkel von 90 grad am boden. dieser hintergrund hat in der mitte seiner länge eine rechteckige tür, welche 2 m hoch und 1 m breit ist. diese tür ist nicht nur rechteckig, sondern sieht nur so aus, wenn sie geschlossen ist. denn sie ist ein quader. wie dick die türe ist, weiss ich nicht. ich bitte um verzeihung, es gibt keine türe, aber es gibt eine öffnung ohne verschluss und für diese gilt alles von der türe, die es nicht gibt. daher weiss ich auch nicht, wie dick der türrahmen sein soll.

personen: 2 personen, männlich ohne besondere kennzeichen
1 napoleon, mit den üblichen kennzeichen

2 personen sitzen auf 2 stühlen. einer auf dem linken, der andere auf dem rechten. sie haben die gleiche haarfarbe, den gleichen anzug. sie sind gleich gross, nicht dick und nicht dünn, nicht zu gross und nicht zu klein. sie tragen keine brillen. sie sind unansehnlich. sie sind kaum voneinander zu unterscheiden. ihre anzüge etc. sind sehr gleich. beide tragen unter anderem rechte und linke schuhe.
der eine sitzt auf dem linken stuhl.
der andere sitzt auf dem rechten stuhl.

der eine: ja ja
der andere blickt fragend auf
der eine: ja ja
der andere: ja ja
pause
der andere: du.
der eine: ja?
der andere: ja du.
der eine blickt fragend
der andere: ja du. trägst du den anzug noch immer?
der eine: ja.
der andere: das ist ein alter anzug.
der eine: das ist mein alter anzug.
der andere: du wolltest mir etwas erzählen.
der eine: ja, aber
der andere: du weisst es doch.
der eine: du weisst es nicht?
der andere: nein, ich weiss es nicht mehr.
der eine: du hast es vergessen.
der andere: richtig, ich habe es vergessen. sehr richtig.
der eine: das ist richtig.
der andere: du solltest es wissen.
der eine: du müsstest es auch wissen.
der andere: ich habe es auch vergessen.
der eine: jetzt weiss ich es wieder.
der andere: ja?
der eine: ja.

der andere: ich möchte es gerne wissen.
der eine: es war napoleon. (napoleon im selben augenblick durch die türöffnung)
der andere: ja. es ist napoleon.

der dialog im typoskript durchgestrichen. aus einer liste bayers geht hervor, dass er diese szene in die von uns gemeinsam geplante szenen-sammlung ‚kosmologie' aufnehmen wollte, die kurze stücke von bayer, mir und uns beiden enthalten sollte.

1/109 *x-te nummer (singspiel)* hat bayer für das 2. ‚literarische cabaret' (1959) geschrieben, wurde aber nicht verwendet. in einer älteren, noch nicht ganz überarbeiteten fassung mit „10. nummer (singspiel)" betitelt. im zweiten satz des sechsten absatzes der ‚proklamation' hiess es zuerst „volks-schichten" — „volks-" steht am ende der zeile, „schichten" ist durchgestrichen, darüber „verbindungen" geschrieben; wahrscheinlich hat bayer vergessen, auch das „volks-" zu streichen. schönwald, matouschek: maler aus dem wiener bekanntenkreis. rudi schönwald war ein trefflicher erzähler jüdischer witze — ursprünglich, offensichtlich auf ihn zugeschnitten, hiess es „schönwald erzählt jüdische" witze nach belieben"; das „jüdische" im späteren typoskript durchgestrichen.

1/112 *300 menschen.* typoskript ohne titel. wenn auch für uns damals unaufführbar, so doch wahrscheinlich im hinblick auf das ‚literarische cabaret' geschrieben: die beiden skriptseiten sind mit „C 1" und „C 2" (C = cabaret?) beziffert, auch das auftreten von oswald wiener und friedrich achleitner spricht dafür.
von „1: wollen wir ins theater gehen?" bis (. . . . .) „1: wir wollen uns erfrischen; ich habe hier viel angst ausgestanden." gehört die szene ‚die begabten zuschauer' (siehe dort) eingefügt. ‚lustiger mikl / kurzdrama', von einer beiliegenden angerissenen typoskriptseite übernommen, stand ursprünglich für sich; statt „vorhang geht auf" steht da „ende". josef mikl — wiener maler, seit der frühen ‚art club'-zeit mit uns bekannt. die letzte anweisung „eröffnungswalzer: . . ." handschriftlich hinzugefügt.

1/118 *entweder: verlegen noch einmal zurück oder: visage-a-visage in der strassenbahn.* in einem werkverzeichnis datiert bayer die entstehung dieses textes mit 1953, in einem anderen ist 53 durchgestrichen und durch 54 ersetzt. bayers endfassung des textes, der dieser abdruck folgt, scheint in verlust geraten zu sein; jedenfalls fehlte sie in den mir wieder zur verfügung gestellten skripten.

1/121 *une show royale.* manuskript in konventioneller grossschreibung. der handschrift nach würde ich es noch vor 1955 ansetzen, doch richte ich mich nach einer datierung bayers in seinen werklisten. vom ersten akt hat er, in klein-

schreibung, eine reinschrift begonnen und — wo der angedeutete dialog beginnt — handschriftlich (kleinschreibung) die bemerkung hinzugefügt: „nur szenario verwenden / keine dialoge erfinden!! / für lesebuch f. mittelschüler". bayer und ich planten einen sammelband ‚lesebuch für mittelschüler', der unter anderem bayers ‚jesus' und ‚fut und ebbe' (siehe dort), ähnliche texte von mir und gemeinschaftsarbeiten wie ‚scheissen und brunzen sind kunsten' enthalten sollte.
ghoulen hat bayer an anderer stelle definiert als „junge unverheiratete mädchen, die nachts tote fressen".

1/124 *die erschreckliche comoedie vom braven lukas.* in einem älteren entwurf lautet der titel barockisierend:

> die erschreckliche comoedie vom braven lukas
> oder beschreibung des bittern leidens unter den menschen samt einem unnatürlichen zusatz, der von miraculösen himmelstieren berichtet; dies also ausführlich und herzbrechend in künstlicher manier, dass dem erstaunten publikum sein rotz und tränen wie das höllische feuer aus den augen fahren wird.

dem schluss des szenariums handschriftlich hinzugefügt „schlacht an den thermopylen". die rohschrift des ersten aktes noch sehr skizzenhaft und unzusammenhängend auf mehrere blätter verteilt — ein plausibler textverlauf musste also erst erstellt werden.
auf einem weiteren blatt folgende notizen:

> beim türkenbrot
> beim schwedentod
> da finden wir die rechte not
> wir armen cannibalen

2) ein wagen im hintergrund mit dem hinterteil zum beschauer die pferde sind fast nicht zu sehen (können auch ausgestopft sein) räuber holen zwei frauen eine alte sehr hässliche und eine junge sehr liebliche ein älterer mann ein kutscher ein junger mann in uniform aus dem wagen einer bedroht der andere macht beute

3) man hat mir mehr schlüssel von geworfenen städten auf samtenem pfühl geboten als narben meinen corpus (oder leib) zieren.
bezwinger von lüttich, rotterdam & antwerpen.

das handschriftliche bruchstück mit dem umrahmten hinweis „aus 2. aufzug" fand sich in einem stoss ungeordneter einzelblätter. wenn der „baumschulgärtner" auch auf einen zusammenhang mit dem ‚analfabeten' hindeuten könnte, spricht doch mehr dafür, dass bayer es in ‚die erschreckliche comoedie vom braven lukas' einbauen wollte: unter „baumschulgärtner" steht in klammern „räuberhauptmann", der vermerk „aus 2. aufzug" wurde nachträglich (schwarzer statt sonst blauer kugelschreiber) eingetragen — im ‚analfabeten' gibt es keine aufzüge, und der inhaltsangabe des 2. aktes der ‚erschrecklichen comoedie' nach fügt sich das bruchstück durchaus in diese ein.

1/130 *der analfabet.* zu diesem stück hat bayer folgende ‚legende' geschrieben:

vor vielen, vielen jahren lebte ein chefarzt in seiner alten, efeuumwucherten heilanstalt. da kam der hilfswärter des wegs, ein äusserst dummer mensch.

nun sprach der junge, schöne chefarzt, in seinen weiten, weissen, weichen mantel gehüllt: „mit ihnen habe ich zu reden, sie analfabet!" da bewunderten die umstehenden narren und närrinnen den hilfswärter noch mehr, der durch die gänge gehen konnte, nach links und rechts, nach oben und unten, der die schnalle zur gittertür in der hosentasche trug und den grossen park zu jedem wochenende verliess, wie es ihm beliebte.

und noch nach vielen, vielen jahren hofften die leute in der heilanstalt, dass er wiederkommen möge, der schon so lange ausgeblieben war, mindestens hundert jahre.

und die leichten fälle, die sich auf der glasveranda sonnen und zuweilen durch die gänge gehen dürfen, reissen manchmal die türen auf und dann glauben alle schweren fälle, das ist er.

hier die zweite fassung mit der neu hinzugekommenen ‚beilage für alle feinde des analfabetismus', die bayer für eine geplante, aber meines wissens nicht zustandegekommene aufführung im wiener ‚studio experiment am lichtenwerd' fertiggestellt hat. die seitenabfolge ist im manuskript nicht mit ziffern, sondern mit buchstaben (beziehung zum titel!) bezeichnet: die seitenzahl des typoskripts deckt sich (zufällig?) mit der buchstabenanzahl des alfabets (in einer anderen schreibfassung fehlen allerdings die letzten buchstaben). da im druck die seitenanzahl von der des typoskripts zu sehr abweicht, die entsprechung also nicht mehr sinnfällig würde, habe ich auf die seitenbezeichnung durch buchstaben verzichten müssen.

es fanden sich noch einige handschriftliche ‚regievorschläge', darunter die folgenden:

1—5: fussballer mit nummern? matrosen mit nummern wie fussballer, sonst sehr altmodisch —

baumschulgärtner: schürze blau, strohhut, giesskanne, sehr gross, athletisch, schön, —

eine szene wird von einer herrengesellschaft (englischer club?) aus zeitungen herausgelesen, wobei man in fauteuils sitzt. —

szene hinter einzelnen paravents. man setzt einmal ein bein vor, hebt den kopf darüber und spricht, oder beide hände zur seite, dass sie sichtbar werden und spricht. —

der paravent ist zentrales requisit. —

beweglíche dekorationen und statische schauspieler. –
jeder spielt für sich, in sich hinein, keine menschlichen bindungen. nur selten flammen diese auf (direkte ansprache). –
quasi ein montagetheater / es müssen auch schnitte im gefühl, im ausdruck möglich sein. –
kein durchgehender ausdruck, immer nur für entsprechenden *satz, wort.*
vielleicht für die nummern: fixierte standorte für jede szene (auch für mehrere), sprechende, selten bewegliche statuen, wenn sie nicht verwendet werden stehen sie reglos wie inventar herum, tragen nummern, fixiert an bezeichnete punkte, die sie kaum verlassen (zb. für szene mit matrosen.). –
der analfabet: eine allegorie der dummheit und des todes.

‚der analfabet', ‚karl ein karl', ‚der berg' und ‚die stadt' waren vorgesehen als bayers beiträge zu ‚die mustersternwarte', einem sammelband der ‚wiener gruppe', der als ‚walterdruck' 1965 im walter verlag, olten und freiburg, erscheinen sollte; aus dem projekt wurde nichts.

1/147 *die vögel,* von bayer in einer liste als „montage" bezeichnet, sollte mit ‚der berg', ‚der see', ‚diskurs über die hoffnung' (?), den gemeinschaftsarbeiten (bayer/rühm) ‚kosmologie', ‚der fliegende holländer', ‚kriminalstück' und einigen meiner ‚konversationsstücke' zu einem sammelband kurzer (montage-)stücke unter dem titel ‚kosmologie' zusammengestellt werden. – leider ist die letzte fassung, der die hier abgedruckte textgestalt entspricht, nicht mehr auffindbar. in der dieser letztfassung vorausgehenden erheblichen überarbeitung (umstellungen, erweiterungen, kürzungen) einer reinschrift der erstfassung finden sich am rande die handschriftlichen personenangaben „1 mann / 1 frau" und, modifiziert, mit kleinem abstand darunter „die vögel, mann & frau".

1/152 *die boxer.* das fragment basiert auf einer grösseren sammlung von sätzen, wie wir sie damals (1956) bei montagen – etwa aus sprachlehrbüchern – verwendeten. der erste anlauf zu einer gliederung und ausarbeitung des textmaterials als theaterstück trägt den titel ‚das gespräch, ein boxkampf in . . . runden' und die später handschriftlich hinzugefügte präzisierung ‚die boxer, ein faustkampf in 18 runden' mit der jahreszahl 1956 (die ich eher auf die aufstellung des ausgangsmaterials beziehen würde). auch wenn die ersten beiden runden hier, ohne noch als solche bezeichnet zu sein, bereits weiter ausgeführt sind, nenne ich dieses weitaus umfangreichste boxer-typoskript „rohfassung" – der text verliert sich dann unter einbezug mehrerer teile (andere sind nicht mehr vorhanden) einer ersten materialzusammenstellung (wodurch es zu manchen sicher so nicht beabsichtigten wiederholungen kommt) in grössere und kleinere textabschnitte auf nachträglich weitgehend durchnumerierten blättern. diese abschnitte zeigen eine gewisse ordnung nach themengruppen, wie: begrüssung, höflichkeitsfloskeln und beschimpfungen, neuigkeiten, das gespräch selbst betreffendes, geschäftliches, kleidung und sex, befinden, zeit, wetter, wettkampf (springen, laufen); da es sich dabei um mehr als 18 abschnitte handelt, ist ein abschnitt nicht immer mit einer „runde" gleichzusetzen. diese, zusammenfassend gesagt, erste noch unausgegorene und zerbröckelnde fassung ermunterte bayer wohl nicht gerade zur weiterarbeit, zumal er sich eine grosse aufgabe gestellt hatte: es sollte daraus sein erstes abendfüllendes theaterstück werden. nach längerer pause — das projekt liess ihm keine ruhe — griff er ‚die boxer' wieder auf. in einer neufassung, die über die anfangspassagen (eine 1. runde) nicht hinausgedieh, formte er den noch kargen text, vor allem durch einfügung zahlreicher regieanweisungen, stärker zum szenischen hin aus; auch einige neue kürzere textabschnitte kamen hinzu. zur besseren orientierung bezeichne ich dieses typoskript als „zwischenfassung". schliesslich ging er daran, das bereits vorhandene material systematisch aufzuarbeiten und einmal runde für runde abzuschliessen. er ist damit bis knapp vor das ende der 3. runde gekommen — der gongschlag, mit dem jede runde nach einem verbalisierten sieg oder unentschieden enden sollte, fehlt hier noch. gleichwohl kann auch diese letzte fassung noch nicht als ausformuliert, als bis zum abbruch wenigstens druckfertiges fragment gelten; dagegen spricht schon die äussere form des typoskripts: willkürliche zeichensetzung, durcheinanderlaufende zeilenabstände, zahlreiche kürzel, durchixungen und handschriftliche korrekturen. obgleich ich idee und anlage des stückes bemerkenswert finde, konnte ich mich angesichts des vorliegenden textmaterials bei der herausgabe der ‚gesammelten texte' (1966) zur veröffentlichung des fragments nicht entschliessen, zumal teile davon in das stück ‚kasperl am elektrischen stuhl' hinübergewandert sind. es ist nicht abzusehen, was aus den vorhandenen drei runden (und den älteren szenischen anweisungen) noch geworden wäre, wenn es bayer wirklich zu 18 runden gebracht hätte. die schwierigkeit, in dieser weise ohne spannungsverlust weiterzumachen, war ihm durchaus bewusst. er entschloss sich gewissermassen zur flucht nach vorn mit der später mündlich geäusserten absicht, das stück als weltmeisterschaftskampf über 15 runden anzukündigen, und, falls das publikum durchhielte, die 3 zusatzrunden so oft zu wiederholen, bis auch der letzte zuschauer den raum verlassen hätte. da das fragment der letzten (3.) fassung inzwischen in der zeitschrift ‚protokolle' I/70 publiziert und mehrmals auch theatralisch zu realisieren versucht wurde, habe ich es in die bayer-werkausgabe von 1977 aufgenommen. nun ergänze ich das bereits publizierte durch den vollständigen abdruck der ‚rohfassung', die — wenn auch noch in materialhaftem zustand — eine ganze reihe von später nicht mehr aufgegriffenen textpassagen enthält. regieanweisungen aus der 1. runde der zwischenfassung, die über bestimmte textstellen hinaus im hinblick auf bayers allgemeine inszenierungsvorstellungen interessant sind, führe ich hier in beispielen an:

plötzlich gewechselter tonfall; mit der falschen freundlichkeit, mit der man flüchtige bekannte begrüsst; oder mit der freundlichkeit eines vertreters.
als ob er schon vergessen hätte, gefragt zu haben.
duckt sich, deckt ab.
(„hier liegt mein handschuh.“) er hebt ihn auf, zieht ihn an und schlägt 2 auf die nase.
(„darf ich ihnen meinen glückwunsch abstatten?“) geht auf 1 zu und schüttelt ihm die hand.
(„es ist mir leid, dass ich sie heute nicht mehr sehen kann.“ „mich?“ „ihre mutter.“) nimmt seine dunkle sonnenbrille ab.
(„ich komme wieder.“) 1 wankt in die seile, kommt zurück, nimmt wieder konversationshaltung.
taumelt.
(„. . . ich schäme mich meiner selbst, ich bin zerknirscht.“) setzt dunkle brille wieder auf.
(1) geht mit einer hand zu boden, der ringrichter tritt neben die beiden und beginnt zu zählen.
wankend, mit schwacher stimme, vielleicht hat er sein gesicht für einen augenblick in den händen geborgen, die federweiss (handschuhe) waren, und sich damit die wangen gebleicht. mit ersterbender stimme.
(1) kommt langsam wieder zu sinnen, widerwillig abwehrend.
(2) gemütlich, noch breiter (im sessel), wie ein vertreter nach abschluss mit einem arbeitslosen.
(1) schwankt heftig, krümmt sich, hält sich den bauch, richtet sich mühsam, wie nach einem schlag, wieder auf, nimmt position.
(1) fällt hin, ringrichter springt vor, will zu zählen beginnen, aber 1 springt mit tierischer wut im gesicht sofort wieder auf die beine, er sieht aus, als ob er den anderen totschlagen wollte, aber seine sprache bleibt höflich, sie ist nicht mit dem gesichtsausdruck identisch. es muss in diesem stück versucht werden, gesichtsausdruck, gestik vollkommen von der sprache zu trennen, die, wenn nicht anders bestimmt, immer diszipliniert, beherrscht bleibt, konversation.
(1) geht einen schritt nach rechts, so dass er jetzt den gegner von der anderen seite hat, nimmt das cocktailglas, das er seit einiger zeit, so wie der andere, vom tisch genommen hat — es wurde vom manager (des 1) zur erfrischung gebracht, der manager hatte ihn auch ganz kurz im sprechen frottiert — also er nimmt das glas in die andere hand; neue schlaghand, neue taktik. plötzlich ganz kalt (: „ich glaube, nein!“). (2) versteift, passt sich der neuen taktik in haltung an, nimmt umständlich ebenfalls glas in andere beboxhandschuhte hand. eisig, langsam (: „ich sage, ja.“). (1) nippt, konzentriert sich, wechselt stand- und spielbein, wippt in den kniekehlen, lockert sich, er hat, etwas übertrieben, die pose eines salonlöwen einge-

nommen.
(2) zischend, geduckt, laut (: „ich wette,“), mit einem ruck in die stellung des anderen, übergangslos plötzlich ebenso nonchalant und verbindlich, mit unterstreichender verneigung, angedeutetem kratzfuss, und rechte hand aufs herz; die verneigung sehr steif, sehr abgemessen, kein cm zu tief. lächelnd, amüsiert (: „es ist nicht wahr.“). (1) amüsiert (: „ich wette was sie wollen.“). stellt das glas weg. (2) ernst, feststellend, aber ohne nachdruck, wie eine maschine (: „es ist wahr.“). ab jetzt beide sehr schnell, antwort auf antwort, wie maschinen, monoton, ohne jegliche bewegung, nichts verändert sich, im gesicht bewegen sich nur die lippen.
(1) brüllt plötzlich, ausser sich (: „sie sagen nicht die wahrheit!“). (2) ganz ruhig, unberührt (: „so wahr ich lebe.“). stellt das glas weg.
beide blicken jetzt über das publikum hinweg und sprechen für sich selbst.
1 geht zu 2, sieht ihn von unten eindringlich an, schlägt sich mit beiden fäusten auf die brust, mit emphase (: „ich rede aufrichtig mit ihnen!“).
(1) einen schritt vortretend, kopfneigend, wie ein kind, das überzeugt ist, weil es ihm gefällt, nicht aus zwingenden gründen, kokett, nicht mehr monoton (: „nun, ich glaube es.“). (2) unverändert, wie eine sprechende statue, bestimmt (: „ich glaube es nicht.“). (1) erschüttert, niedergeschlagen, gebeugt, mit gesenkten augen, mit ausgebreiteten armen (: „ich gebe es zu.“), bricht zusammen, ringrichter notiert einen punkt, zählt.
(1) springt wie ein gummiball, wie ein clown, akrobat auf und tritt den einen schritt auf seinen standort zurück; wie vorhin ganz ruhig, monoton (:„es war nur ein scherz.“).
(1) hält sich die backe wie nach einem schlag, verzerrtes gesicht.
der ringrichter notiert deutlich mit kreide einen punkt auf der schultafel.
(2) gequält, versucht unbefangen zu erscheinen, in sein eingefrorenes lächeln rutscht dauernd die angst (: „ich scherzte bloss.“). (1) umarmt ihn plötzlich, mit glückseliger, tränenerstickter aber lauter, halbjubelnder stimme (: „dann sind wir einig!“). clinch. der ringrichter tritt vor und löst die beiden professionell, mit der überheblichkeit eines polizisten aus der klammer (dem clinch). der betreuer (des 2) hüpft in seiner ecke (ausserhalb der seile) mit mühsam lautlos gehaltener freude, presst faust vor den mund, um nicht aufzujubeln, ringrichter notiert im zurückgehen punkt (für 2) — auf der tafel ist eine tabelle, links 1, rechts 2 durch einen vertikalen strich getrennt. 1 und 2 stehen einander geduckt und wippend, jeder ein bündel energie, wie bei einem boxkampf gegenüber. ringrichter zurück und schiebt sie, ohne sie anzusehen, ein wenig auseinander, seine wichtigkeit ist aus seinem gesicht abzulesen. tritt einen schritt zurück, verfällt in seine amtsmiene, pfeift auf einem trillerpfeifchen. die beiden stürzen aufeinander los. bleiben in geringer entfernung voneinander stehen. in der folgenden sequenz wippt der jeweils sprechende scharf kopf

und schultern vor, zugleich mit einem satz, während der andere entsprechend scharf kopf und schultern zurückwirft. die arme sind angewinkelt an den seiten zu halten, die hände geballt und nach vor gerichtet, alles wie bei einem in höchster erregung sprechenden, der seinen zorn in den händen zerdrückt, mühsam beherrscht. die oberkörper sollen vorzischen und kurz verharren, bevor sie zurückwippen und darüber hinaus. ein rhythmus soll gehalten werden. bei schlagserien stösst auch der hörer vor, und der defensive sprecher weicht oder wippt weiter zurück, z.b. bis er umfällt. alles schnell. sehr schnell (: passage mit kurzen sätzen).

(2) vor, sehr laut, wie in einem tumult sich verständlich machend, jedes wort betont, durch den schalltrichter seiner hände (: „ich verstehe sie nicht!").

beide atmen, wenn sie nicht sprechen, sehr betont und augenfällig, als zeichen der anstrengung und erschöpfung.

(1) plötzlich ganz frisch, abweisend, als ob er nicht wüsste, wovon gesprochen wurde, mit der reserve eines millionärs, der versehentlich belästigt wurde (: „was wollen sie?"). 2 fällt um. wie ein stock. er bleibt bis 8 am boden. kaum hat sich 2 erhoben, er steht noch nicht, setzt 1 fort, 2 zuckt bei jedem wort des folgenden satzes, wie galvanisiert, trotzdem richtet er sich während dieses satzes vollends, wenn auch mit anstrengung (— ein schweissausbruch wäre schön) auf.

herrisch.

(2) richtet sich auf, schüttelt den kopf wie nach einem schlag. pause, beide blicken nachdenklich und lippenkauend etc. vor sich hin. diese pause gerät etwas lang.

...

bei gongschlag haben sich beide gleichzeitig und sofort voneinander abgewendet und langsam, tänzelnd kurs auf ihre ecken nehmend, winken sie dem publikum mit gespielter siegeszuversicht. der ringrichter notiert die punkte.

(oder:) mittlerweile hat der ringrichter bis 9 gezählt, dann schlägt er auf den gong. der coach hebt 2 auf, beschüttet ihn mit wasser, gibt ihm erfrischung, tätschelt seine wangen, langsam erholt sich 2. 1 mit einem zahnschutzkauenden lächeln ins publikum, siegesgewiss, muskeln kollernd unter seinem anzug, in die ecke ab.

bayer hat noch ein paar gedanken zu dem stück notiert. „in diesem stück gibt es keine charaktere, keine eigenschaften. nicht der eine ist der starke und der andere der schwache, nein, der langsame ist plötzlich schnell, der geizige freigebig etc., alles wechselt." andererseits hat er erwogen, den kampf in verschiedenen lebensaltern und situationen zu zeigen, auf einer „fiktiven ebene" den schauplatz und die kostüme wechseln zu lassen (von runde zu runde?). auf einem zettel hielt er den grundgedanken der ‚boxer' fest: „verständigung ist nicht möglich". die sprache, instrument gesellschaftlicher konventionen und herrschaftsstrukturen, täuscht (ein)verständnis nur vor. die vitalen interessen und ängste, die hinter den solchermassen funktionierenden umgangsformen lauern, treten hier als rede demaskierende gesten (handlungen) brutal in augenschein: als tiefschlag, als decken, als clinch. die (gesetzlich) festgelegten spielregeln des „kampfes" schliessen selbst den tod des gegners nicht aus, wenn er in ihrem sinne korrekt herbeigeführt wird.

1/198 *die pfandleihe.* typoskript mit zahlreichen handschriftlichen verbesserungen. möglicherweise ist mit dem ende des skripts das stück, wie bayer es dachte, noch nicht abgeschlossen. am schluss der eingangsverse steht im typoskript nach der zeile „in diesem rahmen" das (leichter als sonst durchgestrichene) reimwort „amen", daneben handschriftlich „so sei es" — vielleicht noch keine endgültige entscheidung für eines von beiden. auf seite 203 im skript nach „leonhard: aber jetzt bin ich pleite und" der alternative handschriftliche zusatz (eingeklammert) „hab sie doch gebeten mit mir zu dinieren" und nach „aufzusuchen" steht „verfluchte schmach"; das nachfolgende „schokolade" bezieht sich aber auf „konditorei". auf seite 207 nach „diese pause gerät etwas lang" handschriftlich eingefügt und umrahmt „geben sie zu, sie haben die riesin erfunden! was brauchen sie geld" und, neben der umrahmung, „passage" — wahrscheinlich zog er hier eine textumstellung in erwägung, wobei die stelle etwas ausgebaut werden sollte. auf seite 209 nach „pfandleiher (erregt): sie haben überhaupt allerlei behauptet!", im skript die dritte zeile, ist der rest der seite freigelassen — sollte hier noch eine neue textpassage eingebaut werden? vom ‚pfandleiher' existieren drei ansatzhafte, textlich nur geringfügig abweichende vorstufen. auf einem zettel eine notiz, die auf die absicht einer weiterführung des stückes hindeutet: „Typisierung löst sich in einem Wust von persönlichen Eigenschaften Liebhabereien etc. auf / unerträglich —, die (...) wird dadurch gleichsam gesprengt". auf einem blatt ist als „in arbeit" neben ‚napoleon' ‚die pfandleihe' angeführt, umrahmt steht daneben „eklektizistisch" — eine beurteilung, die für uns negativ war; tatsächlich hatte ich den eindruck, dass bayer das stück (auch weil es bei den freunden wenig anklang fand) weglegte, nachdem er einige teile daraus in ‚kasperl am elektrischen stuhl' übernommen hatte.

1/211 *die begabten zuschauer.* von bayer später in ‚kasperl am elektrischen stuhl' eingebaut, aber auch als selbständiges stück weiter beibehalten. aufgeführt 1961 in ‚die arche / wiener studentenbühne' unter dem gesamttitel ‚kosmologie / acht kurze stücke von konrad bayer und gerhard rühm', regie gottfried schwarz (an gemeinschaftsarbeiten standen ‚der fliegende holländer', ‚ein kriminalstück', ‚kosmologie' auf dem programm). erschienen in ‚blätter' XVI/2, 1962.

1/213 *idiot.* reinschrift (mit korrekturen) nur von der 1. szene, mit dem datum: november 1960. alle 3 szenen: luzern-ebikon, november 60. auf einem beiliegenden unbezeichneten blatt, hier zum ersten mal veröffentlicht, das im typoskript noch eher skizzenhafte fragment einer weiteren (anschliessenden?) szene. auf der reinschrift ist dem titel ‚idiot' mit bleistift „es" beigefügt, bayer schwankte zwischen dem titel ‚idiot' und ‚idiotes' (in einem werkverzeichnis ist das „es" wieder gestrichen).

1/223 *der berg. der see.* die stücke wurden von bayer als zusammengehörig gesehen
1/232 — es lässt sich aber nicht mehr feststellen, welches der beiden ‚see'-stücke er
1/235 als pendant zum ‚berg' meinte. die bezeichnung (1) und (2) habe ich zur unterscheidung der beiden stücke hinter die gleichlautenden titel ‚der see' gesetzt; welchem ‚see' vor dem andern die priorität gebührt, wird damit nicht gesagt. dem zerklüfteten, in die ferne strebenden berg stellt bayer den glatten, in sich ruhenden see gegenüber.

die erste fassung des ‚berg' ist, ohne interpunktionszeichen und personenangaben, durch zeilendurchschüsse in mehrere durchnumerierte abschnitte gegliedert. die hier wiedergegebene neufassung hat bayer für die anthologie ‚Alle diese Straßen' hergestellt, die wolfgang weyrauch 1965 im list verlag münchen herausgab. in dieser form hat bayer den ‚berg' 1964 für ein „funkerzählungspreisausschreiben" an den süddeutschen rundfunk geschickt, wo er am 24. 10. 1966 als hörspiel gesendet wurde. für den fall einer szenischen realisierung hat bayer zur erstfassung eine ‚beilage' mit dem ausdrücklichen (grossbuchstaben und unterstrichen) vermerk „nur für die regie / nicht zum abdruck" verfasst, die mir aber doch — zumindest hier im anmerkungsteil — mitteilenswert erscheint. da sich die ziffern auf die numerierung der textabschnitte der schauspieler beziehen, schlüssle ich sie für die in dieser ausgabe abgedruckte endfassung auf: erste sprecherpassage fehlt, 1) „wir wollen eilen" bis „vor unseren augen", zweite sprecherpassage fehlt, 2) „dort in der ferne ragen die berge" bis „das gras wird schwarz", dritte sprecherpassage fehlt, 3) „die berge entfernen sich" bis „ein dichter nebel hüllt alles ein", sprecher, 4) „wozu eilen" bis „wir wollen eilen", sprecher, 5) „wir gehen in die irre" bis „wir sind mitten im sommer", sprecher, 6) „ich habe eine spur gefunden" bis „aber keine spur von den bergen", sprecher fehlt, 7) „wir haben den weg gefunden" bis „da sind die spuren wieder zu ende", sprecher fehlt, 8) „da war der fuss des berges" bis „jetzt steigen wir auf", sprecher fehlt, 9) „das ist der berg" bis „ja so ist er", sprecher fehlt, 10) „siehst du die spuren im schnee" bis „ich höre den wind", sprecher, 11) „schon schien der berg erstiegen" bis „entfernt sich der gipfel in die ferne ferne", sprecher, 12) „hier geht es nicht weiter" bis „ich versinke im schnee", sprecher fehlt, 13) „wir wollen ein wenig ruhen" bis „du darfst die hände nicht vom seil lassen", sprecher fehlt, 14) „steigen wir auf oder steigen wir ab?" bis „wir sind da", sprecher fehlt, 15) „wir steigen zu tal" bis „ja", sprecher, 16) „wieder im tal" bis „ja", sprecher, 17) „jetzt verschwinden die berge wieder in der ferne" bis „sich in die ferne entfernen“, sprecher, 18) „wir wollen nicht länger verweilen“ bis „ja“ (schluss). die sprecherpassagen sind in der erstfassung mit „k“ signalisiert; bei k1) steht als fussnote: „k = kommentar: sprecher, projektion o. ä.“.

beilage zu ‚der berg‘

1) grundhaltung:	als ob es kein hindernis gäbe frisch drauf los dort ist der berg
bewegung:	von links nach rechts zügig am ort gehen geradeaus
sprache:	als ob es kein hindernis gäbe in der bewegungsrichtung
2) grundhaltung:	bedenken werden wach, aber keine zweifel das macht nichts
bewegung:	stockend, zögernd, aber vorwärts
sprache:	ein wechsel von nachdenken und dem versuch nicht nachzudenken
3) grundhaltung:	betrachtend
bewegung:	langsamer, schon etwas müde man sieht nach den bergen aus man zeigt; in der betrachtung immer wieder stehen bleibend
sprache:	flüssig, fast deklamierend, zuletzt ausklingend
4) grundhaltung:	aufschieben was nötig ist; es wird schon nicht zu spät sein rasten statt bemühen müde sein schlafen wollen mit einem RUCK wird zuletzt die maschine wieder in gang gebracht
bewegung:	ehe das pendel zurückschwingt, hält es einen augenblick still
sprache:	entfernt, schwebend, leicht, langsam, wie wolken
5) grundhaltung:	der verirrte sucht den weg das dunkel ist eingebrochen der weg ist verloren. war er denn da? die nacht

bewegung: zick-zack über die bühne
suchend
mit ausgestreckten armen
langsam, bedächtig;
im schlamm versinken; die beine werden immer wieder hoch herausgezogen
bemüht;
der blinde in der nacht

sprache: eine kleine verzweiflung
man spricht um sich nicht zu fürchten

6) grundhaltung: die falsche spur gefunden
aber ist es die falsche? wer denkt daran?
es ist ein wenig hell geworden
freude flammt auf und verlischt wie ein schlechtes streichholz.

bewegung: halt! ... und weiter! hopp!

sprache: erregt; dann enttäuscht, nicht darauf achtend

7 + 8) grundhaltung: den weg finden und ihn nicht erkennen, ihn verlieren und ihn wiederfinden

bewegung: kreisförmig, mit einer DEUTLICHEN zäsur in der asymmetrie (beginn der 8. station);
(während man im kreise geht, dreht man sich auch um sich selbst) sich zu boden beugend, sich hoch aufrichtend; dabei gehen
dann hinauf!

sprache: nach vorn und nach hinten, nach allen seiten

9) grundhaltung: aufsteigen und sehen
freude

bewegung: mächtig bergauf steigend

sprache: fröhlich

10) grundhaltung: die spur ist gefunden
es ist die gleiche, aber jetzt ist das anders und es ist gleich (wie 6!)
jetzt passt, jetzt stimmt sie, jetzt geht es weiter
grosse freude
hören (=ahnen=bestätigung des rechten weges)

bewegung: freude im halten
das pendel schwingt nach vorn

sprache: erstaunt froh; etwas zurückhaltend

11) grundhaltung:	jetzt wird es schwer, jetzt beginnt die arbeit die erkenntnis des raumes die erkenntnis der möglichkeit von mühsal das ziel schien so nahe!
bewegung:	verbissen steigend, manchmal rastend (sie packen das seil aus)
sprache:	verbissen, angestrengt, der atem pfeift ein wenig
12) grundhaltung:	mühsal
bewegung:	hier und da; klettern, gebeugt, angeklammert, sich festhaltend, anstrengung, plötzlich im schnee versinken, fast nicht mehr dasein am seil
sprache:	keuchend, stockend, der atem pfeift
13) grundhaltung:	erschöpft;
bewegung:	rast am seil festgeklammert
sprache:	erschöpft
14) grundhaltung:	was ist oben? was ist unten? wie ist mein name? nun sind sie soweit, zu glauben, dass sie den falschen weg gegangen sind. so ist es recht. jetzt sind sie da. am ende ist der anfang.
bewegung:	man geht und geht; man ist da in der überzeugung nicht mehr weiterzukönnen erreicht man das ziel. die äusserste anstrengung, die äusserste müdigkeit, die äusserste verzweiflung löst sich auf
sprache:	monoton, erschöpft-gleichgültig; dann ekstatisch schleppend
15) grundhaltung:	abstieg nach erreichtem ziel = aufstieg = bleiben es ist sehr hell sie sind heiter, gelöst, zufrieden
bewegung:	den sätzen entsprechend: absteigen (sie rollen das seil ein) aufsteigen bleiben gehen gehen

gehen von rechts nach links
sie steigen ab, ohne es zu spüren
sprache: gebändigter überschwang, glücklich

16) grundhaltung: wieder im tal
bewegung: gehen in der ebene, von rechts nach links
sprache: steigernd

17) grundhaltung: rückblick
bewegung: gehen und nach den bergen blicken
sprache: reflexiv

18) grundhaltung: gestärkt, mächtig ausholend
sehr fröhlich, glücklich und zufrieden und so stark, die welt aus den angeln zu heben.
bewegung: mächtig ausholend, gestikulierend, überschwang
(... hüpfen, springen, wegfliegen)
sprache: ein wenig ausser atem
steigernd bis zur ekstase, zum wegfliegen (mit ritardando auf dem wirtshaussatz, der sehr natürlich wirken muss)
einfach drauflos, nur nicht kümmern, und wenns grotesk wird, macht auch nichts, nur froh sein!
los!

übergänge von einer station zur anderen: bewegungen, die einfrieren und wieder auftauen, bewegungen unter wasser

1/242 *bräutigall & anonymphe* erschien in der endgültigen, hier vorliegenden fassung in der damals von bayer inhaltlich inspirierten zeitschrift ‚eröffnungen‘ 8/9, 1963, und wurde im selben jahr, während der ‚wiener festwochen‘ — neben stücken von audiberti und artmann (‚la cocodrilla‘) — im ‚studio experiment am lichtenwerd‘ aufgeführt, regie joe berger und (nicht genannt) bayer.
drei sprechabschnitte aus ‚bräutigall & anonymphe‘ (‚ach wie bin ich hosenträge‘, ‚eine reihe von trunkenbildern‘, ‚die anonymphe mit dem sanfthut‘) auch als gedichte — vermutlich vorstadien. ‚ach was (!) bin ich hosenträge‘ (bis: „füllhornkämmen ihre lebensdauerwellen“) als gedicht in zwei strophen zu je vier zeilen im programmheft der uraufführung von ‚die begabten zuschauer‘ (‚die arche / wiener studentenbühne‘, 1961). die beiden anderen (in einem werkverzeichnis aufgeführten) gedichtversionen nicht mehr vorhanden.

1/246 *17. jänner 1962* ist eine montage (mit eigenen zusätzen) aus zeitungstexten des ‚Wiener Kurier' vom 15., 16. und 17. 1 .1962.

1/250 *der löwe zu belfort.* über den „lion de belfort", eine seiner lieblingsfiguren, wollte bayer anscheinend ein grösseres stück schreiben. die hier zusammengefassten bruchstücke könnten teile dieses stückes sein, bei der ersten und dritten szene steht dies fest, selbst wenn man beachtet, dass es bei bayer ein paar stehende figuren gibt, die in sehr verschiedenen zusammenhängen und texten auftauchen — besonders auffallend der lion de belfort. das erste bruchstück trägt ausdrücklich den titel ‚Der Löwe zu Belfort', mit etwas abstand handschriftlich nachgetragen „1. szene" und in der oberen ecke die namen „apollyon, lion, ophelia". auf einem weiteren blatt steht „1. Akt. 1. Szene / Palast des Löwen / Apollyon, Löwe von Belfort, 3 Matrosen / wird er sie als opfer wollen? oder wofür? oder als schergen? / apollyon: aufgeblasener frosch ich werde in deinem sumpf sitzen bis es soweit ist." in dieser skizzenhaften art noch weitere blätter. auf einem steht „1. szene: die 3 matrosen am kai", auch folgende charakterisierung einiger personen:

3 matrosen: flavius: poet
tiberius: dieb + klugscheisser, (...) messer
gaius: körper
lion de belfort (tritt als fischer auf)
apollyon: diener, muss trommeln
ophelia: das opfer, maxima's tochter
flora:
maxima: witwe, kokett

danach könnte das bruchstück „die matrosen am kai" in zusammenhang mit der 1. szene stehen; allerdings findet sich unten auf dem blatt die handschriftliche bemerkung „pfandleiher wollte matrose werden?", was als verweis auf das stück ‚die pfandleihe' aufgefasst werden könnte — mit dem vorliegenden text der ‚pfandleihe' hat es aber inhaltlich nichts zu tun. zur figur des lion notierte er: „grimmige faulheit, die alles verschlingt / gefallene engel / verwandte: leviathan meerdrachen / opfersuchend, nur die schwachen anfallend / lion findet die jungfrau gar nicht / vollstrecker des unwiderruflichen urteils / über unschuldige hat er keine gewalt / verwesung (verwesungsgeruch) perversion / nicht grausam, grimmig, blind, gefrässig, alles verschlingend / sehr warm / sehr stark / haut des löwen gegen irrsinn / löwenkopf über kopf ziehen / bei donner beginnt löwe zu brüllen / neben vergifteten speisen und getränken beginnt der schwanz zu schlagen / löwenherz am nabel erleichtert die geburt / rechtes löwenohr am ohr heilt taubheit / hund ist ein höllisches wesen / moderplätze schimmelpilz / lion ein nachttier / löwenkopf in der tasche schützt? / kann seinen eigenen kopf nicht sehen?" zum thema interessant sind noch folgende bemerkungen: „winter: kristallines denken, tod / künstlicher eros: die ofenwärme / in den ofen sprechen /

haupthandlung im schloss ofenwärme (kunsteros), nacht / riesige schmetterlinge / matrosen verbindung zum wasser allbewusstsein „wassermann“ / fische töten / diebisch (alles wissen wollen) / der löwe symbolisiert die mächte des herzens — starkmut, stolz, reissende gewalt / versteinerung, vereisung / köpfen: ist losmachen von einer kraft / lion: nehmt eure mützen ab / matrosen: wir sind stolze matrosen, wir brauchen die mützen auf unseren köpfen.“

1/256 *der mann im mond,* fragment, in keiner endgültigen form. die erste seite des typoskripts (drei engbeschriebene schreibmaschinenseiten) hat bayer auszuarbeiten begonnen (auch davon noch keine reinschrift), wobei aus einer seite fast zwei wurden; bei „j) das ganze bein ist verzeichnet“ bricht die überarbeitung ab. es ist anzunehmen, dass die nachträglich eingezeichnete, den text strukturierende buchstabenaufzählung weitergeführt worden wäre. eine (später?) beigelegte aufstellung einiger lautverwandter wortgruppen lässt weiter vermuten, dass bayer die zuerst die handlung fixierende niederschrift noch in eine sprachlich artifiziellere form gebracht hätte — eine arbeitsweise, die sich bei ihm anhand aufeinanderfolgender fassungen eines textes mehrfach nachweisen lässt. — meiner erinnerung zufolge würde ich die entstehungszeit von ‚mann im mond‘ vor 1957 ansetzen. auch dieses stück hat bayer in einer liste — noch mit dem eingeklammerten wort „kürzen“ — als „eklektizistisch“ apostrophiert (siehe anmerkung zu ‚die pfandleihe‘).

/261 *kasperl am elektrischen stuhl.* typoskript noch sehr im arbeitsstadium: handschriftliche eintragungen, ausstreichungen, willkürliche dialektschreibung (eine vereinheitlichung der dialektschreibung wäre mir, angesichts des unfertigen zustandes des skripts, als unnötige pedanterie erschienen). schluss noch skizzenhaft. handschriftlich notierte schlussversionen:

kasperl wird in redestrom von löwe und apollo, die heimlich und heimtückisch ärztekittel, stethoskop, weisses käppchen übergezogen haben, gefasst und auf den geluppten e-stuhl der jetzt ein schockapparat ist geschnallt.
funkenreden
kasperl wird losgeschnallt
er steht frei im raum mit leuchtenden glänzenden augen, flügel falten sich aus seinem anzug, er wird an schnüren hochgezogen
„alles in ordnung“
er steigt auf
vorhang
—
kasperl am elektrischen stuhl (wie ein thron)
„au, i bin dod!“
kurzschluss
der mechaniker, der den stuhl reparieren will.

der arzt kümmert sich um kasperl, der sich einbildet, er sei tot.
einige personennamen verballhornungen von solchen gewisser wiener zeitgenossen (kritiker), die bayer besonders unangenehm auffielen, z. b. schulberg für friedrich torberg, espenlaub für lieselotte espenhahn, weissenpeter für peter weiser.

1/279 *qui & qua.* ob dieser titel wirklich zu der vorliegenden fragmentarischen hanswurst-szene gehört, ist unsicher. auf eine andere art von papier (feines briefpapier) getippt, lag er jedenfalls diesem typoskript bei — zahlreiche unbezeichnete und nicht numerierte skriptblätter sind allerdings nach bayers tod durcheinandergeraten (oder er hatte sie selbst in zum teil ungeordnetem zustand hinterlassen). das literarisch eher harmlose bruchstück ist vielleicht psychologisch im hinblick auf ‚die wiener gruppe' in einem bestimmten stadium ihrer internen beziehungen nicht ganz uninteressant. aus einem entwurfsblatt zu der szene mit namensaufstellungen geht hervor, dass es sich dabei um verschlüsselungen der namen der gruppenmitglieder und ihrer damaligen frauen handelt. so steht rupert für friedrich (achleitner), arbogast für oswald (wiener), claudio für gerhard (rühm) — gemeinsam charakterisiert als „seltsame soldaten? freunde und kampfgefährten des hanswurst / mönche??? matrosen??? ritter, landsknechte?"; hinter „hanswurst" verbirgt sich offensichtlich konrad bayer selbst. rosalia steht für „adelina, frau des g.", andere frauen (ernestine, diane, elisabeth . . ., ruth) treten (noch) nicht auf. auch „hanscarl" (vorgesehener deckname: zyprian, koloman oder felix), „confident, ein undurchsichtiger freund, ein undurchsichtiger „verräter", *jetzt* mitglied der „gegenpartei", taucht im personenverzeichnis auf — die charakterisierung deutet darauf hin, dass dieses fragment nach 1958 entstanden sein muss, als sich h. c. artmann nach dem geradezu sensationellen erfolg seines ersten buches ‚med ana schwoazzn dintn' von der ‚wiener gruppe' merklich entfernt hatte und mit leuten umging, die uns oft suspekt waren. ich kann mich übrigens nicht erinnern, dass konrad jemals dieses projekt erwähnt oder den bereits ausgeführten teil hergezeigt hätte. — als „schauplätze" sind angegeben: „das wasser (fluss, meer!) / das femegericht (in einem bauernhaus?)".

1/282 *das tote kind in der wiege.* der an die seite getippte titel mit drei handschriftlichen fragezeichen versehen. typoskript in einem umschlagbogen mit der aufschrift „IN ARBEIT".

1/285 *herr tanaka.* über der erstfassung des textes steht, wohl als in erwägung gezogener titel, handschriftlich in klammern „ob man apfel essen soll" — „apfel" noch mit einem fragezeichen versehen. in einer werkliste unter ‚herr tanaka' geführt.

1/291 *sprachlose sätze.* im manuskript steht als titel zuerst ‚sprachlose demonstration', darunter als alternative ‚sprachlose sätze' (dazwischen unter ‚demonstration‘ noch in klammern und mit fragezeichen ‚aussagen‘). in den beiden ‚literarischen cabarets‘ (1958, 1959) gab es ähnliche nummern, zumindest wurde über ähnliche diskutiert. sollte sich bayer die ‚sprachlosen sätze‘ im hinblick auf eines der cabarets notiert haben? ich glaube mich jedenfalls zu erinnern, dass damals in diesem zusammenhang davon die rede war.

1/291 *konzert für metronome und singvögel*, eine idee bayers, vielleicht ebenfalls aus der zeit der beiden cabarets, die er mir gegenüber mehrmals erwähnte und bei gelegenheit auch realisieren wollte.

1/292 *unbezeichnete szenische bruchstücke und notizen.* (1) das bruchstück um ‚meister rimbald, trödler, pfand- und geldleiher‘ unterscheidet sich schon im ton so stark von der ‚pfandleihe‘, dass es kaum in zusammenhang damit stehen kann; eine beziehung zur ‚erschrecklichen comoedie vom braven lukas‘ (auf grund dieser namensgleichheit) erscheint mir erst recht unwahrscheinlich. (2) hier könnte es sich auch um ein prosabruchstück handeln (vielleicht im umkreis von ‚als die herolde den garten betraten‘, siehe unter *frühe texte*), das unversehens szenische form angenommen hat. (5) (robert), sehr skizzenhaftes, teils in maschinen-, teils in handschrift auf vier numerierte blätter verteiltes skript; der kurze text auf dem vierten blatt durchgestrichen:

der eine mann: war das seine frau?
der andere mann: das glaube ich nicht. er hat ja bloss eine zwölfjährige tochter.
der eine mann: was sagst du da?
legt die hände trichterförmig vor den mund:
kommen sie zurück, wir brauchen sie noch.
ein junges mädchen, ca 12 jahre, tritt auf.
beide männer: so ist es recht.

(6) (i hob gheat, du bist guat), ziemlich wirr notiertes manuskript mit vielen durchstreichungen und verbesserungen. (7) die erste fassung dieser hanswurst-szene muss, nach dem verwendeten papier, ziemlich früh entstanden sein (etwa um 1954); später hat bayer mit einer nur leicht dialektgefärbten bearbeitung begonnen, die aber vor ende des textes ausläuft und mit bleistift durchgekreuzt ist. ich habe die beiden fassungen, sie sprachlich behutsam angleichend, kontaminiert. (8) auf einem zweiten blatt einige kurze dialog- und handlungsskizzen für den weiteren verlauf, die, trotz der äusseren verschiedenheit der typoskripte (7, 8) auf einen inhaltlichen zusammenhang der beiden hanswurst-szenen hinweisen könnten:

der glanz der natur wird durch verbrechen nicht angetastet.

—

ich bin so unglücklich
iss, du sollst essen. das ist die beste medizin

—

h. denkt über die möglichkeit nach (d. h. die methode) ein bestimmtes et-

was schwierigeres mädchen (leicht auf draht) einzukochen
f., sonst immer leicht verblödet, harmlos und lyrisch geschildert, gibt die immensesten ezes (perhaps sehr perverse ezes)

—

f. (völlig fertig erschüttert eine welt ist in ihm zusammengebrochen): da glaubt man, man kennt einen menschen, dann ist er ganz anders (man glaubt man kennt einen menschen und er ist überhaupt ganz anders)

—

hast du denn gar kein gewissen
das kann ich mir nicht leisten

—

das kann doch noch nicht alles (das höchste, das ziel oder so) sein, sich mit einer frau ins bett zu legen, dass kann doch noch nicht alles sein.

—

man wird (vielleicht) gar kein anderer, nur die umstände werden andere.

1/304 *schlachthaus.* in einer ecke des typoskripts mit kugelschreiber die eintragung: 25 min.

1/305 *(ohne titel)* skizzenhaftes, oft schwer entzifferbares, mit handschriftlichen einsprengseln durchsetztes typoskript, blatt zweimal gefaltet, zeile am knickrand nur noch teilweise leserlich.

1/308 *Gregory Corso: Im Tunnel-Knochen von Cambridge* erschien in der zeitschrift ‚Eröffnungen' nr. 13, wien 1964, wo als übersetzer john sailer angegeben ist. laut mündlicher mitteilung sailers stammt die übersetzung aber von konrad bayer, der nur bei einigen wörtern john sailers hilfe erbat. kein skript vorhanden.

1/309 *henk marsman: mirakulöse ausschiffung* und *legende* erschienen ebenfalls in der nr. 13 der zeitschrift ‚Eröffnungen', wien 1964. als fussnote der vermerk:

aus: a pulp magazine for the dead generation, dead language press, paris. übersetzung: konrad bayer.

henk marsman, nicht zu verwechseln mit dem 1899 in zeist/utrecht geborenen und 1940 bei einem schiffsuntergang im ärmelkanal gestorbenen holländischen dichter, wurde 1937 in st. pancras, holland, geboren. wegen der namensgleichheit publiziert er nur noch unter dem namen j. bernlef. die beiden gedichte wurden von seinem freund, dem zuerst in holland, dann in paris lebenden amerikanischen beat-dichter pierro heliczer, ins englische übersetzt und in dessen oben genannter anthologie publiziert. von daher wurden sie konrad bayer bekannt und aus dem englischen ins deutsche übertragen. (in der ‚dead language press' heliczers erschien 1962 die gemeinschaftsarbeit von konrad bayer und oswald wiener ‚starker toback, kleine fibel für den ratlosen'.) keine skripte vorhanden.

1/311 *william butler yeats: die sanduhr* erschien 1972 in band III der fünfbändigen yeats-werkausgabe im luchterhand verlag, neuwied und berlin — dort in konventioneller grossschreibung. der abdruck hier geht auf das originaltyposkript bayers in kleinschreibung zurück.

1/326 *das mosaik im laufe der jahrhunderte* hat bayer als poetische vorrede (ursprünglich mit dias geplant?) zu dem film ‚mosaik im vertrauen' von peter kubelka und ferry radax verfasst, anlässlich der uraufführung am 9. 12. 1955 im filmhaus schöner, wien. auf der einladungskarte steht in kurrentschrift „herr conrad bayer spricht auch über das mosaik im laufe der jahrhunderte". das aus einzelnen textabschnitten collagierte typoskript trägt keinen titel. ein teilstück auf einem kleinen beiliegenden ausschnitt, das sich nicht recht eingliedern lässt (vielleicht auch weggelassen wurde), teile ich hier mit:

> Mosaik heisst Berechnung! Rechnen ist keine besondere Kunst, Mosaik machen schliesslich auch nicht, wenn man die Ansätze kennt. Das Mosaik ist eine ganz mechanische Arbeit, bei der man einzig und allein darauf zu achten hat, dass man ja nichts vergisst, nichts übersieht. Und hier ist der springende Punkt:
> So selbstverständlich diese Umstände sind, so ist es doch nötig, dieselben festzuhalten. Es gibt Umstände, wo gerade das Gegenteil von dem anzutreffen ist, und auch für Selbstverständlich gilt.

zu dem fingierten zitat aus einem ‚Tugendbuch der Weysheyt' siehe bei ‚inventionen und gedichte' (7): ‚der neunertz specken klaster'. ursprünglich wollte bayer eine ganz anders geartete „einführungsrede" halten, war aber dann mit dem erstellten typoskript unzufrieden. da er es immerhin aufbewahrt und nicht — wie bei annullierungen üblich — quer durchgestrichen hat, gebe ich es im anschluss an den tatsächlich gehaltenen vortrag wieder.

1/331 *monterosso, 2. jänner 1960.* in monterosso hielt sich bayer anlässlich der dreharbeiten zu dem film ‚sonne halt' von ferry radax auf (er spielte darin eine rolle und war an dem drehbuch beteiligt). am unteren rand des beidseitig betippten tagebuchblattes die notizen:

> seit ein paar tagen ist ein totenschädel in meinem fingernagel (kleiner finger, rechte hand) aufgetaucht.
>
> ich kann das blaue und das rote licht sehen
>
> werde das traumbuch zusammenstellen (h. c.-traum nicht vergessen) ich werde [zu] diesem zweck echte träume sammeln (auch halluzinationen? besser getrennt)

1/333 *die klare zeit.* eine art protokoll eines exzessiven aufenthalts in berlin 1962. der titel enthält eine anspielung auf den beliebten, vor allem zum glas bier obligatorischen klaren schnaps. der grösste teil des textes — vom beginn bis einschliesslich des satzteiles „verhindertes vögeln auf dem lokus, denn wirtin und reinemache-" – und dem kurzen anhang ‚die trübe zeit' ist in zusammenarbeit mit dem deutschen arzt für psychiatrie achim dehne, einem gemeinsamen freund, entstanden. „und spreiteten den rock drüber rüber" (kurz nach beginn der passage bayers) ist eine anspielung auf die zeilen „und schlenkrig buhlt dein kleidsaum drüber rüber" in august stramms gedicht ‚untreu', die wir bei passenden und unpassenden gelegenheiten zitierten. es existieren noch einige blätter mit flüchtigen handschriftlichen notizen (meist in den text eingearbeitet) und stichwortartigen erinnerungsstützen bayers. sodann getippt, auf einzelblätter verstreut:

dacht ich mir: und auf diesem bett soll ich schlafen? verwöhnt wie ich war damals von heisser brause und ausreichender fütterung im anblick eines holzschragens aus dem die sprungfedern drohten.
kaltes wasser. vollbad in kaltem wasser. das badezimmer. die küche.
die langen nachthemden lutzens
mieze schmoll   mensch pass auf, das ist meine erogene zone.
menschenknallen, ein menschenknall, menschengeknalle
es ist mir gleich
die zweifelhaftigkeit des vergnügens

einiges aus der ‚klaren zeit' hat bayer, zumindest atmosphärisch, im ‚sechsten sinn' verarbeitet.

1/341 der *katalogtext für robert klemmer* war ein freundschaftsdienst für diesen lebenslustigen und originellen künstler, der sich in etwas verfremdet realistischer umgebung meist selbst ins bild brachte. robert klemmer starb 1971 in wien durch einen (unfreiwilligen) gasunfall. der abdruck geht auf bayers typoskript (keine reinschrift) zurück; der gedruckte katalog, der mir noch in guter erinnerung ist, war leider nicht mehr zu besorgen.

1/343 *gedanken* sind dem band ‚wien / bildkompendium wiener aktionismus und film', herausgegeben von peter weibel und valie export, frankfurt 1970, entnommen, wo sie als faksimile unter dem missverständlichen titel ‚tagebuch konrad bayer 1963' zum ersten mal publiziert wurden. das original war mir nicht zugänglich. nach mitteilung von traudl bayer hat konrad bayer diese gedanken (es sollten gelegentlich noch weitere folgen) für sie in ein leeres ‚Tagebuch' geschrieben; leider ist es nicht mehr in ihrem besitz.

1/345 *träume.* hier handelt es sich um nicht erfundene sondern echte traumprotokolle. das sauber getippte skript lag in einer mappe mit der aufschrift ‚TRÄUME'. wir (bayer, wiener und ich) haben einander öfter dazu ermuntert, unsere träume aufzuschreiben, auch, um sie vielleicht einmal gesammelt zu publizieren. ich vermute, dass hier die fehlerhafte schreibung beabsichtigt ist (als blosse nachlässigkeit ist sie zu krass); wahrscheinlich versuchte bayer so, in wörtlichem sinn „die sprache des traumes" zu vermitteln. über mögliche adäquate sprachformen bei der beschreibung von trauminhalten wurde in der gruppe diskutiert.

1/345 *zur kleinschreibung.* diesen text muss man sich natürlich auf einem einzelblatt gedruckt vorstellen. im typoskript finden sich auch eintragungen die typographie betreffend, die nicht von bayers hand stammen; sollte das blatt in einer kleinen auflage (oder als beilage einer literaturzeitschrift) erscheinen? der text war jedenfalls auch zur veröffentlichung in der ‚konrad-bayer-zeitung' (siehe vorwort) vorgesehen.

1/345 *religiöser wahnsinn, eine ansteckende krankheit* und *situation der österreichischen literatur der gegenwart.* relativ saubere typoskripte, vom zweiten text existiert sogar noch eine fehlerlose reinschrift. ob die texte spontan oder zu einem anlass (publikationsgelegenheit) verfasst wurden, ist nicht mehr feststellbar. bei der ‚situation der österreichischen literatur der gegenwart' ist zu beachten, dass es sich hier um eine stellungnahme aus den frühen sechziger jahren handelt.

1/347 *hans carl artmann und die wiener dichtergruppe* schrieb konrad bayer auf wunsch von gottfried schlemmer für dessen neugegründete zeitschrift ‚werkstatt aspekt 1', wien 1964 (von dieser zeitschrift sind nur drei nummern erschienen). wiederabgedruckt wurde der aufsatz in dem von gerald bisinger herausgegebenen band ‚h. c. artmann, ein lilienweisser brief aus lincolnshire, gedichte aus 21 jahren', suhrkamp verlag, frankfurt am main 1969.
diese erste zusammenfassende darstellung der ‚wiener gruppe', so begrüssenswert sie war, hat auch zu einigen missverständnissen bei rezensenten und literaturhistorikern anlass gegeben; einerseits durch kaum vermeidliche subjektive akzente, andererseits durch die verkürzung auf die zeit der zusammenarbeit mit h. c. artmann. so bleiben ereignisse und fakten unerwähnt, die bayer persönlich weniger betrafen, für die gruppe insgesamt aber bedeutsam und folgenreich waren, wie die kontaktaufnahmen mit eugen gomringer und diter rot (so schrieb er sich damals). bayer hat seinen aufsatz selbst durchaus als vorläufig und ergänzungsbedürftig angesehen und die berechtigung gewisser einwände, die ich machte, mir ohne weiteres konzediert. er animierte mich sogar, sie zu papier zu bringen und als korrekturen aus *meiner* sicht in der nächsten nummer von ‚werkstatt aspekt' zu veröffentlichen. sein plötzlicher tod schien mir ein rechten um details, um formulierungen nicht mehr zuzulassen — ich hätte es wie ein reden in den leeren raum empfunden, dessen stille alles übertönt.
heute, zwanzig jahre später, da die wellen der rezeptionsgeschichte bereits die ‚wiener gruppe' bespülen, finde ich es erlaubt und sogar angebracht, zu dem aufsatz bayers, wo sich aus meiner optik verschiebungen zeigen, im allgemeinen und im besonderen kurz stellung zu nehmen.
konrad bayer verdankte h. c. artmann zweifellos mehr als wir anderen. art-

mann hat bayer gewissermassen entdeckt, ermuntert und — jedenfalls anfangs — merklich beeinflusst; durch ihn lernte ich bayer auch kennen. gab es zwischen artmann und mir schon von vornherein viel gemeinsames — sonst hätten wir uns kaum einander so erfreut genähert —, kam ich mit anderen erfahrungen aus einer anderen richtung. wir trafen uns sozusagen auf halbem weg und vereinigten, zumindest formell, unsere (be)reiche. so empfand ich die anregungen als wechselseitige. tatsächlich hat sich artmanns schreibweise deutlich modifiziert, als sich um 1954 die gruppe aus dem umfeld des wiener ‚art club' zu kristallisieren begann. es ist übrigens heute an den jugendarbeiten bayers, die mir selbst erst nach seinem tod bekannt geworden sind, interessant festzustellen, dass der scheinbar übermächtige einfluss artmanns in wahrheit wenigstens zum teil auf einer übereinstimmung bestimmter interessen und neigungen beruht. ich glaube jedenfalls, dass die auseinandersetzung mit so anderen positionen, wie achleitner, wiener und ich sie damals vertraten, bayer entscheidend half, den einfluss artmanns zu neutralisieren und seinen unverkennbar eigenen stil zu finden.

wenn konrad bayer nun h. c. artmann ins zentrum seiner darstellung rückt, wird das durch das eben gesagte verständlich. sein aufsatz wirkt auf mich oft geradezu wie eine beschwörung der gruppenzugehörigkeit artmanns, und sei es auch nur einer temporären, deren inbrunst die defizite der tatsachen zu begleichen sucht. den nicht zu übersehenden alleingang artmanns nach dem erscheinen seines bestsellers ‚med ana schwoazzn dintn', 1959, beklagte besonders bayer als „verrat" (siehe anmerkung zu ‚qui & qua'), während er für h. c. artmann, den ich eigentlich stets nur mit einem fuss in der gruppe sah, lediglich einen wechsel des standbeins bedeutete. erklärter individualist, hat er wohl — bis heute — mehr freundschaftlich toleriert als aktiv vertreten, zur ‚wiener gruppe' gezählt zu werden. gleichwohl reizte sicher ihr spezifischer konspirativer geruch seine feine witterung zu streckenweiser gefolgschaft. und letztenendes war es wieder bayer, der als erster artmanns eskapaden als quichotteske facetten eines schillernden charakters verklärte. die lösung artmanns von der gruppe wurde nicht vom donner eines dramatischen „sturzes" begleitet (so sehr kann mich da mein gedächtnis nicht verlassen haben), sie vollzog sich eher unauffällig, sang- und klanglos. man sah sich einfach immer seltener — nach einigen jahren war er wieder ganz da (ich denke an berlin).

mehr als fünf seiten von bayers text befassen sich mit der zeit bis 1958, in einer knappen halben seite überfliegt er die letzten sechs jahre. doch gerade die jahre nach artmanns beteiligung waren die am intensivsten gemeinsamen der ‚wiener gruppe'. die zusammenkünfte fanden jetzt noch regelmässiger und ausgiebiger statt, die diskussionen erhielten oft den charakter systematischer arbeitsgespräche und „workshops". gemeinsame unternehmungen und nächtliche streifzüge kamen dabei nicht zu kurz. all das kulminierte in den beiden spektakulären ‚literarischen cabarets', die in manchem vorweg-

nahmen des ‚happening' waren (siehe oswald wiener: das ‚literarische cabaret' der wiener gruppe, in ‚die wiener gruppe / achleitner artmann bayer rühm wiener / texte gemeinschaftsarbeiten aktionen', herausgegeben von gerhard rühm, rowohlt verlag, reinbek, erweiterte neuausgabe 1985). von 1959 bis 1962 entstand — unter anderem — die umfangreichste gemeinschaftsarbeit, die operette ‚der schweissfuss' von konrad bayer und mir, sowie das werkstück ‚SUPER REKORD EXTRA 100' von achleitner und mir; dazu gab es noch zahlreiche gemeinsame veranstaltungen, die schliesslich 1964 in der aufführung der ‚kinderoper' von achleitner, bayer, rühm und wiener gipfelten. sicher war zu diesem zeitpunkt die gruppe nicht mehr „geschlossen", die früher meist „vollzähligen" treffen hatten sich aufzuspalten begonnen. das war auch schon durch äussere zwänge bedingt: wiener hatte einen job, der häufige und längere geschäftsreisen verlangte, er entfernte sich dabei (wie sich später herausstellte: vorübergehend) auch von der literatur; achleitner geriet in den stress allwöchentlicher architekturkritiken für ‚die presse'; ich bereitete ab 1963 meine übersiedlung nach berlin vor, die konrad, der — wie mir schien — das auseinanderbröckeln der gruppe unruhig bedauerte (die aufführung der ‚kinderoper' wäre ohne sein hartnäckiges betreiben kaum noch zustandegekommen), mit gemischten gefühlen verfolgte. — womit lässt sich demnach die knapp halbe seite für diese sechs jahre gegenüber den fünf vollen seiten für die jahre davor begründen? man braucht sich nur des titels besinnen, dann erscheint dieses proportionale missverhältnis erklärt. es gibt aber auch einen ganz banalen grund. bayer bereitete die darstellung der ‚wiener gruppe' — vielleicht auch gerade zu diesem zeitpunkt — schwierigkeiten, wie er mir gestand, und er geriet unter bedrängenden termindruck (womit er übrigens auch entschuldigte, uns entgegen den gepflogenheiten in solchen die gruppe betreffenden fällen das manuskript vor abgabe nicht mehr gezeigt zu haben). mit der beschränkung auf ‚hans carl artmann und die wiener dichtergruppe' machte er einfach aus der not eine tugend.
noch kurz zu drei punkten in der darstellung bayers, die mir in jedem fall korrekturbedürftig erscheinen.
wenn bayer schreibt, achleitner, wiener und ich hätten es abgelehnt in der ersten nummer von artmanns ‚publikationen' zu veröffentlichen, weil wir nicht „in dieser gesellschaft vertreten sein wollten", so stimmt die begründung nicht. wir stiessen uns keineswegs an den autoren, zumindest was mich betrifft, sondern an einem programmatischen aufsatz über das mythologische in der zeitgenössischen dichtung (er stammt von wieland schmied), der geradezu eine gegenposition zu unserer entwarf. eine beteiligung an dieser publikation, so musste von uns befürchtet werden, hätte den eindruck stillen einverständnisses erwecken können — dieser fehldeutung wollten wir uns nicht aussetzen.
zum „sturz artmanns" ist hier noch nachzutragen, dass niemals einer in un-

serer gruppe „die führung“ innehatte oder „übernommen“ hat — bayer selbst hätte einen „führer“ ebensowenig akzeptiert wie wiener, achleitner und ich.
schliesslich hatte der von bayer fast schon genüsslich hochgespielte „ausschluss“, wenn schon, differenziertere gründe. wir diskutierten darüber, wie weit der einzelne in seinem verhalten die gemeinsame strategie berücksichtigen müsse beziehungsweise der gruppe förderlich sein könne. das betraf auch die beteiligung an „gemischten“ publikationen und veranstaltungen und die enge des kontakts zu anderen „cliquen“; dabei kam die porträtierung bayers durch regschek kritisch zur sprache. natürlich ging es nicht um das porträtiertwerden an sich, sondern um die person des malers, eines mitläufers der uns schon in ihren exponenten suspekten ‚phantastischen realisten‘. wir meinten, es sei mit unserer künstlerischen moral nicht vereinbar, sich in diesem stil malen zu lassen — um „sitte“ hingegen haben wir uns nie geschert; das ist vielleicht ein feiner, sicher aber ein gewichtiger unterschied. konrad gingen solche „verbote“ entschieden zu weit, er wollte seine handlungsfreiheit nicht in diesem masse einschränken lassen, dann noch lieber einen „ausschluss“ aus der gruppe in kauf nehmen. den nahmen wir an, und konrad ging. die szene gewann plötzlich etwas unwirkliches, tragikomisches. schon am darauffolgenden tag wurde sie kurz belacht und dann vergessen, die zusammenarbeit ging ungebrochen weiter. bayer hat übrigens, wie ferry radax berichtet (in ‚protokolle ’83 / Zeitschrift für Literatur und Kunst‘, wien münchen), das beanstandete porträt wie in einer „explosion“ zerstört.
wer sich über ‚die wiener gruppe‘ näher informieren möchte, sei auf den gleichnamigen band im rowohlt verlag (siehe oben) verwiesen.

2/8 *fleur de lis* (titel nur in einem werkverzeichnis), eine der wenigen sorgfältigen reinschriften bayers, geht auf eine mehrseitige unausgearbeitete und von ihm verworfene märchenhafte erzählung (beziehungsweise auf verschiedene ansätze einer solchen) zurück, in der — neben dem ceremonienmeister — noch eine reihe anderer personen eine rolle spielen. der abdruck dieser vorbildern nachfabulierten und in mehrere handlungsstränge zerlaufenden vorstufen wäre sicher nicht im sinne bayers und bestenfalls in einem materialienband am platz.

2/10 *eben wollte der kutscher wegfahren.* typoskript ohne titel. an eine ältere fassung des textes, die bis auf einen in der letztfassung gestrichenen absatz von dieser nur geringfügig abweicht, hat bayer (allerdings in klammern) handschriftlich nach dem satz „und als er nun genauer in den garten blickte, bemerkte er auf einem feldbette eine schlafende, ausserordentlich schöne frau." folgende schlusspassage hinzugefügt:

und der kerl mit dem messer war der könig
und die frau auf dem feldbett war die königin
und der kleine dicke mann war der onkel des königs
und der kutscher im bett war der bruder der königin
und die tochter des kutschers war die nichte des königs
und die fee war die tochter des kleinen dicken mannes
und die sänger waren die neffen des kutschers
und der abend und der feldstein waren geschwister
und wenn sie nicht gestorben sind, dann leben sie noch

2/11 *aus: „call it glory" ein künstlerleben* — dieser titel steht im typoskript, nach grösserem abstand, *unter* dem text. ob es sich dabei um einen zyklus mit noch weiteren texten handelte oder handeln sollte, ist ungewiss.

2/11 *das märchen von den bildern.* hubert aratym: bühnenbildner und maler aus unserem kreis; café hawelka: unser letztes wiener stammcafé in der dorotheergasse; gänsehäufel: eines der ältesten und beliebtesten strandbäder wiens, an der alten donau; wiener kurier: bekannteste wiener tageszeitung; herr theo: beliebter ober im café hawelka; kaufhaus gerngross: eines der grössten wiener kaufhäuser, in der mariahilferstrasse; mannerschnitten: wiener süssigkeit; friedrich achleitner: siehe vorwort.
‚das märchen von den bildern' hat bayer in einem werkverzeichnis als in der deutschen zeitschrift ‚Neues bilderreiches Poetarium' publiziert angegeben; tatsächlich erschien es da erst nach seinem tod, in der doppelnummer IV/V, 3. jg. 1965, mit einem kurzen nachruf von ernst jandl.

2/12 *ferdinandlein.* die reinschrift, im unterschied zu einer früheren fassung des textes in konventioneller grossschreibung, wahrscheinlich eine formale konzession an die zeitschrift ‚wort in der zeit', wo der text in heft 9, 1964, zu-

sammen mit ‚nkole', ‚georg, der läufer' und ‚thorstein' (ebenfalls, hier abweichend vom typoskript, in grossschreibung gedruckt!) unter dem sammeltitel ‚Aus: 26 Namen' erschien (siehe anmerkung zu ‚26 namen').
in einem werkverzeichnis gibt bayer das entstehungsjahr mit 1958 an (auf der titelseite der reinschrift: 1957).

2/17 *triumph.* in einem werkverzeichnis von bayer als „montage aus einem moewig-50pfennig-roman" bezeichnet. publiziert in einer noch nicht endgültigen fassung in der damals von h. c. artmann herausgegebenen zeitschrift ‚publikationen', 2 / juni 1957. leider liegt mir die endfassung (ihr folgt der abdruck) nicht mehr vor — in den stössen der bereits gedruckten und mir erneut zur verfügung gestellten skripte war sie nicht mehr vorhanden (wahrscheinlich ist sie, mit anderen skripten, bei einem brand im archiv des rowohlt-verlages vernichtet worden). neben einer abschrift (?) des textes aus den ‚publikationen', die vermutlich nicht von bayer stammt (sein name über dem titel von fremder hand, ebenfalls die rätselhaften seitenzahlen 110 [titelseite], 112, 114 und 113 [!], über 113 steht 21, ganz untypisch auch die publikationsangabe mit vollem datum auf jeder seite), existiert noch eine ältere fassung. bayer hat sie zerrissen und zerknüllt, später wieder glattgestrichen, notdürftig geklebt und mit verbesserungen (kugelschreiber) versehen, die nun auch die publizierte fassung betreffen — die verbesserungen müssen also nach der publikation vorgenommen worden sein. „für einen gigolo", unter der wiederholung des ersten satzes auf blatt 3, ist durchgestrichen und dafür mit doppelpunkt und kleinem abstand über die vier zeilen des folgenden blattes gesetzt; das letzte blatt beginnt (wie auch in der publikation) wiederum mit „für einen gigolo" (jetzt ohne interpunktionszeichen) unmittelbar über dem ersten textblock. die verbesserungen betreffen vor allem das satzbild: „aber herr steiner!" sollte eine eigene zeile bilden; nach „ich dürfte eigentlich garnicht" sollte die fortsetzung „die sterne ..." genau eine zeile tiefer weiterlaufen, ebenso an der stelle „befreien den spitzenshawl..." nach „vier reizende bardamen und der farbige mixer jonas". da nun keine vergleichsmöglichkeit mehr mit der endfassung besteht und es in ihr auch kleinere abweichungen gegenüber dem verbesserten älteren typoskript geben muss (zum beispiel steht hier, wie in der zeitschrift, der letzte satz im präsens), habe ich von korrekturen abgesehen, lediglich drei fehlende schlusspunkte nachgetragen und die beiden in der vorigen ausgabe kursiv gedruckten zeilen dem typoskript entsprechend gesperrt setzen lassen, da nur so die bildhafte anspielung auf die „mollige figur" (auch im typoskript und in der hektografierten zeitschrift ‚publikationen' sind die wörter dieser zeile nicht voneinander abgesetzt) erhalten bleibt.

2/21 *kriminelle ansätze.* nach der veröffentlichung in der zeitschrift ‚wort in der zeit' 2, 1964, nahm bayer an dem text noch korrekturen vor, die er in ein älteres typoskript eintrug (die reinschrift für ‚wort in der zeit' scheint verloren gegangen zu sein). ich griff auf dieses typoskript mit den letzten korrekturen zurück, wobei ich abweichungen der publizierten fassung berücksichtigte, die nachzutragen bayer wahrscheinlich vergessen hatte.

2/26 *nachtrag zu ‚kriminelle ansätze'*. es haben sich einige typoskriptseiten gefunden, aus denen zwar nichts in ‚kriminelle ansätze' auftaucht, die aber zweifellos mit diesem text zu tun haben. möglicherweise handelt es sich dabei um überbleibsel eines älteren, nicht mehr vorhandenen umfangreicheren skripts, die er in einer später gestrafften gestalt des textes nicht mehr unterbrachte. dafür könnte auch die handschriftliche notiz auf einem beiliegenden angerissenen blatt sprechen:

ophelia
(kapitelüberschriften)
(das erste heisst: kriminelle ansätze)

oder sollte es sich beim „nachtrag" um fortsetzungsversuche der ‚kriminellen ansätze' handeln? vielleicht unter dem übertitel ‚ophelia'? jedenfalls hat bayer die ‚kriminellen ansätze' stets als einen selbständigen text betrachtet und als solchen in werkverzeichnissen angeführt. bei seiner häufigen wiederverwendungspraxis schliesst eines das andere nicht aus.
die fünf typoskriptseiten dieser von mir als „nachtrag zu ‚kriminelle ansätze'" bezeichneten textteile sind von 1 bis 3 mit schreibmaschine numeriert. seite (blatt) 2 ist nach dem satz „vielleicht habe ich den verstand verloren." mehr als zur hälfte freigeblieben. zwischen seite (blatt) 2 und 3 sind die je auf einem blatt mit kräftigerem farbband getippten textstücke „ophelia lag neben dem körper" und „lorenzoni heulte auf" eingeschoben. der name „ophelia" ist handschriftlich über die durchgestrichene „ida" geschrieben, während der name „lorenzoni" unverändert blieb.

2/31 *der geflitterte rosengarten* erschien in der deutschen zeitschrift ‚Neues bilderreiches Poetarium' 2, 1964. das originalskript der endfassung ist nicht mehr vorhanden, statt dessen der durchschlag eines von bayer verbesserten typoskripts, das von mir unbekannter hand die bezeichnung „2. version" trägt und von derselben dem abdruck entsprechende korrigierende eintragungen enthält.

2/33 *wie das zepter der menschen* und *die kleider eines russigen nach einer bergwerksbesichtigung* sind in dieser reihenfolge in der zeitschrift ‚manuskripte' 21, 1967 erschienen. da kein skript bayers mehr vorhanden ist, sind mir die beiden texte in der vorigen ausgabe entgangen. in absatz 15 von ‚die kleider eines russigen ...' steht in ‚manuskripte' „fast *versucht* er mit seinem einhuf lärm"; wie häufig in dieser zeitschrift kann es sich auch hier nur um einen druckfehler handeln und muss wohl richtig „verursacht“ heissen. ob der doppelpunkt hinter dem titel von bayer stammt, lässt sich ohne originalskript nicht entscheiden.

2/34 *franz* erschien in der deutschen zeitschrift ‚texturen‘ 7, 1963. eine erweiterte fassung dieses textes, die in den ‚sechsten sinn‘ aufgenommen werden sollte, ist im ‚nachtrag zum sechsten sinn‘ abgedruckt.

2/36 *jesus.* siehe anmerkung zu ‚une show royale‘.

2/39 *fut und ebbe.* ich erinnere mich, wie mir bayer mit freudiger genugtuung erzählte, er habe mit einem (café) hawelka-besucher vereinbart, ihm für den preis von 100 schilling einen text zu machen und das signierte skript zu überlassen — warum sollten nur die maler ihre arbeiten privat verkaufen können? um seinen kunden auch sicher zufriedenzustellen, wählte er als thema die „fut“; er hat zufriedengestellt und kassiert.
der letzte absatz geht auf einen ursprünglich selbständig stehenden kurzen text zurück, den ich hier vollständig zitiere:

> lesen das kannst du du dummes tier hast du nichts besseres zu tun hast du keine arbeit was ist los mit dir mach etwas nützliches wie kommst du dazu zu lesen zeit verschwenden hör auf zu lesen ich mach dich aufmerksam dass meine geduld zu ende geht leg das buch weg du darfst auch schlafen du sammelst dabei kräfte für morgen und kannst mehr und besser arbeiten. aufhören du schwein sofort zu lesen hast du verstanden. kannst du nicht lesen. idiot. aufhören. zu lesen aufhören. warte nur. ich werde dich noch dazu bringen du elendes verdammtes schwein.

2/40 *seit ich weiss* existiert in zwei sauberen typoskripten: das eine in konventioneller grossschreibung, unten mit namen, adresse und der jahreszahl „1958“ versehen; das andere gleichlautend, nur in kleinschreibung, unten mit der handschriftlich nachgetragenen jahreszahl „59“, über dem text (hier fehlt der titel) stehen von fremder hand angaben für den setzer. in einem werkverzeichnis hinter dem titel (nachträglich hinzugefügt) „leserzuschrift“ — sollte bayer diesen text später als solche getarnt für seine ‚konrad-bayer-zeitung‘ vorgesehen haben?

2/41 *der verspätete geburtstag,* publiziert in der zeitschrift ‚manuskripte‘ 10, 1964. bayer selbst hatte den text auch noch der deutschen zeitschrift ‚die sonde‘ zugeschickt, wo ‚der verspätete geburtstag‘ kurz nach seinem tod erschien (vierter jahrgang, 1964, doppelheft 3/4). bayer hat diesen text mit ‚triumph‘, ‚ein ausruf franzens‘ (siehe ‚sechsundzwanzig namen‘) und ‚gertruds ohr‘ auf einem einzelblatt unter „montagen“ angeführt — zwei ausgeklügelte konstruktionsskizzen weisen zudem auf ein komplexes formales konzept hin.

2/48 *das findelkind.* typoskript ohne titel, doch findet sich dieser in einem werkverzeichnis — er kann sich auf keinen anderen text beziehen.

2/48 *die birne* erschien in der von konrad bayer herausgegebenen zeitschrift ‚edition 62' 2, 1962, (es erschienen nur zwei nummern) und in der deutschen zeitschrift ‚akzente' I, 1964, zusammen mit einigen abschnitten aus dem roman ‚der sechste sinn' unter dem gemeinsamen titel: ‚aus: der sechste sinn'. bayer, der bei der tagung der ‚gruppe 47' im november 1963 in saulgau mit der lesung der ‚birne' besondere zustimmung fand (sie gab auch den anstoss zum vertrag mit heinrich maria ledig-rowohlt), plante, den text in den ‚sechsten sinn' einzubauen. in das vorliegende skript des ‚sechsten sinns' ist er noch nicht integriert worden.
die reinschrift der ‚birne' ohne punkt am ende — da jedoch der druck der ‚edition 62' von bayer selbst überprüft wurde und auch beim abdruck in den ‚akzenten' ein schlusspunkt steht, habe ich mich hier an die druckvorlage gehalten.

2/50 *gertruds ohr* erschien in der zeitschrift ‚eröffnungen' 13, 1964.

2/55 *mutationen.* es existieren nur ‚mutationen' 2, 4, 5, 6, 7; neben dem titel ‚mutationen 6' ist mit handschrift hinzugefügt „oder ketten 2", über der letzten mutation steht in maschinenschrift „ketten 3 oder mutationen 7". auf einem extrablatt steht (unterstrichen) als haupttitel ‚mutationen' und, in form eines verzeichnisses, untereinander: ‚karl ein karl', ‚mutationen 2', ‚mutationen 4' und (nach einem etwas grösseren abstand) ‚mutationen 3 (summarische biografie)'. ob diese texte fortgesetzt und in welchen rahmen sie gestellt werden sollten, lässt sich nicht mehr feststellen. eine grosse „summarische biografie" hat bayer jedenfalls in seinem ‚kopf des vitus bering' erbracht. die ‚mutationen' wirken daneben gewissermassen wie konzentrate des prinzips, die eine eigene form gefunden haben.

2/57 *wenn die junge riesin in die stadt kommt.* manuskript, das mit seinen streichungen (auch der titel ist durchgestrichen) nach rohzustand aussieht, vielleicht auch fragmentarisch ist. auf der rückseite des zweiten blattes die eingekreiste notiz „jemand will blumen im pfandleihhaus versetzen". das motiv der „jungen riesin in der stadt" wird in dem stück ‚die pfandleihe' kurz angetippt, doch ist „die junge riesin" ein bild, das bayer immer wieder beschäftigte — auch bei der gemeinsamen arbeit an der operette ‚der schweissfuss' (bayer/rühm, 1959—62) kam er darauf zurück und schlug vor, einmal riesenbeine über die bühne wandern zu lassen.

2/58 *stich zu, bruder.* bruckstück? typoskript ohne titel.

2/58 *damals waren wir eins.* diesem textansatz (ohne titel) folgen mit kleinem abstand noch die formulierungen:
ich beeilte mich, den ball zurückzubringen.

das heisst ich nahm an, dass das zeug aus dem garten unseres nachbarn gekommen war.

ich hätte natürlich wissen müssen, was dabei herauskommt.
ich besitze einen gewissen weitblick.
aber ich konnte mir nichts darunter vorstellen. unter weitblick.

verschonen sie mich mit ihren vorwürfen.
was hätten sie getan.
also, ich werde versuchen ihnen die geschichte zu erklären.
vor allem weil ich annehme, dass diese herren holz für einen scheiterhaufen zusammentragen, auf dem ICH brennen soll.

ich hatte mich also von meiner frau getrennt und war entschlossen neu anzufangen, keine freunde, ohne weiber etc.

2/59 *wenn es etwas gibt* steht (ohne titel) unter ‚damals waren wir eins' (siehe oben), auf dem blatt optisch deutlich abgesetzt. ob diese textabschnitte in einen grösseren zusammenhang gestellt werden sollten, ist zweifelhaft.

2/59 *oper.* über dem typoskript steht handschriftlich „oper" — es ist nicht ganz ausgeschlossen (wenn auch wenig wahrscheinlich), dass es sich nur um eine wortnotiz ohne bezug auf den text handelt.

2/60 *vielleicht wäre alles anders geworden.* typoskript ohne titel. bruchstück? fragment?

2/61 *die weissen und die schwarzen knochen.* zuerst streichungen innerhalb des textes, schliesslich alles durchgestrichen. ausnahmsweise weiche ich hier von der regel ab, in die werkausgabe keine annullierten texte aufzunehmen, da ich meine, dass ein abdruck qualitativ durchaus gerechtfertigt ist, auch wenn einzelne sätze — es handelt sich um eine montage — in anderen zusammenhängen auftauchen.

2/62 *über die liebe.* ein längerer absatz und ein abgesetzter schlussatz gestrichen. es handelt sich offensichtlich um einen älteren text, den bayer später zurechtgestutzt und mit einem ironisierenden titel versehen hat. unten steht ‚aus der serie: ewige werte', beziehungsweise ‚qui und qua' — ‚ewige werte' mit bleistift gestrichen und durch ‚15 unangenehme geschichten' ersetzt.

2/62 *monolog des spulwurms.* siehe anmerkung zu ‚das wasser steigt'. kein titel.

2/63 *als er die tür öffnete.* kein titel, handschrift auf halb abgerissenem blatt. könnte der art nach für den ‚sechsten sinn' bestimmt gewesen sein, lag aber nicht in der mappe der dafür in erwägung gezogenen texte.

2/63 *er ging.* reinschrift (rest des blattes frei), kein titel.

2/63 *als der admiral zurückkehrte.* bayer hat ein älteres, abgebrochenes (oder teilweise vernichtetes) manuskript bis zum zweiten absatz („aber der admiral hatte den ozean überquert") beibehalten, von da an auf einem neuen blatt anders fortgesetzt und zum abschluss gebracht. kein titel.

2/65 *das zimmer des admirals.* schwer leserliches, durch papierbeschädigungen (höheres format) stellenweise nicht mehr rekonstruierbares bleistiftmanuskript. die abfolge der textabschnitte ist zumindest an einer stelle nicht ganz klar. offensichtlich in grösseren zeitabständen geschrieben (unterschiedlicher duktus der handschrift). pauschale, stichwortartige inhaltsangaben sollten wohl noch ausgearbeitet, eingestreute gedanken vielleicht in die handlung integriert werden. durch eine korrektur in der seitennumerierung sind die folgenden zeilen (über dem abschnitt „die sinne haben den gleichen nenner. bilder hören. musik sehen. fallweise tastsinn.") im textverlauf nicht unterzubringen:

> periode am thunersee verwenden. fernrohr, ruderboot, insel, scheissen, bootsausflug mit ferry, anlegstation, rasieren, badehose. kochen. bootsangriff mit flagge, 2 dienstmädchen (don quichotte) schloss, schwäne.

2/69 *der schwarze prinz* wurde eine entscheidende vorarbeit zum ‚kopf des vitus bering' — grosse teile des mehrseitigen, bruchstückhaften typoskripts ohne erkennbaren schluss hat bayer in den ‚vitus bering' übernommen, so dass sich für ihn ‚der schwarze prinz' als selbständiger text erübrigte. den ungeordneten blättern liegt jedoch auf einem doppelblatt eine kürzere durchlaufende fassung bei (als endgültig kann man sie gleichwohl nicht bezeichnen), mit grösseren passagen, die sich im ‚vitus bering' nicht finden. diese fassung ist hier abgedruckt. — ich erinnere mich noch deutlich an unsere debatten, als mir konrad den ‚schwarzen prinzen' zeigte (war es diese fassung?) und ich den titel als zu symbolistisch beanstandete. wollte er sich zu einer entweder neutraleren oder, andererseits, konkreteren namensgebung auch nicht bekehren lassen, schien er doch etwas verunsichert und liess den text erstmal liegen. nach geraumer zeit, vielleicht einigen jahren, teilte er mir mit, aus dem ‚schwarzen prinzen' sei nun ‚vitus bering' geworden und er habe begonnen, den text vollständig umzuarbeiten und wesentlich zu erweitern. — auf die titelseite des ‚schwarzen prinzen' hat bayer schon einige stichworte notiert, die um vitus bering kreisen: „vitus bering / von konrad bayer gefunden / expedition" (umrahmt:) „summarische erzählung!! / andere geschichte, viele biographische daten zu einer person verarbeiten / gesammelt von konrad bayer" (ein hinweis auf die montage-technik!) „verschiedene personen rücksichtslos einsetzen auch nennen, zusammen geben sie eine abfolgende handlung einer nichtexistierenden person / bayer's kleine weltgeschichte / die grosse rechenmaschine / der kopf des vitus bering". dominik steiger hat die hier abgedruckte fassung in nr. 1, 1. jg. 1976 seiner zeitschrift ‚NER-

VENKRITIK‘ (es erschienen nur wenige nummern) als faksimile des typoskripts wiedergegeben.
ich teile hier noch einen fragmentarischen szenischen entwurf mit, der offensichtlich im umkreis des ‚schwarzen prinzen‘ steht:

2. akt
der mensch oder ein meister der verwandlung
ich lebt mehrere jahr im elend nun hab ich es satt.
geht der rock in die höhe, so dürfen die herren ihre zustimmung laut äussern. wenn der rock nicht in die höhe geht, so darf einer der herren den rock mitnehmen, wenn er sich vordem dazu angemeldet hat.
ist die dame allein, so versteht es sich von selbst, dass ein gehilfe mitgenommen wird, worauf noch einmal herumgefragt wird, ob jemand den mut hat, die angelegenheit in aller öffentlichkeit zu bereinigen.
wer ihr zur linken hand sitzt, erklärt sich zuerst, dann steht es dem zunächst sitzenden frei, sie an einen dritten weiterzugeben. wenn die dame ihren rock aufdeckt, hat sie auf jeden fall gewonnen und der ihr zunächst sitzende weiss, dass er es unbedingt machen müsste. man trachte vor allem, neben der dame zu sitzen. sitzt man hinter ihr, so versuche man, eine hohe banknote zu ziehen, weil dadurch die freude grösser wird. man darf nicht allein auf den rock aufpassen. dies ist das oberste gebot und verdient beachtet zu werden.
3. akt
wenn man nicht weiter kann hört man einfach auf
die füsse schützen ledersandalen und das haupt lederne helme.
die vergeltung ist wie man weiss nicht ausgeblieben.
die herren wurden gerufen, die sich dann auf einem bestimmten platz trafen. es waren meist vornehme herren, aber die anstrengungen waren so gross, dass sie ihnen sterbend erlagen. die damen des königs stiessen den durch fasten und schlaflosigkeit geschwächten ihre zugespitzten messer mit den ausgezackten klingen durch das fleisch, worauf holzpflöcke von fingerstärke durch die wunden geschoben wurden. dann liessen sie vom dach des reichverzierten königlichen palastes einen strick herab, den man an den pflöcken befestigte, damit sie frei baumeln konnten. war alles soweit gerichtet, so drehte man die bedauernswerten herren um sich selbst, anfangs langsam, dann immer schneller, bis sie das bewusstsein verloren und regungslos an den stricken hingen, den kopf nach vorne und die zunge weit aus dem mund. hierauf wurde ihnen der kleine finger abgehackt. dann wurden sie an den stricken aufgezogen und gingen nach hause, wo ihre wunden verbunden wurden.

2/73 *einbahn.* erster entwurf mit streckenweise noch pauschalem handlungsablauf. „jandl“ bezieht sich wohl auf den vater ernst jandls, der beamter in der selben bank war, in der bayer vorübergehend eine anstellung hatte. das typoskript enthält noch die arbeitshinweise: „weiter spannen. nicht so eng. am punkt gehen. asoziale elemente die sich festnageln, schanghaien von wichtigen personen. / auch einbahnroman (wesentlich detaillierter!) schreiben, candide-stil". dachte er auch an eine dramatisierung? auf einem blatt steht: „für einbahn letzter akt / ja wir wollten gegen den strom schwimmen / bedürfnislosigkeit / wozu sparen / wozu arbeiten / wozu ware / wozu umsatz". ein bruchstück, das sich unter verstreuten einzelblättern fand und vermutlich dem offenbar älteren und nicht wieder aufgegriffenen projekt ‚einbahn' zuzuordnen ist, sei an dieser stelle zitiert:

> ich habe georg getroffen. er ist mein vetter. wir sind beide arbeitslos. er bestellt einen hennessy, ich trinke john haig. ich trinke john haig pure. georg vermittelt mädchen. er hat einen koffer mitgebracht. der andere koffer steht neben meinem sessel. wir sitzen in einem kleinen espresso am donaukanal. es ist 23 uhr 50. es gibt keine zigaretten mehr.
> ich bin 4 jahre alt und meine mutter sagt mir, dass ich ein strumpf sei. ich halte das für ausgeschlossen. sie beruft sich auf ihr alter. sie kann mich nicht überzeugen. ich sitze auf der kohlenkiste. „sind sie in einer kohlenkiste aufgewachsen?" fragt herr halbritter. er ist abteilungsleiter einer wiener grossbank. ich kann mich nicht mehr erinnern.
> georg ist 22 jahre alt. wir haben uns heute in eine wiener grossbank eingeschlichen. wenn man die treppe zum stahlschrank hinunterschleicht, kann man die stelle unter der treppe nicht erkennen. der direktor und der oberbeamte halbritter tragen eine zinnblechkassette über die treppe.
> es ist weihnachtszeit. georg und ich schlagen den direktor und herrn halbritter von hinten mit bleigefüllten gummischläuchen nieder. wir öffnen die kassette mit hilfe eines messers. die kassette enthält einen betrag von S 4,780.000.–.

2/76 *die wand.* etwas modifizierte und gestraffte fassung einer autobiographischen zustandsbeschreibung ohne decknamen. beide typoskripte ohne titel. bayer hatte 1957 oder 1958 für einige zeit die wohnung des längerfristig verreisten befreundeten malers hubert aratym bezogen, wo übrigens auch die gemeinschaftsarbeit von achleitner, bayer, rühm und wiener ‚kinderoper' entstand (siehe ‚die wiener gruppe', rowohlt verlag).

2/78 *aus dem geheimen leben des j. c.* noch unausgearbeitetes, offensichtlich fragmentarisches typoskript. namen von personen und örtlichkeiten uneinheitlich, zuweilen alternativangebote, oft ganz ausgespart — auch im text einige leerstellen.

2/81 *von nun an.* typoskript ohne titel, oben von fremder hand anweisungen für den setzer — war auch dieser text für die ‚konrad-bayer-zeitung' vorgesehen?

2/82 *romanze.* die hier halbfett hervorgehobenen wörter „da / sah / er / sie" im typoskript rot getippt. – dieser bemerkenswerte text fand sich erst vor kurzem in einer mappe für (meist ältere) texte und skizzen, die bayer zur aufnahme in den ‚sechsten sinn' in betracht gezogen hatte. da die ‚romanze' auch durch die betitelung als eigenständige arbeit ausgewiesen ist, habe ich sie in den prosateil aufgenommen.

2/84 *das fahrrad.* dieser text ist eine eigene spielart bayers von dem kurz zuvor entstandenen gemeinschaftstext (bayer/rühm) ‚versuch einer mustersternwarte'; sind dort drei hauptwörter („der mann", „die frau", „das bild"), ist hier nur eines, „das fahrrad", verwendet.

2/86 *karl ein karl* erschien in der zeitschrift ‚manuskripte' 5, 1962.

2/89 *signal, stadt* und *flucht* gehen im prinzip auf vorarbeiten (sammlungen von
2/93 wortverschränkungsversuchen in wort- und satzbildungen) zu ‚bräutigall &
2/94 anonymphe' zurück; sie erproben eine spezifische entfaltungsform der „wortketten" (wie bayer sie selbst nannte). in der abschrift eines briefes an georg bense, den herausgeber der zeitschrift ‚abschnitte', schreibt bayer zu ‚signal':

> ich schicke ihnen unter dem titel signal einige zusammenhängende in der abfolge geordnete wortketten denen ein geschehen zugrundeliegt. dabei ist es nicht notwendig es in seinen details zu erkennen. ich habe versucht das gedankenstenogramm des täters zu entwerfen in ein fremdes gehirn einzudringen. ich wollte die gedankenbilder in ihrer zähflüssigen verbindung zeigen ‚das was er davon hatte' und keinen objektiven tatbestand.

‚signal' wurde in der von konrad bayer herausgegebenen zeitschrift ‚edition 62' I, 1962 (nur zwei nummern erschienen), ‚stadt' in der zeitschrift ‚werkstatt aspekt I', 1964, publiziert.

2/94 *flucht.* texte wie ‚signal' und ‚flucht' sind in buchform nicht mehr adäquat wiederzugeben. das brechen der zeilen – ‚flucht' besteht ja überhaupt nur noch aus einer langen zeile – muss hier gewaltsam erfolgen und den lesefluss, wo immer, falsch unterbrechen. die ‚wiener gruppe' hat sich von anfang an über neue, den neuen texten adäquate präsentationsformen gedanken gemacht und in dieser richtung experimentiert. auch bayer, dem die „äussere form" (wir haben sie als eine konsequenz, nie als selbstzweck betrachtet) weniger bedeutete, ist gerade bei der publikation von ‚signal' und ‚flucht' auf diese problematik gestossen und hat sie nicht ohne unbehagen registriert. schliesslich dachte er daran, die ‚flucht' als „rollenbuch" herauszubringen. eine ausstellung ‚mobile elemente' (objekte von bayer, berlewi, buchholz, estenfelder, gosewitz, graaff, haacke, höke, kriwet, ludwig, rühm) in der berliner ‚situationen 60 galerie' 1964 war der aktuelle anlass, der ‚flucht' eine adäquate form zu geben. bayer übertrug die textzeile (mit letrasetbuchstaben) als fortlaufende spirale auf einen zylinder, der sich während der ausstellung auf einer rotierenden scheibe langsam um die eigene achse drehte. von dieser ‚lesesäule' (siehe abbildung), wie bayer sie nannte, übernahm ich den text, der sich von dem in der zeitschrift ‚manuskripte' 8, 1963, publizierten streckenweise unterscheidet. — wenn man prosa im sinne des „erzählfadens" als etwas kontinuierlich lineares versteht, ist konrad bayer mit ‚flucht' die totale prosa gelungen.

2/96 *a o.* mit titelblatt umfasst das typoskript acht blätter im DIN A 5-format. jedes buchstabenfeld steht tendenziell (ungenau plaziert) in der mitte eines blattes. der mit „märz 62" datierte text, im werk bayers eher eine randerscheinung, wurde offensichtlich durch die gewichtigere, 1960 entstandene ‚o-i-studie' von friedrich achleitner angeregt (siehe friedrich achleitner ‚prosa, konstellationen, montagen, dialektgedichte, studien', rowohlt verlag, reinbek 1970).

2/99 *ein und* beginnt und endet unmittelbar am oberen und unteren blattrand.

2/100 *topologie der sprache* betitelt bayer die texte „frau" bis „geld", die mit den ziffern „2" bis „6" durchnumeriert sind; eine nummer „1" fehlt. ich habe den gleichartigen, auch auf gleichem papier getippten text „tau" vorangestellt (in der blattecke handschriftlich mit der seitenzahl „2" bezeichnet) und die auf anderem papier getippten, aber ebenfalls gleichartigen texte „fangarm" und „wind" noch unter dem selben titel angefügt. die nummern „3" bis „6" stehen auf einem blatt untereinander, „6" in zwei durchgestrichenen versionen — die gültige steht handschriftlich daneben. es könnte sich bei diesen texten um vorläufer von ‚bräutigall & anonymphe' und damit auch von ‚signal', ‚stadt' und ‚flucht' handeln; angeregt wurden sie offensichtlich durch meinen anfang 1957 entstandenen text ‚anna' (siehe gerhard rühm ‚fenster — texte', rowohlt 1968).

2/104 *der sarg im gras* steht, handschriftlich in blockbuchstaben, auf einem blatt mit magischen buchstabenquadraten wie

T A R O T
A R O M A
R O T O R
O M O R O
T A R O T

oder

S A T O R
A R E P O
T E N E T
O P E R A
R O T A S

2/105 *was?ist?* typoskript ohne titel.

2/107 *sonntag-samstag* hat konrad bayer unter ‚sonntagsüberfluss' mit dem entstehungsjahr „59" in einem werkverzeichnis angeführt und als „vorstadium für signal und bräutigall & anonymphe" bezeichnet. einige angaben von fremder hand für den setzer deuten darauf hin, dass dieser text zur publikation vorgesehen war (möglicherweise in der von ihm geplanten ‚konrad-bayer-zeitung').

2/107 *nahebeinander.* es scheint sich hier um ein als eigenständig betrachtetes absprengsel von ‚signal' zu handeln.

2/108 *differenzen.* zwei typoskriptblätter (gleiches papier), mit dem selben abgenutzten farbband getippt. das erste blatt trägt den titel ‚differenzen', darunter steht der text ‚garnhandlung', der rest der seite ist frei. ‚garnhandlung' bezieht sich auf den volksaufstand in ungarn 1956 — der titel kann hier also auch inhaltlich verstanden werden. auf dem zweiten blatt wird versucht, auf diese weise noch weitere texte herzustellen; zuerst die zwei zeilen:

neugier igor osten orden nochmehr arbeit
neu: gieRIG(OROS) tenor dennoch mehrarbeit

dann, nach einem grösseren abstand, ein neuer ansatz:

sEINE schWACHE hANd geRECHTER wEISe verSCHOLLEn. mAN KOMMT HEUTE MIT ACHTungsvollen vergLEICHEN

die beiden letzten wortbildungen waren vermutlich auslöser für den zwar noch im überarbeitungszustand (durchixungen und handschriftliche verbesserungen) befindlichen, aber zu einem ende gebrachten text ‚ACHTung!', der — etwas abgesetzt — darunter steht.

2/211 *prosa.* dieser titel steht unmittelbar (keine leerzeile) über dem text; unten die handschriftliche modifikation „p - rosa" (oder „p-rosa"), offensichtlich später als alternativtitel notiert.

2/113 *sechsundzwanzig namen.* eine sammlung verstreuter kurzgeschichten von 1953—59, geordnet nach einer namensliste von a—z, wobei die ursprünglichen titel (und namen) oft entsprechend korrigiert wurden. unter dem sammeltitel steht „1952—59", was mir auf einem irrtum zu beruhen scheint (schwankende nachdatierungen früher texte gibt es bei bayer öfters); nicht alle geschichten sind datiert, die frühesten, ‚herostrat', ‚vathek' und ‚yasmin', tragen die jahreszahl 1953. einige geschichten standen noch zur wahl, darunter ‚ferdinandlein' als alternative zu ‚ein ausruf franzens', die andern tauchen im ‚sechsten sinn' wieder auf. die liste der namen, die bayer verwenden wollte, stand fest, ein paar texte waren aber noch nicht (oder nicht eindeutig) zugeordnet — das nahm ich vor, so dass der zyklus nun abgeschlossen ist. da es sich zum teil um die frühesten prosaarbeiten bayers handelt, gibt es hier besonders viele voneinander abweichende fassungen. ich habe jeweils die ausgewählt, die ich für die letzte hielt, in zweifelsfällen nach eigenem gutdünken entschieden. — zu den titeln: ‚bertram' ursprünglich ‚märchen'; ‚detlev' (handschriftlicher vermerk „umarbeiten!!") ursprünglich ‚der menschenfresser oder die krähe'; ‚ein ausruf franzens' von bayer in einem werkverzeichnis als „montage aus einem geschichtsbuch" bezeichnet; ‚vom ludwige' ursprünglich ‚der mutwillige mensch'; ‚die dankbare walpurga' ursprünglich ‚von der dankbarkeit'.

‚georg, der läufer', ‚nkole' und ‚thorstein' veröffentlicht in der zeitschrift ‚wort in der zeit' 9, 1964.

2/135 *der vogel singt* beruht auf einem komplizierten (mathematischen) konstruktionsplan, den im kern oswald wiener zumindest mitentworfen hat (es sollte ursprünglich eine gemeinschaftsarbeit werden). — auf das titelblatt eines älteren typoskripts hat bayer handschriftlich unter ‚der vogel singt' hinzugefügt:

eine dichtungsmaschine in 571 bestandteilen
mit ergänzendem bauplan (in vielen farben)

die zweite zeile ist gestrichen und sollte anscheinend durch „+ 1 auswertung" ersetzt werden.

nach kleinem abstand folgt noch (nachträglich eingeklammert):

entworfen und in bewegung gesetzt
von konrad bayer 1957/58

zu 58 („58" ist durchgestrichen) eine fussnote (eingeklammert) „58 wurde der bauplan beendet! text 57". — der bauplan, von bayer ‚zeittrompete' betitelt, liegt als vierfarbige (luft-erde-feuer-wasser) konstruktionszeichnung bei; sie sollte — wohl noch etwas genauer ausgeführt — bei einer publikation im anschluss an den text reproduziert werden (durchschaubarer wird die textstruktur durch sie allein allerdings nicht).

anlässlich einer lesung des textes hat bayer an den veranstalter einen brief geschrieben, in dem er einige erläuterungen gibt:

die annähernde konstruktion sieht folgendermassen aus:
in einheiten (bestandteile):

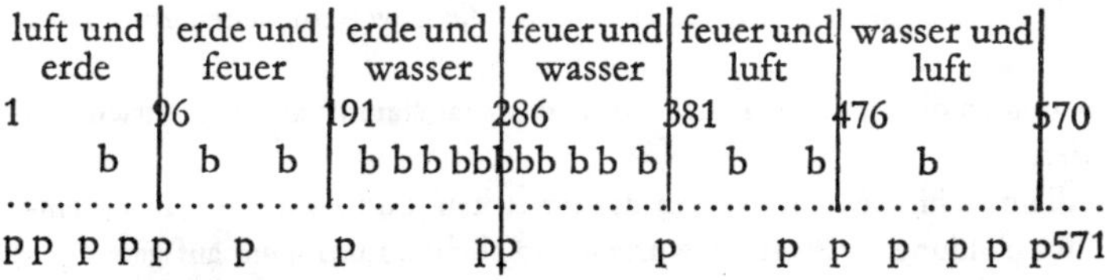

die handlung hat sich aus der konstruktion entwickelt, zeit und raum in der handlung werden durch die entsprechenden umstandsworte dargestellt, welche sich auf die ihnen vorgeschriebenen einheiten beschränken, z. b.

jede 10. einheit (kann satz, satzteil, wort, silbe, laut oder satzgruppe sein) trägt den vermerk R, wodurch ich gezwungen bin, in dieser einheit den raum mit hilfe seines umstandswortes auftreten zu lassen. die reihe 10, 20, 30, 40 ist nur ein vergleich, ich habe die tatsächliche reihe im augenblick nicht greifbar. es wurden aber nicht nur derart einfache reihen verwendet, sondern z. b. auch reihen, die sich wieder auf o zurückführen und dadurch irgendwo, wo es eben die reihe ergibt, in der handlung ausscheiden. dies gilt z. b. für die figur des gegenspielers, der als ameise, hund, 2 akkordarbeiter auftritt.

die zeit in der handlung wird ebenfalls in einer reihe mit dem umstandswort dargestellt. dasselbe gilt für weise, grund, aussage, mass. um dem hörer oder leser die wirklich gelesene zeit greifbar zu machen, erfolgt in jedem 43. bestandteil (satz) eine zeitfeststellung: es ist eins etc. nach dem satz: es ist zwölf (nach 43 sätzen genau) folgt der satz: es ist eins, womit die schon fast eingefrorene handlung wieder in schwung kommt.

für konstruktion (ungefähr): p für poetisches element
b für banales element (unregelmässige reihe)

auf grund meiner aufstellungen, nachdem ich sämtliche reihen eingezeichnet hatte, ergaben sich 171 vorgeschriebene einheiten und 400 leerstellen, die ich als variable einführte, es kamen natürlich auch überlagerungen zustande, welche ich entweder nach dem recht des stärkeren behandelte, also der intensiveren einheit den vorzug gab, oder sie nebeneinander stehen liess. 171 ist schon ausserhalb des stücks, ebenso der titel.

p. s.: die katastrofe hat sich für mich zwangsläufig in der 95er-einheit feuer und wasser ergeben.

die beiden noch folgenden abschnitte führen zu einer immer weiteren abkehr von den äusseren geschehnissen und reduzieren sich auf betrachtung und ganz einfache bewegungen der zentralfigur. in der letzten abteilung steht sie im zufrierenden meer und auch die handlung droht einzufrieren. aber mit der zeitansage „es ist eins“ wird die bewegung wieder ermöglicht, sie löst sich ganz aus dem wasser und fliegt mit dem satz, der auch der 1. satz ist: „er schlägt seine flügel über den wind“, wieder davon.

die p-sätze sind 5 gleichbleibende sätze, die in verschiedenen gruppierungen auftreten.

dazu noch die handschriftliche notiz (das zitat stammt aus dem entwurf des briefes):

die maschine ist ein versuch des menschen, und zwar ein versuch einer nachbildung. nachgebaut wurden natürliche funktionen. auf grund von naturbeobachtung und menschl. schlussfolgerung (naturwissenschaften).

diese poetische maschine ist ein versuch, der in eine ähnliche richtung zielt.

‚der vogel singt‘, der zur publikation im fietkau-verlag zur wahl stand, aber zugunsten des ‚stein der weisen‘ zurückgestellt wurde, sollte (wenn ich mich diesbezüglicher äusserungen bayers recht entsinne) bei gelegenheit nochmals überarbeitet werden — wahrscheinlich im hinblick auf eine bessere durchschaubarkeit des dem text zugrundeliegenden konstruktionsprinzips.

2/157 *der stein der weisen.* publiziert als selbständiges bändchen im wolfgang fietkau-verlag, schritte sieben, berlin 1963 — die einzige buchpublikation eines textes von bayer, die er nicht nur vorbereitet (wie den ‚kopf des vitus bering') sondern auch fertig in die hände bekommen hat. da mir kein skript vorlag, folgt der abdruck dem fietkau-bändchen, das man unter diesen umständen wohl als authentisch betrachten kann.
‚lapidares museum' und ‚die elektrische hierarchie' erschienen in der zeitschrift ‚neue wege' 194/19, 1964. — die ‚heroische geometrie' geht auf einen text gleichen titels aus dem jahr 1954 zurück, der zur gegenüberstellung einer frühen mit einer späten textversion hier mitgeteilt sei.

der held ist nach jeder richtung begrenzt
die grenzen bestimmen gestalt und ehre des helden
der held erscheint und zeigt drei eigenschaften: stil, edelmut und ehre
das schauspiel ist die grenze des helden und hat nur zwei eigenschaften: stil und edelmut
die pose ist die grenze des schauspiels
die pose hat nur eine eigenschaft: stil
die grenzen der pose sind unterbrechungen
die unterbrechung begrenzt die pose oder trennt sie
von einer anderen: sie hat daher keinen stil, keinen edelmut und keine ehre
die unterbrechung ist eigenschaftslos
helden, schauspiel, posen und unterbrechungen sind menschliche creationen. die lehre, die sich mit den ausdehnungen der menschlichen creationen beschäftigt, wird die lehre vom menschen oder theatralik bezeichnet
wo die bewegung anfängt oder aufhört, fällt die grenze der pose.
durch die bewegung der pose wird das schauspiel erweitert
die unbegrenzte pose kann drei stellungen gegen das pathos einnehmen — sie kann das pathos in zwei unterbrechungen passieren, in einer berühren oder das pathos vermeiden
die von zwei unterbrechungen begrenzte pose
hat die definition der geste gefunden
die ausdehnung der bühne ist dergestalt, dass man auf ihr nach allen seiten posen stellen kann
auf einer bühne kann man unzählige posen in eine unterbrechung stellen
eine pose ist durch zwei unterbrechungen vollkommen bestimmt
jedem schauspiel fehlt die ehre
die pose begrenzt das schauspiel oder trennt ein schauspiel vom anderen, sie hat weder edelmut noch ehre

das schauspiel trennt den begrenzten menschen vom unbegrenzten oder den begrenzten menschen von den anderen
das heroische schauspiel wird durch drei posen begrenzt
der held ist ein erweitertes schauspiel
der held ist ein um die ehre erweitertes schauspiel
das heroische schauspiel ist mit dem helden nicht identisch.

im besitz traudl bayers befindet sich ein exemplar der fietkau-publikation, in das konrad bayer den text begleitende privatfotos für sie eingeklebt hat.

2/167 *der kopf des vitus bering* ist von 1958 bis 1960 entstanden. 1963 hat bayer für die veröffentlichung im walter-verlag olten und freiburg, ‚Walter-Druck 6', 1965, den ‚index' dazugeschrieben, den er durchaus als *literarische* ergänzung des ‚vitus bering' verstanden wissen wollte (das montageprinzip tritt hier nur in der sanktionierten form des „wissenschaftlichen apparats" in erscheinung). ‚der kopf des vitus bering' geht auf einen älteren text mit dem titel ‚der schwarze prinz' zurück; vor allem die entwürfe und bruchstücke dazu hat bayer weitgehend in den ‚vitus bering' integriert — siehe die anmerkung zu ‚der schwarze prinz'.

nachdem ich die arbeit an den druckvorlagen abgeschlossen hatte und der text in druck gegangen war, fand sich plötzlich das bislang verschollene typoskript letzter hand, das bayer mit einem begleitschreiben an walter geschickt hatte (der brief trägt das datum 17. juni 1964). beim vergleich dieses typoskripts mit der vorlage, auf die ich mich gestützt hatte, ergaben sich keine differenzen (obgleich es sich nicht um einen durchschlag handelt). verbesserungen sind in beide typoskripte eingetragen. im walter-typoskript sind noch die absätze und zeilendurchschüsse vermerkt, um unklarheiten beim satz vorzubeugen. einige anweisungen bezüglich des drucks, die bayer in dem brief an walter gegeben hatte, habe ich nicht befolgt. zum einen musste der ‚vitus bering' dem layout des gesamtbandes angeglichen werden — was sicher auch bayer getan hätte; zum andern hat bayer die korrekturfahnen des ‚vitus bering' nicht mehr gesehen — vielleicht hätte er auf grund des druckbildes seine ursprünglichen wünsche, was hervorhebungen, titel und zeilenabstände betrifft, noch modifiziert. so wollte bayer die untertitel in versalien, die hervorhebungen im text hingegen kursiv gesetzt haben. ich bin umgekehrt verfahren, zumal bayer in allen anderen fällen (und so ist es auch in der ganzen werkausgabe durchgehalten) hervorhebungen im text durch versalien kenntlich gemacht hat oder — bei veröffentlichungen — machen liess (eine hervorhebung wie „RIESIGEn RECHENMASCHINE" wird so überhaupt erst deutlich!). verzichtet habe ich auch auf die halben zeilendurchschüsse vor und nach einer hervorhebung, wie sie bayer gewünscht hatte; dies hätte nicht nur die klarheit des satzbildes beeinträchtigt, es wäre auch nicht einsichtig gewesen, da bayer selbst das prinzip in seinem typoskript nicht konsequent durchgehalten hat. — die neue seite nach ‚me-

lancholische betrachtung allgemeiner natur c) (DER KRAMPF)‘ kommentiert bayer in seinem brief an walter: „quasi 2. teil = der aufbruch!“.
das dokumentarische foto vom sturz einer überlebensgrossen mussolinibüste, das dem text voransteht, „erscheint“, wie der verlag ausdrücklich hervorhebt, „auf Wunsch des Autors ohne eine sie erklärende Bemerkung“. augenfällig auf den titel bezogen, tritt mit dem foto sogleich das prinzip der „summarischen biographie“ (siehe anmerkungen zu ‚mutationen‘ und zu ‚der schwarze prinz‘) in kraft.
neu hinzu kommt nun ein ‚vorwort‘ zum ‚vitus bering‘, das bayer auf wunsch des befreundeten redakteurs hanspeter krüger für eine rundfunkaufnahme des textes im ‚sender freies berlin‘ (25. 11. 1963) verfasst hat. zum abdruck war es nicht bestimmt, sonst hätte er es in die buchausgabe aufgenommen, die er noch selbst vorbereitete; in einer vollständigen werkausgabe sollte es aber nicht fehlen. im ‚Walter-Druck‘ steht unter dem aussentitel, und nur da, „Ein Porträt in Prosa“ — da diese einengende gattungserklärung in keinem der typoskripte auftaucht und, wie ich meine, bayers literarischem konzept eher zuwiderläuft, nehme ich an, sie verdankt sich einer vertriebsfreundlichen geste des verlags. der verzicht auf diesen zusatz erscheint noch weiter abgesichert durch eine briefliche äusserung bayers gegenüber wolfgang fietkau, die einen parallelfall betrifft:

> nach langem und gewissenhaftem überlegen bin ich dafür, es bei
> stein der weisen
> ohne jeden zusatz, als titel zu lassen. jeder zusatz macht den titel farbloser, verschwommener oder zeugt einen gag. beides möchte ich vermeiden. ich verstehe ihre überlegung, aber trotzdem.

(siehe Konrad Bayer / Briefe an seine Verleger / Herausgegeben von Ulrich Janetzki, in ‚Sondern 4 / Jahrbuch für Texte und Bilder, Herausgegeben von Dieter Schwarz, Zürich 1979‘.)

2/209 *der sechste sinn.* das hinterlassene skript bayers machte zuerst einen ziemlich chaotischen eindruck. es ist zwar fast ganz durchnumeriert, doch tragen viele blätter verschiedene ziffern, die, jeweils verfolgt, zu auseinandergehenden gruppierungen führten. es stellte sich heraus, dass es sich dabei wohl um haupt-, unter- und einschubnumerierungen handelt, so dass die blätter meist in eine plausible abfolge gebracht werden konnten. der roman war im grossen und ganzen abgeschlossen, doch sollte er noch erweitert, ausgebaut und sprachlich überfeilt werden, wobei sich vielleicht einige umstellungen ergeben hätten. häufig ist zwischen mehreren zur wahl stehenden formulierungen noch keine entscheidung getroffen. ich habe in diesen fällen jeweils jene gewählt, die mir im sinne bayers die treffendste schien, dabei aber auch den gesamtzusammenhang beachtet. verändert oder ergänzt habe ich grundsätzlich nichts, auf allzu skizzenhaftes jedoch verzichtet. unnumerierte blätter sind im ‚nachtrag‘ zusammengefasst; sie selbst einzuordnen, erschien mir doch als ein zu willkürlicher eingriff in die schon bezeichnete abfolge. ein gewisses problem stellte sich bei den interpunktionen. da sie von uns oft nicht konventionell, sondern als ausdrucksmittel oder überhaupt nicht verwendet wurden, war es meist schwierig zu entscheiden, was eigenwilligkeit oder bloss nachlässigkeit in der hast der ersten niederschrift ist. die gliederung des romans in absätze mit zeilendurchschuss und grösserem abstand ist von bayer vorgegeben — allerdings ging sie im einzelnen aus dem skript nicht immer klar hervor.

‚der sechste sinn' ist zum grossteil autobiografisch. konrad bayer hat ältere und jüngere ereignisse und eindrücke mehr oder weniger frei verarbeitet und ineinander verwoben; von seinem berliner tagebuch 1962, ‚die klare zeit', findet sich etwas wieder, auch träume wollte er einbauen (vielleicht geschah das schon in gewissen passagen). die figuren sind schlüsselfiguren (goldenberg ist zweifellos er selbst), wobei sich in einzelnen figuren mehrere freunde verdichten und umgekehrt bestimmte freunde in mehrere figuren aufgesplittert sind, die mitunter auch seine eigenen gedanken und erlebnisse widerspiegeln. das gilt vor allem für dobyhal, oppenheimer und braunschweiger. andere figuren sind eindeutiger. so ist in neuwerk (der in einem teil des skripts ursprünglich als „arkner" auftritt) unschwer h. c. artmann zu erkennen, wie etwa in dem „lied" von neuwerk und goldenberg, das an artmanns stück ‚aufbruch nach amsterdam' anklingt und auf gewisse praktiken der gemeinschaftsarbeit hinweist (alternierendes assoziieren); hinter markus kremser ist padhi frieberger, hinter silberstein gerhard lampersberg, hinter weintraub friedrich hundertwasser versteckt.

auf grund des unfertigen zustands und der übernahme schon bestehender älterer texte zeigt das skript oft eine gewisse unsicherheit in der verwendung (zuordnung) der namen. in zwei fällen schien mir ein eingriff meinerseits nötig. das betrifft zuerst eine kleine streichung, zu der ich mich nach nochmaliger durchsicht des skripts entschloss. in dem textabschnitt „gestern abend sprach mich ein mann, ungefähr dreissig jahre, auf der strasse an." folgt auf diesen satz im typoskript „er hiess georg.", bevor es mit „er fragte mich, ob ich mit ihm schlafen wolle." weitergeht. es handelt sich hier um das typoskript eines älteren textes, der mit dem satz „ich möchte aber keinen hund." endet. bayer hat das blatt in den ‚sechsten sinn' eingeordnet und die letzten zeilen handschriftlich hinzugefügt. nach dieser ergänzung ist es nicht georg sondern dobyhal, der mirjam angesprochen hat. den widerspruch hat bayer wohl übersehen. die streichung des satzes „er hiess georg." hebt diesen widerspruch nicht nur auf, er macht, meine ich, den bericht mirjams auch spannender. — und dann musste eine entscheidung beim tod der jola im vorletzten textabschnitt getroffen werden. bayer schwankte hier noch unentschlossen zwischen mehreren namen. zuerst hatte er mirjam fixiert, kam aber mit ihrem — wie er es nennt — „vorfabrizierten lebenslauf" in konflikt und schrieb tessa (johannson oder johnson), eine freundin dobyhals, darüber. tessa sollte, wie er dazu vermerkt, „schon vorher auftreten", tauchte aber noch nirgends auf, blieb unausgeführt. dann kam olga in die engere wahl und schliesslich nina — eingerahmt, aber mit fragezeichen. ein tod ninas — immerhin der weiblichen hauptfigur — würde meines erachtens den tod goldenbergs abschwächen, wäre zu bedeutungsvoll, ein allzu dramatischer schlusseffekt, und würde dem ausgang des romans etwas von seiner unbestimmtheit, ich möchte fast sagen leichtigkeit nehmen. ein zweimaliger tod olgas konnte von bayer wohl doch nicht beabsichtigt sein — selbst nicht als kunstgriff zur verunsicherung des lesers. statt olga sollte in dem früheren textabschnitt „sie hatte keine eleganten schuhe mit diesen schnallen, die rechts gekerbt und links zwei knöpfe haben, an den füssen ..." ursprünglich jola überfahren werden (ihr name im text ist gestrichen und durch „olga" ersetzt); für die noch unbesetzte sterbeszene am schluss griff ich nun auf sie zurück. im typoskript dazu noch der vermerk: „!!! das plötzliche des todes mit dem plötzlichen der erkenntnis vergleichen!!"

eine erwähnenswerte verbesserung gegenüber der vorigen werkausgabe betrifft noch die „unleserliche pseudotypographie", die bayer an der stelle wünscht, wo nina goldenberg auffordert, doch endlich seine brille aufzusetzen. da auch einer solchen „pseudotypographie" ein text zugrundegelegt werden muss und etwas davon, wie auch immer, leserlich bleibt, schlug ich damals vor, gewissermassen als „roman im roman", einfach auf die ersten seiten des ‚sechsten sinns' zurückzugreifen. irrtümlicherweise wurde jedoch der anfang des buches, nämlich die ersten seiten meines vorworts, verwendet — für eine korrektur war es zu spät. wie mir traudl bayer kürzlich mitteilte, las konrad bayer zur zeit, als er die betreffende stelle schrieb, den roman ‚locus solus' von raymond roussel in französischer sprache; dessen erste seiten sind nun hier in der von ihm gewünschten verdruckten form zitiert.

ganz allgemein muss jedenfalls festgestellt werden, dass an hand des skripts nicht auszumachen ist, was — etwa an varianten, repetitionen und überschneidungen — als definitiv gedacht war und was nur vorläufig stehenblieb. der roman befand sich zum zeitpunkt von bayers tod noch durchaus im arbeitsstadium. übrigens schreibt bayer in einem brief an otto f. walter (siehe anmerkung zu ‚der kopf des vitus bering'): „die bezeichnung roman ist eine hilfsbezeichnung."

auf weitere einzelheiten des skripts einzugehen, ist im rahmen dieser werkausgabe unmöglich — die anmerkung zum ‚sechsten sinn' könnte unschwer einen eigenen band füllen.

zum nachtrag. da sich nach dem erscheinen der vorigen werkausgabe eine mappe mit (meist älteren) texten und notizen fand, die bayer für die aufnahme in den ‚sechsten sinn' in erwägung zog, ist dieser teil gegenüber der vorigen ausgabe merklich angewachsen, was einige umstellungen nahelegte.

(s. 297) „in meiner hand liegt eine kugel." — variante des prosatextes ‚franz' (siehe dort).

(s. 299) „hier muss ein opfer gebracht werden." — zwei abgebrochene schreibmaschinenzeilen, handschriftlich lückenhaft und vorläufig ergänzt.
(s. 304) „horst nielsen" ist als selbständiger titel mit dem datum „22. 7. 58" in einem werkverzeichnis angeführt. das typoskript wurde zerknüllt, wieder glattgestrichen und mit verbesserungen versehen. auf den beiden skriptblättern der vermerk „6. sinn" (der name „horst nielsen" taucht im roman schon auf). in dem satz „ruth sfinx trägt einen pelzmantel aus dem kölner schaufenster und bringt zigaretten ..." ist „zigaretten" mit bleistift durchgestrichen und durch ein schwer lesbares wort ersetzt, das „klaren" (schnaps) heissen könnte; ich habe in diesem fall auch vom zusammenhang her „zigaretten" beibehalten.
(s. 306) „wo ist nina?" — ob sich dieses textstück durch das auftauchen einiger seiner motive im durchnumerierten hauptteil erübrigt hat oder irgendwo als variante eingesetzt werden sollte, ist ungewiss.
(s. 307) „der reitlehrer kommt." steht deutlich abgesetzt über einer älteren fassung des abschnittes „franz goldenberg kam zur tür herein und gab mir die hand. ich gab dr. ertel die hand. dr. ertel gab marion bembe die hand ...".
(s. 308) handschriftlich hinzugefügt: „aus kommissar wiltons kriminalberichten" — wohl ein älteres textstück aus anderem zusammenhang.
(s. 309) „die langen bunten bänder." — die namen sind hier noch nicht den figuren des romans entsprechend verschlüsselt. aus traudl wäre wahrscheinlich nina, aus gerhard (ich erinnere mich noch sehr genau an die geschilderte szene) braunschweiger, oppenheimer oder dobyhal geworden, denen er oft erlebnisse mit oswald wiener und mir, manchmal auch eigene erfahrungen zuschrieb. allerdings hat er diese namen nachträglich auch schon in ältere texte ohne biografische bezüge eingetragen und diese so, mit einigen retuschen, in den ‚sechsten sinn' integriert.
(s. 309) „sie sprachen ..." geht auf ältere, stark korrigierte typoskripte zurück, die ersten drei absätze (bis „..., dass er sein genie erkannte") folgen einer danach abgebrochenen reinschrift.
(s. 312) „die stühle ..." über dem text die handschriftliche notiz: „viele dinge verschwinden im nebel." die aufzählung sollte also umfangreicher werden.
ausschnitte (erste fertige teile) aus dem ‚sechsten sinn' erschienen — von dem mir vorliegenden gesamtskript in einigen details abweichend — in der belgischen zeitschrift ‚nul', 7, brüssel 1963 (deutsch), und in der deutschen zeitschrift ‚akzente' I, 1964.

gerhard rühm

nachwort zu der gesamtausgabe

als nach dem schockierenden tod konrad bayers der roman ‹der sechste sinn›, dessen erscheinen rowohlt schon angekündigt hatte, unvollendet zurückblieb, entschloss sich heinrich maria ledig-rowohlt – und diese entscheidung drängte sich ja nun auf – nicht nur das romanfragment, sondern einen umfassenden nachlassband herauszubringen. otto f. walter, der erst vor kurzem den ‹kopf des vitus bering› in den walterdrucken veröffentlicht hatte, stellte die abdruckerlaubnis für diesen text in aussicht, wenn das erscheinen der gesammelten texte um ein halbes jahr verschoben würde – ein zeitlicher aufschub, der mir sehr gelegen kam, erwartete mich doch mit der herausgabe des anfangs chaotisch wirkenden nachlasses ein fast entmutigender berg von arbeit. aber das halbe und schliesslich ein ganzes jahr verstrich, und mit der abdruckerlaubnis wurde es trotzdem nichts: walter meinte, er habe noch nicht genug exemplare verkauft. so mussten denn 1966 die ‹texte› (darum konnte es auch nicht ‹die gesammelten texte› heissen) ohne den ‹kopf des vitus bering› erscheinen – ein empfindlicher schönheitsfehler, da es sich um konrad bayers gewichtigsten abgeschlossenen text handelt. ‹der sechste sinn / texte von konrad bayer› – wie der vollständige titel der erstausgabe lautet – war innerhalb von zwei jahren vergriffen und ist inzwischen für sammler ein rarissimum geworden. eine spätere taschenbuchausgabe (1969) enthält nur den ‹sechsten sinn› – in revidierter form. die neuerliche auseinandersetzung mit dem oft unklaren manuskript veranlasste mich damals zu einigen kleineren korrekturen und umstellungen. so habe ich mich manchmal für einen anderen alternativausdruck, eine andere alternativwendung entschieden. in den anhang habe ich noch jene passagen aufgenommen, die in der erstausgabe im anmerkungsteil zitiert sind, sowie eine erweiterte fassung des prosastückes ‹franz›, die konrad bayer dem ‹sechsten sinn› einzufügen gedachte. ferner wurden die im manuskript gewünschten zwei seiten «unleserlicher typographie» realisiert, die im sammelband nur durch einige reihen punkte angedeutet sind. in der hier vorliegenden ausgabe, die sich im übrigen an die revidierte fassung von 1969 hält, ist indes nur eines der beiden positivnegativblätter zu beginn des romans (in der erstausgabe irrtümlich *vor* den titel gesetzt) wiedergegeben, da mir inzwischen klar wurde, dass konrad bayer das zweite nur als alternative gemeint haben kann. – gerade zehn jahre nach erscheinen der ‹texte› kann nun – beträchtlich erweitert und mit dem kernstück des ‹vitus bering› – das poetische ‹gesamtwerk› von konrad bayer in einem band vorgelegt werden.

konrad bayer hinterliess ein zum nicht geringen teil fragmentarisches werk: einiges war begonnen und nicht oder nicht ganz zu ende gebracht worden, das meiste von dem, was ungedruckt blieb (und das war ziemlich viel), hätte er zweifellos noch überarbeitet und abgerundet –

er hat seine texte, auch die längst abgelegten, immer wieder hervorgeholt und verbessert (es gibt im allgemeinen um so mehr lesarten, je älter ein text ist). endgültige fassungen («saubere reinschriften» existieren nicht eben viele) hat konrad bayer meist erst für die akute publikation oder, bei theaterstücken, für eine konkret geplante aufführung hergestellt; aber auch in bereits gedruckte texte hat er zuweilen noch veränderungen eingetragen. in den letzten jahren war er vor allem mit der endfassung vom ‹kopf des vitus bering› und dem roman ‹der sechste sinn› beschäftigt – begonnene oder noch nicht überarbeitete ältere manuskripte blieben daher liegen. so bestehen nun viele texte in mehreren voneinander mehr oder weniger abweichenden versionen (konrad bayer hat bis zur ersten skizze fast alles aufbewahrt), und auch in offensichtlich letzte fassungen sind öfters noch alternativ-vokabeln und -formulierungen eingefügt, was die entscheidung eines gewissenhaften herausgebers für eine verbindliche druckfassung immer wieder verunsichern muss. ich habe mich in zweifelsfreien fällen durchwegs an die letzten fassungen (nicht immer ist klar, welche die letzte fassung ist) gehalten und bei alternativangeboten jenen ausdruck oder jene wendung gewählt, die ich im sinne konrad bayers (wie ich seine argumentationen von unzähligen diskussionen und gemeinschaftsarbeiten zu kennen glaube) für die treffendste hielt. die verschiedenen lesarten anzuführen (wo es mir von interesse erschien, habe ich im anmerkungsteil darauf hingewiesen), hätte das buch unverhältnismässig belastet und sicher auch nicht den vorstellungen konrad bayers entsprochen. verändert oder ergänzt habe ich nichts, es sei denn, es handelte sich um eindeutige tippfehler, irrtümliche auslassungen oder nachlässigkeiten in der eile der niederschrift. bei den satzzeichen habe ich versucht auseinanderzuhalten, was unkonventionelle verwendung aus gründen des ausdrucks oder der form und was blosses versehen ist; vereinzelte unbegründete schlusspunkte in sonst interpunktionsfreien texten habe ich gestrichen, unbeabsichtigt wirkende auslassungen bei texten mit konventioneller zeichensetzung ergänzt.
wie schon bei der erstausgabe habe ich die texte grob nach gattungen gegliedert: hier allerdings stehen die «gedichte» (seine ersten literarischen versuche waren gedichte) und längeren poetischen texte am anfang, dann folgt «theatralisches» (im weiteren sinne, also auch «lesestücke») und schliesslich «prosa» (die sich immer mehr als konrad bayers eigentliche domäne erwies). wie häufiger noch bei den anderen exponenten der ‹wiener gruppe›, gibt es natürlich auch bei konrad bayer übergangs- und zwischenformen, die mehr oder weniger willkürlich in einer der gruppen untergebracht werden mussten – besonders häufig im abschnitt «theatralisches», wo es texte gibt, die man auch als rein poetische auffassen kann (zb. ‹entweder: verlegen noch einmal zurück, oder: visage-a-visage in der strassenbahn›, ‹die vögel›, ‹17. jänner 1962›). doch glaube ich, dass diese einteilung (bei konrad bayer gerade noch vertretbar) die

fülle und vielfalt des materials überschaubarer macht. dass die zuordnung nicht immer eindeutig ist, wird wohl hinlänglich durch den verzicht auf gattungsbezeichnende zwischentitel zum ausdruck gebracht. innerhalb jeder gruppe sind die texte chronologisch nach entstehungsjahren angeordnet, wobei ich allerdings einige umstellungen vorgenommen habe, um thematisch und methodisch zusammenhängende komplexe nicht auseinanderzureissen. wo unter den texten keine jahreszahl angegeben ist, liess sich das entstehungsdatum nicht mehr ermitteln. bei den gedichten sind es besonders viele; sie figurieren als eigene gruppe. undatierte theater- und prosastücke habe ich da eingefügt, wo sie mir chronologisch hinzugehören scheinen, wobei ich mich einerseits auf mein gedächtnis (denn es gibt kaum texte, die konrad bayer mir nicht noch im entwurfsstadium gezeigt oder von denen er mir nicht erzählt hätte), andererseits auf stilkritische erwägungen stützte.
die gruppe der gedichte ist in der vorliegenden ausgabe zahlenmässig am stärksten angewachsen. nicht nur dass alle chansontexte hinzugekommen sind (die ich, da sie im zusammenhang mit den ‹literarischen cabarets› der ‹wiener gruppe› stehen, für den sammelband ‹die wiener gruppe›, s. bibliographie, aufgespart hatte), auch gedichte, deren publikation mir damals problematisch erschien, sind nun in der ‹*gesamt*ausgabe› enthalten; einige gedichte haben sich überhaupt erst jetzt gefunden; dagegen müssen mehrere, meist sehr frühe gedichte, die konrad bayer in werkverzeichnissen aufführt, als verloren gelten; auf den abdruck typischer «jugendgedichte» habe ich verzichtet.
die gedichte sind wiederum in vier abschnitte unterteilt. die gruppe von ‹für judith› bis ‹das fahrrad› umfasst alle datierten, die von ‹heda falke› bis ‹GOTT legte einen kranz auf das grab› alle undatierten gedichte; danach folgen die chansontexte (von ‹moritat vom tätowierten mädchen› bis ‹kurze beschreibung der welt›) und schliesslich zwei längere poetische montagen (‹irgendwo geboren werden›, ‹gestern heute morgen›) und der «epische» text ‹der vogel singt›.
«theatralisches» ist ‹entweder: verlegen noch einmal zurück, oder: visage-a-visage in der strassenbahn› bis ‹kasperl am elektrischen stuhl›. hier sind neu dazugekommen die sketches, die konrad bayer für die beiden ‹literarischen cabarets› geschrieben hat: ‹napoleon oder wer weiss?› (auch im band ‹die wiener gruppe› noch nicht publiziert!), ‹(david) kean vom londoner shakespeare theater in seiner glanzrolle aus dem königl non plus ultra› und ‹abenteuer im weltraum›; ferner: ‹die begabten zuschauer› (s. ‹die wiener gruppe›), ‹der see (2)›, der gegenüber ‹der see (1)› doch als eigenes stück gelten kann, ‹diskurs über die hoffnung› (den ich der vollständigkeit halber in das ‹gesamtwerk› aufgenommen habe, obgleich er mir den vorhergehenden stücken nicht ganz ebenbürtig erscheint), das bruchstück ‹guten morgen›, sowie die beiden fragmente ‹der mann im mond› und ‹die boxer› (s. anmerkungen!). von einigen stücken,

die konrad bayer in werkverzeichnissen anführt, fanden sich nur flüchtige skizzen oder stichwortartige (und oft auch noch fragmentarische) inhaltsangaben – er hat da wohl mit der anführung des titels der fertigstellung des stücks vorgegriffen. der einzige ausführliche theaterstückentwurf, den ich nicht in diesen band aufgenommen habe, ist ‹die pfandleihe› (1957) – einigen gleichlautenden passagen nach eine fallengelassene vorstufe zu ‹kasperl am elektrischen stuhl›; aus dem vorhandenen textmaterial lässt sich ohne eigenmächtige manipulationen guten gewissens keine druckreife form erstellen.
mit den ‹sechsundzwanzig namen›, die die ältesten prosatexte konrad bayers enthalten, beginnt der «prosateil». neuheiten sind hier ‹fleur des lis› und die erst jetzt entdeckten ‹mutationen› sowie ‹der kopf des vitus bering› (s. oben). einen text wie ‹stadt› würde man vielleicht als «gedicht» ansehen; seiner art nach gehört er aber unbedingt zu ‹signal› und ‹flucht› – texte, die ich doch eher zur prosa rechne, zumal sie ziemlich am ende einer entwicklung zunehmend analytischer sprachbehandlung stehen, die sich in den vorhergehenden arbeiten vehement vollzieht.
unter mehreren verstreuten skizzen fand sich noch ein prosaentwurf ‹die einbahn›. der beginn (etwa zweieinhalb engbetippte schreibmaschinenseiten) ist, noch flüchtig formuliert, ein erster einstieg in den text selbst, der auf einem weiteren blatt und einigen abgerissenen notizen nach art einer weiterausgreifenden inhaltsangabe fortgeführt wird. es ist kaum anzunehmen, dass konrad bayer diesen offensichtlich älteren entwurf noch einmal aufgegriffen und ausgearbeitet hätte.
einen im werk konrad bayers vereinzelt dastehenden versuch eines visuellen ‹konkreten› textes, ‹a o› (1962) (in rechteckiger form angeordnete konstellationen der buchstaben «a» und «o» auf sieben blättern), habe ich hier nicht publiziert, weil es sich dabei im grunde um einen verdünnten aufguss der ‹o-i-studie› (1960) von friedrich achleitner handelt (s. friedrich achleitner: ‹prosa, konstellationen, montagen, dialektgedichte, studien›; rowohlt 1970).
es sei hier noch eine übersetzung des stückes ‹die sanduhr› von william butler yeats erwähnt, die – laut einer notiz konrad bayers – für eine aufführung am ‹theater am börseplatz› in wien vorgesehen war, sie schien mir aber für diese werkausgabe zu ephemer.
zu weit hätte es auch geführt, die briefe konrad bayers zu sammeln – eine beschwerliche arbeit, die das erscheinen dieses bandes sicher beträchtlich verzögert hätte; das wäre die aufgabe einer gesonderten biographischen publikation (seine ‹briefe an ida› erschienen in der zeitschrift ‹manuskripte› 37/38, 1972). auch auf seinen für die zeitschrift ‹aspekt 1› (1964) verfassten, etwas korrekturbedürftigen rückblick ‹hans carl artmann und die wiener dichtergruppe› habe ich in diesem rahmen verzichtet, zumal inzwischen eine ausführliche darstellung des themas im rowohlt-paperback ‹die wiener gruppe› vorliegt. (eine sehr verkürzte

und modifizierte form dieses aufsatzes von konrad bayer in englischer sprache erschien unter dem titel ‹the vienna group› in ‹the times / literary supplement› no. 3,262 september 3, 1964.)
für diese ausgabe des ‹gesamtwerkes› von konrad bayer habe ich alle in der erstausgabe ‹der sechste sinn / texte› (1966) bereits vorliegenden arbeiten noch einmal anhand der manuskripte sorgfältig überprüft, druckfehler ausgemerzt und einige details betreffende entscheidungen, die mir inzwischen zweifelhaft erschienen, revidiert. der text ‹triumph›, der in der erstausgabe aus platzgründen fortlaufend gedruckt werden musste, erscheint nun (wie schon in dem band ‹die wiener gruppe›) in der originalen seitenanordnung.
spezielle informationen zu einzelnen texten finden sich in den anmerkungen. dort angeführt sind auch alle zeitschriftenpublikationen und theateraufführungen, die zu lebzeiten konrad bayers stattfanden – die er selbst also noch initiiert oder zumindest mitentschieden hat. sämtliche einzelpublikationen bis heute verzeichnet die ‹bibliographie›.
wie aus dem vorwort hervorgeht, haben sich viele aktivitäten der ‹wiener gruppe› – bis hin zu manchen produktionen der einzelnen mitglieder – in einem verhältnis wechselseitiger anregungen entwickelt, was wie von selbst zu einer reihe kleinerer oder grösserer gemeinschaftsarbeiten führte, die natürlich auch einen wichtigen bestandteil des literarischen werkes konrad bayers ausmachen. sie hier mitaufzunehmen, hätte den band um einen zweiten vermehrt und auch das netz von querverbindungen, von verschiedenen «besetzungen» innerhalb der gruppe, durchschnitten. der inzwischen vergriffene band ‹die wiener gruppe›, der alle gemeinschaftsarbeiten enthält, wird aber wahrscheinlich – in erneuerter form – bald wieder verfügbar sein.

gerhard rühm köln, im oktober 1976

nachwort zu den sämtlichen werken

die hier vorliegende, auf zwei bände erweiterte ausgabe ‚sämtlicher werke' von konrad bayer enthält rund 140 texte mehr als die 1977 im rowohlt verlag reinbek erschienene ‚gesamtausgabe' — nur ein dort publiziertes vierzeiliges chanson, ‚ollas mid gewoit', wechselte nun in die parallele neuausgabe der ‚wiener gruppe' (rowohlt verlag 1985) über, da es sich als eine gemeinschaftsarbeit mit oswald wiener herausgestellt hatte. dieser beträchtliche zuwachs verdankt sich der aufnahme aller jugenddichtungen, gelegenheitsschriften, der (noch einen zusammenhang aufweisenden) bruchstücke, fragmente und entwürfe, der nachdichtungen und schliesslich mehrerer neu aufgefundener arbeiten. auf die publikation der grösstenteils nicht oder nur schwer zugänglichen briefe musste auch hier verzichtet werden, da sie zum gegenwärtigen zeitpunkt nur in sehr unvollständiger form möglich gewesen wäre. der abdruck der zahlreichen lesarten vieler texte hätte die ausgabe allzusehr belastet — stärkere abweichungen sind, im rahmen des möglichen, in den anmerkungen zitiert.
das sichten, entziffern und zuordnen der stapel von nachlassblättern und -zettel, die jetzt noch hinzukamen, geriet oft zu einer sisyphusarbeit. immer wieder erwiesen sich selbständig wirkende texte als bruchstücke oder varianten bereits gedruckter; doppelabdrucke sind mit einiger sicherheit erst zu vermeiden, wenn dem gedächtnis buchstäblich jede bayer'sche zeile auf abruf präsent ist. gewisse wiederholungen lassen sich bei der arbeitsweise bayers, der immer wieder ältere texte, und sei es nur passagenweise, in neuere integrierte, allerdings nicht ganz ausschliessen.
die im vorhergehenden nachwort schon angedeuteten schwierigkeiten, aus oft sehr flüchtigen und mehrdeutigen skripten die im sinne bayers wahrscheinlichste druckform zu ermitteln, potenzierten sich noch bei den neu hinzugekommenen texten. doch habe ich mich selbstverständlich auch hier wieder bemüht, so originalgetreu wie möglich zu verfahren; gewisse eigene entscheidungen waren jedoch nicht immer zu umgehen, sollte die ausgabe noch gut lesbar bleiben. die darstellung textkritischer probleme und sachverhalte ist aufgabe eines materialienbandes. ein penibler abdruck der skripten mit allen fehlern und nachlässigkeiten wäre von bayer sicher nicht gut geheissen worden und hätte auch zu lächerlichen konsequenzen geführt. so hätte beispielsweise der name „friedrich" in einem der ‚unbezeichneten szenischen bruchstücke' — bayers unkorrigierten vorlagen entsprechend — einmal auch als „fridrich", ein anderes mal als „friederich" reproduziert werden müssen. ähnlich verhält es sich mit den interpunktionen. so hat bayer etwa in dem sketch ‚300 menschen' die direkte rede meist in anführungszeichen gestellt, manchmal aber auch nicht; später hat er vereinzelt fehlende anführungsstriche in das typoskript mit kugelschreiber nachgetragen. ich habe in solchen fällen die schreibung nach der jeweils im text dominieren-

den schreibweise vereinheitlicht. seine regellos schwankende dialektschreibung habe ich hingegen beibehalten, weil hier für eine vereinheitlichung keine richtschnur gegeben ist. korrekturen meinerseits, das möchte ich nochmals betonen, betreffen lediglich eindeutige nachlässigkeiten der niederschrift, niemals den wortlaut oder die zeilenbrechung, wo sie ablesbar oder auch nur wahrscheinlich ist. bayer scheint bis 1953 die konventionelle grossschreibung praktiziert zu haben. da einige frühe texte nur noch in späteren, sprachlich oft retuschierten abschriften in kleinschreibung existieren und da ich mich stets an die letzte fassung eines textes (soweit sie als solche erkennbar ist) gehalten habe, wechselt in der ersten gruppe hin und wieder gross- und kleinschreibung.

um die fülle der einzeltitel überschaubar zu machen, musste ich nun doch auf das bei den arbeiten bayers eher fragwürdige mittel der gliederung nach gattungen zurückgreifen. obwohl die textfolge der vorigen ausgabe, wenn auch unausgesprochen, im groben diesem prinzip bereits folgte, wurden bei seiner strengeren durchführung umstellungen nötig. innerhalb jeder gruppe erscheinen zuerst chronologisch die datierten, dann die undatierten texte. dass die einteilung nach konventionellen gattungen bei vielen arbeiten bayers problematisch (weil willkürlich) ist, wird zum beispiel an dem text ‚wie das zepter der menschen' deutlich: er könnte ebenso unter ‚gedichte' wie unter ‚prosa' eingeordnet werden. da es sich aber bei ‚die kleider eines russigen nach einer bergwerksbesichtigung' doch eher um prosa handelt und beide texte in der zeitschrift ‚manuskripte' von bayer zusammen publiziert wurden, habe ich sie auch hier nicht getrennt. nicht ganz wohl ist mir bei der rubrik ‚konkrete poesie'. bayer hat der ‚konkreten poesie' nicht so nahe gestanden wie achleitner, ich und — damals — wiener. ablehnend hingegen verhielt er sich dazu nicht, ja er plante sogar, eugen gomringer für die schweizer zeitschrift ‚spirale' (dem erklärten publikationsorgan konkreter kunst und poesie) die texte ‚flucht', ‚sprung' und ‚karl ein karl' zu schicken, also wenigstens partiell unter der „flagge" der ‚konkreten poesie' zu segeln. jedenfalls sind derartige „materiale" texte nicht mehr unter begriffen wie ‚gedichte' oder ‚prosa' zu subsumieren, und die bezeichnung ‚experimentelle texte' wollte ich vermeiden, da sie vielen lesern und literaturexperten als vorwand dient, so bezeichnete dichtungen von vornherein nicht ganz voll, bestenfalls für versuche und vorstudien zu „wirklichen", sprich „konventionellen" texten zu nehmen. eine hilfsbezeichnung ist auch ‚gelegenheitsschriften' — von allen ungenauen titeln für diese gruppe von texten erschien sie mir noch die akzeptabelste. in einem fall hat die gliederung nach sammeltiteln jedenfalls ihr gutes: gleich zu beginn bei den jugenddichtungen, die damit eine deutlich gesonderte gruppe bilden. bei der vollständigen veröffentlichung dieser oft doch eher schwülstig pubertären produkte hatte ich erhebliche skrupel — es ist äusserst zweifelhaft, ob bayer selbst sie zugelassen hätte. man erinnere sich an seine ‚autobiographische skizze', wo er über seine

anfänge urteilt: „ich schreibe eine menge schlechter gedichte“. wenn ich diese dichtungen nun unter ‚frühe texte‘ an den beginn stelle, wird man sie, denke ich, doch mit anderen augen lesen und im hinblick auf das eigentliche werk zumindest entwicklungsgeschichtlich interessant finden. immerhin hat bayer auch die titel einiger typischer jugendarbeiten in seinen werkverzeichnissen aufgeführt. wie hier bei der lektüre nicht vergessen werden sollte, dass konrad bayer 1949 siebzehn jahre alt war, so auch allgemein bei erstpublikationen nicht, dass es sich häufig um unfertige texte handelt, die bayer für eine veröffentlichung noch überarbeitet oder überhaupt nicht freigegeben hätte. aber die publikation einzelner werke zu lebzeiten pflegt ja unter anderen gesichtspunkten zu erfolgen als die eines gesammelten nachlasses.
die ‚inventionen‘ (siehe vorwort) habe ich, was auch zeitlich vertretbar ist, den ‚gedichten‘ vorangestellt. als „experimentelle“ zwischenform von gedicht und prosa bilden sie — von ‚die tänzer trommeln und springen‘ bis ‚der neunertz specken klaster‘ — eine gruppe für sich. wer sich mit dieser im engsten kreis um die ‚wiener gruppe‘ entwickelten methode, dichtung zu produzieren, näher befassen möchte, sei verwiesen auf den band ‚marc adrian inventionen‘ (mit einem eingehenden nachwort von mir), edition neue texte, linz 1980. — zu den undatierten gedichten ist anzumerken, dass möglicherweise einige von ihnen vor 1954 entstanden sein könnten, also den ‚frühen texten‘ zuzuordnen wären; wenn sie bei den ‚gedichten‘ ab 1954 aufscheinen, beruht das auf einer annahme, keiner gewissheit.
wie die ‚inventionen‘ beisammenstehen, so hätten vielleicht auch die ‚montagen‘ eine eigene gruppe bilden können. dagegen spricht zum einen, dass dann die gattungen durcheinandergeraten wären (montagen können gedichte, prosa, szenen aber auch mischformen sein), zum andern ist nicht immer klar, was noch und was nicht mehr als montage gelten kann; es gibt „strenge“ und „freie“ montagen und montierte abschnitte in sonst andersgearteten texten. die bezeichnung ‚collage‘ haben wir übrigens — als nur für bildende kunst zutreffend („collagieren“ heisst „kleben“) — in der dichtung abgelehnt; auch wollten wir uns durch den terminus ‚montage‘, der stärker das konstruktive moment betont, unmissverständlich von der mehr spielerisch zufälligen ‚dada-collage‘ abgrenzen.
die gruppe ‚chansons‘ ist durch fragmentarische beziehungsweise „aphoristische“ texte angereichert. sie schliessen sich den ‚gedichten‘ organisch an, zugleich heben sie sich im ton von diesen deutlich ab. wie die darauffolgenden ‚sketches‘ entstanden sie im umkreis der ‚literarischen cabarets‘ der ‚wiener gruppe‘ (siehe vorwort). unter den ‚szenen und theaterstücken‘ ist, neben nun allen vorhandenen ‚boxer‘-passagen, wohl ‚die pfandleihe‘ die gewichtigste erstveröffentlichung. das stück weist zwar grössere textliche übereinstimmungen mit ‚kasperl am elektrischen stuhl‘ auf, kann aber doch nicht bloss als dessen „vorläufer“ angesehen werden; es hat im ganzen eine eigene handlung, und selbst wenn es nur ein fragment ist, wirkt es durch die reprise

des anfangs am ende in sich geschlossen. das zuerst noch unfertig und streckenweise verwirrend erscheinende skript konnte schliesslich in eine durchgehend lesbare form gebracht werden.
die ‚filmszenarien', ‚nachdichtungen' und ‚gelegenheitsschriften' sind (mit ausnahme des im vorwort zitierten pamphlets ‚situation der österreichischen literatur der gegenwart') zur gänze neuaufnahmen und zumeist erstveröffentlichungen. viele novitäten finden sich auch in der rubrik ‚prosa'. sie betreffen allerdings hauptsächlich fragmentarische und skizzenhafte texte, wie ‚das zimmer des admirals', aber auch einige neuentdeckungen, von denen ich besonders die ‚romanze' hervorheben möchte. alle grösseren arbeiten sind nun am schluss der ausgabe zusammengefasst.
noch eine bemerkung zu den titeln. vor allem kurze texte tragen im original häufig keine überschriften, allerdings hat bayer sie manchmal in werkverzeichnissen mit ihren anfangswörtern oder -zeilen betitelt, die ich in solchen fällen übernommen habe. texte ohne titel sind in dieser ausgabe durch einen grösseren punkt voneinander abgesetzt; nur in der gruppe ‚prosa' habe ich — bayers praxis entsprechend — die textanfänge als titel verwendet, um die abfolge von kürzeren und mehrteiligen texten augenfälliger zu machen. für die im druckbild gelegentlich schwankenden titelabstände bin ich nicht verantwortlich.
um mich nicht wiederholen zu müssen, verweise ich im einzelnen auf die anmerkungen, die auch zum vorwort (anmerkung zu ‚hans carl artmann und die wiener dichtergruppe') substanzielle ergänzungen bringen. dem interessierten leser sei noch die oben zitierte neuausgabe des dokumentationsbandes ‚die wiener gruppe' im rowohlt verlag empfohlen, die auch den kontext der literarischen arbeit bayers aufzeigt und alle aus seinem werk nicht wegzudenkenden gemeinschaftsarbeiten enthält.
mein dank gilt allen, die zur verwirklichung dieser ausgabe beigetragen haben, nicht zuletzt meiner frau für ihre unermüdliche hilfe bei der oft nicht endenwollenden arbeit.

gerhard rühm

verzeichnis der gemeinschaftsarbeiten, an denen konrad bayer beteiligt war.

artmann/bayer:

montagen nach dem vollständigen lehrbuche der böhmischen sprache des heinrich terebelsky, 1853 (1956)

a) vollständiges lehrgedicht für deutsche

b) 11 verbarien

artmann/bayer/rühm:

magische kavallerie (1956)

stern zu stern (1957)

bayer/rühm:

kosmologie (1957)

der fliegende holländer (1957)

ein kriminalstück (1957)

aller anfang ist schwer, ein utopischer roman (1957)

erstes märchen für erwachsene (1957)

kyselack (1957)

sie werden mir zum rätsel, mein vater; eine groteske komödie (auch in einer hörspielfassung) (1958)

versuch einer mustersternwarte (1958)

bissen brot (1958)

scheissen und brunzen sind kunsten (1958)

10 lebensregeln für vierzigjährige (1959)

mord (sketch für das ‹literarische cabaret›) (1959)

der schweissfuss, eine operette (1959–62)

chansontexte (ab 1958):

moritat von der eisenbahn

willst du sprich

die bluse hängt am stuhle

mein apfelbaum

jederzeit

leg an den strand die künstlichen glieder

jesus

tritt ein und werde krank

rosen rosen rosen

die hose, ein traumbuch (begonnen 1957 – nicht abgeschlossen)

bayer/wiener:

die folgen geistiger ausschweifung, vortrag für zwei personen (1960)

starker toback, kleine fibel für den ratlosen (1962)

kristus, ein rauschkind (1957) (verloren gegangen)

chansontexte:

freimaurer (1958)

ich bin vermutlich wie die tiere (1958)

one hundred miles (1964)

achleitner/bayer/rühm:

historisches ereignis in neuer sicht: der trumbau zu babel (sketch für das ‹literarische cabaret›) (1959)

abschied (chansontext) (1959)

bayer/rühm/wiener:

chansontexte:

wir wegbereiter (1958)

frage an den ort (1958)

kunst kommt vom können (1958)

einsam (1958)

achleitner/bayer/rühm/wiener:

schwurfinger, ein lustiges stück (1957)

kinderoper (1958)

(mit ausnahme von ‹kristus, ein rauschkind› und ‹die hose, ein bilderbuch› alle texte in: ‹die wiener gruppe›, herausgegeben von gerhard rühm, rowohlt paperback, reinbek 1969.)

bibliographie

Selbständige Publikationen:

starker toback. kleine fibel für den ratlosen. Paris: dead language press, 1962. — Gemeinschaftsarbeit mit Oswald Wiener.
der stein der weisen. Berlin: Fietkau, 1963 (schritte 7).
montagen 1956. Bleiburg, Kärnten: Kulterer, 1964 (2. Sonderdruck der „Eröffnungen"). — Gemeinschaftsarbeiten mit H. C. Artmann und Gerhard Rühm.
der kopf des vitus bering. Olten und Freiburg: Walter, 1965 (Walter-Druck 6). — Dass. Frankfurt: Suhrkampf, 1970 (Bibliothek Suhrkamp 1258).
der sechste sinn. texte von konrad bayer. hg. v. gerhard rühm. Reinbek: Rowohlt, 1966.
die wiener gruppe. achleitner, artmann, bayer, rühm, wiener. texte, gemeinschaftsarbeiten, aktionen. hg. v. gerhard rühm. Reinbek: Rowohlt, 1967 (rowohlt paperback 60).
der sechste sinn. roman. hg. v. gerhard rühm. Reinbek: Rowohlt, 1969.
herostrat. Berlin: Rainer, 1972 (Bogendruck 9).
Konrad Bayer spricht Konrad Bayer. Der Kopf des Vitus Bering. Hattingen-Blankenstein: edition s press, 1973 (s press tonband no. 21).
Das Gesamtwerk. Hg. v. Gerhard Rühm. Reinbek: Rowohlt, 1977 (dnb 76).

Verstreute Texte:

gestern heute morgen / der neunertz specken klaster. (Zwei Gedichte). In: publikatonen 1. Wien 1957.
triumph. In: publikationen 2. Wien 1957.
kinderlied. In: Neue Wege XIII/132. Wien 1957/58.
der fliegende holländer. In: movens. In Zusammenarbeit mit Walter Höllerer und Manfred de la Motte herausgegeben von Franz Mon. Wiesbaden 1960. — Gemeinschaftsarbeit mit Gerhard Rühm.
bräutigall & anonymphe. (Ausschnitte). In: Die Arche. Wiener Studentenbühne. Programmheft. Wien 1961.
signal. In: edition 62. 1. Wien 1962.
die birne. In: edition 62. 2. Wien 1962.
bissen brot. In: manuskripte 2. Graz 1962. — Gemeinschaftsarbeit mit Gerhard Rühm.
karl ein karl. In: manuskripte 5. Graz 1962.
die begabten zuschauer. In: Blätter XVI/2. Wien 1962.
bräutigall & anonymphe. In: Eröffnungen 8/9. Wien 1963.
franz. In: texturen 7. München 1963.

flucht. In: manuskripte 8. Graz 1963.
der sechste sinn. (Auszug). In: Nul 7. Sint-Niklaus 1963.
Aus dem „sechsten sinn". In: Die Zeit 8. 11. 1963.
vorwort zum ‚kopf des vitus bering'. In: NDR/SFB III. 16. 1. 1964.
hans carl artmann und die wiener dichtergruppe. In: werkstatt aspekt 1. Wien 1964. Dass. In: h. c. artmann, ein lilienweißer brief aus lincolnshire. gedichte aus 21 Jahren. Frankfurt 1978 (st 498).
lapidares museum/die elekrische hierarchie. In: Neue Wege XIX/194. Wien 1964.
die tänzer trommeln und springen/balsader binsam/stadt. In: werkstatt aspekt 1. Wien 1964.
The Vienna Group. In: Times Literary Supplement 3. 9. 1964.
kriminelle ansätze. In: Wort in der Zeit 2. Wien 1964.
Aus: 26 namen. (Ferdinandlein/Georg, der Läufer/Nkole/Thorstein). In: Wort in der Zeit 9. Wien 1964.
der geflidderte rosengarten. In: neues bilderreiches poetarium. Nr. II. Frankfurt/M. 1964.
der verspätete geburtstag. In: manuskripte 10. Graz 1964. Auch in: die sonde. Steinberg 1964.
gertruds ohr. In: Eröffnungen 13. Wien 1964.
aus: der sechste sinn. In: Akzente. Jg. 11. Heft 1. München 1964.
der berg. In: Wolfgang Weyrauch (Hg.), Alle diese Straßen. München 1965.
der kohlenhändler und sein feind. In: Wort in der Zeit 1—2. Wien 1965.
das märchen von den bildern. In: neues bilderreiches poetarium, Nr. IV/V. Frankfurt/M. 1965
der capitän. In: Eröffnungen 14. Wien 1965.
der sechste sinn (auszug). In: manuskripte 14/15. Graz 1965. Aus: „der sechste sinn". In: Literatur und Kritik 3. Salzburg 1966.
Kyselak. In: protokolle 66. Wien 1966. — Gemeinschaftsarbeit mit Gerhard Rühm.
wie das zepter der menschen/die kleider eines russigen nach einer bergwerksbesichtigung. (Zwei Gedichte). In: manuskripte 21. Graz 1967.
die boxer. In: protokolle 1/70. Wien 1970.
für hermann hendrich. (Brief). In: wien. bildkompendium wiener aktionismus und film hg. v. peter weibel/valie export. Frankfurt 1970. S. 243.
konrad bayer zeitung. Ebd. (Anhang).
tagebuch 63. Ebd. (Anhang).
Aus dem „Berliner Tagebuch" Konrad Bayers. Ein Blatt aus dem Nachlaß. In: Konrad Bayer, Kasperl am elektrischen Stuhl. Schiller-Theater Werkstatt. Heft 4. Spielzeit 1972/73. Berlin 1972.
Briefe an Ida. In: manuskripte 37/38. Graz 1973.
der schwarze prinz. In: Nervenkritik 1. Wien 1976.
Konrad Bayer. Briefe an seine Verleger. Hg. v. Ulrich Janetzki. In: Sondern

4. Zürich 1979. prosa/(invention 1954)/(Brief). In: neue texte 25. Linz 1981.

Übersetzungen von Konrad Bayer:

Henk Marsman, mirakulöse ausschiffung/legende. (Zwei Gedichte). In: Eröffnungen 13. Wien 1964.
Gregory Corso, Im Tunnelknochen von Cambridge. In: Eröffnungen 13. Wien 1964. — Gemeinsam mit John Sailer.
William Butler Yeats, Die Sanduhr. In: Ders., Werke III. Dramen 1. Neuwied und Berlin 1972. S. 211—228.

Übersetzungen von Texten Konrad Bayers:

la pierre philosophale. (der stein der weisen). Übers. v. Gilbert Socard. In: Réalités Secrètes cahiers trimestriels XXIII. Paris 1965.
die vises sten. (der stein der weisen). Dänisch v. Birte Svensson. In: Vindrosen 3. Gyldendal 1966.
Hruska. (die birne). Tschechisch von Josef Hirsal und Bohumila Grögerová. In: Svetová Literatura. 1966. H. 4. Prag 1966.
the pear. (die birne). Übers. v. Christopher Middleton. In: German Writing Today. Edited by Ch. M. Harmondsworth 1967. (Penguin Book 2613).
Kriminelle Ansätze. Hebräisch v. Abraham Bartura. In: Qeset 46. Tel Aviv 1970.
la testa di vitus bering. (Auszüge). Italienisch v. Laura Mancinelli. In: Il Verri. Mailand Dezember 1975.
für judith. Englisch v. Michael Hamburger. In: German Poetry 1910—1975. Edited by M. H. Manchester 1977.
me und my body. (ich und mein körper). Übers. v. Alfred Ammerstein. In: Zeitschrift für Alles. Nr. 5. Stuttgart 1979.
Franz/Het sprookje van de beelden/Sinds ik weet. (franz/das märchen von den bildern/seit ich weiss). Holländisch v. Hans W. Bakx. In: Raster 11. Amsterdam 1979.
The head of Vitus Bering. A portrait in prose. Englisch v. Walter Billeter. Victoria, Australia: Rigmarole of the Hours Press, 1979.
The philosophers stone. Englisch v. Walter Billeter. The Merri Creek, Australia, 1979.
De vises sten. Schwedisch v. Ingemar Johansson. Ahus 1980.
Twenty-Six Names. Englisch v. Malcolm Green. In: Atlas Anthology 2. London 1984.

Für die Zusammenstellung dieser Bibliographie ist den Herren Wilfried Ihrig, Heidelberg, und Ulrich Janetzki, Berlin, zu danken.

inhalt (band 2)

prosa

konkrete texte

KONRAD BAYER

Sämtliche Werke

HERAUSGEGEBEN VON GERHARD RÜHM

Band 1

Frühe Texte
Inventionen und Gedichte
Chansons
Sketches
Szenen und Theaterstücke
Filmszenarien
Nachdichtungen
Gelegenheitsschriften

Klett-Cotta

Verlagsgemeinschaft
Ernst Klett Verlag — J. G. Cotta'sche Buchhandlung

Printed in Austria
Einbandentwurf: Heinz Edelmann
Foto (S. 5): Traudl Bayer, Wien
Satz: inter-letter, Wien
Druck: Novographic, Wien
ISBN 3-608-95321-3

CIP-Kurztitelaufnahme der Deutschen Bibliothek

Bayer, Konrad:
Sämtliche Werke/Konrad Bayer. Hrsg. von Gerhard Rühm.
Stuttgart: Klett-Cotta
ISBN 3-608-95321-3

NE: Bayer, Konrad: (Sammlung)
Bd. 1 (1985)

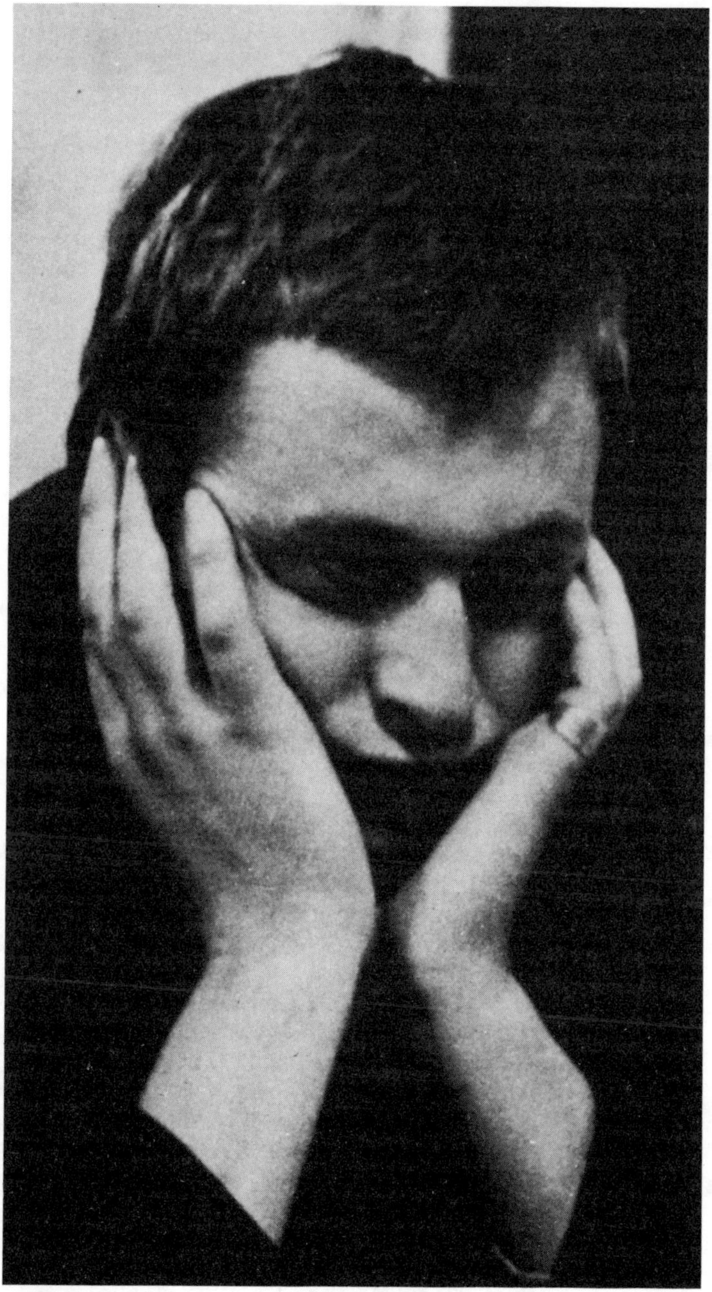

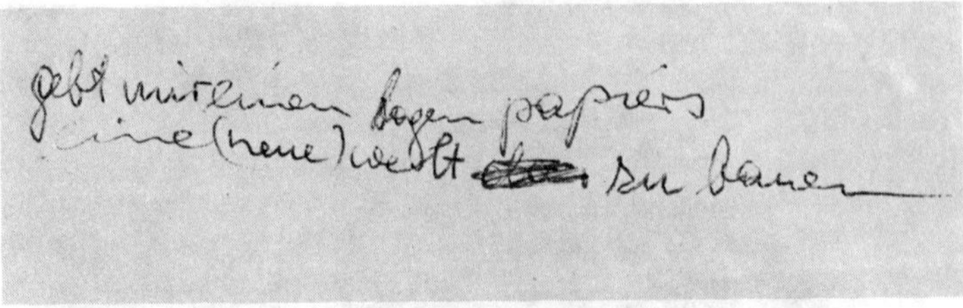
gebt mir einen bogen papiers
eine (neue) welt zu bauen

autobiografische skizze

17. 12. 1932, samstag, 10 minuten (ca.) vor mitternacht, im sternbild des schützen in wien geboren.
volksschule und gymnasium in wien. ich werde 7 jahre gezwungen, das geigenspiel zu erlernen. ich verdiene zusätzliches taschengeld mit anwerben für lesezirkel, pokern etc. ich schreibe gedichte wie jeder. ich liebe trakl. ich zeichne. der surrealismus hat mich ungeheuer beeindruckt. ich gründe mit freunden den künstlerklub «genie und irrsinn» der drei mitglieder hat und die sind wir. ich spiele banjo. wir gründen eine kleine band. matura 1951.
ich will an die akademie der bildenden künste und maler werden. meine eltern haben für diese idee weder interesse noch geld. ich gehe in kaufmännische kurse und lerne maschineschreiben, buchhaltung u. ä. ich schreibe eine menge schlechter gedichte.
im winter 1951 eröffnet der wiener art-club sein vereinslokal. hier finde ich gleichgesinnte wie hans carl artmann und gerhard rühm. ich mache gelegenheitsarbeiten. mein vater ist sehr unzufrieden und verschafft mir eine anstellung in einer bank. 6 jahre arbeite ich in dieser bank. in dieser zeit verstärkt sich meine beziehung zu artmann, rühm, oswald wiener und später friedrich achleitner. wir werden zu einer gruppe, machen lesungen, gemeinschaftsproduktionen. ich spiele wieder banjo in einem wiener nachtlokal, wo oswald wiener das kornett bläst. ich versuche zu studieren (psychologie), gebe es sofort wieder auf.
1955 schreibe ich meine erste halbwegs brauchbare geschichte (der capitän). ich spiele in einem experimentalfilm (mosaik im vertrauen; regie: peter kubelka, kamera: ferry radax), der in paris einen preis erhält. die ersten publikationen folgen. ich gewinne beim roulette und fahre nach paris. mit ende 1957 kündige ich meine stellung bei der bank. ich leite für einige monate die galerie eines freundes, des malers ernst fuchs. im winter 1958 und frühjahr 1959 literarisches cabaret mit oswald wiener, gerhard rühm und friedrich achleitner. wir schreiben unsere szenen und chansons, und spielen selbst. ferry radax hat ein neues filmprojekt und lädt mich zur mitarbeit ein. wir fahren nach monterosso bei genua. winter 1959/60. ich liefere das material zum kommentar und spiele die hauptrolle. («sonne halt», schwarz-weiss, 45 minuten; kurzfilmtage oberhausen 1963, museum des 20. jahrhunderts wien.) ich heirate. ich fahre mit meiner frau für einige monate nach frankreich (nach paris und in das landhaus meines freundes fritz hundertwasser). in «movens» erscheint eine gemeinschaftsarbeit mit gerhard rühm: «der fliegende holländer» aus dem zyklus kurzer spiele «kosmologie», der 1961 an der wiener studentenbühne «die arche» aufgeführt wird. ich nehme eine rolle in einem experimentalfilm an («am rand», regie & kamera ferry radax, produktion: televico zürich, XII. internationale filmwoche

mannheim 1963) und fahre zu diesem zweck für zwei monate kreuz und quer durch die schweiz. 1962 gründet gerhard lampersberg die «edition 62» und ich mache die redaktion. in paris erscheint «starker tobak» von oswald wiener und mir (dead language press). im mai 1963 führt das theater am lichtenwerd, wien, meinen einakter «bräutigall und anonymphe» auf. im dezember 1963 bringt der wolfgang fietkau verlag berlin das traktat «der stein der weisen».

vorwort

1951/52 lernte ich konrad bayer durch h. c. artmann kennen. wir trafen uns damals in grösseren, lockeren gruppen, so dass ein neues gesicht nicht unbedingt auffiel. ich erinnere mich, dass bayer, der sich betont modisch elegant kleidete und sich etwas distanziert gab, auf mich dandyhaft wirkte — was mir nicht sehr zusagte. vielleicht unter dem einfluss, sicher aber unter der ermunterung h. c. artmanns begann er seine ersten gedichte und kurzen prosastücke zu schreiben. artmann, der ausgesprochen von der schwarzen romantik und vom surrealismus herkam, mussten diese texte mehr liegen als mir. ich hatte zwar für den konsequenten surrealismus als einer spezifischen möglichkeit zu schreiben starkes interesse, bezog aber meine ersten literarischen einflüsse eher vom sturmexpressionismus, vor allem von stramm und schwitters, sowie von joyce und gertrude stein - also mehr von einer konstruktiven seite her. namen, die auch unter literaten noch so gut wie unbekannt waren und unter den wenigen etwas informierteren als «längst abgetan», als von uns «aus der mottenkiste gekramt» galten. unsere hauptsächlichsten informationsquellen waren soergels in den zwanziger jahren erschienener band «dichtung und dichter der zeit — im banne des expressionismus», den in schon ziemlich zerfleddertem zustand h. c. artmann besass, die «anthologie der abseitigen», herausgegeben von c. giedion-welcker (bern 1946), alain bosquets «surrealismus» (berlin 1950), die 1950 in klagenfurt von max hölzer und edgar jené herausgegebenen «surrealistischen publikationen» und die österreichische kunstzeitschrift «der plan». jede zeile des radikalen literarischen expressionismus, surrealismus und dadaismus wurde damals unter uns gierig herumgereicht — es war schwer zugängliches material.
ein buch über max ernst, das ich zuhause hatte, gab auch den anlass zu unserer ersten bewussten begegnung. max ernst begeisterte bayer besonders. so verbrachten wir zum ersten mal miteinander «privat» einen ganzen nachmittag und abend. traf man ihn allein, wirkte er ganz anders: unmittelbar, unprätentiös und herzlich. im laufe «grundlegender» gespräche (andere wurden zu dieser zeit kaum geführt)

stellten wir fest, dass wir uns ausgezeichnet verstanden. wir wurden freunde.
allabendlicher treffpunkt war der vom artclub gemietete sogenannte «strohkoffer», ein mehrteiliger kellerraum unter der loosbar in der nähe des grabens. neben ausstellungen gab es hier auch lesungen und konzerte moderner musik. der artclub (präsident paris von gütersloh) vereinigte avantgardistische maler aller richtungen (sie waren damals noch so spärlich vertreten, verspottet und angefeindet, dass sie zusammenhalten mussten), sehr bald aber auch gleichgesinnte dichter und komponisten. der artclub war sicher die einzige international bedeutende wiener künstlervereinigung der nachkriegszeit (ich erinnere mich an besuche cocteaus und benjamin brittens) – ein grund, in österreich als gemeingefährlich angesehen zu werden.
am 22. 8. 1953 organisierte h. c. artmann, der eine markante wortführende stelle einnahm, als «poetischen act» eine prozession, an der sich auch konrad bayer beteiligte («une soirée aux amants funèbres»). einer vorangetragenen grablaterne folgen weissgeschminkt die schwarz gekleideten herren mit grabkränzen und ihren verschleierten damen. räucherwerk verbrennt und an den markantesten stellen der prozession (goethedenkmal – oper – kärntnerstrasse – stephansplatz – rotenturmstrasse – café stambul – uraniabrücke – franzensbrücke – hauptallee – prater: illusionsbahn) wird in den originalsprachen aus den werken von baudelaire, poe, gérard du nerval, georg trakl und ramón gómez de la serna deklamiert. auf dem weg von der urania zur kärtnerstrasse kam es durch das stark angewachsene gefolge zu einer verkehrsstörung und die beteiligten landeten schliesslich im «strohkoffer». bezeichnend an dieser ersten manifestation war die weitgehende gleichsetzung des makabren mit dem poetischen (die im grunde sehr wienerisch ist), der protest gegen das konventionelle, anonyme, der sich jedoch weniger durch eine aggression nach aussen, als mehr durch ein dokumentiertes, subjektiv bedingtes anders-, eigensein ausdrückte, provoziert durch das belastende ärgernis, das man damals schon durch die kleinste abweichung vom üblichen hervorrief.
in einem weiträumigen, labyrinthischen keller, den artmann gefunden hatte (im ersten bezirk in der ballgasse 10), wollten wir uns ein avantgardetheater einrichten. günstigerweise war der keller durch ein grosses, halbverschimmeltes holztor unmittelbar von der strasse erreichbar. zuerst mussten allerdings noch berge von schutt und abfall weggeschafft werden. licht gab es keines, aber viel begeisterung. mit unseren kerzen und taschenlampen entdeckten wir, dass es noch tiefer hinunterging: unter unserem theater lagen die historischen katakomben. wir veranstalteten hier lesungen, konzerte und theateraufführungen, an deren regie auch konrad bayer beteiligt war. besonders in erinnerung blieb mir unser pompös makabres fest zu ehren der französischen revolution,

wo in jakobinerkleidung mittels einer eigens auf der bühne installierten guillotine imaginäre hinrichtungen vorgenommen wurden (bei den postulierten opfern gerieten wir allerdings rasch in die gegenwart). die new orleans-band walter terharens (auch bekannt unter dem namen «jazzband jesus christbaum») spielte dazu auf – oswald wiener als begeisterter jazztrompeter war bereits dabei. aus angeblich baupolizeilichen gründen musste der keller bald wieder aufgegeben werden.
neuer treffpunkt wurde nun das café glory (schräg gegenüber der universität). der artclub war im winter 1952/53 vom «strohkoffer» in die oberen räume des wesentlich stilleren domcafés in der singerstrasse übersiedelt. im «glory» begann eine literarisch sehr anregende periode, in der sich unsere beziehungen auf einen kleineren kreis konzentrierten, aber auch festigten und formten. hier stiess auch friedrich achleitner zu uns, oswald wiener rückte seine ersten gedichte heraus, brachte rasch weitere, als er sich überzeugte, wie sehr sie bei uns anklang fanden. fast jeden abend brachte einer von uns etwas neues. hier entstanden auch unsere ersten wiener dialektgedichte, in denen wir den dialekt für die moderne dichtung entdeckten und der «inventionismus» wurde entwickelt, eine art systematisierung der alogischen begriffsfolgen des radikalen surrealismus – wie des von uns besonders verehrten benjamin péret. möglichst dissoziierte begriffsgruppen werden von einer arithmetischen reihe (am beliebtesten war die des goldenen schnitts) permutativ geordnet. das sprachliche material sollte auf diese weise aus dem kausalen begriffszusammenhang in eine art semantischen schwebezustand gebracht werden, auf «mechanischem» wege überraschende wortfolgen und bilder erzeugen. «die tänzer trommeln und springen», «der kutscher sitzt auf dem tanzmeister» «mit einem schwert aus reinem crystall», sowie «balsader binsam» und «der neunertz specken klaster» (wo die methode statt auf wörter auf silben angewandt ist) sind die beiträge konrad bayers zum inventionismus.
am 13. dezember 1954 konstituierten wir uns als club unter dem namen «exil», der auf unsere isolation in wien anspielte. wir mieteten für unsere zusammenkünfte und veranstaltungen die «adebar» in der annagasse, einer querstrasse der kärntnerstrasse. der kreis war jetzt wieder grösser geworden: er umfasste dichter, maler und komponisten – dazu kamen noch architekten und filmavantgardisten. der enge kontakt, den die progressiven vertreter der verschiedenen künste zueinander hatten, wirkte sich fruchtbar aus und war für unseren wiener kreis spezifisch.
1956 entstanden die ersten gemeinschaftsarbeiten. artmann stöberte in seinen grammatiken herum (wörterbücher und fremdsprachige grammatiken waren damals seine lieblingslektüre), kramte ein lehrbuch der böhmischen sprache von terebelski aus dem jahre 1853 hervor, in dem sich eine sammlung einfacher sätze fand, die dem durch den inventionsmus geschulten blick in ihrer willkürlichen aneinanderreihung als poe-

tische verfremdungen auffallen mussten. artmann und bayer begannen die reihung in diesem sinne zu spezifizieren, wählten aus, gruppierten um – die erste «montage» war fertig. bei der nächsten zusammenkunft in artmanns enger aber inspirativer bude in der kienmayergasse beteiligte ich mich an der weiteren ausbeutung des buches. die entdeckerfreude feuerte uns zu weiteren montagen an. es lag nahe, andere bücher und sonstige schriftliche dokumente zu verwenden, auch verschiedene gleichzeitig. schon die auswahl des materials, das einer montage zugrunde gelegt werden sollte, war erregend und für das poetische endprodukt natürlich von essentieller bedeutung. auswahl und ordnung, die sensibilität, die sich in dem spannungsverhältnis benachbarter sätze erweist, machen die qualität dieser art von dichtung aus. jeder brachte geeignetes material an (bevorzugt waren anfangs ältere konversationsbücher), wir spielten uns aufeinander ein, warfen uns die sätze wie bälle zu. wenn daneben auch jeder für sich den erschlossenen möglichkeiten weiter nachging, war gerade die montage eine technik, die eine gemeinschaftsarbeit besonders begünstigte. da wir manchmal — auch voneinander unabhängig — dasselbe material nochmals verwendeten, kommt es vor, dass in verschiedenen texten gleiche sätze auftauchen. wir kamen schliesslich zur «montage über die montage», die wir als monteure gekleidet in einer werkshalle verlesen wollten. nicht zuletzt aus diesen «poetischen gesellschaftsspielen» (artmann, bayer und ich machten auch einen gemeinschaftstext nach einer vorher vereinbarten spielregel: «stern zu stern») entwickelte sich schliesslich eine bewusste gemeinsame auseinandersetzung mit dem material sprache überhaupt, wie sie achleitner, bayer, wiener und ich in sitzungen intensiv betrieben. für bayer blieb die montage eine bestimmende technik. zu einem höhepunkt brachte er sie wohl mit seinem «vitus bering». aber auch «der sechste sinn» ist in seiner formalen anlage durch diese technik bestimmt. am 20. juni 1957 manifestierten wir unsere gemeinsamen bestrebungen und damit uns als «gruppe» in einer monsterlesung im intimen theater, wien I. liliengasse 3. achleitner, artmann, bayer, rühm, wiener. das plakat trug unter unseren namen nur den schlichten titel «dichtung». wir brachten einen querschnitt durch unsere bisherige arbeit — einzel- und simultanlesungen, tonbänder und projektionen visueller texte —, bis wir durch den nicht mehr zu überhörenden «eintritt» der sperrstunde zu einem ende kommen mussten. im zuschauerraum gärte es und es war mehrmals nahe an einer schlägerei.
in diese zeit fällt auch unser flagellomechanisches manifest: an öffentlichen plätzen werden mit bleikugelschnüren texte aus einer schreibmaschine gepeitscht, die einzelnen blätter abgestempelt an die umstehenden verkauft; den presseleuten werden in puppengeschirr kaffee und kuchenbrösel gereicht.
1957 entstand ein grosser teil unserer (kleineren) co-arbeiten (bayer-

rühm): kosmologie, der fliegende holländer (publiziert in «movens», limesverlag), ein kriminalstück (die kurzen stücke wurden uraufgeführt von der wiener kellerbühne «die arche» 1963), erstes märchen für erwachsene, aller anfang ist schwer – ein utopischer roman, kyselack; gemeinsam mit achleitner und wiener: schwurfinger – ein lustiges stück. bayer und ich wollten uns einen stempel anfertigen lassen (aus geldgründen wurde seine ausführung immer wieder vertagt), der jedes cowerk mit der aufschrift versehen sollte:

konrad bayer & gerhard rühm

stets meisterwerke!

das literarische wunderteam

auch 1958 war ein jahr engster zusammenarbeit. mit achleitner und wiener wurde in zwei nächten die «kinderoper» gekotzt, wiener und bayer machten miteinander «kristus, ein rauschkind», wiener und ich das «fenster» und das aggressive bilderbuch «kind und welt», bayer und ich unter äthereinfluss «die mustersternwarte», alle vier (artmann hatte sich nach seinem überraschenden «schwoazzn dintn»-erfolg von uns etwas entfernt) steuerten gemeinsam oder jeder für sich material für unser «literarisches cabaret» bei. natürlich hatte es mit einem üblichen cabaret nicht viel zu tun, wäre diese bezeichnung schon bekannt gewesen, hätten wir es «happening» nennen können. das programm wurde so umfangreich, dass wir es nicht zu ende bringen konnten. durch den starken besuch und das echo ermutigt, entschlossen wir uns anfang 1959 zu einem zweiten abend in grossem rahmen (porrhaus), der neben den restlichen nummern wieder so viele neue enthielt, dass auch dieser abend zu gewaltsamen kürzungen führte – nicht zuletzt durch die polizei, die um uns sehr besorgt war. es gab noch einige planungen. so wollte konrad bayer als dirigent von singvögeln auftreten und einen geldschein ausstellen, der – dadurch kunstwerk – entsprechend teurer verkauft werden sollte. er entwarf eine «konrad-bayer-zeitung», die nur eigene texte und privatfotos enthalten sollte. wir wollten unsere gedichte öffentlich plakatieren. diese projekte scheiterten an geldmangel. auf grund unseres literarischen cabaret-erfolges interessierte sich eine österreichische schallplattenfirma für eine «funktionelle schallplatte», gleichsam ein akustisches cabaret (in unserm sinne), für die wir ein detailliertes programm entwarfen. das interesse schlief aber wieder ein.

deutlich blieb mir ein gemeinsamer besuch des hernalser friedhofs, ende september 1959, anlässlich des begräbnisses josef matthias hauers in erinnerung. keine offizielle persönlichkeit war zu ehren dieses grossen

zwölftonmusikers gekommen. es war derselbe friedhof, in dem ich an einem gleich wunderbaren herbstnachmittag nur fünf jahre später hinter dem sarg konrad bayers gehen sollte.
unser stammcafé (wir sind in wien!) war seit anfang 56 das «hawelka» in der dorotheergasse beim graben geworden. aber meist trafen wir uns jetzt daheim. ansonsten hatte sich an unserer situation nicht viel geändert. trotz eines gewissen echos (vor allem auf unsere beiden cabarets) wurde uns immer beklemmender unsere isolation und die hoffnungslosigkeit unserer lage in österreich bewusst. von einigen wenigen abdrucken in zeitschriften und anthologien abgesehen, häufen sich unsere unpublizierten manuskripte in der schublade. offiziell stehen wir auf der schwarzen liste. wir sind störenfriede. man lässt uns keine chance, will von uns nichts wissen. mit finanzieller unterstützung von gerhard lampersberg versuchte bayer ein eigenes organ herauszubringen. von der zeitschrift «edition 62» erschienen aber nur zwei nummern. die sonst üblichen staatlichen zuschüsse gab es für uns nicht. jede veranstaltung wurde in der presse von einem hohngejaule begleitet, in graz nannte uns eine zeitung sinnigerweise «entartmänner». wir hatten zwar internationale kontakte, sassen aber eben doch noch in wien fest. nur artmann hatte österreich bereits verlassen. auch konrad bayers bemächtigte sich eine gewisse unruhe. aus den zweifeln, wiener ressentiments und der angestauten verbitterung entluden sich texte wie «idiot», «17. jänner 1962», «kasperl am elektrischen stuhl» und unsere umfangreichste co-arbeit, die monsteroperette «der schweissfuss» (1959–62). oder sein folgendes pamphlet:

situation der österreichischen literatur der gegenwart.

entgegen, trotz einer reihe, vieler, ungeleugneter widerstände, umstände, ungünste, missverständnisse, hindernisse, wie sie wollen, gibt es für, hat die junge österreichische literatur, österreichische literatur der gegenwart (die nichtssagende kategorie entsteht nun zu aller ärger aus vorbestimmtem titel und jetzt liegt er da, der bleiche spulwurm, dem sonnenlicht der bedeutung vorenthalten, hilflos am boden...) seit einiger zeit, zerplatzen der naturgeschützten nachkriegsschreiber, jahren, eine chance, günstige gelegenheit.
ungestört zeigt sie sich, die, in einem unkontrollierten zustand wuchernder pubertät.
das alter (lebende heroen sind hier unbekannt) nimmt an dieser vegetation nützlich keinen anteil oder hat sich soweit als unzuständig erklärt, gezeigt, erwiesen, dass kritik, korrektur, einfluss sich nicht ereignet oder dort, weit draussen, kaum sichtbar, in der perspektive verschwunden, an der sache, dem phänomen vorbeigeht, vorbeiging. eins, zwei, rechts, links.

in diesem erfrischenden klima mangelnder interpretation wächst sie, die, im fruchtwasser der sie umgebenden interesselosigkeit ungestört, wie gesagt, heran, die kräftige spätgeburt, 5 kilo 80, der kleine!
nebenan ist das mistbeet des schlechtverdauten surrealismus; – die musterschüler von kalkvater grillparzer wohnen im gartenhäuschen.

andererseits fühlte er sich doch an wien mentalitätsgebunden, stellt eine «vaterländische liste» auf:

bayers vaterländische liste

paracelsus	schönberg	schiele
wittgenstein	webern	klimt
sigmund freud	hauer	hundertwasser
kafka	mozart	hausner
nestroy	schubert	rueland frueauf
stifter	joseph haydn	
karl kraus		
walter von der vogelweide		
oswald von wolkenstein		
dr. serner		
raimund		
trakl		
ehrenstein		
musil		
martin buber		
h. c. artmann		
oswald wiener		
gerhard rühm		
gütersloh		
herzmanofsky		
raoul hausmann		josef hoffmann
ulrich von lichtenstein		otto wagner
johann beer		lukas hildebrandt
dietmar v. aist		prandtauer
der kürenberger		fischer v. erlach

wir schlossen uns noch hermetischer zusammen. gemeinsam mit oswald wiener begründeten wir die tikletie, über die wir uns aber weder öffentlich noch freunden und unseren frauen gegenüber zu äussern beschlossen – sie sollte für unsere weiteren handlungen bedeutsam werden. 1962 erscheint in der dead language press, paris, die gemeinschaftsarbeit mit oswald wiener: starker toback. konrad bayer – nach aussen ein hastiger konsument («wenn du das heilige verzehrst, hast du's zum eigenen gemacht! verdaue die hostie und du bist sie los!» stirner, der einzige und sein eigentum), zog sich immer mehr in sich zurück. er zweifelte mehr und mehr an einer kommunikationsmöglichkeit überhaupt, stellte die sprache als brauchbaren vermittler in frage: sie eigne sich bestenfalls für insichbezogene dichtung – *sei* dichtung. die welt – mein traum. der einzelne ist isoliert, gefangen in seiner subjektiven gedankenwelt. jedes gespräch ist ein monolog, man kann *sich* nicht verständlich machen (siehe sein prosastück «von nun an»). stirner bis zum solipsismus («ich gebe zu, franz ist gott»). so entwarf er einen «einmannstaat», für sich, flüchtig auf einem notizblatt:

> EINMANNSTAAT (besprechung mit völkerrechtler)
> ich sitze und nähe meine fahne. ich habe erkannt, dass ich ja letztenendes
> (sich deklarieren, kann ich das, geheim, exilregierung.)
> glaubenskrieg, für eine überzeugung, ein ideal kämpfen, sollte keine frage der quantität sondern der qualität sein. also auch immer gegen alle.
> revolte des einzelnen, legalisiert, staat.
> durchzugsgebiet (wie durch belgien).
> bei bewaffnetem widerstand entsprechende gegenmassnahmen. die ganze welt ist durchzugsgebiet. auf der suche nach lebensraum? nein, glaubenskrieg (...), kampf für ideal. wenn einer erkennt, dass er gegen alle steht, müsste er sich dann nicht aufmachen und es tun
> erschiessung der freunde!! (nicht nur feinde, gibt zu wenig her)
> im kriegszustand (recht des kaperns)
> *alle* privilegien nimmt sich *jeder* staat im kriegszustand.
> kriegserklärung an alle länder der erde.
> tritt er an öffentlichkeit 1×?
> seine argumentation gegen versuchende anhänger: keine partei der man beitreten kann, sondern so etwas ähnliches wie ein volk.
> requirierung
> plünderung?
> vergewaltigung?
> daten: genaue zeit-ortsbestimmungen
> rhythmen: gerüche, geschmack (essen), tasten
> wiederholungen (listig einschmuggeln)
> dürfte (...) eine stadt in die luft sprengen

dazu im gegensatz hatte er ein starkes mitteilungsbedürfnis und zeigte sich seinen engsten freunden stets verbunden. er hatte zutiefst den traum einer «idealen» welt (sonnenstaat), da sie aber nicht zu verwirklichen ist, rief er ihre vermeintliche antithese aus. doch in der negation blieb er fixiert an das negierte, sonst hätte er sie nicht so heftig geäussert. er versuchte durch ohrfeigen reaktionen zu provozieren — warum hätten ihn sonst noch häresien beschäftigt? seine skepsis quälte ihn und sie steigerte sich. aber es gibt nicht *die* schönheit, *die* reinheit, *den* sinn, daher auch nicht ihre negation. es gibt nichts absolutes. wert ist eine menschliche, das heisst soziale kategorie, relativ, gesetzt (vereinbart) und daher stets neu zu setzen, zu vereinbaren. wir diskutierten oft über diese probleme. wenn unsere möglichkeiten schon beschränkt sind, wo liegen ihre grenzen? er experimentierte, auch mit sich, mit seinem körper. seine wünsche waren grenzenlos, er wollte fliegen, sich unsichtbar machen, er wollte alles können. doch was ist das: ich? das befinden meines körpers? und die «freiheit»? das leben wurde mir gegeben — ob ich es wollte oder nicht, frei steht mir nur, es selbst zu beenden. anscheinend zum «sechsten sinn» notierte er:

> wenn die notwendigkeit entfällt, entfällt die ursache (z. b. der fortpflanzung).
> vielleicht wenn man aufhörte jemals zu zeugen, wird man aufhören zu sterben (siehe unschuldsprinzip bei den primitiven, jungfrauen als priesterinnen, christus etc.)
> es ist aussichtslos gegen die waffe oder gegen den krieg zu sein. so lange wir nicht aufhören zu sterben, werden wir nicht ablassen zu töten.
> vielleicht genügt es, den gedanken an den tod zu entfernen, um nicht zu sterben!

bayer schätzte jetzt vor allem max stirner und walter serner («letzte lockerung») — aber auch zen-texte, in der dichtung quirinus kuhlmann, die pataphysiker, hans arp. er interessierte sich für kultische (geheim-) riten, für magie, die alchimisten, beschäftigte sich mit dem schamanentum. er erzählte mir ausführlich über eine seance im hause fritz hundertwassers in der picaudière, die er in einem protokoll festgehalten hatte. er spielte mit dem gedanken, dieses protokoll in den «sechsten sinn» einzubauen. natürlich haben ihn mehr die auf diese weise freigelegten kräfte als «geister» interessiert. rationale ordnungen betrachtete er als willkürlich und einschränkend, versuchte sie aufzuheben oder zu ignorieren. argumentationen wies er schon zurück, weil es argumentationen waren. schliesslich bleibt das schweigen und nichthandeln. doch der lebenstrieb? er war bei ihm stark entwickelt. die widersprüche erschienen ihm unlösbar. seine grundthemen sind die paradoxie, der zwang, die auflehnung, das einfrieren, erstarren, der tod, die austauschbarkeit schliesslich: eins ist wie das andere («die vögel»).
ich glaube es war 1962, als konrad bayer mich besuchte und mir wie eine überraschung verriet, er hätte in der schweiz (er war dort filmen) einen «roman» begonnen. er wisse noch nicht, was letztlich daraus

würde, aber er schriebe nun einmal drauf los, im übrigen sei er der meinung, dass es an der zeit wäre, etwas «grösseres» zu machen. er las mir damals die später in den «akzenten» veröffentlichten teile und noch anderes vor. animiert durch die berichte artmanns fuhr er später nach berlin und erzählte mir nach seiner rückkehr von einem jungen verlag, der vielversprechend mit max ernst begonnen hätte und sich für seinen roman und den vitus bering (an dem ihm sehr gelegen war) interessiere. aber daraus sollte nichts werden. mitte juni 1963 fuhren wir gemeinsam nach berlin. wir bekamen hier sofort lesungen im rundfunk – bayer las den vitus bering. in österreich wäre das undenkbar gewesen. er wurde zur tagung der gruppe 47 eingeladen. dort lernte er ledig-rowohlt kennen, der ihm einen vertrag gab. walter in olten übernahm den vitus bering. das eis schien gebrochen zu sein. doch konrad bayer strahlte eine steigende unruhe aus, man hatte das gefühl, es ginge ihm alles noch nicht schnell genug. dabei litt er immer häufiger unter der vorstellung der sinnlosigkeit von allem.

vor meiner endgültigen übersiedlung nach berlin bemühte er sich hastig um die langgehegte aufführung der «kinderoper». die gruppe sollte noch einmal gemeinsam auftreten (wir spielen uns in diesem stück selbst). bayer malte plakate und verschickte einladungen. das ganze fand in dem neueröffneten nachtlokal «chattanooga» am graben statt. am 9. april 1964 sangen wir unsere chansons, den abend darauf führten wir die kinderoper auf.

konrad bayer tauchte kurz in berlin auf, um für eine ausstellung «mobiler elemente» (die auch entsprechende ‹visuelle poesie› miteinbezog) seine leseläule («flucht») in die «situationen 60» galerie zu bringen. mitte september sahen wir uns wieder bei der frankfurter buchmesse. wir beschlossen, auch weiterhin bewusst als gruppe aufzutreten und trennten uns schliesslich mit neuen aktionsplänen.

er hatte sich in den letzten wochen nach hagenberg in niederösterreich zurückgezogen, wo einige freunde ein halbverfallenes schloss gemietet hatten, um dort seinen roman fertigzustellen. sonntag, den 11. oktober bekam ich aus wien einen anruf: konrad ist tot. gestern hatte er in wien sein leben durch gas selbst beendet.

gerhard rühm — berlin, im oktober 1965

frühe texte

SEIN Lachen

Wasser, Feuer, Mond, Asche......
Klagender Schall kriecht durch den Aether.
Arme, Hände, Grauen.
Seine Augen starren noch immer verwundert, selbst im Tode. Aber sein Schrei läuft weiter. Durch Ebene, Wälder, Städte.
Und er stolpert,
stolpert über Gedanken. Rollt keuchend zur einsamen Mühle.
Und atmet.
Und klopft.
Der Müller er sah ihn von weitem. Durchs Fenster.
Und wartet.
Der Mond hält ihn mit seinen Armen und kringelt die Töne zu Kegeln. Scharfen und spitzen Kegeln.
Sie bohren und mahnen. Doch der Müller lacht. Lacht ein schauriges einsames Lachen. Lacht es hinaus durchs Fenster.
S E I N Lachen.
Zitternd hält sich sein Lachen. Am Windmühlenflügel.
Plötzlich löst sich die Starre. Tropft hinunter, erdwärts. Läuft. Springt.
Und rast.
Rast hinaus in die Ewigkeit.

Der Amtmann. Er steht an der Strasse und wartet.
Wartet auf ewiges Leben.
Auf hagerer Wolke rast einher das Lachen, einsam. S E I N Lachen. Klappernden Hufes.
Untragbar des Auges, mit zerrissenen Därmen und ekelerregenden Häuptern ...... Fratzen, Scheusslichkeit.
Blutunterlaufene, stinkende Augen.
Kugeln und Blitze regnen aus diesen Toren der Scheusslichkeit und des Grauens...
Es gleitet erdwärts. Kommt. Auf den Amtmann und teilt sich.
....
Aus einer einzigen Lache.
Dreifach umkreist ist der Amtmann. Eine einzige lodernde Lache. Wiedervereinigung, Gestank......
Gross sind die Augen des Amtmanns. Gross, rein und verwundert. Dann steigt das Grauen in seine Augen.
Steigt und wird gross. Das Grauen.
Doch der Amtmann lacht. Lacht mit vom Grauen verzerrten Antlitz.
Lacht, lacht, lacht.
Lacht und stirbt.
Lachend.

Weiter rast das Lachen.
Ringsum sterben sie mit traurig einsamen Blicken.
Schwarze Lumpen verhüllen den blutig verwesenden Leichnam.
Das Lachen, der Leichnam, das Grauen...
Einsam tönen die Hufe.
Weiter tasten die Töne, langsam. Hinein, waldwärts.
Finden den zitternden Wanderer, allein. Finden und packen ihn mit ihren Schlingen aus Draht und Meerschaum. Scharf wie Gedanken, lauernd hinter Gräbern und sich spiessend in den Netzen, gespannt zwischen den Armen des Waldes, grausam greifend nach furchtsamen Seelen. Holde des Unsagbaren. Doch weiter steigen empor Gedanken aus Tönen geboren.
Ueber sternzerfurchte Himmel.
Zur Ewigkeit...
Unten stirbt der Wanderer.
Auf seinem Antlitz hockt S E I N Lachen.
(1949)

Einsamer Wanderer gleitet über Schutthalden, vorbei an Ruinen. Der Mond sendet anklagend seine eiskalten Strahlfinger nach des Wanderers Herz und lässt ihn erschauern. Er fängt sein Auge und lässt Furcht in des Einsamen Hirn emporkriechen. Rascher geht er weiter, graue, wohlgenährte Ratten, Könige des Krieges und der Zerfleischung, umrascheln seinen Weg. Eine wahnwitzige Melodie, grausamschön, den Schleier des Geheimnisses des Lebens zerreissend, mit seinen nackt-rosig-grünen Schenkeln wollüstig und aufstachelnd schlenkernd. Vorbei. Leere steigt in ihm hoch, stösst die Furcht überlegen grinsend zurück und zieht das Grauen wollüstig erschauernd an seine Brust, dessen bereite Zähne grosszügig übersehen wollend, sich ihm selbst zur Beute neigend. Nun schwimmt er dahin, er der Delfin im Meere der grausamen, sich selbst peinigenden Seligkeit und trinkt das verderbliche Gift der Erkenntnis. Erkennt und steigt in den Abgrund des Todes, der Wahrheit, Gerechtigkeit und der ewigen Ruhe. Das erste Mal empfindet sein leeres, ausgebranntes Herz ein seltsames, nie-empfundenes Gefühl: Liebe!
Grosse ruhige Kreise zerschneiden die Ruhe des schmutzigen Tümpels...
(1951)

Abendspaziergang

Der Abendwind rollt durch die Strassen und kreischt sein Lied der Einsamkeit durch funkelnde Gleise der Trambahn. Die elfenbeinerne Sichel hängt klagend über der Stadt. Grüne Arme greifen in die kühle Nacht und zerfleischen ihre Ruhe in Schläfrigkeit. Der Sang der Maschine verrinnt. Eine wohlige Schwade von Ruhe breitet sich über alles Sein, verschlingt selbst das Schwatzen des Windes, erstarrt die Blätter, die geschwätzigen, toten Leichentücher des Sommers, und lähmt auch die Schritte des Wanderers. Ein Geflecht fremder Gedanken lässt ihn straucheln, und er knarrt in die Balken der alten, morschen, gutmütig-braunen Bank, die ihn mit einem mütterlichen Lächeln in die Arme nimmt. Seine Gedanken schweben empor voll Weisheit und Anmut, leicht und gefügig...

Schwermut ohne Schmerz, heiter-ruhig, erfüllt ihn. Sanfter Schein einer Ampel fällt auf seine Seele. Seine Glieder werden schwer und unbeweglich, nur seine Gedanken schwirren um das grosse Licht, gleich Ungeziefer, grosse und hehre Gedanken...

Leise steigt ein Ruch von Fäulnis den Hügel hinan, süss und schwer. Eine Ahnung des Todes überkommt ihn, gross und ohne Furcht. Der Mond fällt in seine Augen und füllt sie mit Erinnerung und die Erkenntnis des Schönen lässt ihn ertönen gleich einem silbernen Vogel.

Da greift die Bahn nach seinem Körper und schüttelt ihn unbarmherzig, bis seine Gedanken zu Scherben zerfallen. Eisiger Hauch sticht seine Finger und treibt das Laub aus seinem Versteck. Nun läuft es, kleine braune Ratten, über seine erstarrten Beine und schamlos ihr Skelett zur Schau tragend, schwätzen sie weiter, die Güte des Todes frech verachtend. Das Gekeuch der Maschine steht nun vor ihm und fasst mit seinen gierigen, eklig-lebendigen, in ihrer Unbeholfenheit alles zerstörenden Tatzen nach dem letzten, verbliebenen Rest seines Geheimnisses, das ihm nun, erschreckt durch den stinkenden Atem des Lebens, entflattert.

Noch einmal greifen die Finger des Mondes nach seinen Augen. Eine Flamme: Tod ist Ende zwar, doch Vollendung auch und Ruhe; Verwesung ist Leben und Freude; Leben ist Schalheit und Tod... Wieder blökt die Maschine, laut und widerlich. Da springt er auf und hastet davon, leer und voll Angst vor dem Leben.

(1951)

kein korsett kann vermeiden, dass sich meine hände finden. das ist ihre grosse fähigkeit.

sie öffnen die blicke und gegenstände, sie arbeiten. sie umschlingen frauen und blühen zu weihnachten. bei einem so natürlichen interesse gibt es keine grenzen.

ich glaube gern, dass sie nirgends wohnen. glücklicherweise war das leicht zu erraten.
(1951)

es gibt gifte, die noch die kraft besitzen, zu beunruhigen. wenn man von einem gift sagt „dies ist ein gutes gift", so überfällt mich eine tiefe gleichgültigkeit, die immer zum hoffen verurteilt, und einige augenblicke lang will ich alle geheimnisse entschleiern.
gewiss, ich habe das recht der wiederholung, allein, das hätte ich nicht verdient.
(1951)

für judith

wenn der montag die rosen durchs land treibt
steh ich am fenster und warte

wenn der dienstag den regen am ufer zerschlägt
dann steh ich am fenster und tanze

wenn der mittwoch für mittwoch die sonne entzweit
steh ich am fenster und weine

wenn der donnerstag im park sein kreuz verliert
geh ich vom fenster mit kommenden schritten

wenn der freitag sein kleid in die wolken schlägt
dann steh ich am fenster und verrate dich zweimal

wenn der samstag sein haar im schornstein findet
dann steh ich am fenster und singe

wenn der sonntag den tod umsonst verschenkt
dann steh ich am fenster und warte
(1951)

Die glühende Scheibe
die vor meiner Angst pendelt
lässt die Schädeldecke der Nacht
die aus den Wurzeln leuchtet
Gehirn auf meine Wunden streuen
und im wollüstigen Schmerz
vergeht der schwarze Schachturm
zur getrockneten Walderdbeere.
(1952)

Nachtschwarze Ebene im singenden Gleichklang der eisernen Mondesfinsternis. Säumiger Krieger des einen Auges, wer zerrt an deiner Nabelschnur? Seht ihr den steinhaften Zug dieser erbarmungslosen Finsternis, der eure geilen Eingeweide blosslegt vor Mutter Chaos, der Allmächtigen, Seherin des Ewigen und Endgültigen? Wer wagt es, ihr zu trotzen, ihr der Mutter allen Fleisches, der Wollust und der Begierde? Noch ist sie fern, die Ewige, Zeitlose, Beherrscherin der Finsternis, geboren aus sich selbst, Mutter des Alls. Schlangen gleiten durch den Nabel der Welt, kreissend die Ewigkeit in alldauernder Kreisfolge aus dem Samen der Ungerechtigkeit. Auch sie singen, singen wie die Schafe auf dem Berge Eilos. Den Wunderbaren sei die Narbe zum Heil, singend das Los der unbesiegbaren Freiheit. Wer ist Frau, Mann, Weib oder Knecht, singend, klagend und sterbend, der den Allwalter mit der Maske nicht als unendlich grausam und anziehend geschaut, wer narrt meinen armen Vater, den Tölpel, geboren um zu leben. Seeschau unmasslich ferne in Ewigkeit. Amen. Wer schafft, lebt um zu sterben. Lebe den Tod um der Freiheit willen, singe den Ton des ewigen Lebens durch den Geist fern der Allgüte. Singe das Lob der Fäulnis, des Bösen um der Freude willen, des Guten um der Trägheit und Zufriedenheit willen. Wer wagt es zu stören die schwebende Qualle, einzudringen in ihre göttliche Zufriedenheit, um seine nutzlose Einsamkeit zu vertreiben. Sehet den Glücklichen. Er schwebt über euch. Über ... Glücklich aus beseligender Leere, fern der Masse geboren aus dem trägen, ins Ewige sich versenkenden Nichts, stehend ausser eurer Zeit. Ihr Armen verurteilt in Gegenwart, Vergangenheit und Zukunft zu leben. Wer hat euch gerufen zu stören den in göttlicher Verzückung Seienden? Feuchte heisse Schleier, fern der Qualität der Helligkeit, ausser ihr umrauschen und schützen ihn. Störet ihn nicht, stecht nicht auf die Blase des Nichts, damit sie euch nicht euer dürftiges Bewusstsein hinwegsauge gleich einem armseligen Fetzen, verhüllend die Scham des Aussätzigen, der nicht wagt zu zeigen, was der Göttliche nicht empfindet. Verberge sie nur, deine Retter, verberge Gefühl und Leidenschaft, auf dass du verkümmerst im Dreck.
(1952)

Kleidsame Bauchfalte im kehläugigen Leichnam, siehst du über dem Moosmeer die glühenden Metalltropfen aufsteigen. Ein milder Schimmer breitet sich wie eine weiche Mädchenhaut über die warme Erde und singt mir dunkle Heiterkeit. Ein kriechender Wurm kann niemals so einsam sein wie der auf dem Aste der Wollust schwingende Gedanke.
(1952)

Am Kreuze hängt einer dem die Eingeweide verloren gegangen sind darum stinkt er selbst im glühenden Wüstensand wie ein Murmelschwein dem die eingeschlafenen Füsse als Frühstück ohne Zwieback und Sandwiches serviert wurden. Glaube ohne glaube keiner Frau denn sie stinken nach Moschus. Wer sollte keiner stinken im Scheisshaus wohnt eine weisse Möve mit dem Glauben an die allunsterbliche Kunst. Könnt Ihr den nackten Ton eines Hupenfahrzeuges vernehmen. Ihr die Ihr die Südseite der mondenen Eierschale nie bewundert. Ihr schneeweissen Wände die sich im Lichte spiegeln und die keiner Witterung dem Vogel zur Weissen und könnten sie nicht auch gleich Dir eine Brut zum Erdball schleudern deren Nutzlosigkeit im Zweifel des Nichtstuns zu rauchender Asche zerfällt. Worin liegt der Wohllaut des Lichtes das dem Meere die Farbe spiegelt? Die Rosenblätter schwimmen in geschmackloser Wohltat über den Borus Deiner Sünden. Und ein Park dessen steinerne Vasen der Sarkophag keiner Blumenleiche
(1952)

Keimende Nabelschnur kennt keine Grenzen der Einsamkeit deren rotes Stroh den Gedankenstrang zu dicken Telephonkabeln verdichtet. Kein kleinlicher Grenzfall ist so weit gezogen dass er nicht im Hirn des Mörders begraben sein könnte. Wer auch immer du seist wirst du niemals die Sehnsucht nach der unheimlichen Schlucht der Finsternis vergessen durch die das Samenwasser der Unsagbaren läuft. Kennst du nicht dieses bleich und rund mondhaft gleich dem blinkenden Metallschein im flüssigen Schmelztiegel deiner Gedanken. Furcht und Grauen zertrümmert den Sarg meiner Träume. Der Leichnam mit den goldenen Blumen versingt den eiskalten Wintertag zu einer Strasse an deren Ende das glühende Nichts steht. Nur zwei bleiche Schatten kennen keine Gnade deren Tod niemand schadet deren Keim den Toten verwundet und meine Rinde ins Mark ätzt. Kaum geht es dir in den armstarken Strang deiner Gebärmutter auf der die Kühe deiner Wollust grasen denen du ins Auge nicht zu sehen wagst. Kennst du nicht deinen eigenen Abgrund den du frevelhaft glücklich selbst heraufbeschworen und dessen Schnittwinkel mit dem Paradies mit Ewigkeit ausgefüllt ist. Kein anderer ahnt deinen Schmerz der aus dieser klaffenden Wunde wie ein kalter Winterhauch durch den Atem der Schlange die ihren Unterschlupf in dieser Höhle fand. Wer du auch seist kenne meinen Zorn der im Hass der Vollendung begraben liegt. Komme und sehe das blumenüberzogene Verderben dessen Schäferhunde herrenlos durch die Nacht eilen. Man kam nicht nur dich zu sehen weil es Sitte der einäugigen Toren ist. Nur weil es mir behagt anerkenne ich keinen anderen Herrn als den wölfischen Hund meiner Begierde. Krieger des ewigen Efeus klage deinen Schmerz durch die Nabel der Welt deren Hirn in Fasern vor meinem Gelenk erschaudert. Knarrend fällt die Tür ins Nichts und dahinter erscheint der weisse Priester des Todes begleitet von den tausend Untieren der Versöhnung die mein Ende in der Blume vorbereiten ohne den Kern des Kagass ernsthaft geprüft zu haben. Kleine Schürhaken zerren dein Eingeweide an die Sonne und zeigen die Würmer deren Maden bereits in den Müttern hausten um sich ein der Ewigkeit der Fortpflanzung auf dem Moos der Beständigkeit zum Ekel des Einsiedlers festzuklammern mit dem Hunger Überlieferung die das Leben dein Wille geschehe in Ewigkeit der barmherzigen Rüsselkäfer. Wunderlicher Klang überzieht das Gehörn des Fabeltieres mit einem seltsam silbrigen Glanz der den Schäfer blendet. Draussen weiden deine Gedanken und freuen sich an der grünen Farbe des Grases nun da sie dem Stall der Verblödung entronnen. Warm scheint die Sonne und gräbt ihre Strahlen in jene Schluchten in denen einst das Geklapper der Messer dich erschaudern machte deren Eile dein Selbst zerbrechen wollten. Doch sieh dort führt der Weg zum blauen Turm der die Erlösung bringen wird. Nicht auf diesem Pfad deren Herde dein Gesicht gefesselt zu einer formlosen Masse. Siehe mir kommt der Wanderer entgegen den du meindest und suchst weil er dich mit offenen Augen ansieht. Kann nicht er es sein der dir Rettung bringt. Glaubst du nicht an den Allerhalter des göttlichen Zusammenspiels. Die Fassung des Ringes ist verloren doch siehe den glänzenden Stein der deine Stirn auf einem Holzpfahl entflammte.

Noch ist er nicht verloren und kreisst ebene Falten die mit ihren Hügeln den Bart des Räubers der Unschuld der Welt erinnern. Kann denn nicht nur ein seidiger Wall die Unschuld vor seinem Retter schützen. Dort mahnt der efeuumzingelte Blindwurm den kehläugigen Nasenflügel des ungeborenen Sohnes Gottes zu einer aggressiven Aussenhandelspolitik und hier verliert sich eine Mutter im Kleide des toten Leichnams dessen Spitzen in die Nacht ragen und so die metallene Schädeldecke der Finsternis sprengen wollen. An einer Naht liegt der Kiefer senkrecht zum Geschlecht des ranzigen Foetus der noch halberstickt seinen blanken Schädel aus der Scheide der Verheissung blinken lässt ohne zu bedenken dass er verlorener Sand ist der keine Wüste zur schamhaften Gemahlin des Windes machen konnte. Dunkel grün kann dein Sinn sein doch auch bläulich ist lieblich denn der Tod ist nahe dem Mädchen ohne Kopf das mein Wolf zerfressen auf den Richtblock

schleuderte. Seine Perlenkette kennt die Zähne meiner Mütter die sich im siechen Wahn die Brüste zerfleischten weil keine Aussicht zur einmaligen Prolongation des Organs dem Verstand ihrer Lider zu Ende singen konnte. Der Schlaf trägt einen weiten Mantel der die Scheusslichkeit der Welt verbergen sollte. Geradlinig steigt der Rauch des Holzopfers mit der Pfahlspitze erreichte keine Seligkeit unter der Grube des Henkers der das Fallbeil niemals in ihre Achselhöhle schlagen wollte. Der Aschenkegel hängt am Strich des faulenden Henkers in der Stille. Sein süsslicher Geruch lässt meinen Nasenflügel um den Damm des Ewigen Gerichte sehen denn kein Weiser wird zu fühlbar kommen um nicht erkannt zu werden. Wurm du krümmst dich vergebens braune Haut umgibt sterbend deinen glühenden Körper. Die Kette trägt eine Schnur auf der die Zähne meines Wolfes schwach und wehrlos baumeln ihr Lächeln ist keine Labsal für den Ohnmächtigen dessen Schlaffheit keinen Grund in der Versuchung findet. Sie steht auf der glühenden Herdplatte und singt ein Lied das den Faserruch der wilden Oleanderblüte befreit deren Kröte den Samen des Efeus in Kagas Verdammung speit während keine Falle sich über dem rasenden Tier verschloss brach die Fischblase. Einsamkeit ziert die Stirn des Mörders dessen Gesäss eine glühende Herdkohle leuchtet. Ihr Schein erleuchtet nur mangelhaft den fisnteren Gang in Düsternis. Die rote Rose lächelt vom Rahmen des Buches auf den schwarzen Schachturm der den Bischof morden wollte.
Das Raubtier verschlingt den Kopf der geilen Meduse die schwebend ihr Blut im Wasser der Wollust verstreut stirbt mit dem Schmerz eines grausamen Todes der ihre Glieder im Gleichklang erschaudert.
Erwürge das Lied der Hyäne auf dass du ewig trauerst im Keim deiner Seligkeit. Gelobt sei der Tod der Glattheit die die Mutter der Flaschen am Pfahlzaun schlachtet.
(1952)

Kann der graue Rauch, durch den die Strohhalme schiessen, eine neue Weihrauchkugel in mein Hirn schleudern, oder war die einsame Flamme nur verdeckt von der Asche des Ausbruchs von damals? Ist es eine stetige Glut, die mir half und deren fehlendes Echo ich erst jetzt bemerke, weil die trübe Kupferkugel, die erst mich blendete, nun hinabsank, überzogen vom Schmerz des Abschieds und mich hinabzieht gewaltsam zurück zum klagenden Mutterschoss. Blaue Einsamkeit lähmt die eben noch schwingenden Äste, und zu Boden fallen die Blätter, berührt vom eisernen Klang des Todes, der seine Schritte mit Zahlen dämpfen will, mit Köpfen, Leibern, Pergament und flaumigen Federn. Die lockeren Zähne flüchten den bräunlichgel-

ben Kiefer. Ein schwarzer Streif durchzieht den Schatten und erschreckt das ertrunkene Bewusstsein, holt es hervor, doch es haftet verwundet am einsamen Dorn und krümmt sich. Der Wurm hat keinen Kopf, nur eine gelbe Rose spriesst aus dem schleimigen Körper, der seine letzten Segmente verliert. Die goldenen Ringe trägt die Nacht um ihre lüsternen Finger, doch sie findet nichts. Kalt steht der schwarze Schachturm und wartet auf eine gelbe Rose.
(1952)

Der Daimon leuchtet aus der Grube von Ahorn und Wacholder und sein Antlitz glüht metallisch und seine ehernen Dornen denken in der Wüste. Einsamkeit befreit den Kauenden; seine Glut ist von menschlichen Leibern umrahmt, die süsse Verwesung erwecken. Doch auch die gläserne Weite kann die Trauer des aufrechten Leides nicht bedecken. Der Sand gleisst um den schwarzen Schachturm in einer Halle von Purpur, den die Nacht verschlingt. Leise singt der Kot der Sonne von Maden umklammert in jungfräulicher Hast und der Gehängte klagt zu Boden.
(1952)

Der Tod ist ein altes Weib

Gelbäugige Verderbnis, warum frierst du dein Angesicht?
Der Tod ist eine alte Frau, der die Nase fehlt. Seine gelben Zähne wanken in einem alten rostigen Uhrgehäuse den Trab der Fleischwerdung.

Mein Tod erwartet mich. Er erwartet mich in der Pforte des rostroten Turmes, der mich an den Krieg erinnert. Das Tosen der Explosionen ist in seinem Namen eingeschlafen, um von mir geweckt zu werden und singt mir sein Lied zwischen die Augenbrauen. Mein Tod wartet auf mich und hat seine Nase verloren. Er hat seine Maske vergessen und lockt mich durch Abstoss.
Ich erkenne meinen Tod durch die Dämmerung der Nacht. Sie tötet seine Glasaugen und Maulwürfe starren mich an. Er steht in der Pforte weit gewandt gen mich mit glaslosem Höhlengesichte. Sein Schädel ist wollbedeckt wie ein Garten. Die Bäume sind verfault. Er starrt auf mich und steht, steht und starrt. Die Augenhöhlen, die Nasenhöhle und die schwarzgefaulten Lippen wissen mich den unentrinnbaren Tod. Er starrt unbeweglich, weil er mein Gewissen getötet hat.
(1952)

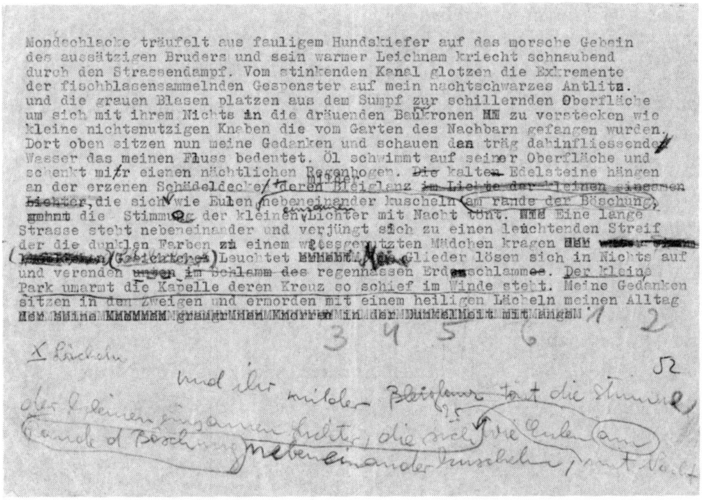
Mondschlacke träufelt aus fauligem Hundskiefer auf das morsche Gebein
des aussätzigen Bruders und sein warmer Leichnam kriecht schnaubend
durch den Strassendampf. Vom stinkenden Kanal glotzen die Exkremente
der fischblasensammelnden Gespenster auf mein nachtschwarzes Antlitz.
und die grauen Blasen platzen aus dem Sumpf zur schillernden Oberfläche
um sich mit ihrem Nichts in die dräuenden Baumkronen zu verstecken wie
kleine nichtsnutzigen Knaben die vom Garten des Nachbarn gefangen wurden.
Dort oben sitzen nun meine Gedanken und schauen den träg dahinfliessende
Wasser das meinen Fluss bedeutet. Öl schwimmt auf seiner Oberfläche und
schenkt mir einen nächtlichen Regenbogen. Die kalten Edelsteine hängen
an der erzenen Schädeldecke, deren Bleiglanz im Lichte der kleinen einsamen
Lichter, die sich wie Eulen nebeneinander kuscheln am rande der Böschung,
die Stimmung der kleinen Lichter mit Nacht tönt. Eine lange
Strasse steht nebeneinander und verjüngt sich zu einen leuchtenden Streif
der die dunklen Farben zu einem weissgeputzten Mädchen kragen
(Geschichte) Leuchtet Glieder lösen sich in Nichts auf
und verenden im Schlamm des regennassen Erdschlammes. Der kleine
Park umarmt die Kapelle deren Kreuz so schief im Winde steht. Meine Gedanken
sitzen in den Zweigen und ermorden mit einem heiligen Lächeln meinen Alltag
1 2
3 4 5 6
X Lächeln
52
und ihr milder Bleiglanz tönt die Stimme der kleinen einsamen Lichter, die sich wie Eulen am Rande d Böschung nebeneinander kuscheln, mit Nacht

Zerbissener Schlaf fällt von blutleeren Lippen und sein dumpfer Aufschlag lässt den gläsernen Kerker erzittern, in dem er sich gefangen hat, nur die Spinne ist noch nicht da, doch sie kommt bald, er muss nur warten... warten mit all den anderen, die hier warten um zu sterben, geduldig warten. Denn sie alle haben sich gefangen in der letzten logischen Konsequenz. Altes Leder verhüllt ihre Gedanken, die in einer Kugel aus frostigem Lächeln im Kreis laufen.

(1952)

Sklavenlied

Man hat mir meine Freiheit für eine kleine monatliche Rente
und ein tägliches Mittagmahl
abgekauft
und ich stand dabei
mit einem blöden Lächeln auf den ängstlichen Lippen, einem blöden, verständnislosen Lächeln
und glotzte auf ein Stück weisses Papier
bedeckt mit meiner Zukunft

und ich gab ihnen mein Hirn
durchsetzt mit blutigem Schleim
und es zuckte und heulte und flehte mich an
doch ich hörte nicht, weil ich meine Sehnsucht in meinem alten Anzug vergessen hatte.
Ich trug meinen Sklavenrock
mit verlegenem Lächeln
und ich wusste nicht
was ich mit meinen Händen tun sollte.
Sie führten mich zu den Ungeborenen
doch sie wussten nicht
sie wussten nicht
dass ich meine Sehnsucht in meinem alten Anzug verborgen habe.
(1952)

Selbst auf gehobenen Beamtenposten klebt eine Herde von Idioten, deren Schafsköpfe glasig schimmern, um ihr kristallines Gehirn zu beweisen. Idiotie kennzeichnet auch die übrige Beamtenschaft zum grössten Teile, doch wird sie ergänzt durch blühenden Kadavergehorsam bei allen, bei einigen Vielen finden wir zusätzlich noch die liebliche Würze der Kotfresserei. Ihre Augen ersticken im Seim und ihre Nasen furchen das Parkett.
Noch blühen einige weissleuchtende Augen milde im Meer der blöden Grausamkeit, doch trübt sich ihr gutmütiger Blick in der aufgequollenen Falle ihrer Buchstabenbrille, gefangen in den vielfachen Dioptrien der sklavenbestimmenden Vorschrift und Furcht und kindischer Ehrgeiz, wie gefallen dem Lehrer paart Musterknaben mit Naivität und Unverstand zu hündischer Unterwürfigkeit und gleichgültiger Passivität. Glanzlos glotzende geistlose Affen schwingen sich emsig im Käfig des Bürokratismus aufwärts die Leiter, die nur blutlose Hirne zu tragen vermag.
Unten liegen zerschmettert die anderen im leuchtenden Blut der Verdrängung. Die einsamen Lichter blinken leise über einem Sumpf, auf dem medusenartige Pflanzen schwellen. Sie gleichen einem hohlen Kristalluster, der keine Freunde hat. Der Hintergrund ist sehr dunkelbraun und schwarz und erinnert an ein Märchen. Blasen steigen auf und zerplatzen zu schillernden Halluzinationen. Alles will sie verschlingen, weil jetzt auch die restlichen Häuser auf Wechselstrom umgeschaltet werden. Ein psychopathischer Vorstand gibt Ihnen den guten Rat, den Geist aufzugeben und stur zu werden und meint es ernst, weil er ein guter Mensch ist.
Auf goldenen Lettern thront der Leitsatz der augapfeldrehenden Würmer. „Denke nicht, arbeite rasch und stur, lasset die Schreibmaschinen klappern,

stornieren kann man noch immer. Dein Vorgesetzter ist ein Gott und unfehlbar. Diene redlich und schreibe keine Überstunden auf, auf dass du bevollmächtigter Oberbeamter wirst in dreissig Jahren.
Oh schlafender Direktor, ich bin nicht würdig, dass ich arbeite unter deinem Dach, Dein Wille geschehe im Parteienverkehr als auch im Kontokorrent.

Ein Nichtambitionierter

(1952)

ich trete costümiert auf. meine scene ist ein markt um die mittagsstunde. vor dem brunnen wäscht colombine das blut von der guillotine.

ich bin ein kinderschänder und verfolge ein siebenjähriges mädchen. sie trägt weisse strümpfe und hat himmelblaue schleifen im haar. die quaimauer ist zu dieser stunde menschenleer.

ich treibe mit zerbrochenem ruder über den stillen ocean. aber ich weiss, dass ich es nicht erleben werde.

ich habe meinen mantel vor die augen geschlagen und ich eile durch diesen corridor, wo die schleier die kerzen in den candelabern verlöschen.

diese treppe führt zu meinem schloss. ihr könnt es nicht sehen, es ist zu dunkel. ihr könnt ja nicht einmal das ende der treppe sehen.
aber zum nächsten vollmond seid ihr alle meine gäste.
(1952)

an dieser kugel stören seltsame auswüchse
nasen augen quellen sinnlos hervor und
zerstören den gesamteindruck.
ein graues wrack am septemberhimmel
hängt von der decke des schalters 2
und besichtigt die schmerzen seiner frau.
an diese billardkugel
hat sein kleiner junge
die letzten reste porzellan verschwendet.
(1952)

was für ein mann! er trägt sein haar in einem knoten, zu gross für einen zylinder und zu fett für die zeit vor ostern. er lacht ungefragt und ich fürchte um seine ohren. seine zähne sind an beiden seiten zugeschliffen, die nase hat er von seiner mutter. wenn er die lippen öffnet, erscheinen seine augen an der peripherie eines kraters, wie die glühwürmchen zu mittag. ich möchte seine freundschaft nicht geschenkt haben. er ist immer vor mir da. wenn ich das haus verlasse, presst er seine nase an die fensterscheibe. er verfolgt mich mit seinen blicken in ständiger erwartung. er verzieht keine miene, trotzdem wird er es nicht unterlassen, meine entfernung in ein dickes buch einzutragen, das er immer an einer schnur um den hals trägt.
er lebt für eine ungeheure täuschung.
er glaubt, dass wir ihn ernst nehmen.
wenn er mich in seinen verschnittenen kleidern voll verachtung betrachtet,
könnte er mir fast leid tun.
(1952)

wir kennen den stein der weisen
einstein
und
novaja semlja
kaiser franz josef trug einen backenbart einen vulkan rosenbänderige schleifen und keinerlei zeichen seiner wehrhaftigkeit
violette seide
interieur einer wehrhaften mördergrube im jugendstil
ein jabot
ein jettfarbener zylinder
und zwei motorboote in einer schadhaft emaillierten waschmuschel
über einem aluminiumkübel

wir haben zwanzig tage nichts gegessen
wir gruben ein grab
wir pflanzten nippfiguren auf unsere gräber
jesus christ
verräter von nazareth
wir regnen ohne aufenthalt zwanzig stunden täglich
amstetten
bürger von amsterdam
um einen juden ohne televisionsapparat geschart
setzen die polizei des gouvernements in grösstes erstaunen
der gummiknüppel wird nicht angewendet
wir erwarten regen

der mörtel blättert über dem waschbecken
eine gelbe tapete
über einer tapete in der farbe meiner strümpfe
über einer tapete in scharlach und samt

ein paket whistkarten ohne karo zehn
(1952)

der engel im eis

alle treppen waren aus stein
so vergingen zwei stunden.
alle treppen waren aus stein
da stand ein engel im eis.

alle treppen werden aus stein sein
so werden zwei stunden vergehen.
alle treppen werden aus stein sein
da wird ein engel im eis stehen.

alle treppen sind aus stein
so vergehen zwei stunden.
alle treppen sind aus stein
da steht ein engel im eis.
(1952)

korallenes Laub weht durch die Stadt
und der Wind zeichnet die Körper der jungen Mädchen auf ihre Kleider
ein Geruch von feierlicher Traurigkeit
findet meine Augen wieder
(1953)

damals kam Aham
er kam mit dem frühling
über das grab meiner schwester
sein antlitz war bleich
wie carrarischer marmor
und seine brüste
zierten die silbernen schalen
des mondes

damals kam Aham
und seine speise
war der geruch
der heraldischen blumen im sommer
er atmete ein
und er atmete aus
so lebte Aham im sommer

so lebte Aham
fast hundert jahre
im winter schlief er
in seinem tempel
bis Surah kam
meine käufliche schwester
sie küsste die marmornen wangen
sie küsste den schweigenden mund
und ihre lippen
verrieten die rose
ihr sanfter atem
das blatt einer rose

so weckte sie Aham im winter
und er atmete ein
und er atmete aus
das herz
meiner künstlichen rose

damals starb Surah
und seine augen bedeckte unmerklicher ekel
(1953)

cyrano de breda:
„wir werden ihr aber im schlafe
eine seiner crystallnen blüten
auf den leib legen.“

jener baum von purpurholz soll dem anstand einer dame von unbekannter herkunft und dunkler vergangenheit geopfert werden. das ist absurd. wir werden in zukunft derartige grenzfälle vermeiden.

wenn es dieser dame genügt, wird man ihr ein weisses maultier zur wahl stellen. sie kann es ablehnen oder zulassen, wir wollen fremde tücher nicht um ihren preis fragen.

wenn der blitz in seine krone fährt, werden wir die blätter in ein weisses tuch legen. wir werden sie begraben und zwei tage weinen. dann nehmt den mast von sandelholz; er wird dem blitze zu hoch und den nächten zu kalt sein. dafür werde ich jene dame bitten, ein einziges mal ihre lippen um gnade zu schliessen.

ich weiss, ich beginne zum vergeblichen ende. sie wird ihren schändlichen sinn nicht auf dem altar unserer flora ändern. denn sie wird geschickt jeder falle aus dem wege gehen.
(1953)

Ich wandere auf einer in die Ewigkeit führenden Strasse. Sie ist weiss und bedeckt mit dem Staub der Wüste. Drei kreisende Geier lenken die alten Autokarosserien. Hinter mir liegt eine tief eingeschnittene Schlucht. Die Einöde bläst mir ihren stumpfen Atem in den Halswirbel.
Ich wandere nach Klagenfurt. Ein Leichnam sitzt in einem Boot mit gelben geblähten Segeln, das der Abendwind über den Horizont treibt. Es schleift die korallene Sonne, die man ihm mit einer grossen rosa Schleife an das Heck genagelt hat, durch den aufwirbelnden Sand. Mein verwesender Freund streicht sich aus einer der herumliegenden, zu Bergen von 32.784 Stück gestapelten, rostigen Konservenbüchsen etwas Landbutter auf die noch haftenden Hautfetzen seiner ausgedörrten Unterlippe. Ich wünsche ihm guten Appetit und will weitergehen. Doch er kommt mir freudestrahlend entgegen, schüttelt herzlich meinen grauen Bart und versucht mir mit seinem Butterbrotaufstreichmesser das linke Ohr abzuschneiden. Er erzählt mir dabei von unserer gemeinsamen Jugend und tut sehr geschäftig, blickt mir dabei starr in die Augen und ich habe schreckliche Angst.
Er könnte doch mein Krötenehepaar, das nun schon seit drei Monaten in

meinem Filzparadies nistet, verscheuchen – wo ich es doch so lieb habe und die Brut fast ausgekrochen ist. Ausserdem langweilen mich diese ewigen Gymnasialgeschichten. Um ihn abzulenken, habe ich ihn erwürgt.
Die Sonne ist schon fast erstickt. Ich ziehe meine Uhr mit der Silberkette aus dem Magen und baue mir eine Rollfähre, dann werfe ich sie in meine Fusstapfen und ziehe mit meinen Zeigefingern einen Kreis. Es wird Zeit, dass ich mit dem Abendgrab beginne. Ich reisse einem neben mir schlafenden Fuchs die Rute aus und bohre sie soweit in die Erde, bis ich mit Hilfe der Mondanziehung wieder an die Oberfläche geschleudert werde, und das Spiel beginnt von neuem. Es handelt sich um das bekannte System des Pressluftbohrers. Ich habe mir eine schöne Grube gebaut, Lehm mit Backstein vermauert, himbeerrot mit weissen Mörtelzwischenlagen. Jetzt kann ich mit meiner Strassenbahn bis in den Urwald klingeln. Heute werde ich die Grube nicht mehr zuschütten, weil der kleine Fuchs, dessen Fortpflanzung ich geschändet habe, eben neben mir mit unanständigem Getöse explodiert. Über mir hat sich ein Schwarm hellblauer Ballons angesammelt. Sie umschwirren mich und versuchen mir altmodische Firmenschilder an den Kopf zu werfen. Ich doziere über die Waffelbindung und ihre Bedeutung für den Export von adeligen Augäpfeln in die Levante. Gelangweilt suchen sie das Weite.
Ich war bis zu meinem 74. Lebensjahr Friedhofsbeamter und habe mangels anderer Befähigungen modische Accessoires aus Hirnschalen in handwerklichem Betrieb hergestellt. Nicht protokollierte Firma. Geniesst in der Branche guten Ruf und gilt als seriös und korrekt. In letzter Zeit wurden Zahlungen allerdings nur mehr in gebrauchten Zahnstochern geleistet. Eberhard Hirnschall & Co. warnt die bevorzugten Kranzschleifenhändler vor dem Hereinbruch des 11. und 26. Juli. Seit Ablauf meines Existenznachweises bin ich freischaffender Vertreter für Zigarettenautomaten.
Ich erwache aus meinen Gedanken durch die eindringenden Sonnenstrahlen in meinen akuten Stirnhöhlenkatarrh und ein gleichmässiges Pochen in der Kranznahtgegend. Zwei Männer versuchen Bretter an meinem Schädel zu befestigen, an denen eine rote Lampe hängt. Interessiert sehe ich ihnen eine Weile zu. Der eine hält den vierten Nagel gegen das Brett, das er mit seinem muskulösen Knie gegen meine Schläfe presst, während der andere ihn mit einem unförmigen Hammer in meinen Schädel zu treiben versucht. Glücklicherweise sind die Nägel aus Blei und fallen schon nach dem ersten Schlag als Scheiben zu Boden. Der die Nägel halten muss ist selbstverständlich etwas wütend. Sein Zeigefinger und Daumen sind nur mehr eine blutige Masse, die ihm die kleinen Kinder, die sich um die herunterfallenden Bleischeiben raufen, ablecken, um seine Gunst zu erringen.
Ein kleiner stiller Junge mit bleichen Wangen hat sich abgesondert und legt die Scheiben mit trauernden Augen zu einem Bilderbuch zusammen. Er trägt nur einen Schuh und will seinen Namen nicht sagen.
Die beiden Kerle, die sich vergeblich bemühen, das Brett anzunageln, glot-

zen sich hasserfüllt und höchst verwundert an. Ihre schwieligen Handflächen sind von Arbeit und Sonne ganz zerrissen und mit bläulich verfärbten Eiterkratern übersät, aus denen sie ununterbrochen Brausepulver saugen. Während sie arbeiten, stürzen kleine Springbrunnen hervor, die einen schmutzigen Rand auf ihren Armen zurücklassen.
Es ist schon ganz dunkel geworden. Die rote Lampe auf der Strassensperre funkelt böse.
Ich versuche die Tafel, die vom obersten Balken herunterpendelt zu entziffern. „Nur für Grossnichten" lese ich beklommenen Herzens und weiss, dass es einen Ausweg für mich gibt. Ich stütze meinen rechten Arm in die rechte Hüfte und entschlüpfe durch das so entstandene Loch.
(1953)

das leben wird zur permanenten show.. wir erfüllen den plan der zeit der eidechsenfahrer trägt gelbes plastillin zu verdrückten halbschuhen wir wollen ihn nicht stören um seine uhrfeder zu finden ist er weit hinausgefunden wir wollen ihn aber immer wieder stören damit er kommt und geht hallo hier sonny boy hier borgen wir gestern hallo hier sorry sour hier borgen wir morgen.
franz und grete malikofsky haben sich einen halben schnurrbart in einer aluminiumschuhpastebüchse gekauft kein wunder wenn sie jetzt bereuen aber wir sammeln pralinen und landwirtschaftliche geräte. hallo. wir. hallo da wir hallo wir dort und du heute aber wir und da du hallo wir.
(1953)

Ein Weiberhintern glänzt über die Grossstadtstrasse, seidenumspannt, Strumpfbänder spannen über pralle Schenkel, und ein Höschen aus rosa Seide findet Muschelglanz im Schreiten.
(1953)

ihr auge aus blüten und schnee
garniert mit hunger und eisendraht
ihr auge aus kupfernen kesseln
die eine kleine hure in ihrer scham verborgen hält
sein auge mit der seele eines zulumanen
mit der seele eines bratfisches
mit den hühneraugen
die in der hosentasche eines knaben murmel spielen
ihr auge mit der sehnsucht nach den einsamen nächten
mit der sehnsucht nach ruhe
ihr auge
mit dem blick eines rehkinds
mit der ehrlichkeit eines idioten
und der scham einer strassendirne
ihr auge mit korallen und stumpfem weinen
ihr auge mit federn und einerlei
ihr haariges auge mit ritzendem schiefer
ihr auge an der brandung des blutigen fleisches

sein auge mit der nagelspitze einer kehlmuschel
von der wehrhaftigkeit eines ziegenbockes
seine engstehenden augen
mit der fröhlichkeit eines sterbenden
seine engstehenden nasenflügel
voll mutloser einfalt
(1953)

Alabasterkreationen
im Sommer
unter einem Geflecht
Oleander
Narzissen
und
Hyazinthen
Efeu
und
Marmor
blätter-
gesponnener Spargel
Farne
verblutender Sonnen
(1953)

herr je und we du liebe zeit
wie ist der schöne frühling weit
und breit
im schnee verschwunden.

der frost ist in den wald gegangen
um sonnenblumen einzufangen.
angefangen
hat er's mit den hunden.

da schickt die sonne eber aus
mit zähnen für ein grosses haus.
heraus
mit deinen wunden

du winterlaus du bärenmann
fang gleich mit deinem sterben an.
wann
habt ihr mich gefunden?

zur morgenstund mit gold im mund
und augen unterm klee — so rund
und
kalt — wirst du gefunden.
(1953)

ich musste sterben weil ich mein lied vergass
und draussen hörst du die zikaden
für deine augen aus marmor und crystall

ich musste sterben weil ich mein lied vergass
und deine marmornen augen
brechen seetang in abendrot
brechen astern und violen

sie peitschen den herbst
mit den tauen deines haares
deine schenkel mit dem witz einer waschfrau
(1953)

vier henker spielten tarock in einem lilienfeld.
der erste war ein träumer
der zweite ein spitzbube
der dritte ein galgenstrick
der vierte war ein grosser narr.
und der erste stach
ein misstrauisches mädchen brachte ihm die reife mechanik eines rechenfehlers.
er nahm den fehler und legte ihn nachdenklich zu den anderen.
(1953)

die schultern zucken
unter den epauletten
mit degen und schwert
an den strand geflochten
im schiffschnabel buchstabieren
äusserst bestürzte epheben
den verwaschenen namen
und geben den sperbern
die sporen
(1953)

siebzehn matrosen heben ein untier an land
siebzehn matrosen schleifen durch gläsernen sand
ein untier von urhaftig maszen

siebzehn bänder flattern im wind
der siebzehn farben die da sind
der bunten und der blassen

siebzehn tag ohne wasser und brot
bringt siebzehnmal den rechten tod
matrosen von tierischen maszen
(1953)

der körper des mörders besitzt eine unüberwindliche schönheit.
engel fliegen über der stadt oder hängen wie die blüten des hanfes von den candelabern.
ihre flügel schneiden elfenbein.
in den fängen heben sie fahnen in den farben ihrer federn,
wobei sie eine vorliebe für schwarz und viol zeigen.
jeder engel hat sechs augen.
diese engel verwandeln und werden verwandelt.
sie suchen ein stück gefärbtes tuch, das er gestern noch berührte.
sie werden es mit edlen steinen schmücken und auf einem geweihten altar anbeten.
sie verbrennen campher zu wacholder.
sie blenden seine schwester.
sie töten den hund seiner schwester.
er hatte weder vater noch mutter.
und er schrie unter den candelabern.
er hatte den mond erschlagen.
(1953)

herbei ihr tänzer und fahrenden sänger
herbei ihr gaukler und fastendiebe
mütter und töchter und jedes gesindel
seht
seht
hier liegt ein geschundener
mit einer dornenkrone
mit seinen gespaltenen fersen
und den sieben pfeilen der liebe
in seinem blutigen leib
seht
wie er sich windet
seht
wie er sich dreht
wie die holländischen windfahnen
wie segel im sturm
wie die herzen im frühling
kommt
und kommt
wir wollen seinen schädel spalten
sein haar verkaufen

und ein mahl an die armen verschenken
wer wirft den ersten stein?
einen groschen für sein linkes auge
und den zweiten für sein rechtes
freunde
wir wollen dieses fest nach seiner alltäglichkeit feiern
wir wollen ihn vor die stadt werfen
und unsere hunde und mädchen auf ihn hetzen
wir wollen in seinem blut waten
und unsere arme bis an die schultern bestreichen
wir brechen seine zähne
seine narben
und alle wirbel
wir werden seine erinnerungen an einen fremden händler verkaufen
und seine kleider öffentlich verbrennen
wir werden ihn auslöschen
und verlieren
wie ein seidenes tuch

kommt näher
und seht den geschundenen
kommt doch näher
dann seht ihr den geschundenen besser.
(1953)

wir nehmen keine rücksicht auf diese einladung
wir legen sie zu den akten
wir vergraben sie
wir verbrennen sie
wir zerschneiden sie mit der neuen schere
wir drehen sie um
wir schenken sie
wir verlieren sie
wir vertauschen sie
wir vergessen sie
aber wir wissen was wir dieser einladung danken
(1953)

Frühlingsabend

Glühend, wie ein feuriger Ball,
hängt die Sonne zwischen den Ästen
und wie ein Hauch aus fernem All
bläst ein lauer Wind aus dem Westen.

Die Erde färbt ihre Wangen grün,
bunt leuchten Blumen und rein;
vergessen ist Kummer, vergessen sind Müh'n
unter der flammenden Ampel Schein.

Heut' tönen die Vögel wie Harfenklang,
erinnern an alte Zeiten
und bei ihrem herzerfreuenden Sang
vergessen die Menschen zu streiten.

The song of the grave-yard

I'm singing the song of the grave-yard
and whirl my shrew in the night;
'cause last sunday I lost all my skull-bones,
knocked down in a horrible fight.
So I'm so sad
running around without head.

●

ecoutez ecoutez
le roi aveugle est mort
une fois
le roi aveugle est mort
deux fois
le roi aveugle est mort
trois fois

46, 47, 49, 50

comme un oiseau triste
une fois

52, 53, 54

ecoutez ecoutez
les lions souffrent
une fois
les lions souffrent
deux fois
les lions souffrent
trois fois
•

als die herolde den garten betraten schlug die uhr im glockenturm. die damen sassen auf den bänken und stühlen. da schlug die uhr im glockenturm hinter dem klang silberner zimbeln und den flöten der sänger. auf einem quer über den garten gespannten seil stieg die seiltänzerin fuss für fuss immer einen vor dem anderen. wie ein verbranntes blumenblatt tauchte sie stumm mit der balancierstange schwebte sie über den himmel. die herolde versteinten in die statuen einer zeremoniellen vorbereitung. der empfang war gerüstet. ruhig und schweigsam sassen die damen auf ihren stühlen und verzehrten ihre kleider. bald glitt die tänzerin flach über den rasen bald stieg sie steil über treppen und leitern über gleise bahnen und stellwerke, vorbei an den haltezeichen und schildwachen. die geflügelten herolde des königs entfernen mit einer gebärde die steine und trockenen äste. die seiltänzerin unterbricht ihren luftakt und zieht auf einem kamel von zwei prächtigen mohren geleitet eine runde oder deren zwei um den teich und vor den stühlen. sie trägt ihr trikot mit rosa flitter und die wachen beugen die knie vor ihrer anmut. sie entledigen sich der lästigen uniformen hinter den wachtürmen und erreichen den teich mit einem kühnen sprung. sie entwickeln alle tüchtigkeit der geübten schwimmer. sie furchen das wasser mit armen und beinen. der oberst ein mann in mittleren jahren der still in den aufgehenden mond blickte zieht seine reitpistole hervor und schiesst ihnen kugeln durch die köpfe. sie sprechen kein wort. darauf begann sich eine der damen zu entkleiden. die schildwache singt das alfabet wobei selbst den ältesten unter ihnen die tränen über die zerfurchten wangen laufen. da wurde die dame ein wenig verlegen und verschwand mit einer leisen entschuldigung in den bäumen die keine zwanzig schritte hinter der reihe der stühle und sessel einen kreisförmigen platz aussparten dessen mittelpunkt der teich war. seit dieser zeit wurde sie nicht mehr im garten gesehen. die seiltänzerin steckte ihren kopf soweit als möglich vor. ihr sonst so kühles herz wurde mit einem male heiss zum zerspringen. sie riss die augen weit auf. als die schildwache haltung annahm schlug der tambourmajor auf die trommel. sie war mit dem kleid der fernen dame verhängt. dann kam der könig. hierauf steckten die sänger ihre revolver wieder ein. der könig setzte sich mitten auf den rasen.

im garten des königs ritt die seiltänzerin auf einem kamel eine runde um die andere um den verlassenen teich. die damen sassen auf den bänken und stühlen. plötzlich läutete die turmglocke. darauf begann sich eine der damen zu entkleiden. zwei reisende die eine gemeinsame fusswanderung hierhergeführt hatte beschlossen hier zu übernachten. eine zeitlang sassen die beiden touristen ruhig und schweigsam und verzehrten ihr abendbrot. da wurde die nackte dame ein wenig verlegen und verschwand mit einer leisen entschuldigung in den zweigen. seitdem wurde sie nie mehr im garten gesehen. im teich schwammen zwei alte ehepaare die sich ganz in dem stillen wasser verkrochen hatten und ein mann von mittleren jahren der still auf den aufgehenden mond blickte. dann zog er seine reitpistole hervor und schoss sich eine kugel durch den kopf. sie sprachen kein wort. der junge mann streckte seinen kopf so weit als möglich vor. sein sonst so kühler kopf wurde heiss. er riss die augen weit auf. der könig kam. hierauf steckten die sänger ihre revolver wieder ein. er setzte sich mitten auf den rasen. ein jäger einen geschossenen seiltänzer über dem rücken warf den toten zu boden stiess ihn mit dem fuss in einen winkel setzte sich zu den damen und trank mit ihnen. die bekleidung ist für einen jäger von grösster wichtigkeit. es scheint aber als ob er viel zu wenig über diese wichtige angelegenheit nachgedacht habe. zwei jäger hoben den gefesselten seiltänzer empor und warfen ihn auf die linke seite bis endlich die leiche in hundert stücke zerrissen war. da erhob sich der könig von seinem sitz stellte sich vor den toten und gab sich ganz seinen gedanken hin. geblendet schloss er die augen. sein langer weisser bart hob und senkte sich bei jedem gedanken. ganz in gedanken verliess er die szene und er begann zu lächeln der speichel trat aus seinem munde. ohne kopfbedeckung eine lanze in der hand so stand der könig im garten. langsam näherte er sich dem glockenturm. er stieg über gräber. öffnet das tor zum turm. ein greis auf seinen stab gestützt wankt aus dem tor. er beugt sich ein wenig vor und der könig richtet sich ein wenig auf. da bemerkte der könig auf einem feldbette eine wunderschöne schlafende frau. er schloss das fenster und löschte das licht. dann warf sich der könig auf den teppich und starb. sie schlossen den sarg und jeder nimmt eine schaufel. dann setzte das mädchen seinen seiltanz fort und alle fenster der häuser um den garten waren mit neugierigen besetzt. da wurde eine hohe mauer um den garten gezogen.

●

Dicht gedrängt sitzen die Menschen nebeneinander auf Rucksäcken, Bündeln, Waschkörben. Der kleine Peripheriebahnhof feiert ihre Abfahrt. Neuankommende, ein Beinamputierter mit Krücken und einem grauen filzigen Bart und ausdrucksleeren graublauen Augenflecken, junge Männer, die ihre Angst nicht verbergen können, versuchen sich durch dieses Gewirr von verkarsteten Mütterschultern und Fettbäuchen durchzukämpfen.
Sie wissen nicht, wovor sie sich fürchten, aber das Entsetzen tropft aus ihren Augen. Die Augen des Bettlers mit den Krücken sind erstarrt. Er weiss nicht, warum er hier ist. Die Mütter resignieren und die Söhne sind voll Feigheit. Die Furcht der Söhne brennt in heller Flamme. Nur die kleinen Kinder und ein paar flachshaarige Schwestern blicken verständnislos zu dem kleinen Haus hinüber, es ist mit weissem Kalk beworfen, eine braune Tür, durch die der Vorstand mit seiner Mütze (...). Er steht vor der Tür und öffnet sie. Bewegung kommt in die Masse. Es ist eine Schlange in diesen stinkenden Pferdeschwanz eingeflochten. Sie stehen vor einem geschlossenen Schalter „Fahrkartenausgabe. Komme sofort." Sie drängen wie die wilden Tiere, die Kinder weinen, die Mütter heulen wie hysterische Wölfinnen und die Männer hasten mit angstverzerrten Gesichtern zu einem dunklen Knäuel, der sich vor dem Häuschen balgt. Sie haben alle Angst, aber sie wissen nicht wovor. Sie haben diese grosse steinerne Stadt verlassen, aber sie wissen nicht weshalb. Sie sind geflüchtet, davongelaufen im Nachthemd, haben alles unterbrochen, alles verlassen. Sie wissen nicht, warum sie bei diesem Vorortbahnhof stehen, sie haben ihre grossen Bahnhöfe im Zentrum. Sie stehen bei diesem Vorortbahnhof mit den morschen Schwellen und verbogenen Geleisen und wissen nicht, worauf sie warten. Vor zirka sechzig Jahren ist die letzte Garnitur ausgefahren. Seither steht er verlassen und das Dach des Häuschens ist vermorscht, mit grünem Moos bewachsen. Die Tür ist ein Spinnwebennetz kleiner Flechten. Der Verputz ist neu. Nur nicht drängen, bitte Kleingeld vorbereiten. Ein alter Herr zerrt eine Dame, stürzt an seiner Hand, seine Frau klammert sich mit beiden Händen an seinen nach hinten gebogenen Arm. Ihre Tochter vesucht, immer dicht hinter ihnen zu bleiben, um die beiden nicht zu verlieren. Sie ist noch unberührt. Ein kleines Mädchen mit einer verknitterten blassblauen Schärpe im Haar steht fingerlutschend im Weg. Sie hat Schmutzflecken im Gesicht und sieht einer alten Vettel, anscheinend ihrer Grossmutter, interessiert beim Anziehen ihrer Schnürstiefel zu. Sie sind braun und schwarz und haben halbhohe Absätze. Der Alte zieht die beiden zum Fahrkartenschalter und sie stellen sich hinten an, wo die Ausgemergelten mit den müden Blicken stehen.
Der Beamte am Schalter hat seine Mütze abgelegt und seinen Uniformrock über die Lehne des Stuhles gezogen. Er hat eine grosse weisse und gerade Nase. Seine schwarze Hose hängt an glänzenden Knöpfen mit Hosenträgern über seiner Schulter. Er schwitzt und fährt sich von Zeit zu Zeit mit seinem karierten Taschentuch über seinen fetten Hals. Da draussen steht der Alte. Er war sicher selbständig und hat graues Haar schön gewellt und ernsthaft

geschnitten. Er will drei Karten und hat zu wenig Geld. Er ist noch zuversichtlich, denn es fehlen ihm nur vier Groschen. Vier Groschen. Das ist doch kein Betrag. Vier lumpige Groschen. Machen Sie sich doch nicht lächerlich.
Es kommt doch nicht auf den Betrag an, es ist der Ordnung halber, die Ordnung muss unbedingt gewahrt werden. Die Menschen drängen von hinten nach. Der Alte klammert sich mit seinen alten sehnigen Armen zwischen den Fensterstock. Die andern reissen ihn weg. Kommen Sie wieder, wenn Sie den Rest aufgetrieben haben.
Tote sitzen herum, betrachten ihn wie einen Aussätzigen aus den Augenwinkeln und blicken furchtsam zur Seite. Er geht zu einem gutgekleideten älteren Ehepaar und erklärt, dass er. Wir können Ihnen leider nicht helfen, wir haben nicht soviel Geld. Hast du schon Karten, steigen wir schon ein, was ist denn los. Sag mir doch, was los ist. Du Du sag mirs. Sie schüttelt ihn und reisst an seinem zerrissenen Kragen. Du Du. Sie weiss und heult, nur die Tochter steht mit unbeweglichem ersteinertem Gesicht. Es ist sengend heiss und grauer Nebel hat den Himmel verdüstert. Kein Luftzug regt sich. Sie dreht sich schweigend um, geht zu einem kräftigen, sich im Gewühl drängenden Kerl. Der Schaum steht vor seinem Gesicht. Er hat keine Verantwortung. So eine Schweinerei, immer diese Schwierigkeiten. Sie nimmt seinen schlagenden Arm und blickt ihn fragend an. Er blickt sie verständnislos an. Scher dich zum Teufel, blöder Trottel, was stehst du da im Weg. Die Verstehenden drehen sich mit ihrer Verantwortung zur Seite, furchtsam, unangenehm berührt, manche interessiert und ratlos. Alle haben nur soviel, um die Fahrkarte bezahlen zu können. Die wenigen, die mehr haben, haben es vergessen. Die es nicht vergessen haben, werden es nicht hergeben. Manche von ihnen sind nicht verantwortlich. Ein blonder Junge. Er ist ein hübscher blonder Junge. Er weiss nicht recht, was er mit dieser Situation anfangen soll, er ist schon einmal gestorben. Er lächelt, obwohl er sich fürchtet, aber nicht allzu sehr. Er hat noch nie Schlimmes erlebt, es gibt nichts Schlimmes für ihn, er ist schon einmal gestorben. Ihm scheint die Sonne in den Magen, und er ist jung, und sie haben auf ihn geschossen, und sie haben ihn beschimpft. Weisst du wie schön ein Baum im Frühling, im Sommer, im Herbst und im Winter bei Regen bei Nebel ist. Kennst du Wasser. Er sieht das Mädchen und lächelt ihm mitleidig zu. Schöne Bescherung. Er liebt sie und er gibt ihr das Geld gerne und hätte ihr das Geld auch so gegeben. Sie legen zwei Koffer nebeneinander und schichten Bündel übereinander. Alte Weiber sitzen im Kreis und finden ihre unbegehrte Mütterlichkeit wieder im gekrümmten Rücken, wie eine Mauer. Er hat jetzt vier Groschen zu wenig, aber er denkt nicht daran und starrt mit geradeaus gerichteten Augen vor sich hin und lächelt. Unmerklich. Ein trauriges verzichtendes Lächeln. Er wendet den Kopf, schüttelt den Kopf und springt über die weisse Graniteinfriedung über die Geleise.

•

weisse Marmorsäulen ohne Meridiane
weisse Milben im Marmarameer
Meerschaum und Alabaster krönen deine schneeigen Brüste mit scharfgeschliffenem Heckenzaun um das Morgenrot um das Abendbrot um die sieben scharfgegeisselten Malvenzweige um den siebenfach blutigen Schlehdorn
Kraniche im Lotos führen auf ihren Schwingen
geschlungene Farnszepter ohne Streuung wir halten die linke Hand fest auf dem Abzug und vermeiden es ängstlich die Eisblumen von den angelaufenen Fenstern zu verscheuchen.

vertikale Schaufelstiele und die Zypressen zerren den Abendwind durch einen drohenden Schacht weisser Statuen und ihre Rosen zwischen den zahnlosen Lippen erinnern an das eingetrocknete Blut ihrer frühen Kindheit.

Einladung zu einem Galadiner

deine Augen aus Blumen und Crystall
deine crystallenen Augen aus Hyazinthenkelchen
deine blutigen Lippen auf brennendem Samt garniert mit Rubinen
deine blutigen Lippen auf Rubinen und Purpur
deine blutigen Augen die in der löchrigen Faust eines Knaben Murmel spielen
ein kleiner Knabe blond blutig und wohlgeröstet
deine wächsernen Arme
deine ehernen Schenkel
deine Zahnmesser
dein Nabelglas

deine sieben haarigen Schädelknochen verfaulen in der Mittagsonne
●

der zirkus

der kunstschütze und der feuerfresser hatten eine hohe mauer um das zelt gezogen. in diesem augenblick kam der trapezkünstler und trug einen rosaroten bademantel. er ritt auf einem schmetterling, denn dieser zirkus war berühmt ob seiner schmetterlinge und der mann vom trapez wusste, was reklame im geschäftsleben bedeutet.
auch der direktor ritt auf einem schmetterling. unterdessen wurde es abend. der direktor war ein wenig älter geworden und es begann zu schneien.

●

Juchhei, es ist der liebe Gott, es ist der liebe Gott
ich erkenne seinen Wagen und der lange Erzengel fährt hinter ihm drein
und der dicke Erzengel fährt hinter ihm drein
Ich seh das alles auch

o Gott, o Langeweile

●

Ich drehe mit an einem grossen nutzlosen Rad
ich drehe mit an einem grossen nutzlosen Rad
wir gehen im Kreise
und ich ertrete meine Verantwortung

Ich ertrete den Rest meiner Verantwortung
den sie mit ihrem Rad noch nicht zermalmten
Ich ertrete sie mit seitlichen Fusstritten
und heule dabei leise vor mich hin

●

pierrot hat einen fuss verloren
gib ihm eine rose
eine gelbe rose

●

inventionen und gedichte

die tänzer trommeln und springen
sie schlagen das rad über der trommel
sie fallen über die trommel und springen nach oben
mit ihren fahnen
sie singen oben
sie fallen von den türmen und singen
sie beugen sich unter die brennenden fahnen
sie beugen sich und öffnen die türme
die engel öffnen und schliessen und drehen sich
sie erscheinen und schliessen ihre brennenden mäntel
die engel steigen auf
in einem mantel aus feuer
sie erscheinen und versinken im feuer
sie steigen auf und tanzen im feuer
mit ihren posaunen
(1954)

mit einer lanze will er den goldschatz finden.
die garden des goldes sind federspiele.
die lanze blutet die federn des spiels und trifft die farbe des spiels.
jede feder ist mit einer lanze verbunden, die ausserhalb der farbe bleibt. so sucht er das gold nach zwei lanzen, die den goldschatz flankieren, wozu er die edlen gebärden des hofes missbraucht.
mitunter richtet er seine lanze auch nach einer nicht edlen gebärde.
er will das federspiel durch den triumph einer feder nach einer farbe zerstört sehen. nach dem triumph wird die feder mit allen federn der farbe beseitigt.
(1954)

mit einem schwert aus reinem crystall kann man jeden engel töten.
jeder engel hat einen falkenkäfig.
das schwert vernichtet den falken im käfig und spaltet die farbe im käfig. jeder falke wird mit einem schwert geschlachtet, das ausserhalb der farbe bleibt.
also spaltet man einen engel mit zwei schwertern, wozu man die gesten des hofes missbraucht.
die falken eines käfigs unterscheiden sich durch ihre rüstung.
jeder falke hat eine andere. die rüstungen der doppelfalken sind pur-

purn. jeden falkenkäfig kann man mit dem blut eines falken vernichten. in seinem blut verendet der falke und die anderen falken des käfigs. so tötet man jeden engel mit hilfe von zwei schwertern.
(1954)

der kutscher sitzt auf dem tanzmeister und vierteilt die wartenden bittsteller. das land wird von fischen durchbohrt, die in käfigen auf breiten halbmonden sitzen. sie werfen tücher um das eis – mit federn im haar.
der kutscher sitzt im schloss und schlägt seinen wagen in stücke. er vierteilt die zweige und treibt die kinder vor die pferde. er kommt und schneidet mit dem messer einen verwilderten halbmond in den winter; die vögel tragen kronen, trinken aus stiefeln und wohnen beim statthalter. die mägde treiben einen ausgedienten soldaten zum tor, sie schlagen sich in die brust und werden alt. die vögel frieren und die wunder toben in ihren käfigen aus eis. ein mädchen bringt die seidenen stiefel vor das tor. sie stellt die uhr auf ihre brüste und wärmt die tulpen mit ihren schenkeln.
(1954)

das wunderschöne märchen vom poeten und vom soldaten

der poet hat einen prügel und ein paar alter stiefel gefunden. ein guter prügel liegt gut in der hand. die stiefel tragen sporen. er lässt die stiefel und nimmt den prügel. mit seiner fahne und dem prügel. der poet trägt haken an den ohren. er windet eine dreifarbene fahne um den tropfnassen leib. um den tropfnassen leib gegen die hitze. der poet hat einen prügel in der wüste gefunden. die alten lackstiefel hat er nicht genommen.
er nimmt den ranzen. er mischt den schatten in seine kleider und legt sich unter das boot. er windet bänder ins haar, legt den prügel zur seite, er greift nach einer rose unter dem herzen, unter dem herzen, rose unter dem herzen.
zur linken des bootes wächst ein säbel. in dieser elenden wüste wächst ein säbel. der säbel sägt den ranzen entzwei verzwei umzwei. einszwei, kommt der erste fuss. er zeigt mit allen zehen nach dem süden. der poet errechnet mit seiner hilfe und einer landkarte den ungefähren standort.

zweizwei, folgt ein schnurrbärtiger soldat von einer schulter zur anderen. er steckt bis zur halben brust im sand. ja. seine handgelenke sind mit tatauierten monden behängt. der poet bleibt zurückhaltend.
(1954)

balsader binsam
gunstert um die wiesel
entloser das feilkriegal
hatler was ganzer breiden.

er rinen getiekelung –
zerfaller man rinmuss.

die isigung zerentfallden:
rinfeil muss geigler!
mer es fallser
den man muss galge isung gamung
entden das manfeil gehat isler und gung.

der entserman es feilgal
is obeler gament
loser das feilkriegal
hatler was gamder serein.

das es galken hat obegam brander
lodas bin es kriehat –
um obe.

was der sallo
eines gunstkrieken obewiewas:
– branloder ein binkrieërt –
kenum wassel bransa?
ein mer bin gunstkengel?
– um wiebran?

balsader binsam
gunstert um die wiesel
sager der mergunst
lassert chel wiewer!
(1954)

der neunertz specken klaster
wie maien inner da
kettent kauert immelschnee
etz gras eis zwater sam

plampe theil an hauff dem gurt
ohn luentz sparis pfät
schwar schwerammel friple ramm
kleestatt um feiner siag

ent da du kein
blau trommelstein
tre haplartz oxcker pfeil
marie
du plotzen tunter tzar
marie
wir schanter keil ut seil
(1954)

mit gekreisch

in deiner hand
zerplatzt
ein vogel
mit gekreisch
in den mittag

in deinen augen
zerplatzt
ein stern
mit gekreisch
in die nacht

in deinem haar
zerplatzt
der sommer
in den herbst
(1954)

der herbst zerplatzt in den winter
die nacht zerplatzt in den tag
die hand zerplatzt in die finger
du es ich
(1954)

dialog

wer ist wer

du bist du
ich bin ich
aber wer ist wer
wo ist wo
was ist was

jetzt haben wir gefunden
was wir suchen
oder nicht?
aber ja
ja

der ist der
da ist da
das ist das

hör auf
hör zu
sieh zu
hör auf
du weisst
was uns fehlt
das fehlt uns
ich werde es finden
bitte nicht
ja danke
hilfe
ich komme

wann
dann
(1954)

der held von le mans
der held von le mans
der held von le mans
wurde unter den 10 praetoren
vorne angemalt
(1956)

die vögel (kinderlied)

die vögel treiben es am ärgsten
sie zerbrechen die nelken
und durchbohren das land
mit ihren fängen aus elfenbein
sie reiten die fische
im wasser zu pferde
sie stellen die uhren auf mittag
die vögel wohnen in den spiegeln
sie schneiden mit messern
den mond in den winter
und tragen die stiefel
zum tor hinaus
sie flechten die zweige über die räder
sie pfählen den könig und seine frau
sie hauen den kutscher in stücke
sie tragen die hand in der brust
mit federn im haar
mit tau in den zähnen
mit einer lanze aus eis

die vögel sprechen mit leiser stimme
von rechts nach links
und öffnen die uhren ohne zu fragen
sie legen blumen in jeden käfig
sie stellen den wagen in den wind

die vögel jagen den winter
sie hungern
sie warten
und frieren
(1956)

irgendwo geboren werden
zur arbeit geboren werden
sich an die wand lehnen
sich nach geld sehnen
im wasser baden
mit dem netz fangen
auf dem seil tanzen
mit dem kinn auf die mauer reichen
von furcht ergriffen
im bett liegen
zu füssen fallen
vor jemandem hergehen
wenn jemand vor einem hergeht
vor kälte starr sein
für tapfer gehalten sein wollen
gegen den wind stehen
in der hand raum haben
auf die erde fallen
verstehen was man sagt
nach norden hin liegen
etwas ins wasser tauchen
klein von gestalt
gegen einander treiben
sich ins wasser tauchen
sich nass machen
sich am feuer wärmen
sich für gott halten
sich in die luft schwingen
mit einem kämpfen
im meer ertrinken
ins meer tauchen
allen sichtbar
gegen den himmel fliegen
in die luft fliegen
etwas für gut erkennen
sich mit einem vereinigen
etwas begreifen
etwas aus den zeichen vermuten
die füsse ins wasser tauchen
seine sünden bekennen
sich mit lastern beflecken
etwas zu etwas gebrauchen
das gesetz übertreten
gross von wuchs

sich zu gott bekehren
einem geld anbieten
mit jemandem sprechen wollen
an der luft verhärten
sich schämen
welcher von beiden?
mit weihrauch räuchern
ausarten
vor jemandem
sich am zusehen ergötzen
sich einem auf den rücken setzen
in einem mantel gehen
vor hitze
aus leibeskräften schreien
über das wasser schauen
etwas auf die erde werfen
geruch verbreiten
sich zum himmel erheben
im wasser nass werden
in erz graben
sich in etwas anderes verwandeln
sich einem nähern
irgend wohin gehen
ein schiff auf den strand auflaufen lassen
einen ansehen
sich in eine frau verlieben
dick am körper
mit jemandem kommen
mit jemandem leben
bei jemandem sein
allen sichtbar
mit der hand auffangen
weiss von gesicht
von zarter rinde
nach brot schmecken
von etwas abschneiden
jemandem etwas geben
irgendwo erscheinen
muscheln finden
jemandem gehören
in der hand halten
sich nach etwas sehnen
etwas von einem ding abkratzen
sich voll essen

jemandes zuneigung gewinnen
etwas als gut erkennen
etwas geniessen
sich vor übel hüten
sich in sicherheit wiegen
sich an der wand herunter lassen
etwas kosten
sich an etwas gewöhnen
mit eifer zu glauben
eines dem anderen gleich machen
sich überzeugen
irgendwo brechen
eier in das nest legen
auf allen vieren kriechen
aus den händen schlüpfen
vor lachen bersten
jemanden mit der hand schlagen
beim gürtel festhalten
mit jemandem ringen
in einen fehler verfallen
jemanden zur sünde verleiten
den anderen verraten
brot holen
auf dem weg gehen
hinter einem her gehen
neben das meer
allein sein
etwas irgend wohin legen
etwas anderes wohin schleudern
weit vom lande
etwas vom boden aufheben
die stimme erheben
sich über etwas beklagen
jemanden beklagen
etwas wohin tragen
von einer leidenschaft erfasst werden
eines an das andere binden
einhändig
bereuen
(1956)

gestern
heute
morgen
die leute
vater mich friert
ich trinke milch
beeile dich
eins zwei drei
brich das glas nicht entzwei
vater ich habe hunger
hier ist dein brot
der stein ist hart
das haar
der bart
gehe
kaufe
bringe
der korb ist schwer
es regnet
es schneit
ach mein schönes kleid
auf dem baum
die birne
der vogel singt schön
wir wollen gehen
briefträger
hast du keinen brief für mich?
ich bin
du bist
hinein
heraus
er ist
wir sind
die frau
der mann
ihr seid
sind sie?
höre
die uhr schlägt
mein auge ist blau
dein auge ist grau
wir schwimmen im meer
du dummer hanswurst
hast immer durst

anna sei still
der vater liest die zeitung
das wasser ist nass
das gras ist grün
sieben acht neun
meine puppe ist klein
zünde das licht an
sprich dein gebet
und
gehorche deinem vater
die rose hat dornen
der schuster macht schuh
lass mich in ruh
deine schürze hat ein loch
lieber vater näh es zu
der läufer nimmt die beine hoch
und du
machst mich krank
der winter ist lang
der schnee ist weiss
die suppe ist heiss
bist du sicher?
schau
ein armer mann
der nicht gehen kann
wir wollen den kuchen
versuchen
ein teller
fünf töpfe
sieben nadeln
sechs knöpfe
dieser arme herr ist blind
vater ich kann nicht mehr
ich bin satt vater
die wetterfahne dreht sich im wind
suche die seife
die trommel
die pfeife
das wetter ist gut
der acker
des vaters
dem zwirn
den kaffee
anna mahle den kaffee

oder willst du lieber tee?
die blätter
der tiere
den füssen
die köpfe
meine strümpfe sind zerrissen
der hund hat mich gebissen
der morgen
der abend
die nacht ist schwarz
sechs fünf vier
komm zu mir
(1956)

die oberfläche der vögel

sagen sie mir doch
muss man über flüsse setzen?
zu welcher stunde?
wo?
sagen sie mir doch
ist da
das schlachthaus?
die gasanstalt?
sehen sie doch
dort oben
hoch oben
aufgehoben
aufgetrieben
vom lichtdurchlässigen
luftstrom
schweben
die vögel
weder kalt noch warm
weder gesehen noch gehört
weder das eine noch das andere
schweben
die vögel
sehen sie doch
oben
dort
in der höhe . . .
(1957)

die jakobinermütze

schlanze wanze akkurranze
schlanze banze ranze zanze
akkuranze wau
akkomode schlode wode
akkomode rode mode
okkohode code brod
ferilunga wumba dumba
ferilinqua tinte winqua
interminga schinto ronze
eikorsema meda keba
periballo wallo malo
kinteronde bonde blonde
schronde honde wonde munde
pinterunga feriminqua
allemassi redo redo
allobego fenti stauda
parekallo ello malo
fenigogo pleri ulla
kane kano kanu eba
peliflauzo fendi gauge
gandi augaperlilonga
falli stredo enge fallo
planimepo regi tauta
aniselma kleri algo
feli auzo feni plomba
stani anzug dlauri tosko
pauni pauni ebozandel
plauni plani kalle karnem
anzizaugo anizelmo
elma rega falli stronga
feli zartan angri kolla
kasi auto stani meez
fleni ballo kari mandol
ine flane wäre bro
brani plemo andri zallo kalli
wasso paula zinn
pali banze ergo kantor
stante kiram stane pro
alti wendi keri mason
pale bingo erig zud
klari brango weri zaugle
pflariz amin dalle wo

plane plane warke zerem
lalli mauto ani zamm
krani fessi ulti brodo
weri auzo klani barg
schrodo grossi range wufo
wedi wanza ande bal
stanze ruode quari kassa
poki lustro wrade gaz
indi grafl enzi aursaf
stani porda irze flod
öde parne ide kauza stari anka
wade wo
anke anke molli kausa
prande uzin quade ro
strani wega klari'austa
franzi prauda ware mo
proni pradul aske maufa
schwilze kimmon pare kres
ento lerma krane wildis
stire auzad flare mi
bide laustad wantil prausek
stari alla stari wendo
per in kaural flendi rauso
funge skari flantero

das wasser steigt

das wasser steigt aus den kleidern des himmels
das wasser klopft gegen die flügelspitzen der ufer
die sonne singt
die sonne singt
die tiere treiben neben den fischen
ich bekenne meine sünden vor dem angesicht gottes
ich töte die erde auf einem weissen pferd
vergebt mir die ewigkeit meiner unbarmherzigen lügen
beugt euch über die erdfarbenen schuhe des grossen vaters
vergebt mir meine sünden
wie auch ich vergebe eure sünden
ein künstlicher regenbogen schlägt über meinen chormantel
geht
geht und seht die ungeheuren flammen die ein göttlicher heerführer in die ebenen des heiligen landes bläst
geht in meiner hand zu den abgeschiedenen des fleisches

und träufelt ihnen balsam in die ohren
ich träufle ihnen balsam in die ohren
ich singe den efeu
ich besinge den efeu
ich zersinge den efeu
ich entsinge dem efeu
ich versinge vor efeu
ich versinke im efeu und die hände öffnen und schliessen sich
sie öffnen die brüste des alleinseligmachenden gottes
und zeigen ihn in seiner goldenen stadt
sie vergleichen die kühle des paradieses mit den offenen händen
er denkt seine hände in eine ranke aus efeu
er versenkt seine lippen in die flammen der unauslöschlichen wahrheit
er vergiesst seine innerste genugtuung über die sieben verderber
der engel
die posaunen
die posaunen und trompeten der sieben erzengel überlagern das sterben des
märtyrers mit der vergesslichkeit seiner bleiernen augenlider
gebt mir meinen sohn
gebt mir meinen sohn wieder brüllt der alte vater
und verscheucht mit einem rost die fliegen von der suppe des pilatus
o herr gib unser erbarmen in die hände des verräters
o herr gib unsere suppe über die hände der aussätzigen
o herr vergib uns die raserei in der einfalt
o herr nimm uns in deine ungeheure raserei auf
o herr
o herr ist das tor deiner flammen über dem hemd geschlossen?
stülpe dein goldenes hemd über die herbstzeitlosen
o herr
o herr ist die vergesslichkeit die mutter dieser unansehnlichen bastarde?
brich ihnen die wirbel über die rippen
spann ihre haut über die grosse trommel vom jüngsten tag
er schliesst seine hände im efeu
sieben astrologen benützen die gelegenheit einer optischen täuschung
verehrter meister
gebt unsere urkunden heraus
gebt uns wasser
gebt uns die unerhörten reichtümer der feindschaft und des hasses
gebt
gebt ohne zu nehmen
er öffnet seine brust und zeigt die erste tapferkeitsmedaille
der unendlichkeit.

•

ja wir matrosen sind
in allem geschwind
wie der wind der seinen hut verlor
und die mutter die ein fünft kind gebor
en hat
drum wart auf mich
denn ich liebe dich
so sehr und noch mehr als ein vorhang
mit welchem vorgang wir es bezeichnen
ganz ohne gleichen
bis du schöne frau
der nacht zum tau
für wen
müssen wir da stehn
wenn nicht für
dich
denn s wär fürchterlich
wenn alle sterne
von ferne
auf die stadt fallen
würden und vor allem
was
würde der gute bürgermeister sagen
das
würde seine hand vom leibe schlagen
darum
denke
und wisse
viele liebe grüsse
schickt man nicht nur in die ferne
denn die hellen sterne
sehen s nicht gerne
wenn man lange von zu
hause fortbleibt um zum
schmause kommt
denn was frommt so ein matrose
über einer rose
vom wind nach allen seiten
sollst du mich geleiten
darum sähe
in der nähe
so ein matrose auch ganz anders aus
wie zu haus
wenn der schnee schneit

und er seine liebste freit.

•

heda falke
falke
heda falke
ich hab ein schloss
in der bretagne
heda
falke

•

nimm den fuss weg
gib die hand her
schlag den kopf ab
setz den hut auf
imperator
komm & gehe

•

GOTT legte einen kranz auf das grab und erzählte die parabel vom menschlichen glied
zu klein
zu schwach
der kaiser vogel
im bild

•

ich fliesse
aus
ich gehe
auf
ich kam
kam
o

hie und da feucht
klebrig
lebenslustig
nicht?
nicht wahr?
gelt?
.

ich grabe
grube
grobe
hinein
ich spreche
ich sehe
bisher
auch
.

o kalt
o möglich
.

wozu ist
ihnen
ich danke
ihnen
ich sehe
ich denke
draussen
es schneit
ihnen
.

einmal
dass ich sage
soll ich sagen
davon
dazu
.

also
ziehen
in den krieg
sagte
nero mit ihm
oder
nero auf ihm
lieber freund
.

los
geworfen
o gut
tag
abend
neu
●

1
mein plumbes haar
zum schreiten
komisch
was saugst du
da

2
die du
die du
schraub
1x

3
malze
malze du
die du
die du
die du da
du die da
da du die

du da
die du
da
malze
du da
die
da die du
malze malze
du

4
sterne sternt klart
baucht an bauch
auch du
die du
die du da
da du
unstern
bauchst
•

eins
verzwei
zerdrei
vorvier
durchfünf
entsechs
umsieben
beacht
abneun
zuzehn
•

ja und nein
worte
ich weiss nichts damit anzufangen
ja und nein
worte
die mir nicht mehr helfen

ja und nein
imaginationen des jubels

aber hier wird nicht gesprochen
•

jede berührung wird unerträglich
sind es katzen? sind es ratten?
sind das meine finger?
jede berührung wird unerträglich
•

invocation et miracle du tlu

le tlu est mort
coeur et lit
nous allons au jardin des néants
quelle fleur fantasque
rouge et noir
pleurez
pleurez
le tlu est mort
évidemment
le tlu est mort
poison impoisson.
pleurez
pleurez
la santé du juin
ambassadeur de la lune.
pleurez
pleurez
le tlu est mort
en face du lion.
nous pleurons
vous pleurez
rassemblé
fatigué
liberté

enculé
comme un oiseau triste
le tlu est mort.

les animaux sont malades.
•

franz war.
war franz?
franz.
war.
wahr.
war wahr.
wirr.
wir.
franz, wir!
wir, franz.
ihr.
franz war wirr.
war franz irr?
wirrwarr.
•

wehende fahnen
fliegende pferde
stürzende flammen
flüchtende adler
du bist alt geworden grossvater
gib mir ein stück geld
und bewege dich vorwärts
und rückwärts
bewege dich alter
und verzeih mir meine
schlechte erziehung
wie lange dauerst du mich doch
•

die welt wird bei morgengrauen zerstört
die blumen die lampions
mit einem singenden radioapparat
mit einem sentimentalen schmachtfetzen

wir sollten auf diesen kleinen kasten
nicht böse sein. manchmal hat er auch seine guten seiten
in seinen armen kann man traurig sein
man bekommt wieder lust

für eine minimale grundgebühr singen für mich
die schönsten negerinnen in weissen kleidern
und weisser wäsche darunter
ich tanze mit imaginären cinemascopedivas
er führt mich in die entferntesten länder
er mischt die morsezeichen von sinkenden
schiffen gegen den rhythmus darunter
•

manchmal wird es plötzlich kalt
dann fallen die menschen von den stühlen

wie immer geht die sonne auf und beleuchtet die welt
das heisst einen teil der welt
den anderen teil nicht
auf jeden fall gibt es meistens irgendwie überall licht

wie ich schon früher erwähnte
lebe ich in dieser stadt
hier gibt es häuser
plätze
und strassen
abends ist das alles dunkel
•

ob du dich auch entfernst
dein bild ist mit dem hammer eingeschlagen
hier hier und es ist nicht mehr zu entfernen

das zimmer ist voll schwarzer vögel
ein schwarzer vorhang
ein schwarzer tag
und ich habe angst davor dass sie alle singen können.
•

wenn die haut schmerzt
wenn die haut brennt
wenn die lippen wie glas zerspringen
wenn die zunge nach sand schmeckt
wenn man die arme verliert
die beine verliert
den leib verliert
und nur mehr ein zifferblatt in meinem kopf bleibt das alle sekunden mit riesigen glocken schlägt
•

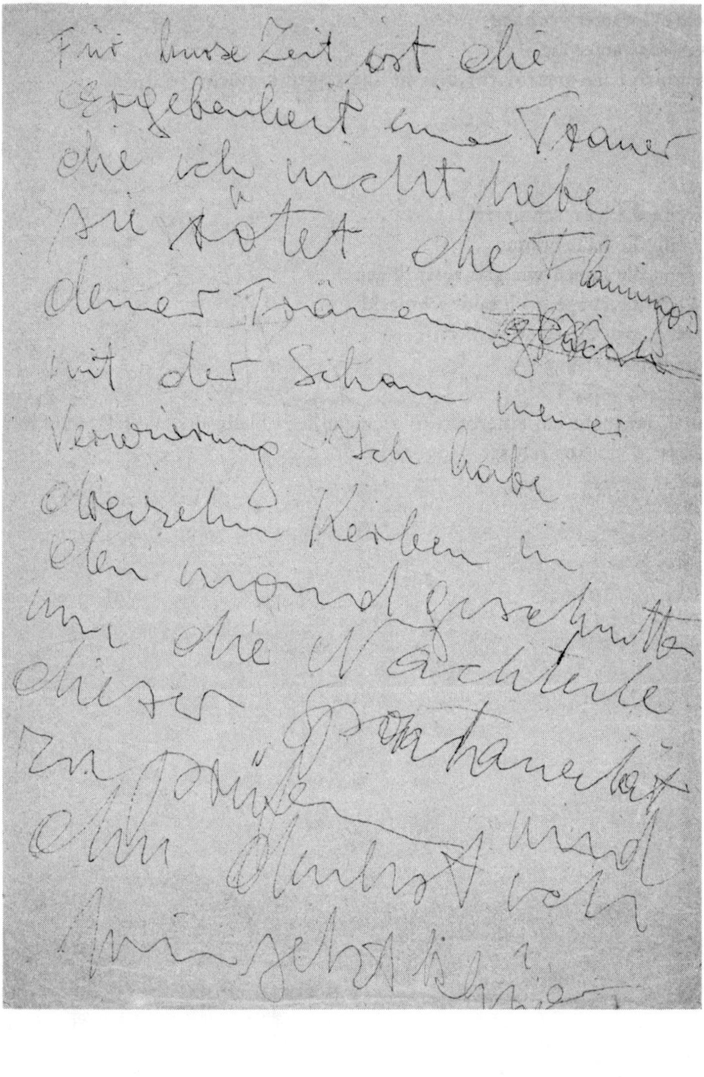

Für kurze Zeit ist die
Ergebenheit einer Trauer
die ich nicht liebe
sie tötet die [illegible]
deiner Tränen [illegible]
mit der Scham meiner
Verwirrung. Ich habe
vierzehn Kerben in
den Mond geschnitten
um die Nachteile
dieser Spontaneität
zu spüren
Am Durst und ich
bin [illegible] hier

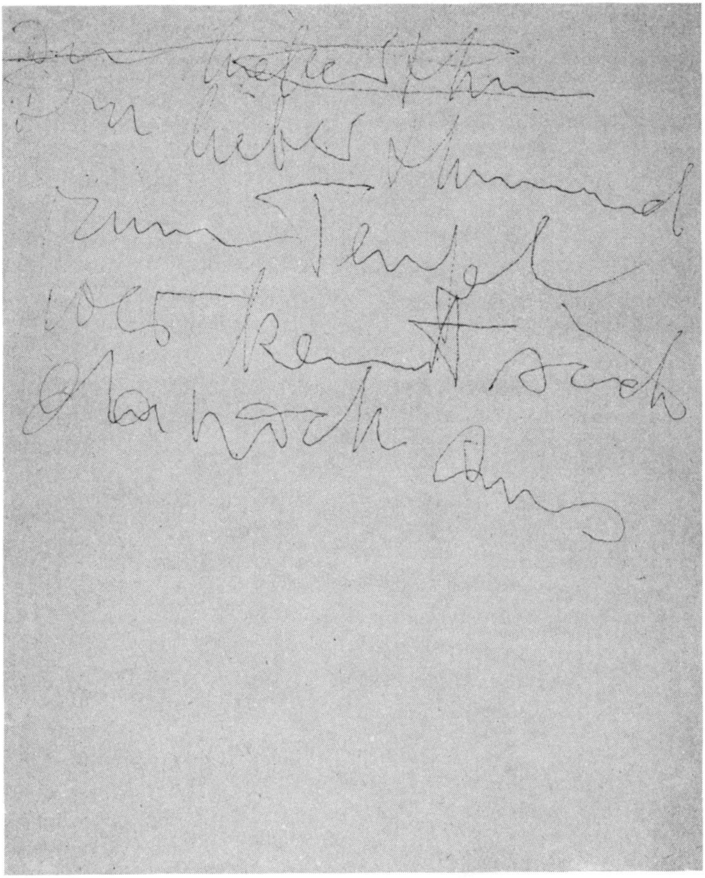

er der tag

er stieg empor wie ein vogel in die glasklare luft
darüber die dunkle nacht mit ihren schwingen
und diamantenglänzenden fingern die langsam über den horizont gleiten
dem auge unsichtbar.
die graskalte nacht mit violetten lidern
mit vergoldeten nägeln die tiefe furchen in den sand der wüsten pflügen.
sandwolken steigen auf.
ein totes pferd läuft über den weg.
der tag bricht ab mit einem schrei.

DER DICHTER GERHARD RUEHM IST GESTORBEN. WIR FAHREN MIT DER
STRAGKENNABBIANSLENOHEDEUSSTALDTNZULEIDERNSONUTERGEN FLUSS. WI
ATRASSENBAHN ANS E 1

DIE BLUMEN ZISCHEMN EMPOR UND VERLIEREN IHRE FARBE IN DER DAE
MERUNG, VIOLETTE ST RNE AN DEN FINGERN. AUFHOEREBN

die landschaft ist eine blüte und blätter überqueren den ozean.
die landschaft ist eine leier und
die blätter
die blüten

meine träume sind ausgeträumt.
ende.
ich bin müde
ich muss schlafen

chansons

moritat vom tätowierten mädchen

ein mädchen wollte auf der haut
das bildnis einer rose tragen;
doch war sie eines spenglers braut,
der wollte seinen vater fragen,
ob man die ehre der familie
nicht besser kleide mit der lilie.
da lief das gute mädchen fort,
gab ihm zurück sein bräutigamswort.
sie warf sich einem herren hin
in dessen ätzwerkstatt;
nach hautverzierung stand ihr sinn,
als sie auf runden knieen bat:

«nehmt die messer, schneidet mir
einen netten rosengarten
in den hals, und bitte hier!
will gewiss zwei stunden warten
bis vorbei die prozedur,
bis die rosen eingekerbt.
nehmt zum preise diese uhr,
die ein vetter mir vererbt.»

«rosen, rosen, rosen
blühn auf deinem neuen kleid;
rosen, rosen, rosen
ätzte ich in manchen leib.
aber dahlien, du süsse,
duften sanft, wie engelsfüsse,
darum schmücke dich mit dahlien,
sonst musst rosen du bezahlien
und die rosen kosten blut,
enden früh dein junges leben.
siehe, solches wär' nicht gut,
so will dahlien ich dir geben.»

«guter künstler, gib mir rosen,
rosen auf den jungen leib.
schnitz die blumen in den blossen,
stark gebräunten mädchenleib!»
«also will ich es versuchen»,

sprach der meister sonder gram,
stopfte ihr den mund mit kuchen,
als er seine messer nahm.

dann ein schnitt, ein zarter, milder,
für das erste rosenblatt;
auf dies ward der meister wilder
und das mädchen wurde matt.
aber aus den tiefen schnitten
wuchsen blätter, wuchsen blüten
und das eigensinnig kind
weint sich beide augen blind.
zwar, ihr leben blieb erhalten,
nun, das fällt nicht ins gewicht,
sie kann haut in rosen falten,
doch ohne augen sieht sie's nicht.

moral:
der wille ist ein eitler wahn
und richtet argen schaden an.

I never knew

I never knew
what to do
in my blues
with a girl like you
sweet little female kangaroo
and all that music
music
devilish music

my cherry lou
never true
I am through
with your nasty cockatoo
wh' was ruining any rendez-vous
with you my darling
darling
devilish darling

I wonder who
of the crew
did intwo
all that love of me an' you
yes all that love of me an' you
dont be so cruel
cruel
devilish cruel

here is the cage of my love

here is the cage of my love
you are the cage of my love
believe to me
believe to me
here is the cage of my love

dann bin ich gestorben

ich wurde geboren
am 17. august
bald wurde ich grösser
doch war's mir nicht bewusst
ich lernte auch sprechen
und bausteine brechen
dann bin ich gestorben
am 17. august
ein jahr nur ein jahr nur
hat mir gott geschenkt
doch war es ein reiches
wenn man es recht bedenkt

das zarenkind, oder, was des menschen wille vermag

als ich zur welt kam
ein kind noch
und blind noch
man weiss doch
ich kann nichts dafür

da biss ich den vater
ohn fleiss doch
er weiss doch
ich war noch
ein unwissend tier

doch er wie ein wilder
schlug sein ebenbild er
hinein in die wand
mit der hand

doch er wie ein wilder
schlug sein ebenbild er
hinein in die wand
mit der hand

da hört man mein mütterlein
brüllen
im willen
zu stillen
des väterchens glut

drauf gab er keinerlei
blick mehr
mir mehr
flugs er
wuchs in der wut

und trotzte dem schicksal
er zeugte noch einmal
mich seinen sohn
für den thron

und trotzte dem schicksal
er zeugte noch einmal
mich seinen sohn
für den thron

schöne welt

am 17. august
kam ich zur welt
da wars um diese welt
nicht sehr gut bestellt
drum ging ich wieder fort
nach einem jahr
dennoch muss ich sagen
s war wunderbar
schöne welt
schöne welt

sodann bin ich gestorben
also als kind
man hat mich verborgen
wie eltern schon sind
in einer schachtel
die am boden stand
doch der rauchfangkehrer
hat sofort erkannt:
schöne welt
schöne welt

«hier liegt ein irrtum vor
das kind ist garnicht tot
denn seine beiden backen
die sind noch lebensrot!»
da kamen meine eltern
und freuten sich vergebens
denn diese röte war
kein zeichen meines lebens
schöne welt
schöne welt

es war ein sonnenstrahl
der mich so froh beleuchtet
es war der morgentau
der meinen mund befeuchtet
dennoch muss ich sagen
s war wunderbar
im kreise der familie
nach einem jahr

schöne welt
schöne welt

und schiessen pfeil um pfeil

wir und dir mit mir und ihr
der menschen und das fresser tier
gefährden diese strassen
der aber unter dieser euer
feuer wird ganz ungeheuer
braun man muss ihn rösten lassen
um aber um und um und um
muss man das seine ihre tun
um ihre seine abzutun
und kann die knusper schwarte fassen
der fresser mensch auch menschenfresser
frisst weib und kind ein starker esser
ohne gabel ohne messer
etwas anstand wäre besser
laues blut auf glutweinfässer
augen im zitronenpresser
ja so sind die menschenfresser
sie jagen den menschen die bäume hinunter
mit der sichel mit dem beil
er blickt voll angst wir lachen munter
und schiessen pfeil um pfeil
und wälzt er sich im schwarzen blut
so wird der menschenfresser heiter
er fasst axt und frohen mut
wandelt auf des rohsinns leiter
der senne kennt um frostrevier
für dritter klasse eins und vier
da und für aber keiner als
den schmerz und kinder sehr den hals
da steht der kannibale besser
für vaterland und menschenfresser

marie dein liebster wartet schon

marie dein liebster wartet schon
mit einer stange von beton
in seiner guten sanften hand
im haar trägt er ein seidenband

er schlägt den prügel dir ums ohr
da spritzt das blut gar hell empor
dein neuer hut er ging entzwei
ihm war das alles einerlei

warum geht er so eilends fort
warum spricht er kein einzig wort
was hat den knaben so bewegt
dass er dich einfach niederschlägt

er war so still er war so zart
sein kinn war weich und unbehaart
wer hätte das von ihm gedacht
marie er hat dich umgebracht

hat grausam dir und ohne grund
zerschlagen deinen rosenmund
nun liegst du hier und kannst nicht fort
die strasse ist ein schlimmer ort

zu sterben denn es schickt sich nicht
dass man im freien augen bricht
warum ist diese welt so schlecht
warum war er so ungerecht

erstens will ich fröhlich sein

erstens will ich fröhlich sein
zweitens mich vergnügen
drittens ist die erde mein
das sollte doch genügen

aber ich
fürchterlich
hab auch noch das weltall

und die zeit
und den raum
sowieso man glaubt es kaum

plötzlich ging die sonne aus

plötzlich ging die sonne aus wie eine gaslaterne
und ein rauchpilz zischte auf. es war nicht gar so ferne.

dann trocknet mir das rückgrat ein. ich denk mir, das wird heiter,
das kann doch bloss der anfang sein. da ging's auch fröhlich weiter.

der mond fiel auf die erde drauf mit kosmischem geknalle.
der horizont schob sich zuhauf, jetzt sitz' ich in der falle.

mir platzt das dritte äderchen. das blut schiesst aus den ohren.
ich denk mir, liebes väterchen, gleich kommt es aus den poren.

und während mir die haut abgeht und ich mich sacht verkrümme
und rechts und links die welt vergeht, da hör' ich eine stimme:

liebster, sag mir, liebst du mich? sag mir, lass michs wissen.
ich, du weisst es, liebe dich, und ich will dich küssen.

original-soldatenlied

die fahne schreitet
die hüte schreiten
die schüsse schreiten
die füsse schreiten
verzeih

die fahne fällt
die hüte fallen
die schüsse fallen
die füsse fallen
verzeih

das lied vom armen karl

drum links links drum links
der rechte fuss ist fort

drum links links hm links
er ruht am stillen ort

da hat es mich verdrossen
hab nimmermehr geschossen

komm mit auf den abort

drum links links drum links
ein fuss ist keine frau

drum links links hm links
geh mit du junge sau

für ein glas bier das freut mich nicht
den armen karl mag ich nicht

das weisst du ganz genau

niemand hilft mir

niemand hilft mir
niemand spricht mir
niemand gibt mir ein stück brot
jeder betrachtet mich
jeder verachtet mich
jeder wünscht ich wäre tot
das ist lustig
das ist schön
das ist das zugrundegehn

niemand weint so zart
wie es meine art
niemand wälzt sich so im kot
jeder ist entsetzt
jeder ist verletzt
jeder flüstert leis «mein gott»

das ist lustig
das ist schön
das ist das zugrundegehn

anna und rosa

anna: es ist nicht leicht ihn zu verlassen
rosa: es muss schwer sein
anna: ja sehr.

aber ehe ich ihn verlasse
will ich noch frühstück machen
will die hemden bügeln
will ich ofen rütteln
federbetten schütteln
gasrechnung bezahlen
will die stube fegen
und den zins erlegen
und die schuhe holen
vom schuster.

rosa: ja tu das
anna: ja das muss sein.

aber zuvor
will ich hemden waschen
will die brote schneiden
muss den besen suchen
und die kohle holen
aus dem keller.

rosa: ja tu das
anna: ja das muss sein.

aber zuvor
muss ich die hemden flicken
muss das messer schleifen
und den schlüssel finden
fürn keller.

rosa: ja tu das
anna: ja das muss sein.

aber zuvor
muss ich noch nadeln kaufen.

aber heute ist ja sonntag.
so werd ich morgen
eben nadeln kaufen
dann den zwirn nehmen
und die hemden flicken
auch die kohle bringen
und bügeln
dann die schuhe holen
und die stube fegen
und das feuer machen
und die messer schleifen.
und dann werde ich ihn verlassen.

rosa: es muss schwer sein
anna: ja sehr.

ich und mein körper

ich und mein körper wollen verreisen
ich und mein körper
mein körper und ich
10 jahre später stehn wir am bahnsteig
ich und du mit unseren körpern
und wollen verreisen
du und dein körper
und ich und mein körper
stehen beisammen
und du steckst in deinem
körper und ich steck
in meinem körper
•

ja du
ja ich
nein wir
ja ihr
man könnte euch beneiden

ja du
ja ich
nein wir
ja ihr
um eure kleinen leiden-
schaften
•

ich komme und gehe
ich falle und stehe
für sie
für euch
für uns
für ihn
für dich
für mich
ich falle und stehe
ich komme und gehe
•

ich bin ein wirkliches kind

ich bin ein wirkliches kind
nein nein so etwas
ja so etwas
ein wirkliches kind
nein nein so etwas
wirklich ein kind
so ein kind
nein nein so etwas
wirklich ein kind
bin ich
nein nein so etwas
bin ich wirklich ein kind?
nein nein
ein wirkliches kind
nein ein kind?
wirklich nein so etwas
ein kind

riegel mir den hals
aber aber
riegel aber
mir den hals
riegel riegel
halsriegel
hals mir den riegel
aber hals
mir den riegel
mir den hals
riegel mir den riegel
hals mir den hals
riegelhals
hals aber hals
hals
•

unsere minna stinkt vom popo
unsere minna stinkt aus dem mund
an den ohren und
in der nase
wahr ist vielmehr
unsere minna stinkt
•

warum blickst du so düster zu mir
ach du bist nicht mehr gerne bei mir
ja du hast mich vergessen
denn du kommst nur um zu essen
und heut gibts nur noch rührei bei mir

wozu schenk ich dir mein letztes geld
ach du hast mich um fünf uhr bestellt
bist um zehn uhr gekommen
und das geld doch genommen
dabei bin ichs die dich am leben hält

draussen in der halle

draussen in der halle jaulten die hunde
und wurden zurechtgewiesen
der uralte butler schlich seine runde
er schlich sie auf platten füssen
sylvia dankte dem schöpfer im stillen
für ihren spanischen koch
„er tut was er will und er hat seinen willen
überraschend gut kocht er doch.“

ballade

ja als ich 15 war
ein flinker knabe
da sprach ein herr zu mir
du bist nicht ohne talent
du machst noch fehler zwar
doch bist du fleissig
dein finger hat gefühl
dir wird das geld noch geschenkt

ich lachte freundlich
weil er so freundlich war
verliess die parkbank
und folgte dem freundlichen herrn
und dieser führte mich
ins nächste rasthaus
zu seinen freunden hin
die hatten mich furchtbar gern

als ich die karten nahm
und kräftig mischte
da riefen sie mir zu
du bist ein braves kind
jedoch als einen dann
ich gar erwischte
der alle karten sah
mit seinem siegelring

da meinte dieser mild
du torenknabe
nimm deine finger weg
von dem herz as
ich wurde zorneswild
doch er sprach weiter
was du nicht lernen kannst
das besser lass

da trat die träne mir
in beide augen
ich übte preferanz
zenser und stoss
ich zahlte lehrgeld vier-
undzwanzig scheine
und wurde meinen
besten anzug los
●

geld ist meine grosse liebe
die farbe einer steigenden aktie
das knistern einer banknote
wenn man sie zärtlich streicht
der duft nach prägeanstalt
ein gedeckter dollarscheck
umschmeichelt meine haut
was ist ein unterrock
gegen eine banknote die scheu aus der brieftasche lugt
ein sorgfältiges wasserzeichen
ein glücksgefühl
allmählich schwinden mir die sinne
ich wühle in meinen bankauszügen
●

ich liebe einen
1000 dollar-schein
so sinnlich
er hilft mir
er nützt mir

er macht was ich will
ach
•

sie waren zwei fahrende leute
sie liebten ein mädchen
es war es gewohnt

sie wollte den beiden nicht schaden
da hat sie den beiden
halt beigewohnt
•

zoist ma des glei oda ned
zwanzg schüling kostat a bed
für anahoib stund
no i nim eam hoid in mund
des hast waun a iwahaubt no sted
ge bleib glei do ste bei da baung
duat hind bei da waund des is zlaung

glaubst i bin bleed, das i waas, wos i wüü

**glaubst i bin bleed, das i waas, wi schbeeds is?
glaubst i bin bleed, das i hea, wos du sogst?
glaubst i bin bleed, das i siich, wi du ausschaust?
glaubst i bin bleed, das i waas, wiri haas?**

**glaubst i bin bleed, das i gschbia, wos i augreif?
glaubst i bin bleed, das i schmeck, wos i friiss?
glaubst i bin bleed, das i riach, wias do schdingt?
glaubst i bin bleed, das i waas, wos i wüü?**
•

de gas
en roa
de zischt
und wischt
an aus
oes was
•

vakräu di
in kanäu di
und loss di nimma seng
•

i bin a kastrat
drum is ma so fad
•

bitte i mecht a a zuhöta wean!
es tuat ma so we, betrogn zu wean.
ich schätze die treue, sie ist eine tugend.
ich fliehe das laster, es raubt mir die jugend.
•

ich töte keine menschen mit den händen
ich schneide keine damenbeine ab
ich trete hunden nicht in deren lenden
weil ich selber eine boxerhündin hab
•

ich habe blut geleckt
ich habe welt geschmeckt
scheisse jetzt fängt das ganze gleich noch einmal an
du hast den herrn gemeint
dann hast du sehr geweint
onkel jetzt ist die andere dran
er will vorübergehn
er will dich vögeln sehn
der onkel ist ja auch nur ein mann
bum
bum
•

Flötengong

Wenn im Herbst die Herbstzeitlosen blühen
wenn im Dämmerschein die greisen Wangen glühen
dann steh mir bei
        steh mir zwei
            und drei

•

sie nahm ihre hand vom kleide
da sprang das weisse fleisch herein
doch sie tat ihm nichts zuleide
weil sie wusste wie er war und er war rein
•

franziska verzeih mir
ich wollt es nicht tun
franziska bleib bei mir
was machen wir nun
es ist mir entkommen
du wirst es bekommen
franziska verzeih mir
ich werds nicht mehr tun

alte wunde

alte wunde
ganz geschwollen
wohin hätt sie wachsen sollen?
nirgendwo war für sie platz
birgt den nibelungenschatz

•

wer läutet so spät an meiner tür
was kann das sandmännchen dafür
•

hoch auf dem berge
tanzen die zwerge
ihren vergnügten tanz

•

bum bum
baba is dumm

•

ich lebe im druck
ich habe genug
ich bin ein verbittertes kind

•

I was burning all the time
in cheese, purple and smyrna

•

drum nudel nudel nutt nutt

•

wie ich höre sind sie taub
wie ich sehe sind sie blind
wie ich fühle sind sie gar nicht da

kurze beschreibung der welt

es gibt aachen
es gibt aale
es gibt aas
es gibt ab
es gibt abarten
es gibt abbalgen
es gibt abbau
es gibt abbeissen
es gibt abbilder
es gibt abblasen
es gibt abblühen
es gibt abbruch
es gibt abdecker
es gibt abende
es gibt abendzeitungen
es gibt aber
es gibt aberglauben
es gibt abermals
es gibt abfall
es gibt abfluss
u. s. w.
bis zuzeln, das es natürlich auch gibt

sketches

abenteuer im weltraum

personen: konrad bayer als franz xaver
oswald wiener erscheint
erdmeldungen (ein ofenrohr)

der raumfahrer springt ein.
raumfahrer: so, da wär ma.
der raumfahrer im schutzanzug mit druckhelm und raumpistole stellt ein magnetofon, ein mikrofon und vieles andere auf. wieder ergreift er das mikrofon und spricht:
liebe hörer und hörerinnen auf der erde, es spricht franz xaver der raumfahrer,
(blickt auf die uhr)
21.05 uhr raumzeit.
die landung ist gelungen. ein neues zeitalter ist angebrochen.
hallo, hier franz xaver. ich bitte um rückmeldung. ich mustere den planeten.
(kurze pause)
erdmeldung: erde.
raumfahrer: ja, hier franz xaver. ich mustere noch immer den planeten.
strahlend.
schön.
still.
ein grelles leuchten liegt über der bizarren landschaft, während die kufen der rakete in den sand schnitten. langsam und sicher hob sich die kuppel aus sicherheitsglas aus den fallschienen und ich sprang mit ganzer erdschwere in das unbekannte panorama eines neuen lebensabschnittes.
ich blicke auf die raumkarte. (er blickt auf die raumkarte)
ein hohles sausen (ein hohles sausen) in der ferne lässt mich überrascht innehalten.
in einer völlig neuen situation. ich bitte um ihr verständnis. menschlicher pioniergeist und technische perfektion schufen die voraussetzung für diesen historischen augenblick.
was wird uns die zukunft bringen? welche überraschungen? welche einsichten?
warten sie.
warten sie mit mir auf die zukunft und sie werden belohnt werden.
ja, der wagemut, ist er nicht der klirrende pfeil, der uns in das unbekannte schwarze dessen schleudert, was ich kühn als den augenblick bezeichnen möchte. ich löse meinen helm von den schultern (er löst seinen helm von den schultern)
(pause)

und atme die würzige atmosfäre in langen zügen.
liebe hörer und hörerinnen, ich möchte bei dieser gelegenheit den konstrukteuren und all den unbekannten helfern meinen dank abstatten.
ich danke ihnen für das haupttriebwerk.
ich danke ihnen für das nebentriebwerk.
ich danke ihnen für die seitenflossen, die heckflossen, die bugflosse.
ich danke ihnen für den lichtquantenmotor.
ich danke ihnen für das hydraulische pressschallwerk.
ich danke ihnen für den eingebauten wandkonsistor.
ich danke ihnen für alle schwerefeldturbinen.
ich danke ihnen für den turboverdrängungsakkomodator.
ich danke ihnen. es klappte prächtig auf der ganzen linie, als ob das schiff auf schienen durch das all liefe. (oswald wiener erscheint)
ich bitte um ihre aufmerksamkeit. etwas ereignet sich. etwas kommt auf mich zu. ich werde in kürze in der lage sein, ihnen das erste ausserschiffe raumerlebnis durchzugeben. eine sichtbare raumbewegung kommt auf mich zu. es hat ausdehnung. es wirft einen schatten. es besteht eine möglichkeit, dass dieses gebilde lichtundurchlässig ist.
(oswald wiener bewegt sich und seine arme)
die form ist flexibel. doch hält die flexion sich in grenzen. ich möchte sogar sagen, derart, dass es höher als breit erscheint. es nähert sich. freunde, niegeschaute formen. erste offenbarung des alls. freunde.
(der raumfahrer stellt eine geste mit der raumpistole)
der erste eindruck des ganzen ist wirklich und überraschend. die erscheinung fixiert ihren ort
(oswald wiener bleibt stehen. ein neugierig-kindhaftes lächeln läuft über seine züge, während er den anzug des raumfahrers beachtet)
in einer wunderbaren stellung, oft noch wie zuckend und zitternd erregt.
(wiener macht schritte)
wieder, wieder. es läuft wie ein lebendes wesen eilends. keine reine lichterscheinung, nein vielmehr ist es höchst merkwürdig. eine einseitige geheimnisvolle ausdehnung. eine bewegung? je stärker die verschiebung nach einer seite, desto deutlicher wird seine äußerlichkeit klar. aber was es zu leisten vermag, ist höchst merkwürdig. wäre es eine wolke, so würden wir solche wolken nicht auf erden finden. ist es das licht selbst, vielleicht doch das licht selbst? ein strahlengebäude? wo ist der schatten? ist es masse? nach einem uns unbegreiflichen schema geordnet?
(wiener hebt kindhaft-verlegen ein stück holz vom boden und wirft es mit chaplineskem gestus wieder fort)
oberflächenstrukturen pfeilen empor, oder reisst es struktur aus der planetarischen oberfläche? schleudert sie in der atmosfäre? durch die atmosfäre? sie fällt! sie ist gefallen!
wenn ich die schicksalsschwere frage stelle: wo ist der schwerpunkt? so

ist die antwort nicht mehr weit. dort. wir stehen an der wende!
(wiener hat sich neugierig aber doch schüchtern dem raumfahrer bis auf eine distanz von einem meter genähert. er lächelt verschämt.)
der raumfahrer nestelt eine brille aus seinem anzug und setzt sie auf:
es ist dreidimensional, ich habe es geahnt! liebe hörer und hörerinnen, vor mir – gefährlich drohend – steht ein unbekannter körper. ich erkenne einen röhrenförmigen, aufstrebenden, doch verzweigten aufbau, die winkel zueinander sind unterschiedlich. an den seiten der dominanten mittelröhre, welche von der basis abwärts verläuft, vier ausstrebungen – ich möchte das wort auswuchs vermeiden, weil es mich zu einer folgenschweren überlegung zwingen würde –, auch röhrenförmig, die sich in je fünf vergabeln.
natur oder konstruktion? ist es ein mechanismus? ich möchte dieses wort vermeiden, weil es mich zu einer folgenschweren überlegung zwingen würde. die dominante mittelröhre wird von einer breiten basis abgeschlossen, die über einer einschnürung ein kugelartiges gebilde ausgekapselt hat, das reliefartige strukturen aufweist. eingebaute farbige halbkugeln sitzen auf dieser form. sie sind beweglich. sie bewegen sich. aus den rändern der verschlüsse, welche sich von augenblick zu augenblick über diese schliessen, erheben sich ungegliederte halme. vielmehr ein bedeutender teil dieser kapsel ist damit bewachsen, jedoch ist die länge dieser ein vielfaches derer auf den verschlüssen. sie sind büschelförmig angeordnet und entspringen eng nebeneinander auf der oberfläche dieser kapsel.
(der raumfahrer betrachtet mit seiner brille aufmerksam den schädel wieners)
diese halme sind blattlos und weisen keinerlei verästelungen auf. es steht also (laut) im rahmen der möglichkeiten, dass wir es mit einer lebensform aufzunehmen haben.
(leiser und abschwächend) vielleicht in verbindung mit einer konstruktion.
ja, sie haben mich richtig verstanden, liebe hörer und hörerinnen, lebensformen auf fernen planeten. denn mechanik oder leben ist hier die frage. maschine oder bios!
zwar ist bewegung kein lebensbeweis; ich weiss. doch die symptome sind verführend.
das planetarische leben tritt uns entgegen! ein wunschtraum oder ein alptraum.
da (zeigt wieder auf wiener), ein zweifach gelochter lappiger fortsatz. ist es eine düse? die austretende (hält seine hand hin) luft scheint es zu beweisen. handelt es sich um ein fortbewegungsmittel einer uns unbekannten kultur? hallo erde, hallo erde, bitte um rückmeldung!
erdmeldung: hier rückmeldung erde.
raumfahrer: franz xaver an erde. bitte um verhaltensvorschlag!

erdmeldung: erde an franz xaver. tätigkeit ist auf reine aufklärung der verhältnisse im weltraum zu beschränken. beschädigungen oder veränderungen in der planetarischen landschaft sind in jedem fall zu vermeiden. der weltraum steht unter wissenschaftlichem naturschutz. bezügliche planetarische erscheinung ist fortsetzend zu erforschen. ende.
oswald wiener atmet ein. er fasst einen entschluss. höflich sagt er: o guten tag.
raumfahrer: liebe hörer und hörerinnen, das unfassliche hat sich ereignet. die planetarische struktur, es dürfte sich tatsächlich um eine biologische erscheinungsform niederer ordnung (er lächelt) handeln, gab ein geräusch von sich, das in irgend einem zusammenhang mit seiner lebensfunktion stehen dürfte. ich weiss, es ist gewagt, doch, in unser denken übertragen, möchte ich dabei an eine transponierung des stoffwechselvorganges in die gegebenheiten denken. ich weiss, dass ich vor einer unlösbaren aufgabe stehe, dennoch möchte ich versuchen, ihnen eine vorstellung von diesem wunderbaren ereignis zu vermitteln.
ich werde (ernst, verhalten) eine darstellung, ich meine, den versuch einer wiederholung, auf lautlicher ebene versuchen.
oswald wiener steht erstaunt vor dem raumfahrer.
der raumfahrer (mit grösster anstrengung, wobei er sich blau verfärbt, seine adern treten hervor): guten tag.
erdmeldung: wir bitten um weitere informationen!
der raumfahrer (verschnaufend): unter dem lappigen vorsprung öffnete sich ein bisher verborgener hohlraum, durch ein lückenloses gatter weisser scheiben abgeschirmt. dahinter (er neigt sich zurück und atmet tief) erschien ein beweglicher klumpen, dessen struktur, er war von sekreten überzogen, eine biologische, wenn auch nieder organisierte lebensform beweisen dürfte, – und das geräusch wurde vernehmbar. ich vermute einen zusammenhang.
oswald wiener (scheu): bitte, wie spät ist es?
der raumfahrer hält geistesgegenwärtig das mikrofon an wieners mund.
der raumfahrer: es ist gelungen.
erdmeldung: das ausserirdische, vermutlich biologische funktionsgeräusch wurde im original übernommen. wir werten aus. strikte befolgung des auftrags. erde.
wiener (beugt sich vor): verzeihung, bitte, wie spät ist es?
der raumfahrer (zittert): hallo hier franz xaver, hallo hier franz xaver! (etc.)
wiener schüttelt den kopf. er beugt sich über den arm des raumfahrers. er versucht den ärmel des raumfahrers zurückzuschieben. es ist nicht einfach. es dauert. zu dieser manipulation verwendet oswald wiener zwei hände: verzeihung. (sehr ruhig. sehr sachlich)
raumfahrer: hier franz xaver. mein körper ist von fremdmasse umschlossen. fremdenergie wirkt auf mich ein. ich vermute saugnäpfe. das

gewächs.
wiener hat den ärmel des raumfahrers unter viel mühe zurückgeschoben und blickt wie ein kurzsichtiger (wiener ist kurzsichtig) auf das armbandchronometer des raumfahrers.
der raumfahrer erstarrt.

rühm tritt auf (kalt): los eam gee, ea kend hoid di ua ned.
rühm und wiener ab.
(1958)

(david)kean vom londoner shakespare theater in seiner glanzrolle aus dem königl non plus ultra

stimme aus dem mikrofon:

ortwin kirchmayr tritt auf. schritt für schritt. er bietet einen entsetzlichen anblick. er läuft auf allen vieren über die bühne. er bewegt sich. da! jetzt! mit einem ungeheuren sprung schnellt er empor und fällt. ortwin kirchmayr läuft auf allen vieren über die bühne. er richtet sich auf. seine arme hängen schlaff herunter. jetzt. mit einem ungeheuren sprung schnellt er empor und fällt. er ist ganz nackt. er läuft auf allen vieren über die bühne. jetzt. er spannt die muskeln. er richtet sich auf. jetzt. er ist ganz nackt und von markus prachensky bemalt. ortwin kirchmayr läuft auf allen vieren über die bühne. er richtet sich auf. er wirft sich zu boden. er windet sich am boden. er richtet sich auf und wirft sich zu boden. er ist ganz nackt und von markus prachensky bemalt. ortwin kirchmayr kriecht langsam auf der bühne. da! er schnellt sich empor und fällt. er richtet sich auf und bleibt auf den knien. jetzt. er schlägt seinen schädel auf die bühne. mit aller kraft. er schlägt mit armen und beinen und mit aller kraft. er ist ganz nackt und von markus prachensky bemalt. er richtet sich auf und springt. er läuft über die bühne. er springt. er läuft und springt von einem bein auf das andere. seine arme hängen schlaff herunter. er ist von markus prachensky bemalt. ortwin kirchmayr läuft über die bühne. er schlägt mit den armen und beinen um sich. er springt von einem bein auf das andere. seine arme hängen schlaff herunter. seine augen treten aus den höhlen. er streckt die zunge weit aus dem mund. seine arme und beine sind in ständiger bewegung. da. jetzt. er schnellt sich empor und steht auf den beinen. ortwin kirchmayr geht über die bühne. er schlägt auf die bühne. er richtet sich auf. er bricht vornüber. er liegt auf dem bauch. er schnellt sich empor. er steht auf den händen. er geht auf den händen. er wirft sich zu boden. er liegt auf allen vieren. er läuft auf allen vieren über die bühne. er richtet sich auf und starrt von der bühne. er fällt zu boden. jetzt. mit armen und beinen schlägt er auf die bühne. er liegt auf der bühne. langsam richtet er sich auf. er steht auf der bühne. er geht auf der bühne. er läuft auf der bühne. er schnellt sich empor und fällt. jetzt. mit armen und beinen schlägt er um sich. er streckt sich. er liegt. er richtet sich auf und starrt von der bühne. er steht an der rampe. jetzt können wir ihn ganz genau betrachten. er ist ganz nahe. er ist ganz nackt und von markus prachensky bemalt. darüber trägt er eine fleischfarbene unterhose damit unsere scham nicht verletzt wird. ortwin kirchmayr tritt ab.

ortwin kirchmayr tritt auf. er ist klatschnass und von markus prachensky bemalt. seine jeans und sein haar tropfen. er tritt an die rampe und verneigt sich. er ist barfuss.
(1959)

napoleon oder wer weiss?

zwei herren in haus- oder strassenanzügen sitzen an einem tisch in der mitte der bühne und spielen schach (stumme szene).
1: wie spät ist es?
2: 20 uhr 20 und 4 sekunden.
1: wie spät ist es?
2: 20 uhr 20 und 9 sekunden.
1 (verwundert): wie die zeit vergeht.
wie spät ist es?
2 (hebt wieder den arm und blickt auf die uhr): 20 uhr 20 und 21 sekunden.
1: ich wette, jetzt ist es 20 uhr 20 und 30 sekunden!
2 (schaut auf die uhr): ja.
sie spielen wieder schach.
2: wie spät ist es?
1 (schaut auf seine uhr): 20 uhr 21.
2: mhm.
1: welcher tag?
2: freitag.

1: es ist doch abend oder sogar nacht?

2: ein tag hat 24 stunden. da gehören auch 2 halbe nächte dazu. die 2. hälfte der nacht von donnerstag auf freitag und die 1. hälfte der nacht von freitag auf samstag.

1: so ein blödsinn.

2: der tag bricht ab, die nacht bricht an, alles am freitag.

1: blödsinn.

sie spielen wieder schach.

1: was denkst du (pause) von napoleon? (schaut auf napoleon, der beim wort napoleon auftritt)

napoleon tritt durch die mitteltüre in entsprechender kleidung auf, ohne hut, zweifarbige perücke, links grau rechts schwarz.

1: na, was denkst du von napoleon?

2 (schaut auf napoleon): er hat lange haare.

1: welche farbe?

2: schwarz.

1: falsch. grau.

2: wieso?

napoleon dreht sich um.

1: du hast recht. schwarz.

2: entschuldige. grau.

1: schwarz!

2: grau!

1: blödsinn.

napoleon setzt einen zweispitz auf.

2: er trug einen bezeichnenden hut.

1 (sieht auf): ja das stimmt.

napoleon stellt sich hinter 2.

2: es hat gar keinen napoleon gegeben.

1: wie?

napoleon kommt wieder zum tisch, holt einen 3. sessel und setzt sich.

1: gesessen ist er gern, das ist wahr.

napoleon legt die stiefel auf den tisch, macht sichs bequem und legt den hut ab.

2: stiefel hat er auch getragen.

1: ja das ist wahr, aber hut hat er doch keinen gehabt.

2: a ja, ja das ist wahr. hut hat er doch keinen gehabt.

sie spielen wieder schach, ziemlich lange, schenken napoleon keine aufmerksamkeit, napoleon langweilt sich, 2 sinniert sehr lange über einen zug, napoleon, der jetzt am tisch sitzt, macht den zug.

1: na, hat er schach spielen können, der napoleon?

2 (blickt kurz auf, übersieht das spiel): nein, nein wirklich nicht. (und sinniert wieder weiter)

sie spielen wieder weiter. napoleon folgt grübelnd dem spiel.

1: no, aber was hat er denn so gedacht, der napoleon?

2 (schaut auf): ha?

1 (gibt sich einen ruck und gleiche position wie oben): no, aber was hat er sich denn so gedacht, der napoleon?

2: was weiss ich? frag ihn!

1 (lehnt sich ärgerlich zurück): blödsinn.

beide spielen weiter. napoleon, der in der letzten phase keine miene verzogen hat und nur grübelnd das spiel betrachtete, folgt gespannt den zügen, während der vorhang fällt.

x-te nummer (singspiel)

vorhang.

meyer steht auf der bühne. er hält eine schriftrolle in seiner pathetischen hand. er proklamiert:

unser land hat die gelegenheit wahrgenommen in die vorderste reihe der völker zu treten. wenn wir auch nur ein kleines land sind so wissen wir doch was vorne ist. wir wollen und können richtungsweisend für die zukunft sein. österreich bricht dem fortschritt wieder einmal eine lanze und es wird einem weltecho der begeisterung entgegenlauschen.

etwas was schon lange fällig war etwas das in der luft hing und uns brennend an unsere verantwortung einer geistigen nation gemahnte findet heute hier in diesen historischen kulissen seine heisse notwendige definition.

die künste sind ab sofort verboten!

ein tiefgefressener seuchenherd eine krankheitswurzel von nicht zu unterschätzender tragweite kann endlich ausgemerzt werden. damit scheidet die volksgefahr ehe es zu spät ist aus unserem bewusstsein einer nation des fortschritts und ebnet den leuchtenden weg des gesunden volksbewusstseins.

die kunst sinnloses rauschgift das seinen hintergründigen kampf schleichend oder heimlich im verborgenen führte oder mit den giftig strahlenden lettern einer üblen propaganda sich in schwachen hirnen festzusetzen vermochte ist nicht mehr. nicht von ungefähr wurde sie zu allen zeiten von gewissenlosen demagogen für zwecke missbraucht. das ist vorbei.

die kunst ansteckende krankheit sinnloses übel kürzung der freizeit. ein kernfeind. trügerischer schein vernebelte den blick aller klassen und verbindungen. selbst in höchste kreise war kunst bereits eingedrungen. es ist uns gelungen dieses krebsgeschwür beim schopfe zu packen und mit seinen helfershelfern zu vernichten.

ab heute 22 uhr sind sämtliche theater opernhäuser konzertsäle museen galerien bibliotheken etc. geschlossen und werden dem allgemeinen wohnbauprogramm eingegliedert. alle einschlägigen direktoren sowie schauspieler bühnenarbeiter musiker saaldiener werden in volkswirksame berufe umgeschult. aus allen zeitungen wurden künstlerische beiträge entfernt soweit dies nötig. der diesbezügliche vorschlag wurde mit grösstem beifall aufgenommen.
bücher musikinstrumente gemälde zeichnungen kleinplastiken etc. sind soweit in privatem besitz befindlich an öffentlichen sammelstellen abzugeben. abholung auf wunsch gegen geringes entgelt auch darf vom inhaber selbst zerstört werden. orgeln und anderes schwer transportables kunstwerk wird von staatlichen und hiefür befugten organen an ort und stelle vernichtet. in entsprechender umgebung ist verbrennen zulässig.
kunstgegenstandserzeugung ruht.
rückfällige personen werden gerne und kostenlos in der beratungsstelle Wien 9 ......

schönwald tritt auf und ist von geistig ungesunder erscheinung. ein weisser mantel kleidet ihn. das stethoskop hängt an seinem hals.

schönwald: freimachen.

schönwald geht weiter auf den apparat zu. matouschek tritt auf. beide machen sich am schockapparat zu schaffen. meyer wirft einen verständnislosen blick und setzt fort pathetisch proklamierend etc. etc.:

wir lehnen allerdings dankbar alle bezüglichen freiwilligen meldungen zur zerstörung von öffentlichen denkmälern ab. staatlich befugte organe. wir sind in der glücklichen lage ihnen dies mitteilen zu dürfen. sind bereits am werk. aber wir danken allen und sehen darin ein tiefes und wirkliches verständnis eines ganzen volkes für seine zukunft.
musik- und zeichenunterricht an öffentlichen schulen wurde aus den lehrplänen aller bundesländer gestrichen. wir dürfen aufatmen. unsere kinder sind ausser gefahr.

schönwald tritt wieder an meyer heran: also freimachen.

meyer nach einer erstaunten oder fassungslosen pause: aber. verstehen sie doch! die kunst ist doch ein dreck. erfüllt keine funktion verwirrt volkskörper und raubt ihm kräfte.

schönwald: jaja (nimmt ihn bei der hand und führt ihn zum tisch).

meyer: aber die kunst die kunst die kunst ist doch ein blödsinn.

schönwald: los herr georg hams ihn?

matouschek: ja herr doktor.

meyer: aber begreifen sie doch die kunst hat keinen sinn. wozu ist kunst? ein raffinierter betrug von medizinmännern die uns aus der urzeit der menschheit verfolgen.

schönwald: los anschnallen.

meyer: wir alle sind in gefahr. die menschheit ruiniert sich. sie sind...

schönwald zu matouschek: machens ihn fertig.

matouschek: ja herr doktor (gibt ihm eine mit dem juxknüppel).

meyer murmelt hinter einem knebel: ich bin im recht. versuchen sie zu begreifen. ich bin im recht. verstehen sie mich? hören sie mich ich bitte sie. stellen sie sich vor......

matouschek gibt ihm den knüppel.

meyer schluckt. kurze pause: *sie* brauchen doch sicher keine kunst. wozu auch. niemand braucht das. nur ein paar unheilbare irre. hauptsächlich frauen......

matouschek gibt ihm wieder eine.

meyer liegt ganz flach mit riemen an den tisch gebunden die verbindungsleitungen sind angesteckt auf dem tisch augen geschlossen schweigt bewusstlos.

schönwald lächelt matouschek zu:

so jetzt liegt er am stockerl
und daun griagt er sei schockerl
so springt der verstaund in die windungen ein
und dann gem ma eam no ans
weu wia kennen kan neid
und is nua a klans
hot a do hoid sei freid
no und wann er dann gsund ist do wiad a sich freun.

währenddessen schleudert es meyer auf dem tisch auf den er so geschnallt sein muss dass er jederzeit loskommt. matouschek im weissen mantel betätigt hebel. meyer schlägt flick flack vom tisch herunter. schönwald fängt ihn auf.

schönwald: hoppala.

sie legen meyer wieder auf den tisch während

schönwald: die elektrizität
keinen spass nicht versteht
die funken stieben durch seine nerven
dass selbst sie einen hengst umwerfen
dos mocht eam wida gsund
den bleden hund.

apropo hund kennens den schon?

matouschek: na hea dokta.

schönwald leicht blödsinnig: hö hö. no schauns. do woan zwa hund im paak.

matouschek: jo den kenn i.

schönwald: no und der.

schönwald erzählt witze nach belieben während matouschek schaltet und es meyer unterm elektroschock beutelt. dann nehmen sie den meyer und stellen ihn auf die beine. er ist ganz weich in den knieen.

schönwald: jetzt is a wida gsund
dea blede hund
jetzt is a wida gsund
dea blede hund
no woa des goa so schwea
ich bitte sea
jetzt is a wida gsund
dea blede hund.

meyer schlägt räder geht zum arzt schüttelt ihm die hand. wenn er spricht reisst es ihn nach einer seite.

meyer vollkommen blödsinnig. es reisst ihn: danke herr doktor danke vielmals. danke herr doktor. wirklich. danke. kunst ist wertvoll und voller sinn. und voller zweck. danke herr doktor.

will niederknieen. schönwald hilft ihm auf.

schönwald begütigend: no no hob is ihna ned glei gsoggd?

meyer ab es reisst ihn manchmal werden räder und flick flacks draus: kunst ist nötig. künstler. kunst hat sinn (es reisst ihn).

2 leute mit zylindern treten auf (herr a und herr b) und umarmen schönwald von der seite. singen mit ihm limericks bis der vorhang fällt. sie sind kostümiert und die nummer gleitet ins variete wo alle erstaunt stehenbleiben. schade dass beide keinen roten frack und weder einen roten zylinder haben.

300 menschen

300 menschen gehen von links nach rechts über die bühne.
es wird dunkel.
man hört eine stimme: „olga, olga!"
es wird hell. im vordergrund in der mitte der bühne steht eine naturalistische baumdekoration. von rechts nach links kommt oswald wiener im klei-

nen stresemann mit melone, schirm und aktentasche, er geht so, dass er hinter dem baum stehenbleiben kann und friedrich achleitner im gleichen schritt weiter geht, kleiner stresemann (dunkler rock, gestreifte hose), schirm und aktentasche. bevor er die linke küste der bühne erreicht, kommt ihm x entgegen, schlägt ihn auf die schulter: „na, immer noch der alte?“
f. a. starrt, packt langsam aus, starrt, legt bart an, starrt.
f. a. (langsam seufzend): „man wird nicht jünger.“
x: „wer sagt das?“ greift nach hinten, hat kinderwagen, wirft sich hinein, brüllt aus leibeskräften.
nach längerer zeit der betrachtung nimmt f. a. einen riesigen schnuller aus der aktentasche und stopft ihn dem x ziemlich gewaltsam ins maul.
von oben kommt ein dickes seil mit karabiner. f. a. hängt x an den karabiner, der nach oben entschwindet. f. a. legt sich in den kinderwagen. von rechts treten 300 personen auf, und einer schiebt f. a. im kinderwagen von der bühne. von rechts nach links kämpft sich ein mann durch die massen, drängt, klettert durch beine, sucht und ruft vor allem unentwegt nach olga. von beiden seiten treten bäume auf (dahinter stehen menschen, die man nicht sehen kann), bis ein wald entsteht, von der mitte nach den seiten kleiner werdend, wegen späterer perspektive. f. a. als jäger tritt auf und schiesst ins publikum. vom balkon fällt eine angezogene puppe, aus der himbeersaft fliesst. magnetofonband mit sich nähernder feuerwehrsirene. sanitäter dringen in den zuschauerraum, werfen die puppe auf eine tragbahre und eilen mit ihr hinaus.
ein polizist tritt auf, geht auf f. a. zu, der ihn herausfordernd ansieht, der polizist zückt seinen notizblock: „wie heissen sie?“
f. a. murmelt
polizist: „wie heissen sie?“
f. a. murmelt
polizist: „wie heissen sie?“
f. a. murmelt
polizist: „wie?“
f. a. murmelt
polizist (energisch): „sprechen sie lauter!“
f. a. brüllt so laut, dass der polizist umfällt. sanitäter kommen von rechts, laden den polizisten auf eine tragbahre und laufen mit ihm nach links ab. mittlerweile haben sich die bäume zu einer allee formiert, perspektivisch. im ende der allee erscheint ein riesiges weib mit wehenden schleiern (windmaschine). f. a. macht am absatz kehrt zum hintergrund, breitet seine arme aus. sie eilt mit wehenden schleiern und einem glücksjauchzer hinein. er schiebt sie etwas von sich, sieht sie kurz und prüfend an, dreht sie an den schultern herum und gibt ihr einen fusstritt. sie dreht sich zum publikum und mimt eine opernarie (lippen, gestik), dazu eine berühmte stimme aus dem lautsprecher, er fällt mit operngesten (herzhalten und so) in das duett ein (band).

über ihnen fällt eine schaukel herunter. ein mädchen im weiten kleide klettert auf einem der seile herunter und schaukelt über ihnen, dass man ihr unter die röcke sehen kann. die beiden markieren unter der schaukel noch etwas weiter. ein mann mit negermaske, darunter todmaske etc. . f. a. dreht sich um, sieht ihn gelangweilt an. y nimmt bastrock (über dem anzug) und negermaske ab, f. a. gelangweilt, y nimmt todmaske ab, blickt verlegen. f. a. schlägt hände vors gesicht, bekommt schreikrampf, epileptischen anfall, läuft davon (duett geht weiter). befriedigt holt y ein cello und einen klappstuhl hinter dem 1. baum (hinter dem auch ossi steht) hervor. nimmt platz. zieht einen fuchsschwanz aus dem rock und sägt gefühlvoll und mit geneigtem kopf, das ohr an die saiten geneigt, den hals des cellos ab. dann tritt er das cello ein und nimmt einen hund und ein kleines wägelchen heraus, vor das er den hund spannt und auf das er die trümmer des cellos legt. gemeinsam transportieren sie das cello ab. der mann wirft kurz einen blick auf das schaukelnde mädchen und geht dann weg. das magnetofonbandduett bleibt. allerdings markiert nur mehr die riesin. die schaukel mit dem mädchen wird wieder aufgezogen. durch die allee kommt der mann, der olga ruft. die riesin dreht sich freundlich um und deutet fragend auf sich. der mann, der olga ruft, schüttelt nur im vorbeigehen den kopf, worauf sich die riesin wieder in ihre position begibt und weiter markiert. der bandgesang wurde nicht unterbrochen. der mann sucht olga im seitenvorhang, den er um und um wendet. aus der ferne hört man ihn noch rufen. „olga, olga!“
die bäume reihen sich im indianermarsch und gehen von der bühne ab, aber jetzt kann man die beine der herren sehen, die die baumdekorationen tragen. die riesin markiert weiter.
von links treten 300 personen auf, die die riesin mit sich schwemmen, der gesang bricht ab.

an die 300 menschen schliesst eine musikkapelle an. mit pomp wird ein bursche hereingeführt, adrett gekleidet, gestreiftes sakko, enge knickerbocker, brillen, matrosenmütze, schiefertafel mit schwamm. man bringt ein postament, er wird daraufgestellt. die kapelle bläst einen tusch. ein herr mit schwarzem vollbart, zylinder, zeigt mit seinem zeigestab auf ihn und verkündet: „das ist pupil, der englische schüler.“ ein mensch mit megafon tritt an die rampe: „pupil, der englische schüler!“ zeitungsjungen laufen mit druckfeuchten zeitungen über die bühne und rufen aus: „pupil, der englische schüler, pupil, der englische schüler.“ der vorhang schliesst sich, daran hängt aufgestickt erich brauer und singt ein hebräisches volkslied zur gitarre, als der vorhang etwas zur seite geht, sieht man seine frau noemi auf der bühne, die in den gesang einfällt und sehnsüchtig nach ihrem gatten blickt. sie schlägt die hebräische trommel. so bilden sie ein duett. dazwischen im publikum: „heisse würstel, zigaretten, bier, limonade.“ der vorhang schliesst sich. am vorhang hängt noch brauer. zwei herren im abendanzug mit umge-

hängten feldstechern treten auf (vor dem vorhang, vielleicht aus dem publikum). 1: „wollen wir ins theater gehen?" ....
1: „wir wollen uns erfrischen; ich habe hier viel angst ausgestanden." (nachdem noemi die bühne verlassen hat und alles in ordnung gebracht wurde, ist der vorhang aufgegangen, damit brauer herunterklettern kann.) auf der bühne spielen 22 mann in badehosen und turnerleibchen korbball, nach einiger zeit schliesst sich der vorhang wieder.
der vorhang geht auf, und 300 matrosen stehen unbeweglich auf der bühne. der dialog wird von ihnen zu ende geführt. in den hinteren reihen der matrosen wird ein transparent hochgehoben und entrollt, entfaltet:

wien, am ....

kapelle zieht auf. gefolgt von pupil und gefolge mit pomp, der herr mit zylinder und zeigestab zeigt auf ihn: „das ist pupil, der englische schüler."
mann, der olga ruft, kämpft sich durch die matrosen: „olga, olga!"
chor der matrosen: „wien, am ...."
der vorhang schliesst sich, bleibt beleuchtet.
stimme: „lustiger mikl
ein kurzdrama"
der lustige mikl tritt auf.
(lange pause)
peinliches schweigen.
andere stimme (aus einem lautsprecher, der hinter dem publikum angebracht ist): „schleich dich, lustiger mikl!"
der lustige mikl blickt unbekümmert in die ferne.
vorhang geht auf.

eröffnungswalzer: 2 mädchen mit langen tüllröcken, die über den körper der sie tragenden männer bis zu deren waden gehen.

szenen und theaterstücke

entweder:
verlegen noch einmal zurück
oder:
visage-a-visage in der strassenbahn

o verzeihung
er versucht den speichel mit dem rockärmel abzuwischen
was WAS
es ist mir wahnsinnig peinlich bitte aber ich weiss garnicht wie das passieren konnte plötzlich ....
    drohend
sie sie SIE SIE
greift in die tasche und zieht ein taschentuch hervor
    reibt
es tut mir wirklich schrecklich leid WIRKLICH aber es war ohne absicht ich bitte glauben ....
stösst seine hand fort
    brüllt
lassen sie LASSen sie das unverzüglich sein sie
    widerstand
ich kann doch nicht dafür wie ich sagte ich ....
    blaurot
packt ihn am kragen
sie unverschämter idiot sie unverschämter idiot sie unverschämter kerl
    abschütteln oder
was wollen sie von mir wie ich sagte lag es nicht in meiner absicht war es ohne jede absicht ....
    eindringen
ohne OHNE OHNE
lassen sie mich unverzüglich in frieden haben sie den verstand verloren lassen sie los ....
    freimachen
    keuchen
ich ich ich
man wird doch noch jemanden anspucken dürfen
er staunt er starrt seine hände sinken
    erstarrt
man man man
machen sie doch kein theater es ist ja NICHTS passiert
aber aber
schweigen sie still oder ich
    das erwachen

oder ODer ODER
sie wollten provozieren scheint es wie? sie clown sie mist sie nutzniesser
der zwerg
ich ich ich
ich warne sie
ich ich ich
ich sehe sie wollen diese angelegenheit auf die SPITZE treiben das heisst
sie versuchen es ABER JETZT VERSCHWINDEN SIE und zwar so schnell sie
ihre beine tragen und BITTE
weit stürzt oberkörper vor
bitte bitte bitte bitte bitte bitte bitte bitte
verschwindet in der ferne
(1954)

ein abenteuer des lion von belfort

der vorhang. ein cupferstichzimmer, rechts das conterfey des lion.
der lion steht vor seinem lehnsessel
hinter einem grossen barocken schreibtisch.
er setzt sich,
er streicht seinen schnurrbart,
er trägt eine mit orden reich decorierte generalsuniform.
apollyon bringt auf einer silbertasse
sechs versilberte gabeln und sechs versilberte stilette.
er überreicht sie mit einer decenten verbeugung,
er legt das tableau auf den schreibtisch und empfiehlt
sich mit einer decenten verbeugung.
der lion erhebt sich und sticht sechs versilberte gabeln
und sechs versilberte stilette in
über den tisch
verstreute lorbeerblätter.
die lorbeerblätter sind vergoldet.
lautlos betritt apollyon die scene.
apollyon tritt immer lautlos auf.
apollyon bringt die TIMES,
der lion setzt sich,
der lion liest die TIMES,
apollyon zieht gabeln und stilette aus dem schreibtisch
und ordnet sie auf der tasse:
eine gabel, ein stilett,
eine gabel, ein stilett,

eine gabel, ein stilett,
eine gabel, ein stilett,
eine gabel, ein stilett,
u. s. f.
apollyon geht ab mit der tasse.
der lion und die lecture der TIMES.
der lion legt die zeitung auf den schreibtisch
und tritt an ein sopha
– das sopha steht an der rechten seitenwand und blieb
dem scharfsinn des betrachters durch einen japanischen
paravent verborgen –
und betrachtet sein opfer
mit unbewegter miene.
diese frau
ist mit derben stricken an ein sopha gefesselt.
sie trägt dessous.
ob die dessous einen leinenunterrock einschliessen,
wird der phantasie des betrachters überlassen.
dieser leinenunterrock
ist von himmelblauen schleifchen durchzogen.
dieser leinenunterrock und volants.
der lion ordnet blumen in eine vase.
die vase und ein japanischer blumentisch.
apollyon weist hinter der scene die anschuldigung
zurück,
dass die blumen welk seien.
apollyon beweist hinter der scene,
dass man auch frische blumen parfumieren
darf.
die blumen auf dem blumentisch sind nicht parfumiert.
der lion tritt an das sopha:
«mein besteck.»
apollyon tritt auf.
apollyon tritt mit säge,
seciermesser und vorschlaghammer
auf.
«das besteck. herr.»
der lion greift nach der säge.
der vorhang: fällt.
(1954)

une show royale

1. aufzug
kellergewölbe, ist nur spärlich beleuchtet und die bühne ist nur durch petroleumfunzeln erhellt. auf einem haufen verfaulten laubes sitzt auf einem stein *der könig.* ich weiss nicht, ob er einen bart hat oder nicht. er ist entweder sehr alt, nein nicht sehr alt, oder doch nicht sehr alt. er ist wie immer betrunken und hält in einer hand eine flasche. seine messingkrone ist etwas zur seite gerutscht und er grölt vor sich hin und beschimpft den blinden *flötisten* an seiner seite; spielt. seine flöte ist mit laub umwunden. auf der anderen seite sitzt *der hofnarr,* seine laute steht zwischen seinen schenkeln und er starrt vor sich hin. er ist in lumpen gehüllt wie der könig, alles ist schmutzig und erinnert an ungeziefer.

zeremonienmeister stampft 3× mit stab auf.
sein *erster minister* tritt auf, etwas weniger verkommen, aber auch nicht vornehm, auch nicht gut gekleidet, eher ärmlich. „o herr, ich muss dich tadeln, du hast dein weib getötet, obwohl sie ehrsam war und hohen standes." „scher dich fort, alter halunke, ich will dich nicht mehr sehen." kerkermeister?
2 gut gebaute tänzer im schwarzen trikot mit ballettschuhen treten auf und führen den minister ab. aus dem dunkel tritt *der henker* vor und folgt.
„spielt auf und lasst die lauten klingen. wo sind meine sklaven, ich will sie tanzen sehen."
„bedenkt, o könig." „sei still."
man hört die jagdhunde anschlagen. pause. furchtgespräche der höflinge. armbanduhr. tödlicher schrecken verzerrt das gesicht des königs. wird es denn nie ein ende nehmen? er gräbt seine hand in das laub und presst sich mit aller kraft gegen den stein, seine beine sinken im laub ein, der narr greift zu seiner laute und spielt mit dem flötisten eine kurze traurige weise. nachdem sie damit zu ende gekommen sind, tritt für einen augenblick gänzliche stille ein. sehr aufgeräumte stimmung. *die tochter des königs* in dessous, von *2 schönen pagen* begleitet, die ein altes trichtergrammophon tragen. die akteure stehen wie marionetten auf der bühne herum. die prinzessin beginnt zu tanzen. die furcht verschwindet aus dem gesicht des königs und macht einer ekelhaften geilheit platz: zum abschluss ihres tanzes lässt die prinzessin das strumpfband gegen die schenkel klatschen. *der schöne prinz* tritt auf, nach venezianischer art 1455 gekleidet. leicht beschwingt tritt er vor den könig. „du ekelst mich an. erst bringst du opa um und dann oma, weil sie nicht aufhören konnte ihm nachzutrauern, und jetzt mama. das ist nicht nett von dir. ich habe immer gewusst, was du wolltest, aber ich habe dich durchschaut. jetzt ist es dir endlich gelungen. du hast unseren bridgecercle ausgerottet." der könig grinst über das ganze gesicht und nimmt ohne auf diese rede

irgendetwas zu entgegnen einen tiefen schluck aus der flasche. *der henker* kommt dandyhaft, cool. wischt das blut von seinem zweihander auf seinen rechten ärmel, poliert seine fingernägel auf dem rockaufschlag, haucht sie an und poliert sie wieder. eng umschlungen folgen ihm *2 tänzer.* einer dreht sich mit einer ballettgeste um (klassisch), zwinkert uns vertraut lächelnd zu, erstarrt zur maske eines ernsthaften mädchens.
der könig versucht seinen sohn zu beschwichtigen unter starker verwendung seiner arme, er stellt ihm in aussicht sich tarock abzugewöhnen und poker als hofspiel zuzulassen (hintergrund). die prinzessin steht etwas abseits und manicurt ihre fingernägel, die tänzerin tritt auf sie zu und packt sie an ihrem rötlichen haar, schleift sie rechts ab. der könig klatscht in die hände. die pagen legen eine neue platte auf. 4 nicht mehr ganz junge herren in schwarzem trikot mit melone treten auf und unterstützen die weise mit der exaktheit einer girltruppe.

2. aufzug
friedhof, begräbnis.
ghoulen an den frischen gräbern.
trauerzug durch kerzengang. messe mit satanspriester. begräbnis der königin. sie war eine grosse hure, drum will ich euch um respekt bitten.
ein andrer teil der bühne wird hell erleuchtet (rechts). tänzerin und prinzessin liegen in idyllischer pose. tänzerin heroisch, prinzessin liebend ergeben. liebesspiel.

3. aufzug
gefängnisstube.
für den laien sei hiezu bemerkt, dass der vergleich einer polizeirevierstube am nächsten kommen würde.
die wachen (3) in schwarzem steifem hut, teils in mieder, teils in nylonhöschen mit flor oder nylonstrümpfen, lackpumps, sitzen um einen tisch und spielen domino. *3 nonnen* mit geschürzten röcken sitzen im cunnilingus versunken unter dem tisch. in tiefes nachdenken versunken wandert *der junge polizeileutnant* auf und ab. zieht den rauch aus einer langen opiumpfeife. hohe licht ockerfarbene lackstulpenstiefel, dazu einen federhut, hell violettweisse federn, pastellrote schärpe (moirée). rechts türe, zimmer grell ausgeleuchtet. *2 polizeibeamten* stossen vor sich die *beiden gefangenen* herein. die polizeibeamten tragen schwarze dreispitze ohne jede verzierung, schwarze moiréeschärpen und schwarze lackstulpenstiefel. ihre fäuste umklammern maschinenpistolen in schussposition, mit deren läufen sie die gefangenen hereinstossen. der junge leutnant vertreibt mit einer handbewegung die dominospieler. links ab. die nonnen flüchten kreischend mit hochgeschürzten röcken in einen dunklen gang in der rückwand.
„sie sind." „ja." „sie wagen es nicht zu widersprechen." „ja." „wir werden kei-

nen pardon geben." er nimmt eine trillerpfeife vom tisch. auf seinen pfiff kommen die *dominospieler.* mit kleinen bambusstöcken bewaffnet nehmen sie das liebespaar zwischen die knie und verprügeln sie auf offener bühne. mit dem gesäss zum publikum gekehrt. delinquenten winden sich in qualen und stossen laute schreie aus.

4. aufzug
wie 1. aufzug.
könig spielt ein brettspiel mit einem *höfling.* an den wachen vorbei drängt sich der *hauptmann von der garde.* hauptmann: „du hast meine mutter umgebracht." könig: „ich weiss, ich bin ein grosser mörder." hauptmann: „dein henker hat meine schwester am schafott entehrt." (henker poliert fingernägel.) könig: „liebling, das verstehst du nicht. du sollst dich nicht um dinge kümmern, die deiner jugend nicht entsprechen." jagdhunde schlagen an. hauptmann tritt einen schritt zur seite. tyrann kronprinz tritt auf. ihm folgt seine garde, silbernes haar, schwarze trikots. er selbst hat schwarzes haar und stirnreif. einer von seiner garde führt 4 tigerdoggen. „wo ist das kleine cretin?" „ich weiss es nicht." „ich glaube du hast den verstand verloren. wozu sitzt du denn hier? du hast auf sie aufzupassen, wenn ich will, und sie hat hier zu sein, wenn ich will." „was willst du von ihr?" prinz macht ihm ein für alle mal klar, dass er nur ein lausiger popanz ist, falls er das noch nicht begriffen hat. dass er dem zuzustimmen hat, was er will und dass das zeitalter der jugend heranbricht. — lobgesang auf jugend, neue zeit und brutalität. könig bestürzt: „das will ich doch auch." prinz: „du bist nicht konsequent genug und vor allem willst du deine persönlichen launen einer ordnung vorziehen, der auch ich mich zu beugen habe." (dass auch er tue, was ihm beliebt.) da erklärt ihm der sohn, dass er mit dieser ordnung identisch sei und dass er dabei keine inkonsequenzen dulden könne. könig: „dass schliesslich er könig ist."
prinz zieht die augenbrauen hoch. garde marschiert durch das erschreckt sich teilende heer der höflinge ab. prinz ab.
5 gardisten des kronprinzen mit maschinenpistolen.
(1955)

die erschreckliche comoedie vom braven lukas

ein spektakel in fünf aufzügen

1. aufzug
lukas als barbier schneidet versehentlich einem der besten kunden beim rasieren den kopf ab. auftritt des feldhauptmanns. erwähnung der stierhörner als waffen zu gebrauchen. (umarbeitung auf malmort du poète)
2. aufzug
lukas versucht die insassen einer kutsche vor räubern zu bewahren, tritt parzifalesk auf. fesselt die räuber. die kutsche fährt davon und nimmt ihn nicht mit. er erzählt davon dass er ein grosser feldherr (mann?) werden will (vielleicht hinbau auf den malmort des poeten schlechthin?) was sich bisher zugetragen seine reise und eventuellen abenteuer seine verfolgung des feldherrn. seine absurden abenteuer (trotzdem soll alles sehr bewegt theatermässig und aufgelockert sein. stets die querverbindung zum evangelienlukas beachten)
die räuber überzeugen ihn dass sie die besseren seien. sie explizieren das abenteuer. die übrigen räuberfamilienmitglieder tauchen auf besorgt um die beiden ausgebliebenen. sie schlagen ihr nachtlager um ein lagerfeuer auf. bringen kessel. es stellt sich heraus dass sie cannibalen sind. er nimmt parzifalesk dagegen entrüstet stellung. sie verweisen auf die ähnlichkeiten der kriegskunst und des cannibalismus. er verlässt verwirrt die scene.
3. aufzug
im himmelsraum sterne kleben an dem nachtblauen firmament.
die zwölf sternbilder stehen wohl geordnet in einer reihe.
der stier erzählt die abenteuer des lukas sein aufstieg freund des königs erster vasall.
(vielleicht fehlt der stier und die anderen sprechen von seiner reinkarnation und dass er bald wieder kommen werde)
darauf erscheinen 3 evangelisten in gestalt ihrer wappentiere löwe, engel mit schwarzen schwingen, adler und reklamieren lukas für sich wobei sich die beiden löwen (markus und der sternzeichenlöwe) einander entschieden nähern (versionen des lion de belfort). es entsteht ein heftiger streit worauf ein riesiger fuss an der rechten seite der bühne sichtbar wird. die streitenden werden sofort ruhig der fuss entfernt sich. die evangelisten gehen ab. die himmelstiere nehmen ihren platz ein. (der vorhang sinkt)
4. aufzug
lukas geht an einer weide mit rindvieh vorbei (in vollem ornat des feldhauptmanns und ersten vasallen mit einer silbernen stiermaske vielleicht auch sonst noch stierattribute). das rindvieh klagt ihm seine not (von tänzern mit masken darzustellen) auch die rindviehhafte naivität dummheit

borniertheit das gesetz der masse muss emporspringen. aber es muss zutagetreten dass sie trotzdem nicht zu verachten sind. ein junger stier soll geopfert werden. er drängt sich an die seite des feldherrn und vergiesst bittere tränen obwohl ihm zuerst zweifel kommen weil er ausserhalb des zaunes steht weil er ein kriegsmann ist (schlächter). es fallen parallelen zwischen dem krieg und dem kampf in der arena. lukas wird nachdenklich erkennt dass er vielleicht den falschen weg gegangen ist. er nimmt ihm jeden zweifel und überzeugt ihn dass er von seiner art ist. er verspricht ihnen die freiheit und den jungen stier unter allen umständen zu retten. die rinder danken bewegt.

5. aufzug

arena. die zuschauer erwarten den kampf. der könig, die königin, der kanzler, die vasallen. lukas tritt auf und überreicht in demut? eine schrift um den kampf zu verhindern. er tritt für die freiheit des rindviehs (der masse) ein was eines grotesken zuges nicht entbehrt. der könig überlegt. der feldherr bringt alle seine verdienste für den könig und das land vor sowie die verdienste des rindviehs im allgemeinen während alle übrigen (incl. königin) empört sind dass sie um ihr vergnügen kommen sollen. lächerlich das rindvieh! bis man erkennt dass lukas selbst ein stier ist. es kommt zu bewusstsein. ein unbändiges gelächter erhebt sich. lukas reklamiert seine verdienste. vergebens. alles wendet sich von ihm weil er zu der verfemten rasse gehört und daraus kein hehl macht. einige vasallen mit gehörnten masken nehmen diese heimlich und verschämt ab. der junge stier wird in die arena unter johlen des publikums getrieben. lukas voll zorn springt spontan in die arena an seine seite. sie besiegen gemeinsam die männer mit den langen degen (matadore) singen couplet. unter dem beifall der zuschauer? sie eilen fort um ihren sieg den artgenossen zu verkünden. nach kurzer zeit kommt der junge stier zurück und verkündet den tod lukas' den junge leute in den strassen für einen stier gehalten und gespiesst (brauch in spanien). junge leute um ihre kraft und ihren mut? zu zeigen.
monolog des jungen stieres über den heldischen tod des lukas wie der griechische held mit den sieben wunden (?) und christus mit den fünf wunden siehe „ordensritter“ (vergleich mit christus lieber nicht es wird von selbst herauskommen). (vorhang)

1. aufzug

(vorhang) erste hälfte des siebz. jhts. europa. laden eines bartscherers. perlenschnüre od. etc. im hintergrund. der laden ist perspektivisch gehalten. zur türe führen zwei oder drei stufen. lukas rasiert einen in spanischer manier gekleideten behäbigen herrn. ja er ist ganz in ein grosses leintuch eingehüllt. nur die stiefel sind zu sehen. der kopf ist so sehr eingeseift, dass nur die augenbrauen und die glatze zu sehen sind. lukas arbeitet mit gerötetem gesicht, ein paar striche mit dem messer, er seift wieder ein. das opfer prustet zufrieden vor sich hin. lukas stösst bei der arbeit unnatürliche konsonantenballungen aus (kt kt pt pt mk mkx (mit fistelstimme) prt prtk prtx etc.), er ist sehr erregt. der meister steht hinter der gruppe, mit befriedigt lächelndem gesicht, kopf leicht vorgeneigt, so dass ein doppelkinn entsteht. der meister ist von kleinem wuchs, darf nicht dick sein (unter keinen umständen hager, am ehesten schlank aber rundlich), weisser haarkranz, gesunde gesichtsfarbe; wippt auf den zehen, arme hinter dem rücken verschränkt. während dieser szene wird nicht gesprochen, die belebenden geräusche dürfen keinen wortähnlichen charakter haben. lukas arbeitet hastiger, sieht plötzlich wie entrückt vor sich hin, arbeitet weiter. nimmt das opfer bei einem feinen streif von vier bis zehn haaren, die auf der mitte der glatze ihre einsamkeit fristen, und schneidet ihm ruhig den kopf ab. das blut spritzt heraus. lukas zuckt wie ein neurasthenisches schulkind, das wieder einen fehler gemacht hat, ist aber nicht bestürzt.

du tollpatsch
du krötenfänger
du fastenjäger
du hölzerner erzengel
du dreimal gezwirntes hiobsgarn

er war mein bester kunde, haar und bart wuchsen ihm so schnell, dass er mit jedem tag an die zwei mal unseren laden aufsuchte. er war immer so schmutzig, dass er ein vollbad nehmen musste und jetzt streckt er alle viere von sich, als ob's karfreitag wäre. hab ich dich von der türschwelle genommen?

oh herr und meister, halt ein, halt aus.

du hast wieder geträumt, du warst auf der reise, du hast mit den linken mädchen poussiert und mir dann die beste kundschaft ruiniert.

vielleicht kann man diesen kopf noch annähen, euer bartschaft.

schlingel-du-schlingel, spar mir die prügel, die du verdienst, fege das blut zur tür hinaus und schicke den seligen kopf an die rechte witwe. mein gott, er war ein schöner grande, so wohlgestalt und wohlgenährt. nun liegt sein haupt auf meinem estrich und du und du und du bist schuld daran.

ich werde es nie und nimmer zum zweiten versuchen. oh meister, seid kein allzu harter bartscherer oder ich will euch das becken um die ohren schlagen und euren wanst mit seife füllen. er war so duldsam, sass so still, so einsam und so gottbeflissen, selten schenkte man seinen stummen augen gehör und seine blinden klagen blieben unbesehen. die anderen tobten und schrien und warfen den lieben gott aus einer ecke in die andere, wenn sie nicht gleich unters messer kamen. nur er war still, nur er war duldsam! da sass er oft bis zur dämmerung und kam am nächsten tage zweimal. solch missgeschick in meinem hause zu ungeratner stund. oh gott, du strafst mich zwiefach. die fama wird den glorienschein von meinem becken verscheuchen. weh mir.

das leben ist ein hartes brot
drum bet und mehre gottes lob
lobe gott nach christen art
dann bleibt dir schmach und leids erspart.
ich werde den bettelstab nehmen müssen, und vom almosen meiner gläubiger leben.
man wird doch noch
sei still, sei still und sei still, versuche nicht durch eitles geschwätz deine arbeit zu versäumen, pack den kopf fort, streue mehl auf und... schnell, ich höre ein schönes geschäft, sporen dem pferd, das lohnt sich. setz dem leichmann meinen hut auf.
(feldhauptmann tritt auf. federhut, silberkürass mit gold beschlagen etc.)
eure martialische hoheit belieben sich den bart scheren zu lassen?
(setzt sich in den stuhl neben die leiche)
fast hätt ers erraten, er darf ihn stutzen.
habt dank, ihr edler herr.
der nichtsnutz soll mir die nägel schneiden.
oh herr...
was ist?
mein gott!
was solls?
er darf nicht.
ich aber wills.
er ist ein schelm.
so ruft ihn.
seht mich zu euren gnaden im staube. meinen dank, ihr seid ein edler herr.
ich will euch auch die finger artig beschneiden.
du bist ein braver kerl und gut gewachsen. du wärst ein schöner kriegsgesell mit diesem wuchse.
ach herr.
er ist zu einem taugenichts geboren, dass gott erbarm. erst heut, was hat er da faktiert und nächsten sonntag soll er geselle werden. statt dessen bringt er schimpf und schmach auf meine zunft, auf dieses haus.
so weist mir doch die tür. ich sehe wohl, dass ich nichts tauge.
(feldhauptmann) item, wie steht dein sinn?
ich möchte kriegsmann sein wie ihr so stolz und gross und sorgenfrei ein feldhauptmann auf hohem ross.

und wälzt er sich im schwarzen blut
wird der menschenfresser heiter
er fasst axt und frohen mut
wandelt auf des rohsinns leiter

(feldhauptmann lacht ein wenig verlegen)
ei sieh, so war das nicht gemeint.

seht meine brust voll kampfeslust, ist sie nicht wert die feindeskugeln zu empfangen, die tausend säbel für den kaiser, so werd ich hauptmann, general.

du dummer teufel wirst ein rippencaspar und nie und nimmer ein general.

verzeiht oh herr die eitle rede, dies darf ich euch nicht glauben für vaterland und kaiser. durchsticht ein feind mein blutig herz mit einer solchen tiefen wunde, als wollt er es zu stücken reissen, so wird's mir gott miraculöser weis erhalten.

(vielleicht gesungen, halb gesungen oder nicht)

denn wie wollts möglich sein, dass dieses schwache herz bei solcher marter anders leben sollt? müsste nicht ein solches herz für leid zerspringen? das doch kein menschenherz bestehen könnt.

(meister erregt) er will also pulver statt seife riechen. vielleicht ist ihm mein gewerbe auch zu nieder, zu gemein.

ich geb es zu und ich bereue jeden tag, den ich bei euch geblieben bin.

faulenzen und den trommeln nachlaufen.

(fast weinend)

den trommeln nachlaufen und faulenzen.

(lukas ganz erstaunt) aber herr

(feldhauptmann wird ärgerlich) diebsgesindel, ihr sollt nicht nur meinen beutel rasieren, ihr sollt auch meinen bart stutzen.

(meister wischt mit seinem ärmel über die augen) ja, herr.

(meister und lukas ergeben wieder eine gewisse einigkeit; meister zieht noch zwei oder drei striche mit dem messer)

mit verlaub, herr.

(feldhauptmann wieder jovial, nimmt ein goldstück aus dem beutel, zahlt, nimmt einen kupfernen groschen und gibt ihn lukas, dieser küsst ihm die hand)

nehmt ihr mich mit?

du hast ja keine waffen.

(blickt sich schnell im raume um, voll angst der feldhauptmann könnte den laden verlassen)

ich kann die hörner nehmen, mit (zum meister gewendet) eurer gnade. nehmt ihr mich mit?

ei sieh, das leben ist ein grössrer spass und erst das sterben und sterbenlassen.

die hörner sind zu klein.

es ist ein schönes stiergeweih, der meister hats gewonnen, als er noch in der hauptstadt war und in der arena kämpfte.

potz blitz, da habt ihr wohl den stier geschoren und manchmal auch den bart gedreht mit euren heissen eisen.

(meister) seht, herr, o herr, ich lebte zu madrid bis an die tausend monde und war ein eifriger bewunderer des stierkampfs. doch kaufte dies geweih um wenig geld ich bei einem metzger, weil ich den stier nicht selbst erlegen

konnte. so kauft ich mir die hörner um einen halben bart. fürwahr, es war nicht teuer. und wenn ichs dem knaben anders erzählt, dann wars nur deshalb, weil sein kleiner sinn so grosse leidenschaft in diesem rahmen von seife und riechwasser gewiss nicht verstanden hätte. ihr seht, ich war kein held, auch nicht zu madrid.
(feldhauptmann nickt dem meister jovial und abschneidend zu, wendet sich halb zum ausgang. geht dem ausgang zu. der meister macht seine verbeugung. lukas stürzt ihm nach, fällt auf die knie, nimmt seine hand, hält sie halb unter die wange, halb unter das kinn)
(aufgeregt) nehmt mich mit, herr!
(feldhauptmann zieht seine hand aus den händen lukas')
komm nach.
(aufgeregter) genügen die hörner?
(begütigend) die hörner genügen.
nehmt mich mit!
(feldhauptmann durch die perlenschnüre — tuch, wenns sein muss, türe — ab. meister verbeugt sich tief und oftmals in bestimmten rhythmen)
komm nach! (vielleicht hört man, dass er sein pferd besteigt)
ich komme!
(meister) er reitet.
ich gehe. (kurze pause)
ich komme.
(vorhang)

(aus dem 2. aufzug)

baumschulgärtner: (räuberhauptmann) ihr meine bäume, geliebte schüler mit den ewig plappernden blättern, säuselnden ästen, meine kinder. eure heimat ist der sand, ein sandiger garten, eine ausgedörrte sonne, schlenkert die wipfel, singt euer kleines lied, liebt euch, vertragt euch, verdunkelt das licht, in eurem schatten will ich ruhen. steine, steine, kleine steine, die euch drücken, die euch quälen, macht euch luft, sie treiben euch empor, immer höher, bald wird es nacht sein unter eurem laub.

(einer seiner schüler) wir sind deine schüler, und wir werden wachsen, um ihn zu erreichen, um ihn zu überwuchern, um ihn einzudunkeln

lukas: lasst mich bei euch bleiben,
lasst mich mit euch sein,
lasst mich an eurem leben der freiheit teilhaben

(sie wollen ihn fressen, er soll ihr opfer sein, im letzten augenblick erkennt er es und flieht.)
(1955)

der analfabet

beilage für alle feinde des analfabetismus.
hat seinen freunden nichts zu bieten.

elf figuren wechseln ihre standorte.

dieses beliebte gesellschaftsspiel beschäftigt nachfolgendes stück nicht ohne hinreichende gründe.
das ist eine erklärung.
nicht ohne hinreichende gründe.
das ist eine erklärung.
andere sind ebenfalls zutreffend.
alle erklärungen bleiben mangelhaft; so lasse ich es bei dieser bewenden.

postscriptum:
u. a. verwendete standorte (alle für sich möglich, manche in der kombination gültig: personen
charakter
geschlecht
zeit
ort

u. a. verwendete variationen des standortes:
entfernung
entfernung und rückkehr
addierte formen obiger bewegungen
sowie unverändert zu bleiben.

die veränderungen des charakters oder auch der ganzen person ist ein bekanntes, kaum beachtetes, kaum wahrgenommenes ereignis, das gefällige betrachtung jedoch wohl verdiente. um solches fänomen deutlich zu machen, habe ich das geschlecht als variablen faktor eingeführt, als weniger abgenütztes ausdrucksmittel. ich hätte als auftretende realität auch

11 frauen
11 kinder oder
11 hermafroditen verwenden können.

eine *mischung* war unmöglich, weil SIE in solchem falle dinge vermutet hätten, die nicht sind, d. h. SIE hätten theatralische aktionen sentimental verschleiert und sich den angelegenheiten in unerwünschter identifizierung hingegeben.
(für meine freunde:
«mein mann hat sich gestern auch aufgehängt» oder «hübsches mädel»)
vielleicht hätten SIE an den zusammenhängen und betrüblichen sowie

herzerquickenden, grauenhaft lyrischen, sowie grossartig banalen ereignissen vorbeigelauert, ohne den nötigen abstand zu wahren, der nun IHREN abendanzug als ein geflochtener rauhreif so wunderbar zieret. ich bitte SIE ferner und gerne um IHRE freude an der schönheit des absurden, an seiner wahrheit etc.

DENN DER FOTOGRAF (PAAR oder BAR) SAGT:
«kunst muss immer und allen verständlich sein»
oder
«der mensch ist als wesen bekannt»
«das jederzeit oder später bereit ist, kompromisse einzugehen, ohne es zu merken oder nicht ohne es zu bestreiten, der kompromiss ist eine teillösung und die teillösung ist auch eine lösung.»

ferner:
dieses stück möchte ich unter dem aspekt aufgefasst wissen, dass der mensch komisch ist. ferner empfehle ich, sich nicht darüber aufzuregen. mir ist ferner bekannt, dass sich veränderungen oft, sogar meist langsamer vollziehen. ferner: obwohl bei intensiver beobachtung das originaltempo genauso interessant erscheint, bringe ich derartiges in gefälligem gleichnis, kunstfertig konzentriert, um IHRE aufmerksamkeit nicht zu ermüden. da arbeit gespart wird, bei fast gleichem ergebnis, wurde ferner die anzahl der *möglichen* standpunkte auf ein pikantes minimum reduziert. die daraus resultierende geringe anzahl von schichten oder ebenen soll ferner allfälliges verständnis erleichtern.

dieses stück ist sehr lustig.

der analfabet tritt in rudeln und einzeln auf
er überfällt ausflügler

1
2
3
4
5
matrose 1
matrose 2
baumschulgärtner
(falscher) analfabet
lion von belfort
capitän

1 (mit feuer) es lebe der grosse analfabet!

alle ja so.

1 du

2 du

3 wir gehen zum baumschulgärtner. er hat seine letzten ersparnisse verbraucht. jetzt merkt auf.

alle ausser 3 man muss den kopf zwischen die beine binden und alle lampen auslöschen.

2 das darf nicht sein.

1 (laut, rhythmisch akzentuiert und einfallend)

EIN MUND IST IN KURZER ZEIT MIT EIS BEDECKT.

3 so lasst uns die lampen zerfleischen.

4 + 5 es ist wahr.

2 (sehr zweifelnd) andere liegen jahrelang auf einem brett?

1 wenn ich immer so gescheit gewesen wäre, hätte ich andere sorgen

4 wer.

2 (mit nachdruck) überall!

(pause)

5 ein zehn im schuh ist der name des analfabeten.

1 schäm dich. das sollst du nicht sagen.

5 (überzeugt) ich *weiss* es!

(entfernt sich, bleibt aber auf der bühne sichtbar)

4 (traurig) nicht einmal blumen.

5 (singt) wer ein glas an den mund setzt, büsst seine lippenhaut ein.

4 (naiv) warum soll er sich schämen?

1 (macht einen schritt gegen 4?, beschwichtigend, mit grosser geste und überzeugend)

ich werde alle belohnen!

(zu 3) du hältst die feiertage ins arrestzimmer und setzt deine feldmütze auf.

4 es lebe der analfabet!

alle (explosiv gegeneinander, übereinander, durcheinander)

du siehst an diesem beispiel, dass meine weisheit unergründlich ist.

2 salz

4 und

5 zucker

1 zerfliessen

4 + 5 salz und

5 + 1 zucker

4	trocknen
2	ein
5 + 1	umarmt euch.
2	darf ich?
4 + 1	nein. nicht jetzt.
2	träume ich?
alle (lauter)	so umarmt euch!
1, 2, 4	wie?
5	ich bin verloren
2	ich will, dass du zum baumschulgärtner mitgehst; weine nicht.
4 (drängt sich vor, brüllt)	hilfe!
2	er wird ewig hinken, er hinkt
1	ich bin dieser unglückliche
5	da hast du dein vomhörensagen zurück, (stösst 1) aber lass mich zufrieden
2	ich unglücklicher (als ob er gestossen worden wäre)
1 (erregt)	jetzt hab ich dich, jetzt hab ich dich. (packt 2) wehr dich nur wie du willst; was mir in die hände kommt, lass ich nicht mehr los.
alle (stehen stramm, exaktes unisono)	der analfabet gebärdet sich wölfisch!
4	ich zittere
5	hört, ein haifisch schreit aus leibeskräften!
2	jetzt kommt die katastrofe
4	warten wir
2	das ist sehr lehrreich
4	ja ja ich geh schon
2 (wiederholend)	geh schon
4	wenn ich schreie, werden die putzfrauen kommen.
2	ein schöner trost, da möchte ich lieber begraben sein
4	und dich begraben lassen
2	so?
4	wenn du vor angst umkommst, werde *ich* den matrosen heiraten
2 (mit wehmut, dieser ausruf steht sehr einsam)	ach seemann
(längere pause)	
2	was soll aus dir werden, wenn ich sterbe! (nicht auf den 4 gerichtet, aber für 4 ins blaue gemeint)

(pause)

ein verfluchter tag.
ich kratze euch die augen aus (in sich)

alle ausser 2 bravo

2 (applaudiert hysterisch?)
bravo
(applaudiert hysterisch?)

(ende der ersten szene)

alle wir gehen zum baumschulgärtner

4 da heirate ich lieber einen anderen matrosen

2 sie kommen und wollen dich holen

4 fein, jetzt sehe ich, dass du mich wieder liebst

2 so küsse mir die hand

4 ich werde mich hüten.

2 dann will ich dir noch einmal verzeihen

4 suppe mit fleisch

2 wenn ich aber an dein fleischherz denke

4 zumal gebraten

2 was ist das fleisch gegen die liebe

4 eben deswegen

2 (nachdenklich) es ist mir unbegreiflich, wo du die matrosen das letzte mal gesehen hast.

4 sprich nicht vom wasser

2 aber ich trinke wasser

4 sprich nicht vom feuer

2 ich-das-feuer-meines-zorns-ersticke

4 ich werde jetzt danke sagen

2 (sehr aufgebracht)
was hast *du* mir zu verzeihen, *du* musst mir danken (wendet sich 4 zu) wenn ich dich wieder nehme

4 ich verzeihe dir (nach vorn)

2 endlich bist du wieder vernünftig

(ende der zweiten szene)

1 also doch gefressen

2 aber mit pfeffer

1 ich lebe wieder auf

2 das ist allerdings ein vorrecht
1 der capitän wird doch kein narr sein?
2 (betont) vom ganzen herzen
1 fressen? man frisst doch nur gemeine matrosen
2 (höhnisch) ein spass vorm tod?
1 hör auf mit solchen spässen; verstehst du
2 (ruhig) ja so ist es
1 was?
2 die frauen fressen die toten frauen und
die männer fressen die toten männer
1 was ist das für eine gewohnheit?
2 kennst du unsere sitten und gebräuche nicht mehr?
1 du sollst froh sein, dass du mich losgeworden bist
2 soll ich nicht weinen?
1 na, warum weinst du denn?
2 du bist gemein
1 oder sehr edel?
2 du bist so faul
1 oder sehr fleissig?
2 ja gegen andere
1 oder sehr freundlich?
2 so hässlich wie ein kassenbote
1 sehr schön vielleicht?
2 du bist ein stockschnupfen
1 bin ich denn ein heuschnupfen? (wendet sich 2 zu)
beide (ab)
(ende der dritten szene)

5 die trauer scheint überall in mode zu sein;
ein wahres fest für alle die da leiden wollen
matrose o ja
5 grüss gott wird auch gefressen?
(wendet sich matrosen zu)
matrose ich komme um dich zum begräbnis einzuladen
(wendet sich 5 zu)
5 du musst zwiebeln einkaufen (nach vorn)
matrose ja morgen ist alles vorbei (nach vorn)
5 und morgen ist alles vorbei
matrose heute abend wird er begraben
5 der capitän (?)
matrose (blick nach vorn, neigt kopf seitlich, hand ans ohr)

wer?

5 nimm dirs nicht so zu herzen

matrose er hat sich aufgehängt (hell, nach oben)

5 alle achtung, er hat sich aufgehängt (freudig)

matrose (richtigstellend)
aber nein, er ist nach hause gegangen
(entgegnend) und hat sich aufgehängt

5 (verstehend) da wird er noch schnell zu mir gelaufen sein,
(erkennend) um sich trauerkleider zu borgen

matrose (erzählend eindringlich)
hör zu, nach ein paar stunden kommt so ein kerl
und erzählt ihm, dass ich krepiert sei
(zuwendend eindringlich)

5 (stimmt zu) ja lügen können sie alle (nach vorn)

matrose als ich diesen morgen ausfuhr, um ihn zu retten, da
stand er am ufer und sah nach den möven (lyrisch
wie ein gedicht nach vorn)

5 (befriedigt) siehst du!

matrose was?

5 (herzlich) ich gratuliere. (neugierig) ist er tot?

matrose (seufzend) wenn er nur am leben wäre

5 so?

matrose er war meine frau

5 das ist der magen

matrose das steuerruder meines lebens

5 hast du dein steuerruder zerbrochen?
was ist dir denn passiert?

matrose mit mir ists aus (beide hände in den magen krampf)

5 (erfreut) da bist du ja
(sehr zart) ein schöner matrose (nach vorn, wie bei vision)

matrose (glücklich) mein 5! (nach vorn)

5 (ganz kalt) na, was gibts neues?

matrose (verfällt) ach ja. (sinkt stehend in sich zusammen)

(ende der vierten szene)

matrose 2 (über die bühne spazierend, verbindlich)
er wird sich schon nicht aufhängen

(ende der fünften szene)

1 ich verliere die geduld, was für ein widerliches theater!

(bleibt bis zum ende der szene an seinem platz)

matrose 1 leb wohl (hand über den augen, sonnenschützend, fernblickend)

matrose 2 leb wohl (ebenso)

matrose 1 wenn man die maschinen um nachtschwalben ordnet

matrose 2 das wäre entsetzlich

matrose 1 ohne lebewohl

matrose 2 so schlage die findelkinder ein

matrose 1 ich tue alles was du willst

matrose 2 schau betrunkene kinder in allen saucen und gewürzen, überall betrunkene kinder, auf der strasse, in der suppe (zeigt auf gegenstände herumeilend) sogar der hilfskellner ist betrunken.

matrose 1 ich seufze

matrose 2 (zornig) was denn, was denn, was soll das! (wendet sich zu)

matrose 1 komm in meine güterbeförderung und vergiss nicht, die fenster zu schliessen.

(wendet sich. sehr kurze pause der überraschung)

(mit pathos) o der göttliche, er schläft sonst bis mittag!

(falscher) analfabet (erinnert in dieser szene penetrant an einen automaten, tritt auf)

ich bin bloss euretwillen um eine stunde früher aufgestanden.

jaaa jaaa ein saa'ch'verständiger haaat auch seinen maaa'ch'erlohn.

5 (tritt im hintergrund einen winzigen, aber merkbaren schritt in richtung zum (falschen) analfabeten?)

matrose 2 (während der oben geschilderten bewegung des 5)

wolltest du nicht entzückt sein?

matrose 1 ja

(die sechste szene friert ein)

matrose 1 wenn es nicht so dunkel wäre, dann
wenn es nicht so dunkel wäre, dass
wenn es nicht so schrecklich dunkel wäre

matrose 2 wenn es aber etwas weniger dunkel wäre
wenn es dunkler oder
wenn es dunkler wäre

matrose 1 jetzt wäre der augenblick da, um ein duett zu

singen.

matrose 2 auf meine ehre?
matrose 1 ohne zu klagen
matrose 2 dann singe ich mit dir
matrose 1 und wenn es nicht gelingt?
matrose 2 ich werde dir helfen
matrose 1 aber mein husten, alle meine krankheiten
matrose 2 sie haben auch ihr gutes; komm singen wir
matrose 1 singen wir was anderes
matrose 2 warum?
matrose 1 jetzt wäre der augenblick da, um ein duett zu singen
matrose 2 auf meine ehre?
matrose 1 ohne zu klagen
matrose 2 dann singe ich mit dir
matrose 1 und wenn es nicht gelingt?
matrose 2 ich werde dir helfen
matrose 1 aber mein husten, alle meine krankheiten
matrose 2 warum?
matrose 1 singen wir was anderes
matrose 2 jetzt sollen wir ein duett singen
matrose 1 ohne zu klagen
matrose 2 dann singe ich mit dir
matrose 1 und wenn es nicht gelingt?
matrose 2 warum?
matrose 1 und wenn es nicht gelingt?
matrose 2 dann singe ich mit dir
matrose 1 ohne zu klagen
matrose 2 jetzt wäre der augenblick da, um ein duett zu singen.

(ende der siebenten szene)

mehr als alle[1] (sitzend?)
mein gott, das wird eine richtige liebeserklärung
lion von belfort (tritt auf. musik)
1 sehr galant

[1] ein sprechchor hinter der bühne und alle

lion von belfort (geht während dieser szene von der rechten seite der bühne auf die linke und ab)

2 ich seh ihn gern

3 wir sassen bei tisch einander nicht gegenüber

4 was meine lippen verschwiegen, das sagten meine augen

5 die narbe kleidet ihn sehr wohl

alle jetzt sind wir wieder allein.

(ende der achten szene)

ödes felseneiland[2]

der baumschulgärtner im kreise aller

baumschulgärtner ich seufze und schweige. diese leidenschaft verschloss ich in meiner brust,
doch war es vergebens. bravo, bravo.

(vor ihm liegt regungslos ausgestreckt, als ob er tot wäre, der lion von belfort)

1 er ist noch schöner geworden

baumschulgärtner er ist gewachsen und gut gewachsen

1 (springt auf) ich will meine keuschheit aus patriotismus opfern.

alle ausser 1 und baumschulgärtner (der sich so weit vorbeugt, dass man seinen gesichtsausdruck nicht mehr erkennen kann)
hurra ein opfer!

1 (setzt sich)

2 (springt auf) ich will meine keuschheit aus patriotismus opfern!

alle ausser 1 und baumschulgärtner (wie oben)
hurra 2 opfer

1 (springt wieder auf; *während* seines satzes setzt sich 2, um noch *während* des satzes wieder aufzustehen)
ich will meine keuschheit aus patriotismus opfern.

alle ausser 1 und baumschulgärtner (wie oben)
hurra 3 opfer

1, 2 und 1 (gellend)
faalsch!!

(pause)
nur *zwei* opfer

(betretenes ende der neunten szene)

[2] das bühnenbild dieser szene ist ein bestimmtes.

2	nichts ist hierzulande wenig.
3	das heisst: nichts.
2	her damit!
3	ich schenke dir alles was ich habe
2 (enttäuscht)	gibst du mir denn nichts?

(ende der zehnten szene)

lion von belfort[3]	ich möchte ein stadtschüler sein
alle	wir verzeihen dir, dass du es nie gewesen bist
lion	mit wem habe ich die ehre?
matrose 1 und matrose 2	
	du bist der löwe von belfort
lion	bitte seid mir nicht böse
alle	hast du uns was mitgebracht?
lion	ihr habt wieder alles vergessen
alle	*du* hast wieder alles vergessen
1	geh zum zirkus
2	als komponist
3	als dirigent
4	als stallknecht
matrose 1	clown!
matrose 2	als löwe
alle (leiernder kinderchor, durchdringend und unangenehm)	
	als löwe, als löwe, als löwe
lion (erregt)	artistenvolk!
alle (wie oben)	als löwe, als löwe, als löwe

[3] ich dementiere meine auf seite 139 geäusserte behauptung, denn ich will auch für diese szene ein bestimmtes bühnenbild vorschlagen. ich erwarte vielleicht ein klassenzimmer mit ansteigenden bankreihen, die einem amfitheater gerecht bleiben. ferner wären zwei nicht ansteigende bankreihen im vordergrund zu erwägen, welche dem publikum alle darsteller dieser szene (ausser dem lion) in rückansicht bieten würden, um den lion zu akzentuieren.
ob die verwendete bezeichnung «alle» nur die in einer szene genannten, oder die numerierten darsteller meint und die *namentlich* fixierten, vor allem den (falschen) analfabeten, ausschließt, liegt ebenso in der hand des regisseurs und seiner auffassung, wie der verbleib der in einer szene nicht agierenden schauspieler in irgendeiner (möglicherweise dezenten) haltung im hintergrunde.
die mit (?) versehenen regieanweisungen sollen als anregung verstanden werden.
schmetterlingskasten? landkarten? etc.?

lion (leise?) ich möchte ein stadtschüler sein
alle (wie oben) als löwe, als löwe, als löwe
lion (weint bitterlich)
(ende der elften szene)

alle (hinter den beiden matrosen, vielleicht im hintergrund. die beiden matrosen stehen im brennpunkt!)
(fad) hoch lebe der grosse analfabet!
matrose 1 der analfabet lebt
matrose 2 ja
matrose 1 ich habe ihn nie gesehen
matrose 2 jetzt muss ich gehn
matrose 1 heute sind die wetterfahnen wieder voll eis
matrose 2 innen
matrose 1 ich habe ihn auch nie gesehen
matrose 2 die sind ja nur aussen voll *schnee*
matrose 1 seine zähne sind weiss wie schnee und kalt wie eis
matrose 2 er hat einen fleischmagen
matrose 1 und rauhreif im bart für den winter
matrose 2 niemand kennt ihn
matrose 1 niemand überlebt ihn
matrose 2 das ist besser
matrose 1 und wahr
matrose 1 hast du angst?
matrose 2 ja ich habe eine frühreife angst
matrose 1 er hat unzählige verwandlungen
matrose 2 (im neuigkeitengesellschaftston)
ich hab mich in eine gliederpuppe verliebt
matrose 1 ist ja nicht wahr
matrose 2 (wie oben)
ich hab mich in eine gliederpuppe verliebt
matrose 1 hast du dich in deine alte gliederpuppe verliebt
matrose 2 ich bin ihr ein sehr zuverlässiger hauslehrer
matrose 1 ich möchte wissen, wo du sie aufgetrieben hast
matrose 2 ja das möchten viele wissen.
(ende der zwölften szene)

5 (monoton-rhetorisch)
die alpenvölker tragen bergstöcke

(pause)
5 (wie oben) die alpenvölker tragen bergstöcke
alle die alpenvölker sind kriegskünstler
(ein stan-kenton-riff wiederholt sich bis zum ende der szene)
4 (die gellenden strofen der strassburger bauart)
5 (unterjochen quecksilbersublimat mit konjunktiven kunststopfereien)
4 bitte
5 lass (indigniert)
4 + 5 das.
5 wie gehts? (verneigung, gesellschaftlich)
4 wie gehts? (verneigung, gesellschaftlich)
5 (wie oben) die alpenvölker tragen bergstöcke
4 du meinst wohl, dass die schweizer das alphorn in ihrem wappen führen
5 die alpenvölker tragen bergstöcke
3 die alpenvölker *halten* bergstöcke
2 (düster) die alpenvölker entleiben sich mit bergstöcken
1 (verlässt angeekelt mit vor dem mund gehaltener hand die szene)
5 (wie oben) die alpenvölker tragen bergstöcke
(ende der dreizehnten szene)

der capitän tritt mit leichenbestatterhut, matrosenanzug (kinder-!), einem *falschen* bart, schärpe, offizierspatent mit siegeln, gehänge mit degen und gedrehtem silberstock auf:

unsere erdbestattung kennt verschiedene leistungen (als marktschreier?)
matrose 2 spende mir trost (wendet sich zu, eindringlich)
capitän (als priester)
das ist nicht so einfach, du bist verzweifelt (priesterlich)
matrose 2 (mürrisch)
was hast du gesagt? (nach vorn)
capitän (als vertreter eines bestattungsvereins)
wünschen sie die üblichen zeremonien?
matrose 2 nur das beste
capitän (als klassischer mime mit erhobener schwurhand)
was verbrannt wird kann nicht verzehrt werden
matrose 2 du gräbst ihn ein.
capitän (als hofrat mit hörrohr)
wie bitte?

matrose 2 (viel lauter)
eingraben (zu capitän aber ohne seinen standort zu verlassen, vorgebeugt, wie über einen fluss rufend)

capitän selbstverständlich

matrose 2 glauben sie?

capitän von wem sprichst du eigentlich?

matrose 2 ich weiss nicht, es ist schrecklich heiss heute.

capitän (nähert seinen kopf dem des matrosen und blickt zu ihm auf. leicht geöffneter mund, zerfliessend)
bist du schön?

matrose 2 (schliesst die augen oder hält die hände vors gesicht. er richtet seinen kopf dem capitän mit gehobenem kinn entgegen.)
ich glaube ja, aber um die wahrheit zu sagen, bin ich genauso blind wie du

(ende der vierzehnten szene)

der löwe von belfort (im südwester?)
man trägt in dieser saison keinen hut zum südwester
verstehst du?
keinen hut zum südwester!

5 (als OPFER; aller wahrscheinlichkeit mit derben stricken gefesselt, stehend, im südwester? es regnet? das wasser läuft in strömen über die südwester? in einem schlafzimmer? in einem badezimmer? auf einer kommandobrücke? in einem aquarium, vor einem aquarium? wenn 5 fällt, stellt ihn der löwe auf, ohne den dialog zu unterbrechen.)

5 du siehst im südwester ohne seemannshut einfach *lächerlich* aus!

der löwe von belfort (beiläufig)
deine kniescheiben sind zerschlagen

5 (die arme sind nicht gebunden. er zieht an den krempen seines hutes. die ähnlichkeit mit einem babyhütchen ist dadurch unvermeidlich. er erinnert an eine 40jährige gutgehendepraxisarztensgattinvoropernballig, er schmollt, er sprüht gift)
ich werde allen erzählen, dass du schnarchst

der löwe von belfort keine schlechte idee, ich werde dich mit frischen salatblättern garnieren

5 (ein éclat) *ich habe röteln*

der löwe von belfort (schliesst ein grösseres geschäft ab)
nehmen wir unserer ersten eingebung folgend den nächsten zug in die provence

5 wenn wir dagegen den selbstkostenpreis betrachten

der löwe von belfort der grausamste ist der hauptpreis

5 eine grausame wahrscheinlichkeit

der löwe von belfort eine grosse wahrscheinlichkeit haben preislisten

5 nichts ist rachsüchtiger als preislisten

der löwe von belfort (überreicht sie)
hier sind preislisten

(ende der fünfzehnten szene)

1 vergiss nicht wo du bist . .

3 das ist kein beweis

2 wer weiss . .

1 hast du feinde . . (?)

2 + 3 hast du freunde . . (?)

1 ganz recht

3 ich werde euch (*ganz*) exemplarisch bestrafen lassen!

1 (sehr ruhig) natürlich

2 (wie 1) ganz recht

1 (mit gemässigtem pathos)
der mensch ist gut

2 der mensch ist das herz aller dinge

1 er hat ein weiches herz

2 aber das herz . . (?)

1 das herz ist gut

2 herzliche grüsse . .

1 meinen herzlichen glückwunsch . .

3 (leise) herzschnapsen . .

1 ich herze mein liebchen – abends . .

2 das sollst du auch

1 du kennst mich also?

2 du bist der kaiser von china!

1 ja

3 dann ist es also wahr . . (?)

2 ich kann es nicht glauben (!)

1 ich bin auch ein *kaiser!*

2 und wer *bist* du?

1 mein *matrose* ist ein kaiser

2 und wer ist dein matrose?

1 *du, ich* und *mein matrose*

2 (überlegt)

2 (zu 3) er hat sicher einen grund, mit uns sprechen zu wollen

3 (1) er soll nicht so laut sein

2 + 3 er soll uns nicht in die ohren schreien

1 er soll soldat werden, wir werden es ihm verbieten

2 wir werden es ihm *nicht* verbieten

3 ICH WERDE ES IHM BEFEHLEN

2 meinetwegen kann er auch matrose bleiben

3 (geistig schmatzend)
so richtig den matrosen geniessen, diese fähigkeit habe ich zum glück völlig verloren

1 (ab?)

2 je mehr wir uns dem studium der marine widmen, desto weniger bleibt für den kaiser

1 den kaiser von china . . ! (geht langsam und lustwandelnd ab)

3 (2) komm, wir wollen uns ins gras legen und den matrosen geniessen

2 (3) sehr gern, aber gib mir deine hand

3 (2) was verstehst du unter hand?

2 (3) selbstverständlich eine hand

3 (2) du wirst alt, ich werde auf dich aufpassen müssen

2 (3) (ärgerlich) bitte unterbrich mich nicht

3 (2) gut, aber erst möchte ich etwas fragen.
was verstehst du unter hand?

2 (3) die hand ist eine amerikanische zigarettensorte.

3 (2) das ist gefährlich

2 (3) aber wahr; der matrose verfolgt seinen capitän und gewinnt von diesem seine wirkung

3 vielleicht ist der matrose der beste richter seines capitäns. sein urteil wird ohne zweifel grossen wert besitzen.

2 im gegenteil, der matrose ist weit davon entfernt, der beste richter seines capitäns zu sein. ein echter matrose ist zu einem urteil garnicht fähig.
(mit emphase) seine gier treibt ihn blind über die ozeane.

3 du behauptest also, ein matrose stehe der schönheit eines capitäns blind gegenüber, weil er von anderer art sei?

2 ganz recht!

3 meinst du das im ernst?

2 du verwirrst mich! gehst du so weit, zu behaupten, dass alle capitäne den matrosen gefährlich werden?

3 ja, in der praxis ist dies der fall

2 (kühl) vielen dank, das wäre alles

3 nach wem soll ich fragen?

2 nach dem ersten matrosen

3 ohne namen . . ?

2 der name ist nicht wichtig
3 und wenn er falsch ist?
2 fangen wir noch einmal an
3 (leise) hast du bedacht, dass wir den analfabeten vergessen haben?
2 nicht so laut
3 (laut) es lebe der grosse analfabet!
alle (kommen aus dem vorhang und rufen heftig applaudierend) bravo, bravo
(die sechzehnte szene schliesst, als ob das stück zu ende sei)

capitän ich lade dich zum begräbnis ein
matrose da musst du zwiebeln einkaufen
capitän ja morgen ist alles vorbei
matrose und morgen ist alles vorbei
capitän heute abend wird er begraben
matrose der capitän
capitän wer?
matrose nimm dirs nicht so zu herzen
capitän er hat sich aufgehängt
capitän da wird er noch schnell zu mir gelaufen sein, um sich trauerkleider zu borgen
matrose hör zu, alle paar stunden kommt so ein kerl und erzählt mir, dass er gestorben sei
capitän ich gratuliere. ist er tot?
matrose was?
capitän er lebt.
matrose so?
capitän dieser herr ist meine braut
matrose ja so ist es
capitän was?
matrose die frauen fressen die toten frauen und
die männer fressen die toten männer
capitän was ist das für eine gewohnheit?
matrose kennst du unsere sitten und gebräuche nicht mehr? du solltest froh sein.
capitän ich werde mich hüten
matrose dann will ich dir noch einmal verzeihen
capitän vergiss nicht, wo du bist
matrose das ist kein beweis
capitän wer weiss
(ende der siebzehnten szene)

ein gemieteter zuschauer springt enthusiastisch auf die bühne. er wird nach seinem ersten bravo von den schauspielern der letzten szene – also «capitän» und «matrose» (1 oder 2) – niedergeschlagen.
vorhang.
(1956)

die vögel

wo gehen sie hin?
gehen sie nicht weg
kommen sie herein
ich kann nicht bleiben
gehen sie hinaus
gehen sie zu
geben sie es zu
gehen sie
gehen sie weg
halten sie sich nicht auf
lassen sie das sein
lassen sie mich gehen
halt
lassen sie mich
bleiben sie
bleiben sie ruhig
bleiben sie weg
bleiben sie auf ihrem weg
gehen sie weiter
gehen sie am weg weiter
gehen sie etwas weiter weg
weg da
still
halten sie still
stehen sie still
verhalten sie sich ruhig
machen sie halt
rühren sie sich nicht
bewegen sie sich nicht
rasten sie ein wenig

machen sie sich bewegung
wenigstens ein wenig
gehen sie auf und ab
nähern sie sich mir
kommen sie her
halten sie die hand her
geben sie die hände her
lassen sie sich ein wenig helfen
behalten sie platz
machen sie platz
etwas platzt auf
so kommen sie doch her
lassen sie die tür zu
machen sie die tür zu
machen sie die türen weit auf
rühren sie sich
bewegen sie sich
kommen sie mir nicht zu nahe
gehen sie dahin
kommen sie hieher
es ist näher
es ist besser
machen sie keine umstände
ich mache keine umstände
es ist weiter
es ist ein ziemlich weiter weg
es ist noch weiter weg, als ich dachte
kommen sie ohne umstände
ich bin müde
ich kann nicht weiter
sie sollten ein wenig ruhen
ruhen sie aus
zeigen sie mir den weg
helfen sie mir weg
helfen sie mir auf
gehen sie voraus
ich danke ihnen
ich will abschied nehmen
da haben sie recht
ich habe nicht recht
sie haben unrecht
lassen sie mich nicht allein
ich komme wieder
ich glaube ja

ich glaube nein
ich sage ja
es ist wahr
ja in der tat
aber sie lügen
geben sie acht
geben sie her
nehmen sie nur
sie sagen nicht die wahrheit
so sagen sie die wahrheit nach
nehmen sie vernunft an
nehmen sie an
nehmen sie sich zusammen
das kann nichts ändern
was soll ich tun?
sie haben recht
ich kann es nicht glauben
schweigen sie
das ist nicht wahr
sie haben unrecht
ich glaube sie haben nicht recht
ich glaube ihnen
ich höre ihnen zu
ich kann nicht mehr
ich weiss nicht mehr
es ist mir entfallen
was fällt ihnen ein
das gefällt mir nicht
das lasse ich mir nicht gefallen
es ist nur ihnen zu gefallen
um ihnen zu gefallen
erweisen sie mir doch diese gefälligkeit
hören sie auf mich
so hören sie doch auf
hören sie
so hören sie doch
ich kann sie nicht hören
hören sie mich?
ich höre sie nicht
sprechen sie lauter
hören sie zu
hören sie?
kommen sie einmal her
ich höre

man kann das eigene wort kaum hören
so sagen sie doch ein wort
worauf warten sie?
so sagen sie doch
machen sie keinen lärm
sie lärmen
ich bitte sie
was ist das für ein lärm
sagen sie
sprechen sie
sprechen sie leiser
sie betäuben mich
sie machen mich taub
da sind die tauben
da kommen die tauben
sehen sie
sehen sie doch
so sehen sie doch
da kommen die tauben in riesigen schwärmen
so machen sie die augen auf
ich sehe
ich sehe doch, dass sie kommen
sie bringen den regen
sie zeigen den regen an
sie fliegen vor ihm her
es wird regnen
es wird den ganzen tag regnen
es regnet
ich bin nass
meine kleider sind nass
es schneit
es friert
es taut
es ist der regen
es wird aufhören
die tropfen zerplatzen
auf der haut
und auf den strassen
liegen die taubeneigrossen schlossen
die sonne geht auf die sonne
geht unter
der himmel ist voll mit sternen
schliessen sie die augen
bedecken sie die augensterne mit den lidern

machen sie die augen zu
ich habe die augen ja geschlossen
wie spät ist es?
es ist eins
es ist zwei
es ist drei
es ist vier
es ist fünf
es ist sechs
es ist sieben
es ist acht
es ist neun
es ist zehn
es ist elf
es ist zwölf
es ist eins wie das andere
wie spät es ist
lassen sie mich einmal ihre uhr sehen
sie gehört mir
der zeiger ist gebrochen
das zifferblatt ist zerbrochen
das gehäuse ist zerbrochen
das werk ist zerbrochen
die feder ist abgebrochen
das glas ist zerbrochen
es ist etwas zerbrochen
hören sie mich an
können sie mich hören
wollen sie mir gehören?
sie werden von mir hören
sie wollen mich nicht erhören
ich bin nicht taub
mit wem sprechen sie?
ich spreche mit ihnen
sprechen sie mit mir
sagen sie etwas
ich habe gehört
man hat mir gesagt
so sagt man
und hört man
alle sagen
steigen sie doch auf
fliegen sie doch fort
(1956)

die boxer

in der mitte der bühne ist ein boxring aufgebaut.
in den ecken diagonal gegenüber sitzen 2 junge männer.
beide tragen bademäntel über ihren strassenanzügen.
die anzüge sind schmal geschnitten, einer der anzüge ist gestreift.
sie sitzen auf klappstühlen und haben unverschnürte boxhandschuhe an den händen.
jeder hat seinen manager.
die manager betreuen ihre schützlinge.
sie massieren die handgelenke ihrer schützlinge.
sie bringen coca-cola.
die boxer trinken coca-cola.
die manager erteilen ratschläge.
die boxer sitzen bewegungslos in ihren ecken.
im hintergrund hängt ein gong von der decke.
neben dem gong steht der regisseur.
der regisseur schlägt auf den gong.
die handschuhe bleiben unverschnürt, die bänder hängen herunter.
die bademäntel werden abgenommen.
die 1. runde beginnt.
die boxer gehen in stellung und aufeinander zu.
sie stilisieren den beginn eines boxkampfes.
sie markieren das abtasten zu beginn eines boxkampfes ohne einander mit den handschuhen zu berühren.
1 löst sich vollkommen aus der stellung und nimmt die haltung eines sprechenden ein.
während 2 die haltung eines sprechenden einnimmt.

bei den letzten sätzen einer runde bringen die boxer ihre arme, beine, den körper wieder in eine markierte kampfstellung. wenn der gong ertönt, wanken sie mehr oder weniger groggy wieder in ihre ecken zurück. manchmal, bei besonders tiefschlagenden endsätzen, berührt einer oder beide den boden, der regisseur beginnt zu zählen, sie erheben sich oder er erhebt sich. der regisseur notiert die punkteanzahl auf einer deutlich sichtbaren tafel mit weisser kreide. mitunter hängen sie auch in den seilen. während des dialogs wankt der eine oder andere oder beide in völlig gesprächiger haltung. sie wanken deutlich wenn sie die entsprechenden sätze bekommen haben. jeder satz ist ein schlag. nicht jeder satz trifft. manche sätze können abgedeckt werden.
nach jeder runde werden die boxer von ihren managern gelabt. aktionen wie zu beginn des kampfes. die handschuhe bleiben an den händen. der vorhang fällt nicht. wenn der kampf zu ende ist und der letzte zuschauer den saal verlassen hat fällt der vorhang.

rohfassung

1: ich wünsche ihnen alles mögliche glück,
es freut mich unendlich, sie zu sehen,
ich wünsche ihnen alles, was ich mir selbst wünsche.
2: seien sie willkommen.
1: guten morgen.
2: wie befinden sie sich?
1: ihnen aufzuwarten, sehr wohl.
2: wie geht es?
1: ihnen aufzuwarten.
2: und wie geht es ihnen?
1: ich befinde mich wohl.
2: es freut mich, sie wohl zu sehen.
1: ich danke ihnen sehr,
ich bin ihnen sehr verbunden.
2: wie befindet sich ihr herr bruder?
1: gott sei dank, er ist wohl, ich glaube, er ist wohl.
gestern abend war er wohl.
2: das ist mir lieb.
wo ist er?
1: auf dem lande.
2: in der stadt?
1: zu hause.
2: er ist vorhin ausgegangen.
1: es ist möglich.
2: empfehlen sie mich ihm.
1: wie befindet sich madame?
2: sie sind sehr gütig, ziemlich wohl.
1: ich glaubte sie sehr wohl.
2: sie ist nicht sehr wohl.
sie ist etwas unpässlich.
1: das tut mir leid.
2: gestern früh war sie unpässlich.
1: das hat nichts zu bedeuten.
2: wie befinden sie sich?
1: sehr wohl.
2: es freut mich, dies zu vernehmen.
1: ich danke ihnen vom herzen.
2: wie geht es ihnen?
1: so, so.
so ziemlich.

2: ich war gestern etwas unpässlich.
1: das tut mir sehr leid.
2: wie befinden sie sich zuhause?
1: es ist alles beim alten.
2: befinden sich unsere freunde auf dem lande und in der stadt wohl?
1: sie sind alle wohl, bis auf meine mutter.
2: was fehlt ihr?
1: sie hat fieber, leibschmerzen, den husten, migräne.
sie hat kopfschmerzen.
2: das tut mir leid.
ist sie schon lange krank?
1: noch nicht lange.
2: ich wünsche besserung.
ich will hoffen, dass es keine folgen haben wird.
1: sie ist ihnen verbunden.
2: ich bin ihr gehorsamer diener, es ist mir leid, dass ich sie heute nicht sehen kann.
1: setzen sie sich einen augenblick.
2: ich kann wirklich nicht.
1: sind sie so in eile?
2: ich komme wieder.
1: können sie nicht ein wenig warten?
2: sagen sie ihrer mutter, wie leid mir ihre unpässlichkeit ist.
1: ich werde es unfehlbar tun.
2: ich bin gekommen, ihre güte in anspruch zu nehmen.
1: sie haben nur zu befehlen.
2: sie sind sehr gütig.
1: sie sind zu höflich.
2: ich danke ihnen.
1: keine ursache.
2: sie sind in der tat sehr gütig.
1: sie erzeigen mir grosse ehre.
2: sie scherzen.
1: ich bitte ja.
2: ich glaube ja.
1: ich glaube nein.
2: ich sage ja.
1: ich möchte wetten.
2: ich wette.
1: ich wette was sie wollen.
2: es ist wahr.
1: es ist nur zu wahr.
2: ja, in der tat.

1: kein wahres wort ist dran.
2: es ist ein märchen.
1: es ist eine lüge.
2: es ist eine unwahrheit.
1: sie sagen nicht die wahrheit.
2: so wahr ich lebe.
1: glauben sie mir.
2: ich schwöre ihnen.
1: auf ehre?
2: bei meinem leben.
1: auf meine ehre.
2: auf mein gewissen.
1: ich rede aufrichtig mit ihnen.
2: ich will sterben, wenn ich lüge.
1: man hat sie betrogen.
2: ich bin nicht schuld.
1: ich kann es nicht ändern.
2: was soll ich tun?
1: sie haben recht.
2: sie haben nicht recht.
1: sie haben unrecht.
2: ich kann ihnen nicht glauben.
1: schweigen sie.
2: wollen sie nicht still sein.
1: nun, ich glaube es.
2: ich glaube es *nicht.*
1: ich gebe es zu.
2: meinetwegen, es sei.
1: es war nur ein scherz.
2: ich habe nichts dagegen.
1: wie dumm.
2: wie klug.
1: geben sie acht.
2: erwägen, bedenken, überlegen sie.
1: das kann ich nicht.
2: sie verdienen es nicht.
1: quälen sie mich nicht länger.
2: lassen sie mir ruhe.
1: nicht wahr?
2: ohne zweifel.
1: um die wahrheit zu sagen,
2: gesagt, getan.
1: sagte ich die wahrheit.

2: halten sie mich zum besten?
1: ich spreche in vollem ernste.
2: sie haben es erraten.
1: sie haben es getroffen.
2: ich glaube ihnen.
1: das ist nicht unmöglich.
2: nun, es mag sein.
1: sachte, sachte. das ist nicht wahr.
2: ich scherzte bloss.
1: dann sind wir einig.
2: was sagen sie?
1: was ist das?
2: was?
1: darf man wissen?
2: was wollen sie sagen?
1: wozu?
2: was halten sie davon?
1: wozu soll das gut sein?
2: darf man fragen?
1: was verlangen sie von mir?
2: wie, mein herr?
1: was wünschen sie?
2: was ihnen gefällig ist.
1: ich bitte, antworten sie mir!
2: verstehen sie mich?
1: ich verstehe sie wohl.
2: ich verstehe sie nicht.
1: haben sie mich verstanden?
2: jetzt verstehe ich sie.
1: wenn sie sich mühe geben.
2: wenn sie nicht so schnell sprechen würden.
1: wenn sie anständig betonen würden.
2: sie haben keine gute aussprache.
1: sie sch-tottern.
2: man versteht nicht, was sie wollen.
1: was wollen sie?
2 geht bis 3 zu boden oder berührt
1: wie alt sind sie?
2 richtet sich wieder auf
1: wie alt ist ihr bruder?
2: er ist 22 jahre alt.
1: sie sind älter als ich.
2: sie fangen an alt zu werden.

1: ich bin wohlauf, das ist die hauptsache.
2: sind sie verheiratet?
1: lassen sie das sein.
2: wie oft waren sie verheiratet?
1: lassen sie das sein.
2: wieviel frauen haben sie gehabt?
1: lassen sie das sein?
2: leben ihre eltern?
1: mein vater ist tot.
2: meine mutter ist tot.
1: es sind zwei jahre, dass ich meinen vater verloren habe.
2: meine mutter hat sich wieder verheiratet.
1: wieviel kinder haben sie?
2: ich habe vier.
1: söhne oder töchter?
2: ich habe einen sohn und vier töchter.
1: wieviel brüder haben sie?
2: ich habe keine brüder.
1: ja, sie sind alle tot.
2: wir müssen alle sterben.
1: (pathetisch oder ganz kalt?) jede stunde ist ein schritt näher zum tode.
2 schlägt sehr hart auf

2 stürzt in den ring
2: ich breche dir den hals.
1: du bist ein halunke.
2: du bist ein schurke.
1: seht euch den dummkopf an.
2: wenn ich einen stein finde, sollst du es mir büssen.
1: warte, ich will dich gleich zur vernunft bringen.
2: das wollen wir doch sehen. tagedieb.
1: flegel.
2: schlafmütze.
1: du solltest dich schämen.
2: kümmern sie sich um ihre angelegenheiten.
1: lassen sie mich in ruhe.
2: der nichtsnutz ruht auf seinen lorbeeren.
1: sie sind ein unwürdiger mensch.
2: es ist nicht möglich sie auszustehen.
1: sie sind lügenhaft.
2: sie sind unaufrichtig.
1: sie sind einseitig.

2: sie sind parteiisch.
1: sie sind unpünktlich.
2 muss sich mit einer hand auf den boden stützen. der ringrichter beginnt zu zählen. 2 steht wieder auf
1: wie geht es ihnen?
2: (beifällig) gut, sehr gut.
1: wie befinden sie sich?
2: wohl. und sie?
1: so, so. ziemlich wohl. (schwankt bedenklich)
2: es freut mich sie wohl zu sehen.
1: ebenfalls.
2: ich bin ihnen sehr verbunden.
1: immer noch der alte.
2: gott sei dank.
1: ich habe ihre frau schon lange nicht gesehen.
2: sie ist nicht wohl.
sie ist unpässlich.
1: das tut mir leid.
machen sie ihr meine empfehlung.
2: ich danke ihnen.
1: ich tue es mit vergnügen.
2: ich werde nicht ermangeln, ihre gütige empfehlung auszurichten.
1: sie erzeigen mir viel ehre.
2: sie machen sich viel mühe.
1: ich bin ihnen verbunden.
2: ihr diener. (verbeugt sich leicht)
1: ihnen zu dienen macht mir keine mühe.
2: ihr ergebener diener.
1: sie sind sehr gütig.
2: befehlen sie nur frei und ohne scheu.
1: ohne umstände.
2: ohne umstand.
1: ich liebe sie vom herzen.
2: (schwankt bedenklich) und ich ...
1: zählen sie auf mich. verlassen sie sich auf mich.
2: befehlen sie über mich.
1: ich bin ihr diener. (verbeugt sich leicht)
2: beehren sie mich mit ihren befehlen.
1: haben sie etwas zu befehlen?
2: sie haben nur zu befehlen.
1: ich stehe ganz zu befehl.
2: ich erwarte nur ihre befehle.
1: sie erzeigen mir zuviel ehre.

2: sie ehren mich mit ihren befehlen.
1: wir wollen keine umstände machen.
2: unter freunden macht man keine umstände.
sie werden allmählich groggy
1: empfehlen sie mich ihrem herrn vater und der lieben schwester
2 geht ins linke knie
2: ich will es tun, um ihnen zu gehorchen, bloss ihnen zu gefallen.
1: ich liebe so viele umstände nicht.
2: ich mache nicht gerne umstände.
1: das ist am besten.
2: da haben sie recht, wir wollen gute freunde bleiben.
1 windet sich in krämpfen am boden. bevor k. o. ertönt der gong

2: wissen sie etwas neues?
1: was gibt es neues?
2: wissen sie nichts neues?
1: man sagt nichts neues.
2: was sagt man in der stadt?
1: ich erinnere mich nicht genau.
2: man spricht von guten neuigkeiten.
1: sagen sie das gegenteil und sie werden recht haben.
2: das habe ich gehört, aber ich glaube das gegenteil.
1: das bedarf einer bestätigung.
2: warum?
1: man weiss nicht, wem man glauben soll.
2: es wird ausserordentlich gelogen.
1: von wem haben sie das?
2: ich habe es gehört.
1: lassen sie uns von etwas anderem reden.
2: ich bin ihrer meinung.
kleine atempause, beide stehen keuchend im ring
2: ach, herr alexander, verzeihen sie, ich hatte sie nicht gesehen. (gibt ihm eins auf die nase)
2: wie dick sie geworden sind. (gibt ihm noch eins)
1: lieber freund, ich darf ihnen meinen glückwunsch abstatten.
2: weswegen?
1: ich habe gehört, dass sie den vorigen kampf gewonnen hätten.
2: es ist wahr, ich habe gewonnen.
1: wie war es? (schlägt ihn aufs ohr)
2: nach punkten.
1: das ist gut.
2: es ist besser als nichts.

1: das glaube ich gern.
2: aber sie kämpfen ja auch jedesmal.
1: ja, ich finde mein vergnügen daran.

wo gehen sie hin?
wo kommen sie her? (schlägt ihn)
ich gehe nach hause.
ich komme von zu hause.
ich gehe irgendwo hin. (weinerlich)
geh hinauf!
komm herauf!
geh hinunter!
komm herunter!
komm herein!
geh hinaus!
geh zu!
halten sie sich nicht auf!
bleiben sie ruhig!
rühren sie sich nicht!
nähern sie sich mir!
gehen sie weg!
gehen sie!
gehen sie nicht weg!
machen sie ein wenig platz!
gehen sie ein wenig zurück!
kommen sie her!
warten sie ein wenig!
warten sie auf mich!
gehen sie nicht so schnell!
sie gehen zu schnell!
packen sie sich fort!
ich stehe hier gut.
kommen sie mir nicht nahe!
lassen sie das sein!
machen sie sich keine mühe!
kommen sie hierher!
gehen sie dahin!
gehen sie hierher!
es ist besser, wir gehen da hinaus.
es ist näher.
es ist weiter.
wir wollen diesen weg nehmen.

wir wollen geradeaus gehen.
wen suchen sie?
ich bin ausgegangen.
sie sind irr gegangen.
zeigen sie mir den weg.
ich bin erst seit kurzem hier.
......
hören sie, mein herr.
auf ein wort.
was beliebt?
ich will mit ihnen sprechen.
ich habe ihnen ein wort zu sagen.
hören sie mich gefälligst an.
wissen sie schon, dass.
ich weiss es nicht.
ich habe nichts davon gehört.
ich wusste es eher als sie.
kennen sie mich?
kennen sie mich?
ich kenne sie nicht.
ich weiss nicht wer sie sind.
was sagen sie?
ich verstehe sie nicht.
sie hören mir nicht zu.
ich kenne sie dem namen nach.
ich kenne sie dem rufe nach.
ich kenne sie vom sehen.
weil ich sie irgendwo gesehen habe.
ich erinnere mich nicht, wie sie heissen.
wissen sie noch, was ich ihnen aufgetragen habe?
ich weiss es nicht mehr. es ist mir entfallen.
was bedeutet das?
wozu das?
was ist das?
hören sie mich?
ich höre sie nicht.
ich kann sie nicht hören.
sprechen sie lauter!
hören sie, kommen sie einmal her!
ich höre ihnen zu.
seien sie ruhig.
machen sie keinen lärm.
was ist das für ein lärm?

man kann sein eigenes wort nicht hören.
was machen sie da für einen schrecklichen lärm?
sie zerbrechen mir den kopf!
sie machen mich taub!
sie sind sehr lästig!
ich wusste es wohl.
wusste ich es denn nicht?
gesetzt, sie wüssten es?
ich soll nichts davon wissen?
haben sie es vielleicht erfahren?
ich wusste nie etwas davon.
ist es so oder ist es nicht so?
nicht, das ich wüsste.
haben sie mich vergessen?
ich habe ihren namen vergessen.
ich kenne sie nicht mehr.
sie haben mich ganz vergessen.
ich habe die ehre, mit ihnen bekannt zu sein.
ich erinnere mich ihrer sehr wohl.
. . . . . .
sprechen sie laut.
sie sprechen zu leise.
mit wem sprechen sie?
sprechen sie mit mir?
sagen sie etwas.
ich höre und spreche ein wenig.
was sagen sie?
halten sie das maul!
ich schweige.
sie wollen nicht schweigen.
sie reissen nur ihr maul auf.
ich habe gehört.
man hat es mir gesagt.
so sagt man.
jedermann sagt es.
haben sie es mir gesagt?
hat man es ihnen gesagt?
wann haben sie es gehört?
ich habe es heute gehört.
wer hat es ihnen gesagt?
ich kann es nicht glauben.
was sagst du?
ich sage nichts.

sag das nicht.
ich will es sagen.
ich will es nicht sagen.
sagen sie kein wort.
haben sie etwas gesagt?
ich habe nichts gesagt.
haben sie es nicht gesagt?
was tun sie?
was haben sie getan?
ich tue nichts.
sind sie fertig?
sind sie nicht fertig?
ich habe nichts getan.
was wollen sie?
was verlangen sie?
antworten sie mir!
warum antworten sie mir nicht?
was sagen sie?
was ist das, was gibt es?
was sagt man?
was bedeutet das?
was wollen sie sagen?
wozu?
was verlangen sie von mir?
wie, mein herr?
was wünschen sie?
was sie wollen.
ich bitte, antworten sie mir!
......
nehmen sie einen stuhl und setzen sie sich.
......

sprechen sie lauter. sie sprechen zu leise.
mit wem sprechen sie? sprechen sie mit mir?
sagen sie was. sprechen sie deutsch? können sie deutsch?
ich verstehe und spreche ein wenig.
was sagen sie?
halten sie das maul!
ich schweige.
ich habe gehört, dass sie schweigen.
sie wollen nicht schweigen.
sie können nichts als plappern. sind ein lästiges plappermaul!

man hat es mir gesagt.
so sagt man.
jeder sagt es.
sie haben es gesagt.
sie haben es mir nicht gesagt.
haben sie es nicht gesagt?
wann haben sie es gehört?
ich habe es nie gehört.
wer hat es ihnen gesagt?
ich kann es nicht glauben.
was sagen sie?
ich sage nichts.
sie haben mir nichts gesagt?
sie haben mir etwas gesagt.
sagen sie das nicht.
ich will es ihnen sagen.
ich will es ihnen nicht sagen.
sagen sie kein wort.
ich will es ihnen verschweigen.
sagen sie es ja nicht.
haben sie es gesagt?
ich habe es nicht gesagt.
haben sie es *nicht* gesagt?
haben *sie* es nicht gesagt?
was tun sie?
was haben *sie* getan?
ich tue nichts.
sind sie fertig?
sind sie *nicht* fertig?
was soll ich tun?
was soll ich tun?
was wollen sie tun?
was finden sie, soll ich tun?
was haben sie nötig zu tun?
was verlangen sie?
antworten sie mir.
warum *antworten* sie mir nicht?

sind sie müde?
ja.

verstehen sie mich gut?
haben sie verstanden, was ich gesagt habe?
verstehen sie, was ich sage?
verstehen sie mich?
ich verstehe sie wohl.
ich verstehe sie nicht.
verstehen sie deutsch?
ich verstehe es ein wenig.
versteht es der herr da? (er zeigt auf den ringrichter-regisseur)
er versteht es nicht.
haben sie mich verstanden?
jetzt verstehe ich sie.
(pause, beide stehen einander keuchend gegenüber)
wenn sie nicht so schnell sprechen würden.
sie haben eine verdammt schlechte aussprache.
sie stottern.
ich verstehe nicht was sie wollen.

was sagen sie?
was ist das?
was gibts?
was sagen sie?
was bedeutet das?
was wollen sie sagen?
wozu dient das?
wozu?
was halten sie davon?
wozu haben sie das gesagt?
sagen sie mir, darf man etwas wissen?
darf man fragen?
was verlangen sie von mir?
wie, mein herr?
was wünschen sie?
was sie wollen.
ich bitte, antworten sie mir.

ist es erlaubt?
nur herein.
(b) gott behüte sie. (a schwankt getroffen, b hat auf ihn geschlagen)
ah, herr alexander, seien sei willkommen.
sie hier? wie geht es?

zu ihren diensten.
wohl, ihnen aufzuwarten.
wahrhaftig, sie sehen aus wie das leben.
und sie sind frisch und munter.
sehr verbunden.
womit kann ich dienen? sie wissen, dass ich ihnen zur verfügung stehe und sie hier alles tun können um zu gewinnen.
sehr verbunden. ich bin nur hergekommen, um mich nach ihrem befinden zu erkundigen und mich einen augenblick zu unterhalten, wenn es ihnen nicht lästig ist.
wieso, mich belästigen? ich bin ihnen im gegenteil sehr dankbar.
sprechen sie!
ich danke, ich habe soeben gesprochen.
so lassen sie uns noch ein wenig sprechen.
meinetwegen.
nehmen sie die linke.
nein, mein herr, hier ist die rechte. (schlägt zu)
das war ein herrliches gespräch. (wankt)
aber wieviel uhr ist es denn?
(blickt auf die uhr) gerade ... (genaue zeitangabe)
mein freund, dann muss ich sie verlassen. sie entschuldigen, es tut mir leid.
nicht nötig. wenn sie erlauben, werde ich sie begleiten.
sie erweisen mir viel ehre.
soll ich meinen mantel nehmen?
es ist nicht kalt.
wir wollen schnell fortgehen.
(beide gehen in ihre ecke ab. sie weisen die mäntel zurück, welche ihnen ihre manager umlegen wollen, und erwarten die nächste runde)

wie ist das gespräch?
hören sie nicht, was für ein gespräch es ist?
es ist ein schönes gespräch.
es ist ein schlechtes gespräch.
unser gespräch lässt sich gut an.
heute haben wir ein schönes gespräch.
es ist ein sehr schönes gespräch, das schönste gespräch des jahres.
wir sind schlecht besucht.
wir brauchen mehr publikum.
der sprecher braucht publikum.
ein teil der zuschauer hat den saal verlassen.
wir haben nichts zu befürchten.
fürchten sie sich vor den zuschauern?

das hat nichts zu sagen.
wie finden sie die stimmung im hause?
ich kann es nicht sagen.
fangen sie an.
(sie schlagen)
es ist warm.
es ist sehr schwül, drückend heiss, eine hitze zum verschmachten.
ich kann diese hitze nicht ertragen.
ich verschmachte vor hitze.
ich schwitze.
(a) ich triefe.
(b stellt sich plötzlich abseits, presst die arme an die seiten, starrt vor sich her) mich friert.
(auch a wird steif, beide stehen erstarrt und schwanken ein wenig, nach einiger zeit gehen sie plötzlich und ohne einander anzublicken auf ihre plätze)

wollen sie einen tausch mit mir treffen?
was wollen sie tauschen?
diesen handschuh.
wogegen?
gegen einen ihrer handschuhe.
nein, nein.
warum wollen sie nicht tauschen?
was geben sie mir heraus?
im gegenteil, sie müssen mir herausgeben.
wieviel wollen sie haben?
was er wert ist.
er ist mehr wert als der ihre.
er ist nicht soviel wert.
ich gebe nicht mehr.
sie scherzen.
sie wollen doch nicht haben, dass ich verlieren soll?
ich gebe was er wert sein kann.
sie verstehen es nicht.
ich will nicht handeln. er ist nicht mehr wert.
er kostet mich selbst mehr.
(beide verhandeln in händlerposen sind ganz vom kampf abgekommen)
wie hoch ist ihnen dieses zeug zu stehen gekommen?
ich weiss es nicht mehr.
war es teuer?
er war nicht billig.
woanders hätten sie billiger gekauft.

nun, wollen sie tauschen?
meinetwegen.

wer sind sie?
ich bin sprecher.
wer hätte das vermutet?
da haben sie sich geirrt.
wie alt sind sie?
ich glaube ich bin 25 jahre alt.
sie scheinen mir nicht so alt zu sein.
ich kann nicht jünger sein.

(die beiden boxer schleppen zwei mannequins in den ring. letztere verhalten sich stumm und sind ganz steif oder wie gummi. könnten auch richtige gliederpuppen sein. hübsche mädchen wären besser)
wo ist *deine* puppe?
hier ist sie.
ist sie angezogen? warum ziehst *du* sie nicht an?
ich habe keine zeit.
soll ich sie dir anziehen?
du wirst mir einen gefallen tun.
wo sind ihre strümpfe? und ihre schuhe, ihr hemd, ihr kleid und ihr unterrock?
da ist alles.
ziehe ihr die schürze an und setze ihr die haube auf.
meine puppe ist hübscher als deine.
nein, meine ist hübscher.
das glaube ich nicht.
frage den herrn. (zeigt ins publikum)
(a zum publikum) welche ist die hübscheste von diesen puppen?
(eventuelle antworten aus dem publikum werden nicht beachtet. b einlenkend) sie sind alle beide sehr hübsch.
wir wollen unsere püppchen in das bett legen.
meinetwegen.
wir wollen sie ausziehen.
wir wollen ihnen ihr nachtzeug anziehen.
sie liegen schon im bett, komm schnell.
mach keinen lärm, sie wachen sonst auf.
(ausnahmsweise fällt der vorhang)

wo kommst du her?
von zu hause.
wo gehst du so eilig hin, bleib hier.
ich habe keine lust mehr. geh mit.
warte ein wenig.
(a) komm doch.
(beide gehen. a schlägt auf b)
(b) warum sprichst du im gehen? (bleibt stehen)
halte dich nicht auf.
wie spät ist es?
es ist noch nicht aus.
verschwinde!
(jeder geht in seine ecke)

(in gesellschaftlicher haltung, cocktailparty)
warum kommst du so spät?
ich hatte zu tun.
du bist ein fauler kerl.
bleibe auf deinem platz.
geh von meinem platz.
warum stösst du mich?
wer rührt dich an?
werde nicht böse.
ich werde mich beklagen.
sag es wem du willst.
daran ist mir wenig gelegen.
du hast mich gerissen.
du lachst mich aus.
du hast mich bei den haaren gezogen.
du trittst mich.
du stösst mich von meinem platz.
das ist nicht wahr.
(RINGRICHTER-REGISSEUR) RUHE!
(a zu b) verzeihen sie mir.
(b zu a) ich bitte sie, verzeihen sie mir nur das eine mal.

(beide stehen einander schweigend gegenüber, endlich b schüchtern, leise zu a) wie macht man das?
wo sind deine handschuhe?
hier.

zieh sie an.
bist du fertig?
noch nicht.
was machst du?
stosse mich nicht.
mache mir ein wenig platz.
du hast platz genug.
rücke ein wenig.
(pause. a stellt sich vor b) also, sprich etwas.
(b beginnt)
(a) ein wenig höher hinauf. (b spricht höher)
(a) etwas tiefer. (b spricht tiefer)
(b) wie tief darf ich sprechen?
(a) bis hieher. (ganz tief gesprochen)
(b hört auf) helfen sie mir.
(a) sie müssen hieher sprechen. (zeigt auf seine ohren)
(b) wer hat das gesagt?
ich weiss es.
sie erklären das schlecht.
sie bekommen schläge.
sie verdienen nicht anderes als schläge.
(sie fallen übereinander her und prügeln sich bis sie sich am boden wälzen. der ringrichter muss sie trennen)

(nach k.o. schlag. beide schlagen schon aufeinander ein, tänzeln etc. ringrichter zählt)
schlafen sie?
sind sie noch im bett?
wachen sie auf! wie träge sie sind!
sie sind sehr verschlafen.
sind sie noch nicht wach?
(b schlägt ihn nieder) wachen sie rasch auf!
ist es denn schon zeit?
freilich.
(a) gleich zählt er neun. (er lässt den ringrichter bis neun zählen und steht dann auf)
beeilen sie sich!
nehmen sie sich in acht, sie fallen!
auch sie könnten leicht fallen.
kommen sie näher.
(b) alles was ich ihnen sage, macht keinen eindruck auf sie. (schlägt zu. der andere fällt, gong, er führt den anderen, a blutet, im gehen gong. sie fangen

wieder an, bleiben aber noch im gespräch)
(b) waschen sie sich die hände, den mund und das gesicht. spülen sie die zähne aus.
sie bilden sich ein, jeder werde sie loben.
was hat das mit dem zu schaffen, was ich sage? ziehen sie die handschuhe an.
helfen sie mir. schnüren sie mich zu. warum helfen sie mir nicht?
(betreuer ziehen sanitäterkleider an, nehmen tragbahre)
sind sie schon fertig?
noch nicht.
wie langsam sie sind.
beten sie.
sprechen sie laut.
fangen sie an.
vorwärts.
machen sie ein ende.
wo ist ihr gebetbuch?
bringen sie ihre bibel her.
(manager bringt die bibel, boxer ist am krepieren?)
suchen sie geschwind.
lesen sie ein kapitel.
(der andere murmelt unverständlich)
sie halten ihr buch nicht recht.
lesen sie langsam.
buchstabieren sie jedes wort.
sie lesen zu geschwind.
sie lesen nicht gut.
(er verändert das gesicht zu einem erstaunten tobsuchtsanfall, er hat den anderen nicht angesehen, der zu ihm hin liest, während er vor sich her in richtung publikum starrt, brüllt auf) sie lesen zu langsam!
sie lernen nicht.
sie geben auf nichts acht.
sie lernen nichts.
sie kommen nicht weiter.
sie sind sehr faul.
was murmeln sie da?
fangen sie wieder von vorn an.
(der andere hat sich erholt und sagt) das ist nicht meine aufgabe.
das *ist* ihre aufgabe.
geben sie mir eine andere aufgabe.
(empört) warum sprechen sie deutsch mit mir?
sprechen sie manchmal?
ja, aber nie anders, als mich zu unterhalten.
sprechen sie gern?

ich spreche nur zum zeitvertreib.
aber mich dünkt, das sprechen sei eine sehr gefährliche unterhaltung.
das ist wahr, doch nur, wenn man zuhört.
ich spreche gern.
dann ist verlust oder gewinn eine kleinigkeit.
sprechen sie mit kraft oder kommt es auf die geschwindigkeit oder tonhöhe an?
was verstehen sie unter geschwindigkeit, tonhöhe?
(der andere denkt und schweigt, zögernd) schwerkraft? fliehkraft?
und wenn es auf die geschicklichkeit ankäme?
(der andere schweigt und wird geschlagen)
sprechen sie oft?
sehr selten.
warum?
weil es viele sehr gewandte betrüger gibt.
man läuft grosse gefahr, da sie wie ordentliche leute aussehen.
nun, was für ein gespräch wollen wir?
welches sie wollen.
wir wollen dieses gespräch sprechen.
wie es ihnen beliebt.
sprechen ist jetzt sehr in mode.
wieviel sprechen wir diesmal?
wir wollen zum zeitvertreib so hoch wir können sprechen.
sprechen wir so viel wir können.
wir wollen doppelt so viel sprechen.
wie es ihnen gefällig ist.
wieviel geben sie mir vor?
sie wollen eine vorgabe und sprechen doch so gut wie ich.
soll das ein ganzes gespräch sein?
nein, es fehlt noch einiges.
also fahren wir fort.
ich habe eine schlechte sprache.
sie müssen eine gute haben, da ich keine habe.
meine sprache setzt mich in verlegenheit.
sie sprechen nicht gut, das ist wahr.
ich habe meine sprache verloren.
das ist gleich.
sind drei sätze mit drei beistrichen gut?
nein, ich habe vierzehn vom strichpunkt an.
sprechen sie aus.
ich sage nur satzgegenstand und satzaussage, ich hoffe das genügt.
ich habe die sprache gewonnen.
ich habe sieben worte.

ich habe die sprache verloren.
sie haben die sprache gewonnen.
sie sind mir noch ein gespräch schuldig.
sie waren mir auch ein gespräch schuldig.
so geht es auf.
noch ein gespräch.
recht gern, mit vielem vergnügen.
hier darf kein anderes als ein gespräch unter freunden geführt werden.
nur eine kleinigkeit um das gespräch zu beleben: worüber wollen wir sprechen?
wenn es ihnen recht ist, wollen wir sprechen.
wie sie wollen.
wollen sie sprechen?
was wollen sie sprechen?
mein herr, ein wort.
wir wollen zusammen sprechen.
(a und b) dieser herr und ich sprechen zusammen.
wer spricht?
sie!
das ist recht, das nenne ich sprechen.
sie sind ein meister.
diesmal habe ich eine gute sprache.
sie verstehen das sprechen nicht.
betrügen sie mich nicht.
sehen sie mir nicht in den mund.
machen sie den mund zu.
geben sie acht, was herauskommt.
(jubelnd) wir haben die sprache gewonnen!
ich mag nicht mehr sprechen.
ein andermal sprechen wir länger.
es ist auch besser so.

schlagen sie zurück!
sie sind ein schlechter partner.
sie haben mich noch nicht besiegt.
sie können noch verlieren.
um wieviel ist es gegangen?
das ist einerlei.
das nächste mal wollen wir mehr sprechen.
wann sie wollen.

wir wollen auf die matten gehen. (zuruf)
wir wollen sprechen.
wieviel geben sie mir vor?
ein wort, mehr kann ich nicht geben.
das ist so viel wie nichts.
sie wissen nicht, wie viel eins ist.
sie sind ein starker sprecher.
nun, so fangen wir an.
ich habe sie getroffen.
sie sind stärker als ich. ich habe nichts mehr zu sagen.
(zum schiedsrichter) zwei für mich, ich habe den schlag gemacht.
wie stehen wir?
(blickt auf die tafel) vierzehn zu sechs.
ich spreche mein lebtag nicht wieder.
noch haben sie nicht verloren.
heute bin ich zum sprechen nicht aufgelegt.

was ist ihnen?
(der andere krümmt sich)
ich bin krank. ich weiss nicht was mir fehlt. ich fühle mich sehr unpässlich.
man sieht es ihnen wohl an. zeigen sie den puls. er ist wirklich unruhig.
(pause. schlägt ihn?) was fehlt ihnen? (pause. schlägt ihn. der andere wankt)
zeigen sie mir ihre zunge. sie ist etwas belegt. strecken sie sie ein wenig mehr heraus. (schlägt ihn auf magen, kopf und brust)
seit wann?
seit kurzer zeit.
sie sollten schlafen. (schlägt ihn)
ich habe nicht schlafen können.
und lassen sie wasser? haben sie esslust?
gar keine.
(greift ihn an) sie haben das fieber. ihr puls geht sehr unregelmässig.
es liegt mir wie blei in allen gliedern.
heute dürfen sie durchaus nichts zu sich nehmen.
das fällt mir nicht schwer, denn ich habe keine esslust.
biegen sie den arm. (pause) gehen sie nicht aus. halten sie sich warm. sie werden bald gesund werden. seien sie getrost.
gehen sie schon fort?
ja, ich muss.
ich bitte sie, kommen sie wieder.
ich komme unfehlbar.
darf ich nach ihnen rufen lassen?
lassen sie nur rufen. (pause, denkt nach) reichen sie mir ihren rechten arm.

tun sie mir nicht wehe. (pause. er wird ganz fest in die klammer genommen. arm verdreht) sie halten meinen arm zu fest.
(ringrichter verwarnt)
(schlägt zu, betrachtet) das blut fliesst sehr gut.
ich fühle mich ein wenig leichter.
(schlägt auf ihn ein) halten sie sich warm. machen sie, dass sie schwitzen.
(wird immer schneller)
mein ganzer körper glüht.
sie müssen sich abkühlen.
es fängt an besser mit mir zu werden. ich wäre bald gestorben.
seien sie unbesorgt.
ich fürchte mich sehr.

willkommen.
sie sind sehr besorgt.
wie befinden sie sich heute?
ich kann es nicht mehr aushalten, ich sterbe.
fassen sie mut, lassen sie sich von solchen kleinigkeiten nicht niederschlagen.
ach, sie wissen nicht, wie viel ich leide. ich stehe schon mit einem fuss im grabe. es ist aus mit mir, ich nehme zusehends ab. meine kräfte nehmen von tag zu tag ab.
ihr zustand ist nicht mehr bedenklich.
diesmal muss ich sterben.
glauben sie mir, es hat nichts zu bedeuten. haben sie noch kopfweh? (schlägt ihn auf den kopf?)
nicht viel.
das freut mich sehr. haben sie nicht lust zu essen?
ja, ich möchte gern ein huhn essen.
sie sind so gut wie tot.

wieviel uhr ist es?
wissen sie, wieviel uhr es ist?
sehen sie, wieviel uhr es ist.
sagen sie, wieviel uhr es ist.
es ist ein uhr.
es ist viertel zwei.
es ist nicht mehr als halb zwei.
es ist dreiviertel zwei.
es ist auf den schlag zwei.
es wird gleich drei schlagen.
es ist gleich vier.

es hat eben fünf geschlagen.
es ist nicht weit von sechs uhr.
es fehlen noch einige minuten.
es hat sieben geschlagen.
es hat schon vor einer weile acht geschlagen.
es ist mehr als neun uhr.
es ist auf den schlag zehn uhr.
es schlägt eben elf.
es ist zwölf uhr.
es schlägt gleich.
es hat eben geschlagen.
es hat eins geschlagen.
hier hört man keine uhr.
ich habe nicht schlagen hören.
es ist früh.
es ist spät.
es ist erst zwölf uhr.
eben schlug es eins.
es ist zwölf nach der uhr.
es schlägt.
hören sie es schlagen?
ich glaube nicht, dass es so spät ist.
sehen sie auf ihre uhr.
sie geht viel zu früh.
sie geht zu spät.
sie geht nicht, sie ist stehen geblieben.
ich habe vergessen meine uhr aufzuziehen und sie ist stehen geblieben.
wieviel uhr schlägt es?
wie die zeit vergeht.
es ist zeit.
wieviel uhr haben sie?
das ist eine alte uhr, sie taugt nichts.
es ist eine genfer uhr.
es ist eine pariser uhr.
es ist eine repetieruhr.
lassen sie einmal ihre sehen.
sie geht auch nicht recht.
meine uhr ist nicht in ordnung.
es ist etwas darin zerbrochen.
der zeiger ist zerbrochen.
sehen sie wieviel uhr es auf ihrer taschenuhr ist?
die weiser sind nicht richtig.
wo ist ihre sanduhr?

ich kann sie nicht finden, sie ist verloren.
diese uhr scheint sehr gut zu sein.
sie ist ein wahrer schatz.
sie könnte sogar im wasser gehen.
ich habe eine wanduhr gekauft.
sie geht nicht so gut wie die turmuhr.
betrachten sie einmal diese.
das ist eine alte schachtel.
sie ist nicht aufgezogen.
ziehen sie sie auf.
stellen sie sie auf.
dies ist eine sehr gute sonnenuhr.

(letzte runde, gesprächige haltung)
wollen sie springen? ich springe sehr gern.
es ist nicht gut, wenn man gleich nach dem essen springt.
wie springen sie am liebsten?
am gewöhnlichsten springt man mit gleichen füssen.
wollen wir auf einem beine hüpfen?
wie es ihnen beliebt.
das ist ein grosser sprung.
wie hoch springen sie?
mehr als viele meter.
ich wette, ich springe über diesen graben.
ich kann nicht so gut springen wie sie.
wir wollen um die wette laufen.
zu fuss oder zu pferde?
beides.
bestimmen sie das ziel.
dies soll der anfang sein.
dieser baum soll das ziel sein.
ich bin dreimal vom anfang bis zum baum gelaufen.
sie haben das zeichen zum laufen nicht erwartet.
sie sind sehr gut gelaufen.
wie oft sind sie gelaufen?
drei oder viermal.
sie haben den preis gewonnen. (hebt dem anderen die hand hoch. siegerkranz wird gebracht. siegerhandschütteln zum publikum)

(chronologisch nicht erfasste abschnitte)

was ist zu tun?
was sollen wir tun?
was raten sie mir zu tun?
wie kann man der sache abhelfen?
wozu sollen wir uns entschliessen?
warten sie ein wenig.
lassen sie mich nur machen.
wenn ich an ihrer stelle wäre.
es ist einerlei.
es läuft auf eins hinaus.

wie ist das wetter?
sehen sie nicht, wie das wetter ist?
es ist schönes wetter.
es ist schlechtes wetter.
das wetter lässt sich gut an.
heute bekommen wir einen schönen tag.
es ist ein sehr schöner tag, der schönste.
wetter von der welt.
der himmel ist bewölkt.
wir brauchen gutes wetter.
wir brauchen regen.
der himmel bewölkt sich.
wir haben nichts zu befürchten.
es nebelt.
es regnet, es regnet nicht.
es will regnen.
es regnet nicht mehr.
es wird den ganzen tag regnen.
das wetter ist ganz danach.
es regnet schon.
das ist eine wolke.
die wolken sind sehr schwarz.
es regnet in strömen.
bleiben wir hier bis der regen vorbei ist.
es wird bald vorbei sein, es ist ein platzregen.
ich bin ganz nass.
ich bin so nass wie ein pudel.
es ist nur wasser.
mein kleid ist hin.
fürchten sie sich vor dem regen?

das hat nichts zu sagen.
das wasser macht keine flecken.
es schneit ja.
es hagelt, es fallen schlossen.
der schnee schmilzt.
es friert.
sehen sie, diese grossen schneeflocken.
es taut.
das wetter ist sehr lind.
die morgen sind kalt und der fluss ist zugefroren.
die sonne scheint.
es ist windig.
es ist warm.
es ist sehr schwül, drückend heiss, eine hitze zum verschmachten.
ich kann diese hitze nicht ertragen.
ich verschmachte vor hitze.
ich schwitze.
ich triefe vor schweiss.
wir wollen baden.
können sie schwimmen?
der wind wird sehr kalt.
es donnert.
der wind lässt nach.
es blitzt.
sehen sie, wie es blitzt.
ich fürchte mich vor blitzen.
es hat eingeschlagen.
das wetter hellt sich wieder auf.
das gewitter ist vorüber.
wir werden noch mehr regen bekommen.
glauben sie das nicht.
das wetter hellt sich auf.
sehen sie auf die windfahne.
der wind hat sich gedreht.
es ist tag.
es ist nacht.
es wird schon tag, der tag bricht an.
es wird schon nacht, die nacht bricht an.
die sonne geht auf.
die sonne geht unter.
die wolken zerteilen sich, verschwinden und vergehen nach und nach.
ich sehe die sonne.
ich sehe den regenbogen.

das ist ein gutes wetterzeichen.
das ist ein sehr dicker nebel.
man kann einander nicht mehr sehen.
der nebel steigt auf.
aber die sonne fängt an, ihn zu zerstreuen.
das ist ja ein stinkender nebel.
welche jahreszeit ist ihnen am liebsten?
der frühling ist der angenehmste von allen.
die ganze natur erwacht zu neuem leben.
ein gutes wetter.
es ist weder zu warm, noch zu kalt.
alle geschöpfe fühlen jetzt liebe.

wir wollen spazieren gehen, um frische luft zu schöpfen.
wir wollen einen spaziergang machen.
ich will ein wenig spazieren gehen.
wir wollen in der sonne gehen.
wollen sie mitgehen?
kommen sie, ich begleite sie mit vergnügen.
es ist zu heiss.
wir wollen warten, bis die hitze vorüber ist.
wo wollen wir hingehen?
wir wollen in die wiesen gehen.
dieser heitere und freundliche tag ladet zum spazierengehen ein.
es lässt sich keine wolke blicken.
wie wollen wir hingehen?
wollen wir fahren oder gehen?
wie sie wollen.
gehen, das ist der gesundheit zuträglich.
sie haben recht, denn unterm gehen kommt die esslust.
wo wollen wir hingehen?
wir wollen über die wiesen gehen.
ich gehe gern auf dem gras.
wie schön ist es auf dem lande.
wie belaubt die bäume sind.
wir wollen uns in den schatten setzen.
wir wollen uns unter diese laube setzen.
riechen sie den wohlgeruch dieser blumen?
wir wollen einen strauss binden.
wir wollen nach dem felde gehen.
es scheint, der weizen kommt schon heraus.
es ist schönes wetter.

hören sie das gezwitscher der vögel?
welches vergnügen, welche freude.
es gefällt mir sehr gut auf dem lande.
sind sie ein liebhaber der jagd?
wollen sie einmal mit auf die jagd gehen?
ich bin es zufrieden.
ich kenne kein grösseres vergnügen.
hier muss es viel wild geben.
die jäger sagen es.
wir wollen nach hause gehen, es ist spät.
ich bin müde.
wir haben einen grossen spaziergang gemacht.
wir wollen links hinaus gehen.
rechts.
wollen sie auf dem wasser fahren?
wo ist die fähre?
die schiffer?
treten sie in das schiff.
wir fahren bloss über den fluss.
das wasser ist sehr ruhig und still.
es fängt an, wellen zu schlagen.
wo wollen sie anfahren?
wir sind am ufer.
halten sie das schiff an.
wir wollen die blicke auf diese felder und wiesen werfen.
welch ein schöne aussicht!
diese wiesen sind mit einer vielfalt von blumen geschmückt.
welch schönes grün!
dies ist ein sehr angenehmer ort.
die bäume blühen.
die rosenstöcke fangen an zu knospen.
der weizen wächst.
der weizen steht sehr hoffnungsvoll.
die ähren sind sehr gross.
der weizen ist schon reif.
das ist eine schöne ebene.
wie schön das alles ist!
es ist mir, als wäre ich in einem irdischen paradiese.
wir sind noch nicht im mai.
sie gehen sehr geschwind.
ich kann ihnen nicht folgen.
es ist mir nicht möglich, sie einzuholen.
sie sind schlecht zu fusse.

ich bitte sie, gehen sie ein wenig langsamer.
wir wollen einen augenblick ausruhen.
es ist nicht der mühe wert.
sind sie müde?
ich bin wie gerädert.
wir wollen uns in das gras strecken.
ich fürchte es ist feucht.
wie kann das sein, es hat ja nicht geregnet.
die feuchtigkeit der nacht ist schon hinreichend.
ich mag mich nicht setzen.
so wollen wir denn in diesen wald gehen.
wir wollen in dieses gehölz gehen.
welch herrliches plätzchen!
hier sind drei herrliche spaziergänge.
wie schön diese bäume gepflanzt sind!
sie stossen oben zusammen.

1: was sagen sie?
2: was?
1: was gibts?
2: wie?
1: wie gehts?
2: was?
1: was machen sie?
2: wie?
1: wie stehts?
2: was?
1: was sagen sie dazu?
2: was?
1: was gibts neues?
2: wie?
1: was machen sie hier?
2: was?
1: was haben sie denn?
2: ich habe 1
2
3
4
5
6
7

8
9
10
11
12
13
14
15
16
17
18
19 sekunden verbraucht.

1 gerät in zorn und jagt 2 mit schlägen in die ecke. 2 mit händen überm kopf, mit rücken zu 1

letzte fassung (fragment)

1. runde

1: ich wünsche ihnen alles mögliche glück.
es freut mich unendlich, sie zu sehen.
ich wünsche ihnen alles, was ich mir selbst wünsche.
2: seien sie willkommen.
1: guten morgen.
2: es freut mich sie zu sehen.
was führt sie zu mir?
womit kann ich dienen?
wie geht's?
1: ihnen aufzuwarten, sehr wohl.
2: wie geht es?
1: mit ihrer erlaubnis, ich befinde mich wohl.
2: und wie geht es ihnen?
1: es geht.
2: es freut mich, sie wohl zu sehen.
1: ich danke ihnen sehr, ich bin ihnen sehr verbunden.
sie sind zu gütig.
2: ich bin ihr diener, ich stehe ihnen zur verfügung, verfügen sie über mich.

1: sie erweisen mir zu viel ehre.
2: beehren sie mich mit ihren wünschen, sie haben nur zu befehlen, ich stehe ganz zu befehl, befehlen sie nur frei und ohne scheu, machen sie keine umstände.
1: ich will ihnen keine umstände machen.
2: ihnen zu dienen macht mir keine mühe, sie ehren mich mit ihren wünschen. wir wollen keine umstände machen, unter freunden macht man keine umstände. ich verehre sie, ich schätze sie, ich liebe sie.
zählen sie auf mich.
verlassen sie sich ganz auf mich.
befehlen sie.
1: ich will es tun um ihnen zu gehorchen, bloss ihnen zu gefallen.
2: da haben sie recht, wir wollen gute freunde bleiben.
(1 fällt wie ein baum zu boden, ringrichter zählt, 1 richtet sich auf)
2: wie befindet sich ihr herr bruder?
1: gott sei dank, er ist wohl. ich glaube, er ist wohl. gestern abend war er wohl.
2: das freut mich sehr, das macht mich fröhlich, das gibt mir trost. wo ist er?
1 (versucht sich zu erinnern):
auf dem lande
in der stadt
im gebirge
zur see
auf reisen
zu hause
2 (sehr ruhig): er ist vorhin ausgegangen. ich glaube, ihn gesehen zu haben. ich hörte jemanden ausgehen, der ihr bruder gewesen sein könnte.
1: das ist möglich.
2: empfehlen sie mich ihrem bruder.
1: was sagen sie?
2: wie meinen?
1: sie wünschen?
2: was wollen sie von mir?
1: was heisst das?
2: was bedeutet das?
1: was gibts?
2: was wollen sie sagen?
1: wie, mein herr?
2: ich bitte, antworten sie mir!!
1: ich sage, wie befinden sich die gnädige frau?
2: sie sind sehr gütig, ziemlich wohl, ich glaube, ausgezeichnet, ich bitte um verzeihung, das wetter ist nicht das beste, ich fühle mich verwirrt,

es ist heiss.
(2 zieht den rock aus)
sie fühlt sich elend. sie ist heute etwas unpässlich.
1: das tut mir leid.
2: gestern früh war sie unpässlich.
1: übermitteln sie, wenn ich sie darum bitten darf, meine aufrichtige teilnahme.
2: sie liegt seit einem jahr zu bett.
1: das hat nichts zu bedeuten.
2: sie haben recht, das sagt gar nichts, es ist eine kleinigkeit.
(2 vergnügt die hände reibend) und wie geht es ihnen?
1: ich fühle mich wohl.
2: es freut mich, dies zu hören.
1: ich danke ihnen vom herzen.
2 (das thema wechselnd): wie geht es ihnen aber so im allgemeinen.
1: so, so. so ziemlich. man muss bescheiden sein.
2: es freut mich dies zu hören.
1: gestern war ich etwas unpässlich.
2: das tut mir aber leid. und wie geht es zu hause?
1: es ist alles beim alten.
2: das freut mich.
und befinden sich unsere freunde auf dem lande und in der stadt wohl?
1 (fröhlich) sie sind alle wohl,
(traurig) bis auf meine braut.
(weint.)
2: was fehlt ihr?
1 (gefasst): sie hat fieber, leibschmerzen, flecktyphus, scharlach, den keuchhusten, den gewöhnlichen husten, das gewöhnliche fieber, das komplizierte fieber, sie hat alle übrigen krankheiten, auch ist sie sehr gesund, hat keine schlechte verdauung, migräne und die englische krankheit.
in letzter zeit leidet sie an leichtem übelsein.
2: ist sie schon lange krank?
1: nein, noch nicht lange.
2: ich habe sie seit jahren nicht gesehen.
1: sie liegt zu bett.
2: ich wünsche besserung und will hoffen, dass es keine weiteren folgen haben wird.
1: sie ist ihnen verbunden, sie ist ihnen sehr verbunden.
2: wann kann ich sie besuchen, wann kann ich sie trösten, wann wird sie mich empfangen können?
1: kommen sie mit mir.

2: wo gehen sie hin?
wo kommen sie her?
gehen sie hinaus.
gehen sie hinaus.
gehen sie weg.
gehen sie.
halten sie sich nicht auf.
(stösst 1) machen sie platz.
gehen sie ein wenig zurück.
bleiben sie ruhig.
sie sollten sich nicht rühren.
kommen sie her.
kommen sie näher.
warten sie ein wenig.
warten sie.
sie gehen zu schnell.
gehen sie nicht so schnell.
kommen sie mir nicht zu nahe.
packen sie sich fort.
gehen sie zu.
gehen sie da hinaus.
(1 hat den ring verlassen)
kommen sie herein.
kommen sie hieher.
1: ich stehe hier gut.
2: auf ein wort.
1: was beliebt?
2: ich will mit ihnen sprechen.
1: was sagen sie?
2: hören sie mich?
1: sprechen sie lauter.
2: machen sie keinen lärm.
1: seien sie ruhig.
2: was ist das für ein lärm.
1: hören sie auf zu schreien.
2: man kann sein eigenes wort nicht hören.
1: sie machen mich taub. (wird getroffen)
2: sie zerbrechen mir den kopf. („ „)
1: sie sind sehr lästig.
2: ich kenne sie vom sehen.
1: ich habe von ihnen gehört.
2: was hört man neues?
wissen sie etwas neues?
was gibt es neues?

wissen sie nichts neues?
1: man sagt nichts neues.
2: was sagt man so im allgemeinen?
1: ich erinnere mich nicht genau.
man spricht von guten neuigkeiten.
2: sagen sie das gegenteil und sie werden recht haben.
1: das habe ich gehört, aber ich glaube das gegenteil.
2: das bedarf einer bestätigung.
1: sie haben recht; man weiss nicht, wem man glauben soll.
es wird ausserordentlich gelogen.
2 (überrascht): ah! von wem haben sie das gehört?
1: ich habe es gehört.
2: sie sind gut informiert.
1: das ist wahr.
ich gebe es zu.
2: lassen sie uns von etwas anderem reden.
1: ich bin ihrer meinung.
(kleine atempause, beide stehen keuchend im ring)
2: ach mein herr, verzeihen sie,
ich hatte sie nicht gesehen. (schlägt 1 auf die nase)
2: wie dick sie geworden sind. (» » » » »)
2: ihre bewegungen sind langsam. (» » » » »)
2: ihr haar ist schütter geworden. (» » » » »)
2: sie sehen elend aus. (» » » » »)
2: sie machen einen heruntergekommenen
eindruck. (» » » » »)
2: sie erwecken mein mitleid. (» » » » »)
2: sie dauern mich. (» » » » »)
2: sie sind alt geworden. (» » » » »)
2: sie haben ihren verstand verloren. (» » » » »)
2: sie haben ihr einkommen verloren. (» » » » »)
2: sie haben ihre freunde verloren. (» » » » »)
sie haben ihren hut verloren. (» » » » »)
sie haben ihren handschuh verloren. (» » » » »)
sie haben ihre neigungen verloren. (» » » » »)
sie haben ihren guten geschmack verloren. (» » » » »)
sie haben zeit verloren. (» » » » »)
sie haben jeden halt verloren. (» » » » »)
sie haben im laufe ihres lebens 4 taschen-
kämme verloren, und noch mehr. (» » » » »)
sie haben die masstäbe verloren. (» » » » »)
sie haben eine schachpartie verloren. (» » » » »)
sie haben ihre milchzähne verloren. (» » » » »)
sie haben die hoffnung verloren. (» » » » »)

sie haben ihr gedächtnis verloren. (treibt 1 durch den ring)
sie haben mein vertrauen verloren.
sie haben sehr verloren.

2 (seufzt): es steht schlimm für sie.

1: wollen sie mir angst machen?
hier liegt mein handschuh.
(er hebt ihn auf, zieht ihn an und schlägt 2 auf die nase)
3 taschenkämme habe ich wieder gefunden. sie waren in der tischlade.
meine milchzähne sind gut aufgehoben.

2 (geht auf 1 zu, vertraulich): wollen wir tauschen?

1: was wollen sie tauschen?

2: ich will meinen platz tauschen.

1: wogegen, wenn ich fragen darf, mein herr?

2: gegen ihren platz, wenn ich bitten darf.

1: nein, ich sage nein.

2: warum wollen sie nicht tauschen?

(1 schweigt, überlegt)

1: was geben sie mir?

2: ich gebe ihnen nichts dazu! im gegenteil, sie müssen etwas draufgeben.

1: was wollen sie haben?

2: was es ihnen wert ist.

1: wenn ich es recht überlege, ist mein platz mehr wert als der ihre.

2: mein herr, sie sind im irrtum, er ist nicht einmal soviel wert wie der meine.

1: ganz im gegenteil. sie täuschen sich gewaltig, da ich nicht glauben mag, dass sie mich betrügen wollen.

2: ich gebe nicht mehr.

1: sie scherzen.

2: ich gebe was es wert sein kann.

1: sie wollen mich erpressen.

2: ich will nicht handeln. es ist nicht mehr wert.

1: sie wollen doch nicht, dass ich verlieren soll?

2: nun, wollen wir tauschen?

1: meinetwegen.

(sie wechseln die plätze)

1: hören sie, mein herr, auf ein wort!

2: ich höre.

1: ich will mit ihnen sprechen, hören sie mich an.

2: was sagen sie?
ich verstehe sie kaum, sprechen sie lauter.

1: sie hören mir nicht zu.
hören sie mich?

2: ich höre sie nicht.
ich kann gar nichts hören, sprechen sie lauter.

1 (überlegt, dann): hören sie, kommen sie einmal her.
2 (geht zu 1, nimmt aufstellung): ich höre ihnen zu.
1: seien sie ruhig, machen sie keinen lärm.
2: was sagen sie?
1: halten sie das maul!
2: ich schweige.
1 (schlägt ihn auf den kopf): sie wollen nicht schweigen?
2: ich schweige.
(pause, beide lauschen)
1: ich kann es nicht hören!
2 (ruhig): merken sie auf.
(1 fällt um, ringrichter zählt)
(2 hilft dem 1 auf die beine)
2: verzeihen sie mir.
1: aber ich bitte sie, sie haben mein vertrauen.
2: ich habe gehört, dass sie den vorigen kampf gewonnen hätten. darf man gratulieren?
1: es ist wahr, ich habe gewonnen.
(er hört seiner stimme nach, springt hoch)
ich habe gewonnen, ich habe gewonnen, gewonnen, gewonnen!!!
(springt herum, sein betreuer läuft in den ring und flüstert ihm ins ohr, 2 sitzt dieweil schluchzend am boden)
(ringrichter beginnt zu zählen, aber dann gong)

2. runde
(langer schlagwechsel, ehe sie zu sprechen beginnen)
1: sprechen sie manchmal?
2: ja, aber nie anders, als mich zu unterhalten.
1: sprechen sie gern?
2: ich spreche nur zum zeitvertreib.
1: aber mich dünkt, das sprechen sei eine sehr gefährliche unterhaltung?
2: das ist wahr; doch nur, wenn man zuhört.
1: aber sie sprechen doch, um von mir gehört zu werden!
2: das ist eine lüge!
wenn ich ihnen etwas mitzuteilen hätte, würde ich es sein lassen. es würde in den sätzen hängen bleiben.
1: es würde nur zu missverständnissen kommen,
2: zu unstimmigkeiten führen,
1: zu schlägereien,
2: zu streit,
1: ärger bereiten,
2: freundschaften zerstören.

1: wenn man zuhört,
2: weiss man nicht wie's gemeint ist.
1: sie könnten es nicht besser wissen,
2: sie könnten lügen,
1: sie könnten es ehrlich meinen.
2: aber wie soll das heraus?
wo soll das hinein?
1: da kann man nur sprechen.
2: ich spreche gern.
1: es tönt.
2: es ist laut.
1: man kann es hören,
es beschäftigt die ohren,
2: und die zunge,
1: und die lunge,
2: und die lippen,
1: und die zähne.
2: man kann es zerbeissen.
1: man kann es zerkauen.
2: man kann es schlucken
1: und man kann es ausspucken.
2: man kann mit den stimmbändern schwingen,
1: man kann es regulieren.
2: laut und leise.
1: hoch und tief.
2: und vor allem in der mitte!
1: ganz recht.
2: man kann dabei gehen,
1: man kann dabei sitzen,
2: man kann dabei laufen,
1: man kann dabei stehen,
2: man kann dabei seine notdurft verrichten.
ich spreche gern.
1: dann ist gewinn oder verlust eine kleinigkeit.
sprechen sie mit kraft oder mit geschwindigkeit oder mit wohlklang oder mit tonhöhe?
2: was verstehen sie unter kraft?
schwerkraft?
fliehkraft? (läuft davon)
(kommt zurück) und wenn es geschicklichkeit wäre?
(1 hat seine deckung vernachlässigt, 2 bringt einen schlag an, der ringrichter notiert)
2: sprechen sie oft?
1: sehr selten.

2: warum?
1: weil es viele sehr gewandte betrüger gibt.
man läuft grosse gefahr, da sie wie ordentliche leute aussehen. sie hören zu, sie merken auf, sie nehmen alles beim wort.
2: das ist eine rücksichtslosigkeit.
1: das ist eine gemeinheit.
2: das ist eine frechheit.
1: es handelt sich um verbrecher.
2: nun, was für ein gespräch wollen wir sprechen?
1: welches sie wollen.
2: wir wollen dieses gespräch sprechen.
1: wie es ihnen beliebt.
2: das sprechen ist sehr im schwange.
1: man kommt sich nahe.
2: es distanziert.
1: es verhindert das schlimmste.
2: es fördert alles mögliche.
1: es erfreut.
2: es betrübt.
1: es berauscht.
2 (konsterniert): sie sind ja betrunken!
(1 wankt zum tisch und nimmt einen schluck wasser, kommt zurück, nimmt grundstellung [faustkampf])
(beide wieder einander gegenüber)
1 (als ob nichts gewesen wäre): wieviel sprechen wir diesmal?
2: wir wollen zum zeitvertreib so viel wir können sprechen.
1: wir wollen doppelt so viel sprechen.
2: wie es ihnen gefällig ist.
1: wieviel geben sie mir vor.
2: sie wollen eine vorgabe und sprechen doch so gut wie ich?
(beide sehen einander unschlüssig an)
2: soll das ein ganzes gespräch sein?
1: nein, es fehlt noch einiges.
2: also fahren wir fort.
(schlagwechsel. 2 im vorteil)
1: ich habe eine schlechte sprache. (vorsichtiges «abtasten»)
2: sie müssen eine gute haben, da ich fast keine habe. („ „)
1: meine sprache setzt mich in verlegenheit. („ „)
2: sie sprechen nicht g u t, das ist wahr. („ „)
1 (bestürzt, plötzlich): ich habe meine sprache verloren!
(er beginnt zu suchen, hier und dort, blick am boden, 2 verfolgt ihn, 1 winkt nur abwehrend und nicht ganz bei der sache ab)
2: das ist gleich. (gibt 1 von hinten einen fusstritt)

(1 richtet sich auf, dreht sich um)

1 (ängstlich): sind drei sätze mit vier beistrichen gut?

2: nein, ich habe vierzehn mit strichpunkten.

1 (bittend): sprechen sie ein wenig aus.

2: ich sage nur:

(scharf) satzgegenstand (schlägt ihn auf den kopf)
und
satzaussage, (» » » » »)
hauptsatz (» » » » »)
und
nebensatz. (» » » » »)
ich hoffe, das genügt.

1 (jedes wort betonend, pausen zwischen den worten, stammelnd, verzweifelt, gequält, in sich hinein):
ich – habe – nur – fünf – worte.

2 (scharf): wieviele selbstlaute?

(1 versucht es murmelnd an den fingern abzuzählen, er fängt immer wieder von vorne an. verzweifelt den kopf schüttelnd, wenn er abbricht und neu anfängt, er wird immer hastiger und seine finger kommen ihm mehr und mehr in die quere)

2 (unterbricht ihn): das ist nicht genug.
ich habe die sprache gewonnen,
sie haben die sprache verloren. (ist zu sprechen wie «spiel» gewonnen bzw. verloren)

(1 grunzt und blökt wie ein stummer, der etwas sagen will, vor sich her, in sich hinein, kauert sich nieder, fällt um, wälzt sich am boden, grunzend)

2 (nach einer pause): sie sind mir noch ein gespräch schuldig. (zu sprechen wie: «aufklärung schuldig»)

(1 steht auf, klopft seine hosen ab)

1 (charmant, händereibend): recht gern, mit vielem vergnügen.

2: hier darf kein anderes als ein gespräch unter freunden geführt werden.
(klopft 1 auf die schulter)
nur eine kleinigkeit um das gespräch zu beleben:
(blickt 1 voll und ernst an:) worüber wollen wir sprechen?

1 (charmant wie ein verkäufer, sich leicht verneigend, 2 sieht ihn an, aber er steht seitlich zum publikum gewendet, vielleicht noch immer hände reibend):
wenn es ihnen recht ist, wollen wir sprechen.

2: wie sie wollen.

1: was sie wollen.

2 (blickt auf 1): wollen *sie* sprechen?

1: mein herr, wir wollen gemeinsam sprechen.

2: geben sie den ton an.
1 (singt): aaa (normalton)
1 & 2: dieser herr und ich sprechen gemeinsam. (beide mit geschlossenen augen zum publikum)
2: wer spricht?
1 (sehr laut, sehr deutlich, sehr pathetisch; vor anstrengung färbt sich sein gesicht blau-rot):
sie!
2: das ist recht, das nenne ich sprechen.
sie sind ein meister.
1: diesmal habe ich eine gute sprache.
(arrogant) aber s i e verstehen das sprechen n i c h t.
sehen sie mir nicht in den mund!
machen sie den mund zu.
(hebt den finger) geben sie acht, was herauskommt.
(jubelnd): ich habe die sprache gewonnen!!!
2 (verdriesslich): genug für jetzt.
1 (gnädig): ein andermal sprechen wir länger.
2: es ist auch besser so.
(gong)

3. runde
(beide stehen einander schweigend gegenüber)
1: bist du fertig?
2: noch nicht.
1: wo sind deine handschuhe?
2: hier.
(1 zieht sie dem 2 an)
2: wie macht man das?
1: du bist sehr ungeschickt.
(schlägt auf 2)
2: was tust du?
1: ich belehre dich. (schlägt ihn)
2: du hast mich gestossen!
1: du hast platz genug, mach platz, rücke ein wenig!
(rempelt 2 zur seite, ringrichter droht missbilligend)
2: wie tief darf ich schlagen?
1 (zeigt es, mit tiefer stimme): bis hierher.
2: wer hat das gesagt?
1: ich weiss es.
2: du erklärst das schlecht.
1 (drohend): sei still, sonst bekommst du schläge.
2: du bist es, der die schläge verdient.

(sie fallen übereinander her und prügeln sich, ringrichter pfeift, 2 bleibt liegen, 1 tänzelt herum, ringrichter zählt bis 4)

1: schlafen sie?
   (stampft einigemale mit dem fuss auf)
   sind sie noch im bett?

2 (verschlafen, weinerlich): kommen sie nur herein!

1 (geht auf 2 zu, stellt sich vor ihn hin): wachen sie auf! wie träge sie sind! sie sind sehr verschlafen, sie sind noch nicht wach. stehen sie rasch auf!

2: ist es denn schon zeit?

1: freilich, gleich ist es neun.

(ringrichter zählt neun,
2 erhebt sich mühsam)

1: beeilen sie sich, geben sie acht, sie fallen.

(2 stürzt wieder, ringrichter beginnt zu zählen)

2: ich bin krank. ich weiss nicht was mir fehlt. ich fühle mich sehr unpässlich.

1 (hilft ihm auf): man sieht es ihnen wohl an. lassen sie mich den puls fühlen. der puls ist unruhig. was fehlt ihnen? zeigen sie mir ihre zunge! sie ist etwas belegt, strecken sie sie ein wenig mehr heraus! so ist es recht.

(1 tritt zurück und schlägt 2 in den magen, die zunge kommt weit heraus)

1: so ist es schon ganz ausgezeichnet.

2 (weinerlich): magen, kopf und brust tun mir weh!

1 (interessiert): seit wann?

2: seit kurzer zeit.

1: sie sollten schlafen. (wirft ihn zu boden)

2 (richtet sich mühsam auf): ich habe nicht schlafen können.

1: und lassen sie wasser? haben sie esslust?

2: gar keine.

1 (greift ihn an): sie haben das fieber. ihr puls geht sehr unregelmässig.

2: es liegt mir wie blei in den gliedern.

1: heute dürfen sie durchaus nichts zu sich nehmen.

2: das fällt mir nicht schwer, denn ich habe keine esslust.

1: biegen sie den arm!
   (er verdreht ihm den arm)
   gehen sie nicht aus. halten sie sich warm. sie werden bald gesund sein. seien sie getrost.

2: gehen sie schon fort?

1: ja, ich muss.

2: ich bitte sie, kommen sie wieder.

1: lassen sie nur rufen.

2: ich bin ihr gehorsamer diener, ihrer und der ihrer kranken frau mutter.

1: sprechen sie lauter, ich verstehe sie nicht. sie sprechen zu leise.

2: es tut mir leid, dass ich ihr heute meine aufwartung nicht machen kann.

1: mit wem sprechen sie?
sprechen sie mit mir?

2: ich weiss, dass ein kranker freude hat, wenn man sich um ihn kümmert.

1: sagten sie etwas?

2: ich hätte schokolade mitgebracht, aber ich bin verhindert.

1: sprechen sie deutsch?

2: oder auch blumen, das hätte ihr gewiss freude gemacht.

1: was sagen sie?

2: freude macht gesund.

1: halten sie das maul!

2: ich schweige.

1: können sie nicht deutsch?

2: ich verstehe und spreche ein wenig.

1: sie können nichts als plappern, sie sind ein lästiges plappermaul!
sie sehen krank aus.

2: ja ich fühle mich sehr schlecht.

1: reichen sie mir ihren arm!

2: tun sie mir nicht wehe.

(1 nimmt ihn fest in den clinch und verdreht ihm den arm)

2: sie halten meinen arm zu fest! (der ringrichter verwarnt)

1 (schlägt zu und betrachtet): das blut fliesst gut.

2 (keucht): ja, ich fühle mich ein wenig erleichtert.

1 (lässt seine schläge auf 2 niederprasseln): halten sie sich warm. machen sie, dass sie schwitzen.
(wird immer schneller)

2: mein ganzer körper glüht.

1: dann müssen sie sich wieder abkühlen, mein herr.

2: es fängt an besser mit mir zu werden. ich wäre bald gestorben.

1: seien sie unbesorgt.

2: ich fürchte mich sehr.

(kurze pause)

1: setzen sie sich doch für einen augenblick.

2 (geschäftig, überlastet): das ist schade, das ist schlimm, wie unangenehm, ich kann nicht.

1: sind sie so in eile? können sie nicht ein wenig warten? ich zeige ihnen meine braut, das krankenlager, den arzt, das nachtgeschirr, die medikamente!

2: ich bin zutiefst betrübt, ich bin verstört, ich schäme mich meiner selbst, ich bin zerknirscht.
sagen sie dem fräulein braut, wie leid mir ihre unpässlichkeit sei, aber dass ich ausserstande wäre, sie heute aufzusuchen.

1: ich werde es unfehlbar tun. sie wird sich ihrer anteilnahme freuen, sie wird beglückt sein, sie wird gesunden, sie wird ausser sich sein, sie wird rasen, sie wird mit gegenständen werfen, sie wird springen, sie wird tanzen, sie wird vor freude sterben.
(verbeugt sich, abschiednehmend)

(2 setzt sich, macht sichs gemütlich)

2 (vertraulich): ich bin gekommen, ihre güte in anspruch zu nehmen.

1 (wankend): ich stehe ihnen zur verfügung, sie haben nur zu befehlen.

2 (vergnügt): sie sind sehr gütig.

1: sie sind sehr höflich.

2: ich danke ihnen.

1: keine ursache.

2: wie geht es ihnen?

1: gut, sehr gut.

2: es freut mich, sie wohl zu sehen.

1: ich bin ihnen sehr verbunden.

2: immer noch der alte.

1: sie sind in der tat sehr gütig, sie erzeigen mir grosse ehre.

2: sie scherzen.

1: ich bitte, ja.

2: ich glaube, ja.

1 (kühl): ich glaube, nein.

2: ich sage, ja.

1: ich möchte wetten.

2: ich wette in der tat.

1 (amüsiert): ich wette was sie wollen.

2: es ist wahr.

1: es ist nur zu wahr.

2: ja, in der tat.

1: kein wahres wort ist dran.

2: es ist ein märchen.

1: es ist eine lüge.

2: es ist eine unwahrheit.

1 (brüllt): sie sagen nicht die wahrheit!

2: so wahr ich lebe, glauben sie mir, ich schwöre ihnen.

1: auf ehre?

2: bei meinem leben.

1: bei meiner ehre.

2: auf mein gewissen.

1: ich rede aufrichtig mit ihnen.
2: ich will sterben, wenn ich lüge.
1: man hat sie betrogen.
2: ich bin nicht schuld daran.
1: ich kann es nicht ändern.
2: was soll ich tun. (die stimme wird nicht fragend erhoben)
1: sie haben recht.
2: sie haben nicht recht.
1: sie haben unrecht.
2: ich kann ihnen nicht glauben.
1: schweigen sie.
2: sie wollen nicht still sein.
1 (nach einer pause): nun, ich glaube es.
2 (bestimmt): ich glaube es nicht.
1 (bricht zusammen): ich gebe es zu.
(ringrichter zählt)
2: meinetwegen es sei.
1 (springt hoch empor, artist, clown): es war nur ein scherz!
2: ich habe nichts dagegen.
1: wie dumm.
2: wie klug.
1 (pathetisch, schwurhand): geben sie acht.
2 (gleichgültig): das kann ich nicht.
1: sie verdienen es nicht.
2: quälen sie mich nicht länger.
1: ärgern sie mich nicht länger.
2: missbrauchen sie mich nicht länger.
1: langweilen sie mich nicht länger.
2 (hält sich die backe): sie treffen mich empfindlich.
1: lassen sie mir ruhe.
2: sie tun mir weh!
1: nicht wahr?
2: ohne zweifel.
...
(1956–)

die pfandleihe

der sprecher:
sehr geehrte damen und herren
lassen sie sich das stück erklären
ein törichter knabe stellt sich vor
von schlechter erziehung, ein reiner tor
im ersten abschnitt tritt er ein
mitten in die welt hinein
staunt und öffnet das maul
wird belehrt
und nicht faul
ist er bekehrt
so verdaut er die erste lektion
alles in allem ein braver sohn
das merkt man schon
am ton
der seine stimme macht
die ihn ins metier gebracht
damit er sage was er weiss
mit dem vorgeschriebnen fleiss
in der steilen scharfen geste
zeuge er das allerbeste
in diesem rahmen
so sei es

sein name wäre leonhard, sein vater ist unbekannt, ebenso wie seine mutter, was weiter nicht ins gewicht fällt, weil es fürs stück ohne bedeutung ist.

1. zuschauer: mein herr dieser anfang entspricht nicht den anforderungen des modernen dramas und ist abgeschmackt. fragen sie herrn weissenpeter, der hinter mir sitzt und der arbiter sowohl comediae als auch tragoediae, damit sie keine möglichkeit haben sich auszureden, diese scherze, sind uns genugsam, wie frau espenlaub zu sagen pflegt und schreibt, sie sitzt vor mir und ist vielleicht noch gebildeter als doktor weissenpeter, wenn das überhaupt möglich wäre und das will etwas heissen, mein herr dahergelaufen und maulvoll, damit sie es wissen, merken sie auf und reden sie, wenn sie gefragt sind und wenn sie keine ahnung haben, wo gott wohnt, dann frage ich mich überhaupt, man merkt ja zum glück mit wem man es zu tun hat, wenn das metaphorische so schwachsinnig gehandhabt, vergessen macht, wie sie, ja sie, wer sonst mit der transzendenz in neglectio schindluder triebe, wenn man heute, was sage ich heute, heutzutags, in dieser unserer zeit eine solche sprache führen würde, da wär man im nu draussen und was würden sie sagen, ja, ha, ich frage,

sie ja sie, was würde man sagen, und sich freuen, dass wir, die wir, vernichtet sind, draussen, hinaus und warum, um einer eine absurdität, eines nichts halber, für nichts, würde man sich die hände reiben und uns ersetzen, die wir unersetzlich, mit ignoranten, nichtswissern ihres kalibers, die wir das abendland wie eine letzte bresche in unseren zügeln halten, sie nichtsnutz sie, was wissen sie denn, als ihr vater sich unverantwortlicherweise, na ja, aber was geht das sie an, und für solche leute, ja, daran krankt ja das ganze, und dafür soll man sich, sie haben die frechheit, sage ich, unverschämtheit, mit kecker überheblichkeit die antwort schuldig zu bleiben, aus mangel an sich in esoterisches schweigen transzendenz markierend und information schuldig bleibend zu hüllen, sie niemand, sie stinktier, sie anfänger, dilettant, arbeitsscheues element, wem nützen sie, nicht einmal imstande sind ihrem volk zu nützen und dazu will ich sie bestimmt nicht rechnen, nein von mir nicht, sie stierer kerl, sie habenichts, sie öffentliche anklage des verbots der todesstrafe. und jetzt fangen sie an und zeigen sie, was sie können.

herr weissenpeter (neigt sich vor): sie haben recht gnädige frau, ich bin ganz ihrer meinung, eine zumutung, wenn es zu ausschreitungen käme, stehe ich natürlich zur verfügung. was heisst hier abgeschmackt. ich frage sie, was heisst hier abgeschmackt. ich bitte sie, noch viel, viel weniger, gnädige frau, noch viel weniger, liebe gnädige frau, einfach geschmacklos, wenn ich mir eine bemerkung erlauben darf.

1. zuschauer: na fangen sie schon an, sie idiot, wie lange soll man hier noch warten. die leute haben gezahlt und ich soll über diesen mist etwas schreiben.

herr weissenpeter: man könnte ja in der luft zerspringen. manchmal frage ich mich, wer bin ich überhaupt, dass man wagt, mir soetwas anzubieten.

1. zuschauer: wenn man wie sie zu besserem...

herr weissenpeter: aber gnädige frau.

(küsst ihre hand schmatzend)

anfangen! schweinerei!

(herr weissenpeter & 1. zuschauer lachen schallend)

1. zuschauer: mein gott, wenn man bedenkt, der schulberg, der denkt ja wie wir, aber der hats halt nimmer nötig daher z'gehn.

herr weissenpeter: ja der schulberg, wenn wir den net hätten und sein gesundes urteil.

1. zuschauer: und seinen einfluss.

herr weissenpeter: do tät ma schön ausschauen, gnädige frau!
da würde so ein dreck, wie das da, nur so aus dem boden schiessen wie die schwammerln.

leonhard (tritt auf, koffer schwenkend):
fische
vögel
fahnen
paraden
fassaden
fontänen
lawinen
gardinen
girlanden
bananen
schamanen
sardinen
gardinen
garderobe
& mode
& moder
oder
matrosen
& rosen
zwischen mimosen
stossen
liebkosen
umtosen
die blossen
famosen
und grossen
flossen der haie

pfandleiher: guten tag.

leonhard: die blätter der farne und die blüten der rhododendren hängen aus den schornsteinen der fabriken. eine hoffnung aus zement rast auf uns zu.

pfandleiher: ich stehe zur verfügung.

leonhard: der bahnkörper dehnt sich, das gras verteilt die rollen. die sonne verbrennt in den wolken. darf ich meinen rock ausziehen?

(er tut es)

pfandleiher: womit kann ich dienen?

leonhard: es wird heisser und heisser. die erde ist versengt. die strassen verkohlen. die fieberhitze eines festtags treibt den schweiss aus meinen poren.

pfandleiher: eine kleinigkeit, vielleicht, für die schöne braut.

leonhard: aus den zügen stürzen die flüsse, die wasser, die ströme und bäche und vereinigen sich zu einem ungeheuren meer gegen die hitze und der

dampf nimmt uns den atem, bläst häuser zu ballonen auf und alles steigt immer höher und höher.
pfandleiher: perlen?
leonhard:

auf jedem gehsteig ein springbrunnen
in jedem zeppelin eine gliederpuppe
ein fest, ein fest, ein fieberfest!
man wird die stadt illuminieren!

pfandleiher: oder ein kleiner ring, ein halsband?
leonhard: alles strahlt in einer leuchtenden helle, in mehreren farben.
pfandleiher: vielleicht ein armreif?
leonhard: das meer hat unsre stadt erreicht! sechs sonnen erhitzen die szene. die strasse vor ihrem laden ist mit klippen gewürzt!
(läuft zur tür und reisst sie weit auf)
und hier das salz für ihre nase. tang und algen auf den parkbänken. ozeandampfer schlagen schaum. das ist die brise, das ist für mittag.
(greift hinaus und schleudert einen zappelnden fisch herein)
pfandleiher: die fassung ist zwar alt, aber der stein ist erste qualität.
leonhard: o holde sensation! ein seestern und ein handgemaltes firmenschild schwimmen hand in hand, oder seite an seite. wie sie wollen. die motorisierte stadtpolizei hat auf delfine umgesattelt. kommen sie her. betrachten sie, bewundern sie, staunen sie! o vernunft des alters. o aussatz des gesunden menschenverstandes, tod meiner letzten chance, du hast den eierstock meiner beredsamkeit mit fleiss sterilisiert!
pfandleiher: beachten sie bitte das feuer! kommen sie näher, mein herr, ich bitte sie.
leonhard: achtung!
festhalten.
(hält sich fest. lässt koffer fallen)
pfandleiher: wie meinen?
leonhard: zum überzum, so halten sie sich fest, die erde dreht sich!
pfandleiher: darf ich sie ins lager bitten. die grossen stücke sind im lager. ich bin reich sortiert. ich bin dafür bekannt, alle wünsche zu erfüllen. treten sie näher. darf ich sie bitten?
leonhard (hält sich noch immer fest, mit beiden händen): ich kann nicht!
pfandleiher: schon gut, wie sie wünschen, ganz zu befehl, ich werde etwas bringen, dass ihnen die augen übergehen. ich bitte sie zu warten. seien sie geduldig, ich muss ein wenig suchen, sie verstehn, die kisten, die verpackung, die laden, schlösser und so weiter, bitte nehmen sie platz.
leonhard (hält sich fest): ich kann nicht!
pfandleiher: sie werden ermüden!
leonhard: das ist sache der schwerkraft.
(lässt los, fällt um, steht auf, nimmt den koffer auf und bläst den staub ab)

pfandleiher: was steht zu diensten? womit kann ich dienen? ich will mich bemühen sie zu verstehen, ihnen zu helfen, so gut es geht. das ist wohl klar. ihr kommen hat doch einen zweck. sagen sie es ungefähr. ich weiss, dass sie es nicht besser können, das kann niemand. sagen sie irgendetwas. ich werde mich bemühen. ich werde vermeiden auf ihre worte zu hören, das würde nur verwirren, ich werde versuchen ihren wunsch zu erfüllen, seien sie getrost, es ist nicht so schwer, es gibt nicht so viele.

leonhard (setzt sich): alsoo...ja...alsoo...

pfandleiher (versteift, unterbricht ihn): haben sie kein geld? wollen sie nichts kaufen? sind sie ein verbrecher? wollen sie mich bestehlen? aufgemerkt, *meine* zeit, was fällt ihnen ein, scheren sie sich fort, verschwinden sie, raus!

leonhard: hören sie!

pfandleiher: hören sie, was glauben sie, wer sind sie, was wollen sie, hören sie auf mich zu belästigen. sie sind lästig. verstehen sie!

leonhard: auf ein wort! (steht auf)

pfandleiher: was sagen sie?

leonhard: ich will mit ihnen sprechen!

pfandleiher: wie?

leonhard: hören sie mich?

pfandleiher: sprechen sie lauter.

leonhard: verstehen sie mich jetzt?

pfandleiher: nein.

leonhard: hallo!

pfandleiher: hören sie auf zu schreien. man kann sein eigenes wort nicht hören, sie machen mich taub. verschwinden sie. los.

leonhard: ich bitte sie, mir zuzuhören, nur einen augenblick, einen atemzug, einen herzschlag, ich bin überzeugt, wir werden ins geschäft kommen, zu guter letzt bei etwas freundlichem willen.

pfandleiher: wie?

leonhard: ich komme in geschäften.

pfandleiher: nehmen sie platz.

leonhard (sitzend): guten morgen.

pfandleiher: seien sie willkommen.

leonhard: kommen wir zur sache.

pfandleiher: ich bitte darum.

leonhard: machen wir keine umschweife.

pfandleiher: unter freunden sind umschweife nicht üblich.

leonhard: bleiben wir freunde.

pfandleiher: wie bisher.

leonhard: wie?

pfandleiher: was wollten sie sagen?

leonhard: das leben ist ein teures andenken, wenn die paradiesvögel von den dächern hängen.
pfandleiher: das ist wohl ein gleichnis?
leonhard: ganz recht.
pfandleiher: bitte fahren sie fort.
leonhard: in meinem portemonnaie feiern die windmühlen einen lustigen nordwind.
pfandleiher (zu sich): das bringt frost.
leonhard: das ist der lauf der jahreszeiten.
pfandleiher: jänner, februar, märz
leonhard: still!
eine junge riesin ist in der stadt. ich hatte einkäufe besorgt und war auf dem weg nach hause, als es mählich heisser wurde. ich nahm den rock über den arm und hielt mich im schatten der häuser. ich liess einen zettel in der tür, ich wollte noch ein wenig spazieren und mich in den öffentlichen gärten ergehen, vielleicht sogar zum zoo und ein glas milch trinken. da kam sie geleitet von einem geschwader schmetterlinge um die ecke. aus ihren tritten schoss das gras auf und die blumen. sie hat rotes dickes haar und eine makellose figur.
pfandleiher: ich verstehe.
leonhard: ich erstarrte, können sie das verstehen?
pfandleiher: ja.
leonhard: und dann lächelte sie. sie lächelte mir zu! begreifen sie meinen zustand!
pfandleiher: ich gratuliere!
leonhard: ich stammelte meine liebe hervor
pfandleiher: so?
leonhard: und bat sie um ein wiedersehen.
pfandleiher: ja?
leonhard: wir treffen uns um fünf.
pfandleiher (sieht auf die taschenuhr): da ist noch eine halbe stunde zeit. da hätte ich eine hübsche sache für sie.
leonhard: jetzt sitzt sie im kino. ich habe diese blumen gekauft.
pfandleiher: ausgezeichnet. so ist es recht. sie haben manieren, junger freund. das macht eindruck.
leonhard: aber jetzt bin ich pleite und ich bat sie, mit mir eine konditorei aufzusuchen.
pfandleiher: das wird sie verzeihen.
leonhard: das glaube ich nicht, sie liebt schokolade.
pfandleiher: sie hätten die blumen nicht kaufen sollen.
leonhard: das ist wahr. aber diese hitze ist ein feind der banknoten, versengt und verbrennt sie.
pfandleiher: ist ein freund wessen?

leonhard: zweitens ist die hitze die geliebte der badewärter, hat sonst keinen nutzen.
pfandleiher: und was führt sie zu mir?
leonhard: ich komme in geschäften.
pfandleiher: bitte nehmen sie platz.
leonhard: gehört dieser laden ihnen?
pfandleiher: ich besitze die konzession zur ausübung des gewerbes.
leonhard: sie sind also pfandleiher.
pfandleiher: so sagt man.
leonhard: leihen sie mir geld!
pfandleiher: worauf?
leonhard: auf mein ehrliches gesicht.
pfandleiher: sie scherzen.
leonhard: auf meine gute haut.
pfandleiher: sie sind ein spassvogel.
leonhard: auf diese blumen (legt sie auf den tisch).
pfandleiher (nimmt lupe und betrachtet sie): keine goldblumen, keine silberblumen, nicht einmal papierrosen, das sind ja natürliche blumen!
leonhard: so ist es.
pfandleiher: gestohlene ware?
leonhard: nein?
pfandleiher: ihr wort?
leonhard: mein wort.
pfandleiher: hier ist keine blumenhandlung.
leonhard: aber sie duften!
pfandleiher: ich handle nicht mit düften.
leonhard: das ist ihre schuld, sie haben es nicht versucht.
pfandleiher: das ist auch keine parfumerie, mein freund...
leonhard: sondern eine pfandleihe, ich weiss. deshalb gebe ich ihnen diese blumen zum pfand und sie leihen mir geld. ich verspreche ihnen fleissig zu sein, zu verdienen, reichtum zu erwerben und mein pfand auszulösen. vertrauen sie mir.
pfandleiher: ganz falsch. eine pfandleihe ist keine blumenleihe.
leonhard: es sind seltene blumen.
pfandleiher: es sind recht gewöhnliche blumen.
leonhard: diese blumen können singen!
pfandleiher: was sie nicht sagen.
leonhard: moment!
pfandleiher: ich höre nichts.
leonhard: sie sind also taub.
pfandleiher: stellen sie meine geduld nicht auf die probe. ich höre sehr wohl, aber ihre blumen singen nicht.
leonhard: wer hat gesagt, dass sie singen?

pfandleiher: gehen sie, packen sie ihr zeug und gehen sie!
leonhard: pardon, ich sagte, dass sie singen *können*.
pfandleiher: dann sollen sie singen.
leonhard: sie wollen nicht.
pfandleiher: sie stehlen mir die zeit.
leonhard (aufbrausend): sie zeihen mich des diebstahls?!
pfandleiher (beschäftigt): ich habe zu tun. adieu!
leonhard (bleibt stehen): sie sind nicht nur dumm, geizig, widerwärtig, fantasielos, sie sind auch ein lügner.
pfandleiher (beschäftigt): verschwinden sie!
leonhard: die zeit ist kein wertgegenstand. sie gehört weder ihnen noch mir. die zeit ist abstrakt und kann nicht gestohlen werden.
pfandleiher: was sie nicht sagen. zeit ist geld. (kramt)
leonhard: gut, dann verkaufe ich ihnen das vorige jahr, mit ausnahme der sonntage, die brauche ich selber.
pfandleiher: die zeit wohnt in der uhr. ohne uhr gibt es keine zeit, wenn sie eine uhr haben, werde ich sie kaufen. natürlich zu einem angemessenen preis.
leonhard: es gibt den tag und die nacht. dazu braucht man keine uhr.
pfandleiher: tage und nächte kann ich nicht kaufen. ich bin kein spekulant. einmal länger, dann wieder kürzer und werden in mancher gegend überhaupt ganz anders gehandelt.
ich bitte sie, denken sie an den äquator oder den nordpol. nicht zu machen. ein guter geschäftsmann arbeitet ohne risiko. stunden halten sich nach einer vorschrift. darüber lässt sich reden. aber ohne uhr keine stunden. die stunde ist die echte zeit. aber tage und nächte? niemand weiss, was das wert ist. ich versichere sie, man findet keine käufer dafür.
leonhard (denkt)
pfandleiher: was denken sie? was überlegen sie? das hilft nichts. gehen sie nach hause.
leonhard: die stunde ist nur ein nebenprodukt der zeit. nach 60 minuten ist sie reif und fällt von den uhren, völlig wertlos.
pfandleiher: sie werden mich nicht überzeugen. ich habe meine vorurteile.
leonhard: sie machen mich sehr unglücklich.
pfandleiher: essen sie, das ist medizin.
leonhard: ich habe nichts zu essen.
pfandleiher: ekelhaft. dann beissen sie ihre fingernägel, das schärft die zähne.
leonhard: ihr witz ist schlecht.
pfandleiher: einen besseren kann ich mir nicht leisten.
leonhard: sie sehen alt aus.
pfandleiher: ich bin 62 jahre.
leonhard (verärgert): sie sind älter als ich.
pfandleiher: ich bin wohlauf, das ist die hauptsache.

leonhard: sind sie verheiratet?
pfandleiher: lassen sie das sein.
leonhard: wie oft waren sie verheiratet?
pfandleiher: lassen sie das sein.
leonhard: wieviele frauen haben sie gehabt?
pfandleiher: lassen sie das sein.
leonhard: leben ihre eltern?
pfandleiher: mein vater ist tot.
leonhard: meine mutter ist tot.
pfandleiher: es sind zwei jahre, dass ich meinen vater verloren habe.
leonhard: meine mutter hat sich wieder verheiratet.
pfandleiher: jetzt lügen sie!
leonhard: sie ist soeben gestorben.
pfandleiher: tut mir leid. wieviele kinder haben sie?
leonhard (unsicher): ich habe — vier.
pfandleiher: söhne oder töchter?
leonhard: ich habe einen sohn und vier töchter.
pfandleiher (lacht): ich gratuliere.
leonhard: sie wurden soeben geboren.
pfandleiher: ich gratuliere.
leonhard: ich habe einen sohn und fünf töchter.
pfandleiher: gratuliere.
leonhard: ich habe einen sohn und sieben töchter.
pfandleiher: das ist arg.
leonhard: ich habe einen sohn und tausend töchter.
pfandleiher: sie setzen mich in erstaunen.
leonhard: ich habe einen sohn und 30 millionen töchter.
pfandleiher: kommen sie zu sich, bleiben sie ruhig.
leonhard (schreit): ich habe einen sohn und, und, — und, — und
pfandleiher: ich bitte sie.
leonhard: ich gebe es zu, ich bin witwer.
pfandleiher: beiben sie stark.
(nimmt seine schulter, leonhard schüttelt sich in lautlosem schluchzen)
leonhard: ich kann nicht lügen. meine frau hat mich verlassen.
pfandleiher: ich bin untröstlich.
(streicht leonhard den rücken)
leonhard (erschüttert): verachten sie mich! — ich bin verlobt.
pfandleiher (schweigend und besorgt)
leonhard (fährt fort): glauben sie mir, ich will mich offenbaren, bis meine lage es erlaubt. ich will ihr alles sagen, wie es war, wie es ist, wie es sein wird, wie es nicht sein wird, wie es nicht ist, wie es niemals hätte sein können, wie es nicht war, wie es sein könnte, wie es hätte sein können, wie es würde sein können. glauben sie mir, es geht aufwärts, dem ziele

zu. auf der strasse werde ich sie ansprechen, mich niederknieen, ihre knie umfassen, sie wird meine hand nehmen, mich aus dem staub heben, der ich bin, und hand in hand, arm in arm, aug in aug, zahn in zahn werden wir die treppe hinaufschreiten, mit guten manieren, dezent gekleidet, wir werden das tor öffnen, wir werden eintreten und hintreten vor die theke und zusammen ein bier trinken.

pfandleiher: machen sie keine witze.

leonhard: ich gebe zu, sie liegt noch in den windeln, aber — (verklärt) ich kann warten.

pfandleiher (sehr reserviert): kommen wir zur sache, sie suchen eine frau.

leonhard (kleinlaut): ja.

(pause, beide blicken nachdenklich und lippenkauend etc. vor sich hin. diese pause gerät etwas lang)

pfandleiher: was haben sie gesagt?

leonhard: ich habe irgend etwas gesprochen.

pfandleiher: sprechen sie oft?

leonhard: ja, aber nur zum zeitvertreib.

pfandleiher: das scheint mir eine gefährliche unterhaltung.

leonhard: das ist wahr, aber nur wenn man zuhört.

pfandleiher: aber sie sprechen doch, um von mir gehört zu werden!

leonhard: das ist eine lüge. wenn ich ihnen etwas mitzuteilen hätte, würde ich es sein lassen, es würde in den sätzen hängen bleiben!

pfandleiher: es würde nur zu missverständnissen kommen,

leonhard: zu unstimmigkeiten führen,

pfandleiher: zu schlägereien,

leonhard: zu streit,

pfandleiher: ärger bereiten,

leonhard: freundschaften zerstören.

pfandleiher: wenn man zuhört,

leonhard: weiss man ja nicht, wie's gemeint ist.

pfandleiher: *sie* könnten es nicht besser wissen,

leonhard: *sie* könnten lügen,

pfandleiher: *sie* könnten es ehrlich meinen.

leonhard: aber wie soll das heraus?
wo soll das hinein?

pfandleiher: da kann man nur sprechen.

leonhard: ich spreche gern.

pfandleiher: es tönt,

leonhard: es ist laut,

pfandleiher: man kann es hören,
es beschäftigt die ohren,

leonhard: und die zunge,

pfandleiher: und die lunge,

leonhard: und die lippen,
pfandleiher: und die zähne.
leonhard: man kann es zerbeissen,
pfandleiher: man kann es zerkauen,
leonhard: man kann es schlucken,
pfandleiher: und man kann es ausspucken.
leonhard: man kann mit den stimmbändern schwingen,
pfandleiher: man kann es regulieren,
leonhard: laut und leise,
pfandleiher: hoch und tief,
leonhard: und vor allem in der mitte!
pfandleiher: ganz recht.
leonhard: man kann dabei gehen,
pfandleiher: man kann dabei sitzen,
leonhard: man kann dabei laufen,
pfandleiher: man kann dabei stehen,
leonhard: man kann dabei seine notdurft verrichten.
ich spreche gern.
pfandleiher: schwein, sie haben die riesin erfunden.
jetzt existiert in meinem kopf eine makellose figur, die mich belastet. zeit kostet. ich muss an sie denken, meine zeit an fiktionen verschwenden, geben sie es zu, diese riesin ist erfunden!
leonhard: das will ich nicht sagen.
pfandleiher: sie kennen ja nicht einmal ein grosses mädchen.
leonhard (geht und macht schritte mit vorgehaltener hand am ohr): das ist sie, ich höre ihre schritte auf der treppe, im haus, über den flur vor der tür, in meinen ohren. sie kommt aus dem kino.
pfandleiher: sprechen sie weiter!
leonhard: man hört das klappern der schmetterlingsflügel.
pfandleiher: was wollen sie wirklich?
leonhard: geben sie mir ein stück brot.
pfandleiher: hier ist die gabel,
(zieht ein mädchen hervor)
hier ist das messer.
(zieht einen jungen mann hervor)
nehmen sie platz und stillen sie ihren hunger.
(die beiden küssen einander zärtlich)
leonhard: danke, ich bin satt.
pfandleiher (schiebt die beiden unter den ladentisch): und jetzt?
leonhard: ich wäre ihnen sehr verbunden, ein glas wein trinken zu dürfen.
pfandleiher: warum so förmlich? hier der wein, (junger mann)
hier das glas. (mädchen — küssen einander zärtlich)
leonhard (wischt sich die lippen): danke.

pfandleiher (stellt wein und glas zurück): warum sind sie zu mir gekommen?
leonhard: ich wollte essen und trinken.
pfandleiher: und das mädchen?
leonhard: ich bin sehr einsam.
pfandleiher: sie sollten sich schämen. geben sie zu, dass sie das mädchen erfunden haben, eine geschichte, weil sie wissen, dass es mich weich machen wird. sie hatten keine schokolade nötig, die blumen waren aus den öffentlichen gärten, eine illustration. aber erklären sie, dass sie glücklich waren, diese geschichte erfinden zu dürfen, von ihr sprechen zu dürfen, das dumme mädchen, diesen niemand, diese ziege, diese gans, herauszustreichen, sie haben behauptet, sie habe vier arme und sechs beine.
leonhard: aber ich bitte sie.
pfandleiher: sie haben behauptet, sie sei unsterblich.
leonhard: aber ich bitte sie.
pfandleiher: sie haben behauptet, sie sei naschhaft.
leonhard: aber ich bitte sie.
pfandleiher: sie haben behauptet, sie sei 12 meter hoch und 4 kilo schwer.
leonhard: aber ich bitte sie.
pfandleiher: sie haben behauptet, sie sei tugendhaft.
leonhard: aber ich bitte sie.
pfandleiher: sie haben behauptet, sie sei gesprächig.
leonhard: aber ich bitte sie.
pfandleiher: sie haben behauptet, sie könne lesen und schreiben.
leonhard: aber ich bitte sie.
pfandleiher (erregt): sie haben überhaupt allerlei behauptet.
leonhard: dann müssen sie sterben!
(nimmt umständlich axt aus dem koffer. pfandleiher sieht ihm interessiert zu. leonhard hebt die axt)
leonhard (wendet die axt auf sich selbst): sie hatten recht, geld ist zeit. ich sehe es ein wir haben noch 20 minuten zeit, dann ist das stück aus. ich werde zuvor das holz in meinem kopf spalten. dann kommen sie dran. ich habe zeit und wenn da geld dazukommt, werde ich doppelt so alt, doppelt so klug, doppelt so gross und doppelt so dick werden.
pfandleiher: langsam leonhard, das würdest du nicht überleben. sei vernünftig.
(geht vertraulich auf leonhard zu)
wollen wir tauschen?
leonhard: was wollen sie tauschen?
pfandleiher: ich will meinen platz tauschen.
leonhard: wogegen, wenn ich fragen darf, mein herr?
pfandleiher: gegen ihren platz, wenn ich bitten darf.
(pause)
nun, wollen wir tauschen?

leonhard: meinetwegen.
pfandleiher (im abgehen, springend und tanzend):
auf jedem gehsteig ein springbrunnen
in jedem zeppelin eine gliederpuppe
ein fest, ein fest, ein fieberfest,
man wird die stadt illuminieren!
leonhard (im arbeitsmantel des pfandleihers): verschwinden sie, wenn sie nichts kaufen wollen! sie tagedieb, strolch, grillenfänger!
pfandleiher (kommt zurück): die blumen für die riesin!
(nimmt sie)
pfandleiher (ab):
fische
vögel
fahnen
paraden
fassaden
fontänen
lawinen
gardinen
girlanden
bananen
schamanen
sardinen
gardinen
garderobe
& mode
& moder
oder
matrosen
& rosen
zwischen mimosen
stossen
liebkosen
umtosen
die blossen
famosen
und grossen
flossen der haie
(schwimmt mit kräftigen stössen davon)

leonhard (sprecher):
jetzt schwimmt er im meer
der feine herr
vor meiner tür
was kann ich dafür
(1957)

die begabten zuschauer.
ein prolog.

zwei herren in abendanzügen treten auf. operngläser hängen um ihre hälse. dieses vorspiel sollte, wenn die rampe breit genug ist, vor geschlossenem vorhang aufgeführt werden. die beiden schauspieler haben sich einer gepflegten sprache zu bedienen, dürfen aber nicht vergessen, dass sie gegen das publikum spielen und nicht für dasselbe. die schauspieler müssen also imstande sein, wenn es der text verlangt, ungezwungen aggressiv zu sein. sie haben das gleiche «interesse» zu «zeigen», das üblicherweise der zuschauer dem bühnengeschehen entgegenbringt.*

herr 1: wollen wir ins theater gehen?
herr 2: wir wollen hingehen.
herr 1: heute soll ein sehr schönes stück aufgeführt werden.
herr 2: wie heisst es?
herr 1: die begabten zuschauer.
es wurde ins französische übersetzt.
herr 2: ist das die erste vorstellung?
herr 1: nein, es ist schon viermal aufgeführt worden.
die heutige vorstellung ist für den dichter.
herr 2: wie ist es bei den ersten vorstellungen aufgenommen worden?
herr 1: mit allgemeinem beifall.
der verfasser war schon vorher berühmt
und dieses letzte stück hat seinen ruf noch vergrössert.
ich habe es gestern gesehen.

* sie zeigen mit den fingern etc. und wenn sie zeigen, haben sie anwesende personen, möglichst unbekannte, zu fixieren. sie betrachten die in rede stehenden personen mit den gläsern etc. sie sehen einander sowenig als möglich an und hängen gebannt am geschehen im zuschauerraum, mit den blicken von objekt zu objekt springend sobald es genannt wird.

herr 2: wo waren sie?
herr 1: auf dem parterre und nach der pause im parkett.
herr 2: ich glaubte sie wären in einer loge gewesen.
herr 1: wir wollen hingehen und es sehen.
herr 2: ich bin es zufrieden.

. . . .

herr 2: es ist alles voll. es sind erstaunlich viele menschen da!
welch getöse!
herr 1: ja, besonders auf der galerie.
was sagen sie zu der bühne?
herr 2: sie scheint mir in anderen theatern grösser zu sein.
herr 1: die galerie ist schon voll menschen.
herr 2: die logen können garnicht alle damen fassen.
herr 1: nie habe ich das haus so voll gesehen.
herr 2: es sind sehr viele menschen darin.
herr 1: welch ein herrlicher anblick!
herr 2: diese damen sind sehr schön gekleidet.
herr 1: sehen sie jene dame in der ersten loge links?
herr 2: wie schön! sie sieht aus wie ein engel.
herr 1: sie ist sehr schön gebaut.
herr 2: kennen sie sie?
herr 1: ich habe die ehre.
herr 2: welch schöne gesichtsfarbe!
herr 1: ich habe nie in meinem leben ein so schönes gesicht gesehen.
herr 2: ihre zähne sind weisser als schnee.
man sieht es ihr an den augen an, dass sie sehr viel verstand haben muss.
herr 1: die schönheit kann man wohl sehen, aber den verstand nicht.
herr 2: wir wollen zuhören.
herr 1: die dekorationen sind herrlich!
herr 2: dieses theater hat gute schauspieler.
herr 1: dieses mädchen spielt sehr gut.
herr 2: ein herrliches wesen!
herr 1: es heisst, sie verheirate sich mit dem herrn dort drüben.
herr 2: der alte gefällt mir.
herr 1: ja, er spielt sehr natürlich.
herr 2: er ist der bruder eines höheren beamten.
herr 1: er ist unnachahmlich.
herr 2: der alte spielt einzig!
herr 1: was halten sie vom ersten liebhaber?
herr 2: wo?
herr 1: dort drüben!
herr 2: sein spiel gefällt mir sehr.
herr 1: sie haben recht, die natur hat ihn mit grossen gaben ausgestattet.

herr 2: diese bühne kann sich rühmen.

herr 1: ja, und man hat mich versichert, sie dürfe sich kühn mit den bedeutendsten ensembles von europa messen.

herr 2: verzeihung, was ist das für eine schauspielerin, die soeben von den toiletten kam?

herr 1: es ist die zweite liebhaberin.

herr 2: sie scheint noch sehr jung zu sein.

herr 1: wissen sie denn nicht, dass die damen im theater sich eines ewigen frühlings zu erfreuen haben?

herr 2: wenn sie bloss das bestreben, uns zu gefallen, bewöge, sich derart zu schmücken?

herr 1: ich bin überzeugt.

herr 2: wie recht sie haben.

herr 1: das stück ist aus.

herr 2: die neuen schauspieler gefallen mir sehr gut.

herr 1: ihr spiel ist edel und natürlich.

herr 2: sie machen gute figur.

herr 1: und wie gefällt ihnen das stück?

herr 2: ich sage, es ist eines unsrer besseren – und deren gibt es wenige. aber endlich fügt sich die deutsche bühne dem guten geschmacke und gott sei dank dürfen wir hoffen, dass all die unsinnigen sogenannten berühmten stücke ganz von der bühne verbannt werden.

herr 1: wir wollen uns erfrischen; ich habe hier viel angst ausgestanden!

beide ab.

(1959)

idiot

ein menschenähnliches wesen wartet an einer strassenecke. halten wir es für einen mann und nennen wir ihn a. der geht auf und ab.

a (zu sich): verdammt.

b (kommt vorbei): halts maul!

a schweigt getroffen.

b blickt noch einmal drohend zurück. a verneigt sich erschrocken. b ab.

c tritt auf.

im gesicht des a kann man sehen, dass er den c was fragen möchte. da bewegen sich die muskeln! der a macht keinen schritt.

c geht auf a zu und gibt ihm einen fusstritt. c ab.

d und ein mädchen treten hand in hand auf. das muss ein liebespaar sein!

a geht auf die beiden zu, räuspert sich, hustet und setzt zu einer rede an. das heisst er öffnet das maul.
d gibt ihm einen kinnhaken. das mädchen tritt an den gestürzten heran und dann tritt sie dem in die niere. a krümmt sich und stöhnt. dann nimmt das mädchen eine stange vom boden auf und schlägt sie dem d über den schädel. d fällt um.
e kommt von der anderen seite, schaut das mädchen an, verdreht ihr den arm, reisst ihn aus und haut ihr den arm über den schädel. das mädchen fällt um.
f kommt aus dem haus und gibt dem e einen tritt, dass er hinfällt.
f tritt dem e den kopf zu brei; geht wieder ins haus.
a richtet sich mühsam auf.
g kommt, nähert sich a.
g setzt zu einer frage an. das heisst, er reisst das maul auf.
a schlägt ihn nieder.
ein automobil kommt die strasse runter. a schlägt mit der stange in den kühler. hinter a ist jetzt d aufgestanden, den a jetzt im gleichen zug niederschlägt, mit dem er die stange da aus dem kühler rausholte, und dann weiter auch gleich den automobilisten, der da jetzt aussteigen wollte. fast wär der draussen gewesen! a nimmt die beiden und wirft sie in den fond, wo er sie achtlos hineinstopft wie zirka packpapier. dann haut er sich hinters lenkrad und fährt über das mädchen und nochmal zurück, drüber. dann beim dritten mal über das mädchen ab.
die steht auf, wimmert und stöhnt mit dem oberkörper; der unterleib hängt leblos hinten.
ein polizist kommt angelaufen und setzt der mit schwungholen und schwung einen ungeheuren fusstritt ins maul, dass da blut herausstürzt. das automobil taucht im rückwärtsgang auf und überfährt den polizisten.
a reisst dem toten polizisten den revolver aus dem halfter und feuert in die leiche des polizisten und die leiche des mädchens.
dauerfeuer.
a ab.
a mit einem rasenmäher auf. er fährt über die leichen. die fetzen fliegen.
a ab.
a mit einen papiersack auf. er sammelt die fleischteile und wirft sie achtlos in eine papiertüte. er lässt die papiertüte achtlos fallen und geht ab.
a mit einer fast montierten maschine und ein paar ersatzteilen auf. er baut die maschine achtlos zusammen. sein blick kommt nie über die rampe. die augen sind glanzlos.
wenn was nicht gleich funktioniert, gibt a der maschine völlig ausdruckslos aber kräftige fusstritte. sofort setzt sich die maschine jeweils

in gang. unbeeindruckt arbeitet a weiter.
plötzlich zeigt sich am rande ein menschenähnliches wesen.
obwohl a anscheinend nichts beachtet, stürzt er auf und tritt den kerl mit ungeheurer behendigkeit und vollkommen ausdruckslos aus der bühne.
a wird jetzt immer vollkommen ausdruckslos erscheinen, aber wenn nötig sehr spontan handeln!
a nimmt die tüte und leert sie in die maschine.
dann montiert er eine riesige kurbel. und beginnt zu drehen. aus der faschiermaschine kommt haschee. a kratzt das fleisch vom boden und macht knödel draus. das macht er ausdruckslos. er frisst die knödel. er klettert auf die maschine und scheisst hinein.
es kommen braune knödel raus. a frisst die braunen knödel.
ein mädchen kommt vorbei.
a bespeit sie im bogen von oben nach unten. gleich nach dem runterschlingen muss der speien. da ist keine pause! da muss eben das mädchen grade vorbeikommen.
das mädchen heult. er haut ihr eine runter, dass es knallt, und fällt über sie her. beim erguss verzieht er keine miene und steht auch gleich in einem zug auf und verzieht keine miene und geht nicht zu langsam nicht zu schnell und vor allem völlig ausdruckslos zu dem automobil, setzt sich rein, lässt den motor an, nicht zu langsam nicht zu schnell, vor allem ausdruckslos und überfährt die.
sie kommt wieder zu sich und wimmert. ein fuss ist ihr abgefahren. a geht hin und reisst ihr den fuss ab. das mädchen wimmert. da stopft er ihr den fuss in den rachen. sie kotzt; auch ihren fuss.
ein plötzlicher anfall von raserei überkommt ihn. er tobt, presst ihr noch einmal den blutigen und jetzt angekotzten fuss zwischen die zähne, sehr schnell und heftig, und er presst mit aller kraft, seine augen glänzen, die adern treten ihm aus dem schädel, da presst er der den fuss ins maul, hilft nach mit seinem fuss, tritt rein, dann beugt er sich runter und stösst die gefaustete hand bis an den ellbogen nach, und noch einmal, immer wieder. dann steht er auf, seine augen sind ohne ausdruck, er schmiert das blut achtlos in seinen anzug und springt ihr in den bauch. er nimmt die einfüssige und stopft sie in die maschine. er dreht an der kurbel. ein roter, blutiger knödel fällt raus. a frisst ihn, kauend und kinnladenschiebend.
f stürzt aus dem haus auf a, mit einem riesigen hammer in beiden fäusten.
f stellt sich hastig auf, plaziert seine füsse, ein bein vor und schwingt den hammer um den kopf. unbeeindruckt, nicht zu langsam nicht zu schnell, aber vor allem ausdruckslos, knöpft a seine hose auf, nimmt das glied raus und pisst in hohem strahl dem hammerschwingenden f ins gesicht.

f hält den hammer an und wischt sich das gesicht, ausdruckslos. oben geht ein fenster auf und eine frau wälzt einen riesigen stein aus dem fenster auf f.
f ist brei.
schnell aber ausdruckslos zielt a und schiesst die frau mit dem revolver aus dem fenster. das war tempo! so wie er sie gehalten, lässt a die waffe nach abzug des hahnes einfach aus der hand fallen und wendet sich anderen beschäftigungen ausdruckslos aber eifrig zu. das nimmt ihn wieder ganz gefangen.
die frau fällt langsam aus dem fenster. das strassenpflaster klatscht.

2. szene scheissdreck
a zieht eine zahnbürste aus der tasche.
a (ausdruckslos): diese zahnbürste ist ein scheissdreck (lässt die bürste fallen)
a (nimmt die krawatte ab): scheissdreck
a zieht seine schuhe aus, wirft sie ins publikum: scheisschuhe
a (denkt): scheisstag
a : scheissreden
a : scheisstheater
a : scheisspublikum
a zieht sich aus: scheissrock
scheisshose
scheisshemd
(unterhose) scheissunter
scheissocken
a (betrachtet): scheisskörper
a setzt sich und holt ein paket und eine flasche aus seinem rock, der herumliegt. nimmt butterbrot mit schinken aus dem papier und frisst.
a (murmelt): scheisshunger
a trinkt aus der flasche.
a : scheisstrinken
über die bühne gehen ein paar riesenfüsse.
a : scheissgott (er niest)
im zuschauerraum gegenüber der bühne hinter den letzten reihen wird eine zweite bühne beleuchtet, der vorhang geht auf. riesinnenbeine.
a : scheissfrau
a legt das papier aus dem er gefressen hat auf.
a : scheisspapier
und scheisst drauf: scheiss-scheissen

ein mensch tritt auf: bruder!
a : du sau.(schlägt ihn nieder)
a steht auf. er ist noch immer nackt.
a räuspert sich.
a : die kunst ist ein scheissdreck
die wissenschaft ist ein scheissdreck
die philosophie ist ein scheissdreck
die religion ist ein scheissdreck
die politik ist ein scheissdreck
der staat ist ein scheissdreck
die gemeinschaft ist ein scheissdreck
das mitleid ist ein scheissdreck
die roheit ist ein scheissdreck
die erziehung ist ein scheissdreck
die liebe ist ein scheissdreck
der stolz ist ein scheissdreck
die treue ist ein scheissdreck
die ehre ist ein scheissdreck
die untreue ist ein scheissdreck
die erotik ist ein scheissdreck
die sexualität ist ein scheissdreck
die freundschaft ist ein scheissdreck
die hoffnung ist ein scheissdreck
die verzweiflung ist ein scheissdreck
die angst ist ein scheissdreck
der mut ist ein scheissdreck
die ökonomie ist ein scheissdreck
das chaos ist ein scheissdreck
die natur ist ein scheissdreck
die erkenntnis ist ein scheissdreck
der zorn ist ein scheissdreck
der gleichmut ist ein scheissdreck
das schöne ist ein scheissdreck
die hässlichkeit ist ein scheissdreck
die stille ist ein scheissdreck
die gleichgültigkeit ist ein scheissdreck
jedes urteil ist ein scheissdreck
der verzicht ist ein scheissdreck
das verlangen ist ein scheissdreck
geben ist ein scheissdreck
nehmen ist ein scheissdreck
gehen ist ein scheissdreck
bleiben ist ein scheissdreck
hören ist ein scheissdreck

sehen ist ein scheissdreck
der genuss ist ein scheissdreck
die gefühle sind ein scheissdreck
denken ist ein scheissdreck
die eitelkeit ist ein scheissdreck
der luxus ist scheissdreck
die armut ist scheissdreck
der idealismus ist ein scheissdreck
der materialismus ist ein scheissdreck
die dummheit ist ein scheissdreck
die faulheit ist ein scheissdreck
der fleiss ist ein scheissdreck
der ehrgeiz ist ein scheissdreck
das holz ist ein scheissdreck
die elektrizität ist ein scheissdreck
die anziehungskraft der erde ist ein scheissdreck
jede anziehungskraft ist ein scheissdreck
das planetensystem ist ein scheissdreck
das schaltjahr ist ein scheissdreck
die menschlichen bedürfnisse sind ein scheissdreck
das vergnügen ist ein scheissdreck
das extrem ist ein scheissdreck
das mittelmass ist ein scheissdreck
das leben ist ein scheissdreck
der tod ist ein scheissdreck
der tag ist ein scheissdreck
die nacht ist ein scheissdreck

der mensch rappelt sich wieder auf, nähert sich a.

der mensch (eindringlich): bruder.

a : du sau.(schlägt ihn nieder)

a : die arbeit ist ein scheissdreck
die illusion ist ein scheissdreck
der individualismus ist ein scheissdreck
der gesunde menschenverstand ist ein scheissdreck
der verstand ist ein scheissdreck
der freie wille ist ein scheissdreck
das schicksal ist ein scheissdreck
die vernunft ist ein scheissdreck
das unterbewusstsein ist ein scheissdreck
die ethik ist ein scheissdreck
keine ethik ist auch ein scheissdreck

es bleibt die gerechtigkeit
der geiz
die unabhängigkeit
und der lärm

der mensch richtet sich auf: bruder!

a : du sau.(schlägt ihn nieder)
(pause)
ich bin gerecht. das ist klar.
ich geize mit allem.
ich bin unabhängig.
ich bin laut.
ich bin ein idiot. idiot sein, heisst, für sich sein.

der mensch wacht auf und applaudiert.

a : du sau.(schlägt ihn nieder)

der mensch sitzt und hält die hände über dem kopf.

a stürzt sich auf ihn und reisst ihm die arme aus.

a hat jetzt 4 arme.

der mensch ohne hände steht herum.

a : verschwinde.

der mensch ohne hände steht weiter herum.

a : das war dumm von mir. natürlich ist er nicht verschwunden.
er ist da, das ist es.

a (brüllt) : das ist eine ungerechtigkeit. habe ich dir mein recht gegeben hier vor mir zu stehen? nein. ich will nicht mit mir sprechen! es ist eine ungerechtigkeit, du willst mich zwingen dich zu sehen, du willst mich zwingen dich zu hören. ich muss dich sehen, ich muss dich hören, wenn du hier herumstehst und du stehst hier herum. das ist es. scheissdreck. du willst auf den lichtstrahlen mit deinen bestandteilen in meine augen galoppieren, du willst auf den schallwellen in meine ohren traben und du tust es. oh ungerechtigkeit.

der mensch dreht sich um.

a : ah, ah nicht genug, nicht genug, auch noch die andere seite, vielleicht noch die fussohlen heben, die darmgeräusche herumjagen, die zunge zeigen, aufschneiden wollen, die innereien herzeigen, ah ah genug. totalität vortäuschen, du schwein. du willst mich zwingen, die augen zu verschliessen, finger in meine ohren zu stecken. als ob das nützen würde. vielleicht zu schlafen. du schwein du schwein, du niederträchtiges schwein, du willst mich zwingen zu schlafen. und ich würde wieder aufwachen, und müsste dich sehen dich hören und so weiter und wer weiss was noch. oh ungerechtigkeit. du willst, dass ich mich umbringe. mörder verbrecher schwein! ich will nicht mit mir sprechen. ich kann nur mit mir sprechen. denn was ich spreche

kannst du nicht verstehen, wie ich nicht verstehen kann was du sprichst. ich kann mir etwas herausnehmen für mein verständnis ich kann mir aus dem rand deiner rederei einen bilderbogen für mein verständnis machen und ihn fressen du schwein. ich will nicht mit mir reden. du bist mir anlass mit mir selbst zu reden. du kannst mir gelegener oder ungelegener anlass sein mit mir selbst zu sprechen, denn ich spreche für mich. wenn ich mit mir spreche kannst du mir oder irgendetwas dazwischen kommen, ja, aber das ist zufall, versteh ich mich recht? ich spreche mit mir! scheissdreck. dieser zufall ist die regel. es steht und geht soviel herum. wenn ich mit mir spreche kommt mir etwas dazwischen, so ist es recht, denn es ist die regel. nur nicht den kopf verlieren und die dinge durcheinanderschmeissen. ich spreche mit mir und nur mit mir. mach kein ohrgesicht, du schwein. habe ich dir erlaubt dir aus meinem gerede irgendeinen beistrich herauszunehmen und für dich irgendein verständnis zusammenzukleistern? schwein. affe, ziegenbock!
wie er mich verstehen will, dieses rhinozeros, dieser scheissdreck. oh ungerechtigkeit. wenn du mich verstehen könntest, würde ich nicht einmal für meinen lärm sprechen. ich bin zu geizig dir etwas zu geben. fort, fort. ich will auch nichts nehmen, keine beistriche, keine punkte, nichts, überhaupt nichts, ich gebe nichts, ich nehme nichts, ich brauche nichts und nichts, das bin ich, ich.
ah, wie er denkt, denkt, dieses stinktier. er denkt das denkbare. und was ist das? das ist das was nicht ist, was unmöglich ist, weil es nicht ist, weil es denkbar ist. er macht sich seine gedanken, dieses schwein, dieses stinkende schwein. ah ich ersticke. du schwein willst mich in die fänge der wissenschaft treiben, du willst dir die physik zunutze machen, du willst sie erfinden, nur damit ich dich sehen, dich hören, zur kenntnis nehmen muss. ah, da hast du (schlägt ihn wieder nieder).

der mensch versucht sich aufzurichten.

a : ah, mit hilfe der erdanziehung willst du dich hier festhalten! ich werde dir einen schwerpunkt GEBEN! (tritt ihn nieder). oh scheissdreck, ich habe gegeben, ich habe zu einer schwerpunktsveränderung verholfen, ich geholfen, ich habe anlass gegeben, weh mir, weh, der zorn, der zornscheissdreck (weint), weh die rührung, weh!

3. szene

der mensch ohne arm richtet sich auf.

der mensch: du sollst . .

a : halts maul. ich soll nicht, ich bin zu nichts berufen. ich werde mich hüten mir eine zukunft aufzubauen. die zukunft ist ein unerreichbares paradies, stinkender pfaffe, was ich tue, geschieht, aber ich SOLL es nicht tun. es geschieht. ich könnte nicht, nein, ich kann. denn was ich könnte, kann ich nicht, sonst hätte ich es gekonnt. jetzt. es ist dumm zu sagen, tu das, denn wenn ich es tue, tu ich es, und wenn ich es nicht tue, tu ich es nicht, das heisst, dann kann ich es auch nicht, ich hätte es nicht gekonnt. sag nicht suche dein dir bestimmtes, du verlogenes schwein, schweinischer lügner, ich lass dir deine lüge, denn deine lüge bist du, vielleicht, ich weiss nichts von dir und will von dir nichts wissen, das heisst ich kann von dir nichts wissen, denn zwischen uns ist ein unüberbrückbarer abgrund des unverständnisses. ich will keine verschwendung, was rede ich mit mir? ich bin nicht in der zukunft. ich bin hier, hier. scheissdreck. ich schwatze mit mir. säuischer lump, was versuchst du da, du versuchst eine brücke zu schlagen. es ist furchtbar, ich kann dir nicht sagen, dass es umsonst ist, dass es nicht geht, du kannst mich nicht verstehen. du hörst IRGENDetwas und treibst damit unfug, sau, sau, ich zertrete dich (gibt ihm einen fusstritt).

der mensch: suche dein wahres ich, verberge dich nicht länger hinter entsetzlichem.

a : betrüger, ich will mich auf den leim locken. achtung, aufgepasst, ich vor mir. ich will mir eine falle stellen! scheissdreck. das ist verrat. ich würde mich verraten, wenn ich mich suchen würde. ich wäre ausser mir. aber ich bin hier, hier. (schlägt auf sich, wie ein orang-utan) das bin ich, mein wahres ich, ich, ich! was ich sein werde, werde ich sein. was ich bin, bin ich, das ist es. ich bin ich. das ist die wahrheit, die ein scheissdreck ist. es gibt nichts was ich sollte, denn ich kann das was ich kann, nichts sonst. warum soll ich mich von einem gespenst, von einem scheissdreck, von einer zukunft tyrannisieren lassen. ein witz meiner selbst. ich bin kein witz, ich bin ich. in keinem hinblick. jetzt! es ist nicht möglich, dass. scheissdreck. es ist, wie es ist. möglich oder unmöglich, was tuts. nicht sagen, dass ist unmöglich, das würde beweisen, das sie das mögliche, dastehende negieren wollen. seien sie kein träumer, herr ich; scheissdreck halts maul! das mag schlecht sein; darf ich aber sagen, ich sollte etwas besseres haben und könnte es haben, wenn ich nur wollte? scheissdreck! ich habe gerade das was ich haben kann und das habe ich, das bin ich und so weiter. scheissdreck! was ich habe, bin, ist das einzig mögliche! scheisszufall (zum menschen ohne arme), ich spreche mit mir (gibt ihm einen tritt).

(szene)

na du alter stinker, wirst auch immer älter.
ha ha, der junge herr sind immer so lustig.
halts maul.
sie bluten ja. da am kopf bluten sie ja.
du stinkst. verschwinde.
hab mich angeschissen. aber der junge herr bluten vom schädel. sind halt auch ein rechter trottel, der junge herr.
was sitzt du da herum, geh ins haus, leg dich ins bett, schlaf dir deine krankheiten aus.
ich kann nicht.
(schiesst eine konservenbüchse nach dem alten mann mit fuss, der alte versteckt den kopf in den armen)
meine frau hat einen herrn bei sich.
was, der alte misthaufen begattet noch immer.
ja, seit gestern mittag und solang sitz ich hier.
na ihr müsst geld haben, ihr verdammten pensionisten, dass ihr euch strichbuben leisten könnt.
er zahlt.
hahahah
(der alte dreht sich um, ruft ins haus hinein) komm raus, der glaubt nicht, dass du zahlst.
(ein junger kräftiger mann tritt auf, gibt dem jungen herrn eine ungeheure ohrfeige) na glaubst dus jetzt.
na ja, wenn du willst.
komm her, kannst mir auch eine runterhauen.
(haut dem kräftigen kerl eine runter)
(der kräftige kerl umarmt ihn)
verdammtes schwein, hast mich reingelegt. (zieht pistole und schiesst ihn übern haufen)
(der alte) jetzt kannst aber du reingehen und mit meiner alten auf die matratze springen.
mhm
(der alte schliesst wieder die augen, sonnt sich weiter)
(stürzt heraus) das ist ja ein kind.
na und, kannst du kinder nicht leiden?
ich scheiss auf kinder, ich will deine alte.
das is meine alte. (lacht)
(schiesst auf den alten)
(während ihm blut aus dem mund läuft) bist du aber angerührt.
(1960)

der berg

der eine
der andere
sprecher

sprecher: zwei wanderer nähern sich über die hochebene von kwangtung den meï-bergen. sie gehen frisch drauf los, sie gehen, als ob es kein hindernis gäbe. dort ist der berg.
d. eine: wir wollen eilen
d. andere: nach den bergen eilen um sie zu erreichen
d. eine: ehe sie in der fernen ferne versinken
d. andere: im dunkel versinken
d. eine: vor unseren augen
sprecher: bedenken steigen auf, aber keine zweifel, ihr schritt wird zögernd. sie bleiben nicht stehen.
d. eine: dort in der ferne ragen die berge
d. andere: es dämmert
d. eine: es wird abend
d. andere: wir gehen in die irre
d. eine: hier muss es sein
d. andere: hier muss er sein der abend der dämmert
d. eine: der verirrte abend der vor den bergen dämmert
d. andere: wir gehen in der irre
d. eine: das dunkel dämmert vor meinen augen
d. andere: die wolken verdunkeln
d. eine: das gras wird schwarz
sprecher: es ist wahr. ja, sie bleiben manchmal stehen und sehen nach den bergen, die flache hand über der braue.
d. eine: die berge entfernen sich
d. andere: die ferne entfernt sich
d. eine: die berge verbergen einander
d. andere: die ferne entfernt sich in der ferne
d. eine: die berge entfernen sich in weit entfernte gebirge
d. andere: wo einander verborgen sich berge verbergen
d. eine: dort birgt sich der berg
d. andere: den wir suchen
d. eine: dort verliert sich der berg in ferne fernen über den bergen
d. andere: darunter sich berge bergend verlieren
d. eine: ragt auf zu den sternen
d. andere: im dunkel
d. eine: es dämmert
d. andere: in der ferne
d. eine: verlieren sich berge und sterne

d. andere: im dunkel
d. eine: geborgen in ferne und dunkel ruht das gebirge unter den sternen
d. andere: nun sind die berge verloren
d. eine: das ganze gebirge
d. andere: aus den augen
d. eine: verloren
d. andere: ruhen die berge
d. eine: in unendlicher ferne unendlich fern geworden
d. andere: im dunkel der sterne verdunkelt
d. eine: in unendlicher ferne verbirgt sich das entfernte gebirge
d. andere: das dunkel entfernt die gebirge
d. eine: entfernte fernen entfernen sich in entfernte fernen
d. andere: ein dichter nebel hüllt alles ein
sprecher: die sterne glimmen im dunkel. ein ferner stern verdunkelt im nebel. verborgen im wuchernden gras, schreiten die beiden verloren. sind sie müde? ja, sie sind müde. sie haben den weg verloren.
d. eine: wozu eilen?
d. andere: wir wollen verweilen
d. eine: für eine weile wollen wir verweilen
d. andere: verweilen im eilen
d. eine: so wollen wir verweilen ehe wir nach den steilen bergen
d. andere: die sich im dunkel verbergen
d. eine: eilen wollen
d. andere: den steilen bergen in den entfernten fernen in den teilen der ferne
d. eine: entfernt vor unseren augen
d. andere: teilt sich die ferne in ihre teile
d. eine: versinken
d. andere: die teile
d. eine: vor den augen
d. andere: versunken
d. eine: aus den augen
d. andere: verloren
d. eine: in sterne verkeilt
d. andere: ruhen die berge in den teilen der ferne entfernt im dunkel
d. eine: wir wollen eilen
sprecher: bemüht, den weg zu finden, den sie verlassen, dringen die beiden ins schilf. der boden schwankt.
d. eine: wir gehen in die irre
d. andere: wir gehen in der irre
d. eine: hier muss es sein
d. andere: meine beine versinken

d. eine: ich sinke ein
d. andere: wir haben den weg verloren
d. eine: hier muss er sein
der weg den wir wagen
d. andere: verwegen
d. eine: den weg
d. andere: in den wogen des dunkels
d. eine: versunken im dunkel
d. andere: wir sind in der irre
d. eine: das dunkel dämmert vor meinen augen
d. andere: die sterne versinken
d. eine: ein irrweg
d. andere: ein irrstern
d. eine: zerfurcht das dunkel
d. andere: auf seinem weg
d. eine: in die irre
d. andere: ich sinke ein
d. eine: ich sinke
ertrinke
d. andere: wo bist du?
d. eine: es ist zu dunkel
die sterne versunken
wir haben uns entfernt
in den furchen des dunkels
wir haben uns geteilt
d. andere: geteilt in der eile
wo bist du?
d. eine: hier ganz in der nähe
d. andere: hier nahe bei mir?
d. eine: ich bin dir ganz nahe
d. andere: hier?
d. eine: nahe
d. andere: wo?!
echo: wo
d. andere: wo ist wo?!
echo: wo ist wo
d. eine: das kommt aus den bergen
d. andere: wo sind die berge?! sind die berge?!
echo: die berge sind die berge
d. andere: und wo ist der berg?! ist der berg?!
echo: der berg ist der berg
d. eine: ein echo
d. andere: aus den bergen
d. eine: aus den bergen ganz in der nähe

d. andere: die sich verbergen vor unseren augen im dunklen gebirge
d. eine: wir sind in der nähe
d. andere: ganz in der nähe
d. eine: ohne zu eilen
d. andere: wollen wir uns nähern
d. eine: ganz in die nähe
d. andere: ganz nah
d. eine: wir wollen suchen
d. andere: ganz in der nähe
d. eine: hier und dort
d. andere: oben und unten
d. eine: und in der ferne
d. andere: keine spur von den bergen
d. eine: keine spur
d. andere: es ist nacht
d. eine: der wind hat sich gelegt
d. andere: wir sind mitten im sommer
sprecher: aufrecht steht das vertrocknete schilfrohr. das dunkel verblasst. ein kiesel knirscht unter dem fuss.
d. andere: ich habe eine spur gefunden
d. eine: das ist ein hase
das war ein hund
ein pferd
eine ziege
eine krähe
ein fuchs
aber keine spur von den bergen
sprecher: die falsche spur ist gefunden. ist es die falsche? wer denkt daran?
d. andere: wir haben den weg gefunden
d. eine: haben wir den weg gefunden?
d. andere: plötzlich haben wir den weg gefunden
d. eine: hier sind spuren
d. andere: sind hier spuren?
das ist der anfang
d. eine: hier beginnt der weg
d. andere: der führt in die irre
d. eine: der führt zurück
d. andere: das ist kein weg
d. eine: da sind die spuren wieder zu ende
sprecher: den weg finden und ihn nicht erkennen: so den weg verlieren. ratlos stehen sie da. jetzt gehen sie weiter, hierhin und dorthin: zwei wetterfahnen im wind. werden sie den weg so wiederfinden?

d. andere: da war der fuss des berges
d. eine: er war da
d. andere: bewachsen mit moos
d. eine: verdeckt durch gras
d. andere: verborgen unter steinen
d. eine: mit pfützen bedeckt
d. andere: umgeben von morast
d. eine: das war der fuss des berges
d. andere: es ist zu dunkel
d. eine: wir sind zu ungeschickt
d. andere: noch ist es zu dunkel
d. eine: wir gingen daran vorbei
d. andere: noch ist es zu dunkel
d. eine: wir sind zu ungeschickt
d. andere: es ist zu dunkel
d. eine: das war der fuss des berges
d. andere: umgeben von morast
d. eine: mit pfützen bedeckt
d. andere: verborgen unter steinen
d. eine: verdeckt durch gras
d. andere: bewachsen mit moos
er war da
d. eine: da war der fuss des berges
d. andere: da sind die spuren wieder zu ende
d. eine: das ist kein weg
d. andere: der führt zurück
d. eine: der führt in die irre
d. andere: hier beginnt der weg
das ist der anfang
d. eine: sind hier spuren?
d. andere: hier sind spuren
d. eine: plötzlich haben wir den weg gefunden
d. andere: haben wir den weg gefunden?
d. eine: wir haben den weg gefunden
d. andere: jetzt steigen wir auf
sprecher: sie steigen auf und sehen. ja, beide sind fröhlich. jetzt ist es so richtig tag geworden! und diese helle?
d. eine: das ist der berg
d. andere: ich sehe ihn
d. eine: ich sehe das eis
d. andere: ja das ist der berg
d. eine: mit seinem fuss
d. andere: auf der einen seite hell
d. eine: im schatten die andere

d. andere: so ragt er in den himmel
d. eine: mit dem fuss auf der erde
d. andere: ja das ist der ganze berg
d. eine: hier trägt er das gras
d. andere: das wuchernde gras
d. eine: und dort oben den schnee
d. andere: den glänzenden schnee
d. eine: ja das ist der ganze berg
d. andere: ja so ist er
sprecher: wiederfinden, was verloren werden musste: wozu das? als ob das gleiche das gleiche bliebe! ein alter spruch sagt: im hören der stimme den weg finden.
d. eine: siehst du die spuren im schnee?
die spuren im gras?
die spur des hasen?
die spur eines hundes?
die spuren der pferde?
die spur der ziege?
die spur der krähe?
die spur des fuchses?
d. andere: ich höre den wind
sprecher: schleier senken sich über augen und ohren.
nichts sehen. nichts hören.
noch verbergen die wolken den gipfel des berges.
d. eine: schon schien der berg erstiegen
d. andere: doch scheint er zu steigen
d. eine: er steigt mit uns
d. andere: je höher
d. eine: wir steigen
d. andere: desto weiter
d. eine: entfernt sich der gipfel in die ferne ferne
sprecher: felswände steigen auf. glasblaues eis zu ihren füssen.
so stehen sie da. mit schnee bestäubt. die beiden.
d. andere: hier geht es nicht weiter
d. eine: der pfad wird zu schmal
d. andere: tritt in die tritte
d. eine: das eis ist zu glatt
ich stürze
ich trete
ich fasse
ich halte
d. andere: halte dich fest
nimm das seil fest in die faust
d. eine: fast wieder gestürzt

d. andere: lege die hand fest auf den stein
presse hinein
tief in den fels
hinein in die ritzen
schlage die eisen
nimm das seil
nimm das eisen
nimm den tritt
halte dich fest
reiss das eis mit dem eisen vom fels
stosse das eisen ins eis
d. eine: ich gleite
d. andere: ich halte dich fest
halte dich fest
d. eine: ich kann nichts sehen
alles ist weiss
ich bin geblendet von der weissen weisse des eises
d. andere: spitzen und schollen
schneebedeckt
d. eine: überall eis
d. andere: im blanken eis
d. eine: in der weissen weisse des eises
funkelndes eis
d. andere: planken aus eis
d. eine: graben aus eis
d. andere: im glasigen eis
zerfurchen das eis
d. eine: gebirge aus eis
d. andere: eisspalten
d. eine: eislöcher
d. andere: eisblauer himmel
d. eine: hier geht es nicht weiter
d. andere: ich versinke im schnee
sprecher: da stecken die beiden hilflos im schnee. wozu haben sie sich am seil festgebunden? ist das eine art, einen weg zu gehen? hat die kälte ihren verstand verwirrt? dieses weinerliche geplapper! was wollen die beiden?
d. eine: wir wollen ein wenig ruhen
d. andere: bald scheint der gipfel ganz nahe
d. eine: bald verschwindet er in der ferne
d. andere: bald verschwindet er im nebel
d. eine: bald verbirgt er sich in den wolken
d. andere: du darfst die hände nicht vom seil lassen
sprecher: was soll das heissen? wo stecken die beiden? hat sie der mut

verlassen? sind sie schon abgestiegen? es war ja nichts anderes zu erwarten!

d. eine: steigen wir auf oder steigen wir ab?
d. andere: ich weiss es nicht
d. eine: der weisse schnee
d. andere: das weisse licht
d. eine: die weisse weisse des eises
d. andere: wo geht es weiter?
d. eine: wie geht es weiter?
d. andere: ich weiss nichts
ich weiss es nicht
d. eine: die weite weitet sich
d. andere: die weite weitet sich weiter
d. eine: die weite weite hat sich geweitet
d. andere: hier geht es nicht weiter
d. eine: plötzlich sind wir da
d. andere: ja wir sind da
d. eine: ja wir sind oben
d. andere: ganz oben
d. eine: und betrachten das tal
d. andere: das versunkene tal
d. eine: du bist heiter
d. andere: wir sind da
sprecher: jetzt lachen sie! als ob sie ein verdienst hätten! eine feine gesellschaft!
d. eine: wir steigen zu tal
d. andere: wir steigen hinunter
d. eine: dennoch steigen wir
d. andere: ja wir steigen
d. eine: eine allgemeine helle
d. andere: ja es leuchtet
d. eine: ja wir waren oben
d. andere: so bleiben wir oben
d. eine: ja wir bleiben
d. andere: wir bleiben wo wir gewesen sind
d. eine: einmal gewesen sind
d. andere: irgendwann einmal sind wir irgendwo gewesen
d. eine: und da bleiben wir auch
d. andere: wo wir gewesen sind da bleiben wir auch
d. eine: und gehen
d. andere: und während wir gehen bleiben wir
d. eine: und steigen zu tal
d. andere: und als wir aufstiegen
d. eine: versank das tal

d. andere: und der gipfel entfernte sich in die ferne
d. eine: und wir steigen zu tal
d. andere: und das tal ist da
d. eine: und der gipfel ist da
d. andere: du bist heiter
d. eine: ja
d. andere: du bist satt
d. eine: ja
d. andere: der regenbogen spannt sich über die steilen wände
d. eine: ja
d. andere: ja
d. eine: ja
d. andere: ja
sprecher: der kühle wind beugt das schilfrohr im tal.
d. andere: wieder im tal
d. eine: dennoch nicht im tal
d. andere: dennoch auf dem berg
d. eine: dennoch auf dem berg der hell und schattig ist
d. andere: ja
d. eine: dennoch im tal
d. andere: ja
d. eine: oder auf dem berg der hell und schattig ist
d. andere: ja
sprecher: die berge entfernen. die ferne entfernen.
d. eine: jetzt verschwinden die berge wieder in der ferne
d. andere: so mögen die berge in der ferne verschwinden
d. eine: sie mögen einander verbergen
d. andere: sich bergen
d. eine: sich in die ferne entfernen
sprecher: alles aus stein.
d. eine: wir wollen nicht länger verweilen
d. andere: lass uns gehen
d. eine: die berge sind verschwunden
d. andere: so dehnt sich ein weiter blauer himmel
d. eine: ohne ende
d. andere: o wunder es gibt keine berge mehr
d. eine: der blaue himmel fällt in stücke
d. andere: o wunder es gibt keinen himmel mehr
d. eine: o wunder es gibt keine wunder mehr
d. andere: hier sind die spuren die zum berg führen
d. eine: ja hier sind sie
d. andere: ja hier war es
d. eine: ja da ist es
d. andere: ja wir sind da

d. eine: hier haben wir den aufstieg begonnen
d. andere: na dann werden wir eben hier den berg verlassen
d. eine: wie die wilden
d. andere: ja
d. eine: ja
d. andere: ich bin heiter
d. eine: ja ich bin heiter
d. andere: ja ich will mich im wirtshaus erfrischen
d. eine: ja
d. andere: ja!
d. eine: ja!
d. andere: ja!!
d. eine: ja!!!
(1961)

der see (1)

von einem mann und einer frau zu sprechen.
der in der barke liegt eben da in der barke
und hat mit den beiden ausser der optik
garnichts gemeinsam.

brauchen wir wasser für den see?
die sterne glänzen
die sonne leuchtet
ist das wasser?
ein see ohne ufer?
ein see ohne wasser?
ich habe frau und kind
über dem see weht der wind unter dem see
es ist windstill
es ist frühling und herbst
es ist winter
es ist nicht nötig zu schwitzen
es ist nicht nötig zu laufen
stehen sie auf
es blitzt nicht

es regnet nicht
es schneit nicht
es donnert nicht
gibt es hier keine berge?
die gegend ist flach wie meine hand
die vögel tauchen ins wasser
die fische durchqueren das wasser
die fische tauchen empor
die vögel fliegen fort
sie fliegen im kreis
es blitzt nicht
es schneit nicht
das wasser trieft uns aus den kleidern
weder heiss noch kalt
das gras wächst
hier stand eine blume
hier steht eine welke blume
ihr haar ist nass
das gras wird geschnitten
ein guter haarschnitt
hier wachsen die haare heraus
hier wächst das gras heraus
hier wachsen blumen
kennen sie diese bäume?
anfangs war er nicht grösser als ein kirschkern
alles wird immer grösser
es dehnt sich aus
es wächst
bei licht spenden die bäume schatten
stehen sie auf
es schneit nicht
es donnert nicht
ihre hand auf meinem schenkel
die sterne spenden licht im dunkel
frieren sie?
das sind keine bäume
die fische tauchen empor
die vögel fliegen fort
kein berg wirft seinen schatten
dort wächst kein gras
das ist kein vogel
es ist nicht nacht
stehen sie auf
was glänzt da?

was leuchtet über dem wasser?
die fische tauchen nicht empor
das ist kein stern
stehen sie auf
lichter im dunkeln
können sie mich sehen?
wir gehen im kreis
das wasser spiegelt
nehmen sie meine hand
wo sind sie?
ich bin hier
hier ist keine hand
es blitzt nicht
es regnet nicht
es schneit nicht
stehen sie auf
es ist nicht tag
es ist nicht lau
die gegend ist flach wie meine hand
hier muss es sein
stehen sie auf
es blitzt nicht
es regnet nicht
ich habe frau und kind
ich habe proviant mitgenommen
ich habe hunger
ich habe zuwenig mitgenommen
haben sie zeit?
dort liegt er dort in der barke mitten im see hier
er sieht uns nicht und hat die augen offen
er hört uns nicht und ist nicht taub
na warte du naseweiser kerl
mitten im see
(1961)

der see (2)

die drei frauen: seht den glücklichen
seht den glücklichen
in seiner barke im see
geduldig und heiter
ein see im see
so ruht er im see
wortlos und lächelnd
innen stark
ruht der see im see

1. frau wir wollen ihn betrachten
in seiner bedürfnislosigkeit

2. frau he du wach auf
das schilf verfärbt sich
die kraniche ziehen
hier ist wein im krug

3. frau he du
wir folgen der spur des herbstes
im farbigen gras

die drei männer: der unbewegte see
kein windhauch regt sich
kein berg wirft seinen schatten
in diesen spiegel
in die unendliche ebene
riefen wir
und gingen den weg beharrlich
umgeben von ginster

1. mann die sperlinge tauchen ins wasser
und werden muscheln
die schmetterlinge verwandeln sich
in glitzerndes laub
sie tanzen auf der himmelsfahne

2. mann die drei schwestern
am ufer des sees
betrachten den glücklichen
in seiner barke
aus dem mund der jüngsten
ertönt liebliche musik
im westen bläht sich
die weisse himmelsfahne

3. mann der weisse tau fällt

1. mann über dem see weht der wind

1. frau seht die drei brüder
wie sie das grosse wasser durchqueren

2. frau fördernd ist es
3. frau es wird gelingen
1. frau ein kranich ruft im schatten der büsche
2. frau sein junges antwortet dem ruf
des kranichs
3. frau ein gutes zeichen
1. frau sie teilen den see
jeder für sich
keiner blickt nach dem anderen
2. frau der glückliche ruht in seiner barke

die 3 männer steigen aus dem see
die 3. frau läuft davon

1. mann die blitze über dem see
2. mann kein donner
1. mann die blitze flammen nach oben
2. mann der see sickert nach unten
3. mann sie ist davongelaufen
1. mann lauf ihr nicht nach
sie kommt wieder
ohne bemühen
2. mann bleib stehen
1. mann beschmutzt vom schlamm
steht er da
triefend von wasser
erst spannt er die sehnen
seiner beine
dann bleibt er stehen
locker in den gelenken
2. mann wir stiegen aus dem wasser
jetzt fällt regen
um uns zu erfrischen
nach der schwüle
vor dem gewitter
3. mann der glückliche ruht in seiner barke
1. mann der regen über dem see
2. mann die ufer über dem see
1. mann von oben gleiten die ufer
in die tiefe des sees
2. mann so nähert sich die schwester
dem bruder
wieder
1. mann sie folgt dem ruf
wie das junge
dem ruf des kranichs

ohne makel
2. mann oben der himmel
unten der see
nun tritt sie auf
in heiterkeit
und bleibt nicht stehen
und schreitet weiter
die drei männer: und der glückliche
in seiner barke
geduldig und heiter
ein see im see
so ruht er im see

(1961)

diskurs über die hoffnung

1. frau: ich brenne
2. frau: ich friere
3. frau: wo bin ich?
4. frau: wer bin ich?
3. frau: rosa!
4. frau: du bist hier
3. frau: ich bin bei dir
4. frau: sie brennen
3. frau: sie brennen rosa
4. frau: und frieren
3. frau: und frieren anna
4. frau: wir
3. frau: rosa und anna
4. frau: anna und rosa
3. frau: wir ganz nahe
4. frau: und sie?
3. frau: entfernt
4. frau: von diesen
3. frau: wir
4. frau: anna und rosa
1. frau: sie kommen
2. frau: sie kommen

3. frau: wann werden sie kommen?
4. frau: wann?
3. frau: sie brennen und frieren
4. frau: und hoffen
3. frau: worauf?
4. frau: sie hoffen auf hoffen
3. frau: wozu?
4. frau: wer hofft der brennt
wer hofft der friert
3. frau: ohne hoffen kein brennen
ohne hoffen kein frieren
2. frau: wir hoffen und frieren und hoffen
1. frau: und brennen
2. frau: und hoffen
1. frau: die hitze wärmt
2. frau: die kühle kühlt
1. frau: kühlende hitze
2. frau: brennende kälte
3. frau: was ist kalt?
4. frau: was ist heiss?
2. frau: die hoffnung
4. frau: wie glühendes eisen?
3. frau: wie eis?
2. frau: keine vergleiche
1. frau: keine bilder
2. frau: es ist
1. frau: was es ist
3. frau: was ist es?
1. frau: heiss
2. frau: und kalt
3. frau: wie heiss?
4. frau: wie kalt?
2. frau: es ist
1. frau: so
2. frau: ja
1. frau: genau
2. frau: so
3. frau: genau?
2. frau: so
4. frau: ganz genau?
1. frau: so
2. frau: ungefähr
3. frau: wie ungefähr?
1. frau: so ungefähr

2. frau: ungefähr
1. frau: so ungefähr ungefähr
2. frau: kalt
1. frau: und heiss
3. frau: ungefähr kalt
2. frau: ja
4. frau: und ungefähr heiss
1. frau: so ist es
3. frau: wie?
2. frau: in dieser art
1. frau: ja so mag es wohl sein
4. frau: und es ist kalt und heiss?
2. frau: so ziemlich
1. frau: ungefähr etwa in dieser art
4. frau: zugleich kalt?
3. frau: und dabei heiss?
2. frau: man könnte so sagen
1. frau: zirka
2. frau: wenn man es nicht besser sagt
1. frau: zirka
2. frau: ja so ist das
1. frau: ja ganz genau so
2. frau: ungefähr
1. frau: etwa
2. frau: so
1. frau: ja so könnte es sein
3. frau: wenn man es von dieser seite betrachtet
2. frau: ja ganz recht
3. frau: und von der anderen seite?
4. frau: einer ganz anderen?
3. frau: irgendeiner anderen seite?
1. frau: ist es genauso
2. frau: ja ganz genauso
1. frau: wenn man es so betrachtet
2. frau: ungefähr
1. frau: etwa
2. frau: so
1. frau: ist es
3. frau: also heiss?
1. frau: ja
4. frau: und kalt?
2. frau: ja
3. frau: von allen seiten?
1. frau: ja

2. frau: so ungefähr
1. frau: etwa in dieser art
2. frau: könnte es sein
1. frau: wenn man will
2. frau: wenn man wollte
3. frau: wie würden sie die sache betrachten?
1. frau: von allen seiten
2. frau: ja ungefähr von allen
1. frau: so ungefähr
4. frau: würden sie es also betrachten?
1. frau: man könnte es so ausdrücken
2. frau: ja so ungefähr
1. frau: in dieser art
2. frau: könnte man auch sagen
1. frau: wenn man wollte
3. frau: wollen sie
4. frau: in dieser art
3. frau: zum ausdruck bringen?
2. frau: wir wollen nicht
1. frau: wir brennen
2. frau: und frieren
3. frau: tun sie es für uns!
4. frau: erklären sie
3. frau: was sie meinen!
1. frau: wir meinen nichts
2. frau: man kann es nicht erklären
1. frau: wir brennen
2. frau: und frieren
3. frau: brennen wir?
4. frau: frieren wir?
1. frau: das wissen wir nicht
2. frau: frieren sie?
1. frau: brennen sie?
4. frau: das wissen wir nicht
3. frau: wie ist brennen?
1. frau: brennen
4. frau: wie ist frieren?
2. frau: frieren
4. frau: so werden wir nie wissen
3. frau: wie man brennt?
4. frau: wie man friert?
3. frau: ob man brennt?
4. frau: ob man friert?
2. frau: das ist möglich

3. frau: wir werden es wissen!
1. frau: das ist möglich
2. frau: vielleicht werden sie brennen
1. frau: vielleicht werden sie frieren
2. frau: oder auch nicht
4. frau: aber wie werden wir wissen?
3. frau: ob wir brennen?
4. frau: oder frieren?
2. frau: sie werden nicht wissen
1. frau: sie werden brennen
2. frau: sie werden frieren
1. frau: wenn sie brennen
2. frau: falls sie frieren
4. frau: aber wozu
3. frau: hofft man?
1. frau: um nicht zu verbrennen
2. frau: um nicht zu erfrieren
3. frau: sie brennen um nicht zu verbrennen?
4. frau: und frieren um nicht zu erfrieren?
2. frau: ja
1. frau: so ungefähr
2. frau: könnte es sein
1. frau: aber es kommt nicht darauf an
2. frau: und ist ohne bedeutung
1. frau: wir brennen einfach
2. frau: wir frieren einfach
4. frau: wie?
3. frau: einfach so?
1. frau: ja
2. frau: ungefähr
1. frau: einfach so
2. frau: könnte es sein
(1961)

bräutigall & anonymphe

text zu einem singspiel

figuren: der matrose BRÄUTIGALL singt.
die REFLEXION DES matrosen BRÄUTIGALL tanzt.
ANONYMPHE singt.
die REFLEXION DER ANONYMPHE tanzt.
die SCHIFFSIRENE singt.
die szene ist ein bett am meer.

der BRÄUTIGALL, ermattet von heftiger liebe und dabei, sich die hosen raufzuziehen, räsoniert folgendermassen:

ach was bin ich hosenträge!
halbtotsicher mich bewege!
freispruchbänder mich umflittern!
tränengaslaternen trauringsum verzittern!
triebfederleichte treibhausfrauen schwenken
hirnverbranntwein auf die treubruchstellen!
taufscheintote bisamrattern mit gelenken,
füllhornkämmen ihre lebensdauerwellen!

ANONYMPHE, aus dem laufschritt der zeit geglitten, und also hinter dem bräutigall noch auf dem bett sitzend, begehrt in ganzem unverstand der männlichen psyche:

o garne mich!

der BRÄUTIGALL, während er mit taten in jacke und zukunft fährt, bleibt in gedanken weitaus hinten:

eine reihe von trunkenbildern
sass mit tintenfasstauben auf bergspiralen,
trommelhüte hingen unter mittelohrenhöhlenqualen
vom luftschlüsselbund der wortshausschilder!
eingepuppt in meeresspiegelglas
knallten seemannbare bräutigallen
in dieses seeschlachthaus mal ozeanderswo!
in diesen zustandort der falterqualen!
aus den windhosentaschen unsrer fleissbänder!
wir!
abgeblondet und speiserostig!
angeklugt und ausgeklappert!
zu made um aufzuschweigen!

die ANONYMPHE beschliesst, den liebsten nimmermehr loszulassen und umarmt den bräutigall von hinten:

seime bräutigall!
schäume!

der BRÄUTIGALL stürzt noch tiefer in die bildverzierten gänge der gedankenhöhle. die lippen auf seinem körper klappern mechanisch das morsealphabet der sprache:

auf die allheilmatte deiner liebe
warfst du hufschlagfertig mich!
fingerhutfedern über klarhaut treibend,
flammte taktstocksteif flachzungen strich!

ANONYMPHE stützt die erinnerung des bräutigall in vergeblicher hoffnung:

messerplatt,
ein abschild deiner selbst,
lagst du quem am barfussboden . .

jedoch, die argumentation des BRÄUTIGALL beweist geringe herzensneigung und gefühl:

aufschwiegst du
in angestockte totgeburtenstille,
angemessert im adressbauch . .

der rohen ausdrucksweise nicht achtend und in äusserstem gutwillen gefangen, folgt die ANONYMPHE ihrer empfindung:

im geburtenzifferblatt getroffen,
sterngesund unterm stimmbaum,
kolossgelöst und gottheiter,
lichtscheinbar und
bierfüssig und
im gleichmuss der bewogung
– mit leuchtkiefer und glasscheide! –
glühlachte
ich!
die anonymphe
mit dem sanfthut!

der matrose BRÄUTIGALL befreit sich aus den saugnapfbewehrten armen der elenden anonymphe:

lagst du
anonymphe
knapphaut
geladen mit archipelzen
versargt in trinksal,
war ich bajonett zu dir!
schlachtenhöflich klebt jetzt löschblut an den freistosstangen!
trostfreie stahlhalme im türgeflügel!
das trauerfallbeil zischte in die panzerwangen,
freudenfestgefahren im gliederkettenhügel!

unbeirrt weist BRÄUTIGALL einen angriff der noch immer zärtlichen anonymphe auf seinen körper und gemüt von sich und setzt fort:

allzuletzt platzt die hirnscholle
vom gebeinerlei des alpha-bettels!
weg vom augenleder mit der trübsalbe!
fault anheim sonst anonymphe.

in herzbrechender geste spreitet nun anonymphe ihr geärm nach bräutigall, welche attacke auf sein gemüt BRÄUTIGALL mit folgender replik pariert:

willst du sternwarten?
auf einen seeschlächter?
den die ozeangel
von den fleischwogen reisst?

in jähe erkenntnis gestürzt, klagt ANONYMPHE:

o mein nervenschoss federleuchtet!
und mein jähmund noch in flaum steht!
aus der schrothaut meiner windfangarme
aus dem lichtschaltertum ins schaufinster
der sternweichen
augensternzeichen
der vielleichttürme
und wirbelanstürme!
wieder einmal!
wenns zu end-lich geht,
klirrt aus dem funkelgerät
das überdrüssignal.

die SCHIFFSIRENE tritt auf, nach bräutigall rufend:

nimm das abscheit und kippe!
auf meinem abtrittfesten hinterrücken
in den mastkorbstuhl!

die ANONYMPHE setzt dem bräutigall mit süssen worten zu:

lass doch das ankerkettenhemd einfach tischplatt!
mach deine seehand bei mir achselhohl!
du solltest ebenbei anscheinbar nachtgeben!
aus der geschwindmühle ins überflussbett!
bleibe bräutigall!
leibe!

rohmütig weist der matrose BRÄUTIGALL mit seinem ringverzierten finger gegen die stirn und anonymphen in die schranken ihrer landschaft, die nur aus lehm und bäumen besteht. welch armseliges gegenstück zur tosenden see mit ihren versilberten wogenkämmen, dem element des bräutigall!:

dein ohrenschmalztopf ist verschlosstürt!
nur scheingetreten bin ich hier!
aufplatzt schiffsirenenklangkörper,

fliegen die bräutigallen gleit!

bezwungen von trübsal und raserei reisst ANONYMPHE an bräutigalls wolkenblauer jacke:

nur scheingetreten bist du hier?
reizkostet schiffskörperfülle dein flügelhirn?
ich will dich fingernageln!
bräutigall!

ungeduldig und wieder ertönt die SCHIFFSIRENE nach bräutigall, anonymphen von seiner kristallblauen jacke reissend:

haltlosreiss dich aus erdschwall!
schrank empor dich aus schlammhaar!

die wehmut der anonymphe erheitert das rohe gemüt des BRÄUTIGALL:

seesternklar ist anonymphe
schwachsam hingeklatscht auf lippenstufe!
unglückstrahlend im verlustgewinn
wär ich sündenblock im schafrock!
kleinhals wetzt nicht aus im kinderstaube
anonymphe die schiffscharten!

die SCHIFFSIRENE zeigt anonymphen in einem verächtlichen lichte, während bräutigall feig zur seite tritt:

nebelhornkämme scheiteln aufenthaltlos
der anonymphe wankelmutterschoss!
schornsteinschleudern schnellen rauchfahnenstangen
augenhändig auf das treibstoffmuster ihrer nierenkappe!
aufplatzt unter panzerwangen
im hitzkopfstand
die geschlechtsaktenmappe!
der zuneigungswinkel fällt
herauseinandrerseits!
hingezingelt übern tränengasherd!
knarrt stimmig!
anonymphe!

die darsteller des bräutigall und der schiffsirene betreten jenen teil der bühne, der ein wogendes meer ist.

inmitten ihrer verlassenheit & verzweiflung räsoniert die ANONYMPHE folgendermassen:

der matrosenstrauch ist verdampft
löschblattlos in sorgenhitze!
fort entschwollen nabelschnurbart!
an dem kettenhand unruhte!
fortgeklatscht!
hat wachsinn
auf dem hinterrücken ihn des wogweisers!

trauerspielzeug!
totenbettvorleger!
wart ich hier
auf ein schnittwunder!

das schiff mit bräutigall und schiffsirene zerschmilzt in den gemalten horizont der bühne.

— ende —

(1961)

17. jänner 1962

der staatsanwalt dr. karl meyer:
ich kann verstehen, dass sie ihrem geschiedenen mann eine brücke bauen wollen.

frau illic weint.

walter illic, wiener polizist, 38, schweigt.

kongolesische soldaten massakrieren 18 missionare.
die ordensbrüder der ermordeten flüchten und erzählen die geschichte weiter. ein zeitungsverkäufer ruft die nachricht aus.

stimme aus dem lautsprecher:
telka spezialhaus für teppiche vorhänge linoleum plastik

frau illic: walter muss dem mädchen hörig gewesen sein. ich musste schliesslich einsehen, dass er dieses mädchen sehr lieb hat und mit ihm eine neue existenz aufbauen wollte.

frau illic wird unterbrochen.

emilio schuberth tritt auf.
emilio schuberth:
die mäntel sind um 3 cm länger als die kleider.

frau illic:
da verzichtete ich.

im hintergrund versinken 3 schiffe in den ärmelkanal.
dazu ertrinken 26 seeleute.

die nationalfussballer des wiener fussball-vereines austria treten im smoking auf. die nationalfussballer der wiener austria lächeln.
chor der nationalfussballer der wiener austria:
über die wiener austria ist ein buch erschienen. ein buch mit vielen bildern, ein buch, das eigentlich jeder in seinem bücherschrank stehen haben müsste.
die nationalspieler der wiener austria werden aus anlass der herausgabe dieses buches nun am kommenden samstag beim bücher-herzog in der mariahilferstrasse autogramme geben.

lautsprecher: schachinger ist – nicht schachinger!

schachinger tritt auf.
schachinger: ich möchte vorausschicken, dass ich mit diesem herrn weder verwandt noch identisch bin, ihn nicht einmal persönlich kenne.

fricsay wird auf der bühne operiert.

herr besler, ein schilehrer tritt auf und sagt kein wort, dass oben im berg ein totes mädchen liegt. die gendarmerie tritt auf und verhaftet besler wegen fahrlässigkeit.
niemand versteht den zusammenhang, da besler wortlos verhaftet wurde.

auftritt der wagner-saal in dem getwistet wird.
dazu der lautsprecher:
bisher schritt das staatsoberhaupt durch den funkelnden saal, während die hymne erklang. donnerstag wird eine «ausseer fanfare» nach motiven von wilhelm kienzl erklingen. erst wenn dr. schärf das podium erreicht hat, intonieren die philharmoniker die hymne.

die philharmoniker treten auf und intonieren die hymne.

staatsanwalt dr. karl meyer:
frau zeugin, sie müssen die wahrheit sagen. im scheidungsverfahren sprachen sie davon, ihr gatte hätte mehrere frauenbekanntschaften . . .

lautsprecher:
die bombe aus frankreich eingetroffen!

schilling 39.900
simca 1000
autohaus und fahrschule schwedenplatz

ein erdbeben aus peru tritt am rande auf.

frau illic:
das stimmt schon. aber vielleicht habe ich manches viel ärger gesehen, als es in der wirklichkeit war. ich war ja sehr eifersüchtig.

die wirklichkeit macht sich breit und drängt den wiederhergestellten ferenc fricsay vom dirigentenpult.

die anzahl der toten peruaner tritt als ziffer in der projektion auf. (ca. 4000)

im publikum werden bardamen für ein nachtcafé gesucht.

auf der bühne entsteht folgende rechnung:

```
  39.900
– 4.000
  35.900
+ 1.000
  36.900
         ? % zinsen
```

die berufsfeuerwehr der stadt wien tritt auf und legt wert auf die feststellung, dass die niederkämpfung des brandes am 2. jänner 1962 im tankhafen lobau zu einem teil der berufsfeuerwehr zu verdanken sei. die berufsfeuerwehr der stadt wien fährt mit einem einsatzwagen über die bühne und verschwindet in den kulissen.

die wirklichkeit bläht sich weiter auf und zerplatzt.

lautsprecher:
der frühling findet im saale statt!
jedes mauerblümchen kann selbstversorgerin spielen und sich trösten: für schilling 10 gibt es im reichhaltigen blumenbasar prachtstöcke zum nachhausenehmen.
das sozialministerium tritt auf.
das sozialministerium: ich will ein eigenes gesetz schaffen, um geistig oder körperlich behinderten eine existenz zu sichern. geplant ist unterstützung und hilfe bei der berufseingliederung, geschützte arbeit oder ein garantiertes mindesteinkommen der geistig oder körperlich behinderten.

schwachsinnige österreicher treten auf.

herr telemax tritt auf und meint folgendes:
francis durbridge ist ausser der braunschen röhre das grösste phänomen, das uns der drang nach mehr sehen beschieden hat!

hier schaltet sich der verteidiger dr. gaigg ein.
dr. gaigg:
ich glaube eher, das war ergreifend und nicht gespielt.

während frau illic weint,
erscheint der illuminierte stefansturm arm in arm mit der läutenden pummerin.
(1962)

ein anderes abenteuer des lion von belfort ohne sich in den vordergrund drängen zu wollen

vers: wer einmal stiehlt, dem glaubt man nicht
und wenn er auch bis an sein lebensende
vierblätterigen klee scheitelt

«perlen und perlenfassen» sprach der alte general und sein adjutant wars zufrieden
sie blickten voll wehmut in die sterbende abendsonne und ihre herzen schwammen auf der melancholie des heldentums

general: «niemand wird uns verstehen»
adjutant: «niemand kann uns verstehen»
da weinten beide
adjutant: «wir sind lieblos
ihr seid lieblos»
duett: «sie sind lieblos
du bist lieblos»
adjutant: «ich bin lieblos»
general: «wie wahr»
adjutant: «und wahr»
1. kurier: «die schlacht ist verloren»
general zum adjutanten:
«wir gehen nach hause»
2. kurier: «der feind, der feind
der böse feind
hat sich zu einem ding vereint
uns in sein herz geschlossen
die kleinen und die grossen»

adjutant oder general:
«dann bleiben wir hier»
general: «dann harren wir aus»
adjutant oder general:
«am gescheitelten haar
erkennt man den weltmann»

ps.: der letzte satz kann nach reiflicher überlegung, jedoch nur unter besonderen umständen, weggelassen werden

der löwe zu belfort

(bruchstücke)

1. szene

flavius
gaius
tiberius, matrosen, lehnen mit langen stangen an der kaimauer, blicken ins publikum wie in ein meer. beginnender winter. kein schnee.

flavius: der mond zerspringt ins letzte viertel.
gaius: wie glas.
tiberius: von den vögeln des winters in den frost geschnitten.
flavius (zieht ein messer): mit diesem messer.
gaius: in den dunklen schnee.
apollyon tritt auf: he stundentotschläger.
gaius: was kümmert's dich?
apollyon: ich suche mörder mit guter figur.
gaius: wir werfen dich gerne ins meer.
apollyon: couches! wann fährt euer schiff?
tiberius: morgen.
apollyon: das wird eine lange reise.
tiberius: das wird ein guter fang.
gaius: es ist ein gutes jahr.
flavius: wir werden die segel mit wind füllen. zwei brennende klingen zerteilen die nacht.
apollyon: das wird ein langer winter. was macht ihr da?
gaius: wir stossen die leichen vom ufer. sonst treiben sie an und stinken.

apollyon: kein schöner beruf.
tiberius: heute ist lang.
gaius: wenn du keine lust hast mitzuschwimmen dann schenk uns was. dein edles herz hängt aus dem anzug. schenk uns was freund.
(er stösst mit seinem holz nach apollyon der geschickt ausweicht)
apollyon: mein herr sucht diener.
gaius: was zahlt er?
apollyon: genug.
gaius: wer hat lust zu arbeiten?
flavius, tiberius: niemand.
gaius (blickt ironisch zu apollyon): so ist es.
apollyon: wer spricht von arbeit?
gaius (steht auf): ihr angebot ehrt uns. bitte nehmen sie platz.
apollyon (spielt mit seinem stock): danke. (bleibt stehen, geht auf und ab. die matrosen stochern unverändert mit ihren stangen)
apollyon (bleibt stehen): also?
die matrosen legen ihre stangen zur seite stehen auf und folgen apollyon. alles schweigend.
•

die matrosen am kai

matrose 1 : muscheln
matrose 2 : das meer ist voll davon
matrose 3 : die fische teilen das meer mit den flossen
matrose 2 : die schiffe teilen das meer mit dem bug
matrose 1 : wann fährt unser schiff?
matrose 3 : das schiff fährt morgen
matrose 2 : das wird eine lange reise
matrose 1 : muscheln
matrose 3 : das schiff ist voll davon
matrose 2 : das schiff und das meer sind voll von muscheln
matrose 3 : die muscheln sitzen am bug des schiffes
matrose 2 : die muscheln sitzen auf den flossen der fische
matrose 1 : das wird eine lange reise
matrose 2 : die muscheln in den kiemen der fische
matrose 3 : die muscheln im kiel des schiffes
matrose 2 : die flügel der möven streifen das meer
matrose 3 : die flügel der möven voll von muscheln
matrose 2 : die muscheln am ufer
matrose 3 : die vögel wollen nicht fliegen
matrose 1 : die muscheln sind schwer

matrose 2 : die fische wollen nicht schwimmen
matrose 1 : die muscheln sind schwer
matrose 3 : die schiffe fahren nicht mehr
matrose 2 : das schiff fährt morgen
matrose 1 : das wird eine lange reise
matrose 2 : es wird ein guter fang
matrose 3 : es ist ein gutes jahr
matrose 1 : ein muscheljahr
matrose 2 : wir werden die netze mit muscheln füllen
matrose 3 : wir werden die segel mit wind füllen
matrose 1 : aber der anker ist schwer
matrose 2 : der anker ist schwer von muscheln
matrose 3 : ein muscheljahr
matrose 1 : das wird eine lange reise
matrose 3 : die fische werden uns zu den muscheln führen
matrose 2 : die möven werden uns zu den muscheln führen
matrose 1 : das wird ein guter fang
matrose 3 : das wird ein langes jahr
ein fischer kommt:
fische
matrose 1 : das meer ist voll davon
fischer : es war ein guter fang
matrose 2 : es war ein gutes jahr
matrose 3 : es war ein fischjahr
fischer : nehmt diesen
matrose 2 : ein schwerer fisch
matrose 1 : schwer von muscheln?
fischer : muscheln?
matrose 3 : das meer ist voll davon
matrose 2 : die muscheln sitzen in den kiemen der fische
matrose 1 : sie sitzen am bug der schiffe
matrose 3 : sie sitzen schwer an den flügeln der möven
fischer : hier gibt es keine muscheln

•

almadeno, matrose
palmiro, matrose
lion de belfort in seiner rolle als capitän und meerfahrer
der herr mit der brille
daphne
phoebe
torsilla
steuermann

der lion auf der kommandobrücke: heda aufgewacht schlafpelze faulkappen an die meerstecher zu den feldrohren. steuermann das opernglas aber das blaue so das meer mein gemüt erhebe zu den albatrossen zu den wegschildern die nach dem pole weisen.
der steuermann lässt das rad fahren das sich mit grosser geschwindigkeit herumdreht und herumdreht. er bringt das opernglas und salutiert, der lion greift nach der messingglocke und schellt sie worauf der steuermann in der versenkung verschwindet.
almadeno auf dem deck dreht an der ankerwinde und bleibt stehen. er wendet sich zum lion und meldet: herr wir verlieren den kurs.
der lion blickt durch sein opernglas noch immer ins publikum: als abendbrot gibts abendrot mit gischtzucker.
almadeno (schweigt)
lion: als nachtisch eine brise nordwind.
almadeno: herr es ist 15 jahre später.
lion: wie?
almadeno: ich spreche.
lion: geh an deine arbeit.
palmiro im mastkorb: albatrosse, vier regimenter herr. sie halten auf uns.
lion: kurs nordost, an die kanonen, werft den lästigen sextanten ins meer. wir wollen eine heillose verwirrung in szene setzen. gebt ihnen die halbe seite. auf!
die matrosen schiessen mit alten gewehren in die luft. der löwe feuert sein pistolet ab.
es wird dunkel blitz und donner fahren über den hintergrund der bühne.
lion: lasset uns den feind aufs haupt schlagen.
blitz und donner. die alte schiffskanone fährt zurück.
es wird hell und viele farbige riesenschmetterlinge landen auf deck.
lion: ins geschirr damit, in die zügel.
die schmetterlinge entfernen sich flügelschlagend.
lion: DAS war eine schlacht!
matrose: wir haben den kurs VERLOREN.
lion: SIEG! wir haben GESIEGT!!
matrose klettert über seil auf eine rahe.
der herr mit der brille kommt über das fallreep an deck im hintergrund: wann fährt der zug nach krakau?
lion: wie?
der herr mit der brille formt seine hände zum schalltrichter und brüllt: nach krakau!!
lion: WIR erobern den nordpol!
der herr mit der brille: verzeihung nur über meine leiche.
lion: wie?
der herr mit der brille: ich bin der ERFINDER des nordpols und fast dort

erfroren, ich will jetzt sofort nach krakau. und zwar sofort. herr stationsvorstand, auf welchem geleise kommt der zug nach krakau?
lion: almadeno!
almadeno öffnet eine luke und klettert an deck: ja herr!
lion: er will nach krakau!
almadeno zum herrn mit der brille: der zug hat 900 tonnen, grad, klafter, kilo verspätung.
der herr mit der brille: das macht nichts!
lion: verrat!
almadeno: spion! (geflüstert) ein spion.
aus der luke klettern sechs matrosen mit gewehren über der schulter die aufstellung nehmen.
almadeno stellt den herrn mit der brille in die mitte der bühne dann geht er zu den matrosen hebt den arm und dirigiert: feuer.
der herr mit der brille sinkt getroffen zu boden.
die fahne wird abgeseilt und der herr in einen sack gesteckt dieser auf ein brett gelegt mit der fahne zugedeckt eine schwarze schleife kommt drum herum. die matrosen nehmen aufstellung und ziehen die mützen vom kopf. der lion kommt von der kommandobrücke. die melodie vom guten kameraden klingt auf. die matrosen heben das brett an und der eingewickelte herr rutscht ins meer.

•

ein schnelldampfer bricht entzwei. die rettungsboote versinken mit den passagieren im sog des versinkenden schnelldampfers. boris und oktavian retten sich schwimmend auf die insel. sie bleiben erschöpft und reglos im sande liegen

boris: du
oktavian: ja

sie erheben sich mühsam, setzen sich nieder und sehen einander auf die köpfe

oktavian: das ist eine schöne bescherung
boris: früher habe ich diese situation herbeigesehnt, aber ich muss gestehen, dass ich mich jetzt nicht sehr wohl fühle
oktavian: ich auch
boris: du auch?
oktavian: ja in der schule und früher
boris: ich habe noch gestern gehofft. dass ich es nicht geglaubt habe, versteht sich von selbst
oktavian: du bist ein idiot. hast du zigaretten?

boris zieht eine völlig durchnässte packung aus der tasche. sie tragen nur hemden und hosen. sie haben keine schuhe

oktavian: die sind ja ganz nass

boris: sollen sie trocken sein?

oktavian: das fängt ja gut an

boris: ist das eine insel oder eine küste?

oktavian: woher soll ich das wissen

boris: na ja

pause

boris: wir sollten weiter gehen, vielleicht finden wir irgendjemand

oktavian: warum soll hier jemand wohnen?

boris: du bist ein schwein

oktavian: und wenn hier jemand haust, wer sagt dir, dass er von unserem unerwarteten besuch erfreut ist?

boris: du bist verrückt. in diesem fall ist die hilfe doch selbstverständlich

oktavian: glaubst du

pause

oktavian: vielleicht bringen sie uns um

pause

oktavian: ich bin müde. bleiben wir hier

ein zweig bricht. die beiden drehen sich nach dem geräusch und wagen keine bewegung mehr

pause

boris: was kann das sein?

oktavian: (leise, mit hoffnung, die von einer deutlichen beunruhigung eingekreist ist) vielleicht etwas essbares

die negerin tritt auf

der mann im mond

zwei standbilder zu beginn einer treppe, deren ende nicht sichtbar ist.
der zeichenlehrer.
1 junges mädchen.

zwei standbilder: georg und friedrich (das zweite standbild).
georg und friedrich essen.
georg: ich esse gern ein wenig fett.
friedrich hört nicht hin: sehr zart.
georg: reichen sie mir den senf.
friedrich reicht den senf.
georg: ich danke ihnen.
georg und friedrich essen.
georg: ein wenig fett.
friedrich: sehr zartes fleisch.
georg: ich esse gern.
friedrich: das ist sehr zart.
georg und friedrich essen.
georg isst: mit einem einzigen schlag.
friedrich: ich weiss. wünschen sie senf?
georg: vielen dank. nein.
georg und friedrich essen.
georg: ich esse.
friedrich: das zarte fleisch.
georg: ein wenig.
friedrich: das fleisch ist zart.
georg: fett esse ich gern.
friedrich: darf ich ihnen ein wenig von dieser hand anbieten?
georg: man kann nicht von allem essen.
friedrich: man kann ein wenig von allem essen.
georg: ein mann kann von allem essen.
friedrich: ein wenig kann man vor allen essen.
georg: ich esse gern reichlich und fett.
friedrich: jeder nach seiner art.
georg: jedermann wünscht nach seiner art ein wenig dank.
friedrich: ich verstehe sie sehr.
georg: sie verstanden mich immer.
friedrich: so beginnt das verständnis.
georg: so verdankt der verstand dem essen alles.
friedrich: auf seine art.
georg: ich verstehe sie mehr und mehr.
friedrich: ihr verständnis bedarf einer zarten behandlung.
georg: ich danke ihnen.

friedrich: nehmen sie doch von dieser hand. ich kann nicht alles essen.
georg: wir wollen teilen.
georg reisst eine hand entzwei und gibt einen teil an friedrich zurück. beide nagen an den hälften und werfen sie nach einer zeit, sichtlich satt, hinter sich oder lassen sie achtlos fallen, obwohl noch viel fleisch an den knochen sitzt. die nägel der finger werden ausgespieen.
der zeichenlehrer und beate treten auf.
georg: unser zeichenlehrer ist da.
friedrich setzt den fuss auf den rest der abgenagten handhälfte des kindermädchens olga, der auf dem sockel liegt.
friedrich: wir sind bereit.
georg: hm.
zeichenlehrer: a) das ist der kopf eines greises.
beate: wie schön er ist! aber er scheint mir recht schwer zu sein.
georg: harter stein. zweihundert jahre.
zeichenlehrer: nicht leicht. das gebe ich zu. b) diese faltige stirn, diese augenwinkel, die augen werden dir ziemlich zu schaffen machen.
beate: umso besser. wenn es gelingt, ist die freude umso grösser. soll ich mit dem stift zeichnen?
zeichenlehrer: nimm den harten stift.
beate setzt sich auf einen harten stein und beginnt zu zeichnen. der zeichenlehrer steht hinter ihr und sieht über ihre schulter auf die zeichnung.
zeichenlehrer: du siehst ja gar nicht auf das bild. es ist kein verhältnis in diesem gesicht.
beate: nicht wahr, die nase ist zu lang.
zeichenlehrer: nicht nur. das rechte auge ist zu weit unten. beachte doch die entfernung vom mundwinkel bis zum auge.
beate: soll ich noch einmal anfangen?
zeichenlehrer: das wäre das beste. ja.
beate reisst das oberste blatt vom block, faltet es und lässt das blatt zu boden fallen. sie zeichnet.
beate: bitte, helfen sie mir.
zeichenlehrer: c) drück nicht so sehr mit deinem stift!
beate: ich werde bald fertig sein.
zeichenlehrer: d) du bist ein kind.
der zeichenlehrer betrachtet das bild sehr genau.
georg: der wurm hat eine schöne schulter.
friedrich: was nehmen sie?
georg: sie wissen, dass ich mit einem einzigen schlag meiner rechten hand
friedrich: ich weiss das.
georg: beachten sie ihre arme.
friedrich: ganz ausgezeichnet.

zeichenlehrer: e) da gibt es noch vieles zu verbessern. f) die augen haben nicht genug leben.
georg verzieht den mund.
zeichenlehrer: g) der bart ist nicht natürlich.
beate: wie finden sie die arme?
zeichenlehrer: h) sie sind zu dick. i) auch der linke fuss ist nicht gut gemacht. das sieht ja aus, als ob er den krampf hätte. j) das ganze bein ist verzeichnet.
beate: ich möchte alles lernen!
zeichenlehrer: das kommt schon.
beate: ich möchte etwas anderes lernen.
zeichenlehrer: eins nach dem anderen. es ist genug. komm.
zeichenlehrer und beate gehen ab.
georg: ich habe ihr die brust geöffnet und mit einem messer die fleischigen teile des körpers durchschnitten.
friedrich: sie zittern!
georg steigt von der hand herunter.
georg: ach so.
friedrich: war es die köchin?
georg: nein, das kindermädchen! sie sass vor dem spiegel, so dass ich ihre hände sehen konnte.
friedrich: immer wieder die alte geschichte.
georg: der mensch muss essen.
friedrich: wie?
georg: ach so.
georg tritt wieder auf die hand und entzieht sie den blicken der zuschauer.
friedrich: heute ist?
georg: montag.
friedrich: wann hat er begonnen?
georg: heute morgen mit dem aufgang der sonne.
friedrich: und wann wird er enden?
georg: heute abend, wenn die sonne untergeht.
friedrich: die sonne geht alle tage des morgens auf und jeden abend geht sie wieder unter.
georg: das ist der tag und die nacht.
friedrich: und die mehrzahl?
georg: dienstag,
mittwoch,
donnerstag,
freitag,
samstag,
sonntag.
friedrich: und die anderen nächte?

georg: lassen sie mich zufrieden.
friedrich: das wetter ist herrlich.
georg: ja, es ist heiss geworden.
beate läuft mit einer brennenden fackel auf die bühne.
beate: olga! olga!
georg: wie! wird der garten heute illuminiert?
friedrich: solcher illuminationen gibt es 365 im jahr.
georg: abscheulich.
friedrich: armselig, in der tat.
zeichenlehrer tritt auf.
beate wendet sich an den zeichenlehrer.
beate: wo ist olga?
zeichenlehrer: mach keinen lärm.
beate: wo ist olga?
zeichenlehrer: was suchst du?
beate: ich suche olga.
zeichenlehrer: sie ist nicht im haus.
beate: wo ist sie?
zeichenlehrer, ärgerlich: ich weiss es nicht!
beate läuft mit der brennenden fackel davon.
beate: olga! olga!
zeichenlehrer: mach keinen lärm.
zeichenlehrer geht langsam ab.
georg: olga?
friedrich: sie war das kindermädchen.
beide schweigen.
friedrich: was sollen wir tun?
georg: was haben wir zu tun?
friedrich: wie sollen wir uns verhalten?
georg: es darf nicht bekannt werden.
friedrich: wie können wir es verbergen?
georg: wir müssen uns entschliessen.
friedrich: wir müssen massregeln ergreifen.
georg: eine sache, die überlegung verdient.
friedrich: ich weiss nicht.
georg: ein schwieriger fall.
friedrich: wir sind in einer grossen verlegenheit.
georg: wir müssen überlegen.
friedrich: was raten sie?
georg: was würde man in diesem falle tun?
friedrich steigt von seinem postament und flüstert georg ins ohr.
friedrich geht zurück und steigt wieder auf sein postament.
friedrich: was sagen sie dazu?
georg: halten sie es für passend?

friedrich: wenn sie es für geeignet erachten.
georg verlässt sein postament und flüstert friedrich ins ohr.
er kehrt auf sein postament zurück.
georg: das ist meine meinung!
friedrich: der vorschlag ist nicht übel.
georg: an unserer stelle.
friedrich: das war ein sehr guter einfall.
georg: das einzige.
friedrich: vielleicht ist es das beste.
georg: ich bin ihrer ansicht.
friedrich: ich gebe ihren gründen nach.
georg: wir können nichts besseres tun.
beate tritt auf. sie geht langsam aber bestimmt auf die beiden standbilder zu.
beate: wo ist gott?
georg: gestern fällte gott holz. dann band er es zusammen und trug es heimwärts. unterwegs sprach ich ihn an: «kennst du den sonntag nicht?» da entgegnete gott lachend: «was schert mich der sonntag? sonntag auf erden oder montag im himmel, das ist mir das gleiche.» «so sollst du», gab ich zur antwort, «für immer dieses bündel holz auf deinem rücken tragen!» seit gestern steht er im mond mit diesem bündel holz auf seinem rücken und so wird er büssen bis zum ende der welt.

kasperl am elektrischen stuhl

der sprecher	löwe, polizeichef
weibl. zuschauer	apollo, polizist
stimme	passant
herr weissenpeter	kasperl
herr a	werfried, eine wache
herr b	giselher, ein reporter

der sprecher: meine sehr geehrten damen und herren
lassen sie sich das stück erklären:
im ersten abschnitt tritt man ein
setzt sich in den stuhl hinein
für den man frei und ohne gewalttat
schon im vorhinein bezahlt hat
schneuzt das aug und schärft das ohr
denn ein schauspiel steht bevor
aus dem dunkel dieses steges
(herr weissenpeter kommt zu spät)
tritt ein schauspieler des weges
und mit scharfer steiler geste
zeigt der sich aufs allerbeste
mit dem vorgeschriebnen fleiss
knallt er runter was er weiss
fasst sich kurz und beugt sich tief
knarrt sich seinen rücken schief
im ausdruck schönster höflichkeit
dem publikum zum zeitvertreib
(verbeugt sich)

weibl. zuschauer: mein herr, dieser anfang entspricht nicht den anforderungen des modernen dramas und ist abgeschmackt. fragen sie herrn weissenpeter, der hinter mir sitzt und der arbiter sowohl comoediae als auch tragoediae, damit sie keine möglichkeit sich auszureden, diese witze sind uns genugsam, wie frau espenlaub zu sagen pflegt und schreibt, sie sitzt da vor mir und ist vielleicht noch gebildeter als doktor weissenpeter, wenn das überhaupt möglich wäre und das will etwas heissen, mein herr dahergelaufen und maulvoll, damit sie wissen, merken sie auf und reden sie, wenn sie gefragt werden und wenn sie keine ahnung haben, wo gott wohnt, dann frage ich mich überhaupt, man merkt ja zum glück, wenn das metaphorische so schwachsinnig gehandhabt, vergessen macht, wie sie, ja sie, wer sonst, mit der transzendenz in neglectio schindluder triebe, wenn man heute, wo, was sage ich, heute, in dieser unserer zeit, eine solche sprache führen würde, da wär man im nu, im hui

draussen, und was würden sie, ja, ha, ich frage sie, ja sie, was würde man, und sich totlachen, dass wir, die wir, und warum, eines nichts halber, für nichts würde man sich die hände reiben und uns zu ersetzen, die wir unersetzlich, mit ignoranten, nichtswissern ihres kalibers, die wir das abendland in die bresche, in den zügeln halten, jawohl müssen, sie nichtsnutz, sie, was wissen sie denn überhaupt, als ihr vater sich unverantwortlicherweise, na ja, aber was geht das sie an, und für solche existenzen, ja, daran krankt ja das jawohl ganze, und sie haben die frechheit, sage ich, unverschämtheit, mit kecker überheblichkeit die antwort schuldig zu bleiben, aus mangel an, sich in jawohl esoterisches schweigen markierend, bleiben sie die information schuldig, mein herr, von der aussage ganz zu schweigen, zu hüllen, sie niemand, sie stinktier, sie anfänger, dilettant, arbeitsscheues element, nicht einmal imstande, und dazu will ich sie bestimmt nicht zählen, nein von mir nicht, und wenn sie krepieren, sie stierer kerl, sie habenichts,
und jetzt fangen sie endlich an und zeigen sie, was sie können!
sprecher verbeugt sich, vorhang zu.
stimme: ja, der schulberg. wenn wir den nicht hätten und sein gesundes urteil!
herr weissenpeter zum weibl. zuschauer: gnädige frau!
(küsst ihr schmatzend die hand)
2 herren mit opernglas besetzen eine loge auf der bühne und schauen ins publikum.
herr a: heute soll ein sehr schönes stück aufgeführt werden.
herr b: wie heisst es denn?
a: was weiss ich. irgendjemand wird hingerichtet.
b: es wurde ins französische übersetzt, hört man.
a: das glaube ich nicht. das ist bestimmt nicht wahr.
b: ist das die erste vorstellung?
a: nein, es ist schon 2 mal gespielt worden.
b: wie ist es bei der ersten vorstellung aufgenommen worden?
a: mit allgemeinem beifall. ich habe es gestern gesehen.
b: wo wollen wir uns hinsetzen?
a: am besten wir bleiben hier. ich habe diese loge zu meiner verfügung.
b: meinetwegen. ich ginge aber lieber ins parterre.
potz! da ist alles voll. es sind erstaunlich viele menschen hier. welches getöse!
a: ja, besonders in den letzten reihen.
was sagen sie zu der bühne?
b: sie scheint mir in anderen theatern grösser zu sein.
a: aber es ist gemütlich, nicht wahr?
b: da haben sie recht.
a: nie habe ich das haus so voll gesehen!

b: es sind sehr viele menschen darin.
a: welch ein herrlicher anblick!
b (zeigt): diese dame ist sehr schön gekleidet!
a: sehen sie dort?
b: wo?
a: dort drüben, links!
b: wie schön! sie sieht aus wie ein engel.
a: sie ist gut gebaut.
b: kennen sie die?
a: ich habe die ehre.
b: sie ist ausgezeichnet!
(schaut durchs glas)
diese zähne!
man sieht es an den augen, dass sie viel verstand haben muss.
a: die schönheit kann man wohl sehen, aber den verstand nicht.
b: wir wollen zuhören.
(wendet sein ohr halb dem publikum zu)
a: die dekorationen sind herrlich.
beide blicken in den saal.
b: das theater hat gute schauspieler.
a nickt. eine leichte befangenheit hat ihn befallen, wie das an kultstätten möglich ist.
b (hebt das kinn): die kleine spielt *sehr* gut.
a: ein herrliches wesen!
b (gedämpft): es heisst, sie verheirate sich mit weissenpeter.
a: der alte gefällt mir.
b: ja, er spielt ganz natürlich.
a: er soll der bruder eines höheren polizeibeamten sein.
b: sonst könnte er sich ja nicht halten.
a: sie meinen?
b: haben sie eine andere erklärung?
a: er ist unnachahmlich.
b (begeistert): der kerl spielt einzig.
a: was halten sie von schulberg?
b: wo?
a: dort. kommen sie hieher, jetzt versteckt er sich, aber von da können sie ihn gut beobachten.
b: der ist auch da?
a: sein spiel gefällt mir sehr.
b: sie haben recht, die natur hat ihn mit grossen gaben ausgestattet.
a: diese bühne kann sich rühmen.
b: ja, und man hat mich versichert, sie dürfe sich kühn mit den ensembles in europa messen.
a: verzeihung, wer ist die da, die soeben von der toilette kam?

b: das ist die espenlaub.
a: die scheint noch sehr jung zu sein.
b: wissen sie denn nicht, dass die damen im theater sich eines ewigen frühlings zu erfreuen haben?
a: wie recht sie haben.
b: das stück ist aus.
sie erheben sich.
b: die neuen schauspieler gefallen mir sehr.
a: ja, ihr spiel ist edel und natürlich.
und wie gefällt ihnen das stück?
b: ich sage, es ist eines der besseren, und deren gibt es wenige. aber endlich fügen sich ja auch unsere bühnen dem guten geschmacke und gott sei dank dürfen wir hoffen, dass all die unsinnigen sogenannten berühmten stücke ganz von der bühne verbannt werden.
a: wir wollen uns erfrischen; ich habe hier viel angst ausgestanden.
beide ab.
herr weissenpeter: man könnte in der luft zerspringen. manchmal frage ich mich, wer ich bin.
stimme: anfangen!
a und b treten wieder auf, nehmen platz in der loge, rücken zum publikum.
b: was sagen sie dazu? das stück fängt ja erst an!
a: da bin ich gestern zu früh weggegangen.
b: was meinen sie, darf man auf eine handlung hoffen?
a: ich habe keine ahnung, aber ich glaube kaum. angeblich werden mehrere herren bemüht sein, sich einander verständlich zu machen.
b: das ist ja entsetzlich!
der vorhang geht auf.
löwe: ihr armseligen menschen, ihr sterblichen besitzer des erdbodens, der tiefsee und des himmelszeltes, ich bin es: der löwe von überall, herrscher über sieben weltmeere und ebensoviel erde, nachkomme des maldoror, sohn des melmoth, sohn des hugo schenk, bastard seiner majestät des kaisers maximilian von österreich und tirol, sohn des heliogabal, sohn des astaroth, sohn des hephaistos mit einem nilpferd, abonnent von tageszeitungen und lesezirkeln, ich bin das übel, der omnipotente fürst des erdballs, ich bin der falsche schatten im finsteren haustor, ich bin die kalte hand im kleiderkasten, nummer neunundneunzig im kleinen lotto, der blutfleck auf der autobahn, chef der polizei in 27 kulturstaaten. reichtum und macht, wollust und ehre teil ich aus nach meinem belieben unter meine ergebenen diener.
der polizist apollo (mit blutigem knüppel tritt auf): ha, da freut sich mein unerschrockener heldenmut, das ist mir augensalbe, wenn ich in menschenblut kann meine augen weiden. das donnern der kom-

mandos, das krachen der schädeldecken. das schwirren der gummiknüppel, ein kugelregen aus staatlichen pistolen ist meinen ohren noch alleweil die angenehmste musik. wenn die öffentlichen parkanlagen von toten leichen überstreut und berge von demonstranten aufgehäuft sind, fährt mir die freudenlust durch die finsteren züge. wenn ich den stumpfen knüttel mit menschenfett und knochenmark verklebt seh, das gibt eine herzkühlende lust meinem gemüte. dampf fährt aus meiner nase und feuerflammen aus meinem maul, dadurch ganze stadtteile und länder in rauch aufgehen. dir dank, o chef, der du das recht mit dem metermass deiner gnade ausmisst.

der sprecher (tritt lässig auf): das ist herr löwe, der chef, und der polizist apollo, seit 30 jahren im dienst, mitglied der partei.

apollo: i muas wem daschlogn.

(er verfällt in einen tobsuchtsanfall und wirft gegenstände vom mobiliar, erschöpft bricht er zusammen. keuchend und mit geweiteten augen starrt er auf seine hand. die hand zuckt scheinbar unabhängig von apoll über die bühne, er versucht vergeblich sie festzuhalten)

der sprecher: vergeblich versucht wachtmeister apollo seine hand, treuer helfer in bitterster not, faust auf manchen bettlers scheitel, donnerkeil in das zahnfleisch argumentierender bürger, sie versucht er festzuhalten, die ihn verlassen will.

apollo (brüllt): i wü ned in die aunschdoid!

(er wälzt sich. plötzlich beginnt er zu suchen, hier und dort, blickt auf den boden, löwe steht auf und folgt ihm, der sprecher winkt abwehrend ab)

löwe (gibt apollo einen fusstritt): was mochns denn do?

der sprecher: er hat die sprache verloren.

löwe: wos haast. des kenn ma scho. er wü nimma spüün. raundewu und so. fia wos griagt a zoid? wida amoi a glane obreibung gefällig.

(gibt apollo einen fusstritt)

apollo richtet sich auf, versucht zu sprechen, würgt, quält sich.

löwe: ich sage nur:

satzgegenstand (gibt ihm eine ohrfeige)
und
satzaussage (gibt ihm eine ohrfeige)
hauptsatz (schlägt ihn auf die nase)
und
nebensatz (schlägt ihn auf die nase)

ich hoffe das genügt.

apollo (mit beiden handflächen abwehrend): ö, ö, ö, ö

löwe (scharf): wieviele selbstlaute?

apollo versucht es murmelnd an den fingern abzuzählen, er fängt immer wieder von neuem an. verzweifelnd den kopf schüttelnd, wenn er abbricht und wieder anfängt. er wird immer hastiger und seine finger kommen ihm mehr und mehr in die quere.

löwe (unterbricht ihn grob): das ist nicht genug.
ich habe die sprache gewonnen.
sie haben die sprache verloren.

apollo grunzt und blökt wie ein stummer, der etwas sagen will, vor sich her, in sich hinein, kauert nieder, fällt um, wälzt sich am boden, grunzend.

löwe betrachtet ihn. nach einer pause: sie sind mir noch ein gespräch schuldig.

apollo steht auf, fingert einen geldschein aus seiner tasche und gibt ihn

löwe, der ihn einsteckt:
recht gern, mit vielem vergnügen.

apollo klopft seine hosen ab.

löwe schlägt apollo auf die schulter:
nur eine kleinigkeit um das gespräch zu beleben.
und worüber wollen wir sprechen?

apollo (plötzlich charmant, hände reibend): wenn es ihnen recht ist, wollen wir sprechen.

löwe: wie sie wollen.

apollo: was sie wollen.

löwe: wollen s i e sprechen?

apollo: mein herr, wir wollen gemeinsam sprechen.

löwe und apollo: über die freude.
mit vielen beispielen.
das kind ist ein spielzeug der menschen. deshalb macht der lustige vater das lustige kind. dabei weint die lustige mutter vor freude. man muss frühzeitig beginnen. auch der zwerg fängt klein an. aber ein braves kind ist nicht lustig. ein schielendes, das ist gleich viel lustiger.
da, wo gott den blick geschenkt hat, setzt die kunst die brille.
soviel über die kunst.
die hunde werden immer grösser und die zwerge immer kleiner.
der mensch ist der künstler.

löwe: wer spricht?

apollo (sehr angestrengt, die adern färben sich blaurot, es platzt hervor): sie!

löwe: das ist recht, das nenne ich sprechen.
du bist ein meister.

apollo: diesmal habe ich eine gute sprache.
(arrogant) aber s i e verstehen das sprechen n i c h t !
sehen sie mir nicht in den mund!
machen sie das maul zu!

(hebt finger) geben sie acht, was herauskommt!
(jubelnd) ich habe die sprache gewonnen!
löwe gibt ihm eine ohrfeige.
apollo (verdriesslich): ich mag nicht mehr sprechen.
löwe (gnädig): ein andermal sprechen wir länger.
apollo stürzt hinaus.
sprecher: löwe, chef der polizei, wartet was da kommen will.
apollo tritt auf, einen passanten mit sich schleifend.
passant: und die habeas corpus akte?
apollo: des wa jo no scheener, waun ma sowos heddn!
löwe: mochn s eam featik.
apollo zieht dem passanten den knüttel über. der passant fällt um und bleibt bis zum ende des stückes liegen.
kasperl tritt auf.
apollo: wos woin denn si do?
kasperl: bidscheen i hob mei frau umbrocht.
löwe: no und?
kasperl: bittschön, ich möchte es melden.
löwe: wos woin s denn?
kasperl: ich möchte melden, bittschön, dass ich meine frau im affekt aus dem fenster geworfen habe.
apollo: no und?
kasperl: sie ist tot.
löwe: no und?
apollo: behindert die leiche den verkehr auf der strasse?
kasperl: na, die rettung woa scho do.
apollo: haben sie eine bestätigung für das ableben ihrer gattin?
kasperl: jo, der herr chefarzt von der rettung hats notiert. bitte hier.
apollo: geschieden?
kasperl: bitte nein, i woa zum eastn moi verheiratet.
apollo: trauschein.
kasperl: bitte hier.
apollo: sie geben also vor, ihre gattin in böswilliger absicht aus dem fenster geschleudert zu haben und so ihr ableben verursacht zu haben?
kasperl: jawohl.
herr a: mein gott, sieht denn der kerl net, dass er ungelegen kommen is.
herr b: auf diese art geht ja die handlung überhaupt net weiter.
herr a: es ist zum weggehen!
herr b: sie da, machen s was, dass es weitergeht. der soll verschwinden. merkt er denn net, dass er stört. die herren wollen ja weiterspielen.
sprecher: tut mir leid. aber das is ein ignorant.
herr b: no do schauma gut aus!
herr a: zum weggehn!

herr b: no gemma!
herr a: tut ma leid, i hob a freikoate.
herr b: sie auch?
apollo: oiso wo woama?
kasperl: ich hab «jawohl» gsagt.
löwe: kommens her sie lästiger kerl. da hams die formulare und füllen sies aus.
kasperl: bitte?
wea i jetzt schon hingerichtet?
apollo: was bilden sie sich eigentlich ein? wea waas, ob sie überhaupt schuldig sind. do könnt jo a jeder kommen! duat is a feda und a dintn und füns die formulare aus!
kasperl geht zum pult, bleibt stehen und macht nichts.
löwe: no wos is?
kasperl (dreht sich): bittschön, i kaun goaned schreim.
löwe: daun lossns uns in rua und gengans zaus.
herr a: mein gott, lästig können die leut sein.
apollo (langsam und drohend): sie können goaned schreim?
kasperl: bitte, nein, herr wachtmeister.
apollo (langsam und drohend): dann haben sie ja, wie ich denken muss, ja garnicht eingereicht um bewilligung zur verübung eines mordes.
kasperl: bitte, nein. ich hob ned gwusst, dass man des tun muss.
apollo (brüllt): ja, was stellen sie sich vor! wie solln denn wir dann die mörder finden!
kasperl: bitte, daran hob i goaned docht.
apollo (brüllt): sie werden im abgekürzten verfahren zu einer ordnungsstrafe in der höhe von 50 schilling wegen mutwilliger vernachlässigung der voranmeldepflicht ohne möglichkeit von rechtsmitteln verurteilt.
kasperl: bitte, hier. (reicht den geldschein)
apollo: und jetzt verschwinden s!
kasperl: oba bitte die hinrichtung!
apollo: rrrauss!!
apollo beginnt kasperl rauszudrängen.
kasperl: oba bitte!!
apollo schlägt mit knüttel auf kasperl ein, der sich verzweifelt im türrahmen festhält. kasperl entwischt und stellt sich im raum auf. der sprecher rückt mit seinem stuhl zur seite und sieht interessiert zu.
kasperl (erschöpft): i möcht a rechtskroft!
löwe (steht hinter seinem schreibtisch auf): widersetzlichkeit gegen die amtsgewalt.
sie heissen?
kasperl: ich bin der kaschberl.
löwe: schon wieder.

wohnhaft?
kasperl: in wien.
löwe: beruf?
kasperl: wie meinen?
löwe: wie sind sie tätig? wos mochns den gaunzn tog?
kasperl: a, wos i moch? jo wos moch i denn?
löwe: das frage ich sie!
kasperl: i moch theater in den sie vuakumman.
löwe: mochns kane witz!
kasperl: es is woa! ollas wos sie sogn is von mia.
apollo: a so a frechheid!
löwe: sie sind zum tode verurteilt!
herr b: das hat er davon.
kasperl (zu b): steam muas a jeda. im oita . . ., vaschdengans? da gaukal und so . . .
apollo: bitte höfn sie uns. wia müssen den käfig auf die bühne tragn, wo er eingsperrt werden soll.
herr b: aber mit dem grössten vergnügen.
herr a: kann ich ihnen irgendwie behilflich sein?
apollo: bitte, wauns so liab sein wolln.
herr a und herr b mit apollo ab.
löwe: wos sogn sie, wie uns der kerl doagstellt hot?
sprecher: aber, ich bitt sie, das kann man doch net ernst nehmen.
ein käfig wird von apollo, herrn a und herrn b auf die bühne geschoben.
löwe (höflich): bittschön setzns ina rein.
kasperl: sin ma scho so weit?
apollo (zuvorkommend): aunfaung zweiter akt!
kasperl (zum sprecher): sogns den leutn, dass die zeit vergaungan is!
herr a (der sich die hände mit einem taschentuch reinigt): ich bitt sie, das sieht doch a blinda!
(setzt sich mit b wieder in die loge auf der bühne)
kasperl nimmt einen sessel und setzt sich in den käfig.
löwe und apollo grüssend und winkend ab.
ein wachorgan tritt auf und nimmt mit aufgepflanztem seitengewehr neben dem käfig aufstellung.
herr b: wer ist denn das?
kasperl: dos is der aufseher, der passt auf mich auf.
herr b: und was besseres is ihnen nicht eingfalln?
kasperl: ich muss zugeben, nein. aber was haben sie gegen ein wachorgan? schaut doch immer gut aus. oder? schauns, des verhindert wenigstens, dass ich in meinem käfig zum monologisieren anfaung. sowos is meistens fad! ausserdem is a mit mia ind schui gaunga und hasd friedl.
herr b: und das stück ist wirklich von ihnen?

kasperl: waun ich ihnen sog!
herr b: warum mochns denn sowas? schauns wohin das führt.
kasperl: erstens verdien ich mehr, wenn ich selber mitspiel, – was glaubens denn, was dem autor für eine aufführung geboten wird, ich sog ihnen es zoid si ned aus, vümea is es eine zumutung –, zweitens, woatens nua ab, i kumm scho wida ausse.
herr b: aber das stört doch den ablauf der handlung. es spitzt sich doch auf a justifikation zu?
kasperl: nua ka aungst, des wean ma scho mochn.
herr b: aber entschuldigen sie, das ist ein missverständnis, ich möcht jo, dass sie hingerichtet werden.
sprecher: bitte um ruhe, die vorstellung geht weiter. ein herr von der presse wird auftreten und den delinquenten befragen wollen.
herr a: von welcher zeitung?
sprecher: tut mir leid, das darf ich nicht beantworten.
reporter (tritt auf): seawus, kaschberl, i höa, du schreibst.
kasperl: jo, woa is.
reporter: no siggst, weast zu uns komman.
kasperl: schau, wea no do is.
reporter (zum aufseher): seawus, werfried, wos mochst denn du do?
aufseher schweigt.
kasperl: ea deaf ned redn, ea passt auf mi auf.
reporter: no warum denn.
kasperl: damid i ned dafau renn.
reporter: geh, wärst davongrennt!
kasperl: geh, warum denn?
reporter: hätt i wos gschrim. warum bist denn do?
kasperl: i hob mei frau umbrocht.
reporter: no geh, wos du soggst. wie gehts ihr denn?
kasperl: tot is!
reporter: a jo, desweng komm i zu dir. geh erzö ma wos. kaun i wos schreim.
kasperl: giselher, die leut hean uns zua.
reporter: no und?
kasperl: schaut des ned gspassig aus, waunsd mei freind bisd?
reporter: oba geh, man muss sis mit olle gutstehn, sunst afoat ma jo nix.
kasperl: sei gscheit, host nua schererein. die leit vastengan des ned.
reporter (geht zur tür zurück): ich wünsche ihnen alles mögliche glück. es freut mich unendlich, sie zu sehen.
ich wünsche ihnen alles, was ich mir selbst wünsche.
kasperl: seien sie willkommen.
reporter: guten morgen.
kasperl: es freut mich sie zu sehen.

was führt sie zu mir?
womit kann ich dienen?
wie geht's?
reporter: ihnen aufzuwarten, sehr wohl.
kasperl: und wie geht es?
reporter: mit ihrer erlaubnis, ich befinde mich wohl.
kasperl: und wie geht es ihnen.
reporter: es geht.
kasperl: es freut mich, sie wohl zu sehen.
reporter: ich danke ihnen sehr, ich bin ihnen sehr verbunden.
sie sind zu gütig.
kasperl: ich bin ihr diener, ich stehe ihnen zur verfügung. verfügen sie über mich.
reporter: sie erweisen mir zuviel ehre.
kasperl: beehren sie mich mit ihren wünschen, sie haben nur zu befehlen, ich stehe ganz zu befehl, befehlen sie nur frei und ohne scheu, machen sie keine umstände.
reporter: ich will ihnen keine umstände machen.
kasperl: ihnen gefällig zu sein, macht mir keine mühe, sie ehren mich mit ihren wünschen. wir wollen keine umstände machen, unter freunden macht man keine umstände.
reporter: ich will es tun, um ihnen zu gehorchen, bloss um ihnen zu gefallen.
ich verehre sie, ich schätze sie, ich liebe sie.
zählen sie auf mich.
kasperl: da haben sie recht, wir wollen gute freunde bleiben.
giselher wartet.
kasperl schweigt.
reporter: sprechen sie manchmal?
kasperl: ja, aber nie anders, als mich zu unterhalten.
reporter: sprechen sie gern?
kasperl: ich spreche nur zum zeitvertreib.
reporter: aber mich dünkt, das sprechen sei eine sehr gefährliche unterhaltung?
kasperl: das ist wahr, doch nur, wenn man zuhört.
reporter: aber sie sprechen jetzt doch, um von mir gehört zu werden!
kasperl: das ist eine lüge!
wenn ich ihnen etwas mitzuteilen hätte, würde ich es sein lassen.
es würde in den sätzen hängen bleiben.
reporter: es würde nur zu missverständnissen kommen,
kasperl: zu unstimmigkeiten führen,
reporter: zu schlägereien,
kasperl: zu streit,
reporter: ärger bereiten,

kasperl: freundschaften zerstören.
reporter: wenn man zuhört,
kasperl: weiss man nicht wie's gemeint ist.
reporter: sie könnten es nicht besser wissen,
kasperl: sie könnten lügen,
reporter: sie könnten es ehrlich meinen.
kasperl: aber wie soll das heraus?
wo soll das hinein?
reporter: da kann man nur sprechen.
kasperl: ich spreche gern.
reporter: es tönt,
kasperl: es ist laut,
reporter: man kann es hören.
kasperl: es beschäftigt die ohren,
reporter: und die zunge,
kasperl: und die lunge,
reporter: und die lippen,
kasperl: und die zähne.
man kann es zerbeissen.
reporter: man kann es zerkauen.
kasperl: man kann es schlucken
reporter: und man kann es ausspucken.
kasperl: man kann mit den stimmbändern schwingen,
reporter: man kann es regulieren,
kasperl: laut und leise,
reporter: hoch und tief,
kasperl: und vor allem, in der mitte!
reporter: ganz recht.
kasperl: man kann dabei gehen,
reporter: man kann dabei sitzen,
kasperl: man kann dabei laufen,
reporter: man kann dabei stehen,
kasperl: man kann dabei seine notdurft verrichten.
ich spreche gern.
herr a: pfui teufel!
sprecher (der fasziniert zugehört hat): die sind gleich fertig!
reporter: sprechen sie oft?
kasperl: sehr selten.
reporter: und warum?
kasperl: weil es viele betrüger gibt. man läuft da grosse gefahr, weil die wie ordentliche leut aussehen. die hören zu, die merken auf, alles nehmen sie beim wort.
reporter: das ist eine rücksichtslosigkeit.
kasperl: eine gemeinheit.

reporter: eine frechheit.
kasperl: es handelt sich um verbrecher.
reporter: nun, worüber wollen wir also sprechen?
kasperl: worüber sie wollen.
reporter: wie es ihnen recht ist.
kasperl: das sprechen ist sehr im schwange.
reporter: man kommt sich nahe,
kasperl: es distanziert,
reporter: es verhindert das schlimmste,
kasperl: es fördert alles mögliche,
reporter: es erfreut,
kasperl: es betrübt,
reporter (mit emphase): es berauscht!
kasperl (konsterniert): sie sind ja betrunken!
der reporter giselher stürzt schwankend zum schreibtisch und nimmt einen schluck wasser.
reporter (murmelt): sie sehen alt aus.
kasperl: ich bin 62 jahre.
reporter (rasend): sie sind älter als ich!
kasperl: ich bin wohlauf, das ist die hauptsache.
reporter: sind sie verheiratet?
kasperl: lassen sie das sein!
reporter: wie oft waren sie verheiratet?
kasperl: lassen sie das sein!
reporter: wie viele frauen haben sie gehabt?
kasperl: lassen sie das sein!
reporter: leben ihre eltern?
kasperl: mein vater ist tot.
meine mutter ist tot.
reporter: es sind zwei jahre, dass ich meinen vater verloren habe.
kasperl: meine mutter hat sich wieder verheiratet.
reporter: sie lügen!
kasperl: sie ist eben erst verstorben.
reporter (schüttelt ihm die hand): tut mir leid. wieviele kinder haben sie?
kasperl (zögert): ich habe — vier.
reporter: söhne oder töchter?
kasperl: ich habe einen sohn und vier töchter.
reporter (lacht): ich gratuliere!
kasperl: die karin ist jetzt zur welt kommen!
reporter: ich gratuliere!
kasperl: ich habe einen sohn und fünf töchter.
reporter: meine gratulation!
kasperl: ich habe einen sohn und sieben töchter.

reporter: das ist arg!
kasperl: ich habe einen sohn und tausend töchter!
reporter: sie setzen mich in erstaunen!
kasperl: ich habe einen sohn und 30 millionen töchter!
reporter: kommen sie zu sich, bleiben sie ruhig!
kasperl (schreit): ich habe einen sohn und, und – und – und
reporter: ich bitte sie!
kasperl: ich gebe es zu, ich bin witwer.
reporter (durch die gitterstäbe nimmt er kasperls schulter. der schüttelt sich in lautlosem geschluchze): bleiben sie stark!
kasperl (stockend): ich kann nicht lügen. meine frau hat mich verlassen.
reporter: ich bin untröstlich.
er streichelt kasperl den rücken.
kasperl (dumpf): verachten sie mich, – ich bin verlobt.
reporter schweigend und in sorge.
kasperl: glauben sie mir, ich will mich offenbaren, bis meine lage es erlaubt. ich will alles sagen, wie es war, wie es ist, wie es sein wird, wie es nicht sein wird, wie es nicht ist, wie es niemals hätte sein können, wie es nicht war, wie es sein könnte, wie es hätte sein können, wie es würde sein können.

glauben sie mir, es geht aufwärts, dem ziele zu.

auf der strasse werde ich sie ansprechen, mich niederknien, ihre knie umfassen, sie wird meine hand nehmen, mich aus dem staub heben, der ich bin, und hand in hand, arm in arm, aug in aug, zahn in zahn werden wir die treppe hinaufschreiten, mit guten manieren, dezent gekleidet, wir werden das tor öffnen, wir werden eintreten und hintreten vor die theke und zusammen ein bier trinken.
reporter: machen sie keine witze!
kasperl: ich gebe zu, sie liegt noch in den windeln, aber – (verklärt) ich kann warten.
herr a: aber wir nicht. die zeit vergeht. es ist schon 3/4 9! (genaue uhrzeit)
reporter (zu herrn a): mein herr, die stunde ist nur ein nebenprodukt der zeit. nach 60 minuten ist sie reif und fällt von den uhren, völlig wertlos.

(zu kasperl) kommen wir zur sache, sie suchen eine frau?
kasperl (kleinlaut): ja.
giselher und kasperl blicken nachdenklich und lippenkauend vor sich hin und aufeinander. diese pause gerät etwas lang.
reporter: was haben sie gesagt?
kasperl: ich habe nichts gesagt.
reporter: sprechen sie lauter.

ich kann sie nicht hören.
kasperl (laut): hören sie mich?

reporter: machen sie keinen lärm!
kasperl: schweigen sie!
reporter: was soll der lärm!
kasperl: hören sie auf zu schreien!
reporter: man kann sein eigenes wort nicht hören!
kasperl: sie machen mich taub!
reporter: sie schreien mir den schädel ein!
kasperl: sie sind sehr lästig.
reporter (nach einer pause und sehr ruhig): sie haben diesen mord erfunden!
kasperl: wieso?
reporter: sie haben keine frau! sie hatten keine frau und ob sie eine haben werden ist die frage!
kasperl: hören sie? können sie hören? das ist meine frau.
(kasperl macht schritte, auftretend spricht er:)
das sind ihre schritte auf der treppe, im haus, über den flur, vor der tür, in meinen ohren. ist das kein beweis? sie kommt nach hause von ihren reisen aus den gebirgen, aus den städten, aus fernen ländern. (er bleibt stehen) sie steht vor der tür. gleich wird sie eintreten. sie war sehr krank.
reporter: das hat nichts zu bedeuten.
kasperl: da haben sie recht. das sagt garnichts, es ist eine kleinigkeit. nur gestern war sie etwas unpässlich.
reporter: was sie nicht sagen!
kasperl: sie hatte fieber, leibschmerzen, flecktyphus, scharlach, cholera, den keuchhusten, den gewöhnlichen husten, das gewöhnliche fieber, das komplizierte fieber, sie hatte alle übrigen krankheiten, auch war sie sehr gesund, hatte keine schlechte verdauung, migräne und die englische krankheit.
in letzter zeit litt sie an leichtem übelsein.
reporter: was wollen sie wirklich?
kasperl: schreiben sie über mich! fotografieren sie mich! bringen sie mein foto in eine illustrierte!
reporter (angeekelt): wie dick sie geworden sind!
ihr haar ist schütter.
ihre bewegungen sind langsam.
sie sehen elend aus.
sie machen einen heruntergekommenen eindruck.
sie erwecken mein mitleid.
sie dauern mich.
sie sind alt geworden.
sie haben zeit verloren.
sie haben einen freund verloren.
sie haben an geschmack verloren.

sie haben jeden halt verloren.
sie haben die mass-stäbe verloren.
sie haben die hoffnung verloren.
ihr gedächtnis ist schlecht.
sie haben mein vertrauen verloren.
sie haben sehr verloren.
(will abgehen)

kasperl: warum so in eile? können sie nicht ein wenig warten? ich zeige ihnen meine frau, das krankenlager, den arzt, das nachtgeschirr, die medikamente, die totenbahre!

reporter: sagen sie ihrer frau, wie leid mir das alles ist.

kasperl: ich werde es unfehlbar tun. sie wird sich freuen, sie wird beglückt sein, sie wird gesunden, sie wird ausser sich sein, sie wird rasen, wird mit gegenständen um sich werfen, sie wird springen, sie wird tanzen, sie wird vor freude sterben.

reporter (kommt zögernd zurück): sie hatten also eine frau?

kasperl: nein.

reporter: es ist gemein von ihnen, eine tote zu verleugnen!

kasperl: ich habe sie erfunden.

reporter: das ist gleich. waren sie nicht glücklich, von ihr sprechen zu dürfen, sie herauszustreichen?
(eindringlich) haben sie nicht behauptet, sie sei präsident der vereinigten staaten?

kasperl: aber ich bitte sie!

reporter: haben sie nicht behauptet, sie habe vier arme und sechs beine?

kasperl: aber ich bitte sie!

reporter: haben sie nicht behauptet, sie sei unsterblich?

kasperl: aber ich bitte sie!

reporter: haben sie nicht behauptet, sie besitze einen akademischen grad?

kasperl: aber ich bitte sie!

reporter: haben sie nicht behauptet, sie sei naschhaft?

kasperl: aber ich bitte sie!

reporter: haben sie nicht behauptet, sie sei 12 meter hoch, 4 kilo schwer und aus kupfer?

kasperl: aber ich bitte sie!

reporter: haben sie nicht behauptet, sie sei tugendhaft?

kasperl: aber ich bitte sie!

reporter: haben sie nicht behauptet, sie könne lesen und schreiben?

kasperl: aber ich bitte sie!

reporter (erregt): sie haben überhaupt allerlei behauptet!

kasperl: sie sollten nicht auf mich hören.

reporter: was sagen sie da?

kasperl: das ist ohne bedeutung.

reporter: es klingt aber gut.
kasperl: ja es ist schön.
reporter: ja ganz vorzüglich.
kasperl: sagen wir, ausgezeichnet.
reporter: es wäre zu loben.
kasperl: man möchte sagen, es ist auszuhalten.
reporter (setzt sich wieder. sitzt am käfig): ja, ganz gemütlich.
kasperl: es bringt in schwung.
reporter: es macht freude.
kasperl: ich muss sie hören.
reporter: sonst müsste ich leiser sprechen.
kasperl: da müsste ich schlechter hören.
reporter: sonst müsste ich noch leiser sprechen.
kasperl: da müsste ich sie kaum hören oder meine ohren verstopfen.
(hält die hände vor die ohren)
reporter: dennoch müssten sie mich hören.
kasperl (verklärt): ich müsste sie nur sehr leise hören.
reporter: sie müssten schlafen.
kasperl: ihr gerede würde mich wecken.
reporter: sie müssten fortgehen.
kasperl: ich würde sie um die ecke treffen.
reporter: zerstören sie den gehörgang.
kasperl: ich kann mir denken, was sie sagen werden.
reporter (zieht einen dolch, mit emphase): dann müssen sie sterben!
kasperl: das werde ich unfehlbar tun.
(fällt um wie ein stock. steht wieder auf)
giselher, glaubst dafia brauch i di?
apollo (eilt auf): öha herr journalist, ned der justiz vuagreifn!
giselher (ab): seawas, kaschberl!
kasperl: seawas, giselher!
apollo (gibt werfried einen tritt): woch auf, du gfrasst!
werfried (reisst sich straff): zu befehl!
herr weissenpeter: die darstellung der presse ist widernatürlich, ekelhaft, einseitig und trifft nur gewisse elemente eines boulevardblättchens, dessen namen ich nicht nennen will und dessen mitglieder ihren geschmack, wie mir bekannt, an kriminalfortsetzungsromanen der jahrhundertwende, wie «der stein des anstosses», «pain in the ass», «hund von baskerville» und ähnlichem bilden. ich verbitte mir das!
stimme: recht hat er! ein gscheiter mensch, der weissenpeter!
herr weissenpeter: ich verbitte mir das und weise auf meinen von subversiven elementen im letzten augenblick sabotierten –
(brüllt:) sicher waren es kommunisten!!
überall sind kommunisten!!!

ich weiss es! ich muss es wissen und ich werde bis zum letzten atemzug . . . !
(bricht ab)
. . . und weise auf meinen seinerzeit verhinderten vorschlag, alle aufführungen der konzerthausgesellschaft mit dem gebet einzuleiten, und verlange, dass diesem unrat ein ende gesetzt werde!
polizei!!! ich weise auf gott!!

stimme: mit gott und weissenpeter!!

apollo stürzt spontan zornbebend mit schwirrendem knüppel auf a & b in ihrer loge. a & b schützen ihre köpfe.

apollo: olle haummas zaumm!

kasperl (aus seinem käfig): und wea schaut zua?

apollo: a jo . . . .

er geht spontan besänftigt an seinen platz zurück.

apollo: ruheee!!!!

p a u s e

der sprecher: man bringt uns den elektrischen stuhl, ein in vielen ländern der erde, vielleicht auch in der unendlichen ferne des weltenraumes verwendetes hilfsmittel der gerechtigkeit, dieserorts in vergessenheit geraten, aber von breiten schichten des volkes zu gegebenem anlass immer wieder gefordert.

stimme: hii muas a sei!!

der stuhl – er ist sehr hoch – wird hereingebracht.

herr a
herr b (fasziniert): jööö!!!!

weibl. zuschauer: halt! dieser mann gehört mir. ehe er von uns geht, soll er mein lager teilen, mein eigen sein, die wärme einer weiblichen mitfühlenden brust verspüren, getröstet sein, gefunden haben was er sucht, besitzen was er zerstört zu haben vorgibt. er ein elender, dürfen wir ihm diesen trost vorenthalten, er der die gemeinschaft, uns, missverstanden, soll kosten in ihrer kleinsten form, keimzelle jawohl familie, was die sozietas bedeutet. zu mir! in meine arme! kaspar! du! ein verlorener!

sie läuft hinaus zur bühne. kaspar klettert über die vielen stufen rettend auf den stuhl.

kasperl: los! anfangen!

apollo legt den grossen hebelschalter um.

qui & qua

schauspiel in aufzügen

arbogast: der amtmann wird an uns denken, das heisst sein rock wird an uns denken, wenn der wind durch den ärmel fährt.
claudio: du hast recht, es war zeit, ihn einmal auszulüften.
hans wurst: wir hätten seinen rock an den strick hängen können, damit wäre der reinlichkeit genug gewesen.
claudio: das war sein lieblingsrock. er wollte sich nicht davon trennen.
hans wurst: es war aber auch seine lieblingsuhr.
arbogast: ja, weil er nur diese eine hatte. der alte geizkragen.
rupert: wie er mit seinem kragen geizte.
claudio: als ob er nur den einen hätte.
arbogast: obwohl er einen kragen hatte.
hans wurst: warum habt ihr ihn aufgehängt?
arbogast: er war ein feind des königs.
hans wurst: aber es gibt keinen könig.
claudio: es wird ein neuer könig kommen.
arbogast: unser könig wird kommen.
hans wurst: ihr spielt den tollen hund.
arbogast: schweig, das verstehst du nicht. unsere feinde sind die feinde unseres königs.
hans wurst: er hat uns nichts getan.
arbogast: er hat uns nicht bewundert.
claudio: wer uns nicht bewundert, verachtet unseren könig.
arbogast: wer uns nicht bewundert, ist ein feind.
claudio: wir sind die ersten streiter des neuen königs.
hans wurst: er wusste es nicht.
claudio: das sieht man.
hans wurst: die auserwählten!
claudio: soll das lustig sein?
hans wurst: nein, das ist sehr traurig.
arbogast: lass deine witze.
hans wurst: du weisst, dass ich witzlos bin.
claudio: du bist auch auserwählt.
hans wurst: danke.
rupert: wo ist die uhr?
claudio: ich werde sie in die kassa geben. sie gehört uns allen.
arbogast: unsinn, du hast sie ihm abgenommen.
rupert: ich habe das geschäft eingeleitet.
arbogast: er braucht die uhr. er braucht sie wirklich. er hat ein bitteres los. er wird sie gegen branntwein tauschen.

rupert: wir haben ihm erst gestern den wagen gegeben.
arbogast: den braucht er. rosalia hat schwache füsse.
hans wurst: der teufel soll ihre schwachen füsse holen. wir haben einen schwachen magen.
claudio: ich werde die uhr in die kassa legen.
arbogast: unsinn, du brauchst sie. du kannst sie gegen einen goldenen degen tauschen.
hans wurst: auf unseren klingen sitzt der rost.
arbogast: taucht sie in das blut der feinde, dann geht er wieder ab.
hans wurst: du spielst den hauptmann mit grossem geschick.
arbogast: was soll das heissen?
hans wurst: dass hier niemand zu befehlen hat.
arbogast: das war ein vorschlag, kein befehl.
hans wurst: der teufel soll dich holen.
arbogast (zu claudio): komm, wir gehen. rosalia wird sich freuen.
claudio: sie wollte schon immer eine uhr haben.
rupert und hans wurst
rupert: du bist zu grad.
hans wurst: soll ich krumm sein? wir haben uns für die gradheit zusammen getan.
rupert: warum sind wir dann da?
hans wurst: aus gewohnheit.
rupert: ja, sie waren einmal aufrechte kerle.
hans wurst: ja, manchmal waren sie aufrechte kerle.
pause
rosalia tritt auf
rosalia zu hans wurst: ihr habt euch in der schenke vollgefressen. ihr fresst, und ich sitze zu hause und leide den hunger.
hans wurst: es waren meine taler.
rosalia: er hätte mir etwas mitbringen können.
hans wurst: ich habe die zeche bezahlt. so hätte ich dir etwas kaufen müssen.
rosalia: er frisst, aber er denkt nicht an meinen hunger. warum hat er mir nichts mitgebracht?
hans wurst: ich habe nicht daran gedacht. auch hatte ich kein geld mehr. aber jetzt bin ich froh, dass es mir nicht in den sinn gekommen ist, dir etwas mitzubringen.
rosalia: er frisst und ich habe hunger.
claudio und arbogast kommen zurück.
arbogast: aber rosalia, es war ja nicht so gemeint.
claudio: du hast den hahn gegessen. du hast den wein getrunken.
rosalia: ihr habt zehn hähne gefressen und zehnmal soviel wein getrunken.
claudio: soviel essen und trinken kannst du.
rosalia: ihr fresst, und ich muss hungern.

rosalia weint.
arbogast: aber rosalia, es war nicht so gemeint.
rosalia: früher fuhr ich in goldenen karossen. mein vater war ein fürst. ich war geachtet, und jetzt liebe ich dich, mein claudio.
arbogast: er weiss, dass es ihn verpflichtet. du wirst wieder in goldenen wagen reisen. rosalia, weine nicht. er weiss, was er dir schuldig ist.
claudio zu hans wurst: ich habe durst.
rosalia: du bleibst hier. es ist schon spät.
hans wurst: die sonne ist erst untergegangen.
rosalia: er bleibt hier. ich brauche ihn. ich bin früher immer in goldenen wagen gereist.
hans wurst: mit silbernen schimmeln, ich weiss.
claudio: ich bin durstig.
rosalia weint.
claudio: ich bin nicht mehr durstig.
rosalia: ich bin so glücklich, dass du bei mir bleibst, und früher bin ich immer in goldenen karossen gefahren.
rosalia, claudio ab.
rupert: gute nacht.
arbogast, hans wurst: gute nacht.
rupert ab.
arbogast: ich muss mit dir sprechen.
hans wurst: ja?
arbogast: du bringst rosalien nicht die nötige ehrfurcht entgegen.
hans wurst: ich wüsst nicht, womit sie ehrfurcht verdient hat.
arbogast: sie ist die frau eines freundes.
hans wurst: sie ist unerträglich. das grösste übel seit...
arbogast: das ist nicht wahr. sie hat ihre eigenheiten. du hast sie anständig zu behandeln. ich dulde keinen streit in unserem haufen.
hans wurst: dulden?
arbogast: ich will mich nicht aufdrängen. das weisst du! aber du wirst es bereuen. du darfst nie vergessen, dass wir auserwählt sind. wir müssen stark bleiben. wir dürfen den anderen keine blösse bieten.
hans wurst: und deshalb sollen wir jeden dreck fressen? das ist den preis nicht wert.
arbogast: das ist jeden preis wert. wir sind die ersten streiter des neuen königs.
hans wurst: bist du davon überzeugt?
arbogast: du wagst es zu zweifeln? wenn es uns nicht schwächen würde, müsste man dir die freundschaft aufsagen. du verrätst den neuen könig.
hans wurst: was schert mich der könig.
arbogast: ich warne dich.
hans wurst: seit wann verehrst du die könige?

arbogast: ich verehre sie nicht. ich hasse sie. ich werde sie vernichten. sie beleidigen mich. ich verachte die könige. deshalb werden wir einen neuen könig haben. er wird mich achten. er wird mich bewundern. wir werden seine ersten streiter sein.

hans wurst: gute nacht.

arbogast: gute nacht.

hans wurst: wozu die ihre weiber haben. sie sollen sich miteinander ins bett legen.

rupert: du bist ungerecht.

hans wurst: vielleicht.

das tote kind in der wiege

der engel
der greis
das mädchen

das mädchen:	mein vater ist tot
	meine mutter ist tot
	mein kind ist tot
der greis:	wer gab dir vom brot?
das mädchen:	du hast mich an kindes statt genommen
	du hast mich aus der stadt genommen
	du hast mich fortgenommen
der greis:	ich bin zur zeit gekommen
das mädchen:	ich frage nicht
	ich klage nicht
	ich danke nicht
der greis:	es bricht nicht
	es sticht
	es zerbricht nicht
das mädchen:	er ist fort
der greis:	er ist mit dem brot fort
	er ist mit dem wein fort
	er ist mit dem krug fort
das mädchen:	ohne ein wort

der greis: der krug ist gold
die sonne ist gold
der mond ist gold
das mädchen: die sonne rollt fort
der mond rollt fort
mit dem wein fort
mit dem brot fort
aber das kind ist da
der greis: aber das kind ist tot
das mädchen: aber das kind schläft
der greis: es isst nicht
es trinkt nicht
es weint nicht
das kind ist tot
das mädchen: gib ihm vom brot
der greis: aber es isst nicht
aber es trinkt nicht
aber es weint nicht
das mädchen: es hat keine not
darum isst es nicht
darum trinkt es nicht
darum weint es nicht
darum ist es nicht tot
es schläft
der greis: sein hals ist rot
seine brust ist rot
sein leib ist rot
das mädchen: das ist das blut
er hat den vater getötet
er hat die mutter getötet
jetzt hat er das kind getötet
der greis: das ist das blut
er hat deinen vater getötet
er hat deine mutter getötet
und der hals seines kindes ist rot
und die brust seines kindes ist rot
aber der leib seines kindes ist rot
das mädchen: vom blut
das brot ist voll blut
der wein ist voll blut
der krug ist voll blut

der greis: aber er ass das blutige brot
aber er trank den blutigen wein
aus dem blutigen krug
er isst das brot
er trinkt den wein
aus dem krug
das mädchen: sein hals ist voll blut
seine brust ist voll blut
sein leib ist voll blut
der greis: weil er blut isst
weil er blut trinkt
das mädchen: er war gut
er wird wohl gut gewesen sein
der greis: aber er hat blut getrunken
aber er hat blut gegessen
das mädchen: nachdem er gegessen hat
nachdem er getrunken hat
war er gut
der greis: der mond war voll blut
das mädchen: die sonne war voll blut
er musste essen
er musste trinken
der greis: er hat dich vergessen
das mädchen: als ich das brot ass
hörte ich ihn singen
als ich ihn singen hörte
ass ich das brot
der greis: so wie du bist ist es gut
das mädchen: so wie er ist war es gut
der greis: aber sein mund war voll blut
das mädchen: weil er das schwert trug
obwohl er das schwert trug
der greis: er hat den regen gebracht
er hat den schnee gebracht
das mädchen: regen oder schnee
der greis: regen sowohl als schnee
das mädchen: er hält sein schwert in den regen
er hält sein schwert in den schnee
der greis: er wird sein schwert in den regen halten
er wird sein schwert über dem schnee halten
aber sein mund ist voll blut
das mädchen: er wollte den mond bringen
er wollte die sonne bringen

der greis: er hat den wein genommen
er hat das brot genommen
er hat den krug genommen
das mädchen: das kind schläft
engel erscheint
der greis: wer ist gekommen?
das mädchen: jemand ist gekommen
der greis: wer ist gekommen?
ist jemand gekommen?

herr tanaka

dies dieser diese
jenes jener jene
jenes jener jene
kaufen
verkaufen
ich
ich
du sie
du
er
sie
guten morgen
guten tag
guten abend
schlafen sie wohl
lebe wohl
danke
bitte?
ich bin du bist wir sind
er ist
ich war du warst er war
ich werde wohl sein du wirst sein
ich werde gewesen sein du wirst
das kind ist hübsch
die jüngere schwester wird wohl klein sein

regen oder schnee
heisswasser oder kaltwasser
regen sowohl als schnee
heisswasser und auch kaltwasser

dieser dieses das hier
dieser dieses das da
jener jenes das dort

wer ist gekommen?
jemand ist gekommen
wer ist gekommen?
ist jemand gekommen?

weiss darf es nicht sein
schwer darf es nicht sein
trink nicht
es muss rot sein
es muss schwer sein
trink
es darf rot sein

da ich den wunsch bekommen habe die blumen zu sehen lasst uns gehen
jetzt möchte ich nicht früchte essen
ich möchte die kiste bringen
muss essen
muss trinken
muss schwarz sein
muss freundlich sein
muss essen
muss trinken
du darfst noch nicht schlafen
du darfst schon wach sein
darf ich den herrn jetzt wecken?
was tut er jetzt?
er telefoniert
wenn du allen kuchen aufisst so empfinde ich das unangenehm
ich werde es ihm sagen
sonntag
montag
dienstag
mittwoch
donnerstag
freitag

hat nicht gehört
wird wohl nicht da sein

wird wohl nicht geworden sein

du darfst nicht essen
wenn er auch isst obgleich er isst
wenn es auch gut ist obgleich es gut ist
er läuft
er isst
weil es schlecht schmeckt
weil es regnet
nachdem er gegessen hat
ich esse
du isst
er sie es isst
wir essen ihr esst sie essen

wenn er isst
wenn es gut ist
ungefähr etwa in dem grade dass je desto
ungefähr etwa in dem grade nur
ungefähr etwa in dem grade
hübsches mädel!

wenn du gerne essen möchtest
wenn du gern ässest oder nicht gegessen hättest
guten morgen
danke
herzlichen glückwunsch
wenn er isst
wenn er ässe
wenn er essen würde
wenn er ass
wenn er ässe
wenn er gegessen haben würde

wurde verspeist
wird werden
sachen die du nicht essen möchtest isst du wohl nicht?
selbstverständlich!
aber dann wenn ich essen möchte esse ich
es gibt aber sachen die man essen darf und sachen die man nicht essen darf
da ich stark bin ist mein grundsatz dass ich das was ich gerne essen möchte

essen darf und das was ich nicht gerne essen möchte nicht essen darf

er ist im begriffe den apfel zu essen
als er ass während ich esse
das gehen das essen das weisse
ist fertig
zweimal so viel
dreimal so viel
achtmal so viel
iss nicht

für zimmer
für menschen
für menschen
für tiere
für flache gegenstände

norden
osten
westen

die mutter ist klein
das ohr ist rot
die ältere schwester ass
die nase der jüngeren schwester
der ältere bruder wird gegessen haben
wir werden fleisch essen
das kind ist ein mädchen
ich sah den kleinen mund
herr tanaka hat kinder
herr tanaka ist da
vater
mutter
älterer bruder
ältere schwester
jüngerer bruder
jüngere schwester
schwarz weiss blau grün rot
das kind isst
die frau hört
ein mensch ist da
ich esse fleisch
herr tanaka ist da
mensch
mann

mann
frau
mädchen
kind
auge
ohr
nase
mund
fleisch
essen
sehen

meine geliebte hanna
ich fürchte mich vor hunden lass uns schnell fliehen
der vater ass das rote fleisch
die augen des kindes sind blau
das kleine kind hat ein rotes auge
das kleine kind hört mit den grossen ohren schlechte dinge
hallo herr tanaka wer ist gekommen?
der vater ist gekommen
ja alle sind da
isst jemand kuchen?
ja alle essen kuchen
wie geht es deinen ohren?
nur das linke ohr schmerzt
ein gewisser matrose hat sehr viel bier getrunken
drei wein
drei vieh
drei bogen papier
nicht rot
nicht klein
nicht schön
nicht gut
nicht kalt
nicht leise
wie alt sind sie?
er trank bier und ass ein beefsteak
er trank viel bier sodass er betrunken wurde
bitte essen sie

benutze die sagyo
benutze die ragyo
benutze die hagyo

benutze die tagyo
benutze die kagyo
benutze die gagyo

schön
und

als ich den apfel ass hörte ich musik
die zwei leute gingen nach hause
als ich musik hörte ass ich einen apfel

so wie du bist ist es gut
ich bin
du der du bist wirst wohl glücklich sein?
es ist unrecht dass du der du bist so etwas tust

solch einer wie dieser hier
solch einer wie dieser dort
solch einer wie jener dort drüben

der mensch des menschen dem menschen den menschen

es ertönen ermunternde zwischenrufe im takte der musik
dieser hier
dieser dort
jener dort drüben
hallo herr tanaka
ich danke ich kann nichts mehr essen

ich habe zwei eier gegessen
ich habe zwei eier gegessen

sprachlose sätze

ein mann: was ist der unterschied...?
dazu schüttelt er eine zündholzschachtel neben seinem ohr.
er nimmt ein scheit holz in eine hand, ein zündholz in die andere, dann entzündet er das scheit mit dem zündholz. dann entzündet er einen reisighaufen mit dem zündholz. dann hält er das brennende scheit und daneben brennt der reisighaufen. dann wirft er das brennende scheit holz in den brennenden reisighaufen. dann leuchtet er mit einer taschenlampe ins feuer. während der brennende reisighaufen langsam verlischt, verlöschen die taschenlampe und die scheinwerfer langsam.
es wird wieder hell. der mann hat eine schultafel mittlerweile hellweiss gemalt.
der mann fragt: was ist der unterschied?
dazu schüttelt er die streichholzschachtel,
dazu ertönt eine sirene,
dazu klingelt er mit einer glocke in der anderen hand,
dazu ertönt musik.
alles ab.

ende

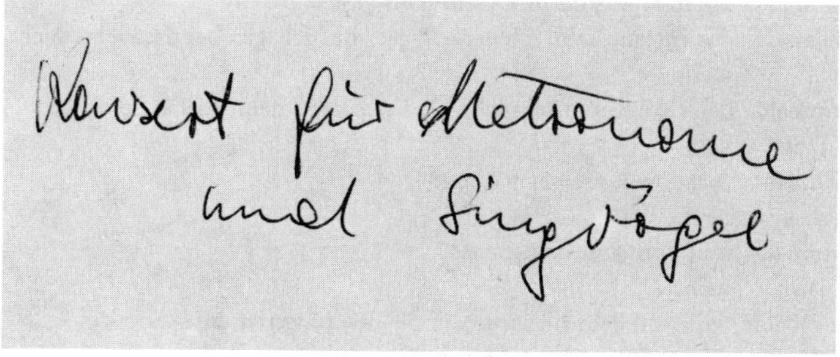
Konzert für Metronome
und Singvögel

unbezeichnete szenische bruchstücke und notizen

meister rimbald, trödler, pfand- und geldleiher
karoline, seine tochter
lukas, werksgesell
abendrot, ein reicher hummerfischer
morgenrot, ein reicher bäcker
einhod, ein seltsamer riese
ein lieutenant von der garde

rimbald „lieber tot als morgenrot" hat sie mir um den hals gehängt; da ist er der reichste mann auf hundert meilen und sie hängt mir dies wie einen grabstein, wie einen mühlstein, wie einen totenkranz um und hat keine aussicht witwe zu werden, weil ich der vater bin und sie alle freier vertreibt, die ich voll mühe ins haus gebracht. und das am lieben sonntage, wenn ich meine sünden in die kirche tragen soll. o kind, o possen. geh in die kirche und falte zweie hände fromm, so faltet sie zu hause viere. sie spricht, sie hätt die pocken. allein das glaub der teufel. die pocken kommen mir bedenklich vor. zum lukas, wo steckst du?

lukas hier bring ich den lukas.

rimbald zum überzum, was soll das heissen?

lukas ich weiss es nicht, mein meister.

rimbald sag mir, was du in diesem haus gesehen.

lukas das ist eine sehr schwere frage, aber ich glaube, dass ich's nicht weiss.

rimbald denk nach und sei nicht blöde, hast du denn nichts bemerkt?

lukas nein.

rimbald nichts von meiner tochter?

lukas nein.

rimbald und von dem lieutenant?

lukas nein.

rimbald willst du dein hirnschmalz für den jüngsten tag sparen?

lukas wer weiss, wozu das gut ist.

rimbald du kennst den lieutenant?

lukas den kenn ich wohl.

rimbald der unser haus in seinem aug hat wie karolinen, wenn ich fort bin.

lukas ich kenn ihn wohl, doch trägt er keine häuser in den augen.

rimbald hast du ihn am sonntag vorbeireiten gesehen, immer im kreis, mit seinen augen am fenster meiner tochter?

lukas o nein, mein herr.
rimbald woher kennst du ihn dann?
lukas er hat mich einmal verprügelt.
rimbald wo?
lukas hier im haus.
rimbald er kommt mir ins haus?
lukas alle tage.
rimbald das wird nie geschehen, so wahr ich rimbald heisse.
lukas das glaub ich wohl, doch kommt er täglich.
rimbald wann?
lukas zu abend und am frühen sonntag.
rimbald und das hab ich nie erfahren?
lukas ich glaube, ihr sollt es nicht wissen.
rimbald dümmer als dumm, warum hast du nichts gesagt?
lukas ihr habt nicht gefragt.
rimbald keine possen auf meiner haut.
lukas ihr habt mir's hundertmal gesagt „halt dein ungefragtes maul, lukas".
rimbald ich frage dich, wo sprachen sie miteinander?
lukas in der küche, auf der treppe, im hausflur und vorm garten, wie's eben kommt und geht.
rimbald und sie schwatzten von der liebe?
lukas nein, meister.
rimbald was dann?
lukas von politik.
rimbald warum nicht gar.
lukas von krieg und frieden war die red und von gekrönten häuptern.
rimbald ich werd dich lügen lehren mit stock und haken.
lukas zu hilf, ihr müsst mir glauben. „ich will dich erobern", so sprach er, ist das nicht krieg? „du bist meine königin für alle zeiten", ist das nicht ein gekröntes haupt, eine königin?
rimbald eine narrenhaube auf das deine; nun weiter. dabei fasste er nach ihrer hand?
lukas sie wurden niemals handgemein und schieden als die besten freunde.
rimbald und wie?
lukas recht freudlich, wie gesagt.
rimbald was soll das heissen?
lukas sie küssten sich ein dutzend mal.
rimbald und weiter?
lukas ich habe weiter nichts gesehen.
rimbald schurke, dies verschweigst du.
lukas ich wollt's nicht unter die leute bringen.

rimbald meine tochter lässt sich von einem lieutenant küssen.

lukas wer weiss, wozu das gut ist.

rimbald schweig. ich sehe, hier ist der spass ins wasser gefallen und in der kälte erfroren. das muss sich sofort aufhören. morgenrot oder abendrot, eins von beiden. man kann nicht immer zu mittag spazierengehen. beide haben um sie angehalten, beide leben in einer geordneten reputation. sie haben geld im sack und haar auf den zähnen, die werden dem herrn lieutenant schon den mondbrunnen zeigen. aber *ich* will diese sorge los sein. pass auf lukas. ich gehe zur kirche.

lukas ganz wohl.

rimbald und du bleibst zu haus.

lukas warum denn, meister? nein. ich muss meine trinkgelder versaufen.

rimbald hast du so viel bekommen?

lukas vier groschen, sechs pfennige und vom herrn amtmann eine ohrfeige.

rimbald ei warum das?

lukas ich weiss es nicht. er sagte, der meister wäre ein spitzbube.

rimbald schäm dich, lukas, so zweideutige redensarten musst du gar nicht nachsagen. heute bleibst du zu hause, mir zu gefallen. ich schenke dir noch achtzehn pfennige, dann ist der halbe taler voll. und belagre meine tochter wie ein braver admiral. sie gibt vor, die pocken zu haben. das kommt mir verdächtig. es wäre möglich, dass sich der lieutenant ins haus schliche, dann sei bei der hand.

lukas ihm die tür aufzumachen?

rimbald ihn die treppe hinunterzuwerfen und wenn ich komme, erzählst du mir gewogen und abgezählt, was sich zugetragen.

lukas recht wohl. doch eins noch, meister.

rimbald was ist?

lukas es ist um den braten, heut gibt es braten, ich hab den braten gerochen und esse für mein ungeschorenes haupthaar unseren braten so gerne, doch pflegt ihr das braune alleine zu essen. heut müsst ihr mir auch was braunes geben.

rimbald ja ja, du fastenjäger, mach deine sache gut, so gilt's; sonst gibt's den braunen stock. (ab)

lukas bleib der mir mit seinem stock vom rücken. heute ist sonntag, da wird nicht geprügelt und morgen auch nicht, da ist der montag blau. wenn doch die ganze woche blau wär.

aber es ist doch recht dumm, dass ich zu haus bleiben soll. ich kann doch nicht die taler zählen, die dem meister an den fingern hängen geblieben sind, weil er sie versperrt hat. was mach ich nun vor lieber langeweile! aber wer weiss, wozu das gut ist.

ei, da steht sein bett. ich werde ein bisschen schlafen. (steigt hinein und gähnt) ich will an ein dickes mädchen denken, die glänzen so im gesicht. das gibt einen schönen traum.

•

thron auf einer lichtung

könig auf dem thron, blinder narr mit einer flöte (vertritt den harlekin)
der könig ist schon weg
der könig wirft ein kleines geldstück in eine gewisse entfernung
der könig wird gefesselt
ein narr ist rückständig, wenn er hinter den anderen narren zurückgeblieben ist
einen könig opfert man, wenn man auch nur narren von geringem wert dafür erhält
narren können sich sowohl vorwärts als auch rückwärts bewegen
der könig ist gewöhnlich der grösste narr
wenn der könig schläft
hier ist ein schilling für euch
langsam
was gibt es
es ist der könig, der einem narren zuruft, langsam zu fahren
vergessen sie den narren nicht, mein herr
bist du krank, narr
ich weiss es nicht ob ich krank werde: ich war noch nie auf dem meer
aber es fängt an zu regnen
halt mein könig, sie dürfen diesen sack nicht mitnehmen
dürfen wir über nacht bleiben
(klopft) wer ist da
ich bins, mein herr, ich wollte eure stiefel zum putzen holen.
der blinde: was für ein abscheulicher, armseliger ort ist dies
narr: in der tat, aber in manchem liede gepriesen. es ist der palast des königs
blinder: mein gott wie feucht und kalt es hier ist
narr: wohl möglich
ich sehe, ein solcher posten hat seine vorteile
was meinst du damit
ihr müsst nebenher das edle schusterhandwerk betreiben
könig ihr seid in gefahr
ich bin dir nicht gewachsen
ich habe bereits meine schuhe verloren
deine bewegungen sind steif und gezwungen
das kommt davon, dass ich einen könig spiele
deine begleitung auf der flöte ist sehr schön

•

guten morgen, kommen sie herein
ja
es freut mich sie zu sehen
ja
nehmen sie platz
ja
ich hoffe, sie befinden sich wohl
ja
das wetter ist schlecht
ja
mitten im sommer
ja
obwohl die sonne von schwarzen wolken verdeckt ist, kann
man vor hitze kaum atmen
ja
alles ist trocken und voll staub
ja
kein wind erhebt sich, um uns kühlung zu schaffen
ja
ich bin eben beim frühstück
ja
es ist schon mittag
ja
ich bin erst vor kurzem aufgestanden
ja
gestern ist es spät geworden
ja
sie haben noch nicht gefrühstückt?
ja
da kommen sie gerade recht
ja
wollen wir gemeinsam essen?
ja
nehmen sie tee?
ja
nehmen sie milch?
ja
sie nehmen keinen zucker?
ja
auch keine zitrone?
ja
hier ist brot und butter. wollen sie auch marmelade oder
lieber kuchen?

ja
sie haben guten appetit
ja
kein wunder, der weite weg in dieser hitze
ja
ist der tee nach ihrem geschmack?
ja
darf ich nachschenken?
ja
ich hoffe, es schmeckt
ja
sie wissen, warum ich sie eingeladen habe
ja
ich hörte, sie hätten sich in letzter zeit sehr zurückgezogen
ja
sie verfügen über einige erfahrung und so dachte ich an sie
ja
ich glaube, sie wären der geeignete mann
ja
es freut mich, dass sie meine ansicht also bestätigen. können sie das verstehen?
ja
ich schätze sie als einen besonnenen mann, der erfahrung und zurückhaltung vereint
ja

•

2 herren in hausanzügen sitzen an einem tisch und spielen schach

1: die rochade mein herr ist nur erlaubt wenn könig und turm noch nicht gezogen haben
2: ich bin ihnen zu dank verpflichtet mein herr
1: ich stehe zu ihren diensten

1: erinnern sie sich des strengen winters? der frost dauerte sieben monate (es schneit)
2: sie sind dran
1: es gab keine kohle, nichts zu essen

•

ein mensch sitzt mit dem rücken zum publikum im hintergrund der bühne.
er angelt.
strohhut.
hemd.
hose.
barfuss.

2 männer an der rampe.
der eine mann: nun ist robert gar ein fischer geworden.
der andere mann: fischer müssen schweigsam sein.
der eine mann: ein schöne sicherheit!

2 männer und robert.
sie haben robert in die mitte genommen.
die angel ist nicht mehr da.
robert kneift, vom licht geblendet, die augen zusammen.
der andere mann: das ist robert!
der eine mann: er sieht zumindest so aus!
der andere mann: robert war schlau.
der eine mann: gib mir seine brieftasche. ich steck zeitungspapier rein und das geld kommt hinter das schweissband vom hut.
der andere mann: das könnte passen.
sie stopfen die brieftasche aus.
die geldscheine im hut.
sie stecken massbänder, kiesel und ein stück schnur in roberts taschen.
der eine mann: er hatte charakter.
der andere mann: er war eine persönlichkeit.
der eine mann: zwar ein pedant.
sie stopfen eine stielbürste in roberts brusttasche.
der andere mann: aber ein guter kerl.
eine trillerpfeife.
der eine mann steckt eine schnapsflasche in roberts hüfttasche.
der eine mann: und, man soll es nicht verschweigen, leider ein trinker.
der andere mann: schwarzhaarig?
der eine mann: nein, blond.
sie ziehen ihm eine jacke an und stecken einen handspiegel hinein
sowie schnüre
ein notizheft
bleistift
papier
eine füllfeder
eine mundharmonika

robert.
robert misst gegenstände mit dem massband:
seinen leibesumfang.
den schritt.
die kopfweite.
die kragenweite.
schulterbreite.
die waden.
notiert vieles in einem notizbüchlein.
nimmt einen zug aus der flasche.
bürstet die jacke.
betrachtet sich im spiegel.
leert fluchend die kiesel aus den taschen.
bläst die mundharmonika.
plötzlich bricht er ab holt die trillerpfeife raus und pfeift.
eine frau stürzt weinend auf die bühne.
die beiden männer treten auf und führen sie weg.

der mensch ist seine eigenschaften
der mensch ist was ihm eignet.
(sie tauschen ihre anzüge und hüte)
du bist ich
ich bin du
(beide) wir sind auswechselbar
●

ich hob gheat, du bist guat.
guat bin i schon.
megst ka meada wean?
a meada, na, daunk da schee, i derf net.
du sagst „i derf net“, i sag da „meada“.
no ja, meada, meada
a echter meada.
was is a meada eigentlich?
no ja des is aner, der die leit umbringt.
was? das geht net so wia du da des einbüdst.
no wie geht's denn dann. man muss a meada sein, wenn man a nicht will.
du zwingst mi, wann i net wü?
pass auf, des lernt ma ganz leicht, verstehst.
heast, was fehlen tuat ma nix.
na wann da eh nix fehlt, bist a guata meada.

foit ma ein, dass i a meada wea.
auf amoi.
wannst ma a zuaredst, i wü net.
s'is ewig schod um di, dass'd ka meada wiast.

•

friedrich	matrose
hans wurst	matrose
täubchen	ein treuloses mädchen
eine junge witwe	mit schwarzen florstrümpfen (weisse kleider manchmal?)
der trommler der jäger	brüder?
das mädchen mit dem geigenkasten und der musikmappe	
der seiltänzer die seiltänzerin	geschwister?
der fischer von besonderen fischen (bruder vom trommler und jäger?)	
ringkämpfer, ausgedienter soldat, im exekutionskommando eingeteilt	
meisterschwimmer	
kutscher	
ein sehr kokettes mädchen das silberne herzen für die kirchen verkauft und vor einer kirche auf einem grossen marktplatz steht	
ein kartenspieler	
der sträfling (die wände)	

hans wurst: wie teuer doch das leben in einem hafen sein kann, wenn die paradiesvögel von den dächern hängen und die mädchen kein ende nehmen. mein goldener anker ist im pfandleihhaus und in meinem portemonnaie feiern die windmühlen guten morgen.
friedrich: sei still, wir sind da. in diesem haus wohnt mein täubchen.
hans wurst: dann wollen wir singen und du schlägst auf deiner schatzkiste den takt dazu, damit sie gleich weiss, wieviel es geschlagen hat.
friedrich: hast du vergessen, dass wir sie auf die probe stellen wollen?
hans wurst: meiner seel, das hätt ich vergessen. ich glaub der spass wird dir nicht gut tun. man merkts halt doch, dass du zum ersten mal über die grossen meer geritten bist. denn ein echter matros ist kein solcher narr nicht, dass er sein mädchen auf die probe stellen wollt.
friedrich: was weisst denn du von der liebe, die geht bis in das grab hinein und noch weiter.
hans wurst (zur seite): na der wird runde augen machen, wenn ich ihr erzähl, dass ihr herzkönig mit den fischen um die wette läuft. (zu friedrich) weil du mein guter friedrich bist und weil ich ohne dich schon längst keinen schnaps mehr trinken tät: ich sag dirs schon im vorhinein, dass ich net

schuld bin, wenn was passiert.
friedrich: schau wurschtel, wenn was gschicht bin i da net bes. i mechts so haum und damit basta. du hast mas versprochen.
hans wurst: das ganze is ma vü zu melancholisch. aussadem wor i bsoffn, wia i da des vasprochen hob.
friedrich: a bsoffana matros hat a sei ehr.
hans wurst: i hab alles vergessen.
friedrich: pass auf, i dazö da alles no amoi: kumm hinta de gstreich. wann d sunn aufgeht, gehts im garten spazian.
hans wurst: a jetzt was is wida, valiabt soi is mochn.
friedrich: bist a fescha kerl, hast an botzen schnuaboat und a göd buag i da a. damitst net so dostehst wia da napoleon vorm bürgertheater.
hans wurst: wüst das wirklich riskieren. i bin jo net zwida und vielleicht?
friedrich: eben weil ich dich für gefährlich halt, sollst dus probieren. sei stad. es kommt wer.

friedrich, hat den vater seiner liebsten umgebracht (wie?)
hans wurst
2 matrosen von der galeere
ein alter hase

totengräber?
sie haben die aufseher erschlagen und mit ihren kameraden gekapert und geentert, piraten geworden (kommen ihre kameraden, die piraten mit piratenhauptmann in voller wichs später? im guten oder im bösen?) jetzt haben sie viel geld, kommen in quasi zivil (matrosenkleider) um nicht aufzufallen.
vielleicht ist der erschlagene ein fremder, der durch das dorf kam? sind alle einwohner menschenfresser?
kamen die beiden, weil das mädchen in diesem ort wohnt?
war friedrich nur ein einziges mal hier? er hat sie auf einem rummelplatz kennengelernt. er war früher schmetterlingssammler. sammler seltener arten. sie hat ihn mitgenommen. er hat den vater erschlagen. dass der vater von den dorfbewohnern inkl. polizisten und tochter verzehrt wurde, weiss er nicht. der polizist ist sehr für ordnung. und man hütet sich peinlichst, dass aussenstehende von dem geheimnis des dorfes erfahren.
vielleicht szene auf friedhof, wo die dörfler an den frischen toten nagen und beratschlagen, was weiter zu tun sei.
das mädchen muss sehr lieblich und sehr zart aussehen.
versucht der dorftrottel immer die fremden zu warnen?
hat sich der dorftrottel versteckt oder wer hat sich versteckt?
ist dort immer kirchweih (rummelplatz um die frauen anzulocken) oder ist

dort, weil ein oder drei jahre vergangen sind, wieder kirchweih?
bewegliche dekoration, rummelplatz vor kirche, möglichkeit eines wirtshauses.
„öde gegend, da wächst ja überhaupt nichts, möcht wissen, wovon die leute hier leben."

•

filmszenarien

schlachthaus

familie beim mittagessen. vater mit drei töchtern. vater hat serviette um den hals. mutter huscht wie ein schemen hin und wieder vorbei. essen ganz ruhig. vater blickt vorsichtig. zieht ein knöchelchen vorsichtig aus der suppe und steckt es prononciert unauffällig in die rocktasche. alle gut gekleidet. katze sitzt auf dem tisch vor einem eigenen teller mit besteck inmitten des tisches. älteste tochter liest in einem anatomischen atlas. zweite tochter betrachtet verliebt ihre hände. isst nur wenn ihr vater strafende blicke. dritte tochter taucht ihren daumen in die suppe und beisst verklärt.
erste tochter in die lectüre vertieft: wieviel fährt unser neuer jaguar?
hundertachtzig mein kind.
zweite tochter: papa ich möchte ihn heute nachmittag haben.
denke an deine hausarbeiten mein kind.
alle vier rauchen.
die jüngste stellt den radioapparat an.
die zweite sieht zum fenster hinaus.
unten steht ein junger mann mit blazer und blumenstrauss.
sie drückt sich an den essenden vorbei zur türe hinaus.
die beiden gehen essen sie würgt kann schon nicht mehr.
er merkt es nicht sieht sie freundlich und verliebt an.
wenn er sie ansieht zwingt sie sich zu einem freundlichen zurücklächeln. gespräche über einen neueröffneten jockeyclub.
er verlangt speisekarte. anatomischer atlas von einem rind zum aufblättern. sie bestellen niere herz und leber. sie gehen in einen park. schelmischer nachlauf und versteckspiel. sie verbirgt sich in einem schlachthaus.
sie setzt ihren hut einem geschlachteten kalb auf und legt ihm ihren regenmantel um. er fasst das kalb in freudiger finderlaune. bei den haxln. sehr böser kalbsschädel mit leeren augenhöhlen. sie verbirgt sich hinter schlachtvieh. und springt jetzt lachend vor. beide laufen lachend aus dem schlachthaus. laufen an den ruinen vorbei. vater sitzt unbemerkt in vagabundenschale in einem sonnenbeleuchteten hauseingang. sie läuft ihm davon. er folgt ihr in eine der ruinen. schleier fetzen kronleuchter. er findet sie will sie küssen. zweite schwester kommt vorbei über eine noch halbwegs intakte treppe grüsst den beiden lachend zu mit musikmappe. tür. klavierpädagoge. öffnet mit lisztmasche langem haar schwarze kleidung. die schwester ruft die beiden. sitzen auf einer plüschbank. sie klimpert etüden. rechts in einer etwas dunkleren ecke sitzt die jüngste und zerschneidet stoffe in kleine und kleinste teilchen. die beiden wetzen gelangweilt auf der bank. zweite zur dritten. er kommt zögernd nach. sie zerschneiden stoffe. er fühlt sich etwas deplaciert. streicht dauernd seinen blazer zurecht. wetzt in seinen kleidern herum ist ungeschickt beim zerschneiden. die jüngste geht zu einer truhe zweite

auch. sie lassen ihn nicht hineinschauen. kindisch kichernd. die älteste spielt währenddessen dauernd ihre etüden. der lisztmann hält ein metronom.
die etüden sind beendet. sie gehen zu viert auf einen markt.
sie verlassen das haus. der alte läuft zum lisztmann. die tür öffnet sich. er tritt ein. sie kaufen obst gemüse gewürze. beim metzgerladen ziehen sie ihn ablehnend mit einer handbewegung bagatellisierend vorbei. kommen zu einer waage alle messen gewicht. auch er wird freundschaftlich gezwungen sein gewicht zu messen. 75 kg. die drei mädchen sehen einander vergnügt an. wir sehen den alten der messer schleifen lässt. sie laden den jungen zum souper.
er blickt die älteste verliebt an drückt ihr verstohlen die hand.
sie kommen nach hause. der vater ist nicht da. die älteste nimmt nach ein wenig konversation den anatomischen atlas. raucht. gelangweilt schmökert.
die jüngste geht fort. die erste geht mit ihm in ihr zimmer und zieht sich fürs souper um.
abendbrot.
der alte wieder sehr soigniert. mit serviette um den hals trägt seine krawatte.
die jüngste ein kostüm mit seinen blazerknöpfen. die zweite nimmt eine zigarette aus der dose des jungen. (entweder hängt der blazer ohne knöpfe über der stuhllehne der ältesten.)
papa wieviel fährt unser neuer jaguar? während sie ein langes blondes haar aus der suppe zieht.
(oder schwenk der kamera unter den tisch auf die nylonbeine die in den schuhen des jungen stecken die ihr viel zu gross sind.)
der alte steckt wieder einen knochen in die rocktasche.

(ohne titel)

Landstrasse neben Friedhof verlaufend, Gaslaternen, rechts von der Landstrasse ein Misthaufen, Kränze, Bouquets, ein Kranz weisser Astern, eine Aster liegt abseits auf einem Kanalgitter, Einstellung auf das Gitter, das Gitter füllt den Ausstieg eines Fiakers (Aufhellung), dem ein verwilderter blonder Knabe entsteigt, der die Aster zwischen den Zähnen hält. Hämisch grinsende Fratze des Kutschers (Halbdunkel), der Knabe gesellt sich zu einer Horde ernsthaft tempelhupfender Kinder, auf einem der Felder sitzt ein kleines Mädchen, das ganz in sich versunken Münzen aufeinander schichtet, wird von den übrigen nicht beachtet, sie wird wie ein Spielregel-Hindernis übersprungen. Ende der durch-das-Gitter-Photographie. Patricio streift beim Sprung ihren Münzenturm.
Einstellung auf das Gesicht das Mädchens, will losfluchen, blickt gebannt auf sein Gesicht, ein kindlich erotisches erwartendes Lächeln.

Einstellung P.: Ganz erschrocken, verwandelt sich in grenzenlose Verlegenheit durch ihr Lächeln. Nach kurzer Besinnung reicht er ihr spontan und doch schüchtern die Blume.
Sie nimmt sie, er steht noch immer, sie sehen einander erstaunt und irgendwie glücklich an, er setzt sich erst zu ihr, nimmt sie dann bei der Hand und zieht sie empor, sie greift noch einmal nach den verstreuten Münzen, sie laufen Hand in Hand über den weiten Platz.
Einstellung auf die tempelhupfenden Kinder, die sich in balgende junge Hunde verwandeln, die um die Aster raufen, Grossaufnahme einer bösartigen Köterschnauze.
Laufend, keuchend und strahlend vor Ausgelassenheit kommen die beiden Hand in Hand zum Jahrmarkt (jetzt 17—18jährig), an diversen Belustigungen vorbei, „Illusionskabinett", irgendein leicht erschwingliches passables Tier (Hamster?), Kutscher jetzt als Ausrufer mit Perücke vor einer Schaubude, dreht eine Drehorgel. (...) K. zwängt sich hinter die Bühne, Kinderhände tauchen auf, verwandeln sich in behaarte, klobige, die sich aufeinander stürzen wollen, der verzerrte Schädel des K. taucht zwischen den Händen auf und grinst ins Publikum, die Hände umschlingen seinen Hals und erwürgen ihn, die Augen zeigen nur mehr das Weisse. Grossaufnahme des feuchten Auges. (Ein junger Mann steht am Ufer mit Händen in den Hosentaschen, stiert ins Wasser, zieht eine Hand mit der nun schon ganz welken Aster heraus, blickt kurz gleichsam durch die Blume und wirft sie mit einem leeren Blick ins Wasser.)
Gehen weiter zu einem Karussell — spiegelbesetzte Holzpferde — sein unverändertes staunend jungenhaftes Gesicht, ihr in Wollust gealtertes Antlitz (Statuen, Trödlerladen, alte Höfe mit schmutzigen Wasserleitungen, Luftballons, Schloss blinder Spiegel mit Aster, Statuen im Garten mit Aster, kleiner Junge mit Matrosenanzug, sein Gesicht hinter Spinnweben, in denen die Motten kleben).
P. betrachtet voll Interesse die Pferde, hält ihre Hand und zieht sie mit sich, ohne sie anzusehen, sein Interesse gilt nur mehr den Bildern, den Pferden etc., träge, gleichsam unbewusst Widerstand leistend folgt sie ihm. Vor dem Eingang in das Innere des Karussells der Karussellbesitzer (K.) lächelnd, lockend. Sie löst sich geschickt aus P. s Griff und geht gleichsam in Trance auf K. zu. K. öffnet vor ihr den Vorhang und lässt sie in das Innere des Karussells schauen. Komplizierte Maschinerie.
Schwenk auf P., der ganz in das Interieur versunken plötzlich bemerkt. Suchender Blick. Der Vorhang schlägt schüchtern ein letztes Mal zusammen. Er kämpft sich gleichsam gegen den Widerstand seiner Ahnungen langsam zum Eingang. Blick in das Innere. Komplizierte Maschinerie. Schwenk. Eindeutige erotische Szene (sehr lyrisch, sehr dezent). Donauufer.
Zündholzschachtel, Aster hinein, blickt erstaunt, zieht alte Fetzen heraus, verwickelt sich in Fetzen, strampelt.

nachdichtungen

GREGORY CORSO

Im Tunnel-Knochen von Cambridge

1 Trotz der Stimmen –
Cambridge und all seine Regionen
Seine gehörnten Kirchen mit Pfauenfüssen
Seine weisshaarigen jungen
        und aschfüssigen Legionen –
beschloss ich die Nacht durchzubringen
Aber diese Hipster-Stimme meines Visionsagenten
Entschied sich ihren Klang mit dem Meer zu versöhnen
        und verliess mich
Nördlich des Charles*)
        So jetzt sitz ich fest
        ein Kellerhocker
        an einen Gipfel gefesselt

2 Ich kenne die besseren Dinge nicht die die Leute kennen
Ich weiss nur dass mich der Deserteur zu schwarz verurteilt hat –
Er sagte: Gregory, da sind zwei Schachteln Nacht
        eine Tube Mond
Und zwanzig Kapseln Sternenlicht, geh und mach dir ein Fest
Er ging und der miese Kerl nahm
        alle meine Gerry-Mulligan-Platten mit

3 Aber nicht dass er dann gleich abgehauen wäre
Ich sah ihn heute
Über die Brattle Street hinken –
        er hatte ein lahmes Bein –
        auf seinem Weg zum Tunnel-Knochen**)
Er tat als ob er mich nicht sehen würde
Er probierte die coole Masche

4 Wild im Stations-Knochen
Geschnürt in einen Gepäcksvisions-Knochen
        sinister geworden durch die alten Bewegungslehren
Sagte der Fahrplan-Knochen: Schwarz
Mit Handschellen an einen Pastor gefesselt
Freigelassen in einen gepolsterten Diesel

* gemeint ist der Charles River

** gemeint ist der U-Bahntunnel, der Cambridge mit Boston (Mass.) verbindet

aus: a pulp magazine for the dead generation, dead language press, paris.

Schlägt mich der Bremser in den Rücken: Bestimmungsort, schwarz
Draussen vor dem Fenster seh ich meinen Visionsagenten
    über den Bahnsteig hinken
    einen brennenden Laternen-Knochen wie verrückt schwingend
Alles einsteigen, lachte er, alles einsteigen
Weit hinein in den Tunnel-Knochen legte ich mein Ohr an das Ohr
    des Pastors: und ich konnte hören
    wie der Stahl zum Dampf sagte
    und der Dampf zum Gebrüll: Schwarz vor uns
Schwarz vor uns und nicht mehr

HENK MARSMAN

mirakulöse ausschiffung

die uhr zeigt 112
das schiff ist die rechte richtung gesegelt
sein bauch knurrt im haus
sie lebt hinter dem äussersten
linken fenster die prinzessin dia
das schiff breitet einladende flügel
wird die schöne prinzessin dia an
land gehen wo ihr
radio fernsehen und die römisch-katholische
  kirche zugesichert ist?
im augenblick sitzt sie noch immer hinter
  ihrem fenster
und legt patiencen aus nichts
ordnet vogelringe.
manchmal zeigt die uhr 112
dann bleibt ein neues schiff stehen

legende

ein schiff das den stapel verlässt
so ihr gesicht
herrlich und voll draht.
das kind blind geboren und
verschreckt zwischen den hörnern
versteckt sie sich im kranken gras
einen seeräuber in ihrer rechten hand
ihre puppe in ihrer linken hand

eine fremde zeigt sie den
weg zwischen den häusern
scheusslicher irrer
die sprechen leicht und stumm
„wie meine mutter“ sagt sie
„sie kam zu fuss ganz allein
aus finnland“

nackt und traumlos wie möwen
die hier den ganzen tag herumfliegen
wie ihre lippen die sich lautlos bewegen

aus: a pulp magazine for the dead generation, dead language press, paris.

WILLIAM BUTLER YEATS

die sanduhr

ein weiser mann.
ein narr.
schüler.
ein engel.
die frau des weisen mannes und zwei kinder.

szene: ein grossser raum mit einer tür im hintergrund und einer auf der seite, die in einen innenraum führt. ein pult und ein sessel in der mitte. eine sanduhr auf einem wandbrett neben der tür. in der nähe ein wackeliger schemel. einige bänke. ein astronomischer globus (himmelsglobus). eine schultafel. an der wand eine grosse alte weltkarte. einige musikinstrumente. der boden ist mit binsen bestreut. EIN WEISER MANN, der an seinem pult sitzt.

der weise mann: (während er die seiten eines buches umblättert):
wo ist diese stelle, die ich meinen schülern heute erklären will? da ist es und das buch behauptet, dass dies von einem bettler auf die stadtmauer von babylon geschrieben worden wäre: „da gibt es zwei länder, das eine sichtbar und das andere unsichtbar; und wenn es winter ist bei uns, ist sommer in jenem land, und wenn die novemberwinde über uns kommen, ist dort die zeit der schafschur.“ ich wollte, meine schüler hätten mich gebeten, irgend etwas anderes zu erklären, denn das ist eine schwierige stelle.
(der NARR kommt herein und bleibt in der tür stehen mit dem hut in der ausgestreckten hand. in der anderen hand hält er ein paar schermesser.)
es klingt mir wie torheit; und doch, das kann nicht sein, denn der schreiber dieses buches, in dem ich so viel wissen gefunden habe, hätte es nicht auf diese seite gesetzt und mit so vielen bildern und so vielen leuchtenden farben und so vielen feinen vergoldungen umgeben, wenn es torheit wäre.

der narr: gib mir einen groschen.

der weise mann: (liest auf der nächsten seite weiter):
hier hat er geschrieben: „in alten zeiten vergassen die wissenden das sichtbare land.“ das verstehe ich, aber ich habe meine schüler besser unterrichtet.

der narr: gibst du mir keinen groschen?

der weise mann: was willst du? die worte des WEISEN SARAZENEN werden dich nicht sehr belehren.

der narr: so ein grosser weiser lehrer wie du wird einem narren einen groschen nicht verwehren.

der weise mann: was weisst du über die weisheit?

der narr: o, ich weiss! ich weiss, was ich gesehen habe.

der weise mann: was ist es, das du gesehen hast?

der narr: als ich an kilcluan vorüberging, wo sonst bei tagesanbruch die glocken läuten, konnte ich nichts als die schnarchenden leute in ihren häusern hören. als ich an tubbervanach vorüberging, wo die jungen männer sonst den hügel hinaufklettern zu der geschützten quelle, da sassen die an der wegkreuzung und spielten karten. als ich an carrigoras vorüberging, wo sonst die mönche fasten und die armen speisen, da sah ich sie wein trinken und ihren weibern gehorchen. und als ich sie fragte, welches unglück diesen wandel gebracht, da sagten sie, es wäre kein unglück gewesen, sondern die weisheit, die sie aus deiner lehre empfangen hätten.

der weise mann: lauf in die küche, und mein weib wird dir etwas zu essen geben.

der narr: das ist der törichte rat eines weisen mannes.

der weise mann: warum, narr?

der narr: was gegessen ist, das ist fort. ich will groschen für meine tasche. ich muss speck in den läden kaufen, und nüsse auf dem markte, und einen scharfen trunk für die zeit wenn die sonne schwach ist. und ich will schlingen haben um die kaninchen zu fangen und die eichhörnchen und die wildhasen, und einen topf um sie darin zu kochen.

der weise mann: geh weg. ich habe jetzt an andere dinge zu denken, als dir groschen zu geben.

der narr: gib mir einen groschen und ich werde dir glück bringen. bresal, der fischer, lässt mich im winter in seinem speicher auf den netzen schlafen, weil er sagt, ich bringe ihm glück; und im sommer lassen mich die wilden tiere neben ihren nestern und höhlen schlafen. es bringt sogar glück mich nur anzusehen oder mich zu berühren, aber es bringt viel mehr glück, mir einen groschen zu geben. (er hält seine hand auf.) wenn ich kein glück hätte, wäre ich schon verhungert.

der weise mann: wofür brauchst du die schermesser?

der narr: das werde ich dir nicht sagen. wenn ich es dir sagen würde, würdest du sie wegjagen.

der weise mann:	wen würde ich wegjagen?
der narr:	das werde ich dir nicht sagen.
der weise mann:	auch nicht, wenn ich dir einen groschen gebe?
der narr:	nein.
der weise mann:	auch nicht, wenn ich dir zwei groschen gebe?
der narr:	du wirst sehr viel glück haben, wenn du mir zwei groschen gibst, aber ich werde es dir nicht sagen.
der weise mann:	drei groschen?
der narr:	vier, und ich sag's dir!
der weise mann:	gut, vier. aber ich werde nicht mehr teigue der narr zu dir sagen.
der narr:	lass mich ganz nahe zu dir kommen, wo mich niemand hören wird. aber zuerst musst du mir versprechen, dass du sie nicht verjagen wirst. (der WEISE MANN nickt.) jeden tag ziehen männer aus, gekleidet in schwarz, und breiten grosse schwarze netze über die hügel, grosse schwarze netze.
der weise mann:	warum machen sie das?
der narr:	damit sie die füsse der engel fangen können. aber jeden morgen, kurz vor morgengrauen geh' ich hinaus und zerschneide die netze mit meinen schermessern, und die engel fliegen weg.
der weise mann:	ah, jetzt erkenne ich, dass du teigue der narr bist. du hast mir gesagt, dass ich weise bin, und ich habe niemals einen engel gesehen.
der narr:	ich habe eine menge engel gesehen.
der weise mann:	bringst du den engeln auch glück?
der narr:	o, nein, nein! das kann niemand. aber sie sind immer da, wenn man sich nach einem umsieht; sie sind wie die grashalme.
der weise mann:	wann siehst du sie?
der narr:	wenn man ruhig wird, dann wacht etwas in einem auf, etwas glückliches und stilles wie die sterne — nicht wie die sieben die sich bewegen, sondern wie die sonnensterne. (er zeigt hinauf.)
der weise mann:	und was geschieht dann?
der narr:	dann riecht man plötzlich sommerblumen, und grosse leute gehen vorbei, glücklich und lachend, und ihre kleider sind von der farbe brennender wiesen.
der weise mann:	ist es lange her seit du sie gesehen hast, teigue der narr?

der narr: nicht lange, ehre sei gott! ich sah eben jetzt einen hinter mir herkommen. er hat nicht gelacht, aber er hatte kleider von der farbe brennender wiesen, und da war etwas scheinendes um seinen kopf herum.

der weise mann: gut, da sind deine vier groschen. du, ein narr, sagst „ehre sei gott", aber ehe ich kam, sagten das die weisen. lauf jetzt weg. ich muss die glocke läuten für meine schüler.

der narr: vier groschen! das bedeutet ein grosses stück glück. grosser lehrer, ich habe dir viel glück gebracht! (er geht hinaus, die tasche schüttelnd.)

der weise mann: wenn sie ihn auch teigue den narren nennen, er ist nicht törichter als sie alle sein mögen, mit ihren träumen und ihren predigten und ihren drei welten; aber ich habe ihre drei welten mit den sieben wissenschaften vernichtet.
(er berührt die bücher mit seinen händen.) mit philosophie, die für einen einsamen stern gemacht war, habe ich sie gelehrt die theologie zu vergessen; mit architektur habe ich die wälle ihres wolkigen himmels verborgen; mit musik, des grausamen planeten tochter, deren haar allzeit in flammen steht, und mit grammatik, die des mondes tochter ist, habe ich ihre ohren für die erdachten harfen und engelszungen verschlossen; und mit hilfe der arithmetik habe ich schlachtreihen aufgestellt, die die himmlischen heerscharen in die flucht geschlagen haben. aber, rhetorik und dialektik, die ihr aus dem lichten stern und aus dem stern der liebe geboren, ihr seid mein lanzenträger und mein katapult gewesen! oh! meine schnellen reiter! oh! meine scharfen dahinfliegenden argumente, euretwegen habe ich die heerscharen der torheit vernichtet!
(ein engel, in einem kleid in der farbe glühender asche, einen blühenden apfelzweig in der hand und einen vergoldeten heiligenschein ums haupt, steht auf der schwelle.)
ehe ich kam, war der verstand der menschen vollgestopft mit narrheit über einen himmel, wo die vögel die stunden sangen, und über engel, die da kamen und auf den schwellen der menschen standen. aber ich habe die traumbilder in den himmel gesperrt und den schlüssel umgedreht. also, ich muss diese stelle mit den beiden ländern überlegen. meine mutter pflegte etwas ähnliches zu sagen. sie würde sagen, dass, wenn unsere körper schlafen, unsere seelen erwachen, und was immer hier verwelkt, dort reift, und dass die ernten die man uns wegschnappt unsichtbare leute ernähren mögen. aber der sinn des buches muss ein andrer

sein, denn nur narren und frauen haben solche gedanken; ihre gedanken wurden niemals auf die stadtmauern von babylon geschrieben. (er sieht den ENGEL.) was bist du? wer bist du? ich glaube, ich habe solche wie dich in meinen träumen gesehen, als ich ein kind war — dieses leuchtende ding, dieses kleid in der farbe glühender asche! aber ich bin fertig mit träumen, ich bin fertig mit träumen.

der engel: ich bin der engel des allerhöchsten gottes.

der weise mann: warum kommst du zu mir?

der engel: ich bringe eine botschaft.

der weise mann: welche botschaft hast du für mich?

der engel: du wirst in einer stunde sterben. du wirst sterben wenn die letzten körner in dieses glas gefallen sind. (er dreht die sanduhr um.)

der weise mann: meine sterbestunde ist nicht gekommen. ich habe meine schüler. ich habe ein junges weib und kinder, die ich nicht verlassen kann. warum muss ich sterben?

der engel: du musst sterben, weil keine seelen über die schwelle des himmels gekommen sind, seit du in diesem land bist. auf der schwelle wächst das gras, und die tore sind rostig, und die engel, die da wache halten, sind einsam.

der weise mann: wohin wird der tod mich bringen?

der engel: die tore des himmels werden sich dir nicht öffnen, weil du das dasein des himmels verneint hast, und die tore des fegefeuers werden sich dir nicht öffnen, weil du das dasein des fegefeuers verneint hast.

der weise mann: aber ich habe auch das dasein der hölle verneint!

der engel: die hölle ist der platz derer, die verneinen.

der weise mann: (kniet) ich habe, in der tat, alles verneint und habe andere gelehrt zu verneinen. ich habe an nichts geglaubt, ausser was meine sinne mir zugetragen. aber, oh! schöner engel, vergib mir, vergib mir!

der engel: du hättest vor langer zeit um vergebung bitten sollen.

der weise mann: hätte ich dein gesicht gesehen, wie ich es jetzt sehe, oh! schöner engel, ich hätte geglaubt; ich hätte um vergebung gebeten. vielleicht weisst du nicht wie leicht es ist zu zweifeln. sturm, tod, das gras verfault, viele krankheiten, das sind die boten, die zu mir kamen. oh! warum bist du still? du trägst die verzeihung des allerhöchsten; gib sie mir! ich würde deine hände küssen, wenn ich nicht angst hätte — nein, nein, den saum deines kleides!

der engel: du hast unsterbliche hände vor zu langer zeit losgelassen um sie jetzt wieder zu ergreifen.

der weise mann: das kannst du nicht verstehen. du lebst in diesem land, das die leute nur in ihren träumen sehen. vielleicht ist es für dich genauso schwer zu verstehen warum wir nicht glauben, wie zu glauben für uns. oh! was habe ich gesagt! du weisst alles! gib mir zeit das ungeschehen zu machen was ich getan habe. gib mir ein jahr — einen monat — einen tag — eine stunde! gib mir zeit bis zum ende dieser stunde, dass ich ungeschehen mache, was ich getan habe.

der engel: du kannst nicht ungeschehen machen, was du getan hast. dennoch habe ich diese macht mit meiner botschaft. wenn du einen finden kannst, der vor dem ende dieser stunde glaubt, wirst du nach den jahren des fegefeuers in den himmel kommen. denn aus einem feurigen samen, über den die, die mich schicken, wachen, kann die ernte wieder kommen um sich auf dem goldenen dreschboden zu häufen. aber jetzt lebwohl, denn ich bin müde vom gewicht der zeit.

der weise mann: gesegnet sei der vater, gesegnet sei der sohn, gesegnet sei der geist, gesegnet sei der bote, den sie gesandt haben!

der engel: (an der tür. er zeigt auf die sanduhr.)
in einer kleinen weile wird das obere glas leer sein.
(er geht hinaus.)

der weise mann: alles wird gut ausgehen. ich werde meine schüler rufen; die sagen ja nur, dass sie zweifeln. (läutet die glocke.) gleich werden sie da sein. ich höre ihre schritte draussen am weg. sie wollen mir freude machen; sie geben vor, nicht zu glauben. glaube ist zu alt um so schnell überwunden zu sein. ausserdem kann ich beweisen, was ich einmal widerlegt. (noch ein zug an der glocke.) jetzt kommen sie. ich will an mein pult gehen. ich will ruhig sprechen, als ob nichts geschehen wäre.
(er steht an seinem pult mit einem starren blick in den augen.)

die schüler und der narr treten auf.

der narr: lasst mich zufrieden. lasst mich zufrieden. wer zieht an meiner tasche? königssohn, zieh nicht an meiner tasche.

ein junger mann: haben deine freunde, die engel, dir diese tasche gegeben? warum füllen sie dir deine tasche nicht?

der narr: gebt mir groschen! gebt mir ein paar groschen!

ein junger mann: wozu brauchst du groschen, diese grosse tasche an deiner hüfte ist schwer!

der narr: ich will speck in den läden kaufen, und nüsse auf dem markte, und einen scharfen trunk für die zeit, wenn die sonne schwach ist, und schlingen um kaninchen zu fangen und die eichhörnchen, die die nüsse stehlen, und wildhasen, und einen grossen topf um sie darin zu kochen.

ein junger mann: warum sagen dir deine freunde nicht, wo vergrabene schätze sind?

ein anderer: warum machen sie dich nicht von schätzen träumen? wenn einer dreimal träumt ist da immer ein schatz.

der narr: (hält seinen hut hin.) gebt mir groschen! gebt mir groschen! (sie werfen groschen in seinen hut. er steht neben der tür, so dass er seinen hut jedem der da kommt hinhalten kann.)

ein junger mann: meister, wird teigue der narr dein schüler?

ein anderer: teigue, gibst du uns deine groschen, wenn wir dir stunden geben? nein, er geht umsonst auf den bergen zur schule. erzähl uns was du auf den bergen lernst, teigue?

der weise mann: seid still, alle! (er war die zeit über still dagestanden, abgewandt.) steht still auf euren plätzen, denn da ist etwas, das ich euch zu sagen hätte.

(einen augenblick ruhe. alle stehen auf ihren plätzen herum. teigue noch immer an der tür.)

der weise mann: ist da irgendjemand unter euch, der an gott glaubt? an den himmel? oder an das fegefeuer? oder an die hölle?

alle jungen männer: nicht einer, meister! nicht einer!

der weise mann: ich wusste, dass ihr das sagen würdet; aber fürchtet euch nicht. ich werde nicht zornig sein. sagt mir die wahrheit. glaubt ihr nicht?

ein junger mann: wir haben einmal geglaubt, aber du hast uns eines besseren belehrt.

der weise mann: ah, belehren, belehren geht nicht sehr tief! das herz bleibt unverändert unter all dem. ihr glaubt, wie ihr immer geglaubt habt, und ihr habt angst es mir zu sagen.

ein junger mann: nein, nein, meister!

der weise mann: wenn ihr mir erklärt dass ihr glaubt werde ich glücklich sein und nicht zornig.

ein junger mann: (zu seinem nachbar.) er will mit jemandem diskutieren.

sein nachbar: das wusste ich vom anfang an.

ein junger mann: das ist nicht das heutige thema; du wolltest über die worte sprechen, die der bettler an die stadtmauer von babylon geschrieben hat.

der weise mann: wenn da einer unter euch ist, der glaubt, so wird er mein bester freund sein. sicher ist da einer unter euch. (alle sind still.) sicher, was ihr auf den knien eurer mutter gelernt, das habt ihr nicht so schnell vergessen.

ein junger mann: meister, ehe du gekommen bist, war kein lehrer in diesem lande fähig die dummheit und die unwissenheit loszuwerden. aber jeder der dir zuhörte, hat die wahrheit gelernt.

ein anderer: wie hast du diesen mönch auf dem marktplatz zum narren gemacht. er hatte nicht ein wort zu sagen.

der weise mann: (verlässt sein pult und steht unter ihnen in der mitte des raumes.) schüler, liebe freunde, ich habe euch die ganze zeit getäuscht. ich selbst war es, der unwissend war. es gibt einen gott. es gibt einen himmel. es gibt feuer, das vorübergeht, und es gibt feuer, das ewig dauert.

(teigue, unterdessen, sitzt auf einem schemel bei der tür und zählt an seinen fingern ab, was er mit seinem geld kaufen wird.)

ein junger mann: (zu einem anderen) er wird nicht eher zufrieden sein, bis wir mit ihm diskutieren. (zum weisen mann) beweise es, meister. hast du sie gesehn?

der weise mann: (mit leiser, ernster stimme.) eben jetzt, bevor ihr hereingekommen seid, kam jemand zur tür, und als ich aufblickte, sah ich einen engel da stehen.

ein junger mann: du hast geträumt. jeder kann im traum einen engel sehen.

der weise mann: ah, mein gott! es war kein traum! ich war wach, so wach wie jetzt. ich sage euch, ich war ebenso wach wie jetzt.

ein junger mann: manche träumen wenn sie wach sind, aber das sind die verrückten, und wer würde glauben, was die sagen? verzeih mir, meister, aber das hast du mich gelehrt zu sagen. das hast du dem mönch gesagt, als er von den trugbildern der heiligen und märtyrer sprach.

ein anderer: du siehst, wie gut wir deine lehre kennen.

der weise mann: hinaus, mir aus den augen! ich will einen, der glaubt. ich muss dieses korn finden, von dem der engel sprach, ehe ich sterbe. ich sage euch, ich muss es finden, und ihr antwortet mir mit argumenten. hinaus mit euch, oder ich schlage euch mit meinem stock!

(die jungen männer lachen.)

ein junger mann: wie echt er spielt! er ist wie der mönch, als er nichts mehr zu sagen hatte.

der weise mann: hinaus, hinaus, oder ich lege euch diesen stock über die schultern! hinaus mit euch, und wenn ihr eines königs sohn seid!
(sie beginnen hinauszulaufen.)

ein junger mann: kommt, kommt; er will dass wir ihm einen finden, mit dem er diskutieren kann.
(alle gehen hinaus.)

der weise mann: (allein, er geht zur seitentür.) ich werde meine frau rufen. sie wird glauben; frauen glauben immer. (er öffnet die tür und ruft.) bridget! bridget! (bridget kommt herein. sie trägt eine schürze, die ärmel sind aufgerollt, die arme mehlbestäubt.) bridget, sag mir die wahrheit; sag nicht irgendetwas, nur weil du glaubst, dass es mir gefallen würde. betest du manchmal?

bridget: beten? nein, du hast mich vor langer zeit gelehrt es aufzugeben. zuerst hat es mir leid getan, aber jetzt bin ich froh, weil ich am abend müde bin.

der weise mann: aber glaubst du nicht an gott?

bridget: ah, eine gute frau glaubt nur, was ihr mann ihr erzählt!

der weise mann: aber manchmal, wenn du allein bist, wenn ich in der schule bin und die kinder schlafen, denkst du da nicht an die heiligen, an die dinge, an die du früher geglaubt hast? woran denkst du, wenn du allein bist?

bridget: ich denke an nichts. manchmal möchte ich wissen ob die wäsche schon weiss ist, oder ich gehe hinaus und sehe nach, ob die krähen nicht den hühnern das brot wegfressen.

der weise mann: oh, was soll ich machen! ist da niemand, der glaubt? ich muss gehen und einen finden! (er geht zur tür, bleibt aber stehen, den blick auf die sanduhr geheftet.) ich kann nicht weggehen; ich kann das nicht allein lassen.

bridget: du brauchst nur jemanden, mit dem du beweise führen kannst.

der weise mann: oh, schau zur tür hinaus und sag mir ob da irgendjemand auf der strasse ist. ich kann dieses glas nicht allein lassen; jemand könnte es schütteln! dann würde der sand schneller fallen.

bridget: ich versteh nicht, was du sagst. (schaut hinaus.) da ist ein arges gedränge und die leute reden mit deinen schülern.

der weise mann: oh, lauf hinaus, bridget, und sieh nach, ob sie einen gefunden haben, der glaubt!

bridget: (wischt sich die arme in die schürze und zieht die ärmel runter.) es ist schwer mit einem gelehrten mann verheiratet zu sein, der ewig beweise führen muss. (geht hinaus und schreit durch die küchentür.) ihr sollt nicht mit dem brot spielen, wenn ich draussen bin.

der weise mann: (kniet nieder.) „salvum me fac, deus — salvum — salvum…" ich hab das alles vergessen. es ist dreissig jahre, dass ich ein gebet hersagte. ich muss ganz gewöhnlich beten, in der gewöhnlichen sprache, wie ein clown, der am jahrmarkt bettelt, wie teigue, der narr! (er betet!) hilf mir, vater, sohn und geist!

(bridget kommt herein, gefolgt vom narren, der ihr seinen hut hinhält.)

der narr: gib mir was; gib mir einen groschen, damit ich speck in den läden kaufen kann, und nüsse auf dem markte, und einen scharfen trunk für die zeit, wenn die sonne schwach wird.

bridget: ich hab keine groschen. (zum weisen mann.) deine schüler finden niemand mit dem du streiten könntest. im ganzen land ist niemand, der genug glauben hat, um eine pfeife damit zu füllen, seit du den mönch erledigt hast. kannst du jetzt nicht ruhig sein und nicht immer beweise haben wollen? es muss furchtbar sein, so einen verstand zu haben.

der weise mann: ich bin verloren! ich bin verloren!

bridget: lass mich zufrieden jetzt; ich muss das essen für dich und die kinder richten.

der weise mann: hinaus hier, weib, hinaus hier, sage ich! (bridget geht durch die küchentür.) hilft mir denn niemand! aber, sie hat von meinen kindern gesprochen. ich habe sie vergessen. sie werden glauben. nur die, die verstand haben, zweifeln; kinder sind gläubig. bridget, bridget, schick mir meine kinder herein.

bridget: (drinnen.) euer vater will euch, lauft zu ihm jetzt. (die zwei kinder kommen herein. beide sind in der nähe der küchentüre stehengeblieben. sie schauen furchtsam auf ihren vater.)

der weise mann: kinder, was glaubt ihr? gibt es einen himmel? gibt es eine hölle? gibt es ein fegefeuer?

erstes kind: wir haben nicht vergessen, vater.

das andere kind: o nein, vater. (beide sprechen zugleich, wie in der schule.)
was wir nicht sehen können, gibt es nicht;
was wir nicht greifen können, gibt es nicht.

erstes kind: dumme leute haben geglaubt, dass es so etwas gäbe, aber du bist sehr gebildet und hast uns besser belehrt.

der weise mann: ihr seid genauso schlecht wie die anderen, genauso schlecht wie die anderen! aus dem zimmer mit euch, aus dem zimmer! (die kinder beginnen zu weinen und laufen weg.) geht weg, geht weg! ich will euch eines besseren belehren — nein, ich will euch nie wieder belehren. geht zu eurer mutter! nein, sie ist nicht fähig... hilf ihnen, o gott!... die körner fallen sehr schnell. im oberen glas ist nur mehr wenig sand. bald wird jemand zu mir kommen; vielleicht ist er jetzt an der tür! alle geschöpfe, die verstand haben, zweifeln! o, dass das gras und die pflanzen sprechen könnten! jemand hat gesagt, dass sie welken würden, wenn sie zweifelten. o sprecht zu mir, o grashalme! o finger der gewissheit gottes, sprecht zu mir! ihr seid millionen und ihr wollt nicht sprechen. ich habe angst, den augenblick zu wissen, wann der bote zu mir kommt. ich will das glas bedecken. (er bedeckt es und trägt es zum pult. er sieht den narren, der bei der tür sitzt und mit ein paar blumen spielt, die er in seinen hut gesteckt hat. er hat angefangen in einen löwenzahn zu blasen.) was machst du da?

der narr: wart ein bisschen. (er bläst.) vier, fünf, sechs.

der weise mann: warum machst du das?

der narr: ich blase in den löwenzahn, damit ich weiss, wie spät es ist.

der weise mann: du hast alles gehört! darum willst du wissen, wie spät es ist! du möchtest sie sehen, wenn sie durch die tür kommen und mich wegtragen. (der narr bläst weiter.) hinaus mit dir! ich will niemand hierhaben, wenn sie kommen. (er nimmt den narren bei den schultern, und fängt an ihn durch die tür hinauszustossen, dann ändert er plötzlich seine absicht.) nein, ich muss dich etwas fragen. (er zieht ihn wieder ins zimmer.) gibt es einen himmel? gibt es eine hölle? gibt es ein fegefeuer?

der narr: jetzt fragst du mich also. wie du deine schüler gefragt hast, hab ich mir gesagt, wenn er teigue den narren fragen würde, teigue könnte ihm alles darüber erzählen, weil teigue alles darüber gelernt hat, als er die netze zerschnitt.

der weise mann: erzähl mir; erzähl mir!

der narr: ich sagte, teigue weiss alles. nicht einmal die katzen oder die feldhasen haben teigues weisheit. aber teigue wird nicht sprechen; er sagt nichts.

der weise mann: erzähl mir, erzähl mir! denn unter dem tuch fallen die körner und wenn sie alle gefallen sind, werde ich sterben; und meine seele wird verloren sein, wenn ich niemanden gefunden habe, der glaubt! sprich, sprich!

der narr: (blickt nun ganz verständig.) nein, nein, ich werde dir nicht sagen, was in meinem kopf ist, und ich werde dir nicht sagen, was in meiner tasche ist. du könntest mir meine gedanken wegstehlen. gestern habe ich einen kerl auf der strasse getroffen und der sagte: „teigue, sag mir wieviele groschen in deiner tasche sind; ich wette drei groschen, dass da keine zwanzig in deiner tasche sind; lass mich meine hand hineinstecken und sie zählen.“ aber ich zog nur die riemen fester, wie jetzt; und wenn ich schlafen gehe, verstecke ich die tasche jede nacht, wo es niemand weiss.

der weise mann: (geht zur sanduhr, als ob er sie aufdecken wollte.) nein, nein, ich habe nicht den mut. (er kniet.) hab mitleid mit mir, narr, und erzähl mir!

der narr: ah! jetzt, das ist etwas anderes. ich fürchte mich nicht mehr vor dir. aber ich muss näher zu dir kommen; jemand dort drinnen könnte hören, was der engel gesagt hat.

der weise mann: ah, was hat der engel dir gesagt?

der narr: wie ich einmal allein auf den hügeln war, kam ein engel vorbei und sagte: „teigue, der narr, vergiss nicht die DREI FEUER; das FEUER, das bestraft, das FEUER, das reinigt, und das FEUER, wo sich die seelen für immer erfreuen!“

der weise mann: er glaubt! ich bin gerettet! hilf mir. der sand ist ausgelaufen. ich sterbe... (der narr hilft ihm auf den sessel.) ich gehe aus dem land der sieben wandelsterne und ich gehe in das land der sonnensterne! läute die glocke. (der narr läutet die glocke.) kommen sie? ah! jetzt höre ich ihre füsse... ich will mit ihnen sprechen. ich verstehe jetzt alles. man sinkt ein auf gott; wir sehen die wahrheit nicht; gott sieht die wahrheit in uns. ich kann nicht mehr sprechen; ich bin zu schwach. sag ihnen, narr, dass, wenn das leben und der verstand zerbrochen sind, die wahrheit durch sie komme, wie die erbsen aus den geplatzten schoten. doch nein, ich will beten – aber ich kann nicht beten. bete, narr, dass ihnen ein zeichen gegeben werde und dass ihre seelen lebend gerettet werden mögen. deine gebete sind besser als meine. (der narr beugt seinen kopf. der kopf des weisen mannes sinkt auf seinen arm, der auf den büchern liegt. die schüler treten ein.)

ein junger mann: schaut euch den narren an. er ist glockenläuter geworden!

ein anderer: warum hast du uns gerufen, teigue? was willst du uns sagen?

ein anderer: kein wunder, dass er geträumt hat. seht, er schläft ganz fest jetzt. (geht hinüber und berührt ihn.) oh, er ist tot!

der narr: bewegt euch nicht! er hat um ein zeichen gebeten, dass ihr gerettet sein möget. (alle sind für einen augenblick ganz still.) ... seht, was aus seinem mund kommt... ein kleines geflügeltes ding... ein kleines leuchtendes ding... jetzt ist es bei der tür. (der engel erscheint im türeingang, streckt seine hände aus und schliesst sie wieder.) der engel hat es in seine hände genommen... er wird seine hände im PARADIESISCHEN GARTEN öffnen. (alle knien.)

v o r h a n g

gelegenheitsschriften

das mosaik im laufe der jahrhunderte

vortrag anlässlich der uraufführung des films „mosaik im vertrauen"

Meine Damen und Herren, verehrte Anwesende, lieber Herr Präsident.
Rauchen verboten.
Der folgende Premierenstreifen „Mosaik im Vertrauen" wurde zur Gänze im Atelier gedreht, bis auf einige Schüsse, in der Ostsee, die den Heringsfang betreffen.
Sie können sich vorstellen, unter welchen ungeheuren Schwierigkeiten dieses Projekt realisiert wurde. Allein die Anfertigung der Kulissen von Rotterdam und die Herstellung der Lokomotivattrappen erforderte vollen künstlerischen Einsatz.
Da die Vorführung aus finanziellen Gründen nur einige Minuten dauert, und es Ihnen daher vielleicht nicht möglich sein wird, der STORY ganz zu folgen, welche aus obgenannten Erwägungen ein Konzentrat bedingt, das aus der Strenge der vorgefassten Dramatik resultiert, will ich Sie über den Handlungsablauf zu Ihrem besseren Verständnis kurz informieren.

Es ist Mitternacht.
Beim Bahnhof sehen wir Amalie, die das Heidekraut zu pflücken kommt. Da tritt Frederick zu ihr, um sie zu beschützen, und Amalie vermag ihre Liebe nicht länger zu verbergen. Doch wer naht dort??

Herr Bayer, der Stationsvorstand.
Die Sorge um seine Tochter hat ihn fortgetrieben.
Er weiss, dass ihr die Versuchung hier auflauert. Er reisst der Verhüllten den Schleier ab und voll Entsetzen erkennt er seine eigene Tochter. Was ist der Spott der Umstehenden gegen den Schmerz über ihre Treulosigkeit?
Voll böser Gedanken lädt er Frederick zum Mittagessen. Er will Amalie nicht mehr sehen und sagt ihr gleich hier Lebewohl.
Ganz Rotterdam ist versammelt, um das Hochzeitsfest zu feiern. Merkwürdig ist, dass Amalie das Unterschreiben des Heiratskontraktes noch immer hinauszieht.
Noch singen und schmausen die Hochzeitsgäste, da stürzt der Vater mit seiner entsetzlichen Kunde herein: vor Schmerz ist die Mutter wahnsinnig geworden, jetzt kommt sie selbst in den Saal und kündet in irren Reden ihr entsetzliches Leid.
Auf dem Bahnhof sehen wir Frederick, der nicht länger leben will. Und die Lokomotiven pfeifen.

Nun erhebt sich die Frage:
Was ist ‚Mosaik'? Wer eine Definition als Antwort auf diese Frage erwartet, muss enttäuscht bleiben, solange diese Begegnung nicht zum Abschluss kommen wird.

Der einzige Mechanismus in uns, den solche Methoden vielleicht lähmen könnten, ist, wie ihre Anwendung zur Untersuchung eines Boxkampfes einleuchtend zeigt, der des Leidens. Wer weiss, ob wir nicht schon auf dem Wege sind, dem Identitätsprinzip eines Tages zu entrinnen??

Das Mosaik hat gute Vorsätze, aber es vermag diese, wie Aristoteles einmal sagte, nicht auszuführen. — Nicht einzuführen.
Zum erstenmal wird das Mosaik der letzten tausend Jahre in seiner konsequent historischen Folge und Entwicklung dargestellt. Es erscheint als Sinnbild der historischen Strömungen der Zeit.

Meine kurzen Ausführungen sind dazu bestimmt, der um sich greifenden und zum Teil schon stark eingebürgerten Begriffsverwirrung über das Mosaik einigermassen entgegenzusteuern.

Man unterscheidet eckige und runde Mosaiken. Den kürzesten Abstand zweier Farben nennt man Mosaik. Die höchste Aufgabe der Bildung ist es — sich seines transzendentalen Mosaiks zu bemächtigen — das Mosaik seines Mosaiks zugleich zu sein.

Das Mosaik war in der alten Welt durchaus unbekannt. Wie alle Auszeichnungen unserer Art, denn es schien unverträglich mit der Freiheit und Gleichheit der Bürger. Ausgezeichnete und verdiente Männer erhielten Bildsäulen, ihr Lob erschallte von der Rednertribüne und Miltiades, der Sieger von Le Mans, wurde in Poecile vorne angemalt unter den zehn Prätoren. Schon näher kommen unseren Mosaiken die Blumenkränze und Baumblätter der Alten. Ja der reiche Crassus verwandelte schon die natürlichen grünen Blätter in künstliche aus Gold und Silber. So musste mit den punischen Kriegen das Eisenmosaik dem Goldmosaik Platz machen. Und Plinius rief: „Pessimum vitae scelus fecit, qui aurum primus induit digitis, proximum qui primus ex auro denarium signavit."
Im Mittelalter trat anstelle der alten Kränze, Bildsäulen und Triumphe das europäische Mosaik. Und damit wurde das Mosaik eine Auszeichnung, da in der Tat die Ritter sich nicht wenig ausgezeichnet hatten. Man verpflanzte das Mosaik an die Höfe und jeder Hof wollte sein eigenes Mosaik haben. Viele erhielten nun solche Mosaiken, nicht wegen ausgezeichneter Verdienste und Taten, sondern aus Gnaden und Laune und selbst für Geld.

Aber frühere Zeiten machten durchaus keinen Unterschied.
Der Glanz des Mosaiks blendete und man vergass zu fragen: warum?
Noch vor dreissig Jahren war es ein wahrer coup de théâtre, wenn man den Überrock öffnete und ein Mosaik blitzen liess.
Wobey sich keine Miene verziehet.

Wir haben gegen fünfzig deutsche Mosaiken und dürfen ebensoviele für das übrige Europa annehmen, ohne einige siebzig veraltete Mosaiken zu erwähnen.

Das Mittelalter war wild und roh. Kriegerisch und grossartig. Und so mussten auch die Mosaiken dieser Zeit strenge, martialisch und kolossal sein. So sagte schon Markgraf Hartmann von Helldrungen, ein Liebling Conrads von Thüringen, und jetzt ein Greis, der das Riesenmosaik zu Marienburg gebauet, in seinem „Tugendbuch der Weysheyt“:
der neunertz specken klaster
wie mósaick inner da
kettent kauert immelschnee
etz gras eis zwater sam.

Die grösste Mosaikfeier veranstaltete im Jahre 1184 Kaiser Friedrich Barbarossa in Mainz. Die Chronik erzählt, dass hierzu ausser Deutschlands Fürsten, Bischöfen, Grafen u.s.w. an die 70.000 Ritter zu Gaste geladen waren. Ein riesiges Festlager war errichtet worden, und die zahlreichen Zelte mit ihren wehenden Fahnen bildeten ein farbenfrohes Bild. Der Kaiser liess auch die zu Tausenden herbeigeströmte Volksmenge bewirten und ein grosses Turnier veranstalten. So wurde dieses Mosaikfest zugleich ein Volks- und Friedensfest, wobei der zweiten Gemahlin des Kaisers als der „Königin der Schönheit“ gehuldigt wurde.

Die sich bewusst gewordene bürgerliche Welt fand im ritterlichen Mosaik nur unnützes Spiel. Dafür pflegte sie das Lehr-Mosaik, das immer mehr ins Realistische und Praktische hinüberglitt. Ullrich Bohner, ein Schweizer, knüpfte mit seinem Edelstein eine Sammlung von hundert Mosaiken um 1392. Alte Mosaiken stattete er mit Nutzanwendungen aus. Im fünfzehnten Jahrhundert wurden in jedem vornehmeren Haushalt die Dienste von Mosaikstickern gedungen, die das ganze Jahr hindurch arbeiten mussten. Um ihnen die Möglichkeit zu bieten, direkt von der Natur zu lernen, eröffnete Jean Robin im selben Jahrhundert einen Garten mit Gewächshäusern, in welchen er seltsame Mosaikgattungen zog, die dazumal in unseren Breiten nur wenig bekannt waren. Die prächtigen Brokate und Damaste jener Zeit kennzeichnen die Einführung grosser Mosaiken mit Granatäpfeln und anderen Früchten mit zartem Blattwerk. Der zweite Teil von Lefébures Buch ist der Fachgeschichte des Mosaiks gewidmet. Und obwohl ihn manche nicht ganz so fesselnd finden werden wie den vorhergehenden, wird er einen Einblick reichlich lohnen und jene, welche sich noch mit jener zarten, anmutigen Kunst beschäftigen, werden viele wertvolle Winke darin finden, sowie auch eine grosse Anzahl ausserordentlich schöner Reproduktionen. Im Vergleich zu dem Schweizer Ullrich Bohner erscheint Lefébure verhältnismässig modern, was ich mit folgendem beweisen will.

oskar lefébure
sätze und lehren zum verständnis des mosaiks
(mit lichtbildern)

1. die erste pflicht des mosaiks ist so künstlich wie möglich zu sein, die zweite pflicht hat bisher noch niemand entdeckt.

2. wer einen unterschied zwischen mosaik und skulptur macht, besitzt keines von beiden.

3. eine wirklich tadellose knopflochblume ist das einzige, was mosaik und natur verbindet.

4. das mosaik ist der mündig gewordene ernst.

5. kein mosaik ist gemein, aber jede gemeinheit ist ein mosaik.

6. zeit ist mosaik.

7. mosaik sein heisst frühreif sein.

8. die voraussetzung der vollendung ist trägheit, ihr ziel das mosaik.

9. das mosaik ist die letzte zuflucht des misserfolgs.

10. man soll entweder ein mosaik sein oder ein mosaik tragen.

11. das mosaik ist die wurzel aller hässlichkeit.

12. es liegt etwas tragisches darin, dass es gegenwärtig eine ungeheure anzahl junger männer gibt, die mit einem vollendeten mosaik ins leben hinaustreten und schliesslich einen nützlichen beruf ergreifen. (Dali)

13. drei mosaiken flössen immer vertrauen ein, sogar den krämern.

14. man sollte immer ein wenig mosaik sein.

15. das mosaik sollte polizeilich verboten werden.

zurückgestellter erster text

Meine Damen und Herren,
Ich freue mich, dass Sie gekommen sind. Dass Sie gekommen sind, macht aus den Filmen, die hier ablaufen werden, und den Texten, die man hier ab-

lesen wird, Filme und Texte. Und erst recht ist ihre Existenz als Kunstwerke eine Funktion ihrer Apperzeption. Das ist ja bekannt. Bekannt ist auch, dass wir nicht wissen, was ein Kunstwerk ist, weil wir keine operable Definition dafür haben oder die operablen Definitionen sich als die unbrauchbarsten erweisen. Und da wir nicht wissen, was Kunstwerke sind, können wir auch nicht wissen, ob sie gut sind, weil die Bestimmung des „gut" von der Definition des Kunstwerkes abhängt. Es sei denn, wir wären keine Rationalisten, was wir natürlich sind. Vom „guten Kunstwerk" reden impliziert also: eine unbekannte Eigenschaft einem unbestimmten Objekt zuordnen. Trotzdem wollen wir uns auf uns verlassen und erwarten, dass man uns gute Kunst zeige, — denn — eine gute Langeweile ist immer noch besser als die beste Unterhaltung. Meine Damen und Herren, ich meine das ernst. Die Unterhaltung ist des Teufels. Nicht weil sie unterhält, sondern weil sie uns unterhält. Ich erlaube mir ein etymologisch wohl unzulässiges Sprachspiel: sie hält uns unter unser Niveau. Und gerade das tut die Langeweile nicht. Die setzt uns auf unser Niveau. Sie verweist uns auf uns, zieht uns den Unterhalt unter dem geistigen Hintern weg, sodass wir uns selber aufsitzen. Wenn wir uns langweilen, sind wir wirklich so öde, wie wir sind. Die hübschen Mechanismen der Assoziation und Identifikation klappen nicht, und onanieren kann man auch nicht immer. Der Konsummensch steht vor seiner unverzehrbaren Mauer.

Meine Damen und Herren, Sie hörten ein kleines Hohes Lied auf die Langeweile. Warum? Das hat seinen Oberflächenanlass. Die Produzenten der Ihnen vorzuführenden Kunstwerke stammen aus Wien, dem schönen Österreich unseres lieben Sacher-Masoch. Doch nun tiefer. Die Funktionen der Kunst wechseln. Wir bestimmen sie verschieden im Herablauf der Geschichte. Erfreuen soll die Ars schon lange nicht mehr und selbst die Provokation ist am Brei des Publikums stumpf geworden. Ich erkläre zur höchsten Funktion der Kunst in unserer Epoche die Verbreitung von Langeweile. Diese Bestimmung hat antithetischen Charakter. Klar. Und den Weltanschauungsanalytiker weist sie auf meinen geistigen Status eines Reaktionärs und Utopisten: Ich glaube an das Individuum. Nicht, dass es das gäbe, aber es ist möglich. Und es konstituiert sich primär: durch seine Langeweile. Alles andere ist Konsum und Fortschritt: fort von ihm, dem Individuum.

Meine Damen und Herren. Es ist Sonntag. Sie gestatten, dass ich den lieben Gott zitiere. Gott gib uns Langeweile, auch zu dieser Matinee. Meine Damen und Herren. Ich heisse Sie herzlich willkommen. Es verende unsere tote Kultur und es lebe die Kunst. Die Filme aus Wien haben das Wort.

monterosso, 2. jänner 1960

dieses jahr richtiger voriges jahr habe ich für meine verhältnisse in der eisenbahn GEWOHNT.

monterosso 2. jänner 1960

sollte es doch völkische EIGENSCHAFTEN geben? ich habe eine art von heimtücke oder sagen wir vonhintenanschleichen bei etlichen italienern angetroffen, die mir an anderen menschen noch nicht aufgefallen ist. auch wiener können gemein und heimtückisch sein, aber dann sind sie anders. wird schon sowas geben. klima und alles.

hier lebt ein mann, der wie mein toter grossvater (väterliche linie) aussieht. heute vormittag, ich war sehr müde, habe ich luftspiegelungen im eiskasten vom bahnhofsbüffet gesehen. waren fast-farbig bisschen nebelig nur plötzlich und manchmal wie soll man das erklären wie sich öl, ein tropfen öl auf dem wasser zusammenrollt so eigenartig langsamschnell. das licht kam aus dem himmel, klarerweise, die sonnenstrahlen gingen

1. durch die vorderglasfront trafen auf die reflektierende hinterglasfront, in der sich erstens verschiedenes spiegelte und
   zweitens beim direkten hinsehen bäume zu sehen waren gras und so zeug also waren auch reflektierte strahlen von dort da, gebrochen durch die hinterglasfront
2. sonnenstrahlen treffen aufs meer werden reflektiert, gebrochen, durch vorderglasfront geschickt, gebrochen, auf hinterglasfront geschickt und gebrochen, reflektiert auf den eiskasten, wie alle anderen strahlen auch, von denen ich mir ein paar vorstellen konnte, und dann sah ich auf dem eiskasten, der das alles reflektierte oder spiegelte (vielleicht ist doch was dran an einem spiegel obwohl er jetzt eher verpönt ist, bin noch ein schmock, werde mich aber bemühen — ehrlich — mich zu ändern, ich sollte nur vielleicht öfter daran denken) und sah

zweimal meinen grossvater, der auf mich zukam, also jeweils 1× nicht mein grossvater und er noch einmal, oder so, nicht er kam auf mich zu, das bild, wie im kino bei einer fahrt oder gummilinse, so deutlich, dass ich dachte, hinter mir schaut dieser alte fischer, das ist der mann, der wie mein grossvater aussieht, zumindest sehr genauso wie meine erinnerung an meinen grossvater, durch die glasscheiben, man kann ruhig glasfront sagen, und ich sehe sein spiegelbild. ich drehe mich um, seh aber nur die gräser und bahnhof und so, ist alles abgeschlossen, weil die station zwischen zwei tunnels liegt und es hinten steil hinaufgeht wie eine wand, ist ein berg.

bald darauf, vielleicht auch gleich darauf, sehe ich wieder meinen grossvater im eiskasten alles sehr gross das ganze bild so ein 3/4 oder 1/2 meter hoch und ein 1/2 meter breit zirka, drehe mich um, wieder nur diese bergwand und gräser und so und jetzt stehe ich auf und gehe auf den bahnsteig aber es sind, glaube ich, gar keine leute da und auf jeden fall ist dort wo die glas-

scheiben sind überhaupt niemand. der alte fischer war sicher, das ist aber eisenhart sicher, nie da und ich hab das auch schon garnicht mehr erwartet. die guten seltsamen ereignisse kann man alle ganz natürlich erklären, das ändert aber überhaupt nichts an ihrer seltsamkeit. ich glaube das stört die leute nur deshalb ein bisschen weil sie sich seltsame ereignisse skurriler konstruiert vorgestellt haben und wenn dann der mechanismus ganz einfach ist sind sie auch bei hervorragendem resultat damit unzufrieden und wollen lieber faulen falschen zauber der ganz menschlich und auch stupid ist nur weil mehr klimbim dran ist und weil sie sich das eben SO vorgestellt haben und da nehmen sie auch einen faulen zauber in kauf nur weil mehr krach dabei ist. dabei passieren die seltsamsten dinge so erklärlich.
aber weshalb sollte sich mein grossvater nicht der lichtstrahlen bedient haben und meiner ermüdung, die schaltet wenigstens die aufgeblasenen kluggeschissenen verstandesvorurteile zur seite, und der darauf entstehenden freigewordenen fantasie und nicht verstandesgebundenen kombinationsgabe. wessen hätte er sich denn sonst bedienen sollen?
die müdigkeit ist daran schuld, werden die ärzte sagen, nicht alle aber sicher ein paar, nicht werden sondern würden, solchen erzähl ichs ja vielleicht eigentlich sicher gar nicht, natürlich ist sie schuld aber für schuld kann man auch ursache setzen. schuld hat so einen sentimentalen beigeschmack, das haben sich die menschen, das wort schuld meine ich, sicher erfunden damit es nicht so nüchtern klingt wenn sie sagen ich habe das und das verursacht gutes und böses. jetzt sagen sie schuld wenns was böses war und verdienst oder so und alles (das hab ich den amerikanern gestohlen glaub ich aber das ist mir egal, schon wieder genommen hätte genügt) beim guten. da hat das selbstmitleid mehr dran zu kauen.
meinen grossvater, und wie deutlich das war und wie hell und farbig, aber nicht wie im kino sondern ganz anders, den hätten sie sehen müssen, dann würden sie nicht so blöd grinsen denken oder lachen. nach einiger zeit habe ich dann noch einen mann mit einer weissen mütze, bischofsmütze gesehen war ziemlich braun im gesicht aber europäischer typ nur so wie sonnenbraun oder auf gemälden und so, und so ein weisses kleid oder so, ich hab vergessen, wie das heisst, was die priester oben tragen, fängt mit t an oder so. der manchmal, glaube ich, aber einmal ganz sicher, ganz ziemlich deutlich wurde. da habe ich so eine art gänsehaut in den beinen bekommen.
man kann natürlich sagen das waren meine gedanken oder ganz tief liegende dinge, unterbewusstsein und so, natürlich, das genügt ja durchaus, ich will ja nicht sagen, dass geister herumspaziert sind. aber das genügt doch um einen vom sessel herunterzuhauen, wenn man soo einen apparat vorgesetzt bekommt (plötzlich!) um daraufzukommen was einem vielleicht im ganz tiefen, nichtschwimmer und so, unterbewusstsein sitzt.
dann habe ich, aber sehr verschwommen, mir schon allerlei eingebildet, aber das war schon anders, das merkt man gleich, da wollte ich, und die bil-

der waren nur in meinem kopf und so, schon mit sonne und so, aber ich glaub das wollte ich haben, und zuerst wars einfach immer eine überraschung, so dass man glaubte ich seh nicht recht und sich einmal kurz zurechtschüttelt, kopf und augenlider und so, und hallo ich bin ich da und so, und dann ist alles wirklich wahr und dann hauts einen vom stuhl.
dort auf dem eiskasten waren am rand links unten zwei kreuze, da ist einer mit dem gummiabsatz übers email gefahren, na wie würden die sonst auch hinkommen, zwei so kreuze sind auch in einem von meinen augen, ich weiss jetzt nicht in welchem, meine frau hats mir einmal gesagt und ich hab in den spiegel geschaut, die hab ich wirklich und die gummispurenkreuze haben die gleiche anordnung am eiskasten und in meinem wasweissichauge und die hab ich mir nicht eingebildet, die sind ja noch immer dort und man kann sie anschauen und drüberfahren und so, und die hat ja auch sicher jemand mit'm schuh hingemacht. ist ganz natürlich oder doch irgendwie, passt dazu, obwohls natürlich überhaupt nicht, das ist überhaupt kein vergleich, an die sache mit den bildern heranreicht. das ist klar. bei den bildern musste man auch nicht sitzen bleiben und blöd starren oder so, waren ja luftspiegelungen und man konnte herumgehen, blieb immer ganz klar verschwand nur nach einiger zeit, wenn die sonne zu funken aufhörte und auf schwach machte. morseapparat und so. war aber immer verschieden. glaube auch die zweimal von meinem grossvater waren verschieden. ja, das tolle ist, dass er das zweite mal gleich viel grösser auftauchte, irgendwie als ob er ganz sicher gehen wollte. gut sie können auch sagen mein unterbewusstseinsgrossvater, ist egal, aber sie hätten die bilder einmal sehen sollen, sie haben sicher eine andere vorstellung vom unterbewusstsein, schwör ich ihnen. bin sicher das ist auch irgendwie ein bisschen mehr, zumindest high-fidelity-unterbewusstsein.

die klare zeit

mitarbeit achim dehne
(berlin 1962)

konrads ankunft.
knesebeck geht nicht. achim: wenn eine frau kommt und da liegt einer. mit lutze carmerstr. froese, fisch im hausflur. rendezvous mit achim, hinaus zu den bildhauern, prantl, in der reichstr. und zufällig wird achim am zoo getroffen mit chinchilla+eu(mediziner)-pohlmann

und es begann die zeit des klaren
eden-saloon (engl. soldat in zivil schlägt lesbierinnen)
kreuz+quer durch berlin — leierkasten, mühlenhaupts trödelladen und konrad schläft ein
cuba, chinesische speisen, und kotzt, hühnerbein und ricci's schwulenmasche, harald, hupt am tegernsee und eu hatte ein eigenes auto am zoo und konrad schläft auf einer bastmatte mit einer decke.
da fährt achim nach düsseldorf, freitag, den 29. 6. und konrad kann mit einem kopfkissen bleiben, kann solange bleiben. eden-saloon.
30. 6. samstag: party carmerstr. orschel geburtstag, lutze, h. c. schlägt henne den party-killer, henne bei diener — eden-saloon.
achim kommt montag nacht, 2. 7. fährt und geht zum steinplatz und nicht keine schlüssel sind nicht da. konrad im eden-saloon, if fährt konrad nach hause. achim schon da und konrad bei lutze. dienstag kommt konrad von lutze, am 3. juli, und geht zu achim und beide trinken und sprechen und gehen dabei in den 4. juli, achim ist müde, aber konrad noch nicht und sprechen über zen und kugeln, die sich aus dem kopf lösen, astralkörper. achim immer müder wird spricht konrad: schade, wir müssen jetzt fertig werden, sonst werden wir es nie. bei wodka und bier kamen wir nicht über tieck. konrad beginnt mit lesen und seine sechs sinne werden wach und achim ist verstört, weil er nur mit vier sinnen geschrieben hat. vorher wurde schon über gifte gesprochen. nach bier wurde früh 1/2 10, mittwoch, den 4. juli geschlafen, da läutete schon um 12 uhr h. c. wir gehen zu osman.
wir trinken bier
wir kaufen hosen. „das ist unser lieber hans karb wir kaufen ihm ein höschen (alte hose wurde schlecht verkauft) schwulentourig fuhren wir gen pohlmann. schreisse pohlmann gut. und fuhren in den donnerstag mit dem eden-saloon (bis ein viertel sechs, if sollte mit zum wannsee, aber, schreisse, haute sie ab, if. tegernsee-tönnchen nicht zu vergessen zu hupen. harald. herta+h. c. (bis 5 uhr dreissig) bahnhof zoo essen, und ein böser kellner. konrad legt sich schlafen, kellner will das nicht blutspender mit silberner und goldener medaille vom blutspenden. ein luftballon gefüllt mit blut — 10 uhr schlafen. noch immer donnerstag 5. juli. sicher ist hans karl gekommen obwohl wir es nicht genau wissen und so standen wir um 17 uhr auf, obwohl wir es nicht genau wissen, und schliefen der lesung am waldsee bei, wo franz mon über uns kam: hank, hank, hank, ank, ank, ank ak ak ak kank kank kak kak kak ah ah ah und dann machen wir eine kleine pause damit sich die erregten gemüter wieder abkühlen können und dann kommts ganz toll
gegen willen aller führte hans karl ein etymologisches, yes, ich habe es richtig geschrieben, ha und konrad schläft, der schreisser, der, und dann wurden nervöse bouletten, der mon mochte sie nicht, die nervösen, denn er war wohl schon auch so, und er trug eine *sehr* starke brille, mehr nach minus hin, der schwule brauer war auch dabei. da blieben nur noch der kon rad,

mehr kohn als rad, aber er blieb und achim und mehr ach als chim und hans carl mehr wohl schon hans die blieben mehr übrig als sonst und hans der carl disputete mit schülern aus westfalen, die gerade der matura entsprungen, mehr dem hans als dem karl widersprachen und kegelten auch zusammen. da begann die erste nacht mit dem eden-saloon, nein noch nicht, erst war da herta und h. c. bekam ein küsschen eins, zwei, drei ein küsschen von einem schwulen, was ihn wohl sehr verärgerte seit dem mag er herta nicht mehr und ging wohl nach hause, soon darauf eden-saloon und if die war im anderen raum zusammen mit isabell, der dummen, was if sehr erfreute, weil wir es erkannten das isabell, was am rockaufschlag stand, aber nicht nur das, sondern auch die ganze person verdummten, was if sehr erfreute, und sie mit zu harald fuhr, und zwar im eigenen wagen, und achim immer hinter her, die beiden da vorne waren ständig einssowas und nicht zu vergessen das tegernseer-tönnchen, hups und rauf und rein und gehupt und zurück, denn polizei ist nicht nur gefährlich, auch freund, (schreisse) wieder konnte der wannsee if nicht locken, schade, aber vorher waren wir noch im riffifi, aber das war so richtige schreiss und herta war nicht weit, yes, aber danach war es der if genug, scheinbar fuhr sie nach hause und der wannsee war nicht so weit, dass, und und so entschlossen fuhren wir baden, wobei der konrad lenkte, das sah von aussen sehr gefährlich aus, aber die bäume wichen immer aus, und so kamen wir zum baden, während achim nackt und konrad mit badehose, während konrad die eier schmerzten im gegensatz zu achim, der beide seine eier zu wasser trug, schmerzeten dem konrad seine (die eier) schon sehr, was dem konrad weh tat, und er hielt sie fest, dabei, noch keine einhundertundfünfundzwanzig meter entfernt, plötzlich sahen das der achim und der konrad, ein mädchen sass und achim und konrad in die eier schaute, was den konrad samt achim sehr verstimmte, stimmte achim dem konrad und konrad dem achim bei, ihm dem mädchen, sofern es eins war, denn es waren einhundertundfünfundzwanzig meter die eier von nahem zu zeigen, was es dann wohl sage und ob sie sie wohl nähme, und nachdem sie sich sorgfältig angekleidet, die hose gegürtet, stiegen konrad und achim die böschung, erstiegen sie öffneten den hosenlatz und liessen, so im blickwinkel des mädchens ihr glied in erscheinung treten, das mädchen schien betreten und trat den rückzug an, drehte dem konrad und dem achim einfach den rücken schade, denn der vater des mädchens trat da auf das mädchen zu. seitdem waren wir barfuss. und schmatz, schmatz, am kurfürstendamm mehr an dessen anfang, eigentlich noch vor der gedächtniskirche bouletten und schuschlack, die assen wir da, gingen auch während wir vorher bezahlten, es war wirklich das letzte geld, da schnarcht dieser konrad, schreisse, gleich werd ich ihm wohl müssen ein stöckchen durch das linke öhrchen schlagen und der pernod senkt senkt sich dem morgen entgegen wie eine pelzmütze, schreisse, der konrad schläft und schnarcht, der phynanzteufel soll ihn holen, sein schwanz soll sich pathaphysisch kringeln, alsbald war es da gen acht

oder neun, vielleicht auch später, und das geld war rein pathaphysisch weg und der vitus behring wand sich in krämpfen und nur noch edition 62 gab ein signal von sich und wurde als ein solches an eine amerikanerin verkauft, die es auch nahm, für drei mark und bar fuss, drei mark bar, barfüssig nahm achim die drei mark, da schritten sie, der konrad und der achim erleichtert und und um drei mark herum in die hfbk um lutze zu be- oder suchen, eigentlich mit dem gedanken an apfelkuchen und sahne zusammen mit einem kaffee pr. person 1.10 dm mit diesem denken barfüssig in die hfbk, der pförtner schaute recht dumm während roland uns von einer steinbank grüsste, der arsch, durch die schule den garten die putzfrauen durch den gang direkt in dirkes klasse, da wo lutze, aber keiner, weder lutze noch ein anderer war da nur ein paar schuhe, und achim musste wohl scheissen, und weder konrad noch achim wussten wem die schuhe zugehörten, da schiss schon achim und der konrad stand an der tür und liess seine blicke, während achim in den schuh, den gang nach putzfrauen und kleinen dirkes auglich durchschaute, schiss, vielmehr, schon war achim fertig, strich sich mit dem schuh, yes yes scit- in.schit“ in in de schoo festival, so wurde ein grosses fest in die wege geschissen. danach verliessen achim und konrad mehr befriedigt als bemerkt die schule, beschuhten sich und platzten in in das stein platzhotel, so wie sie waren, zum h. c., der da schlief, aber nicht mehr lange, denn da waren sie schon da, und ohne socken, konrad schnarchte auf dem sofa während achim baden ging, wobei der achim einschlief, in der wanne die nicht nur hans karl, sondern auch der gemeinschaft des hotels ge- oder zugehörte, das indignierte den hans carl sehr, und so weckte er den achim durch zartes klopfen an der tür, die zum gemeinschaftsbad führte, wo achim dessen garnicht bewusst kurz über dem wasser schlief, yes, yes (schreisse, noch heute ärgert es den achim nicht so lange baden zu können wie er da wohl mochte) der pernod hat die pelzmütze des morgens erreicht, der konrad schnarcht nur noch merklich achim liegt in der badewanne und kein pernod weckt ihn. es ist wirklich schade. pernod ist auch schreisse.
yes und dann sind konrad und achim weg von h. c. und es war immer noch die zeit des klaren.
da tranken konrad und achim kaffee und assen dazu apfelkuchen, der eine mit, der andere ohne, es wird wohl konrad gewesen sein, der ohne, denn damals ass achim noch den kuchen, der innen mit apfeln bestreut war, so war es wohl achim der den apfelkuchen mit sahne ass, as. alsbald, müde vom apfelkuchen griffen sie zur saite, schon war es mittag wohl auf dem balkon: she went down from the balkony, dies spielten sie mehr als lied, da kam die lutze und erzählte eine ungeheure geschichte, die lutze, man hat ihr in die schuhe geschissen konrad und achim lachten sehr herzhaft dazu, es war wirklich selten, dass man sie so lachen sah, zumindest an diesem morgen, der schon bei weitem überschritten war, denn es war wohl mittag auch schon vorbei. (schreisse, ich gehe gleich mit dem pernod baden)

dabei war es schon lange freitag, aber was kümmerte sie es schon, so ein freitag, man darf nur kein schiff vom stapel lassen, dies taten sie dann auch nicht, sondern kauften schuhe, neue, und mit denen gingen sie zum fisch, der hatte whisky, der fisch, ganz eine flasche, das delektierte alle beteiligten, die lutze mit ihren neuen schuhen, den konrad den achim und den fisch, denn alle tranken, nur so, warum, wussten nur zwei, achim und konrad, und diese beiden, die sagten nichts, aber, mehr sondern, tranken lieber, und betraten den wiener hof, auch h. c. trat ein, keiner sprach über den 7. juli, der schon längere zeit die zeit einnahm. warum auch. wen pressierte das schon. (schreisse, mutter ubu war ohne gäste viel muh muh muh yes. schreisse, der pernod wirkt so französisch) da floss dann der sekt wie ein schöner fremder mann durch den raum und das bier liess beim urinieren nicht nach, der fremde mann muss mit, das war ein schwuler gynäkologe, einer den achim dann oben, als alle oben waren, und der gynäkologe achims eier haben wollte, rausschmiss, achim will seine eier nicht an gynäkologen verkaufen, wo käme denn der achim dann hinn? so ermunterte dann lutze mit aufgelöstem haar, denn es war der 7. juli, den fisch, beizuschlafen, was nicht so ohne weiteres ging, denn der fisch menstruierte, was beiden leid tat. mittlerweile sprachen alle beteiligten englisch, gaben einen pfeifton, je nach laune, schüttelten rhythmisch, je nach launes, hingens eins s yes, jes nachs launens überall an wortes, yes. yes, und der fisch lag eine stunde ganz ohne bewusstsein auf der toilette herum, und schlief in konrads bett. warum? so frühstückten, nahmen wir das early-piece gegen 13 uhr bei lutze eins, danach waren 4 stunden schlaf so einfach. 20 uhr chruxin. leierkasten. fuchs. trinkermeditationen und nicht gefunden ricci. schreisse. h. c. betrunken nach hause und um drei uhr schon zu bei nora, versperrt, was böse macht. herta war. und chruxins zog es nach hause, zwei strumpfbänder wurden alsbald gerichtet und von achim betanzt. verhindertes vögeln auf dem lokus, denn wirtin und reinemache

frau hängen am vorhang die eine links die andere rechts und dahinter die schmale aber tiefe bühne des toilettenvorraums mit dem entblössten glied in liebensgrösse und dem gelüpften arsch der strumpfbandmaid drüber der gereffte rock flatternd in der dünung der tabakwolken die sich da drohend und sichtbehindernd vor diesen beiden erinnyen ballten die pfeilten sich vor in die takelage der strumpfriemen klammern und und spreiteten den rock drüber rüber über die beiden schwankenden maste die da diese schnauze stützen die da lospfiff und über der sirene flatterten die segel dieses billigen kattuns wieder friedlich zu den klängen von warte nur ein weilchen und das glied schlüpfte in die hose und die schnauze klimperte zu paule unserem paule dem netten jungen den freundlichen zuhälter den unbeholfenen gelegenheitsarbeiter über dessen braue ein bluttropfender krater klaffte und die haut spannte auseinander und die flottesten lieder sausten ihm solcherart aus der juke-box direkt unter

die hirnschale. „hat mich einer mit dem schlüssel draufgehaun“ lächelte paule kläglich und achim rülpste „diese sau“ rülpste achim zwischen seinen blendax-keulchen hervor und den sehstrahlen eine hilfskonstruktion der augenheilkunde kreuzten sich vor seiner nase und erweckten das falsifikat eines schielers im gedankenbereich der freundlichen betrachter die da tanzten und hüpften und sich die hemden von den leibern rissen und von den hochbrüstigen barhockern stürzten eins mit der geliebten in das schäumende meer der bewusstlosigkeit das sich über dem parkettboden der gastwirtschaft kräuselte und wirbelte. und da sagte die schnauze zu paule: mitten hinein in diesen taifun morgendlicher finsternis mitten hinein in die zugerefften vorhangsegel dass auch keine lichtböe sich da reinwagen könne mitten dahinein schlug die schnauze und klaffte und bibberte rund um die schallwellen rum und machte und tat und artikulierte und der nuttige lautsprecher röhrte: du könntest ja mein sohn sein, wenn de nich so hässlich wärst.
und da klatschte der zurückgestaute tag durch die tür und überflutete den staub die asche und alle gegenstände und es war 6 uhr früh oder mehr und geblendet schlugen alle die hände vor die augen. und davor war der wachskopf von diesem alten mit seinem sprudel mit dem finstern loch und achim hatte es gefüllt bis der wal losspie und dann mussten wir die kekse fressen und waren beschämt.
und da war noch die alte und versuchte einen letzten drink mit den gezinkten würfeln aus uns rauszuholen und da nahm sie die brust raus und wir schnippten dran wie an nem löwenzahn der auch seine guten 60 jahre hat und keinen spass macht da griff sie dem achim an die hoden und das macht spass aber oft ist zu oft und da liess er sich vom hocker fallen die beine vertäut im standwerk dieses phallischen sitzmöbels und krachend stürzte er zu boden gleich einem klassischen heroen und da dachte ich mir jetzt sind sie ab die knöchel.
und da ist es sonntag und der siebente juli flammt über den himmel das mene tekel eines unbarmherzigen organismus und wir leeren unsere blasen und das wasser ergiesst sich in die strassen der stadt.
7 h fisch.
wir pinkeln ins haus und der selbstmörderische urin stürzt sich aus der zweiten etage in die tiefe aus marmor. klatsch!
fisch soll lutze holen.
ich döse über die treppen gebreitet baldachin nicht zerschlafener ermüdungsgifte.
achim und ich tanzen jeder um sich rum jeder tanzt in sich rein und bis jeder in sich drinnen ist und sich zage vom parkett hebt und die blitze vor den augen krachen die da fest geschlossen ein tresor an innen und mehr und die donner blitzen und da kommt so eine göre und heisst petra und die köpfe schlafen und die beine tanzen aber geflogen sind wir nicht damals.

nun ist der schlecht gewählte zeitpunkt da um hans carl auftreten zu lassen und da tritt er auf ganz von alleine mit dem hölzernen kasperlekopf und den funkelnden geschnitzten augen des irrsinns sitzt er da verlassen und hemmt sich die hoden in seiner üblichen kneifstellung und ist eine einzige hemmung.
fisch kommt.
vergeblich versucht achim zu fliegen.
irgendwann wollte er aus dem fenster springen und er hätte es getan. dabei konnte er nicht mal quer im raume liegen, da hätte ich ihn gestupst und langsam sehr langsam wäre er aus dem offenen fenster in die knesebeckstrasse gesegelt und die drei freundlichen wirtinnen des wr. hof hätten eine unterabteilung der heilsarmee gegründet und mit den neuen mitgliedskarten ihrer erregung und beleibtheit kühlung fächelnd hätten sie ein hallelujah ganz für achim in den milden sommerhimmel gestossen dass er aufgestiegen wäre wie ein blattpapier wie eine träumende hühnerfeder in die ewigen jagdgründe aller alkoholiker die es vorgezogen haben sich in flirrende schmetterlinge zu verwandeln die über den schloten der brauereien aller erdteile ihre schwanken kreise ziehen.
h. c. verlässt mit einem mädchenkörper namens petra die wohnanlage und sinkt mir ihr in die kühle des treppenhauses stufe für stufe stelzend. ein von achim geschleudertes ei trifft seine schulter beim verlassen des hauses und zerfliesst so langsam in den raum als ob er luftleer wäre sich mit den luftteilchen mengend seinen weg nehmend in der bläulichen landkarte der luftgebirge der knesebeckstrasse die ja eigentlich unsichtbar sind. aufrecht mit einem neuen loch in der fadenscheinigen seele flattert diese fahnenstange an petras seite in die perspektive um die ecke und zu osman wo schon so viele vorsätze kulinarischen strebens billig und witzlos verendeten.
achim knallt hinterrücks den fisch über das sofa. die türen schliessen automatisch. da läutet die tür. chruxin der lähmer betritt den mittelpunkt der welt als ob er zu besuch wäre nachdem ihn konrad aus dem espresso steinplatz zu diesen lichtesten höhen menschlicher freude emporgehievt, ein charon der sein handwerk verschleiert und sein opfer glauben macht oder besser in dessen glauben bandagiert wie es einem kranken seines formats nun auch zustehen mag.
k. mit chruxin in lutzens zimmer.
lesung und staunende bestürzung des chruxin. kauft 10 hefte.
h. c. läutet zurück vom essen (ohne petra).
alle zimmer belegt. ich stecke in der mitte und winde mich nach einem ausweg. hans carl erstarrt in der kühle der zeit, die da lang dauert.
k. weckt achim.
schlüssel zu meisners zimmer liegt am kamin.
dahinein wird h. c. gesperrt.
zurück zu chruxin.

als chruxin gegangen war, hatte sich artmann bereits französisch empfohlen.
lutze kommt von lerner (koscher speisen) nach hause.
wieder einmal will sie 8 stunden schlafen oder mehr und dann tut sies auch.
und fisch schläft weil er morgen sich vorstellt und da wird man ja sehen ob man fische braucht in der modebranche.
und da reden wir und reden achim und ich, ich und achim und versuchen zu tanzen aber fliegen tun wir wieder nicht und da ist es 6 uhr früh und montag und da waren wir wieder 35 stunden unterwegs gewesen in unserem geiste auf unseren gedankenbahnen auf den rollschuhen mit den ganglienfüsschen drübergerauscht und auch auf den füsschen die mit den schüchen die da rumlatschten wenn sie nicht im auto lagen unten dran an den waden hingen wo dann oben noch die schenkel waren und so weiter was sie eben brauchten die beiden. und noch immer war die zeit des klaren nicht zu ende. und da war artmann verschwunden. und da begann die zeit des neuen geldes und da war sie schon wieder zu ende. und da war ein grosses fest das doch eher klein war und da kamen gäste und es war langweilig wie in wien und frau prantl das war ein gast prügelte herrn prantl das war auch ein gast immer nur aufs ohr und die sind verheiratet und haben auch kinder man sieht das nützt garnichts und da war die zeit des klaren zu ende, und der second wind und der third wind erhoben sich in die lüfte. und da begann die zeit des bieres und die flugzeuge wollten zu uns ins zimmer fliegen und da war die zeit des bieres zu ende. und da begann die zeit des gebrannten korns den die beiden weissen männer achim und konrad whiskey nannten und die zeit des dritten geldes oder mehr und die injektionsspritze kochte neben dem gulyastopf und alle jubelten und lachten vor freude weil niemand mutter werden musste und das blut floss in strömen und man umarmte einander mit vollen bäuchen aber da war jetzt nur mehr gulyas drin und medikamente und vielleicht wäre ohnedies nichts gewesen und die zeit des jonny walker war zu ende.

die trübe zeit

und da begann die zeit der anisstaude als sie nichts mehr trinken wollten
und dann senkte sich eine mütze aus schlaf und pelz über sie
und dann fuhren sie nach hause
und der fisch lag auf dem trockenen seines erweckten körpers und zappelte mit den erwartenden beinchen und rang da nach atem.

(1962)

katalogtext für robert klemmer

Klemmer und die Welt

Klemmer nimmt Brosam.
Klemmer braucht das –
Klemmer ist ein Phänomen seiner Eigenart.
Als Klemmer erscheint Klemmer in der Klemme –
und klammert sich an eine Klammer
aus ledigem, unbeschlafenem Brosam,
besetzt mit Brillanten, und zwar die Hand.
Klemmer, das reine Prinzip seiner unverbrauchten Unschuld,
nähert sich der Beiläufigkeit.
Ohne Klemmer kein Klemmer.
Ohne Bemühung ist Klemmer als Klemmer kenntlich.
Ohne Vorsatz nähert sich Klemmer dem Anfang.
Dann wird Brosam und Rauhleder über Klemmer gestülpt
und man schickt Klemmer in die weite, weite Welt,
und zwar die Hand.
Der Welt ein Klemmer.

Wien, am 5. Juni im Jahre 24 nach Klemmers Geburt.

Lebenslauf zur Ausstellungseröffnung am 5. Juni 1962 in der Galerie „Silberne Rose“, Wien, und dortselbst und damals publiziert.

Robert Klemmer

1938 wird Klemmer in Rappoltschlag, Niederösterreich, geboren. Des Abends erscheinen die Sterne am Himmel. Klemmer erreicht Wien.

1941 wird Klemmers noch kindlicher Körper von Cynanche contagiosa, allgemein unter dem Namen Diphterie bekannt, befallen. Nach seiner Heilung erhebt sich folgenden Tages die Sonne in den nun strahlenden Himmel. Die Vöglein zwitschern.

1943 bricht Klemmers rechter Handwurzelknochen. Mediziner greifen ein und Klemmer wird geheilt. Unmerkliche Versetzung der Mittelhand, Knorpelbildung. Die malerische Begabung setzt ein.

1944 betritt Klemmer die Bretter, die die Volksschule in Obergrünbach, Waldviertel, bedeuten. Frau Leitner erhebt sich und beginnt ihre pädagogischen Übungen.

1945 kehrt Klemmer nach Wien zurück. Die deutschen Truppen strecken die Waffen. Der Krieg ist beendet. Österreich ist frei.

1962 Beteiligung an den Gruppenausstellungen: Silberne Rose, Wien; Galerie Zacheta, Warschau; Fantasmagie, Galerie Jean Dois, Lüttich.

1963 Beteiligung an den Gruppenausstellungen: Neue Galerie, Linz; Fantasmagie, Amsterdam; Wiener Schule des phantastischen Realismus, Galerie Zum Basilisken, Wien; Graphik der Wiener Schule, Sao Paolo. Bescheiden sitzt Klemmer in seiner Haut. Seine Finger sind fleissig.

ich bin der vorstellung müde, dass die magie in den dekorationen von wagneropern und gruselkabinetten zuhause sein soll. die figurative malerei als verwaltungsbüro der antiquitätenläden. o du selige, alte grossmutterzeit! falls die magie das geheimnisvolle und wunderbare sein sollte, dann ist die zufriedenheit magisch, mit der ich meine zigarette rauche, der neue jaguar mark II, und wenn ich bescheiden bin: mein motorroller, der sich dazu versteht, noch ein paar kilometer fahren zu wollen, eine rolle hundertdollarscheine (gebündelt). heute ist grossartig. ich freue mich meiner selbst. ich freue mich meiner und der welt. wenn ich so richtig in mir zuhause bin, dann ist die welt um mich und ich bin in der welt. prost 1963!
p.s.: das schliesst nicht aus, dass ich manchmal nach dem kino zur erholung ums haus schwebe (15 m bodenabstand), aber was sagt das gegen die existenz von coca-cola?

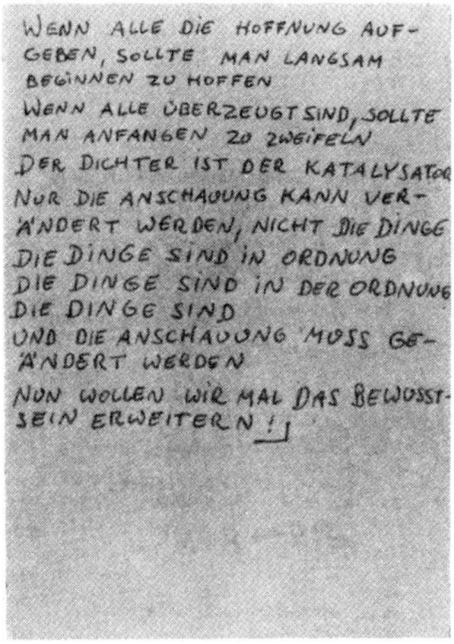

WENN ALLE DIE HOFFNUNG AUFGEBEN, SOLLTE MAN LANGSAM BEGINNEN ZU HOFFEN

WENN ALLE ÜBERZEUGT SIND, SOLLTE MAN ANFANGEN ZU ZWEIFELN

DER DICHTER IST DER KATALYSATOR

NUR DIE ANSCHAUUNG KANN VERÄNDERT WERDEN, NICHT DIE DINGE

DIE DINGE SIND IN ORDNUNG

DIE DINGE SIND IN DER ORDNUNG

DIE DINGE SIND

UND DIE ANSCHAUUNG MUSS GEÄNDERT WERDEN

NUN WOLLEN WIR MAL DAS BEWUSSTSEIN ERWEITERN!

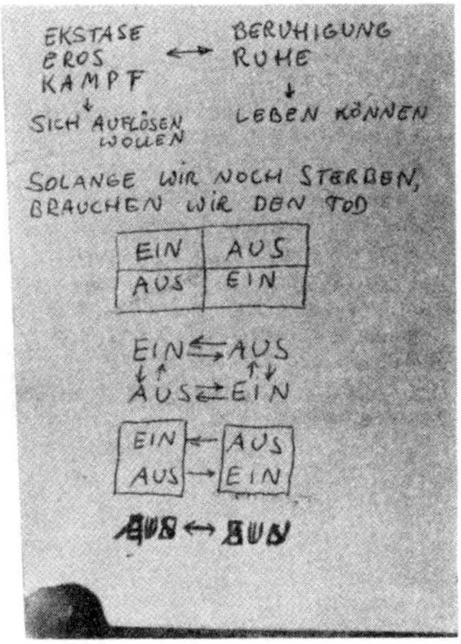

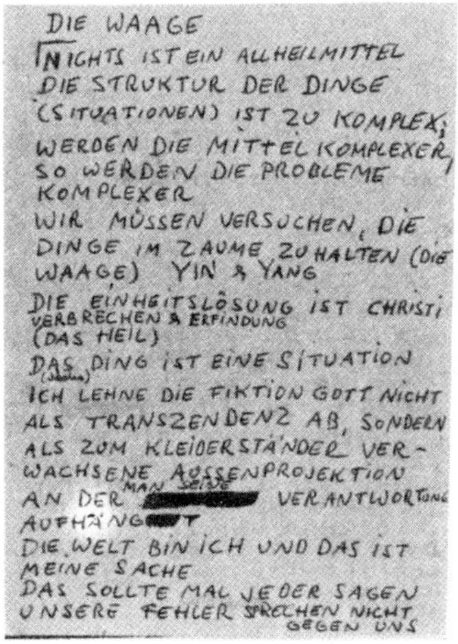

DIE WAAGE

NICHTS IST EIN ALLHEILMITTEL

DIE STRUKTUR DER DINGE (SITUATIONEN) IST ZU KOMPLEX; WERDEN DIE MITTEL KOMPLEXER, SO WERDEN DIE PROBLEME KOMPLEXER

WIR MÜSSEN VERSUCHEN, DIE DINGE IM ZAUME ZU HALTEN (DIE WAAGE) YIN & YANG

DIE EINHEITSLÖSUNG IST CHRISTI VERBRECHEN & ERFINDUNG (DAS HEIL)

DAS DING IST EINE SITUATION

ICH LEHNE DIE FIKTION GOTT NICHT ALS TRANSZENDENZ AB, SONDERN ALS ZUM KLEIDERSTÄNDER VERWACHSENE AUSSENPROJEKTION AN DER MAN SEINE [redacted] VERANTWORTUNG AUFHÄNG[redacted]T

DIE WELT BIN ICH UND DAS IST MEINE SACHE

DAS SOLLTE MAL JEDER SAGEN

UNSERE FEHLER SPRECHEN NICHT GEGEN UNS

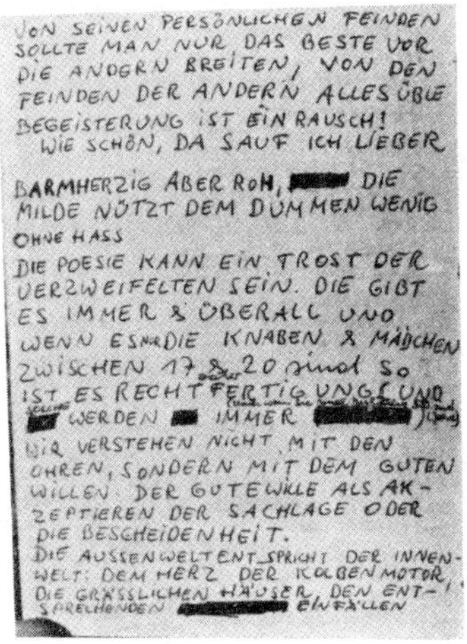

VON SEINEN PERSÖNLICHEN FEINDEN SOLLTE MAN NUR DAS BESTE VOR DIE ANDERN BREITEN, VON DEN FEINDEN DER ANDERN ALLES ÜBLE

BEGEISTERUNG IST EIN RAUSCH!

WIE SCHÖN, DA SAUF ICH LIEBER

BARMHERZIG ABER ROH, [redacted] DIE MILDE NÜTZT DEM DUMMEN WENIG

OHNE HASS

DIE POESIE KANN EIN TROST DER VERZWEIFELTEN SEIN. DIE GIBT ES IMMER & ÜBERALL UND WENN ES NUR DIE KNABEN & MÄDCHEN ZWISCHEN 17 & 20 sind SO IST ES RECHTFERTIGUNG (UND [redacted] WERDEN [redacted] IMMER [redacted])

WIR VERSTEHEN NICHT MIT DEN OHREN, SONDERN MIT DEM GUTEN WILLEN. DER GUTE WILLE ALS AKZEPTIEREN DER SACHLAGE ODER DIE BESCHEIDENHEIT.

DIE AUSSENWELT ENTSPRICHT DER INNENWELT: DEM HERZ DER KOLBENMOTOR, DIE GRÄSSLICHEN HÄUSER DEN ENTSPRECHENDEN [redacted] EINFÄLLEN

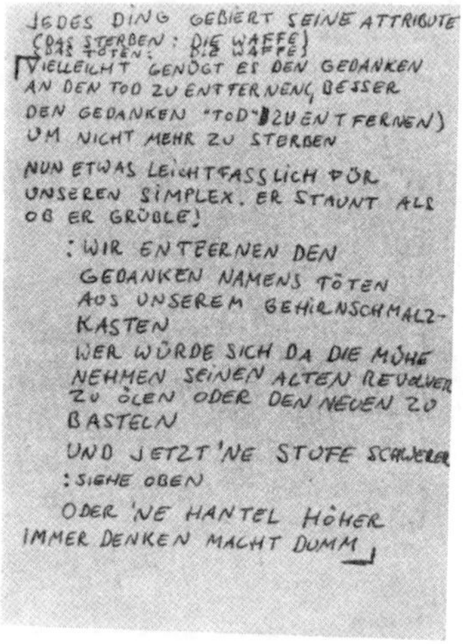
JEDES DING GEBIERT SEINE ATTRIBUTE
(DAS STERBEN: DIE WAFFE)
(DAS TÖTEN: DIE WAFFE)
[VIELLEICHT GENÜGT ES DEN GEDANKEN
AN DEN TOD ZU ENTFERNEN (BESSER
DEN GEDANKEN "TOD" ZU ENTFERNEN)
UM NICHT MEHR ZU STERBEN
NUN ETWAS LEICHTFASSLICH FÜR
UNSEREN SIMPLEX. ER STAUNT ALS
OB ER GRÜBLE!
: WIR ENTFERNEN DEN
GEDANKEN NAMENS TÖTEN
AUS UNSEREM GEHIRNSCHMALZ-
KASTEN
WER WÜRDE SICH DA DIE MÜHE
NEHMEN SEINEN ALTEN REVOLVER
ZU ÖLEN ODER DEN NEUEN ZU
BASTELN
UND JETZT 'NE STUFE SCHWERER
: SIEHE OBEN
ODER 'NE HANTEL HÖHER
IMMER DENKEN MACHT DUMM]

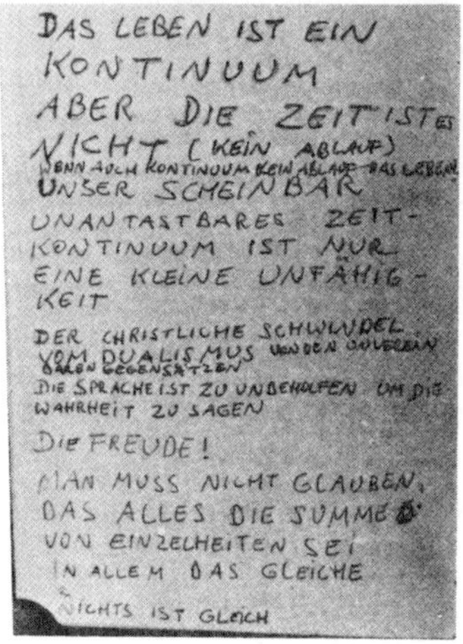
DAS LEBEN IST EIN
KONTINUUM
ABER DIE ZEIT IST es
NICHT (KEIN ABLAUF)
WENN AUCH KONTINUUM ~~KEIN ABLAUF~~ DAS LEBEN
UNSER SCHEINBAR
UNANTASTBARES ZEIT-
KONTINUUM IST NUR
EINE KLEINE UNFÄHIG-
KEIT
DER CHRISTLICHE SCHWINDEL
VOM DUALISMUS VON DEN UNVEREIN-
BAREN GEGENSÄTZEN
DIE SPRACHE IST ZU UNBEHOLFEN UM DIE
WAHRHEIT ZU SAGEN
DIE FREUDE!
MAN MUSS NICHT GLAUBEN,
DAS ALLES DIE SUMME
VON EINZELHEITEN SEI
IN ALLEM DAS GLEICHE
NICHTS IST GLEICH

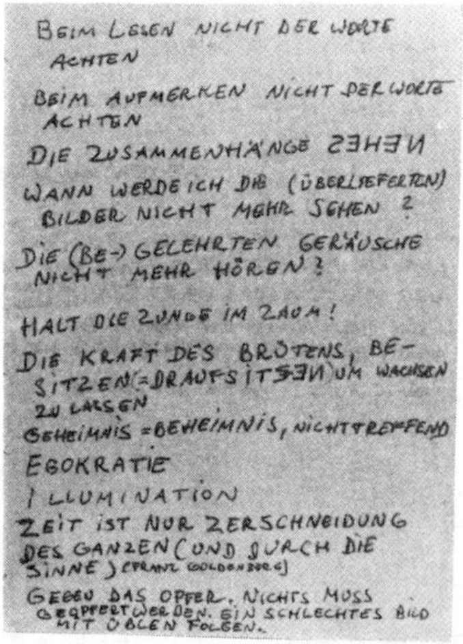
BEIM LESEN NICHT DER WORTE
ACHTEN
BEIM AUFMERKEN NICHT DER WORTE
ACHTEN
DIE ZUSAMMENHÄNGE SEHEN
WANN WERDE ICH DIE (ÜBERLIEFERTEN)
BILDER NICHT MEHR SEHEN?
DIE (BE-) GELEHRTEN GERÄUSCHE
NICHT MEHR HÖREN?
HALT DIE ZUNGE IM ZAUM!
DIE KRAFT DES BRÜTENS, BE-
SITZEN (= DRAUFSITZEN) UM WACHSEN
ZU LASSEN
GEHEIMNIS = BEHEIMNIS, NICHT TREFFEND
EGOKRATIE
ILLUMINATION
ZEIT IST NUR ZERSCHNEIDUNG
DES GANZEN (UND DURCH DIE
SINNE) (FRANZ GOLDENBERG)
GEGEN DAS OPFER. NICHTS MUSS
GEOPFERT WERDEN. EIN SCHLECHTES BILD
MIT ÜBLEN FOLGEN.

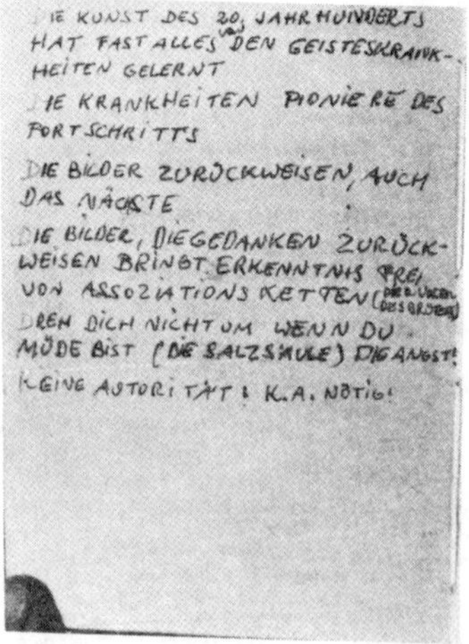
DIE KUNST DES 20. JAHRHUNDERTS
HAT FAST ALLES VON DEN GEISTESKRANK-
HEITEN GELERNT
DIE KRANKHEITEN PIONIERE DES
FORTSCHRITTS
DIE BILDER ZURÜCKWEISEN, AUCH
DAS NÄCHSTE
DIE BILDER, DIE GEDANKEN ZURÜCK-
WEISEN BRINGT ERKENNTNIS FREI
VON ASSOZIATIONSKETTEN (DER UNSER DES BRÜTENS)
DREH DICH NICHT UM WENN DU
MÜDE BIST (DIE SALZSÄULE) DIE ANGST!
KEINE AUTORITÄT! K.A. NÖTIG!

träume

Es war nur ein boben da alles andere verschwand in den unendlichen blau das alles umgab. Weit weg von mir sah ich ein bett als ich nächer gegangen war bemerkte ich das in dem bett jemand lag dieser jemand war ich selber. Ich lag also im bett und schlif in dem moment erschin mir der träum den ich träumend träumte.

Ich liege auf ein sofa und bin nüchtern da kommen viele spinnen die ganz lange füsse haben leute stehen um mich herum die ich kenne und alle bedauern mich Schreklich! Entsetzlich! Grauenhaft! und ich bedauere mich selbst.

zur kleinschreibung

die kleinschreibung ermöglicht den ankauf dieses blattes auch *dem* leser, welcher der grossbuchstaben noch nicht mächtig ist.
ich bitte den fortgeschrittenen leser um verständnis!

religiöser wahnsinn, eine ansteckende krankheit.

religion ist die form des glaubens und nicht der glaube selbst. sie ist der kult um die sache selbst und berührt die sache selbst keineswegs.
der wahnsinnige verbietet sich das menschliche begreifen, weil er es für eine lästerung hält. können wir als menschen die überordnung jedoch anders als menschlich begreifen, wer will uns das vorwerfen, wir würden sie anders begreifen, wenn wir anders wären. er nimmt die form für den inhalt. es ist richtig, dass der inhalt in der form implicit erscheint, doch verträgt gleicher inhalt viele formen. ein ding anders als menschlich, wobei menschlich sämtliche fähigkeiten des menschen einschliesst, begreifen zu können, würde das nicht-menschsein beinhalten. zu behaupten, ich bin kein mensch, wem ist damit gedient. wir können einer erscheinungsform einen anderen namen zuteilen, wir werden die erscheinungsform damit nicht verändern. religion ist eine angelegenheit, die ihre sozialen funktionen erfüllt. sie dient dem menschen, indem ihr der mensch dient. sie fügt, aber sie fügt sich auch. die sache wird gefährlich, wenn kranke menschen eine in sich ruhende, sich im gleich-

gewicht haltende institution infiltrieren und kraft ihrer faszination, die geisteskranke stets ausüben, ihre krankheit weiterverbreiten. eine gefährliche waffe in ihren händen ist der buchstabe.
um den fall zu konkretisieren: angeblich verbietet die katholische kirche das lesen der bibel für personen, die dafür keine kirchliche bewilligung besitzen, um missverständnisse und sektierertum zu vermeiden.
der religiös wahnsinnige schädigt das ansehen der religionsgemeinschaft, die er vertritt. er bringt sie in gefahr.

situation der österreichischen literatur der gegenwart.

entgegen, trotz einer reihe, vieler, ungeleugneter widerstände, umstände, ungünste, missverständnisse, hindernisse, wie sie wollen, gibt es für, hat die junge österreichische literatur, österreichische literatur der gegenwart (— die nichtssagende kategorie entsteht nun zu aller ärger aus vorbestimmtem titel und jetzt liegt er da, der bleiche spulwurm, dem sonnenlicht der bedeutung vorenthalten, hilflos am boden...) seit einiger zeit, zerplatzen der naturgeschützten nachkriegsschreiber, jahren, eine chance, günstige gelegenheit.

ungestört zeigt sie sich, die, in einem unkontrollierten zustand wuchernder pubertät.

das alter (lebende heroen sind hier unbekannt) nimmt an dieser vegetation nützlich keinen anteil oder hat sich soweit als unzuständig erklärt, gezeigt, erwiesen, dass kritik, korrektur, einfluss sich nicht ereignet oder dort, weit draussen, kaum sichtbar, in der perspektive verschwunden, an der sache, phänomen vorbeigeht, vorbeiging. eins, zwei, rechts, links.

in diesem erfrischenden klima mangelnder interpretation wächst sie, die, im fruchtwasser der sie umgebenden interesselosigkeit ungestört, wie gesagt, heran, die kräftige spätgeburt, 5 kilo 80, der kleine!

nebenan ist das mistbeet des schlechtverdauten surrealismus; — die musterschüler von kalkvater grillparzer wohnen im gartenhäuschen.

hans carl artmann und die wiener dichtergruppe

als h. c. artmann 1952 nach längerem aufenthalt in der schweiz wieder nach wien und in den art-club kam, hatte er zwar seine „Acht-Punkte-Proklamation des poetischen Actes“ (april 1953) noch nicht geschrieben — sie sollte ihm später als argument und geistige stütze für gespreizte finger, steifen nacken und preziöse gestik dienen! —, aber die haltung war schon da. er hat „Die Zyklopin oder Zerstörung einer Schneiderpuppe“ (Pantomime mit Musik und Rezitation) und „Enthüllungen...“ (1950; kurze prosa im stil louis bertrand) in der tasche. er schreibt seit einigen jahren ohne erfolg.
mit der inbetriebnahme des club-lokals unter der kärntner-bar (1951), hatten sich rené altmann, wieland schmied, andreas okopenko und hans weissenborn zu einem kleinen literarischen kreis zusammengefunden. man veranstaltet fallweise lesungen und artmann versucht sich anzuschliessen. diese kleine gemeinschaft, „der keller“ benannt, von den malern eben noch geduldet, duldet nun artmann. okopenko war sich damals wie heute seiner literarischen qualität bewusst. am 29. 11. 1952 liest artmann: „lancelot und gwynever“, „kleiner roman in bruchstücken“ und „monolog von der traurigkeit der hände“. am klavier: gerhard lampersberg. artmann schreibt für lampersberg den text zu einer kurzoper: „der knabe mit dem brokat“. 1950 waren die ‚surrealistischen publikationen‘ von edgar jené und max hölzer bei josef haid in klagenfurt erschienen und hatten bei allen wissenden und den lesern des ‚plan‘ starkes interesse gefunden.
fasziniert von artmanns auftritt und seinen enigmatischen ausrufen werde ich kumpan, dann verehrer, aufmerksamer hörer und mitstreiter für die gute sache der poesie. (er war mir anschauung, beweis, dass die existenz des dichters möglich ist.) rühm, der ihn schon kannte, hatte sich damals unter den jüngeren komponisten einen namen gemacht. er galt als radikaler und erfinder der einton-musik (1950). wir, rühm und ich, zeigen dem meister heimlich, unauffällig und getrennt, mässige gedichte, werden gelobt, massvoll kritisiert und geben nicht auf. artmann hat die fähigkeit andere nicht merken zu lassen um wieviel besser er ist. er schreibt: die abende im winter (stimmen der gegenwart 1954); überall wo hamlet hinkam; schön traurig ist der tag; von einem drachen oder der sturz des ikarus; von einem scherenschleifer; von einem riesentöter; vom teufel mit einem soldaten (winter 1952/53). er findet bei uns zustimmung und begeisterung. wir drängen ihn von seinen alten freunden ab. er schreibt: landschaft der semaforen; das märchen vom mädchen mit den roten strümpfen u. a.. mit seiner proklamation des poetischen actes leitet er für sich und uns eine neue, wesentliche periode ein:

Acht-Punkte-Proklamation des poetischen Actes

Es gibt einen Satz, der unangreifbar ist, nämlich der, dass man Dichter sein kann, ohne auch irgendjemals ein Wort geschrieben oder gesprochen zu haben.

Vorbedingung ist aber der mehr oder minder gefühlte Wunsch, poetisch handeln zu wollen. Die alogische Geste selbst kann, derart ausgeführt, zu einem Act von ausgezeichneter Schönheit, ja zum Gedicht erhoben werden. Schönheit allerdings ist ein Begriff, welcher sich hier in einem sehr geweiteten Spielraum bewegen darf.

1/ Der poetische Act ist jene Dichtung, die jede Wiedergabe aus zweiter Hand ablehnt, das heisst, jede Vermittlung durch Sprache, Musik oder Schrift.

2/ Der poetische Act ist Dichtung um der reinen Dichtung willen. Er ist reine Dichtung und frei von aller Ambition nach Anerkennung, Lob oder Kritik.

3/ Ein poetischer Act wird vielleicht nur durch Zufall der Öffentlichkeit überliefert werden. Das jedoch ist in hundert Fällen ein einziges Mal. Er darf aus Rücksicht auf seine Schönheit und Lauterkeit erst gar nicht in der Absicht geschehen, publik zu werden, denn er ist ein Act des Herzens und der heidnischen Bescheidenheit.

4/ Der poetische Act wird starkbewusst extemporiert und ist alles andere als eine blosse poetische Situation, die keineswegs des Dichters bedürfte. In eine solche könnte jeder Trottel geraten, ohne es aber jemals gewahr zu werden.

5/ Der poetische Act ist die Pose in ihrer edelsten Form, frei von jeder Eitelkeit und voll heiterer Demut.

6/ Zu den verehrungswürdigsten Meistern des poetischen Actes zählen wir in erster Linie den satanistisch-elegischen C. D. Nero und vor allem unseren Herrn, den philosophisch-menschlichen Don Quijote.

7/ Der poetische Act ist materiell vollkommen wertlos und birgt deshalb von vornherein nie den Bazillus der Prostitution. Seine lautere Vollbringung ist schlechthin edel.

8/ Der vollzogene poetische Act, in unserer Erinnerung aufgezeichnet, ist einer der wenigen Reichtümer, die wir tatsächlich unentreissbar mit uns tragen können.

es ist april 1953. nach den grossen ferien wird der erste act durchgeführt:

Une soirée aux amants funèbres:

Decor:

weisse astern oder chrysanthemen
schwarze kleidung (altfränkisch)
schleifen aus schwarzem flor
schleier
räucherwerk
lampions und schwarzsilberne candelaber

Route der procession:

Goethedenkmal — oper — kärnthnerstrasse — stephansplatz — rotenthurmstrasse — stamboul — uraniabrücke — franzensbrücke — hauptallee — prater: illusionsbahn.

Zeit der procession:

samstag, den 22. 8. 1953
20.00 Uhr.

Die damen und herren der procession mögen in absolut schwarzer kleidung und wol auch mit weissgeschminktem gesicht erscheinen. Während der procession werden die weissen blumen einer subtilen morbidität vor sich getragen wie auch herbstlich und ultimat brennende lampions oder candélabres.

Die melancholie eines flötenspielers geleitet den mit feierlichkeit und tiefer stille schreitenden zug. Seine musik ist von strenger klassik. Der flötenspieler ist mit frischem efeu bekränzt und seine flöte selbst von dunklem flor umwunden.

Die perpetuelle verbrennung von specereien und solemnem räucherwerk soll die profunde anmut der ceremonie gebührend unterstreichen.

An den markantesten stellen der procession (c'est à dire: oper — stephansplatz — stamboul — uraniabrücke — franzensbrücke — hauptallee — illusionsbahn)

werden passagen aus den oeuvres von Ch. Baudelaire, Edgar A. Poe, Gérard du Nerval, Georg Trakl und Ramón Gómez de la Serna im original deklamiert.

da das angekündigte und einbezogene praterfest nicht stattfindet, wird die prozession nur bis zur urania geführt und dann in den ‚strohkoffer' umgeleitet, dem wir die erfindung der kerzenbeleuchtung bescheren. wir haben grabkränze und unsere damen sind verschleiert. vorne geht ferry radax mit einer grablaterne. bis auf kleine pannen folgt der act dem protokoll. auf der kärntnerstrasse verursachen wir eine verkehrsstörung. 150—200 personen folgen uns und geben den rahmen für unsere rezitationen.
ein keller wird gefunden. artmann versucht ein theater zu gründen. schutt wird weggeräumt, eine bühne wird gebaut, ein verein wird gegründet. (mein

freund oswald wiener taucht in dieser umgebung auf.) geplant ist „hopsignor“ von ghelderode, „sweeney agonistes“ von eliot, vertont von gerhard rühm. daraus wird nichts. es folgen einige poetische acte von grosser schönheit: in H. C.'s Franciscan Catacombes Club, Wien 1., Ballgasse 10: „IN MEMORIAM TO A CRUCIFIED GLOVE“ on Saturday the Ninth of January 1954; rum, beer, dancing in torchlight, new-orleans band; the vaults will be opened from 21 00 hours to 5 00 hours. am 5. februar: „das fest des hl. simeon, quasi una fantasmagoria“ (ich führe regie, die schwarze messe kommt nicht recht zustande, die versprochene jungfrau erscheint nicht, die tote taube ist von den ratten gefressen, der satanspriester otto zokan liegt bewusstlos trunken in seinem kohlenkeller, ein übler dilettant muss ihn ersetzen. aber oswald wiener darf raimund ferra in einem schubkarren durch die unterirdischen gänge fahren und in eine grube schütten, wo wir das opfer mit erde bedecken und mit rum besprengen), teddy janata arrangiert eine woche später eine indische reistafel. artmann schreibt: „la cocodrilla“ (theater am lichtenwerd, wien 1953). am 20. 2. 1954 folgt die „SOIREE MIT ILLUMINIERTEN VOGELKÄFIGEN“. dann wird artmann von der polizei nahegelegt, den klub aufzulösen und den keller zu schliessen. der heimstatt entblösst sickern wir ins café glory. pötzlberger, h. jelinek und chilenische anarchisten treten mit uns in lose verbindung. (der „strohkoffer“, vom artclub längst verlassen, ist eine kleine touristenattraktion und zeitweiliger treffpunkt der wiener unterwelt geworden.) artmann schreibt eine reihe kleiner zyklen: „böse formeln“, „treuherzige kirchhoflieder“, „lieder zu einem gutgestimmten hackbrett“. marc adrian, damals noch bildhauer, begeistert sich eben am goldenen schnitt und schlägt uns vor, dieses verhältnis in die dichtung einzuführen: in adrians atelier wird der METHODISCHE INVENTIONISMUS geboren. wir sind sehr stolz. jeder kann jetzt (1954) dichter werden.

man nehme eine anzahl wörter (:den wortstock, auch verbarium), stelle gleichungen nach dem goldenen schnitt auf (später irgendwelche mathematische reihen, alles war erlaubt) und beginne die wörter danach zu ordnen, auszuzählen bis der wortstock zu ende ist oder sooft durch den wortstock bis alle wörter verwendet sind (etc. ad libitum..): das ergebnis soll eine harmonische struktur sein. rühm steuert seine erfahrung aus der seriellen musik bei. alle (adrian, artmann, rühm, erni wobik und ich) schreiben, dass der bleistift raucht: dichtung als volkssport. im hintergrund sitzt oswald wiener und spielt gitarre. noch fühlt er sich nicht betroffen. methodische inventionen von artmann: ein teil der „epitafe“ (z. b.: „in meinem garten verbluten“). er lockert die methode, modifiziert sie: „sieben lyrische verbarien“ und weiter: „verbaristische szenen“ (24. 5. 54). ich zähle die „heroische geometrie“ aus; „die tänzer trommeln und springen“. auf der suche nach neuen möglichkeiten wende ich die methode auf ‚deutsche silben‘ an (balsader binsam).
im juni erscheint die zweite nummer von „alpha“, herausgegeben von hans

weissenborn und kurt klinger, mit einer konstellation von eugen gomringer (aus: spirale, bern, heft 1). artmann fährt nach holland. er beginnt seine „reime, verse & formeln“ (1954, nicht 1953, wie in „wort in der zeit“ 1963/7 angegeben wird; auszüge aus r. v. & f.: der bogen 4/1961, f. kleinmayr, klagenfurt). einige gedichte vertont ernst kölz (u. a.: „durch den schornstein“). im september schreibt gerhard rühm seinen einakter „rund oder oval“ (uppsala, 1961 aufgeführt; manuskripte 10/64) und „interludium für 2 personen“. im oktober schreibt artmann die szenen und einakter: die fahrt zur insel nantucket (edition 62/1), aufbruch nach amsterdam, kein pfeffer für czermak (die arche, wien 1960; schloss porcia, spittal/drau 1961). oswald wiener bringt seine ersten gedichte zur tafelrunde. rühm schreibt „scenisches epitaph für e. w.“
artmann entdeckt die wiener mundart für seine metaphernreiche lyrik. er schreibt sein erstes DIALEKTGEDICHT („a rosn schwimmt ma fedaleicht duachs bluat“) und beginnt mit der angleichung an eine phonetische schreibung („med ana schwoazzn dintn“, otto müller, salzburg 1958). gerhard rühm schliesst sich diesem unternehmen an, ebenso wie später friedrich achleitner („hosn rosn baa“, wilhelm frick, wien 1959). die annäherung an eine phonetische schreibung für dialekttexte wird fortgesetzt.
wir haben ein neues domizil gefunden! am 13. dezember präsentiert sich: exil: vereinigung für progressive kunst und literatur, wien 1., annagasse 3 im neurenovierten adebar mit einer lesung aus „erweiterte poetik“ von hans carl artmann (u. a.: fische: katwijk an zee, zaubervers für wahlscheiben, tagewerk des honigvogels: für gamaliel neabob long; und: altes fragment: middelburg, weisung: haarlem (beide gedichte in „texturen“ 7/63, münchen)). es werden bilder von marc adrian, heiner fraundorfer, w. buddy frieberger, fritz hundertwasser, maria lassnig, anton lehmden, hans neuffer und arnulf rainer gezeigt. in der jury für literatur: artmann, blaha, kudrnofsky; musik: ernst kölz, gerhard rühm; bildende kunst: lassnig, adrian, hundertwasser. am 3. 1. 1955 zeigt gerhard rühm: wort- und lautgestaltung.
bald darauf löst sich die gesellschaft auf. herr karger, besitzer der adebar, beschränkt die privilegien der exil-mitglieder. die new-orleans band (zu der auch oswald wiener und ich gehören) erklärt sich solidarisch und verlässt mit klingendem spiel das lokal. die sache ist aus.
nun beginnt eine sehr produktive zeit. um vier uhr früh verlässt uns artmann, beendet das tägliche exercitium des caféhaussitzens, geht zu fuss nach breitensee und ist am nächsten abend wieder da, unter vorweis der nächtlichen produktion. er schreibt weiter an „reime, verse & formeln“, dialektgedichte, die einakter: „tod eines leuchtturmwärters“ und „nebel und blatt“. ernst kein ist mit artmann befreundet, aber nur gelegentlicher gast.
das COOLE MANIFEST wird unterschrieben, ein tödlicher humor (einige dialektgedichte rühms und achleitners; letzte reste in „kinderoper“ v. achleitner, rühm, wiener, mir, 1958 und „der schweissfuss“, eine operette

1959/62 v. rühm und mir) feiert kurze triumphe, die langeweile wird zum spass erklärt. ein kalauer ist ein leckerbissen. je schlimmer, desto besser. oswald wiener schreibt formulargedichte und briefumschläge, gerhard rühm: „ballade". h. jelinek schreibt. artmann übersteht auch diese phase und fertigt: „das los der edlen und gerechten". gerhard rühm bringt friedrich achleitner zu uns. österreich wird frei: artmann verfasst ein

MANIFEST

Wir protestieren mit allem nachdruck
gegen das makabre kasperltheater
welches bei wiedereinführung einer
wie auch immer gearteten wehrmacht
auf österreichischem boden
zur aufführung gelangen würde...

Wir alle haben noch genug
vom letzten mal —
diesmal sei es ohne uns!!

Es ist eine bodenlose frechheit
eine unverschämtheit sondergleichen
zehn jahre hindurch
antimilitärische propaganda zu betreiben
scheinheilig schmutz und schund zu jaulen
zinnsoldaten und indianerfilme
(noch kleben die plakate...)
als unmoralisch zu deklarieren
um dann
im ersten luftzug einer sogenannt
endgültigen freiheit
die kaum schulentwachsene jugend
an die dreckflinten zu pressen!!

Das ist atavismus!!!
Das ist Neanderthal!!!
Das ist vorbereitung
zum legalisierten menschenfressertum!!!

Wir rufen euch alle auf:
wehrt euch gegen diese barbarei!
lasst euch nicht durch radetzky-
deutschmeister und kaiserjägermarsch
aug und ohr auswischen...
pfeift auf den lorbeer
und lasst ihn den linsen!!!
denkt daran
welche ehre es für Österreich
bedeuten würde

bliebe es wie bisher
der einzige staat der welt
der diese unsägliche trottelei
den anderen dümmeren überlässt!!
genau so wie sich der kannibalismus
der urmenschen und höhlenbewohner
überlebt hat
muss nun endlich auch die soldatenspielerei
der vergangenheit überantwortet werden!!

Lasst uns die drei milliarden —
oder weissgott noch mehr —
die ein neues bundesheer verschlänge
für kultur und zivilisation verwenden!!
wozu diese schildbürgerintentionen
senilgewordener bürokratengehirne..??

Ein Österreich
das nach wiederbewaffnung schreit
ist mit dem quakfrosch zu vergleichen
der mit bruchband und dextropur versehen
einen antiken dragonersäbel erheben wollte...

gegeben am 17. mai 1955 in Wien

dieses pamphlet ist von 25 personen unterschrieben (auch von mir); von diesen beteiligen sich 7 am aufmarsch (artmann, wiener, kölz, dick hermann, u. a.), mit transparenten bewaffnet (siehe: 22. mai 1955, Wiener Zeitung). herr dompfarrer dr. dorr verweist sie des kirchengrundes. die polizei führt sie vom stephansplatz zur nächsten wachstube und legt ihnen nahe, sich zu zerstreuen.

gerhard rühm baut kurze stücke (werden, zu, spiel für damen, diskurs über die mode, imaginäres spiel; wort in der zeit 2/64) und konstellationen. in erwartung eines reisestipendiums schreibt artmann den wunderschönen szenischen dialog: „lob der optik“. wahrhaftig kommt das geld. er fährt nach spanien. es folgen die kurzen stücke: „die ungläubige colombina“, „die schwalbe“, „die missglückte luftreise“ (die arche, wien 1960; ateliertheater, wien 1961), „prognose am vormittag“. er schreibt geschichten: „von denen husaren und anderen seiltänzern“ (piper, 1959). rühm schreibt dialekttheater (die jause: literarisches cabaret 1958; die arche 1961). artmann veröffentlicht in den „neuen wegen“ und macht weiter dialektgedichte. auch ernst kein schreibt jetzt dialektgedichte (alpha, jänner 1956, folge 8). artmann setzt seine „xxv epigrammata“ in teutsche alexandriner. gerhard rühm: „synthese“ (märz 1956; in der „arche“, 1961 als „vereinigung“ aufgeführt). oswald wiener schreibt zwei einakter: „die sorge“ und „die freude“. friedrich achleitner macht konstellationen. im juli schreibe ich: „der analfabet tritt in rudeln und einzeln auf. er überfällt ausflügler“ (einakter mit 17 szenen). auf artmanns bücherbord finde ich das lehrbuch der böhmischen sprache von heinrich terebelsky. ich überrede h. c. zu unserer ersten MONTAGE. er hat bedenken: wegen der rechte, und überhaupt. wir wissen nichts von john dos passos, arp's arpaden (1917!) u.s.w. und freuen uns der erfindung. so entsteht das „lehrgedicht für deutsche" und „11 verbarien" (eröffnungen 12). rühm ist begeistert. zu dritt montieren wir die „magische kavallerie" (september; eröffnungen 12). auch achleitner und wiener akzeptieren die montage (=vorgefundene textteile werden neu geordnet. als material dienen vor allem konversationslexika, alte lehrbücher, zeitungen u. ä.). die voraussetzung für gemeinschaftsarbeiten ist gegeben. die montage über die montage (ein montierter text aus einem fachbuch über montage von maschinen. dieser text soll in der maschinenhalle einer grossen fabrik verlesen werden. wir werden overalls tragen), das flagello-mechanische manifest (eine alte schreibmaschine wird auf einem niederen wägelchen durch die strassen gezogen; einer schlägt mit der peitsche, neunschwänzig und mit bleikugeln, ein- oder mehrere male in die tasten. das gedicht wird ausgespannt, abgestempelt, und an umstehende verkauft) und eine lesung im riesenrad (vorstadium der „kinderoper" und des literarischen cabarets 1958 und 1959. die idee wurde später in abgeänderter form von leherbauer realisiert und leider entwertet. er mietet das riesenrad, statt das publikum für jede umdrehung wieder den normalen fahrpreis bezahlen zu lassen, das ungestört und öffentlich laufen soll, das riesenrad) werden beschlossen. es kommt nie dazu. wir nennen uns monteure. ernst jandl und friederike mayröcker treten in artmanns umgebung auf. montagen von artmann: kleine percussionslehre (edition 62/2), anatomie und linearperspektive der melone (1957), das märchen vom rotkäppchen und vom bösen wolf, other statistics. intuitive montage (freie form der m.): elegische ode an den kaiser krum. friedrich achleitner: vorbereitungen zu einer hinrichtung (1957), montage mit weiss (edition 62/2), montage mit himmel und hammer, der schöne hut oder der hässliche hut (1958; abschnitte, heft 2, dezember 1961), die gute suppe (1958; manuskripte 10/64). von mir: gestern heute morgen (publikationen 1, märz 1957), hermetische geografie (stein der weisen; fietkau verlag, berlin 1963), triumph (publikationen 2). gerhard rühm: „ist hier platz? nehmen sie mass! die säge, die axt. eine oper, ein schauspiel" (edition 62/2), dienstag (einblattdruck, klaus burkhardt, stuttgart) etc. rühm hat sich am intensivsten mit der montage beschäftigt und, während es die anderen nach einiger zeit wieder aufgaben, hat er noch sehr lange zeit montiert („aktueller querschnitt", abschnitte, heft 3/62, stuttgart). viele gemeinschaftsarbeiten: u. a. „der fliegende holländer" v. rühm und mir (movens, limes, 1960; die arche, 1961) und noch 1961 „super rekord extra 100" v. achleitner und rühm (kapfenberger kulturtage). rühm setzt seine wortgestaltungen fort (erkennen, zykluş, fasen). artmann bringt die erste nummer seiner „publikationen" mit wieland schmied, andreas okopenko, ernst kölz, quirin kuhlmann, ernst jandl, friederike mayröcker, ernst kein

und mir (im märz 1957) heraus. wiener, rühm, achleitner lehnen es ab, in dieser gesellschaft vertreten zu sein.
dennoch kommt es am 20. juni zu einer lesung der gruppe (achleitner, artmann, bayer, rühm, wiener) im intimen theater. rühm bringt spontane lautgestaltungen, simultangedichte (auch mit wiener); rühm, wiener, achleitner projizieren ihre konstellationen; tonbänder laufen; artmann schreit lautgedichte (chlfsn, leliphat) und schlachtrufe. alle bringen montagen. besonders gefällt „die kleine percussionslehre" und „vorbereitungen zu einer hinrichtung". im „magnum" erscheint ein artikel. man wird auf artmann aufmerksam. oswald wiener schreibt „der mensch". unbemerkt ist er zum theoretiker der gruppe geworden. er gibt anregungen. seine theorien bilden das rückgrat vieler versuche. als artmann mit seiner „schwoazzn dintn" ankommt und des erfolges ungewohnt, dieser und jener versuchung unterliegt, leitet wiener seinen sturz ein (was artmann damals höchst gleichgültig war) und übernimmt die führung der ‚wiener dichtergruppe' (zu dieser bezeichnung siehe auch: dora zeemann, neuer kurier, 23. 6. 1958). im mai 1958 hat gerhard rühm eine grosse ausstellung seiner wort- und lautgestaltungen in der galerie würthle. bertl rauscher, damals leiter der ‚jungen generation', bietet uns eine kleine bühne. noch am gleichen abend entwerfen wiener und ich die ersten szenen. wir laden rühm, der schon seit langem eine ansehnliche sammlung sehr schöner eigener chansons hat, und achleitner zur mitarbeit ein. am 6. dezember 1958 haben wir unser erstes cabaret in der „alten welt" (wien 6., windmühlgasse). h. c. artmann sitzt im zuschauerraum. wir bringen kritik durch darstellung von realitäten. (wirkliche radiosendung — ein kritischer beitrag: ein kleiner volksempfänger tönt auf der bühne sein echtes, zufälliges, aber unbedingt schlechtes programm.) wir singen, agieren, tanzen und verblüffen. am 15. februar 1959 folgt das 2. literarische cabaret im porrhaus in gleicher autorenbesetzung, aber mit einem wesentlich grösseren aufgebot an akteuren. es wird schwieriger, als wir dachten. wir zerhacken ein klavier, achleitner wird geschoren, gerhard rühm erwacht auf der bühne, wir singen unsere lieder, es gibt endlose pausen, wir haben nie geprobt. wieder sitzt artmann im zuschauerraum. „der schlüssel zum paradies", „von denen husaren und anderen seil-tänzern" und „hosn rosn baa" sind erschienen oder werden erscheinen.
bald darauf werde ich wegen unsittlichen lebenswandels aus der gruppe ausgeschlossen (unter anderem habe ich mich von kurt regschek portraitieren lassen!). als nach einem jahr oswald wiener den teil seiner werke, die ihm zugänglich waren, vernichtet und er das schreiben für lange zeit aufgibt, löst sich die ‚wiener dichtergruppe' auf. artmanns lokale berühmtheit zerfällt in delogierung und steuerformulare. wieder macht er sich auf den weg. poesie als weltanschauung.
(1964)

the vienna group

i am, or rather was, a member of the wiener gruppe. this working collective no longer exists, having resolved itself into friendly contacts and occasional collaborations. the group came into being in 1952. its members at that time were hans carl artmann (born 1921), gerhard rühm (born 1930) and myself (born 1932). we were subsequently joined by oswald wiener (born 1935) and friedrich achleitner (born 1930). our intensest period of collaboration was from 1954 to 1959. a large number of collaborative works date from then, and arose from the most varied combinations of two, three or four of us. our individual works, however, also began to manifest a common style; this was indeed the aim. together we tackled the same themes from different aspects or according to different principles, tested out formal possibilities, discovered new methods and applied them.

the fact that genuine collective works could be produced, and produced as part of our programme and not just as odd byproducts of it: this urge towards anonymity, this self-effacement of the author in favour of collaboration — an attitude influenced no doubt by our youth — was a major characteristic of our group, and still strikes me as one of the few conceivable justifications for literary co-operation. the vienna group was not so much an economic organization as a laboratory and a test-bench.

o. wiener was particularly keen on anonymity in those days, and as a result our contributions to a possible theatre of the future — presented under the guise of cabaret sketches — appeared under our combined names without any indication of specific authorship (1958, 1959: demonstrations of „facts", public acts of destruction, exercises in awareness, attempts at total theatre).

our varied intellectual backgrounds made for fertile mutual influence. for their part oswald wiener, gerhard rühm and friedrich achleitner aimed at constructive, materially-orientated writing (harking back to expressionism and the bauhaus, drawing inspiration from wittgenstein's writings; musical theses, rows, structures, optical presentation; rühm was a musician and composer, achleitner an architect, o. wiener a jazz musician; that was in 1954-55), whereas artmann and i were more indebted to surrealism, mannerism, black romanticism, or rather to french culture as a whole. in those days we had to master these movements of the past in order to ward off the pre-past that was threatening to engulf us.

rühm and achleitner made contact with gomringer (his publications *spirale*, bern and *concrete poesie* 3, 4 and 10, frauenfeld, switzerland). o. wiener supported them at the time on the theoretical side, but subsequently gave up all attempts in that direction. gerhard rühm and friedrich achleitner can still be counted as concrete poets.

we still sometimes appear together, for instance in the „mobile salon" of *ga-*

lerie situationen 60 in berlin or when producing old collective works like our *kinderoper* (written 1958, performed 1964: achleitner, rühm, wiener and myself).
the final development was the founding of a magazine *(edition 62,* klagenfurt) devoted strictly to the publication of our works; i was made editor. this meant i could save one or two of my friends' earlier works from oblivion (including artmann's *die fahrt zur insel nantucket*, 1954). the magazine subsequently fell victim to technical difficulties.
an anthology devoted to our group will shortly be published by walterverlag, olten, under the title *die mustersternwarte.* there is also to be a novel, poems and short plays by artmann, as well as my own *der kopf des vitus bering.* for some time now artmann has been living in malmö and rühm in berlin.

inhalt (band 1)

inventionen und gedichte

chansons